Herausgegeben
von Wolfgang Jeschke

Von Hans Dominik erschienen in der Reihe
HEYNE SCIENCE FICTION & FANTASY:

Unsichtbare Kräfte · Band 06/3254
Die Spur des Dschingis-Khan · Band 06/3271
Himmelskraft · Band 06/3279
Lebensstrahlen · Band 06/3287
Der Befehl aus dem Dunkel · Band 06/3319
Der Brand der Cheopspyramide · Band 06/3375
Das Erbe der Uraniden · Band 06/3395
Flug in den Weltraum · Band 06/3411
Kautschuk · Band 06/3429
Atomgewicht 500 · Band 06/3438
Atlantis · Band 06/3447
Das stählerne Geheimnis · Band 06/3456
Ein neues Paradies · Band 06/3562
Der Wettflug der Nationen · Band 06/3701
Ein Stern fiel vom Himmel · Band 06/3702
Land aus Feuer und Wasser · Band 06/3703
Als der Welt Kohle und Eisen ausging · Band 06/3754

Drei Romane in einem Band:
Der Brand der Cheopspyramide, Die Macht der Drei,
Das Erbe der Uraniden · Band 06/4677

Drei Romane in einem Band:
Ein Stern fiel vom Himmel, Land aus Feuer und Wasser,
Der Wettflug der Nationen · Band 06/4756

Drei Romane in einem Band:
Flug in den Weltraum, Befehl aus dem Dunkel,
Himmelskraft · Band 06/5041

HANS DOMINIK

FLUG IN DEN WELTRAUM
BEFEHL AUS DEM DUNKEL
HIMMELSKRAFT

Drei
Science Fiction-Romane
in einem Band

herausgegeben
von
WOLFGANG JESCHKE

WILHELM HEYNE VERLAG
MÜNCHEN

HEYNE SCIENCE FICTION & FANTASY
Band 06/5041

Redaktion: Wolfgang Jeschke
Copyright © 1993
by Wilhelm Heyne Verlag GmbH & Co. KG, München
mit freundlicher Genehmigung der Erben des Autors
(Copyright © der Einzeltitel jeweils am Anfang der Texte)
Printed in Germany 1993
Umschlagbild: Dieter Rottermund
Umschlaggestaltung: Atelier Ingrid Schütz, München
Technische Betreuung: Manfred Spinola
Satz: Schaber Satz- und Datentechnik, Wels
Druck und Bindung: Presse-Druck, Augsburg

ISBN 3-453-06611-1

Inhalt

Flug in den Weltraum

Seite 7

Befehl aus dem Dunkel

Seite 299

Himmelskraft

Seite 533

Flug
in den Weltraum

FLUG IN DEN WELTRAUM
(auch TREIBSTOFF SR)

Erstmals erschienen im Scherl Verlag, Berlin 1940

Taschenbuchausgabe 1974 im Wilhelm Heyne Verlag, München
(Band 06/3411)

Ein heller Zweisitzer bog, von Washington kommend, hinter Fort Hunt von dem Memorial Highway nach Osten in den Riverside-Park ab. Mit einem Schlage änderte sich das Bild; eben noch das breite Band der modernen Autostraße, jetzt ein schmaler gewundener Weg, der unter frühlingsgrünen Akazien an weiten frischen Rasenflächen vorbeiführte. In einer Kurve lenkte Ingenieur Robert Jones den Wagen auf eine kleine Wiese und stellte den Motor ab.

»Ein guter Platz zum Lagern«, rief Henry Watson, der neben ihm saß und sprang mit einem Satz aus dem Wagen. Langsam folgte ihm Jones und reckte die von der Fahrt steif gewordenen Glieder, bevor er sich zu einer Antwort bequemte.

»Hier ist's gut sein, Henry, hier laß uns Hütten bauen, unser Picknick halten! Für die nächsten Stunden bringt mich hier niemand fort.«

Watson schüttelte den Kopf. »Hast du unser Programm vergessen? Wollten wir nicht zum Shenandoah National-Park, my boy?«

»Ach was, Henry!« Der Ingenieur warf sich der Länge nach in das schwellende Gras, während er weitersprach. »Dazu sind wir heute zu spät von Washington fortgekommen. Um ein Uhr wollten wir fahren, da kommt im letzten Augenblick Professor O'Neils und langweilt uns zwei volle Stunden mit einem Versuch ...«

»Oho, Robert!« fiel ihm Watson ins Wort, »langweilig darfst du den Versuch nicht nennen. Er war ebenso geistreich und interessant wie alle anderen Arbeiten von O'Neils.«

»Schon gut, Henry. Ich weiß, daß du auf den Mann nichts kommen läßt; aber wenn man sich auf eine Fahrt in den Frühling freut, ist der schönste und beste Versuch nichts anderes als eine Störung. Unser Programm wurde dadurch über den Haufen geworfen, doch das soll uns den Tag nicht verderben. Pack aus, Henry, was wir im Wagen haben, wir wollen es uns hier bequem machen.«

Watson brachte Kissen und Decken aus dem Auto heran, machte alles zum Lagern zurecht und stellte zum Schluß einen umfangreichen Proviantkorb neben ein weißes Leinentuch, während Jones, ohne seine Lage zu verändern, den Bemühungen des anderen geruhsam zuschaute. Teller, Gläser und Bestecke baute Watson auf dem Tuch auf, öffnete danach verschiedene Konserven aus dem Korb und stellte sie dazu.

Für die nächste Viertelstunde ruhte jedes Gespräch. Nur das Klappern von Messern und Gabeln war vernehmbar. Dann lehnte sich Jones mit einem behaglichen Seufzer zurück und zündete sich eine Zigarette an. Auch Watson machte sich's bequem, zog eine Zeitung aus der Tasche und begann darin zu blättern.

»Aber Henry«, verwies ihn Jones, »ist es nicht eine Sünde, sich bei solchem Wetter mit bedrucktem Papier zu beschäftigen ...«; er wollte noch weitere Gründe für das verwerfliche Tun seines Kollegen ins Treffen führen, als dieser ihn unterbrach.

»Hier steht noch etwas, Robert, was dich interessieren sollte. Eine Nachricht aus Deutschland ...«

»Laß mich heute mit den Germans in Ruhe«, warf Jones dazwischen und gähnte.

»Nein, Robert, du mußt hören, was hier gemeldet wird; eine Notiz über die Arbeiten im Forschungslaboratorium in Gorla. Mag der Teufel wissen, wo der Zeitungsschreiber das her hat ...!«

Watson las den kurzen Text vor, in dem von wesentlichen Fortschritten bei der künstlichen Erzeugung von Radioaktivität die Rede war.

»Der Mann hat die Glocken läuten hören, aber er weiß nicht, wo sie hängen«, brummte Jones und gähnte zum zweitenmal.

»Ich werde die Notiz morgen O'Neils zeigen«, meinte Watson, »sie wird ihn interessieren.«

»Tue es in Gottes Namen, aber verschone mich heute damit«, sagte Jones schon halb im Schlafe, »heute will ich von Laboratorien und Experimenten nichts hören.«

»Du bist ein Barbar, Robert, und wirst dein Leben lang einer bleiben. Hättest Farmer im Westen werden sollen und nicht Assistent der Howard-Universität in Washington. Womit habe ich das verdient, daß ich tagaus, tagein mit dir zusammen in demselben Raum arbeiten muß?«

Die Vorwürfe Watsons waren scherzhaft gemeint, aber die Lebhaftigkeit, mit der er sie vorbrachte, bewirkte, daß Jones, der auf dem Rücken im Grase lag, noch einmal die Augen aufschlug und in den wolkenlosen Maienhimmel schaute.

Schon wollte er sie wieder schließen, als ihn plötzlich etwas veranlaßte, schärfer hinzublicken.

Fast senkrecht über der Stelle, an der sie lagerten, hatte er in dem lichten Ätherblau ein schimmerndes Pünktchen erspäht. Bald glänzte es, von den Sonnenstrahlen getroffen, hell auf, um dann für Sekunden unsichtbar zu werden und bald danach wieder aufzublinken.

»By Jove! Was ist das, Henry?«

»Was willst du?« fragte der hinter seiner Zeitung hervor.

»Schau einmal nach oben ... direkt senkrecht über dir, Henry. Da schwirrt etwas Glänzendes in der Atmosphäre, aus dem ich nicht klug werden kann. Siehst du es? Eben hat es wieder aufgeblitzt ...«

In die letzten Worte klang das Geräusch von zerbrechendem Geschirr. Etwas Blitzendes, Schimmerndes war dicht an ihm vorbeigeschossen, hatte eine Büchse mit Grapefruits zertrümmert und auch noch das Leinentuch und einen Teller in Mitleidenschaft gezogen.

»Was war das?« wiederholte Jones die Frage Watsons,

der sich bemühte, ein paar Spritzer von seinem Rock zu entfernen. Erstaunt betrachtete er einen Metallbrocken, der jetzt friedlich zwischen den Scherben lag. Watson war aufgesprungen und schaute sich nach allen Seiten hin nach einem Flugzeug um, von dem das Metallstück seiner Meinung nach stammen mußte. Doch weit und breit war nichts Derartiges zu erblicken. Auch das glitzernde Ding von vorher war verschwunden.

Jones griff inzwischen nach dem Stück und reinigte es mit der Serviette von den anhaftenden Speiseresten, um es danach einer genaueren Betrachtung zu unterziehen. Es war ein Stück Metall von der Größe eines doppelten Handtellers etwa. Seine Ränder waren unregelmäßig gezackt, als ob es mit Gewalt aus einer größeren Platte herausgerissen wäre.

Nachdenklich wog er es in seiner Hand und meinte zu seinem Gefährten: »Wir können uns beglückwünschen, daß keiner von uns getroffen wurde. Der Brocken hätte uns glatt erschlagen können. Sieh nur, wie das Metall sich bei dem Auftreffen auf den Boden verbeult hat. Es muß mit großer Gewalt niedergestürzt sein. Auf gut ein halbes Kilogramm schätze ich das Gewicht.«

Noch während er sprach, nahm Watson ihm das Stück aus der Hand, um es seinerseits zu untersuchen. »Könnte dem Aussehen nach beinahe Blei sein«, gab er nach kurzer Prüfung sein Urteil ab. »Ist aber zu leicht dafür. Was sagst du? Ein halbes Kilo? ... Ausgeschlossen, mein Lieber! Auf etwa 100 Gramm würde ich es taxieren ...«

Er wog den Brocken noch einmal in der Hand.

»Ich sage ein halbes Kilo!« beharrte Jones bei seiner ersten Schätzung.

»Vollständig ausgeschlossen, Robert!« Während Watson es sagte, legte er den Metallbrocken aus der linken in die rechte Hand und machte im nächsten Augenblick ein so verdutztes Gesicht, daß Jones laut auflachte.

»Lache nicht!« fuhr Watson ihn an, während er den

Brocken zwischen seinen beiden Händen hin und her wechseln ließ. »Da! Überzeuge dich bitte selbst!« Er legte Jones das Stück in die Hand. »Bitte! Wie schwer schätzt du es?«

»For heaven's sake! Da soll doch ...« Die Reihe zu staunen war jetzt an Jones. »Das Ding ist plötzlich viel leichter geworden! Wie ist das möglich?«

»Einen Augenblick, my dear!« Watson griff wieder zu, drehte das Metallstück um und legte es mit der anderen Seite nach unten in die Hand von Jones zurück.

»Ja, was ist das?« wunderte sich der. »Kannst du zaubern, Henry? Jetzt ist das Stück ja wieder so schwer wie zuerst.«

»Kein Zauber, nur ein wenig Beobachtung. Wenn das Stück mit dieser Seite nach unten liegt, dann mag es ungefähr ein halbes Kilo wiegen. Wenn die andere nach unten kommt ...«, er drehte das Stück in der Hand von Jones wieder um, »dann wiegt es eben nur noch 100 Gramm.«

Jones ließ den Brocken fallen und faßte sich an den Kopf. »Das geht über meinen Verstand«, begann er zögernd, »ein Stoff, der sich der Schwerkraft gegenüber verschieden verhält, je nachdem, ob er die eine oder die andere Seite nach unten kehrt ... das gibt's doch auf unserer alten Erde nicht.«

»Doch gibt es das, Robert. Da liegt es ja groß und breit vor dir und läßt sich nicht wegleugnen.«

»Nein und nochmals nein!« verteidigte Jones seine Meinung.

»Das ist kein irdischer Stoff, Henry! Wer weiß, aus welchen Himmelsfernen er zu uns gekommen ist.«

»Keine voreiligen Hypothesen!« unterbrach ihn Watson. »Ich denke, wir sind zwei ernsthafte Wissenschaftler. Als solche wollen wir systematisch vorgehen und exakt festlegen, was wir gemeinsam beobachtet haben.«

Schon während der letzten Worte hatte er sein Notizbuch gezogen und begann zu schreiben. Ein reguläres

Protokoll wurde es, was ihm Zeile für Zeile aus der Feder floß. Nüchtern und klar enthielt es kein Wort zuviel, aber auch keins zuwenig. Er setzte seinen Namen unter das Geschriebene und bat Jones, ebenfalls zu unterzeichnen.

»So!« sagte er, während er das Notizbuch wieder einsteckte, »das werden wir morgen O'Neils zeigen; mag der sehen, ob er aus der Sache klug wird.« Dann langte er nach dem Brocken, wickelte ihn in eine Seite seiner Zeitung und schob ihn in die Rocktasche. Er war damit beschäftigt, die Scherben des zerschlagenen Porzellans aufzuheben, als Jones ein paarmal tief und schwer seufzte. »Was fehlt dir, Robert? Ist dir das Dinner nicht bekommen?« fragte ihn Watson.

Jones schüttelte den Kopf. »Das ist's nicht, Henry. Der verteufelte Brocken, den uns das Schicksal in unser Picknick geschleudert hat, macht mir Sorge. Viel Arbeit wird er uns bringen ... Überstunden, zahllose Versuche, und der Himmel mag wissen, was sonst noch alles.«

»Kann dir nichts schaden, Robert. Fängst sowieso an, etwas bequem zu werden. Arbeit erhält frisch und jung«, versuchte Watson zu scherzen, während ihm zum Bewußtsein kam, daß auch seine Gedanken unablässig um diesen mysteriösen Brocken kreisten.

Die Sonne stand schon tief im Westen, als Robert Jones und Henry Watson entlang dem Potomac River, der wie flüssiges Gold in der Abendsonne dahinfloß, die Heimfahrt antraten.

»Die Asche brennt nicht, Doktor.« Gesprochen wurden diese Worte um die Mittagsstunde des gleichen Tages, in dessen weiterem Verlauf Watson und Jones in den Riverside-Park fuhren. Im Kasino des Forschungsinstitutes zu Gorla, wo nach dem Mittagsmahl noch fünf Personen an einem runden Tisch bei Kaffee und Tabak zusammensaßen, sagte sie Chefingenieur Grabbe zu Dr. Thiessen, dessen Bemühungen, seine Zigarre wieder in

Brand zu setzen, vergeblich blieben, weil er es versäumt hatte, den Aschenkegel abzustreifen.

»Dank für gütige Belehrung, Herr Kollege«, quittierte Dr. Thiessen die ironische Bemerkung des Chefingenieurs.

Ein kaum merkliches Lächeln glitt über die Züge des Physikers Yatahira, der ebenso wie der neben ihm sitzende Saraku von Tokio nach Gorla gekommen war, um hier im Institut die letzten Ergebnisse der Kernphysik an der Quelle zu studieren. Einen kurzen Moment trafen sich die Blicke der beiden Japaner.

»Sie sagen, daß die Asche nicht brennt?« wandte sich jetzt der fünfte am Tisch, Professor Lüdinghausen, an den Chefingenieur.

»Ich war so frei, es zu behaupten, Herr Professor.«

Lüdinghausen schob ihm die Streichhölzer und die Zuckerdose hin. »Würden Sie die Güte haben, ein Stück Zucker anzuzünden.«

Mit drei oder vier Streichhölzern versuchte Grabbe es vergebens, dann meinte er resigniert: »Wenn Sie es fertigbringen, können Sie mehr als ich.«

Professor Lüdinghausen nahm einen anderen Zuckerwürfel aus der Dose, verrieb eine winzige Menge Zigarettenasche auf seiner Fläche, brachte die Flamme eines Streichholzes heran, und der Zucker fing Feuer. Er stellte den Würfel auf einen Teller vor sich hin, und mit einer schwach bläulichen Flamme brannte er wie eine Kerze weiter.

Verwundert sah sich der Chefingenieur das Schauspiel ein Weilchen an, dann sagte er: »Wie kommt das zustande?«

»Asche, Herr Grabbe. Die Spur Asche, die ich auf den Zucker rieb, vermittelt die Verbrennung.«

Seine Worte gaben das Signal zu einer Diskussion, an der sich alle Anwesenden beteiligten.

Als eine Art Dochtwirkung des feinen Aschenstaubes versuchte Yatahira den Vorgang darzustellen, von einer

Katalysatorwirkung sprach Dr. Thiessen, und noch andere Erklärungen brachten die anderen vor, ohne zu einer Einigung zu kommen.

»Beenden wir den müßigen Streit«, meinte Lüdinghausen schließlich, »ich zeigte Ihnen das Experiment, weil es gewissermaßen im kleinen ein Abbild unserer Arbeiten im Labor darstellt ...«

»Oho! Wieso? ...« Von allen Seiten her kamen die Zwischenrufe und Fragen.

»Sehr einfach, meine Herren«, fuhr Lüdinghausen fort. »Hier haben wir den Zucker, der an und für sich durchaus brennbar ist, uns aber, wie Sie gesehen haben, den Gefallen nicht tut, auf ein einfaches Streichholz zu reagieren. Im Labor haben wir ein Material, das auch nicht so will, wie wir gern möchten. Hier bei dem Zucker haben ein paar Stäubchen Asche genügt, um die Geschichte in Gang zu bringen, obwohl ja, wie Kollege Grabbe sehr richtig bemerkte, die Asche selbst nicht brennt. Im Labor wollen wir unserem Stoff ein wenig von einer an sich harmlosen Substanz zufügen, um dadurch den gewünschten Prozeß zu beschleunigen ...«

Wieder mußte Professor Lüdinghausen seine Rede unterbrechen und seinen Zuhörern Zeit geben, ihre eigenen Meinungen zum Ausdruck zu bringen. Erst dann konnte er fortfahren.

»Bis jetzt«, sagte er, während er auf das noch immer mit ruhiger Flamme weiterbrennende Stückchen Zucker wies, »habe ich von der Ähnlichkeit der beiden Vorgänge gesprochen; jetzt will ich von der Unähnlichkeit reden. Mit Zucker und Asche können Sie kein Malheur anrichten, ganz gleich, in welchen Verhältnissen Sie die beiden Stoffe mischen. Bei unseren Versuchen im Labor aber ist das ganz anders, da müssen wir den Zusatz mit größter Vorsicht dosieren und nur ganz behutsam Schritt für Schritt weitergehen, wenn wir nicht riskieren wollen, daß uns die ganze Bude in die Luft fliegt. Ja, meine Herren«, schob Professor Lüdinghausen die Einwendungen seiner Tischgenossen beiseite, »es lag mir daran, Ihnen das noch einmal nachdrücklich ans Herz zu legen. Halten Sie sich auf das genaueste an die Vorschriften. Legen Sie das Ergebnis jedes neuen Versuches sorgfältig in einem Protokoll fest. Verstärken Sie die Zusatzmengen von Versuch zu Versuch höchstens nach Milligrammen. Nur dann haben wir Aussicht, von unangenehmen Überraschungen verschont zu bleiben.« So nachdrücklich und mit solchem Ernst hatte Lüdinghausen die letzten Worte gesprochen, daß niemand etwas darauf zu erwidern vermochte.

Erst nach Minuten brach Yatahira das Schweigen. »Wir werden nach Ihren Worten handeln, Herr Professor. Sie haben uns den Weg gewiesen und seine Gefahren gezeigt. Immer das große Ziel vor Augen, wollen wir ihn vorsichtig beschreiten.«

»Ich danke Ihnen, Herr Yatahira. Ich kenne Ihre Gewissenhaftigkeit und wünsche Ihnen den besten Erfolg für Ihre Arbeiten.« Lüdinghausen streckte dem Japaner die Rechte entgegen und fühlte den kräftigen Druck von dessen Hand in der seinen. »Es wird Zeit, an unsere Arbeit zu gehen«; er erhob sich und gab damit das Zeichen zum Aufbruch. Die Mittagsstunde im Kasino war beendet.

Chefingenieur Grabbe und Dr. Thiessen schritten im Schein der Frühlingssonne über einen weitläufigen Hof nach der Halle hin, in der sich ihre Arbeitsstelle befand.

»Was haben Sie, Kollege?« fragte Grabbe den Doktor, »Sie machen ein Gesicht wie sieben Tage Regenwetter.«

»Ich ärgere mich über Lüdinghausen«, brachte Thiessen brummig heraus, »er sagt den Herrschaften aus Tokio Elogen, als ob sie Gott weiß was wären und könnten; für uns findet er selten ein Wort der Anerkennung.«

»Er wird seine Gründe dafür haben, mein lieber Thiessen. Ich glaube sogar, daß er das heute bei Tisch nicht ohne eine bestimmte Absicht gesagt hat.«

»Wie meinen Sie das?« unterbrach ihn Thiessen.

Grabbe lachte: »Sie kennen sicher auch die Geschichte von dem japanischen Schneider, der den Auftrag bekam, für ein englisches Kriegsschiff zwanzig Paar Schifferhosen zu liefern, und weil ...«

»Olle Kamellen, Grabbe! Weil auf der Hose, die er als Muster bekam, ein Flicken war, setzte er auch auf die zwanzig neuen Hosen Flicken. Was hat das mit den Herren Yatahira und Saraku zu tun?«

»Japanische Gewissenhaftigkeit, Kollege. Manchmal etwas übertrieben, wie die Geschichte von den Flicken beweist, aber immerhin ... Lüdinghausen kann sicher sein, daß Yatahira und Saraku sich genau an die Vorschriften halten, während ...«

»Wollen Sie etwa behaupten, Herr Grabbe, daß das bei uns nicht der Fall ist?«

»Stopp, Doktor! Bitte halb so wild! Ich meine nur, daß unsere Leute nicht die Engelsgeduld der Söhne Nippons besitzen ... daß sie in dem mir durchaus verständlichen Bestreben, möglichst schnell zum Ziele zu kommen, vielleicht nicht immer die notwendige Vorsicht bei den Versuchen walten lassen.«

»Sie dürfen überzeugt sein, daß Ihre Befürchtung grundlos ist«, verteidigte Dr. Thiessen vehement seine Leute.

Als dies Gespräch auf dem Werkhof stattfand, waren die beiden Assistenten Thiessens im Laboratorium bereits bei der Arbeit. Während Dr. Hegemüller vor einer Mikrowaage stand, hantierte Dr. Stiegel mit einem Bunsenbrenner, der nicht recht so wollte, wie er sollte.

»Das Ding funktioniert nicht; damit können wir die Röhre nicht zuschmelzen«, meinte er nach längerem vergeblichen Bemühen. »Ich will zum Kollegen Rieger gehen und sehen, daß ich da einen besseren Brenner bekomme.«

Dr. Hegemüller, der eben im Begriff war, den Zusatz für die Antikathode abzuwiegen, nickte und schaute seinem Kollegen einen Augenblick nach, als der den Raum verließ. Wirklich nur einen Augenblick, aber während dieses kurzen Moments war ihm etwas mehr von dem Zusatzstoff in die Waagschale gefallen.

Dr. Hegemüller stutzte, als er es bemerkte. Sollte er die Wägung von neuem beginnen ... oder sollte er diesen Zufall als einen Wink des Schicksals nehmen? Gedanken, die er in diesen letzten Wochen und Tagen schon öfter als einmal gedacht, gingen ihm durch den Kopf ... wir kommen nicht vom Fleck, wenn wir in der alten langsamen Weise weitermachen ... andere kommen uns vielleicht zuvor, wenn wir nichts riskieren. Als ob er unter einem Zwang handle, schüttete er den ganzen auf der Waage liegenden Zusatzstoff zu dem bereits vorher abgewogenen Metallstaub, vermischte das Ganze sorgfältig und gab es in eine Preßform. Als Dr. Siegel mit einem anderen Brenner zurückkam, lag die neue Antikathode fix und fertig auf dem Tisch.

»Schon fertig, Kollege?« sagte der, »dann wollen wir nur kräftig weitermachen. Thiessen kann jede Sekunde vom Kasino zurückkommen.« Schnell und exakt gingen ihnen die hundertmal geübten Griffe von der Hand. Eine Quecksilberdampfpumpe arbeitete, um die Röhre luftleer zu machen, und in der Bunsenflamme war sie im Augenblick wieder zugeschmolzen.

»So, nun wären wir soweit«, meinte Dr. Stiegel, während er die Brennerflamme ausdrehte. »Wir können Hochspannung auf die Röhre geben.«

»Gut, Kollege!« Noch während er es sagte, ging Hegemüller zu einer Schalttafel und begann an Hebeln und Regulierwiderständen zu hantieren.

»Achtung, Stiegel, Strom kommt auf die Röhre«, rief er und legte den letzten Hebel gerade in dem Augenblick um, in dem sich die Tür öffnete und Chefingenieur Grabbe zusammen mit Dr. Thiessen in die Halle kam. Nur wenige Meter hatten die beiden zurückgelegt, als sie jäh den Schritt verhielten, wie gebannt von dem

Schauspiel, das in knappen Sekunden vor ihren Augen abrollte.

Eben noch hatte die Röhre in mattgrünem Licht geleuchtet. Jetzt glühte die Antikathode auf, rötlich und gelblich zuerst noch, im nächsten Moment schon hellweiß.

»Abschalten!« wollte Thiessen eben noch schreien, doch es war schon zu spät. Mit einem Knall, kurz und scharf wie ein Büchsenschuß, platzte der Glaskolben auseinander; nach allen Seiten hin fegten seine Splitter durch den Raum. Ein schweres Stück flog nach oben und durchbrach das Glasdach der Halle, daß es auch von dorther Scherben regnete. Geblendet und betäubt von dem, was auf ihre Augen und Ohren eindrang, standen Thiessen und Grabbe da, brauchten einige Zeit, um sich zu fassen und ihrer Sinne wieder Herr zu werden.

Wie das Unheil geschehen war, blieb ungeklärt, denn im ersten Schreck war Dr. Hegemüller gegen die Schalttafel getaumelt und hatte dabei Hebel verschoben, so daß sich die Spannung, die im Augenblick der Explosion auf der Röhre lag, nicht mehr feststellen ließ.

»Sie haben eine Fehlschaltung gemacht, Kollege! Sicher viel zu hohe Spannung auf die Röhre gegeben«, sagte Thiessen, aber Hegemüller wies den Vorwurf entschieden zurück, und Thiessen konnte ihm nichts beweisen.

Inzwischen hatte der Chefingenieur sich den Schaden näher besehen. Ein paar Glassplitter, ringsumher auf dem Boden verstreut, das war alles, was von der Röhre noch zu finden war. Darunter eine etwas größere Scherbe, in deren Höhlung eine etwa walnußgroße Menge eines weiß schimmernden Metalls lag.

»Wo ist das übrige geblieben?« fragte Thiessen, dem er es zeigte. »Wenigstens das Zehnfache mußte als Kathode in der Röhre sein.«

Hegemüller wies nach oben. »In die Luft gegangen,

Herr Grabbe. Durchs Dach raus. Irgendwo draußen müssen wir's finden.«

»Suchen Sie, meine Herren«, ordnete der Chefingenieur an. »Es ist wichtig, daß wir auch das andere finden; es wäre unerwünscht, wenn es in unrechte Hände fiele.«

»Machen wir uns auf die Suche!« trieb Thiessen seinen Kollegen Hegemüller an. »Allzu weit können die Fetzen kaum geflogen sein; ich denke, daß wir sie draußen in der nächsten Umgebung der Halle finden werden.«

Die Halle, in der Dr. Thiessen sein Laboratorium hatte, stand frei auf einem gepflasterten Werkhof, so daß es nicht schwer war, ihre Umgebung nach allen Seiten hin abzuschreiten. Bald hier, bald dort sahen Dr. Stiegel und Hegemüller im hellen Schein der Frühlingssonne auch Scherben aufblitzen und machten sich daran, sie sorgsam einzusammeln. Aber die wenigsten dieser Splitter und Splitterchen stammten von der Röhre, das meiste rührte von dem beschädigten Glasdach der Halle her. Dasjenige aber, nach dem sie am eifrigsten ausspähten, das fehlende Kathodenmetall, konnten sie trotz eifrigsten Suchens nirgends entdecken. Es war und blieb verschwunden.

Nach dem Verlassen des Kasinos befanden sich Yatahira und Saraku auf dem Wege zu ihrer Arbeitsstätte, die etwa hundert Meter von dem Laboratorium Thiessen entfernt lag.

»Was halten Sie von den Worten Lüdinghausens?« fragte Yatahira im Gehen seinen Landsmann.

»Er hat uns über unser Verdienst gelobt, Yatahira. Ich merkte wohl, daß es dem Doktor Thiessen nicht angenehm war.«

Yatahira nickte. »Das ist begreiflich, Saraku. Thiessen konnte einen Vorwurf für sich aus den Worten herauslesen.«

21

»Sie meinen den Vorwurf, daß er bei seinen Versuchen auf Kosten der Sicherheit etwas zu forsch ins Zeug geht?«

»Das ist es, Saraku. Doktor Thiessen möchte einen schnellen Erfolg erzwingen. Ich glaube, er sieht es nicht gern, daß wir an der gleichen Aufgabe arbeiten wie er.«

»Es wäre schön, wenn wir ihm zuvorkommen könnten. Es wäre ein großer Erfolg für unsere Wissenschaft und nicht zuletzt auch für uns, Yatahira. Man würde uns vielleicht in Nippon an eine Universität berufen, wenn uns die Lösung dieser Aufgabe gelänge.«

»Sie haben recht, Saraku, aber bei der Art, wie wir jetzt vorgehen, nach der Mahnung Lüdinghausens unbedingt vorgehen müssen, werden wir schwerlich die ersten sein.«

Saraku stand im Begriff, etwas zu erwidern, als ein Klirren und Splittern ihn aufhorchen ließ. Auch Yatahira blickte auf und sah, wie einige Scheiben des Glasdaches über der großen Halle in Scherben gingen. Er tauschte einen Blick mit Saraku.

»Die Warnung Lüdinghausens war berechtigt. Sie haben bei Thiessen das kritische Mischungsverhältnis überschritten. Ah, was ist das?«

Der Japaner bückte sich und hob eine kleine gewölbte Scherbe auf, die unmittelbar vor seinen Füßen niedergefallen war. »Sehen Sie, Yatahira! Das sieht wie ein Bruchstück von einer Röhre aus. Auch ein wenig Metall haftet noch an dem Glas. Zweifellos ist bei Thiessen eine Röhre explodiert.«

Yatahira nahm ihm die kleine Scherbe aus der Hand und ließ sie in seiner Tasche verschwinden.

»Was wollen Sie damit?« fragte ihn Saraku.

»Sofort untersuchen, Saraku. Kommen Sie!« Er drängte den anderen zur Eile. »Wir wollen im Laboratorium das Mischungsverhältnis feststellen. Das könnte uns von Nutzen sein.«

»Sie haben recht, Yatahira. Es wird uns danach

schneller gelingen, den kritischen Punkt der Mischung festzustellen.«

Mit beschleunigten Schritten erreichten die beiden ihren Arbeitsraum, einige Minuten früher, als Thiessen mit seinen beiden Assistenten auf die Splittersuche ging.

»So, meine Herren! Jetzt sind wir unter uns, jetzt bitte raus mit der Sprache! Was ist hier geschehen?«

Dr. Thiessen sagte es, sobald Chefingenieur Grabbe die Halle verlassen hatte, und blickte dabei abwechselnd seine beiden Assistenten an. Als er auf seine Frage keine Antwort erhielt, fuhr er in schärferer Tonart fort: »Es gibt nur zwei Möglichkeiten. Entweder falsche Mischung oder falsche Schaltung. Geschaltet haben Sie, Herr Hegemüller. Haben Sie die Mischung zusammen hergestellt?«

Jetzt endlich fand Dr. Stiegel Worte. »Ich war nicht dabei, Herr Thiessen«, verteidigte er sich. »Ich mußte einen Bunsenbrenner aus dem Labor von Rieger besorgen. Während ich abwesend war, hat Herr Hegemüller die Mischung fertiggemacht.«

»Aha, mein lieber Freund! Dann geht die ganze Geschichte also auf Ihr Konto«, wandte sich Thiessen an Dr. Hegemüller. »Nun beichten Sie mal, was Sie da versiebt haben«, fuhr er fort, als er sah, daß Hegemüller einen roten Kopf bekam. »Ich frage Sie jetzt nicht als Vorgesetzter, sondern als Ihr Kollege. Was Sie mir zu sagen haben, bleibt unter uns.«

»Nun ... also, Herr Thiessen ... ich hatte das langsame Vorwärtstasten satt. Ich habe bei diesem letzten Versuch die Menge des Zusatzstoffes verzehnfacht.«

Dr. Hegemüller atmete erleichtert auf, als er das Geständnis heraus hatte, und eine Minute wohl herrschte allgemeines Schweigen.

»Verzehnfacht?! ... Mann! ... Wissen Sie, was das bedeutet? ... Gott versuchen heißt das! Haben Sie gar nicht an die Gefahr gedacht, der Sie sich und uns alle durch Ihren Leichtsinn aussetzten? Erst vor einer halben Stunde hat uns Lüdinghausen gewarnt ... hat noch besonders darauf aufmerksam gemacht, daß wir die Zusatzmenge nur milligrammweise vergrößern dürfen, und Sie gehen einfach hin und verzehnfachen die Dosis! ... Danken Sie Ihrem Schutzengel, daß Sie noch am Leben sind. Das hätte auch anders und viel schlimmer ausgehen können.«

Während Thiessen sprach, hatte Hegemüller seine alte Unbekümmertheit zurückgewonnen. »Es ist ja nichts Besonderes passiert, Herr Thiessen«, meinte er beschwichtigend. »Ein paar Scherben hat's gegeben, und eine Röhre ist zum Teufel gegangen, aber dafür sind wir mit einem Schlag ein gutes Stück weitergekommen.«

»Sie sind unverbesserlich, Hegemüller«, sagte Thiessen kopfschüttelnd. »Ich kann es Ihnen heute schon prophezeien: Wenn Sie so weitermachen, werden Sie nächstens noch mal in die Luft fliegen. Ich habe Ihnen versprochen, daß die Sache unter uns bleibt, aber halten Sie sich in Zukunft genau an die Vorschriften.«

Damit war die Angelegenheit für Dr. Thiessen erledigt, und sein Interesse wandte sich dem kleinen Stück Kathodenmetall zu, das von der zertrümmerten Röhre übriggeblieben war.

»Nun wollen wir mal untersuchen, was Sie da zusammengeschmort haben«, fuhr er in umgänglicherem Ton fort. »Aber auch dabei wollen wir vorsichtig sein. Ich vermute, daß das Zeug stark radioaktiv ist.«

Die nächsten Stunden war Dr. Thiessen zusammen mit seinen beiden Assistenten beschäftigt, den neuen Stoff zu untersuchen. Schon die erste Prüfung ließ eine derartig intensive Strahlung erkennen, daß sie es für ratsam hielten, den stärksten Bleischutz, der im Laboratorium vorhanden war, anzulegen.

Öfter als einmal wiederholten sie ihre Messungen, weil die gefundenen Ergebnisse sie unglaublich dünkten, und immer wieder mußten sie dabei unerwartete,

24

bisher noch niemals beobachtete Erscheinungen feststellen.

Erst als die Werksirene den Schluß der Dienststunden anzeigte, unterbrach Thiessen die Arbeit. Sein Gesicht war gerötet, und seine Augen glänzten wie im Fieber, während er zu Hegemüller zu sprechen begann.

»Sie haben Kopf und Kragen riskiert, Kollege, aber der Erfolg rechtfertigt Ihr Wagnis. Wir sind heute in der Tat ein gewaltiges Stück vorwärtsgekommen ... ich sage vorwärtsgekommen, denn am Ziel sind wir noch nicht. Es wird noch mehrerer und, wie ich fürchte, nicht ungefährlicher Versuche bedürfen, um das zu erreichen. Vor allen Dingen aber bitte ich Sie und auch Sie, Herr Doktor Stiegel, über unsere heutigen Ereignisse absolutes Stillschweigen zu bewahren. Ein einziges unvorsichtiges Wort könnte großen Schaden anrichten. Versprechen Sie mir in die Hand, daß Sie schweigen werden.«

Verwundert zuerst über den Eifer und betreten danach über den Ernst, mit dem Thiessen zu ihnen sprach, gaben seine beiden Mitarbeiter ihm das verlangte Ehrenwort.

»Ich freue mich auf die Arbeit der kommenden Wochen und Monate, meine Herren«, sagte Thiessen, während sie gemeinsam das Laboratorium verließen. »Mir schweben ganz neue Möglichkeiten vor. Ich will Ihnen nicht zu nahetreten, Kollege Hegemüller, aber ich muß lebhaft an die blinde Henne denken, die zuweilen auch ein Korn findet.«

Dr. Hegemüller unterdrückte die Antwort, die ihm auf den Lippen lag. Ich war nicht blind, mein Lieber, ging's ihm durch den Kopf. Ich habe genau gewußt, was ich wollte und was ich riskierte ... und ich glaube, ich ahne auch einiges von den Möglichkeiten, von denen du jetzt sprichst.

»Warum tun Sie das?« fragte Saraku, als Yatahira nach dem Betreten ihres gemeinsamen Arbeitsraumes die

Tür abschloß. Die Miene Yatahiras blieb unverändert, während er antwortete.

»Es hat uns schon öfter gestört, wenn bei den Feinwägungen unerwartet jemand die Tür öffnete. Die empfindliche Waage spricht auf die geringen, dabei unvermeidlichen Erschütterungen an. Die Meßergebnisse werden ungenau, das müssen wir vermeiden.«

Noch während er sprach, hatte Yatahira die vor kurzem gefundene Scherbe aus der Tasche gezogen und beschaute sie prüfend durch eine Lupe.

»Es ist sehr wenig, Saraku«, begann er nach einer längeren Untersuchung. »Nur hauchdünn sitzt das Metall auf dem Glas. Es wird nicht leicht sein, das Mischungsverhältnis festzustellen.«

Saraku konnte seine Enttäuschung nicht verbergen. »Nur so wenig?« begann er zögernd. »Draußen schien es mehr zu sein.«

»Das Tageslicht täuschte, Saraku. Wir sahen in der Sonne die Metallfläche schimmern, ohne die Feinheit der Schicht zu erkennen. Erst unter der Lupe konnte ich das feststellen. Nun müssen wir die geringe Menge, die uns zur Verfügung steht, für verschiedene Untersuchungen teilen.«

Yatahira griff nach einem Diamantschneider, zog damit einen scharfen Riß über die Scherbe und brach ein Stückchen davon ab. »Mit dieser Probe wollen wir beginnen«, fuhr er fort und ging zu einem Regal mit Chemikalien, aus dem er nach längerem Wählen eine Flasche mit einer wasserklaren Flüssigkeit herausnahm.

»Sie wollen das Probestück mit flüssigem Kohlenwasserstoff behandeln?« fragte Saraku unsicher.

»Das will ich, Saraku. Es ist das nächstliegende Mittel, um den Zusatzstoff aus dem Metall herauszuwaschen.«

Mit methodischer Sorgfalt ging Yatahira daran, eine geringe Menge des Flascheninhaltes in eine gläserne Schale zu gießen und genau abzuwiegen. Bevor Saraku ihn daran hindern konnte, ließ er das kleine, von der größeren Scherbe abgesprengte Stückchen in die Schale fallen.

Unwillig blickte er auf, als Saraku die Schale mit einer Zange faßte und in einen starkwandigen Tiegel aus feuerfester Schamotte stellte.

»Warum tun Sie das?« fragte er.

»Ich halte Ihr Experiment für gefährlich, Yatahira. Das Lösungsmittel könnte den Prozeß in unerwünschter Weise beschleunigen ...«

Er brach seine Rede jäh ab. An der Stelle, wo eben noch in dem Tiegel die gläserne Schale mit ihrem Inhalt gestanden hatte, brodelte eine feurigflüssige Masse und strahlte nach allen Seiten hin eine von Minute zu Minute unerträglicher werdende Hitze aus. Während Yatahira regungslos, wie versteinert auf den Tiegel starrte, eilte Saraku zu den großen Fenstern des Raumes und riß sie auf, sprang danach zur Schalterwand und ließ den Ventilator an. In kräftigem Schwall warf das wirbelnde Flügelrad des Lüfters die heiße Luft ins Freie, während kühlere, frischere von außen her in das Laboratorium drang. Eine Linderung wurde merkbar, aber immer noch blieb es mit etwa vierzig bis fünfzig Grad drückend heiß im Raum, denn als ein Ofen von gewaltiger Heizkraft erwies sich der Tiegel mit seinem glühenden Inhalt. Yatahira, der langsam aus seiner Erstarrung erwachte, fühlte den Schweiß aus allen Poren brechen und riß sich Rock und Weste auf. Freute sich einen kurzen Augenblick der Linderung, um dann zu sehen, wie Saraku sich selbst in einen starken Bleischutz hüllte. Er wollte etwas sagen, wollte protestieren, als Saraku auch ihm die Schutzkleidung überwarf. Wie aus weiter Ferne vernahm er dessen Worte.

»Ich habe es befürchtet, Yatahira. Es ist ein Glück, daß Sie nur eine winzige Probe in das Lösungsmittel warfen. Der Atomzerfall geht rapide vor sich. Wir wissen nicht, wie stark die so schnell zerfallende Materie strahlt. Wir müssen uns schützen, wenn wir diese Stunde überleben wollen.«

Es strahlt, es strahlt vielleicht unfaßbar stark ... Erst auf die Worte Sarakus hin kam dem anderen der Gedanke. Sorgfältig hüllte er sich in den schweren bleigefütterten Stoff und barg auch sein Gesicht hinter einer starken Bleiglasmaske. Noch unerträglicher wurde die Wärme dadurch. Am offenen Fenster, wo die Frischluft Kühlung brachte, suchte er Zuflucht, und Saraku folgte ihm dorthin. Unbeweglich und stumm standen sie dort lange Zeit, vor den Augen das Bild des glühenden Tiegels, in den Ohren das Brodeln der glühenden Masse und das tiefe Brummen des Ventilators. Besorgt überflogen ihre Blicke den Raum, ob nicht die strahlende Glut an irgendeiner Stelle das Holzwerk entzünden und Unheil stiften könnte. Sie wußten nicht, wie viele Minuten, wie viele Viertelstunden darüber verstrichen, hörten hin und wieder die Werkuhr eine neue Stunde schlagen, nur von dem Gedanken bewegt, daß jetzt keiner von ihren Kollegen hierherkommen möchte, bis schließlich nach langem Harren und Bangen eine Erleichterung über sie kam.

Schwächer wurde die Glut in dem Tiegel, schwächer auch die drückende Hitze in dem Raum. Mattrot glimmte es jetzt noch aus dem Schamotteblock, bis bald auch das letzte Leuchten erlosch und nur noch eine leichte Wärme verriet, daß dort immer noch Energie frei wurde.

Tief aufatmend streifte Yatahira die Gesichtsmaske ab und warf den Bleimantel von den Schultern.

»Ein gefährlicher Stoff«, sagte Saraku mit einem scheuen Seitenblick auf den Tiegel. »Was wollen Sie jetzt tun, Yatahira?«

»Den Rest der Probe nach Nippon schicken, Saraku. Wir haben hier nicht die Ruhe, auch nicht die Zeit, den Stoff zu untersuchen. Doktor Hidetawa in Tokio wird das besser können.« Er ging zu seinem Arbeitstisch und griff nach einem Schreibblock. Hastig jagte die Feder in seiner Hand über das Papier. Zeile für Zeile legte er die Geschichte der mysteriösen Scherbe fest, schrieb nieder, unter welchen Begleitumständen sie in ihre Hände kam und was sie selbst mit einem winzigen Stückchen davon erlebten.

Die Miene Sarakus ließ erkennen, daß er mit dem Vorgehen des anderen nicht ganz einverstanden war. »Ich hoffte, Yatahira«, begann er nach kurzem Überlegen, »daß wir das Stück analysieren und daraus Nutzen für unsere Arbeit ziehen würden.«

Fast schroff unterbrach ihn Yatahira. »Es kommt nicht darauf an, wer den Nutzen zieht; nur darauf, daß es auf die beste Art geschieht, und das wird bei Hidetawa der Fall sein.«

Am nächsten Morgen nach dem Ausflug zum Memorial Highway war Henry Watson bei seiner Morgentoilette. Er mußte sich sputen, wenn er noch rechtzeitig zu seiner Arbeitsstätte kommen wollte, und merkte im letzten Augenblick, daß er in der Eile beinahe das Wichtigste vergessen hätte. Er ging zu dem Stuhl, über den er am vergangenen Abend seinen Rock gehängt hatte, steckte das Notizbuch mit dem Protokoll über den gestrigen Vorfall zu sich und wollte dann den Metallbrocken aus der Rocktasche herausnehmen.

Als er danach griff, stäubte der feste Wollstoff in der Umgebung der Rocktasche wie mürber Zunder auseinander, und das Zeitungspapier, in das er seinen Fund gestern eingeschlagen hatte, wirbelte in Form einer weißen Staubwolke auf.

Watson versuchte, sich mit Gewalt zu logischem Denken zu zwingen. Eine zerstörende Kraft mußte von diesem geheimnisvollen Metall ausgehen. Mit dem geübten Blick des Physikers erkannte er auch, daß sie nicht nach allen Richtungen hin gleichmäßig wirkte. Nur nach der Außenseite hin waren Anzugstoff und Zeitungspapier zermürbt, während sie nach innen hin keine Spur einer Zerstörung zeigten.

Halb im Unterbewußtsein ging Watson der Gedanke durch den Kopf, daß er gestern viel Glück hatte, als er das Metallstück gerade so und nicht anders herum in seine Tasche steckte. Wer weiß, so wanderten seine Gedanken weiter, was geschehen wäre, wenn diese unheimliche Kraft den langen Tag über nach der anderen Seite hin auf seinen Körper gewirkt hätte ... Wie durch eine Ideenassoziation ... fast zwangsläufig kam ihm im gleichen Augenblick auch die Erinnerung an jene Strahlungen, die von Röntgenröhren und radioaktiven Substanzen ausgehen und manchem Forscher Siechtum und vorzeitigen Tod gebracht haben. Diesmal hatte das Unheil nur ein Kleidungsstück betroffen, aber die Art der Zerstörung ließ über die Gefährlichkeit der Kräfte, die hier im Spiele waren, keinen Zweifel zu.

Als Watson mit seinen Überlegungen bis zu diesem Punkt gekommen war, brachte er den Metallbrocken mit großer Vorsicht wieder an seine alte Stelle, faltete den so schwer beschädigten Rock zusammen und schob ihn in seine Aktentasche. Sorgsam trug er die Tasche während des Weges zu dem Carnegie Building der Howard-Universität so, daß die gefährliche Seite des Metallstückes von seinem Körper abgewandt war.

Die letzten Beobachtungen und Überlegungen in seiner Wohnung hatten doch so viel Zeit in Anspruch genommen, daß er verspätet zum Dienst kam. Seine erste Frage im Institut war nach Robert Jones.

»Mr. Jones ist bei Professor O'Neils«, wurde ihm geantwortet.

Ohne sich weiter aufzuhalten, griff Watson wieder nach seiner Aktentasche, ging über den Flur und klopfte an O'Neils' Tür ...

»Da kommt er ja!« unterbrach Jones sein Gespräch mit Professor O'Neils. »Jetzt werden Sie das Corpus delicti selber sehen, Herr Professor. Pack aus, Henry!«

Watson öffnete die Aktentasche und zog den zusammengewickelten Rock heraus.

»Was bringen Sie da?« fragte O'Neils und zog die Brauen in die Höhe.

»Was ist das, Henry?« fragte auch Jones. »Warum schleppst du den alten Rock mit?«

»Um Ihnen etwas Interessantes zu zeigen, Herr Professor.« Watson breitete das Kleidungsstück auf der Tischplatte aus und wies auf die zerzunderten Stellen, während er weitersprach. »Sehen Sie sich den Stoff an. Die Struktur der Wollfäden ist vollständig zerstört. Nicht einmal Schwefelsäure hätte das vermocht, aber dies Metall hat es fertiggebracht. Auch das Papier fällt wie Staub auseinander.« Er wischte mit der Hand darüber, und unter einer grauweißen Staubschicht kam das Metall des Brockens zum Vorschein.

»Ah, das ist bemerkenswert«, meinte O'Neils und vertiefte sich in das Protokoll, das Watson und Jones am vorangegangenen Tage über ihren Fund abgefaßt hatten.

Als er mit der Lektüre fertig war, schnitt er das Blatt aus dem Notizbuch heraus und klebte es in ein neues Protokollbuch.

»So, meine Herren«, sagte er, nachdem das geschehen war, »jetzt wollen wir weiteruntersuchen. Kommen Sie mit in das Laboratorium. Wir wollen den Stoff gemeinsam analysieren.«

Für die nächsten Stunden ging es jetzt in dem Laboratorium in Washington ganz ähnlich zu wie achtzehn Stunden vorher an Dr. Thiessens Arbeitsstätte in den Gorla-Werken, denn hier wie dort erregten die gefundenen Resultate immer wieder Verwunderung und Kopfschütteln. Weiter ergab die Untersuchung, daß es sich bei der merkwürdigen Substanz um einen bleiähnlichen, radioaktiven Stoff handelte, der in einem ganz außergewöhnlich lebhaften Zerfall begriffen war und unaufhörlich Protonen, Neutronen und Elektronen mit ei-

31

ner bisher noch niemals beobachteten Geschwindigkeit ausschleuderte.

»Ich wundere mich nicht, daß dieses Bombardement Ihrem Rock schlecht bekommen ist«, sagte O'Neils, während er das Ergebnis der Messungen niederschrieb. »Protonen, die fast mit Lichtgeschwindigkeit durch den Raum spritzen, müssen verheerend auf die Umgebung wirken. Auch für die Gewichtsdifferenz sehe ich jetzt die Möglichkeit einer Erklärung. Die abgeschleuderten Protonen üben auf das Metall natürlich einen Rückstoß aus ... Wir haben es hier mit einer Art von Atomrakete im kleinen zu tun, das scheint mir jetzt ziemlich sicher zu sein ... Aber noch bleibt die Frage offen: Wo stammt das Stück her?«

»Vielleicht aus dem Weltraum?« Jones wiederholte damit die Vermutung, die er bereits gestern Watson gegenüber geäußert hatte.

»Wäre es nicht möglich«, fuhr er fort, »daß wir ein Sprengstück von einer Sternenkatastrophe vor uns haben? ... daß dieser Brocken hier als der Zeuge eines fernen Weltunterganges nach einem Flug von tausend oder zehntausend Jahren zu unserer Erde kam?«

O'Neils schüttelte den Kopf. »Impossible, my dear! Dafür ist seine Form zu regelmäßig. Eine Bearbeitung durch Menschenhand ist unverkennbar. Ein Meteorit müßte anders aussehen. Das Stück scheint durch irgendwelche Gewaltwirkung aus einer größeren Platte herausgerissen zu sein.«

Die Äußerung O'Neils gab Watson Veranlassung, mit seiner Theorie herauszukommen. Er vertrat die Meinung, daß es von den rotierenden Teilen eines Flugkörpers abgeschleudert wäre, traf dabei aber auf den lebhaften Widerspruch von Jones und O'Neils.

»Ein Flugzeug war nicht zu sehen, Henry«, unterbrach ihn Jones, »wir hätten auch etwas von ihm hören müssen, wenn es dagewesen wäre!«

»Mag es dagewesen sein oder nicht«, mischte sich

O'Neils wieder ein, »jedenfalls bestehen die Teile eines Flugzeuges nie und nimmer aus einem derartig radioaktiven Stoff, wie wir ihn hier vor uns haben. Ihre Hypothese ist nicht haltbar, Mr. Watson.«

»Zum Teufel, wo stammt der verdammte Brocken her?« murmelte Jones vor sich hin.

Professor O'Neils sprach weiter. »Es ist ein Erzeugnis von Menschenhand, also muß das Stück von einer menschlichen Arbeitsstätte herstammen. Das ist doch unbestreitbar?« fügte er wie fragend hinzu. Watson und Jones nickten schweigend Zustimmung.

»Dann wäre weiter aufzuklären, wie das Stück so hoch in die Luft gelangte«, führte O'Neils seine Schlußkette weiter. »Eine Idee, meine Herren! Es könnte durch eine Explosion hochgeschleudert worden sein ... Jawohl! Das ist die einzige Möglichkeit. Wir müssen Erkundigungen einziehen, ob und wo in der Umgebung von Washington eine Explosion stattgefunden hat. Wenn wir das erfahren, werden wir dem Ursprung dieses Stückes auch auf die Spur kommen.«

Professor O'Neils hatte seine Folgerungen logisch aufgebaut und war mit seinen Vermutungen auch ziemlich dicht an die Wahrheit herangekommen. Nur darin war ihm ein Irrtum unterlaufen, daß er an eine Explosion in der Nähe von Washington dachte. Aber freilich war es dem Brocken, der da harmlos und unscheinbar vor ihm auf dem Tisch lag, ja auch nicht anzusehen, daß er bereits einen Flug von viertausend Meilen hinter sich hatte, als er in den Vernon Hills eine Konservenbüchse und einen Teller zerschlug. Es mußten noch Wochen vergehen, bevor Professor O'Neils die richtige Fährte fand.

Dr. Thiessen konnte sich zwar auf die Verschwiegenheit seiner Assistenten verlassen, aber außer diesen hatte auch Chefingenieur Grabbe die Explosion mit angesehen und es für seine Pflicht erachtet, Professor Lüdinghausen darüber Bericht zu erstatten. So kam es, daß Thiessen bereits am Morgen des nächsten Tages von dem Professor zu einer Unterredung gebeten wurde.

»Da haben wir die Bescherung«, meinte er mit einem Seitenblick auf Hegemüller, während er den Hörer wieder auf die Gabel legte. »Grabbe hat Ihre Heldentat natürlich nicht für sich behalten. Jetzt werde ich wohl von Lüdinghausen eine bessere Standrede zu hören bekommen.«

Er streifte den weißen Kittel ab und machte sich zum Gehen bereit, als Hegemüller ihn bat: »Ich möchte Sie begleiten, Herr Doktor Thiessen.«

Thiessen schüttelte den Kopf. »Sie sind nicht gerufen worden, sondern ich. Seien Sie zufrieden, daß Sie nicht mitzukommen brauchen.«

»Ich habe die Geschichte aber eingerührt und will sie auch vertreten«, bestand Dr. Hegemüller auf seiner Absicht. »Und im übrigen bin ich der Meinung, daß die Sache gar nicht so schlimm werden wird. Ich glaube, daß Professor Lüdinghausen gute Miene zum bösen Spiel machen wird, wenn er unsere Resultate sieht. Das Protokollbuch hier müssen wir selbstverständlich mitnehmen und am besten auch gleich noch die Metallprobe.«

»Sie können recht haben«, meinte Dr. Thiessen nach kurzer Überlegung. »Es ist vielleicht am besten, wenn wir die Sache gleich zusammen abmachen. Kommen Sie in Gottes Namen mit.«

Professor Lüdinghausen blickte ein wenig befremdet auf, als Thiessen und Hegemüller zusammen in sein Arbeitszimmer traten.

»Ich hatte nur Sie gebeten, Herr Thiessen«, eröffnete er die Unterhaltung. »Glauben Sie, daß wir Herrn Hegemüller für unsere Besprechung nötig haben?«

Bevor Thiessen noch etwas sagen konnte, ergriff Hegemüller das Wort.

»Ich habe den Zwischenfall oder meinetwegen auch Unfall, über den Sie Aufklärung wünschen, Herr Professor, verursacht und bin bereit, die Verantwortung dafür zu übernehmen.«

Lüdinghausen wußte nicht recht, ob er ärgerlich werden oder lachen sollte. Im Grunde genommen mochte er den munteren, diensteifrigen Dr. Hegemüller ganz gut leiden, aber er konnte es natürlich nicht ungerügt lassen, wenn er in seinem jugendlichen Tatendrang das Forschungsinstitut gefährdete. So setzte der Professor denn eine Amtsmiene auf, während er zu sprechen begann. »Sie sagen, daß Sie den Vorfall verursacht haben, Herr Hegemüller. Wäre das Wort ›verschuldet‹ nicht vielleicht richtiger dafür? Zweifellos ist dies bedauerliche Vorkommnis doch auf einen Verstoß gegen die Vorschriften zurückzuführen. Ist das nicht auch Ihre Meinung, Herr Doktor Thiessen?«

»Ich kann es nicht leugnen«, erwiderte Thiessen. »Herr Hegemüller ist von den Vorschriften abgewichen ...«

»Also es war so, wie ich's vermutete«, unterbrach ihn Lüdinghausen.

»Jawohl, Herr Professor, aber der Erfolg dieses Versuches ist ein derartiger, daß er das Wagnis vollauf rechtfertigt.«

Und nun schlug Thiessen das Protokollbuch auf und begann Zahlen und Werte vorzulesen, von denen Lüdinghausen immer stärker gefesselt wurde.

»Aber das ist ja großartig, meine Herren«, rief er, als Thiessen mit seinem Vortrag zu Ende war. »Dann sind Sie ja tatsächlich ein bedeutendes Stück vorwärtsgekommen. Auf welchem Wege ist Ihnen das gelungen?«

»Ich habe die Menge des Zusatzstoffes verzehnfacht.« Hegemüller stieß die Worte schnell hervor. Für eine kurze Weile war Lüdinghausen sprachlos, dann begann er langsam zu sprechen.

»Sie dürfen diesen Versuch nie wieder in Ihrem Laboratorium machen, Herr Doktor. Ich verbiete es Ihnen hiermit ausdrücklich.«

35

»Aber wir müssen den Versuch wiederholen«, verteidigte sich Dr. Hegemüller, »wir wollen den Stoff in größeren Mengen herstellen. Wir werden auch noch andere Mischungsverhältnisse erproben müssen ...«

»Zugegeben, Herr Doktor Hegemüller. Ich verschließe mich der Tatsache nicht, daß weitere Versuche notwendig sind. Sie müssen gemacht werden, und sie sollen auch gemacht werden. Aber das darf dann nur an einer Stelle geschehen, an der etwaige Expansionen keinen größeren Schaden anrichten können.« Lüdinghausen überlegte eine kurze Zeit und wandte sich dann an Thiessen: »Wie denken Sie über unsere neue Schleudergrube? Ich würde Sie Ihnen für Ihre Versuche zur Verfügung stellen.«

»Sehr gut, Herr Professor! Die Schleudergrube ist der richtige Ort dafür. Sie ist ja an Explosionen gewöhnt ... nur ... allerdings ...«

»Haben Sie Bedenken?« fragte Lüdinghausen.

»Wir können bei unseren Versuchen keine Zuschauer gebrauchen, Herr Professor. Die Grube liegt offen da. Jeder, der vorbeikommt, könnte uns bei unseren Arbeiten beobachten.«

»Wenn es nichts weiter als das ist, Herr Thiessen!« Lüdinghausen machte eine wegwerfende Bewegung. »Lassen Sie sich von unseren Zimmerleuten einen ordentlichen Zaun um die Grube setzen, dann werden Sie ungestört und unbeobachtet arbeiten können.«

Thiessen und Hegemüller schickten sich bereits an, das Zimmer zu verlassen, als Lüdinghausen sie zurückhielt und noch einmal zur größten Vorsicht ermahnte.

»Ich bitte mir aus, Herr Doktor«, wandte er sich an Hegemüller, »daß Sie mir nicht etwa während der Versuche in der Grube herumkriechen. Sie müssen mit Fernsteuerung arbeiten und während der kritischen Minuten in sicherer Deckung bleiben. Sorgen Sie bitte dafür, Herr Doktor Thiessen, daß das auch wirklich geschieht.«

»Na also!« sprudelte Hegemüller los, als sie draußen waren. »Habe ich Ihnen nicht gleich gesagt, daß der Professor für unsere Sache zu haben sein wird? Eine geniale Idee von ihm, uns die Schleudergrube zur Verfügung zu stellen. Jetzt können wir nach Herzenslust weiterarbeiten.«

»Aber mit größter Vorsicht bitte, mein Lieber«, sagte Dr. Thiessen mit einem leichten Seufzer. »Ihnen traue ich es zu, daß Sie auch die bombenfeste Schleudergrube kleinkriegen, wenn man Ihnen nicht scharf auf die Finger sieht.«

Die Schleudergrube war eine kreisrunde, etwa zwanzig Meter tiefe und ebenso breite Grube, deren senkrechte Wände mit einer gut meterstarken Schicht aus Eisenbeton ausgekleidet waren. Ursprünglich war sie für Materialprüfungen und Festigkeitsuntersuchungen angelegt worden. Beispielsweise ließ man in ihr Schwungräder und ähnliche Maschinenteile mit immer größeren Umdrehungsgeschwindigkeiten rotieren, bis sie schließlich unter dem Einfluß der übermächtig werdenden Zentrifugalkraft zerrissen. Thiessen hatte also mit seiner Bemerkung recht, daß diese Grube an Explosionen gewöhnt sei.

Jetzt wurde sie die Arbeitsstelle für seine gefährlichen Experimente. Schon erhob sich um sie herum ein dichter hoher Zaun, und eine aus kräftigen Bohlen gezimmerte Baracke wuchs schnell aus dem Boden. In ihr befanden sich die elektrischen Einrichtungen für die Fernbedienung der großen Blitzröhren, die in der Grube selbst aufgestellt wurden. Und dann begannen zwischen Dr. Thiessen und seinen Leuten die Besprechungen über den nächsten Versuch.

»Ich habe die Zusatzmenge verzehnfacht«, hatte Hegemüller sowohl Thiessen wie dem Professor Lüdinghausen erklärt. Aber das war nur eine Schätzung gewesen. Jetzt schlug Hegemüller für den ersten Versuch eine Verzwölffachung der Zusatzmenge vor, aber Dr. Thiessen hatte noch genug von der ersten Explosion im Laboratorium.

»Nein, mein lieber Hegemüller«, gab er nach einigem Hin und Her seine Entschließung bekannt, »wir nehmen wieder das Zehnfache. Außerdem werde ich diesmal den Regelschalter bedienen und nur ganz allmählich Spannung auf die Blitzröhre geben. Leichtsinnige Feuerwerkerei wollen wir uns doch besser ersparen.«

Dr. Hegemüller mußte sich wohl oder übel fügen, sosehr der Entscheid seines Chefs ihm auch gegen den Strich ging. Zu seinem Leidwesen besorgte Thiessen auch zusammen mit Dr. Stiegel selbst die Abwägung der Substanzen, so daß ihm die Möglichkeit genommen war, dabei etwas mehr von dem Zusatzstoff in die Mischung zu bringen. Achselzuckend stand er dabei, als die neue Kathode diesmal in Form einer größeren Kugel gepreßt und in die gewaltige Blitzröhre eingesetzt wurde. Es war gut, daß Thiessen nicht wissen konnte, was Hegemüller bei sich dachte, denn es wäre nicht sehr schmeichelhaft für ihn gewesen. Lendenlahme Geschichte! Keine Traute hat die Gesellschaft! So werden wir niemals vom Fleck kommen! Lächerlich die ganze Sache! Solche und ähnliche Gedanken gingen Hegemüller durch den Kopf, bis die Stimme Thiessens ihn aus seinen Betrachtungen riß.

»Kommen Sie, Herr Hegemüller, hier unten sind wir fertig, jetzt geht's in die Baracke.« Und als er dieser Aufforderung nicht schnell genug folgte, fühlte er sich von Thiessen beim Arm genommen und mit sanfter Gewalt zu der eisernen Leiter gezogen, die vom Boden der Schleudergrube nach oben ins Freie führte.

Dann standen sie zu dritt in der Baracke, und Dr. Thiessen begann zu schalten und zu regeln. Das tiefe Brummen eines Transformators erfüllte den Raum; ein Hebel wurde umgelegt und gab der elektrischen Energie den Weg auf die Röhre in der Schleudergrube frei; unter der Hand Thiessens bewegte sich ein Rheostat, und der

Zeiger eines Spannungsmessers glitt langsam über die Zahlen einer Skala. Die Hand ständig am Schaltergriff, verfolgte Thiessen das allmähliche Ansteigen der Spannung und der Stromstärke, bereit, den Hebel sofort herauszureißen, sowie sie unzulässig hohe Werte annehmen würden. Auch die Blicke von Stiegel und Hegemüller hingen an den Zeigern der Meßinstrumente. Keiner von den dreien sprach ein Wort, bis Dr. Thiessen nach langem Schweigen den Mund öffnete.

»Ich denke, noch fünf Minuten, dann wird die Aktivierung der Substanz vollend ...« Er brach jäh ab, denn plötzlich war der Zeiger des Strommessers auf Null zurückgefallen, während von draußen her ein schwaches, erst zischendes, dann pfeifendes Geräusch in den Raum drang. Mit einem Ruck riß er den Hauptschalter heraus und eilte, gefolgt von Stiegel und Hegemüller, ins Freie, nach dem Rand der Schleudergrube hin.

Wo noch vor kurzem die große Blitzröhre gestanden hatte, lagen ein paar verstreute Glassplitter. Sonst war von der Röhre nichts mehr zu sehen. Verschwunden war auch die massige Kathodenkugel, in Unordnung lagen die Stromleitungen, die zu der Röhre führten, auf dem Boden. So stellte sich der Befund von außen dar, und so blieb er auch, als sie in die Grube hinabstiegen und eine genaue Untersuchung anstellten.

»Herrgott im Himmel, wo ist die Kathode geblieben?« stöhnte Thiessen. »Eine solche Menge Metall kann sich doch nicht einfach verflüchtigen ... spurlos verschwinden ... Wie ist das möglich? ... Die Sache ist nicht zum Lachen«, fuhr er Hegemüller an, dem die Schadenfreude auf dem Gesicht stand. »Machen Sie lieber einen vernünftigen Vorschlag.«

»Ich schlage vor, Herr Doktor Thiessen«, sagte Hegemüller, ohne sich aus der Ruhe bringen zu lassen, »daß wir den Versuch wiederholen, aber die Schutzkuppel über der Grube schließen. Dann wird uns keine Kathode mehr abhanden kommen.«

George Brewster, der Führer des Fischkutters ›Lady Jane‹, Heimathafen Halifax, steckte die Nase in den Wind, der von Minute zu Minute mehr auffrischte, und versuchte, sein Gesicht zu einem nicht ganz glücklichen Lachen zu verziehen. Den Anlaß dazu gab der Nordwest, der den Nebel in dichten Schwaden vor sich her fegte und hier und dort bereits ein Stück blauen Himmels sichtbar werden ließ. Zusehends wich der Nebel. Schon ließ sich auf größter Entfernung die weite Fläche des Nordatlantiks überblicken; wohl an die hundert andere, der ›Lady Jane‹ nicht unähnliche Boote wurden auf ihr sichtbar. Überall kamen mit dem weichenden Nebel Leben und Bewegung in die Fischerflotte auf den Neufundland-Bänken hinein. Winden begannen zu knarren, Spieren wurden ausgeschwungen, und bald hier, bald dort sank ein Netz in die Tiefe.

Mit leisem Schleifen glitten auf der ›Lady Jane‹ die Drahtseile, an denen das Schleppnetz hing, von den Windentrommeln, während gleichzeitig der Anker aufgeholt wurde.

»Gutes Fangwetter nach dem verdammten Nebel, Chief«, meinte der Steuermann O'Benira und ging ans Ruderrad, da der Kutter unter dem Druck seiner Segel Fahrt zu machen begann.

»Wollen's hoffen, Steuermann.« Captain Brewster sagte es, während er vom Achterdeck dem Netz nachschaute, das an den Drahtseilen durch die See schleifte. »Können's erst wissen, wenn wir wieder tieferes Wasser vor uns haben. Wollen vorerst auf Südostkurs bleiben.«

In steter Fahrt verfolgte der Kutter seinen Kurs durch die Grenzzone, in der kalte polare Wassermassen mit der warmen Golfströmung zusammentreffen, jenes Gebiet der reichen Fischgründe. Bald mußte es sich nun zeigen, ob das Netz der ›Lady Jane‹ Beute faßte.

Schon schien es praller zu werden, schien stärker an den Trossen zu zerren, als ein pfeifendes, zischendes

Geräusch Captain Brewster in die Höhe blicken ließ. Von oben, vom blauen Himmel her, kam etwas Blankes, Schimmerndes in sausender Fahrt, schlug, wenige Meter von Steuerbord der ›Lady Jane‹ entfernt, in die See und verschwand in der Tiefe.

»Damned, Chief!« O'Benira schüttelte sich die Tropfen ab, mit denen das blinkende Ding ihn beim Aufschlag aufs Wasser bespritzt hatte. »War verflucht nahe! Hätte uns totschlagen können!«

»Hättest dir was darauf einbilden können«, unterbrach Brewster seinen Steuermann. »Habe mal irgendwo gelesen, daß nur alle zweihundertfünfundzwanzig Jahre einmal ein Mensch von einem Meteor erschlagen wird. Wäre danach ein Leckerbissen für unsere Statistiker geworden, O'Benira.«

»Danke für die Auszeichnung. Habe keine Verwendung dafür. Ist mir lieber, daß ich das Ding nicht auf den Kopf bekommen habe«, brummte der Steuermann vor sich hin.

»Mir auch, O'Benira. Könnte dich jetzt schlecht entbehren. Will den Vorfall eben mal ins Logbuch eintragen. Wird vielleicht den einen oder anderen von unseren Sternkiekern interessieren.«

Der Captain ging unter Deck, um sein Vorhaben auszuführen, während der Steuermann am Ruder blieb. Hin und wieder warf O'Benira einen Blick nach achtern auf das Netz, das die Fahrt des Kutters bereits merklich zu bremsen begann. Mit Befriedigung schloß er daraus auf einen guten Fang und verfiel dann für längere Zeit ins Sinnieren, bis Captain Brewster wieder auf Deck kam.

»Habe mir's inzwischen überlegt, Steuermann«, begann er, »könnte die Sache eigentlich nach Halifax funken ... Teufel, was ist da?! Wo kommen die toten Fische her?« Er deutete dabei nach achtern.

O'Benira drehte sich um und staunte im nächsten Augenblick ebenso wie Brewster. Fische, tot oder doch zum

41

mindesten betäubt, trieben in unzählbarer Menge auf der Oberfläche des Wassers.

Auch auf anderen Booten hatte man die überraschende Erscheinung jetzt wohl bemerkt. Es war von der ›Lady Jane‹ aus zu sehen, wie die Leute ihrer Besatzungen hin und her liefen, gestikulierten und auf die Wasserfläche zeigten.

»Zum Teufel, was ist das, Steuermann?« wiederholte Brewster seine Frage. »Ein Fischsterben auf den Bänken! Habe nie gehört, daß es so etwas gegeben hat.«

»Schlage vor, Chief, wir holen schleunigst unser Netz ein, ehe uns auch das noch krepiert, was wir drin haben.«

Die Winden des Kutters gingen an. Meter um Meter holten sie die Trossen ein. Jetzt kam das große Schleppnetz an die Wasseroberfläche. Silbrig zappelte es in ihm.

»Die sind noch springlebendig«, meinte Brewster, während die Besatzung der ›Lady Jane‹ in die Maschen griff, das Netz aus dem Wasser zog und über das Deck hin bis zu einer Luke schleifte. Polternd stürzte sein Inhalt in den Fischraum des Kutters.

»So! Die hätten wir in Sicherheit«, sagte O'Benira. »Könnten unser Netz jetzt mal ganz flach durchs Wasser ziehen. Würden es in fünf Minuten wieder vollhaben. Wäre kein schlechtes Geschäft, Captain.«

»Tote Fische, Steuermann? Nein, das mache ich nicht. Mag der Teufel wissen, woran sie verreckt sind.«

»Aber die andern machen's«, wandte der Steuermann ein. »Sehen Sie den Logger da drüben; der läßt sich den Job nicht aus der Nase gehen. Wird bald randvoll geladen haben und lange vor uns mit seinem Fang auf dem Markt sein.«

Verdrossen schaute Brewster nach dem anderen Boot hinüber.

»Will mir den Burschen merken, unserm Sheriff einen Wink geben«, knurrte er ärgerlich vor sich hin, als ein neues Schauspiel seinen Blick fesselte. Ungefähr halbwegs zwischen der ›Lady Jane‹ und dem Logger wirbelte das Wasser auf, brodelte einen Moment stärker, und dann — Brewster glaubte seinen Augen nicht zu trauen — hob sich etwas Rundes, Schimmerndes aus der Flut. Langsam zuerst noch, doch dann schnell und immer schneller werdend, stieg es in schräger Richtung empor, ging in beträchtlicher Höhe schon in westlicher Richtung über den Kutter hinweg, wurde immer kleiner, ein silbernes Pünktchen schließlich nur noch, das am Westhorizont in der Himmelsbläue verschwand.

Brewster griff sich an den Kopf. »Bin ich toll geworden ... der Meteor?! Fliegt wieder in den Himmel zurück? Unmöglich!«

O'Benira fand seine Fassung schneller wieder als Brewster. »Doch, Chief!« sagte er mit Entschiedenheit. »Ich hab's auch gesehen und kann mich auf meine Augen verlassen. Es war der verrückte Brocken von vorhin. Flog ja zuerst ganz langsam. Konnte deutlich sehen, daß es eine runde Kugel war, torkelte zuerst, als sie aus dem Wasser kam, wie betrunken hin und her. Schien sich dann anders zu besinnen und sauste mit Volldampf ab. Hatte nach meiner Schätzung Kurs Südwest zu West. Müßte nach den Staaten kommen, wenn sie ihn beibehält.«

»Du hast's auch gesehen!? Du kannst's auf deinen Eid nehmen, Steuermann?« fiel ihm Brewster ins Wort.

»Selbstverständlich, Captain, wenn Sie's ins Logbuch schreiben, will ich's unterzeichnen.«

»All right, Steuermann, soll sofort geschehen. Hallo, Bob!« Brewster rief einen Mann der Besatzung ans Ruder, dann ging er selber mit O'Benira unter Deck, und nicht nur das Logbuch, sondern auch der Sender des Kutters wurden hier in Anspruch genommen. Captain Brewster funkte einen ausführlichen Bericht über die merkwürdigen und unerklärlichen Erscheinungen, die sich zwischen zwölf und zwölf Uhr dreißig Minuten ostamerikanischer Zeit auf den Neufundland-Bänken neben seinem Kutter ereignet hatten, in den Äther.

Der Funkspruch Brewsters wurde nicht nur in Halifax empfangen, sondern auch von zahlreichen anderen Stationen aufgenommen und von den Großsendern auch über den Atlantik nach Europa weitergegeben. Er bildete das erste Glied einer Kette von schnell aufeinanderfolgenden Nachrichten, welche die Wissenschaftler der ganzen Erde vor ein Rätselraten stellen sollten.

»Georgie! Hallo, Georgie! Wach auf, Georgie!« Mrs. Atwater mußte geraume Zeit rufen und ihren Gatten, den ehrenwerten Farmer und Bürger des Staates Nebraska George Atwater, kräftig schütteln, bis er sich ermunterte.

»Was gibt's? Was ist los, Katherine?«

»Einbrecher, Georgie! Ich glaube, es sind Diebe im Garten. Hör doch, wie der Hund bellt und mit der Kette rasselt.«

»Ach was, Diebe? Was sollen die stehlen? Ist ja noch kein Obst reif.«

Mr. Atwater hätte gern weitergeschlafen, aber seine Ehehälfte ließ nicht locker und sprach weiter auf ihn ein. »Nein, Georgie, es ist jemand in unserem Garten. Ich habe einen Fall gehört, als ob einer die große Leiter abgehakt und zu Boden geworfen hätte. Du mußt rausgehen und nachsehen.«

Seufzend fügte sich der Farmer in das Unvermeidliche und zog los. Er machte den Hund von der Kette frei, der sofort sein Bellen einstellte und wedelnd um ihn herumsprang. Ein Blick nach der Hauswand überzeugte Mr. Atwater, daß die Leiter sicher an ihrem Platz hing. Kreuz und quer wanderte er durch den Garten, doch nirgends war die Spur eines Eindringlings zu finden.

»Kein Mensch draußen; du mußt dich geirrt haben, Katherine«, gab er kurz danach Bericht und machte, daß er wieder in die Federn kam.

Diese Szene spielte sich in der Gegend zwischen Omaha und Columbus zehn Stunden nach dem eigenartigen Vorkommnis auf den Neufundland-Bänken ab. Der folgende Tag verlief auf der Farm ohne weitere Zwischenfälle. Als aber Mrs. Atwater am übernächsten Morgen in ihren Garten kam, stieß sie einen so kläglichen Schrei aus, daß ihr Gatte ihr erschreckt nacheilte. Noch ehe er etwas fragen konnte, jammerte sie los.

»Unser schöner Apfelbaum! Der große Kalvill-Apfel! Sieh nur das Laub, Georgie. Ganz welk, wie verbrannt, hängt es an den Zweigen. O Gott, wie ist das nur gekommen?«

Die Klage von Mrs. Atwater war berechtigt, denn traurig nahm sich die Krone dieses einen Baumes zwischen dem saftgrünen Frühlingslaub der anderen aus. Fast schwarz und zusammengerollt waren seine Blätter, wie von einer Art von Brand schien er befallen zu sein.

Mr. Atwater konnte sich nicht entsinnen, jemals etwas Ähnliches gesehen zu haben. Entschlossen, der Sache auf den Grund zu gehen, schleppte er die Leiter heran und stand im Begriff, sie zwischen den Beerensträuchern, die unter diesem Baum wuchsen, aufzurichten, als er mit einem Leiterholm gegen ein Hindernis stieß. Er stutzte. Lag da ein Stein? Ein Feldstein in dem gepflegten Obstgarten? Das war doch ausgeschlossen.

Er warf die Leiter beiseite und bog die Zweige eines Strauches, die ihm die Sicht versperrten, auseinander, und dann ging sein Stutzen in ein Staunen über. Da lag, zum Teil in den Boden hineingetrieben, ein runder, blinkender Metallbrocken von fast kugelförmiger Gestalt. Er stieß mit dem Fuß dagegen, aber das Gebilde rückte und rührte sich nicht von der Stelle. Auch als er mit beiden Händen zupackte und es mit aller Gewalt vorwärts zu schieben versuchte, blieb es unbeweglich, als ob es mit dem Boden verwachsen wäre.

Der Farmer zerkaute einen Fluch zwischen den Zähnen, während er sich nach einer letzten vergeblichen

Anstrengung den Schweiß von der Stirn wischte. Dann holte er sich einen Spaten.

»Wäre ja gelacht, wenn ich das Ding nicht loskriegen könnte«, brummte er vor sich hin und begann den Metallbrocken von der einen Seite her zu untergraben. Ohne besonderen Widerstand zu finden, drang das Eisen des Spatens in den Boden ein, und immer unerklärlicher wurde es Mr. Atwater, während er weitergrub, daß diese wunderliche Kugel vorher seinen Versuchen, sie zu bewegen, solchen Widerstand geleistet hatte.

Jetzt hatte er sie schon zur Hälfte unterhöhlt. Dann fuhr er mit dem Spaten noch einmal tief in das Erdreich und holte eine kräftige Schaufel Erde heraus, da begann die Metallmasse sich ganz plötzlich und unerwartet zu bewegen. Weil ihr jetzt die Unterstützung durch unter ihr befindliches Erdreich fehlte, geriet sie ins Rollen, rollte bis zur tiefsten Stelle der Grube und dann — Mr. Atwater ließ den Spaten fallen und riß vor Staunen den Mund auf —, hob sich die Metallkugel, im ersten Augenblick noch langsam, doch gleich darauf schnell und immer schneller vom Erdboden ab und stieg schräg in die Höhe.

Der Farmer riß den Kopf zurück, als das rätselhafte Projektil an seinem linken Ohr vorbeischwirrte.

By Jove! Hätte was geben können, wenn ich das Ding an den Schädel gekriegt hätte, schoß es ihm durch den Sinn, während er dem fliegenden Etwas nachschaute.

Sein Haus war ein solider Holzbau von der Art, wie sie im amerikanischen Mittelwesten allgemein üblich sind. Auch das Dach war mit hölzernen Schindeln gedeckt. Das einzige Steinerne an dem ganzen Haus war der Schornstein. Der mußte wohl oder übel aus einem unverbrennbaren Stoff hergestellt werden, weil sonst keine Gesellschaft in den Staaten eine Feuerversicherung für das Anwesen abgeschlossen hätte. Im leuchtenden Rot hob sich der starke gemauerte Schornstein von dem braunen Schindeldach ab.

Eben noch ruhten die Augen von Mr. Atwater darauf. Im nächsten Moment sah er den Schornstein splittern und brechen, denn mit der Gewalt einer Bombe war die Metallkugel dagegengesaust. Einem kurzen scharfen Krach folgte das Poltern und Rasseln der niederstürzenden Trümmer. Über das Schrägdach rollten sie nach unten, dabei hier und dort Dachschindeln herausreißend und mit sich nehmend.

Der Schornstein war zum Teufel. Mr. Atwater hatte sich die Sache seinerzeit etwas kosten lassen, hatte die besten Hartbrandsteine dafür gekauft und nun lag der Schornstein in Trümmern. Es dauerte eine Weile, bis der Farmer wieder einen klaren Gedanken zu fassen vermochte, und der lautete ganz kurz und einfach: Dafür muß die Versicherung aufkommen.

Er ging in das Haus an seinen altertümlichen Schreibtisch und kramte in dessen Fächern, bis er seine Versicherungspapiere gefunden hatte. Dann schob er sich eine mächtige Hornbrille auf die Nase, begann in den Dokumenten zu studieren und konnte schnell feststellen, daß seine Vermutung ihn nicht getäuscht hatte. Nicht nur gegen Feuer, sondern auch gegen Schädigungen durch Elementarereignisse verschiedener Art hatte er vor Jahren eine Versicherung abgeschlossen. Weniger seiner eigenen Voraussicht war dieser Umstand zu verdanken als der unwiderstehlichen Beredsamkeit des Agenten, und öfter als einmal hatte sich Mr. Atwater in der Zwischenzeit über die nicht niedrigen Prämien geärgert. Jetzt freute er sich, daß er die Police hatte.

Sorgsam las er sie Zeile für Zeile durch und stieß dabei auf einen Passus, laut dem Schäden von mehr als hundert Dollar der Gesellschaft sofort telegrafisch zu melden seien. Daß dieser Schaden — das Dach würde bei dieser Gelegenheit auch gründlich repariert werden müssen — mehr als hundert Dollar ausmachte, stand außer Zweifel. Hier galt es also schnell zu handeln.

Mr. Atwater zog sein Auto aus dem Holzstall, setzte

sich ans Steuer und rollte fünf Minuten später auf der Landstraße nach Omaha dahin. Dort hatte die Versicherungsgesellschaft eine Agentur. So wollte er alles gleich mündlich ins reine bringen.

Ungläubig hörte sich der Leiter der Versicherungsagentur, Mr. Yenkins, die Erzählung an, die George Atwater vorbrachte, denn allzu unwahrscheinlich erschien ihm diese Geschichte. Erst als er im Garten des Farmers stand und mit eigenen Augen den verdorrten Baum, das Loch zwischen den Sträuchern und den Schaden am Hause sah, bequemte er sich zu dem Zugeständnis, daß hier möglicherweise eins der in der Police vorgesehenen Elementarereignisse stattgefunden haben könnte, und nahm an Ort und Stelle ein genaues Protokoll über den Vorfall auf. Mit dem Versprechen, daß seine Gesellschaft bald etwas von sich hören lassen würde, empfahl er sich dann. Von Omaha aus gab er die Meldung an die Generaldirektion der Gesellschaft in St. Louis weiter. Dort wurde sie nicht so skeptisch aufgenommen, denn inzwischen waren durch den Rundfunk bereits die Vorfälle auf den Neufundland-Bänken bekanntgeworden, bei denen eine ganz ähnliche Kugel eine Rolle gespielt hatte.

Noch waren die Spalten der amerikanischen Zeitungen voll von mehr oder weniger wahrheitsgetreuen Berichten über das Abenteuer der kanadischen Fischereiflotte, und schon erkannte Mr. Fox, der Chiefmanager der Versicherungsgesellschaft, mit sicherem Blick, daß sich hier Gelegenheit zu einer großartigen Reklame für seinen Konzern böte. So entschied er denn: Wir werden diesem Farmer seinen Schaden sehr großzügig ersetzen, und so erhielt Mr. Atwater zu seiner freudigen Überraschung seine ziemlich gesalzene Rechnung ohne jeden Abstrich glatt ausgezahlt.

Gleichzeitig aber begann das Propagandabüro der Versicherungsgesellschaft zu arbeiten. Bereitwillig veröffentlichten die Zeitungen seine Berichte über das neuerliche Auftauchen der geheimnisvollen Kugel in Nebraska und ließen sogar die Zeilen, die im Anschluß daran das Lob der Gesellschaft sangen, ungestrichen. Selbstverständlich ließ sich auch der Rundfunk diesen neuen Fall nicht entgehen, und aus Ätherwellen verbreitete sich die Kunde davon in allen Richtungen hin über den Erdball.

In einer starkwandigen Bleibüchse sorgsam verwahrt lag jenes Stückchen Metall, das Watson und Jones bei ihrem Picknick so rücksichtslos gestört hatte, im Carnegie Building in Washington und verursachte dem Professor O'Neils täglich neues Kopfzerbrechen. Vergeblich hatte er Nachforschungen angestellt und Erkundigungen eingezogen, nirgends in Washington und seiner Umgebung hatte es zu der kritischen Zeit so etwas wie eine Explosion gegeben. Ungelöst blieb nach wie vor die Frage nach der Herkunft des merkwürdigen Stückes, und die Meinung Jones', daß es aus dem Weltraum stamme, schien ihm nicht mehr so abwegig, obwohl manche Gründe dagegen sprachen.

Schon die einfache Untersuchung auf der Waage, die Professor O'Neils alle vierundzwanzig Stunden vornahm, ließ keinen Zweifel darüber, daß der anfangs so starke Gewichtsunterschied dieses Brockens von Tag zu Tag geringer wurde; Messungen ergaben auch eine starke Abnahme der Strahlung, O'Neils konnte aus den erhaltenen Werten eine Halbzerfallzeit von nur wenigen Wochen errechnen, und das versetzte der Hypothese Jones' einen schweren Stoß. Unmöglich erschien es danach, daß der Brocken aus weltenweiter Ferne nach einer Flugdauer von Jahrtausenden in den Anziehungsbereich der Erde gekommen sei. Vergeblich versuchte Jones seine Meinung zu verteidigen. Die Zahlen, die O'Neils ihm entgegenhielt, waren beweiskräftiger als alle Worte.

»Dann noch eine letzte Möglichkeit, Herr Professor«,

rief Jones, in die Enge getrieben. »Nehmen wir an, daß in unserem Planetensystem — schon in der Nähe der Erde — vielleicht zwischen Erde und Mars ein Meteor explodiert ist und die Sprengstücke erst im Augenblick der Explosion radioaktiv wurden ...«

O'Neils zuckte die Achseln. »Möglich, mein Lieber; wir wollen besser sagen, vielleicht nicht unmöglich, aber es ist wenig wahrscheinlich, und vor allen Dingen werden Sie es niemals beweisen können. Ja, wenn wir diesen Meteoriten hätten.«

»Er ist doch explodiert, zerrissen, zerfetzt!« fiel ihm Jones ins Wort.

»Also, wenn wir wenigstens noch andere Sprengstükke oder Trümmer von ihm hätten«, führte O'Neils seinen Gedankengang fort, »dann ließe sich schon eher über Ihre Theorie reden. So aber kommen wir nicht weiter.«

So standen die Dinge, als die Vorkommnisse bei den Fundland-Bänken und in Nebraska auch in Washington bekannt wurden. Eine Nummer des ›New York Herald‹ schwenkend, stürmte Jones in das Zimmer O'Neils'.

»Hier haben Sie's, Herr Professor! Alles, was uns noch fehlte! Sprengstücke unseres Meteoriten sind zur Erde gekommen, so stark und wuchtig, daß sie Schornsteine und Dächer zerstören. So gewaltig strahlend, daß in ihrer Nähe Fische sterben und Bäume verdorren.« Er schob O'Neils die Zeitung hin, während er weitersprach: »Einen stärkeren Beweis für unsere Theorie als das hier kann es nicht geben. Vor solchen Tatsachen muß jeder Zweifel verstummen.«

Es dauerte eine geraume Weile, bis Professor O'Neils zu Worte kommen und den Enthusiasmus Jones' ein wenig dämpfen konnte. Höflich, aber entschieden lehnte er es ab, selber diese Meteoritentheorie zu vertreten und eine Veröffentlichung darüber zu schreiben.

»Wenn Sie es wollen, mein lieber Jones, dann tun Sie es. Ich will Ihnen keine Hindernisse in den Weg legen.

Aber Sie werden auf Einsprüche und Angriffe gefaßt sein müssen, dessen dürfen Sie sicher sein.«

»Ich werde die Einsprüche widerlegen! Ich werde die Angriffe abschlagen«, trumpfte Jones auf.

O'Neils hatte nur ein Achselzucken dafür. Er wußte, daß es vergebliche Mühe gewesen wäre, Jones von seiner Absicht abzubringen.

Mit Lust und Eifer ging der an die Arbeit und vollendete noch im Laufe des gleichen Tages eine mit Messungsergebnissen und Zahlen gespickte Abhandlung, in der die Ereignisse von jenem ersten Vorfall in den Vernon Hills an bis zu dem Abenteuer von Mr. Atwater übersichtlich behandelt und die bewußte Meteoritentheorie entwickelt und begründet wurde. Die Schriftleitung des Electric Engineer nahm die Arbeit an, konnte aber eine Drucklegung frühestens erst für den nächsten Monat in Aussicht stellen. Das war für die Ungeduld Jones' viel zu spät. Er stellte der amerikanischen Tagespresse Auszüge aus seiner Arbeit zur Verfügung, und mit Vergnügen öffnete diese ihre Spalten dem so aktuellen und interessanten Stoff. Weiter fanden die Veröffentlichungen ihren Weg dann auch in auswärtige Zeitungen und waren wenige Tage später in der deutschen und sogar in der japanischen Presse zu finden.

»Wir wollen den Versuch wiederholen, aber das nächstemal die Schutzkuppel schließen«, hatte Dr. Hegemüller nach dem ersten mißglückten Experiment in der Schleudergrube vorgeschlagen.

»Wir können sie schließen«, hatte Thiessen nach einigem Überlegen ihm zugestimmt, »aber die ganze Versuchsanordnung will mir nicht recht gefallen. Es geht nicht an, daß jedesmal unter Feuer und Blitz eine Röhre zerstört wird. Wir wollen doch vernünftig experimentieren und keine sinnlose Knallerei und Feuerwerkerei treiben.«

»Verzeihung, Herr Thiessen«, mischte sich Dr. Stiegel

ein, »die Zerstörung der Röhre können wir vorläufig ruhig in Kauf nehmen. Die paar Glasscherben kosten ja schließlich kein Vermögen.«

»Aber das ist kein sauberer Versuch, wenn die Sache jedesmal mit einem Bruch endet«, begehrte Thiessen auf.

»Es wird sich später sicherlich eine Anordnung finden, bei der sich das vermeiden läßt«, versuchte Dr. Stiegel ihn zu beschwichtigen. »Wir müssen mit der Tatsache rechnen, daß die Kathode, sobald die Aktivierung einen gewissen Grad erreicht hat, starke mechanische Kräfte ausübt, denen die Glaswand der Röhre nicht gewachsen ist.«

»Wir können später starkwandige Röhren aus Metall oder Steingut bauen«, warf Hegemüller ein. »Für den nächsten Versuch bleiben wir besser bei der alten Glasröhre.«

»Ja, aber warum denn um alles in der Welt, Herr Hegemüller?«

»Weil wir so am schnellsten vorwärtskommen«, begründete Hegemüller seinen Vorschlag. »Eine neue Glasröhre können wir in einer Stunde blasen. Die Herstellung anderer Röhren würde Tage, wahrscheinlich sogar Wochen in Anspruch nehmen.«

Dieser Logik mußte sich Dr. Thiessen nach kurzem Widerstreben beugen, denn tatsächlich war es ja wichtig, daß sie möglichst bald eine etwas größere Menge der radioaktiven Kathodensubstanz zur Verfügung hatten.

»Also dann in Gottes Namen los«, entschied er sich. »Machen wir den nächsten Versuch noch mit einer Glasröhre.«

Seine Worte waren das Signal für eine angestrengte Tätigkeit. Die zischenden Flammen der Blaubrenner begannen um einen Glasfluß zu spielen, bis er rotwarm und plastisch wurde. Preßluft blies die glühende Masse zu einer mächtigen Hohlkugel auf. Blaustaub und Zu-

52

satzstoff wurden abgewogen und vermischt. Eine hydraulische Presse zwang das Gemenge in die gewollte Form. Eins wurde zum anderen gefügt, und als die Sirene den Werksschluß verkündete, stand alles für den Versuch bereit.

Hegemüller hätte ihn am liebsten sofort gemacht, aber Thiessen widersprach. »Auf morgen, meine Herren. Für heute ist es genug. Morgen früh werden wir mit frischen Kräften an den Versuch gehen.«

»Haben Sie die heutigen Frühmeldungen des Rundfunks gehört?« fragte Dr. Stiegel am nächsten Morgen Thiessen. Der gab eine verneinende Antwort und ebenso auch Hegemüller.

»Nun dann, Herr Thiessen«, Dr. Stiegel holte ein beschriebenes Blatt aus seiner Tasche. »Ich habe diese Meldung mitgeschrieben. Was halten Sie davon?«

Thiessen überlas die Notiz halblaut. »... Fischereiflotte ... Fundland-Bänke ... Meteor ... Metallkugel ... Fischsterben ... Meteor wieder aus der See aufgestiegen ... Was soll das?« fragte er kopfschüttelnd.

»Ein Gedanke, Herr Thiessen, eine Vermutung ... eine Möglichkeit vielleicht ...«

»Erklären Sie sich bitte deutlicher«, unterbrach ihn Thiessen ungeduldig, »ich verstehe nicht, was Sie wollen.«

»Wenn dieser rätselhafte Meteor unsere verschwundene Kathode wäre, Herr Thiessen ...«

Dr. Thiessen vergaß vor Staunen den Mund zu schließen. Während er Stiegel noch überrascht ansah, bemächtigte sich Hegemüller der Notiz und nickte mehrmals, während er sie überflog.

»Das sind Hirngespinste«, hatte Thiessen eben herausgestoßen, als Hegemüller sich einmengte.

»Blinkende Metallkugel ... könnte stimmen. Ungefähr anderthalb Fuß Durchmesser ... stimmt auffallend. Fischsterben ... Na, daß das Zeug gefährlich strahlt, wissen wir ja auch.«

»Sie phantasieren, Hegemüller«, unterbrach ihn Thiessen und nahm das Blatt wieder an sich. »Wie denken Sie sich das denn. Um 15 Uhr 3o ist die Geschichte bei den Bänken passiert. Um 15 Uhr ist uns die Röhre in die Brüche gegangen ...«

»Vergessen Sie die Zeitdifferenz nicht«, unterbrach ihn Dr. Stiegel. »12 Uhr 30 bei Neufundland bedeutet 17 Uhr 30 mitteleuropäischer Zeit.«

»Weiß ich selber, Herr Stiegel! Das Ereignis auf den Bänken hat sich zwei Stunden und dreißig Minuten nach dem Vorkommnis in unserem Labor abgespielt ...«

»Die Entfernung von uns bis zu den Bänken beträgt rund fünftausend Kilometer«, nahm Dr. Stiegel wieder das Wort. »Bei einer durchschnittlichen Geschwindigkeit von 2000 Kilometer könnte also ...«

»... unsere Kathode dort eingeschlagen haben«, vollendete Dr. Thiessen den Satz, »das wollen Sie doch damit sagen, Kollege.«

Dr. Stiegel nickte. »Allerdings, Herr Thiessen. Das ist meine Meinung.«

»Nun trinken Sie mal erst ein paar Schlucke kaltes Wasser, und setzen Sie sich, mein lieber Stiegel.« Thiessen sprach zu seinem Assistenten wie zu einem Kranken, dem man gut zureden muß, und drückte ihn auf einen Stuhl nieder. »So! Und nun versuchen Sie mal fünf Minuten logisch zu denken. Die Sache ist doch so. Wenn ich von hier aus mit einer Kanone eine Kugel bis nach den Bänken schießen will, dann muß ich das Kanonenrohr unter einem ziemlich großen Winkel nach oben richten. Ich muß ihm, wie die Artilleristen es machen, eine gewisse Elevation geben. Das berühmte Ferngeschütz des Weltkrieges hatte eine Elevation von 55 Grad und schoß über 130 Kilometer. Wie denken Sie sich die Geschichte nun, wo der Schuß über fünftausend Kilometer gehen soll?«

Thiessen wartete vergeblich auf eine Gegenäußerung. Es war offensichtlich, daß seine Ausführungen Dr. Stiegel in Verwirrung gebracht hatten und er die richtige Antwort nicht sogleich zu finden vermochte.

»Bedenken Sie auch, welche Geschwindigkeit für einen solchen Schuß notwendig wäre«, fuhr Thiessen fort. »Das Geschoß jenes Ferngeschützes verließ das Rohr mit einer Sekundengeschwindigkeit von zwei Kilometer, was einer Stundengeschwindigkeit von 72 000 Kilometer entsprechen würde.«

»Halt, Herr Doktor Thiessen«, kam Hegemüller Stiegel zu Hilfe, »jetzt begehen Sie selbst einen Denkfehler!«

»Wieso, Herr Hegemüller?« unterbrach ihn Thiessen scharf.

»Weil Sie unberücksichtigt lassen, daß sich unsere entflogene Kathode nicht wie eine Kanonenkugel, sondern wie eine Rakete bewegt. Ihre Flugbahn gehorcht anderen Gesetzen.«

»Doch ist sie ebenso der irdischen Schwerkraft unterworfen wie die Kanonenkugel«, warf Thiessen ein.

»Aber die Rakete kann der Schwerkraft in ganz anderer Weise und viel erfolgreicher entgegenwirken als eine Kanonenkugel«, rief Dr. Stiegel, der sich inzwischen gesammelt hatte; »einmal abgeschossen, ist die Kanonenkugel ein willenloses Objekt, während die Rakete während ihres Fluges unaufhörlich wie eine Maschine weiterarbeitet.«

»Natürlich tut sie das!« rief Hegemüller, »für eine Rakete — und unsere Kathode war eine Rakete — ist ein Flug von hier bis zu den Fundland-Bänken überhaupt nur ein Katzensprung. Die hätte gleich bis zum Mond fliegen können …«

»Hegemüller, Sie sollten etwas gegen Ihren Zustand einnehmen«, riet ihm Thiessen.

»Aber die Kugel ist ja wieder aus dem Atlantik aufgetaucht. Wir werden vielleicht noch weiter von ihr hören«, verteidigte Hegemüller seinen Standpunkt. Immer lebhafter platzten die Meinungen der drei aufeinander,

55

bis Thiessen nach einem Blick auf die Uhr der Debatte ein Ende setzte.

»Schluß jetzt, meine Herren, mit dem zwecklosen Streit. Wir wollen an unseren Versuch gehen.«

Die Anordnungen für das zweite Experiment waren die gleichen wie für das erste mit dem einzigen Unterschied, daß die Schleudergrube nach oben hin geschlossen wurde. Bevor Dr. Thiessen die Hochspannung einschaltete, ließ er die Elektromotoren angehen, welche die zweiteilige schwere Panzerkuppel von beiden Seiten her über die Grube schoben. Danach verlief alles fast so wie das letzte Mal. Nach einer gewissen Anzahl von Minuten fiel der Stromzeiger plötzlich auf Null; fast im gleichen Augenblick aber drang von draußen her ein dumpfer Knall in den Schaltraum. Die Panzerkuppel erdröhnte, als ob eine Riesenfaust dagegengeschlagen hätte.

»Diesmal ist der Vogel gefangen«, sagte Thiessen, als der Lärm verklungen war.

»Den Brocken haben wir sicher!« schrie Hegemüller, machte einen Freudensprung und wollte ins Freie hinauseilen. Thiessen hielt ihn zurück. »Ruhe, Kollege! Erst überlegen, dann handeln!« Er nahm einen Zeichenblock und entwarf eine Skizze der Schleudergrube, während er weitersprach.

»Die Kathodenkugel ist nach oben gegen die Schutzkuppel geflogen, das dürfen wir nach dem Krach, den wir hörten, mit Sicherheit annehmen. Weiter ist zu vermuten, daß sie infolge der Rückstoßkraft ihrer Strahlung mit großer Gewalt nach oben gegen die Kuppel drückt. Wenn sie nun gerade auf der Linie sitzt, wo die beiden Kuppelhälften zusammenstoßen ... sehen Sie hier, meine Herren«, Thiessen deutete auf eine Skizze, »dann geht sie uns unweigerlich durch die Lappen, wenn wir die Kuppel öffnen.«

Die Beweisführung wirkte so überzeugend, daß keiner der beiden anderen etwas dagegen sagen konnte.

»Ja, aber schließlich werden wir die Kuppel doch einmal öffnen müssen«, meinte Dr. Stiegel nach einigem Überlegen, »auf andere Weise können wir an das Ding ja nicht 'rankommen.«

»Man müßte die beiden Kuppelhälften nur ganz wenig auseinanderziehen«, schlug Dr. Hegemüller vor, »nur so weit, daß etwa ein zollbreiter Schlitz entsteht. Wenn man den Schlitz dann mit einer Stange abtastete, müßte man auf die Kugel stoßen, wenn sie gerade an der Stelle sitzt.«

»Richtig, mein lieber Hegemüller!« Thiessen klopfte Dr. Hegemüller lachend auf die Schulter. »Sie haben die Sache mal wieder richtig erkannt. So wollen wir es machen.«

Er trat an den Motorschalter, während Hegemüller und Stiegel die Baracke verließen und auf die Schutzkuppel kletterten.

»Rufen Sie, sowie der Spalt einen Zoll breit ist«, befahl Thiessen und ließ den Motor ganz behutsam angehen.

»Halt! Stopp!« schrie es von draußen, und er setzte die Maschine sofort wieder still und ging dann ebenfalls ins Freie.

»Ich sehe die Kugel«, rief ihm Hegemüller schon von weitem entgegen, »genau auf dem Spalt sitzt sie und am höchsten Punkt der Kuppel.«

Mit ein paar Sprüngen war Thiessen bei ihm und überzeugte sich von der Richtigkeit seiner Beobachtung.

»Ja, was nun«, begann Dr. Stiegel zögernd. »Wenn wir die Kuppel weiter öffnen, saust der Brocken ab ... Gott weiß wohin in den Weltraum.«

»Ruhe, Ruhe, Herrschaften!« beschwichtigte ihn Thiessen. »Erst raten, dann Taten.«

»Man könnte vielleicht versuchen, die Kugel mit einer kräftigen Eisenstange an dem Schlitz entlangzuwälzen«, gab Hegemüller seine Meinung kund. »Nach einer halben Umdrehung müßte sie dann auf den Boden der Grube abstürzen ...«

»Und in der Grube allerlei unkontrollierbaren Unfug verüben«, unterbrach ihn Thiessen. »Außerdem hätten wir dann noch die Arbeit, sie wieder nach oben zu schaffen. Nein, mein lieber Hegemüller, das muß auf eine andere Weise gemacht werden. Wir wollen's uns in aller Ruhe überlegen.«

In stundenlanger Beratung saß Dr. Thiessen mit seinen beiden Assistenten zusammen. Pläne wurden gemacht und wieder verworfen, bis sie endlich das Richtige gefunden zu haben glaubten. Der Chefingenieur Grabbe mußte hinzugezogen werden, weil sie für das, was sie beabsichtigten, Apparaturen und Vorrichtungen benötigten, die in anderen Abteilungen des Werkes hergestellt werden mußten. Mehrere Tage verstrichen, bis alles vorbereitet war, dann endlich konnte der Plan zur Ausführung kommen.

Ein engmaschiges Netz aus daumenstarken Drahtseilen, das in vier mächtige Stahltrossen auslief, wurde an der Stelle, wo die Kugel saß, über den Kuppelschlitz gelegt. Zu vier kräftigen Motorwinden führten die Trossen; auf Betonblöcken waren die Winden unverrückbar verankert.

»Damit werden wir's sicher zwingen«, meinte Dr. Thiessen zuversichtlich.

»Ist auch unbedingt nötig!« unterstrich Grabbe die Bemerkung Thiessens. »Ein zweites Mal darf uns so ein Brocken nicht entkommen. Der erste hat schon genug Malheur in der Welt angerichtet. Wenn die Leute in den USA um die Wahrheit wüßten, könnte unser Werk am Ende noch allerlei Schornsteine und Dächer bezahlen.«

Thiessen schaltete die Motoren ein; langsam gingen die Kuppelhälften Zoll um Zoll auseinander. Vier Augenpaare blickten gespannt nach der Kuppel hin. Nur ein leises Dröhnen der gewaltigen, durch Motorkraft bewegten Stahlmassen war vernehmbar, doch dann plötzlich ein hartes Scharren, wie wenn Metall auf Metall schleift.

Plötzlich stand das Netz straff nach oben gespannt und zerrte an den Haltetrossen. Noch bebend vom jähen Anprall zitterte schimmernd und glänzend eine Metallkugel in ihm, von seinen Maschen gefangen, gehindert an einem jähen Flug in unbekannte Ferne. Chefingenieur Grabbe und Dr. Thiessen eilten zu den in die Trossen eingeschalteten Dynamometern, um zu sehen, was deren Skalen anzeigten. Mit einem Zug von tausend Kilo war jede Trosse belastet; so groß war die Kraft, mit der die strahlende Kugel nach oben strebte.

Zum Scheitern wäre jeder Versuch verurteilt gewesen, sie einfach durch Menschenkraft von ihrem jetzigen Ort in das Laboratorium zu schaffen. Andere, stärkere Mittel mußten dafür in Anwendung kommen. Der Gewalt der Stahlkugel mußte eine noch größere Gewalt entgegengesetzt werden.

Schnell waren sich Grabbe und Thiessen darüber einig, was weiter zu geschehen hatte, und der Chefingenieur gab seine Anordnungen durch das Telefon. Nicht lange brauchte er zu warten. Motorendröhnen erklang, und über den Werkhof rollte einer jener riesenhaften Spezialwagen mit zwanzig Achsen heran, auf denen sonst die hundert und mehr Tonnen wiegenden stählernen Hochdruckkessel transportiert wurden.

»Das Wägelchen wird uns der Bursche nicht mit in die Luft nehmen«, sagte Grabbe, als das Mammutfahrzeug neben der Kuppel hielt. Alle an der Arbeit Beteiligten legten Schutzanzüge an.

Hilfstrossen wurden in das Netz eingeschäkelt und mit dem Chassis des Wagens fest verbunden. Schwere Kettenzüge traten danach in Tätigkeit und holten das Netz mit seinem Inhalt Zoll für Zoll von der Kuppel herunter, während die ersten nun entlasteten Stahldrahtseile gelöst werden konnten. Eine gute Stunde währte das Ganze, dann setzte der schwere Wagen sich in Bewegung, fuhr über den Hof und weiter in die Halle ein, in der sich das Laboratorium befand.

»So weit wären wir glücklich«, meinte Dr. Thiessen mit einem Seufzer der Erleichterung.

»Ich fürchte, mein lieber Thiessen, das dicke Ende kommt noch nach«, warf Grabbe ein. »Sobald wir das Netz lösen, saust uns der Brocken auch hier ab. Das Dach«, er deutete nach oben, »vermag keinen Widerstand zu leisten.«

»Man müßte die Kugel anbohren, während sie noch im Netz ist«, schlug Dr. Stiegel vor, »eine starke Bohrung, einen soliden zweizölligen Stahlbolzen durchgesteckt. Damit sollte man sie wohl festhalten können.«

»Gut gebrüllt, Löwe!« Chefingenieur Grabbe mußte trotz seiner Sorgen lachen. »Ihre Idee ist gar nicht so übel, aber wie wollen Sie die Bohrung herstellen, wenn Sie das Stück nicht in eine Bohrmaschine einspannen können?«

»Ich habe einen andern Vorschlag«, meldete sich Hegemüller zum Wort, »man braucht die Kugel nur eine halbe Drehung machen zu lassen, dann geht ihre Stoßkraft nicht mehr nach oben, sondern nach unten, und sie muß fest und unverrückbar auf dem Wagenboden liegenbleiben. Man könnte das Netz lüften und die Bohrung an Ort und Stelle vornehmen.«

Dr. Thiessen hob beschwörend die Hände. »Machen Sie lieber keine Vorschläge, Kollege Hegemüller. Ich bin felsenfest überzeugt, daß es auch diesmal wieder eine Katastrophe gibt, wenn wir nach Ihren Ratschlägen handeln.«

Dr. Hegemüller wollte den Beleidigten spielen, als ihm unerwartet in Grabbe ein Helfer erstand. »Ich meine, Herr Doktor«, wandte er sich an Thiessen, »der Vorschlag ist nicht so übel. Wollen wir das nicht doch einmal versuchen?«

Thiessen zuckte die Achseln. »Auf Ihre Verantwortung, Herr Grabbe. Ich sehe noch keinen Weg, wie Sie's machen wollen.«

»Sehr einfach, meine Herren«, begann Hegemüller mit neuem Unternehmungsgeist, »wir stützen die Kugel auf der einen Seite mit einer kräftigen Stahlrolle ab und ziehen das Netz mit den Kettenzügen ein Stück über sie hin, dabei muß sie sich ja drehen.«

Nach einer kurzen Debatte wurde der Vorschlag Hegemüllers angenommen. Was man dazu benötigte, war schnell beschafft. Nach dem Kommando Grabbes begannen sie gleichzeitig an den vier Kettenzügen zu arbeiten, ließen auf der einen Seite die Halteseile aus, zogen sie auf der anderen ebensoviel an, und langsam bewegte sich das Netz quer zur Wagenrichtung. Schon bald war es zu merken, wie der Zug der Kugel nach oben nachließ, während sie sich immer stärker gegen die Stahlrolle preßte. Dann plötzlich ein jäher Fall. Ein schwerer Schlag, der den Bau des mächtigen Kraftwagens in allen Fugen erzittern ließ. Die Kugel lag fest auf dem Chassis; locker war das Netz über ihr zusammengefallen.

Der Chefingenieur trocknete sich die Stirn. »Wieder ein Stück weiter! Das ist geglückt. Jetzt kommt Ihr Rezept an die Reihe, Herr Stiegel, jetzt wird gebohrt.«

»Also der Tragödie zweiter Teil«, versuchte Dr. Thiessen zu scherzen, »oder sagen wir lieber der Komödie zweiter Teil?«

»Das wird davon abhängen, wie die Geschichte ausgeht«, meinte Grabbe, »wir wollen alles, was in unseren Kräften steht, tun, damit es keine Tragödie wird.«

Das besorgte der Chefingenieur dann auch in einer Art und Weise, daß seine Vorsichtsmaßregeln sogar dem bedächtigen Dr. Thiessen fast übertrieben erschienen, denn mehr als vierundzwanzig Stunden brauchte er für die Vorbereitungen. Dann aber lag die Kugel sicher unterklotzt fest und unbeweglich da, während das Netz für alle Fälle immer noch in geringer Höhe über ihr ausgespannt blieb. Nun konnte eine Bohrvorrichtung angebracht werden, und langsam fraß sich ein handgelenkstarker Spiralbohrer in das Metall der Stahlkugel hinein.

Ohne Zwischenfälle verliefen die nächsten Arbeiten. Eine genau auf das Maß der Bohrung abgedrehte Stahlstange wurde durch die Kugel gesteckt. Kräftige Lager, auf einer viele Tonnen schweren Fundamentplatte montiert, nahmen die beiden Enden der Stange auf, und jetzt endlich hatte man die Stahlkugel sicher gefangen, konnte das Netz beiseite ziehen, konnte den ganzen Aufbau von dem Wagen herunternehmen und in Ruhe untersuchen, was sich da nun eigentlich in der Blitzröhre gebildet hatte.

Das Ergebnis bestätigte die Vermutung Dr. Thiessens. Ziemlich genau bis zur anderen Hälfte war das Metall stark strahlend geworden, zur anderen Hälfte bestand es aus einer inaktiven bleiähnlichen Substanz.

»Wie ein Apfel, der eine rote und eine grüne Backe hat«, meinte Grabbe vergleichsweise.

»Wie der Apfel, der Schneewittchen den Scheintod brachte«, führte Dr. Thiessen das Bild weiter, »in unserem Fall ist die strahlende die giftige Hälfte. Wir riskieren mehr als den Scheintod, wenn wir ihr unvorsichtig zu nahe kommen. So lange die Kugel fest lag, hatte es damit keine Gefahr; jetzt, wo wir sie drehbar gelagert haben, ist Vorsicht geboten.«

»Ja ... Vorsicht!« Chefingenieur Grabbe hatte die Worte zerstreut und wie abwesend hingesagt. Über einen Zeichenblock gebeugt, war er dabei, zu skizzieren, Maschinenteile zu entwerfen und eine Konstruktion zu Papier zu bringen. Interessiert verfolgte Thiessen die Arbeit des Chefingenieurs. Er wollte etwas sagen, als Grabbe das Blatt von dem Block abriß und zusammenfaltete.

»Später, Doktor Thiessen«, winkte er ab, »mir ist da eine Idee gekommen. Jetzt ist die Sache noch nicht spruchreif. In den nächsten Tagen wollen wir weiter darüber beraten.«

Als Grabbe bereits die Türklinke in der Hand hatte, wandte er sich noch einmal um. »Was ich noch sagen wollte, Herr Thiessen, lassen Sie die Strahlkugel in die Stahlkammer Ihres Laboratoriums bringen. Ich möchte sie gegen neugierige Augen geschützt wissen.«

In kühner Wölbung stemmt sich im Boulder Cañon des Colorado-Flusses eine riesige Sperrmauer dem Druck der gestauten Wasser entgegen. Wer auf ihrer Krone entlangwandern will, der muß schwindelfrei sein. Nach der einen Seite zwar wogt nur wenige Meter unter seinen Füßen die unabsehbare Fläche des Stausees, nach der anderen Seite fällt sein Blick in eine grausige Tiefe, denn zu doppelter Domhöhe wächst das Betonmassiv der Sperrmauer aus dem felsigen Grund des Cañon empor.

Um die zehnte Vormittagsstunde trat Mac Gray, einer von den Dammwärtern, seinen gewohnten Kontrollgang an. Gemächlich schritt er auf der Mauerkrone dahin, während seine Blicke abwechselnd nach links und rechts gingen. Bald ruhten sie prüfend auf den Pegelschächten auf der Seeseite, bald wieder überflogen sie die Landseite des Sperrdamms. Glatt und grau erstreckte sich das Betonmassiv hier in leichter Schräge nach unten, bis es in der dämmrigen Tiefe des Cañon verschwamm.

Mac Gray war eine nachdenkliche Natur mit einem leichten Hang zur Philosophie, und auch jetzt während seines Weges über die vierhundert Meter lange Dammkrone gingen ihm allerlei Betrachtungen durch den Kopf.

Was für ein pompöses Bauwerk, sinnierte er. Nur hier konnte so etwas entstehen ... Spielzeug sind die ägyptischen Pyramiden dagegen. Ein Denkmal für die Ewigkeit hat sich der alte Präsident hier errichtet ...

noch nach fünftausend Jahren wird die Hoover-Talsperre stehen ...

Ein Sausen und Zischen, das von Sekunde zu Sekunde stärker wurde, riß den Dammwärter aus seinen Gedanken. Er schaute in die Höhe und wandte den Kopf nach allen Richtungen, um die Ursache des Geräusches zu erspähen. Vergeblich blieb sein Bemühen; nichts Besonderes vermochte sein Auge an dem tiefblauen Frühlingshimmel zu entdecken, während das zischende Pfeifen bereits so gewaltig aufklang, daß er sich unwillkürlich die Ohren zuhielt.

Dann war es ihm, als ob zu seiner Linken ein jäher Blitz vom Himmel niederzuckte. Kein Donner folgte dem Blitz, nur ein dumpfer, klatschender Schlag, und dann sah Mac Gray auf der Landseite des Dammes, etwa fünfzig Meter unter der Krone, einen runden, silbrig schimmernden Fleck, dessen Durchmesser er auf etwa dreißig Fuß schätzte. Eine Zeitlang blieb er stehen, benommen von dem überraschenden Ereignis, dann stieg er vorsichtig auf einer der schmalen eisernen Leitern, die in mäßigen Abständen an der Dammwand angebracht waren, in die Tiefe hinab, um sich den so plötzlich entstandenen Fleck aus der Nähe zu besehen. Bis auf wenige Meter konnte er herankommen und gewann den Eindruck, als ob eine Metallfolie fest auf den Beton des Dammkörpers aufgeklebt oder aufgespritzt wäre. Näheres konnte er infolge der Entfernung nicht feststellen. Eilig kletterte er wieder nach oben und eilte über den Kronenweg zum anderen Cañonufer hin, um in der Office über das Geschehene Meldung zu machen.

Wenn er erwartet hatte, mit seiner Meldung auf Unglauben zu stoßen, so war das ein Irrtum. Ruhig, ohne ihn zu unterbrechen, hörte der Oberinspektor des Dammes sich den Bericht bis zu Ende an.

»Was kann das gewesen sein, Mr. Dickinson?« schloß der Dammwärter seine Mitteilungen.

»Vermutlich auch ein Sprengstück von dem Meteoriten, old chap«, erwiderte der Oberinspektor, und als er aus dem Mienenspiel Mac Grays erkannte, daß er danach noch ebenso schlau war wie vorher, ließ er sich zu einer genaueren Erklärung herbei.

»Sie haben sicher schon mal etwas von Meteoriten gehört. Sie müssen wissen, Mac Gray, das sind so Bummler aus dem Weltenraum, die gelegentlich auf die alte Erde niederstürzen. So ein Ding ist kürzlich in unserer Atmosphäre in viele Fetzen zerplatzt. An den verschiedensten Stellen sind Brocken davon zu Boden gefallen. Die erste sichere Beobachtung hat man in Washington gemacht. Es war zwar nur ein Bröckchen, das da einem Spaziergänger in seinen Suppentopf fiel, aber der Mann war zufälligerweise ein Naturforscher. Er hat das Stück untersucht und einen dicken wissenschaftlichen Bericht darüber geschrieben. Daher wissen wir genau Bescheid über die Sache.«

Mac Gray machte ein ungläubiges Gesicht. »Sollte das möglich sein ...?« meinte er, als Dickinson mit seiner Erklärung fertig war.

»Es stimmt, Sir, Sie können sich darauf verlassen. Ich habe mir alles genau gemerkt«, sagte Dickinson weiter. »Seitdem sind noch an verschiedenen anderen Stellen in den Staaten Splitter dieses Meteoriten niedergefallen. Das letzte Mal ist es auf einer Farm in Nebraska geschehen. Jetzt scheinen wir einen Brocken davon abbekommen zu haben. Na, unser Damm ist solide, dem wird's nicht schaden. Heute nachmittag will ich mal rausgehen und mir die Sache selber ansehen.«

Damit war die Angelegenheit einstweilen erledigt, und von anderen Geschäften in Anspruch genommen, kam Mr. Dickinson auch am Nachmittag nicht dazu, den Sperrdamm zu besichtigen. Am nächsten Vormittag machte Mac Gray wieder seinen Kontrollgang und verhielt den Schritt, als er die Stelle seines gestrigen Erlebnisses erreichte. Das Aussehen des Fleckes an der Sperrmauer hatte sich geändert. Der metallische Glanz war schwächer geworden und hatte einer dunkleren Färbung Platz gemacht. Eigenartig schwammig und rissig, ähnlich wie Tuffstein sah der Beton dort aus. Der Dammwärter kniff die Lider zusammen, um schärfer zu sehen; ein Zweifel war kaum noch möglich — im Bereiche des Fleckes und noch ein Stück darunter war die Sperrmauer ohne Zweifel feucht.

Nässe an der Außenseite? Es gab Mac Gray einen Stich, als er es feststellen mußte, und noch schneller als am vergangenen Tag eilte er diesmal in die Office. In Hast sprudelte er hervor, was er beobachtet hatte. Ein etwas verwirrter Bericht wurde es, und der Oberinspektor brauchte einige Zeit, um daraus klug zu werden. Dann aber sprang er auf, griff nach seinem Hut und ging zusammen mit Mac Gray zu der Sperrmauer hin.

Nicht viel mehr als eine Viertelstunde war verstrichen, seitdem Mac Gray dort seine Beobachtung gemacht hatte; aber das Bild hatte sich in dieser kurzen Zeit bedeutend weiter verändert. Rund zehn Meter dick war die Sperrmauer an jener Stelle, an der sich der Fleck befand. Durch die ganze Mauerstärke hindurch mußte der Beton eine weitgehende Umwandlung erfahren haben, denn an zahlreichen Stellen spritzten Wasserstrahlen aus der Wand und wurden von Sekunde zu Sekunde fast zusehends stärker. Und jetzt — Dickinson und Mac Gray waren noch etwa hundert Meter entfernt — brachen unter dem Wasserdruck schwere Brocken aus dem Betonmassiv. Polternd rollten sie in die Tiefe, während die Wasserstrahlen, eben noch fingerdick, im Augenblick Arm- und Schenkeldicke gewannen.

Wie unter einem hypnotischen Zwang legte der Oberinspektor die letzte Wegstrecke zurück. Als er oberhalb der Stelle, an der die Katastrophe unaufhaltsam ihren Fortgang nahm, anlangte, war aus den einzelnen Strahlen bereits ein mächtiger Wasserfall geworden. Aus einer fast runden Öffnung, die ziemlich genau der Größe jenes früheren Metallfleckens entsprach, brach das Wasser des Stausees unter gewaltigem Überdruck heraus. In breitem Schwall und Gischt stürzte es an der Außenseite des Dammes hinab; schon strömte dreihundert Meter tiefer auf der Talsohle ein breiter Fluß dahin und umspülte rauschend und schäumend die Fundamente der gewaltigen Kraftwerke. Die waren auf festem Fels gegründet und aus Eisenbeton errichtet. Würden sie dem nagenden Angriff der entfesselten Wasser standhalten, oder würden sie unterwaschen werden, zusammenbrechen und mit ihnen die kostbaren Maschinen, die an dieser Stelle aus dem Kraftwasser der Sperre eine halbe Million Pferdestärken erzeugten?

Das waren Fragen, die Mr. Dickinson bewegten, während er mit zusammengekniffenen Lippen in die Tiefe starrte.

Die Augen Mac Grays gingen indes in die Ferne. Auf eine weite Strecke hin ließ sich von der Krone des Sperrdammes aus der Lauf des Cañon verfolgen, ließ sich beobachten, wie der so plötzlich entstandene reißende Strom auf dem Boden der Schlucht weitereilte, und nun kamen auch dem Dammwärter Gedanken, die ein Handeln verlangten. Er rief den Oberinspektor an, schrie endlich so laut, daß der aus seiner Versunkenheit erwachte.

»Das untere Tal ist bedroht! Wir müssen telegrafische Warnung geben, Mr. Dickinson!«

»Ja, telegrafische Warnung, Mac Gray... Zehn Milliarden Kubikmeter brechen aus der Sperre ... es wird im unteren Tal eine Überschwemmung geben!« Zuerst noch langsam und eintönig, dann immer kräftiger und schneller hatte der Oberinspektor die Worte gesprochen. Jetzt war er ganz Leben und Tatkraft. So schnell, daß Mac Gray Mühe hatte, ihm zu folgen, eilte er zu seiner Office zurück und vergaß in der Hast, die Tür hinter sich zu schließen. Der Dammwärter, der wenige Sekunden später eintrat, fand ihn bereits am Morseapparat sitzend und sah die Stromtaste in seiner Hand vibrieren.

Schon spielte der Draht und gab die Flutwarnung talabwärts an alle die neuen Farmen und Siedlungen, alarmierte das Land bis tief hinein nach Kalifornien.

»Die Idee ist wieder mal genial; das muß man unserem verehrlichen Herr Chefingenieur lassen!«

»Ja, mein Lieber, gelernt ist gelernt«, meinte Thiessen zu dieser Bemerkung Dr. Stiegel. »Sie dürfen nicht vergessen, daß Grabbe erst auf dem Umweg über den Maschinenbau zur Physik gekommen ist und vorher ein paar Jahre als Konstrukteur tätig war. Seine Entwürfe haben Hand und Fuß, das kann ihm niemand bestreiten. Ich bin gespannt, wie die Anlage arbeiten wird.« Dies Gespräch fand während einer kurzen Arbeitspause statt und galt den Zeichnungen zu einem Strahlmotor, die auf einem Tisch in dem Laboratorium Dr. Thiessens ausgebreitet waren.

»Eigentlich doch verblüffend einfach, die ganze Sache«, gab Hegemüller seine Ansicht zum besten, während er mit dem Finger die Linie auf der Zeichnung verfolgte. »Herr Grabbe setzt die Strahlkugel einfach in eine Art Schlitten, der sich in einer Gradführung hin- und herbewegen kann wie der Kolben einer Dampfmaschine im Dampfzylinder. Dann hat er hier noch eine Steuerung vorgesehen, welche Kugel am Ende jenes Hubes um 180 Grad um ihre Achse dreht. Es ist ja sonnenklar, daß die Anlage laufen muß wie eine Dampfmaschine ... mit dem Unterschied, daß an Stelle des Dampfdruckes die Strahlungskraft tritt. Warum sind wir eigentlich nicht selber auf die Idee gekommen, Herr Thiessen?«

»Ja warum, mein lieber Hegemüller? Warum haben die Gegner des Kolumbus das Ei nicht eingeknickt, als sie es auf die Spitze stellen sollten? Einer muß die Idee immer zuerst haben, und nachher wundern sich die andern, daß sie nicht selber darauf gekommen sind. Trösten Sie sich, Kollege; wir werden bei unseren Arbeiten noch auf andere Aufgaben stoßen, an denen Sie Ihren Witz versuchen können.«

»Wann werden die Teile für den Strahlmotor in unser Labor kommen?« wünschte Dr. Stiegel zu erfahren.

»Die Lieferung ist für morgen früh fest zugesagt«, beantwortete Thiessen die Frage. »Herr Grabbe ist mächtig hinterher gewesen und will auch morgen bei der Montage zugegen sein. Wenn alles gutgeht, wird die Maschine morgen mittag laufen können.«

»Morgen früh?« Hegemüller krauste die Stirn. »Morgen früh werde ich dabei nicht mittun können; da erwarte ich die Steinzeugkörper für neue Blitzröhren und würde auch den Kollegen Stiegel gern als Hilfe für den Zusammenbau haben.«

»Wird sich nicht machen lassen, Herr Hegemüller«, wehrte Thiessen ab. »Ihre Röhren laufen Ihnen nicht weg. Wir brauchen alle Hände für die Montage des Strahlmotors. Wenn der glücklich läuft, können wir später mit vereinten Kräften an die neuen Röhren gehen. Immer hübsch eins nach dem anderen, Herr Kollege.« Nach einigem Knurren und Brummen gab sich Hegemüller mit dem Bescheid Thiessens zufrieden.

»Was sagen Sie übrigens dazu, daß unsere beiden Japaner, die Herren Yatahira und Saraku, uns heute früh verlassen haben, um nach Tokio zurückzukehren?« fragte er unvermittelt.

Dr. Thiessen zuckte die Achseln. »Da ist nicht viel dazu zu sagen. Ihre Rückkehr in die Heimat war ja schon seit längerem eine beschlossene Sache. Trotzdem schien mir Lüdinghausen, mit dem ich gestern darüber sprach, etwas befremdet darüber zu sein.«

»Aber der Abschied soll doch in Frieden und Freundschaft stattgefunden haben«, bemerkte Dr. Stiegel dazwischen.

Thiessen nickte. »Das schon, Herr Stiegel. Aber eine leichte Verstimmung scheint doch auf beiden Seiten

vorhanden gewesen zu sein. Ich halte es nicht für unmöglich — es ist freilich nur eine Vermutung von mir —,
daß die beiden Herren irgendwie Witterung von unseren Fortschritten bekommen haben.«

»Das ist gänzlich ausgeschlossen, Herr Doktor Thiessen«, platzte Hegemüller mit seiner Ansicht heraus,
»wir haben uns von niemandem in die Karten gucken
lassen, haben auch zu niemandem ein Wort über unsere
Arbeiten gesprochen.«

»Gewiß, mein Lieber ...«, Thiessen drohte ihm mit
dem Finger, »... aber ein bißchen Feuerwerk und Knallerei haben Sie sich geleistet. Glauben Sie, daß die Herrschaften aus dem Fernen Osten nicht auch Augen und
Ohren haben? Sehr scharfe sogar, das kann ich Ihnen
versichern. Erst das beschädigte Glasdach, danach unsere Arbeiten in der Schleudergrube ...«

»Die hatten wir doch sicher eingezäunt«, unterbrach
ihn Hegemüller.

»Versuchen Sie doch mal, fünf Minuten lang logisch
zu denken«, wies ihn Thiessen zurecht. »Plötzlich wird
um die Schleudergrube, die bis dahin frei und offen da-
lag, ein Zaun errichtet. Was wird man daraus schließen?
Natürlich doch nur das eine, daß in der Grube Versuche
gemacht werden, die geheim bleiben sollen. Zugegeben,
Herr Hegemüller?«

Wenn auch widerstrebend, gab Dr. Hegemüller die
Richtigkeit dieser Behauptung zu. »Daß in der Schleudergrube nur Versuche gemacht werden, bei denen man
mit Explosionen rechnen muß«, führte Thiessen seine
Schlußkette weiter, »ist allgemein bekannt. Daß die Arbeiten diesmal nicht von uns gemacht wurden, konnten
die Japaner ohne besondere Schwierigkeiten in Erfahrung bringen, und nun steht die Frage offen, was mußten sie daraus schließen? Nun, wenn Sie es nicht sagen
wollen, will ich es Ihnen sagen. Sie konnten und mußten nur den einzigen Schluß ziehen, daß wir mit unseren Versuchen zu der Grenze gekommen sind, wo der

70

Atomzerfall eine gefährliche Stärke annimmt, während sie selber immer noch mit verhältnismäßig harmlosen Mischungen experimentierten. Berücksichtigt man weiter, daß wenige Stunden vorher Professor Lüdinghausen noch zu größter Vorsicht und einem langsamen schrittweisen Vorgehen gemahnt hat, so ist es mir wenigstens durchaus verständlich, daß die Japaner sich düpiert fühlten und den Entschluß fassen, nach Hause zu fahren, wo sie nach eigenem Belieben weiterexperimentieren können.«

»Wenn Sie es so auffassen... hm, ja... freilich, dann ... ja dann könnte es am Ende so gewesen sein«, stimmte Hegemüller zögernd zu.

»Ich bin sicher, Herr Kollege Hegemüller, daß es so ist, und offen gesagt, bin ich über die Abreise der Japaner durchaus nicht traurig. Es ist ja eine ganz schöne Sache um die internationale wissenschaftliche Zusammenarbeit; doch warum sollen wir dabei immer die Gebenden sein und die anderen die Empfangenden?«

»Na jetzt sind wir nach der Abreise der Japaner ja wieder ganz unter uns«, mischte sich Dr. Stiegel in das Gespräch. »Jetzt kann Kollege Hegemüller nach Herzenslust Explosionen veranstalten.«

»Aber ich schneide ihm die Ohren ab, wenn er sich's etwa untersteht«, sagte Thiessen mit großer Entschlossenheit.

Schon im Laufe der kommenden Nacht wurden die von Grabbe in Auftrag gegebenen Maschinenteile angeliefert, und unmittelbar danach ging ein Dutzend Werkleute unter der Leitung eines Obermonteurs daran, sie zusammenzusetzen. Als der Chefingenieur Grabbe in Begleitung von Dr. Thiessen am nächsten Morgen in das Laboratorium kam, war alles bis auf den Einbau der Strahlkugel bereit.

Jetzt galt es zunächst, die Kugel mitsamt ihrer schweren Festhaltevorrichtung aus dem Sicherheitsraum zu der neu aufgestellten Maschinerie hinzuschaffen, eine

Aufgabe, die mit Hilfe einiger Kettenzüge schnell bewältigt wurde. Dann aber kam der kritische Punkt. Um die Kugel in den Schlitten der Maschine hineinzubringen, mußte man sie von der Festhaltevorrichtung lösen. Über eine kurze Wegstrecke nur, über kaum ein Meter war sie frei zu transportieren, aber wenn etwas schiefging, konnte auf diesem kurzen Wege Unheil genug geschehen.

»Lieber Kollege«, sagte Thiessen nach einem langen nachdenklichen Blick zu Dr. Hegemüller, »wollen Sie mir einen großen Gefallen erweisen?«

Eilfertig sprang Hegemüller herbei. »Aber gewiß! Gern, Herr Thiessen, womit kann ich Ihnen dienen?«

»Tun Sie mir die Liebe, Kollege, gehen Sie auf ein halbes Stündchen ins Kasino. Lassen Sie sich eine Tasse Kaffee und die Morgenzeitung geben. Ich rufe an, wenn wir Sie wieder brauchen.«

Hegemüller war offensichtlich gekränkt und versuchte zu protestieren, doch Thiessen ließ sich nicht erweichen.

»Ich bitte Sie dringend darum«, bestand er auf seiner Anordnung, »ich will die Montage mit Schmidt und Lange allein fertigmachen.«

Mit verdrossener Miene verließ Dr. Hegemüller den Raum. »Der scheint eingeschnappt zu sein«, sagte Grabbe, als Hegemüller draußen war. »Warum haben Sie ihn jetzt weggeschickt?«

»Selbsterhaltungstrieb, Herr Grabbe. Der Kollege Hegemüller ist fleißig und tüchtig und ein guter Kerl, aber bisweilen ein wenig zu … sagen wir mal … impulsiv … oder meinetwegen auch zu quecksilbrig. Wir haben ein paar kritische Minuten vor uns, da ist's mir lieber, wenn er nicht dabei ist.«

Diese Minuten kamen in der Tat, und obwohl Grabbe auch hier wieder durch besondere Vorrichtungen bestmöglich vorgesorgt hatte, waren sie reichlich kritisch. Ein Bleiblock, dessen Vorderseite halbkugelig ausgedreht war und der von einem halben Dutzend schwerer Flaschenzüge sicher gehalten war, wurde an die Kugel herangebracht, bis sie, durch den Strahlungsdruck gehalten, sicher in seiner Höhlung ruhte. Mit kräftigen Hammerschlägen konnte nun der schwere Bolzen, der sie bisher festgehalten hatte, herausgeschlagen werden, und dann kam das kurze Stückchen Weg zu dem Maschinenschlitten hin.

Kaum ein Meter war die Strecke lang, aber Dr. Thiessen behauptete später, sie wäre ihm meilenlang vorgekommen. Gewaltig zerrte der Bleiblock unter dem Druck der Strahlkugel an den Flaschenzügen. Nur mit äußerster Vorsicht konnten diese Millimeter um Millimeter angezogen werden. Ein einziger Fehlgriff ... nur eine Kleinigkeit zuwenig oder zuviel an der einen oder anderen Seite, und es drohte die Gefahr, daß der Block aus seiner Richtung kam, daß die Kugel dadurch frei wurde und mit elementarer Gewalt ihre eigene Bahn verfolgte. Nur einen knappen Meter betrug die Weglänge, aber es dauerte fast eine halbe Stunde, bis sie glücklich überwunden war und die Kugel langsam in den Schlitten hineinglitt. Das Schwerste war damit überwunden, doch längst noch nicht alles getan. In einem Schneckentempo holten die Flaschenzüge die Kugel Millimeter um Millimeter in den Schlitten hinein, bis sie endlich nach atemraubenden Minuten dessen Mitte erreichte, bis Grabbe und Thiessen gemeinsam den neuen Stahlbolzen einschieben konnten, der sie nun sicher mit dem Schlitten verband.

»So! Die kommt uns nicht mehr weg!« Thiessen sagte es, während er den Hammer aus der Hand legte, mit dem er soeben den Bolzen eingetrieben hatte. Grabbe war indessen damit beschäftigt, jene Steuerung einzubauen, die bereits am vergangenen Tage die Bewunderung von Dr. Stiegel erregt hatte. Eine überraschend einfache Idee lag ihr zugrunde; handelte es sich doch nur darum, am Ende jedes Hubes die Kugel um ihren

Bolzen zu drehen. Nun mußte es sich zeigen, ob sich auch betriebsmäßig bewähren würde, was auf dem Papier so überzeugend wirkte. Die letzte Schraube hatte Grabbe angezogen; nun trat er einen Schritt zurück, um sein Werk noch einmal zu überschauen. Schmuck und blinkend stand die Maschine da, aber sie rückte und rührte sich nicht.

»Was ist das?« fragte Dr. Stiegel. »Warum läuft der Motor nicht?«

»Weil er auf dem toten Punkt steht, Kollege«, beantwortete Thiessen die Frage und griff in die Speichen des Schwungrades. Mit Gewalt wuchtete er daran, drehte es um einige Zoll weiter, und dann kam plötzlich Leben in die bis dahin tote Maschinerie. Erst langsam noch, doch gleich danach schnell und immer schneller begann sich das Schwungrad unter der treibenden Kraft der Strahlkugel zu drehen. Schon waren seine dahinwirbelnden Speichen nicht mehr einzeln zu erkennen, waren zu einer schimmernden durchsichtigen Scheibe geworden.

Dr. Thiessen blickte auf den Tourenzeiger. »Der Motor geht uns durch«, wollte er rufen, als Grabbe schon nach dem Regelrad der Steuerung griff. Ein paar Drehungen daran, und der Motor mäßigte sein Tempo und lief, wie es vorgesehen war, mit dreihundert Umdrehungen in der Minute. Hin und her jagte der Strahlkolben in dem Zylinder, in blinkendem Spiel drehte sich das Schwungrad um seine Achse. Regelmäßig wie ein Uhrwerk arbeitete die Steuerung. Lange Zeit standen Grabbe und Thiessen vor der Maschine, ohne ein Wort zu sprechen, bis endlich der Chefingenieur das Schweigen brach.

»Man müßte ihre Kraft ausnutzen«, meinte er jetzt zu Dr. Thiessen. »Ich will sehen, daß ich eine dazu passende Dynamomaschine bekomme.«

»Wissen Sie, was wir dann hier in unserem Labor haben würden?« fragte Thiessen und gab gleich selbst die Antwort auf seine Frage. »Wir hätten hier das erste durch Atomenergie betriebene Elektrizitätswerk. Unser Laboratorium würde in der Geschichte des menschlichen Fortschritts einen besonderen Platz einnehmen. Noch nach Jahrzehnten, ja nach Jahrhunderten würde man es nun als die Stätte betrachten, von der ein neues Zeitalter seinen Ausgang nahm.«

Grabbe hielt es für angebracht, ein wenig Wasser in den Wein der Begeisterung zu gießen, und sprach von harter Arbeit, die noch zu tun bliebe, obwohl er selber von dem Erreichten ebenso stark hingerissen war wie Dr. Thiessen.

In übler Laune war Dr. Hegemüller in das Kasino gegangen, saß dort bei einer Tasse Kaffee und blätterte mißmutig in den ausliegenden Zeitungen. Immer wieder gingen seine Gedanken zu der Halle zurück, wo Thiessen jetzt die letzte Montage machte. Warum hatte der zwei einfache Werkleute für die Arbeit herangezogen und ihn, seinen alten Assistenten, einfach fortgeschickt? Gewiß, er war ein Draufgänger, das mußte er sich selber eingestehen. Öfter als einmal hatte es bei seinen Experimenten Zwischenfälle gegeben; aber hatte er durch sein forsches Vorgehen nicht auch Bedeutendes erreicht? War dieser neue, so wirksame Strahlstoff nicht ihm allein zu verdanken? Er nahm sich vor, das Dr. Thiessen bei nächster Gelegenheit einmal gründlich klarzumachen, und dieser Entschluß wirkte beruhigend auf ihn.

Es gelang ihm danach, seine Gedanken zu sammeln und den Inhalt des Zeitungsblattes, das er immer noch in der Hand hielt, wirklich zu erfassen. Nachrichten aus aller Welt durchflog er und stieß dabei auf einen Bericht über die Vorkommnisse am Boulder-Damm; das Auftreffen und Zerspritzen eines Meteors auf der Dammwand und die Zermürbung des Betons wurden darin gemeldet und weiter von den Verwüstungen erzählt, welche die ausbrechenden Wassermassen in dem Tal innerhalb der Sperrmauer angerichtet hatten. Zwar hatte der telegrafische Alarm, den Oberinspektor Dickinson talabwärts gegeben hatte, das Schlimmste verhütet, so daß Menschenleben nicht zu beklagen waren; doch hatten die ausbrechenden Wassermassen in den neuen Kulturen und Siedlungen gewaltige Verheerungen angerichtet.

Wohnhäuser und Stallungen in großer Zahl waren unterspült und weggerissen worden. Ein Gebiet von zehntausend Hektar war überschwemmt, und es würden Tage und Wochen bis zum Abfließen der Wasser vergehen. Hoch in die Dollarmillionen ging der angerichtete Schaden.

Hegemüller krauste die Stirn, während er es las. »Ein Glück, daß die Yankees nicht wissen, woher der Brocken stammt«, wiederholte er im stillen die neulichen Worte Thiessens. »Entsetzlicher Gedanke, wenn unser Labor das alles bezahlen sollte.«

Ein schwerer Betondamm in kaum vierundzwanzig Stunden so tiefgehend zermürbt ... nur die scharfe Strahlung, die von diesem neuen Stoff ausging, konnte das vermocht haben. Die Gedanken Dr. Hegemüllers nahmen eine neue Richtung. Was konnte geschehen, wenn diese unheimliche Strahlung nicht nur granitharten Beton, sondern auch Eisen und Stahl zerfraß? Der neue Motor? ... Eine geniale Idee Grabbes, das stand außer Zweifel. Aber wenn nun die gleiche Energie, die ihn antrieb, ihn auch zerstörte? ... Wenn die strahlende Kraft die stählernen Glieder, die sie zur Arbeit zwangen, in Kürze bis zum Zerbrechen schwächte? ...

Dr. Hegemüller versank in tiefes Sinnen. Dreimal, viermal mußte die Telefonglocke läuten, bevor er ihren Klang vernahm und nach dem Hörer griff. Wie aus einem schweren Traum erwachend, vernahm er aus dem Apparat die Stimme Thiessens, die ihn in das Laboratorium rief.

»Ich habe Sie erwartet. Es ist gut, daß Sie kommen«, empfing Hidetawa seine Landsleute Saraku und Yatahira.

»Wir haben die schnellste Flugverbindung benutzt, als wir Ihr Kabel erhielten. Ihr Wunsch, uns bald zu sehen, war uns Befehl«, erwiderte Yatahira mit einer leichten Verbeugung vor dem weißhaarigen Gelehrten.

Die Begrüßung fand im Universitätsviertel Tokios in einem hochgelegenen Arbeitsraum statt, durch dessen großes, fast eine ganze Wand einnehmendes Fenster sich ein weiter Blick über das Häusermeer der Großstadt bis zur See hin bot.

Kaum etwas in dem Zimmer verriet, daß in ihm ein Mann lebte und arbeitete, dessen Name durch seine Leistungen auf dem Gebiet der Atomphysik weit über die Grenzen seines Vaterlandes hinaus berühmt war. Schriftstücke verschiedener Art bedeckten einen umfangreichen Tisch in der Nähe des Fensters. Mit Büchern gefüllte Regale, die fast bis zur Decke reichten, nahmen den größten Teil der Wandflächen in Anspruch.

Zwischen den Papieren auf dem Tisch stand ein gläsernes, kugelförmiges Gefäß, das auf den ersten Blick nichts anderes als eine Lichtmühle, eins jener altbekannten physikalischen Spielzeuge zu sein schien, denn unablässig kreisten im Innern des Glases mehrere Blättchen um eine senkrechte Achse.

Unwillkürlich blieben die Blicke Yatahiras daran haften. Hidetawa bemerkte es und nahm das Wort zu einer Erklärung.

»Es sind die letzten vier Milligramm des Stoffes, die in dem Glaskolben arbeiten. Durch ein besonderes Verfahren gelang es mir, die winzige Menge gleichmäßig auf die vier Glimmerflügel einer Lichtmühle aufzuspritzen.«

Eine Weile folgten drei Augenpaare dem wirbelnden Spiel der Glimmerblätter, dann begann Saraku:

»Es war nur wenig, was uns durch einen glücklichen

Zufall in die Hände geriet. Genügte es, um die Zusammensetzung des Stoffes festzustellen?«

Hidetawa ließ sich nieder und forderte auch seine Besucher dazu auf, bevor er antwortete.

»Es hat genügt. Ich kenne die Zusammensetzung und weiß, daß es eine sehr gefährliche Masse ist. Der Mann, der diesen Stoff in Deutschland herstellte, ist dicht am Tode vorübergegangen. Noch ein wenig mehr von dem Zusatzstoff, und die Wirkung konnte zur Katastrophe werden. Kennt der Mann in Deutschland die Gefahr, in der er sich befunden hat?«

Yatahira antwortete: »Der Mann ist leichtfertig. Er hätte vorsichtiger sein müssen. Wir alle sind von dem Leiter des Werkes nachdrücklich auf die Gefahren aufmerksam gemacht worden, aber der Deutsche hat sich nicht an die Vorschriften gehalten. Es hat Explosionen gegeben. Nur dadurch sind wir in den Besitz dieser Probe gekommen.«

»Explosionen?« unterbrach ihn Hidetawa, »in Ihrem Funkspruch war nur von einer Explosion die Rede.«

»Eine zweite hat sich später ereignet, Herr Hidetawa. Wir hörten den Knall und konnten gerade noch sehen, wie ein Projektil aus dem abgesperrten Gelände, auf dem die Deutschen ihren Versuch machten, in schräger Richtung nach oben schoß. Es streifte einen Betonbunker des Werkes hart an der Kante und verschwand nach dem Anprall mit geändertem Kurs in westlicher Richtung.

Der Bunker lag dicht bei unserem Laboratorium. Wir sahen, wie etwas an der getroffenen Stelle abbröckelte und nach unten fiel. Wir gingen hin und fanden zwischen den abgesprengten Betonbrocken mehrere Gramm eines metallischen Stoffes. Wir haben ihn mitgebracht.«

»Eine Probe von einem zweiten deutschen Versuch?« Hidetawa hatte Mühe, seine Erregung zu verbergen, während er fragte; Erwartung malte sich in seinen Zügen, als Saraku die bleierne Dose, welche die zweite Probe enthielt, auf den Tisch stellte. »Das ist gut, das ist viel mehr als das erste Mal. Das wird uns weiterhelfen!« kam's von den Lippen des Alten, während seine Augen an dem Stückchen strahlender Materie hingen. »Kommen Sie mit in mein Laboratorium, wir wollen es untersuchen.« Längst war die Helle des Frühlingsmorgens der Abenddämmerung gewichen. Schon wurde es notwendig, das Licht einzuschalten, um die Skalen der Meßinstrumente ablesen zu können, doch Hidetawa achtete nicht der fliehenden Stunden, vergaß seine Jahre, vergaß Zeit und Raum über den Untersuchungen der neuen Probe. Mit stiller Bewunderung sahen die beiden Jüngeren, wie er in immer neuen Versuchen nach immer wieder veränderten Methoden analysierte. Die Uhren im Gebäude kündeten die zweite Morgenstunde, als er die letzte Untersuchung beendete und das Ergebnis niederschrieb. Minuten hindurch saß er danach vor dem Geschriebenen, schweigend, grübelnd, bis er zu sprechen anhub.

»An der Tatsache ist nicht zu zweifeln. Auf zehn verschiedenen Wegen sind wir zu dem gleichen Ergebnis gekommen. Trotzdem bleibt es kaum glaublich. Fast möchte ich es ein Wunder nennen ...«

Gespannt lauschten Saraku und Yatahira den Worten, die immer langsamer und schwerer von den Lippen des greisen Gelehrten fielen.

»Hat den Deutschen ein Schutzengel zur Seite gestanden? Sie haben die explosive Phase übersprungen. Fast doppelt so stark als in der ersten Probe ist der den Zerfall fördernde Zusatz in diesem Stoff. Viel stärker als die erste Probe strahlt der neue Stoff. Aber gleichmäßig, gebändigt verstrahlt die Materie. Wie mögen die Deutschen es geschafft haben, die explosive Phase zu überspringen? Man müßte es wissen, sonst ...«

Erst nach geraumer Zeit wagte Yatahira das Schweigen zu brechen. »Was wäre sonst, Meister?«

»Sonst werden wir Opfer der entfesselten Naturkraft, Yatahira. Wenn wir den Stoff nicht besiegen, besiegt er uns!«

»Opfer müssen gebracht werden.« Mehr zu sich selbst als zu den anderen hatte Saraku es vor sich hin gesprochen.

»Opfer? Keine unnötigen Opfer, Saraku! Es ist schon spät in der Nacht. Wir wollen ruhen; morgen im Licht des Tages wollen wir weiter darüber sprechen.«

Hidetawa stand auf. Saraku und Yatahira verneigten sich und verließen den Raum. Nachdenklich blickte Hidetawa vor sich hin. Langsam begann er auf und ab zu gehen, während seine Lippen abgerissene Sätze formten. »Sie sind noch jung ... sie sprechen von Opfern und meinen den Tod ... Eine geringe Unvorsichtigkeit ... er käme schneller über sie, als sie es ahnen ... Zwecklose Vernichtung wäre es, kein Opfer. Für eine Sache sterben? Wenn es ihr dient, ja! Besser ist es, für eine Sache zu leben!« Hidetawa hielt in seinem Selbstgespräch inne, vertiefte sich wieder in die Aufzeichnungen über die letzten Versuche und Analysen, rechnete und plante. Die Strahlen der Frühsonne fielen bereits durch das Fenster, als er das Laboratorium verließ, um für kurze Stunden der Ruhe zu pflegen.

»Wir müssen den gleichen Weg gehen wie die Deutschen.« Wieder und immer wieder mußten Yatahira und Saraku in den nächsten Tagen diese Mahnung hören und zahllose Fragen beantworten, die Hidetawa deswegen an sie richtete. Nebensächlichkeiten, Zufälligkeiten, längst vergessene Dinge mußten sie sich unter dem Zwang seiner Fragen ins Gedächtnis zurückrufen, und wie aus hundert Mosaiksteinchen zusammengesetzt, entstand allmählich ein Bild dessen, was sich vor Wochen und Tagen in dem deutschen Institut ereignet hatte, vor seinem geistigen Auge. Jede Möglichkeit zog Hidetawa in Betracht; jede Gefahrenquelle, auf die er bei seinen Überlegungen stieß, suchte er zu versperren, jede Sicherheitsmaßnahme wahrzunehmen. Eine explosionssichere Grube, wie sie die Deutschen bei ihren letzten Versuchen benutzt hatten, stand ihm nicht zur Verfügung, doch etwas anderes, das ihm ebenso gut zu sein schien, hatte er dafür in Aussicht genommen.

Saraku und Yatahira wunderten sich, als er sie am fünften Tage zu einer Fahrt nach seinem Landhaus an der Tokio-Bucht einlud. Vorbei an grünenden Feldern und blühenden Kirschenhainen ging die Fahrt auf der Landstraße am Meeresufer auf Yokohama zu.

Bald wurde das Gelände zur Rechten hügelig. Die Ausläufer des Hakone-Gebirges, dessen Krönung der feuerspeiende Fujiyama ist, kam in Sicht. Schon trat hier und dort nackter Fels zutage, als der Wagen auf einen Seitenweg abbog und wenige hundert Meter weiter das Besitztum Hidetawas erreichte.

Zu Fuß durchschritten sie einen gepflegten Garten, der nach den Bergen zu einen parkartigen Charakter annahm. Noch ein paar Dutzend Schritte unter hohen Bäumen einen schmalen Pfad entlang, und sie standen vor einer senkrechten Felswand; doch der Weg war hier noch nicht zu Ende, er führte weiter in den Berg hinein. Beim Schein einer Lampe, die Hidetawa aufleuchten ließ, erkannten Yatahira und Saraku, daß sie im Eingang zu einer natürlichen Höhle standen. Zunächst war es nur ein schmaler Felsgang, doch je länger sie darin fortschritten, um so mehr begann er sich zu weiten, bis sie endlich ein domartiges Gewölbe erreichten, dessen Ende nicht zu erkennen war, obwohl Hidetawa den Lichtkegel seiner Lampe nach allen Seiten spielen ließ.

»Hier ist der Platz, an dem wir unsere Versuche machen werden«, begann er. »Hier werden wir die Strahlröhre aufbauen und von draußen her durch Fernsteuerung in Betrieb nehmen. Sollte es Explosionen geben, dann werden sie keinen Schaden anrichten können. Die Felswände hier sind fest. Sie würden auch einem Ausbruch atomarer Energie standhalten. Sie sind auch verschwiegen, der Schall kann von hier nicht ins Freie dringen. Mag hier geschehen, was da will, draußen wird niemand davon etwas hören; niemand wird etwas von unseren Versuchen erfahren.« Hidetawa hatte geendet, und langsam verebbte das Echo seiner letzten Worte. Fast unheimlich wirkte die Stille, während sie sich zum Gehen anschickten. Erst wenige Schritte hatten sie zurückgelegt, als von neuem ein dumpfes Dröhnen aufkam und sie veranlaßte, noch einmal stehenzubleiben.

»Was war das?« flüsterte Saraku und glaubte im gleichen Moment ein leichtes Zittern des Bodens zu verspüren.

»Es hat nichts zu bedeuten«, beruhigte ihn Hidetawa. »Von Zeit zu Zeit melden sich die Geister des Berges. Bedenken Sie, daß der Fujiyama nicht allzu weit ab ist. Ganz ruhig ist es hier selten, doch bei unsern Arbeiten braucht uns das nicht zu stören.« Noch während er es sagte, ging Hidetawa schon wieder weiter, und wenige Minuten später traten sie aus dem Dunkel der Höhle in den hellen Frühlingstag hinaus. Angesichts des lichtblauen Himmels und der blühenden Bäume wich der Druck, der Saraku und Yatahira im Inneren des Berges befallen hatte, von ihnen; sie vermochten wieder frei zu atmen. Während sie, einer Einladung Hidetawas folgend, in das Landhaus traten, konzentrierten sich ihre Gedanken wieder auf die bevorstehenden Arbeiten.

»Wir werden unseren ersten Versuch genau mit dem in der deutschen Probe festgestellten Mischungsverhältnis ansetzen«, begann Hidetawa seine Ausführungen und notierte die dafür erforderlichen Mengen auf ein Blatt Papier. Erst jetzt, als Saraku die Zahlen geschrieben vor sich sah, kam ihm ihre ganze Bedeutung voll zum Bewußtsein, und er erschrak. »Das ist das Zehnfache dessen, mit dem wir in Deutschland zuletzt gearbeitet haben«, brachte er bestürzt hervor. »Das Gemenge wird in der Röhre explodieren.«

»Dies Gemenge nicht mehr«, unterbrach Hidetawa.

»Das ist ja das Geniale an der Erfindung, daß sie die explosive Phase glücklich vermeidet. Sie finden etwas Ähnliches übrigens auch anderswo«, fuhr er fort, als er die zweifelnde Miene Sarakus sah. »Nehmen Sie beispielsweise ein Gemenge von Benzingas und Luft. Nur in einem eng umgrenzten Mischungsverhältnis ist es explosiv, in allen anderen nicht. Sie können sicher sein, wenn wir uns genau an das deutsche Rezept halten, haben wir nichts zu fürchten.«

Die nächsten Stunden galten der Besprechung der Vorbereitungen für den geplanten Versuch. Starkstrom stand auf dem Besitztum Hidetawas in genügender Menge zur Verfügung, aber alles andere würde von Tokio hergebracht werden müssen. Die Höchsttransformatoren, die Schaltgeräte, Leitungsmaterial und schließlich die Röhre.

»Wir werden mit fünf schweren Lastkraftwagen auskommen«, legte Hidetawa als Schlußergebnis der Besprechungen fest. »Morgen früh soll der Transport beginnen. In drei Tagen wird unser erster Versuch stattfinden können.«

Die Milliarde Kubikmeter, die am Boulder-Damm ausströmte, war buchstäblich Wasser auf die Mühle von Robert Jones. Er erblickte darin einen neuen unzweifelhaften Beweis für seine Meteoritentheorie. Da mußte ein ganz gehöriger Brocken dieses merkwürdigen strahlenden Metalls eingeschlagen haben, denn anders ließen sich die Zerstörungen an der mächtigen Talsperre doch nicht erklären. Jede Notiz darüber, die er in amerikanischen Zeitungen entdeckte, sammelte er sorgfältig und versuchte mit diesem Material auch Professor O'Neils endgültig zu seiner Ansicht zu bekehren, doch zu seinem Leidwesen hatte er keinen großen Erfolg damit. Alles, was er schließlich erreichte, war ein längerer Urlaub für eine Reise nach dem Boulder-Damm, um die Vorfälle an Ort und Stelle zu studieren.

»Zweck hat Ihre Reise nur«, sagte Professor O'Neils beim Abschied zu ihm, »wenn es Ihnen gelingt, größere Mengen dieses Meteoriten zu sammeln, damit wir sie hier gründlich untersuchen können.«

Mit dieser Weisung bestieg er den Zug und fuhr nach Los Angeles. Von dort brachte ihn ein Kraftwagen in schneller Fahrt nach dem Boulder-Damm. Es war gut für Jones, daß er sich mit Empfehlungen versehen hatte, denn am Staudamm herrschte ein Leben und Treiben wie in einem Ameisenhaufen, und niemand hatte viel Zeit und Sinn für den Wissenschaftler, seine Fragen und seine Forschungen. Erst nach Tagen gelang es ihm, bis zu Mr. Dickinson vorzudringen, und in der Hoffnung, ihn um so schneller wieder loszuwerden, fand sich der Oberinspektor schließlich bereit, mit ihm zum Damm zu gehen und dort die Einschlagstelle zu zeigen.

Ein ohrenbetäubendes Getöse drang ihnen entgegen, als sie die Dammkrone betraten. Viele Dutzende von Preßluftmeißeln waren an der Einschlagstelle in Betrieb. Krachend hieben die schweren Stahlmeißel auf das Massiv des Dammes ein, um den Beton, soweit er angefressen und nicht mehr unbedingt zuverlässig war, zu entfernen. Angeseilt hingen die Werksleute mitsamt ihren Maschinen an der steilschrägen Dammauer über der Tiefe.

Jones mußte ein Schwindelgefühl bekämpfen, als er hinter dem Oberinspektor auf einer der schmalen Eisenleitern zu der Arbeitsstelle hinabstieg. Über ein schwankendes Brett führte der Weg dann weiter bis zu dem Ort hin, wo die Wasser durch den Damm gebrochen waren.

Erst als Jones von der Planke herunter war und in der Höhlung auf festem Boden stand, fühlte er sich wieder einigermaßen sicher und vermochte freier um sich zu schauen. Eine Stärke von etwa zwölf Meter hatte der Damm in dieser Höhe. Eine kreisrunde Öffnung von ungefähr der gleichen Größe hatten die ausströmenden

Wassermassen in ihn gerissen. Auf der Innenseite stand der Spiegel des Stausees bis an die Sohle dieser Lücke heran.

Der Betonboden, über den sie gingen, war naß, denn ständig rieselte noch Wasser aus dem Stausee durch die Öffnung heraus. »Hier ist es gewesen, Sir«, begann Oberinspektor Dickinson mit seiner Erklärung. »Einer unserer Dammwärter hat gesehen, wie etwas vom Himmel fiel, hier einschlug und zersplitterte. Wir haben es zuerst nicht für gefährlich gehalten. Man hatte in den Staaten schon etwas von einem Meteoriten gehört. Es soll sogar ein Professor ein Buch darüber geschrieben haben. Wir glaubten, da wäre eben auch so ein Stückchen Sternschnuppe gegen unseren Damm gesaust. Freuten uns, daß es dem Brocken schlechter bekommen war als unserem guten Damm, aber am nächsten Tag sehen wir die Bescherung. Das verteufelte Zeug frißt ja noch schlimmer als Schwefelsäure. Der Beton wurde mürbe, das Wasser brach aus. Was es da unten angerichtet hat, das können Sie von hier aus sehen.«

Dickinson deutete talwärts, wo der frühere fruchtbare Wiesengrund auf weite Strecken hin zerwühlt und verschlammt war. Jones wollte eben damit herauskommen, daß er es gewesen war, der über diesen Meteoriten geschrieben hatte, als Dickinson fortfuhr: »Der Professor — ich glaube, es ist sogar ein Berufskollege von Ihnen gewesen — hat leider das Wichtigste in seinem Buch vergessen. Er hätte vor dem Satanstoff warnen müssen. Hätten wir's rechtzeitig gewußt, wäre das gefährliche Zeug sofort mit Preßluftmeißeln abgestemmt worden und das Unglück nicht geschehen.«

Auf diese Worte zog Jones es vor, seine Autorschaft an dem von Mr. Dickinson erwähnten Buch für sich zu behalten, und wünschte nur zu wissen, wo noch etwas von diesem Meteoritenstoff zu finden sein könnte. Dickinson deutete in die Tiefe. »Da unten müssen Sie danach suchen gehen, Sir. Was von dem verdammten

85

Zeug noch auf den Betontrümmern klebte, wurde von den ausbrechenden Wassermassen natürlich mitgerissen und durch das Tal hin verschleppt. Wird keine leichte Sache sein, und vor allen Dingen keine angenehme, Sir, in dem Schlammodder da unten auf die Suche zu gehen; ist aber die einzige Möglichkeit, von dem Kram etwas zu erwischen.«

Die Aussicht, die Oberinspektor Dickinson Jones eröffnete, war nicht sehr erfreulich, doch wenn er nicht unverrichteterdinge zurückkehren wollte, mußte er sich wohl oder übel der Mühe unterziehen. Nach einigem Sträuben besorgte Dickinson ihm zwei Leute, die das untere Tal genau kannten und gegen einen, wie er fand, reichlich hohen Tageslohn bereit waren, für ihn zu arbeiten.

Mr. Dickinson hatte nicht übertrieben, als er das Unternehmen als schwierig und unangenehm bezeichnete. Tagelang watete Jones mit seinen beiden Hilfskräften in dem verschlammten Talgrund umher. Viele Hunderte von Betonbrocken mußten sie aufheben oder umdrehen, um dann wirklich einmal auf das eine oder andere Stückchen zu stoßen, das auf seiner Oberfläche einen metallischen Belag zeigte. Verhältnismäßig leicht ging dagegen das Abheben der Metallschicht vonstatten, da der einst granitharte Beton unter der Schicht schon fast auf einen Fingerdruck hin in Staub und Schlamm zerfiel.

Mit einer kaum vorstellbaren Wucht mußte der Aufprall des Meteoriten auf die Dammwand stattgefunden haben, denn anders ließ es sich nicht erklären, daß das Metall auseinandergespritzt war. Nur dünne Häutchen, Metallfolien, vielfach kaum einen halben Millimeter stark, waren es, die er in mühseliger Sammelarbeit aus den Betontrümmern gewann; aber etwas anderes konnte er dabei noch feststellen, ohne Meßapparate zu Hilfe zu nehmen. Auch jetzt noch mußte dies Metall sehr stark strahlen, denn ein paarmal entglitt ein eben von dem Gestein abgezogenes Stückchen Folie seinen Fingern.

Vorsicht war hier geboten, und Jones beglückwünschte sich dazu, rechtzeitig Vorsorge getroffen zu haben. In der Erinnerung an das Abenteuer in den Vernon Hills und den dort durch die Strahlung zerstörten Rock Watsons hatte er sich noch vor seiner Abreise in Washington einen geräumigen, mit Bleiblech gefütterten Behälter besorgt, der zuverlässigen Schutz gegen die Strahlung bot.

Wie Stanniolpapier zusammengerollt, wanderte ein Stück der gefundenen Folie nach dem anderen in diesen Behälter, und nach vier mühseligen, in dem verwüsteten Tal verbrachten Tagen hatte er eine Menge von mehreren Kilogramm beisammen.

»Sind Sie mit dem Ergebnis Ihrer Expedition zufrieden, Sir?« fragte ihn Mr. Dickinson, als Jones wieder am Boulder-Damm auftauchte.

Dieser sah reichlich abgerissen aus, verschmutzt, unrasiert und ein wenig verhungert. In von ihren Bewohnern längst verlassenen Ruinen hatte er während seines Streifzuges nächtigen und von den mitgenommenen Vorräten leben müssen, aber trotz alledem strahlte er über das ganze Gesicht.

»Ich bin zufrieden« sagte er zu Dickinson und klopfte auf den gefüllten Behälter. »Ich habe alles gefunden, was ich suchte. Jetzt geht's nach Washington zurück. Ich werde von mir hören lassen.«

»Wollen Sie etwa auch ein Buch über diesen dreimal verdammten Meteoriten schreiben?« fragte Dickinson.

»Ja, das will ich in der Tat«, versicherte er ihm beim Abschied und bestieg dann den Kraftwagen nach Los Angeles.

Mit Interesse studierten Dr. Thiessen und seine Leute die Veröffentlichung des Mr. Robert Jones und lachten während der Lektüre öfter als einmal recht herzlich.

»Ganz vorzüglich, diese Meteoritentheorie«, meinte Dr. Thiessen zu Hegemüller. »Das lenkt die anderen von der richtigen Spur ab. Zweifellos stammt der Brocken, der dort in die Suppe gefallen ist, von Ihrem ersten Streich her.«

Dr. Hegemüller, ebenso wie seine Kollegen in Strahlenschutzkleidung gehüllt, setzte sich in Positur. »Sie wollen sagen, Herr Thiessen, von jenem Versuch, der uns den ersten brauchbaren Strahlstoff erbrachte«, hub er an, aber Thiessen winkte ab.

»Lassen wir das, Kollege. Sie sollen meinetwegen den Ruhm haben, aber eine Patzerei ist's doch gewesen. Wichtiger ist mir das, was Jones über die zerstörende Wirkung der Strahlung schreibt. Nehme ich dazu noch die Ereignisse an der Boulder-Sperre, wo ein starker Betondamm in vierundzwanzig Stunden von der strahlenden Materie zerfressen wurde, so kommen mir doch schwere Bedenken.«

»Sie vermuten, die Strahlung könnte auch den stählernen Bauteilen unseres Motors gefährlich werden?« fragte Dr. Stiegel. Thiessen nickte. »Wir müssen die Maschine dauernd unter Beobachtung halten. Der Gedanke, daß der Stahl plötzlich nachgeben und der Stahlkolben seine eigenen Wege gehen könnte, macht mir unruhige Stunden.«

»Ich habe den Motor vor einer Stunde genau untersucht und nichts gefunden«, beruhigte ihn Stiegel. »Ich habe alle der Strahlung ausgesetzten Teile abgeklopft. Der Stahl hat einen vollen, gesunden Klang und läßt den Hammer zurückfedern.«

Während Dr. Stiegel sprach, war Hegemüller an eine Stelle der Hallenwand getreten, die in der Verlängerung des Kolbenweges lag, und kratzte dort mit einem Meißel. Der Beton der Wand stäubte dabei pulvrig auf.

»Sehen Sie, da haben wir die Geschichte«, sagte er zu Dr. Thiessen. »Den Beton greift es an; ebenso wie den am Boulder-Damm. Ich habe schon gestern vorgeschlagen, einen Bleischutz um den Motor zu setzen. Wenn wir's so lassen, wie es jetzt ist, werden wir bald ein hübsches Loch in der Wand haben.«

Die Beweisführung Hegemüllers wirkte so überzeugend, daß die beiden anderen sich ihr nicht verschließen konnten.

»Diesmal haben Sie recht, Kollege«, pflichtete Thiessen ihm bei. »Das ist ja auch nur eine Kleinigkeit; in einer Stunde können wir's gemacht haben.«

Während Dr. Stiegel die Halle verließ, um passendes Bleiblech zu besorgen, ging Hegemüller ein paarmal um den Motor herum und musterte ihn mit kritischen Blikken, bis es Thiessen schließlich auffiel.

»Haben Sie sonst noch etwas an der Maschine auszusetzen?« fragte er schließlich.

Hegemüller nickte. »Allerlei, Herr Thiessen. Die Maschine ist noch nicht das Richtige.«

Thiessen schwankte, ob er sich ärgern oder lachen sollte. »Na, dann schießen Sie mal los, Kollege«, meinte er schließlich belustigt. »Was gefällt Ihnen an unserem Strahlmotor nicht?«

»Erstens schon mal, daß es ein Motor ist. Mit unserem Strahlstoff hätten wir ebenso eine Turbine bauen können.«

Dr. Thiessen horchte interessiert auf. »Hm, eine Turbine? Warum nicht? Sobald wir genügend neuen Strahlstoff hergestellt haben, können wir ja auch mal zur Abwechslung eine Strahlturbine bauen. Gut, Kollege, ich nehme Ihren Wunsch zur Kenntnis. Sind Sie nun zufrieden?«

Hegemüller schüttelte sehr energisch den Kopf. »Nein, Herr Thiessen. Sehen Sie!« Er deutete auf den Motor. »Jetzt ist die Maschine zwar stillgesetzt, aber die Kolbenkugel verstrahlt trotzdem unablässig ihre Energie. Wirtschaftlich macht es keinen Unterschied, ob wir den Motor laufen lassen oder nicht. Das will mir nicht gefallen.«

»Ja, aber lieber Freund« — Dr. Thiessen faßte sich an die Stirn —, »Sie verlangen etwas viel auf einmal. Ich sehe auch nicht die Spur einer Möglichkeit, wie Sie das ändern wollen.«

Hier wurde ihr Gespräch unterbrochen, denn Dr. Stiegel kam zurück, und hinter ihm fuhren zwei Werksleute eine Ladung Bleiblech in die Halle. Es nahm reichlich zwei Stunden in Anspruch, dann aber war der Motor ganz in Blei gekapselt und jede Gefahr, daß seine Strahlung in der Umgebung Schädigungen verursachen könnte, behoben.

»Ist auch besser so für uns«, sagte Dr. Stiegel, als die letzten Fugen verschmolzen waren und sie die Knallgasbrenner ausdrehten. »Jetzt können wir es uns endlich bequemer machen.« Er streifte den schweren, mit Blei gefütterten Kittel ab; Thiessen und Hegemüller folgten seinem Beispiel, zufrieden, sich endlich wieder frei und leicht bewegen zu können.

Ihre nächste Arbeit galt der Aufstellung einer neuen Blitzröhre. Dr. Thiessen bestand darauf, daß sie wieder in der Schleudergrube aufgebaut wurde, obwohl Hegemüller lebhaft protestierte und versicherte, daß man bei der neuen Konstruktion keine Explosionen mehr zu befürchten brauche.

In der Tat unterschied sich die Röhre, die nach den Plänen von Dr. Hegemüller entstanden war, beträchtlich von den früher verwendeten zerbrechlichen Glasgebilden. Es war ein mächtiger Steingutkörper im Gewicht mehrerer Tonnen, und man mußte kräftige Kräne zu Hilfe nehmen, um ihn in die Schleudergrube hinabzulassen. Hier konnte auch nicht mehr nach Glasbläserart gearbeitet werden, sondern durch eine verschraubbare Luke mußte das Metall der Antikathode in die neue Röhre eingebracht werden. Knarrend und dröhnend schob sich endlich die Metallkuppel über der Grube zusammen. Dr. Hegemüller stand dabei und setzte eine undefinierbare Miene auf.

»Haben Sie schon wieder was auszusetzen, Kollege?«
fragte ihn Thiessen, durch seine dauernde Nörgelei gereizt. »Wenn der Versuch gut ausgeht, können Sie sich
beim nächsten meinetwegen auf die Röhre setzen.«

Hegemüller stand in Gedanken versunken da und
schien die Worte kaum gehört zu haben. Dr. Thiessen
wiederholte deshalb seinen Vorschlag noch einmal.
»Wenn Sie durchaus Lust zu einer Himmelfahrt haben,
Herr Hegemüller, können Sie das nächste Mal in perso-
na auf der Röhre Platz nehmen. Ich bin auch bereit, Sie
für Ihre Erben fotografieren zu lassen, bevor wir Strom
geben ...«

»Wie? Sagten Sie etwas, Herr Thiessen?« Hegemüller
kam aus seinem Sinnieren wieder zu sich und blickte
Thiessen an, als ob er eben aus einem Traum erwache.

»Ich erlaubte mir in der Tat, etwas zu sagen«, gab Dr.
Thiessen verdrießlich zurück.

»Ich habe eine Idee«, erwiderte Hegemüller, ohne auf
die Tonart des andern einzugehen.

»Schon wieder eine Idee?« Dr. Thiessen schnitt ein
Gesicht, als ob er etwas Saures im Munde hätte. »Lieber
Freund, Ihre Ideen sind mir, offen gesagt, ein wenig zu
explosiv.«

Hegemüller war schon wieder ins Grübeln geraten.
Mehr zu sich selbst als zu den anderen sprach er weiter.

»Wenn man die Strahlung speichern könnte ... einen
Akkumulator müßte man haben, der die Energie sammelt, wenn der Motor nicht läuft ...« Thiessen schlug
ihm kräftig auf die Schulter. »Hegemüller! Doktor!
Mann, kommen Sie zu sich! Sie reden ja im Fieber! Die
Energie der Protonen und Neutronen, die mit Riesenge-
schwindigkeit durch den Raum sausen, wollen Sie speichern? Wie denken Sie sich das?«

Dr. Hegemüller preßte beide Fäuste gegen die Stirn.
Er sprach wie unter einem inneren Zwang.

»Ich weiß es noch nicht, Herr Thiessen ...« Er schöpfte ein paarmal tief Atem. »Wenn ich's schon wüßte, wä-

re mir wohler. Ich weiß nur, daß es gehen muß ... Ich sehe den Weg noch nicht klar ... aber finden werde ich ihn.«

Mit einem Kopfschütteln wandte Dr. Thiessen sich ab. Öfter als einmal hatte er sich in der letzten Zeit über seinen Assistenten Gedanken gemacht. Anfangs war er geneigt gewesen, ihn für einen leichtsinnigen Draufgänger zu halten, dem man auf die Finger sehen mußte, und verschiedene Vorkommnisse, bei denen es programmwidrig funkte und krachte, hatten Dr. Thiessen in seiner Meinung bestärkt. Aber je länger, desto mehr glaubte er später doch einen tieferen Sinn, einen verdeckten Plan in den Eigenmächtigkeiten Hegemüllers zu entdecken, und nach jenen letzten Vorkommnissen schließlich, die nach scheinbaren Mißerfolgen den neuen Strahlstoff ergaben, war Thiessen so weit gekommen, sich die Frage vorzulegen: Genie oder Tollheit?

Tollkühn war es von Hegemüller gewesen, die gefährliche Beimengung kurzerhand zu verzehnfachen. Das halbe Werk hätte darüber in die Luft fliegen können, aber der Erfolg hatte die Kühnheit gerechtfertigt. Und nun wieder eine neue Phantasterei, die Strahlung während der Zeit, in der sie nicht benötigt wurde, einfach zu speichern. Im ersten Augenblick schien's nur ein vages Hirngespinst zu sein ... und doch ... je länger Thiessen überlegte, desto mehr gewann der Plan auch für ihn Sinn und Bedeutung. Mit dem ersten kühnen Experiment hatte Dr. Hegemüller den Hahn zur Atomenergie gewissermaßen aufgedreht. Jetzt sann er auf eine Möglichkeit, ihn nach Belieben wieder schließen zu können ... ein verwegenes Projekt ... doch wenn es glückte ... welchen Ruhm würde seine Abteilung, würde das Werk davon haben!

Thiessen bemühte sich, seine Erregung zu verbergen, und wandte sich wieder an seine beiden Assistenten.

»Sind Sie mit den Vorbereitungen fertig?« Er warf einen Blick auf die Schaltung und die Meßgeräte. »Gut, dann wollen wir beginnen. Jetzt muß es sich zeigen, Herr Hegemüller, ob Ihre neue Röhre standhält.«

»Der Teufel soll dazwischenfahren, wenn sie's nicht tut!« platzte Hegemüller raus und legte den Schalthebel ein.

Strom kam auf die Röhre, die Zeiger der Meßinstrumente kletterten in die Höhe. Stärker brummten die Transformatoren auf. Gewaltig strömte die hochgespannte elektrische Energie durch die schweren Kabel in die Grube hinab, aber die neue Röhre hielt ihr stand. Nicht wie bisher beendete eine vorzeitige Explosion den Versuch. Ohne Zwischenfälle, wie Dr. Thiessen es verlangt hatte, ging er zu Ende.

Sie hatten den Strom abgeschaltet und die Kuppel über der Grube wieder geöffnet, als Chefingenieur Grabbe kam, um sich nach dem Ergebnis des Versuches zu erkundigen. Ohne Widerstreben ließ er sich ebenfalls den schweren Bleischutz anlegen, bevor er mit Dr. Thiessen und seinen Leuten in die Grube hinabstieg, und dann standen sie neben der neuen Röhre.

Röhre? Der alte Name war geblieben, den die Physiker des neunzehnten Jahrhunderts einst für ihre von Glasbläsern hergestellten elektrischen Entladungsgefäße geprägt hatten, doch was hatte die unaufhaltsam fortschreitende Hochspannungstechnik im Laufe von vier Menschenaltern aus dem Gerät gemacht! »Ein Mordsding«, staunte Grabbe, als er vor dem mehr als zwei Stockwerke hohen, aus Steinzeug und Edelstahl gefügten Gebilde stand. »So mächtig hätte ich's mir nach der Zeichnung nicht vorgestellt. Tüchtig, Herr Hegemüller, was Sie da gebaut haben. Damit können wir vielleicht bald wieder in Ihr Labor gehen und die Schleudergrube für andere Zwecke frei machen.«

Dr. Thiessen schüttelte zu den Worten Grabbes bedenklich den Kopf, während Hegemüller über das ganze Gesicht strahlte. Dann griffen sie zu den schweren Schraubenschlüsseln, die Luke der Röhre wurde geöffnet, und die Antikathode lag frei vor ihren Blicken. Anders als früher war in der neuen Röhre der Prozeß vor sich gegangen. In seiner ganzen Masse war das Metall aktiviert worden. Nicht mehr nach einer Richtung, sondern gleichmäßig nach allen Seiten hin ging die Strahlung von der Metallkugel aus. Sie zeigte keine Neigung mehr, nach einer Richtung hin fortzufliegen, aber doppelt gefährlich war dafür das Hantieren mit ihr geworden. Nur unter starkem Bleischutz durften auch die Werkleute sich ihr nähern, die die Kugel jetzt mit Hebezeugen aus der Röhre holten und mit einem Kran aus der Grube schafften.

Während das geschah, saß Grabbe mit Thiessen und seinen Assistenten bei einer Beratung im Laboratorium zusammen. Über die Arbeiten, die jetzt vorgenommen werden sollten, wurde gesprochen. Dr. Thiessen erwartete, daß der Chefingenieur Vorschläge für den Bau eines zweiten, größeren Motors mit der neugewonnenen Strahlmasse machen würde, doch der brachte etwas anderes vor.

»Ich habe eine interessante Nachricht aus Tokio bekommen«, begann er. »Der sicherlich auch Ihnen dem Namen nach bekannte Atomforscher Hidetawa hat dort mit einer einfachen Lichtmühle einen beachtenswerten Versuch gemacht ...«

Grabbe holte einen Brief aus seiner Tasche und las daraus weiter vor.

»Ja also, meine Herren«, fuhr er fort, als er mit der Vorlesung zu Ende war, »genau betrachtet, ist das kleine Ding, das da auf dem Schreibtisch von Herrn Hidetawa seit vielen Tagen ununterbrochen läuft, bereits eine Atomturbine. Wenn wir nicht nachhinken wollen, müssen wir ebenfalls ...«

»Woher hat der Japaner den Strahlstoff«, fiel ihm Thiessen ins Wort.

Der Chefingenieur zuckte die Achseln. »Darüber konnte mein Gewährsmann nichts in Erfahrung bringen. Es war schon viel, daß Hidetawa ihm seinen Apparat zeigte und sich über die Wirkungsweise ausließ.«

Dr. Thiessen saß mit gerunzelter Stirn da. Mehr für sich als für die andern wiederholte er die Frage: »Wie sind die Japaner an den Strahlstoff gekommen?«

»Warum sollten sie ihn nicht auch hergestellt haben?« meinte der Chefingenieur. »Der Weg, auf dem etwas Derartiges erreicht werden kann, ist heute allgemein bekannt. Auch in den japanischen Instituten arbeitet man seit Jahren intensiv an dem Problem.«

Hegemüller stieß Thiessen in die Seite, bis der sich ihm zuwandte. »Was wollen Sie, Kollege?«

»Die plötzliche Abreise der beiden Japaner neulich? Mir schwant etwas.«

»Bändigen Sie Ihre Phantasie, Hegemüller«, wies Thiessen ihn zurecht, als Grabbe, der die leise geführte Unterhaltung doch gehört hatte, sich einmengte.

»Ich werde mit unserem Vertreter in Tokio kabeln. Er soll herausbekommen, wo die Herren Yatahira und Saraku stecken. Wenn die zwei jetzt mit Hidetawa zusammenarbeiten, könnte Ihr Verdacht berechtigt sein, Herr Doktor Hegemüller.«

»Ich würde es auch dann für ausgeschlossen halten«, beharrte Thiessen bei seiner Meinung. »Selber haben die Japaner bei uns keinen Strahlstoff gemacht, und in unser Laboratorium sind sie nicht mehr gekommen, nachdem uns die Herstellung geglückt war. Wenn sie jetzt über etwas Ähnliches verfügen, dürfte es wohl aus dem Laboratorium von Hidetawa stammen. Ich glaube, gegen diese Schlußfolgerung läßt sich nichts einwenden, Herr Grabbe.«

Der Chefingenieur zuckte die Achseln. »Vielleicht, vielleicht auch nicht! Vergessen Sie nicht, Herr Thiessen, daß eine nicht unbeträchtliche Menge des aktiven Metalls aus Ihrem Labor ausgebrochen und in die weite Welt hinausgeflogen ist. Auf diese Weise haben ja auch die Amerikaner etwas davon in die Finger bekommen.«

95

»Glauben aber Gott sei Dank, daß es sich um einen Meteor aus dem Weltraum handelt«, warf Hegemüller dazwischen.

»Hoffentlich, Herr Doktor Hegemüller, bleiben sie bei dem Glauben«, fuhr Grabbe fort. »Ich habe da noch eine Nachricht bekommen, die Sie vielleicht interessieren wird. Einer von den Assistenten Professor O'Neils's ist nach Los Angeles gereist und hat am Boulder-Damm zusammengeklaubt, was sich von den Resten Ihrer ersten Strahlkugel finden ließ. Wenn jetzt etwa O'Neils auch auf den Einfall käme, die Flügel einer Lichtmühle mit Strahlstoff zu präparieren, so brauchten wir uns nicht den Kopf darüber zu zerbrechen, von wo der den Stoff herhat.«

»Wäre es am Ende nicht möglich, daß auch japanische Agenten am Boulder-Damm waren und sich ebenfalls ... nur etwas geschickter und unauffälliger ... etwas von dem Stoff beschafft haben?« gab Dr. Stiegel zu bedenken.

»Das würde ich immer noch für wahrscheinlicher halten«, pflichtete Thiessen ihm bei, »als daß es den Japanern gelungen sein sollte, hier aus unserem Laboratorium etwas von dem Stoff an sich zu bringen.«

»Wir wollen uns darüber nicht unnütz den Kopf zerbrechen«, beendete Grabbe die Debatte. »Unsere nächste Aufgabe steht fest. Wir müssen eine Strahlturbine bauen. Die Aufgabe ist nicht so einfach, wie es auf den ersten Blick scheint. Ich schlage vor, daß die Herren jeder für sich zunächst einmal Entwürfe machen und daß wir uns dann in den nächsten Tagen ... vielleicht schon übermorgen ... wieder zu einer Besprechung zusammensetzen.«

Grabbe hatte kaum das Zimmer verlassen, als Hegemüller mit einer Frage herauskam. »Ich möchte für mein Leben gern wissen, wo unser Chefingenieur seine Informationen her hat. Er weiß, was bei Hidetawa auf dem Schreibtisch steht; er weiß, daß Mr. Jones am Boulder-

Damm gewesen ist. Vermutlich weiß er noch mancherlei anderes, von dem er uns gar nichts gesagt hat.«

Dr. Thiessen lachte. »O Hegemüller, Sie ahnungsloser Engel, haben Sie noch niemals etwas von unserem Informationsbüro und von unserem Nachrichtendienst gehört?«

»Wenig und nichts Bestimmtes, Herr Thiessen. Ich mache meinen eigenen Kram und kümmere mich nicht um das, was andere machen.«

»Ist auch ein Standpunkt, Kollege, aber schließlich nicht immer der richtige. Die Werksleitung muß wissen, was draußen in der Welt vorgeht, und dazu haben wir zunächst mal unser Informationsbüro.«

Hegemüller schüttelte sich. »Ich bin mal durchgekommen. Da saßen eine Menge Leute drin, lasen Zeitungen, schnitten hin und wieder was aus und klebten es auf weiße Blätter.«

Thiessen lehnte sich bequem in seinen Sessel zurück und schickte sich zu einem kleinen Vortrag an.

»Ja, mein lieber Hegemüller, die Leute, die Sie in unserem Informationsbüro gesehen haben, sind keine einfachen Zeitungsleser. Die verstehen es, auf einen Blick unter hundert Nachrichten gerade die eine, oft recht unscheinbare, herauszufinden, die für unser Werk Interesse hat. Sie verstehen es außerdem noch, zwischen den Zeilen zu lesen und mit einem erstaunlichen Spürsinn zu rekonstruieren, was der Zeitungsschreiber noch schreiben wollte, aber aus verschiedenen Gründen ... Zensur und dergleichen ... unter den Tisch fallen ließ. Außerdem sind sie noch Polyglotten. Zeitungen in etwa vierzig verschiedenen Sprachen werden in unserem Informationsbüro gelesen, und aus hundert Mosaiksteinchen, die aus den verschiedensten Quellen stammen, entsteht dort auf diese Weise eine Nachricht, die sich fast immer als richtig erweist.«

»Mag alles ganz schön und gut sein«, gab Hegemüller immer noch zweifelnd zu. »Daß ein Mr. Jones am Boulder-Damm war, mag das Büro auf die Manier erfahren haben. Aber was auf dem Schreibtisch Hidetawas steht, darüber hat gewiß in keiner Zeitung etwas gestanden.«

»Ja, mein lieber Freund«, Thiessen legte die Fingerspitzen seiner beiden Hände zusammen. »Man hat auch sonst noch seine Quellen im Ausland. In der Diplomatie nennt man diese Leute Attachés, Militär-Attachés, Marine-Attachés, Handels-Attachés usw. Technik und Forschung haben sich die in der Diplomatie bewährte Einrichtung zum Muster genommen und, soviel mir bekannt, keine schlechten Erfahrungen damit gemacht ... Stopp, Hegemüller! Was Sie jetzt sagen wollen, stimmt nicht. Das ist keine Spionage. Es geht alles ganz loyal zu, aber unsere Gewährsleute sind selbst Wissenschaftler und verstehen es, ihre Augen und Ohren ebenso gut zu gebrauchen wie die ausländischen Besucher, die wir hier bei uns empfangen. Was dabei herauskommt, davon hat Ihnen der Chefingenieur ja eben eine Probe gegeben.«

Hegemüller brummte noch etwas Unverständliches vor sich hin, während Thiessen schon zu einem andern Thema überging. »Geben Sie sich zufrieden, Kollege! Jetzt handelt es sich um den Vorschlag, den Sie vorher schon selbst machten, um die Strahlturbine. Wenn wir übermorgen mit dem Chefingenieur darüber sprechen wollen, müssen wir uns morgen schon unter uns beraten. Also an die Arbeit; die Zeit ist kostbar.«

»Da bin ich, Herr Professor! Gut anderthalb Kilo des Strahlstoffes habe ich zusammengebracht.«

Jones sagte es mit unverhohlener Freude über den Erfolg seiner Reise und stellte eine schwere Bleibüchse vor Professor O'Neils auf den Tisch.

»Gut, mein Lieber, da hat sich Ihre Reise wenigstens etwas gelohnt«, sagte O'Neils, während er den Deckel der Dose abhob. »Wir werden den Stoff untersuchen.«

Betroffen schaute Jones auf. Er hatte lebhaftere Worte

der Anerkennung für das von ihm Erreichte erwartet, und das Gefühl der Ernüchterung verstärkte sich noch in ihm, als O'Neils ruhig weitersprach. »Ich fürchte allerdings, daß wir nicht viel Neues entdecken werden. Die Strahlung unserer alten Probe hat inzwischen derart nachgelassen, daß sie immer weniger meßbar bleibt. Wenn alle Stücke von dem gleichen Material stammen, so dürfen wir von dem neuen Material auch kaum etwas anderes erwarten.«

Jones hatte die Empfindung, als ob er einen Kübel kaltes Wasser über den Kopf bekäme. War das der Dank für seine Bemühungen, für die Reise nach Kalifornien, die er im Interesse der Wissenschaft auf eigene Kosten unternommen hatte? Noch ehe er etwas zu sagen vermochte, sprach Professor O'Neils schon weiter. »Ein Elektroskop wird durch den älteren Stoff überhaupt nicht mehr beeinflußt. Es sollte mich wundern, wenn es hier anders wäre. Wir können gleich einen Versuch machen.«

Er ging zu einem Schrank, nahm ein Goldblatt-Elektroskop heraus und stellte es auf den Tisch, griff dann nach einer Schellackstange, rieb sie an seinem Rockärmel und berührte den Kopf des Elektroskopes damit. Nur einen kurzen Moment zuckten die Blättchen in dem Elektroskop, doch sie spreizten sich nicht auseinander.

O'Neils stutzte. Ein zweites und drittes Mal wiederholte er den Versuch, doch stets mit dem gleichen negativen Ergebnis. »Heaven! Was ist das?« Er nahm das Elektroskop, das unmittelbar neben der geöffneten Bleibüchse stand, brachte es in die entfernteste Ecke des Zimmers und versuchte es zum vierten Mal. Diesmal schlugen die Goldblättchen zwar auseinander, doch sie beharrten nicht lange in dieser Stellung. Nach wenigen Sekunden waren sie bereits wieder zusammengefallen.

Professor O'Neils stand vor einem unerwarteten Phänomen, und sein Forschungseifer wurde rege. Für die nächsten Minuten vergaß er die Gegenwart Jones' und alles andere um sich her. Er lief zu der Bleibüchse und legte den Deckel wieder auf. Er riß alle Fenster auf, um die möglicherweise durch eine Strahlung ionisierte Luft des Zimmers durch Frischluft zu ersetzen. Er begann danach wieder mit dem Elektroskop zu arbeiten, und diesmal beharrten die auseinandergespreizten Blätter in ihrer Lage. Er stellte das Elektroskop dicht neben die Bleibüchse, und die Goldblättchen blieben auseinandergespreizt. Er hob den Deckel von der Büchse ab, und sofort fielen die Blätter zusammen. O'Neils hatte gefunden, was er suchte, und kam wieder zu sich. Er warf sich in einen Sessel, blickte Jones an und sprach zu ihm. »Ihre Meteoritentheorie hat einen schweren Stoß bekommen, der neue Stoff strahlt tausendmal stärker als die alte Probe. Es ist unwahrscheinlich, daß beide den gleichen Ursprung haben.«

Robert Jones versuchte etwas zu erwidern und seine Hypothese zu verteidigen, aber O'Neils wies jeden seiner Einwände unter Berufung auf die eben gemachten Messungen zurück.

»Ich hätte vielleicht lieber nicht nach Kalifornien fahren sollen«, meinte Jones schließlich und brachte dadurch O'Neils erst recht in Harnisch. »Wollen Sie Tatsachen aus dem Wege gehen, weil sie Ihnen unbequem sind?« fuhr dieser ihn an. »Sehr gut war es, ganz vorzüglich war es, daß Sie diese Reise unternommen haben. Was kommt es darauf an, wenn ein paar Theorien oder Hypothesen zusammenkrachen? Die Hauptsache ist, daß wir die Wahrheit ergründen.«

Ebenso schnell, wie Professor O'Neils in Feuer geraten war, beruhigte er sich wieder. »Kommen Sie, Jones«, sagte er in verändertem Ton, »wir wollen das neue Material chemisch untersuchen.«

Der halbe Tag verstrich darüber. Zu dritt waren sie an der Arbeit, reduzierten, chlorisierten und oxydierten, setzten Lösungen an, titrierten und verdampften, bis das Ergebnis mit Sicherheit vorlag.

»Der ersten Probe ähnlich, aber durchaus nicht das gleiche«, faßte O'Neils das Resultat der Analyse in wenige Worte zusammen. »Es ist ebenfalls radioaktives Blei und Kohlenwasserstoff, aber in einem anderen Mengenverhältnis.«

»Könnte es nicht doch von demselben Meteor stammen wie das andere?« versuchte Jones seine alte Theorie zu verteidigen.

»Der Gehalt an einem paraffinähnlichen Kohlenwasserstoff ist rund doppelt so hoch wie bei dem älteren Material«, warf O'Neils ein.

»Man hat schon öfter beobachtet, daß die prozentuale Zusammensetzung eines Meteors von Stelle zu Stelle stark wechselt«, meinte Jones dagegen.

Bisher hatte Watson dem Disput der beiden andern schweigend zugehört. Jetzt nahm er das Wort. »Haben sich die Herren bereits eine Erklärung dafür gemacht, wie Paraffin in einen Meteor hineinkommt?«

O'Neils antwortete mit einer abweisenden Bewegung. »Ich habe diese Meteoritentheorie niemals vertreten.«

Jones suchte nach Worten und redete viel, ohne doch überzeugend wirken zu können. Er kam vom Hundertsten ins Tausendste, bis Watson ihm mit einer Bemerkung dazwischenfuhr. »Ich glaube nicht an deine Meteoritentheorie, Robert! Paraffin ist ein organischer Stoff. Organischer Stoff fliegt nicht im Weltraum umher. Das Material hier«, er wies auf die vor ihm stehenden Analysen, »ist von irdischer Herkunft und ... hörst du, Robert, wenn mich nicht alles täuscht, stammt es aus einem Laboratorium, wo es zusammengemischt wurde.«

Jones wollte aufbrausen, Professor O'Neils hielt ihn zurück. Nüchterne Kritik, fast Abweisung klang aus seinen Worten, als er zu Watson sprach.

»Wieder eine neue Hypothese, fast noch abenteuerlicher als die Ihres Freundes. Beweise dafür müßten erst erbracht werden. Können Sie eine Erklärung für die verschiedene Zusammensetzung der beiden Proben geben, die wir in Händen haben?«

»Selbstverständlich, Professor O'Neils, die beiden Proben stammen von zwei verschiedenen Versuchen ... derselben Versuchsreihe natürlich, bei der man die Paraffinbeimengung von Versuch zu Versuch verändert hat.«

»Nicht übel, mein lieber Watson.« O'Neils wiegte den Kopf nachdenklich hin und her. »Ihre Hypothese könnte in der Tat etwas für sich haben, wenn nicht ... wenn Sie, ja wenn Sie auch dafür noch eine Erklärung hätten, wie diese Stoffe in unsere Atmosphäre gelangt sind, sich über die ganze Erde hin in der Luft herumtreiben und hier bei uns niederfallen.«

»Erinnern Sie sich noch an unsere erste Besprechung, Herr Professor, als wir Ihnen die erste Probe brachten? Damals gaben Sie selbst der Vermutung Ausdruck, daß das Stück durch eine Explosion in die Höhe geschleudert worden sein könnte.«

O'Neils stutzte. Er entsann sich. Ja, das hatte er damals freilich gesagt; hatte sogar Nachforschungen angestellt und bald herausgefunden, daß in der Nähe von Washington keinerlei Explosionen stattgefunden hatten.

»Eine Explosion, die ihre Sprengstücke über den halben Erdball verstreut?« Professor O'Neils begann sich wieder zu ereifern. »Wir sind Wissenschaftler und keine Phantasten, Watson! Wenn Sie mir keine bessere Erklärung geben, muß ich Ihre Theorie ebenso verwerfen wie die Ihres Freundes Jones.«

Watson kannte seinen Chef zur Genüge, um zu wissen, daß ein weiterer Widerspruch ihn nur noch mehr gereizt hätte.

»Ich möchte etwas anderes vorschlagen«, lenkte er deshalb ein. »Wir haben in unserem Institut auch schon radioaktives Blei hergestellt. Wenn man es in Staubform brächte und mit Kohlenwasserstoff vermengte, könnte man vielleicht eine ähnliche Substanz erzeugen wie dies hier. Man müßte eine Versuchsreihe ansetzen, die Beimengung von Fall zu Fall verändern ...«

Bei jedem der letzten Worte, die Watson sprach, hatte O'Neils zustimmend genickt. Jetzt unterbrach er ihn lebhaft.

»Das ist ein Vorschlag, der sich hören läßt. Woher der fremde Stoff stammt, soll uns jetzt nicht weiter kümmern. Selber herstellen wollen wir ihn, das ist das einzig Richtige.«

Das Material für das beabsichtigte Experiment war im Institut vorhanden. Von früheren Arbeiten her lag im Laboratorium noch ein Kilogramm radioaktives Blei, und Paraffin der verschiedensten Sorten war in den Büchsen der Chemikaliensammlung enthalten. Das Ziel hatte Professor O'Neils mit klaren Worten angegeben, nur der Weg zu seiner Erreichung war noch strittig. Tage hindurch berieten sie darüber hin und her, ohne zu einem Entschluß zu kommen, während sie inzwischen bereits alles für die Versuche vorbereiteten. Da stand auf dem Laboratoriumstisch eine schwere Platinschale, in welcher der radioaktive Bleistaub flimmerte und schimmerte. Dicht daneben eine andere, die mit geflocktem Paraffin gefüllt war. Für den Fall, daß man doch mit geschmolzenem Paraffin arbeiten wollte, war auch bereits ein Wasserbad auf dem Tisch aufgebaut und schon so weit betriebsfertig, daß man nur noch die elektrische Beheizung des Wasserbehälters einzuschalten brauchte. Nur noch der letzte Entschluß fehlte, dann konnte das Experiment vonstatten gehen. Wieder war darüber ein Abend hereingebrochen, und O'Neils und seine Gefährten rüsteten sich, ihre Arbeitsstelle zu verlassen. Noch einmal schaute Professor O'Neils nach dem Tisch; dann wanderten seine Blicke über die lange Reihe der Wandschränke, die mit wertvollem chemischen Gerät gefüllt waren, und blieben schließlich an den Fenstern haften. Nachdenklich, zuerst mehr zu sich selbst als zu den anderen, sprach er: »Wir sind hier im Erdgeschoß zuwenig gesichert. Wenn jemand Lust auf unsere Platintiegel bekäme, könnte er leicht einsteigen. Vor die Fenster müssen kräftige Stahlgitter kommen. Ich wollte es schon längst veranlassen, habe es im Drange der Geschäfte immer wieder vergessen. Erinnern Sie mich morgen daran, Watson, daß ich das in die Wege leite ... und morgen müssen wir auch zu einem Entschluß kommen. So oder so muß morgen ein Versuch gemacht werden!«

Als letzter verließ er hinter den andern den Raum und ließ die Tür ins Schloß fallen. Vor dem Carnegie Building trennten sich ihre Wege; Professor O'Neils ging nach der einen Seite, Watson und Jones nahmen die entgegengesetzte Richtung.

»So oder so — hat O'Neils gesagt«, nahm Jones das alte Thema wieder auf. »Um die Wahrheit zu sagen, Henry, mir graut vor diesem Versuch. Was könnte geschehen, wenn er von zwei Wegen den falschen wählt?«

Watson lachte. »Mache dir keine unnützen Sorgen, Robert. O'Neils ist ein vorsichtiger Mann. Er wird höchstens mit Milligrammen arbeiten. Da ist auch im schlimmsten Fall kaum etwas zu befürchten.« Während er weitersprach, übertrug sich seine Sorglosigkeit allmählich auch auf Jones.

»Alles Gute denn auf morgen, Henry«, sagte er beim Abschied, als sich bei der nächsten Querstraße ihre Wege trennten.

Professor O'Neils lag in festem Schlaf, als sich um die zweite Morgenstunde das Telefon neben seinem Bett meldete. Geraume Zeit mußte die Glocke schellen, bevor er aus dem Tiefschlaf zu sich kam und nach dem Hörer griff, aber dann war er in einer Sekunde blitzmunter.

»Das Institut brennt!« Die drei Worte ließen ihn mit einem Satz aus dem Bett springen. In fliegender Hast kleidete er sich an, stürmte aus seinem Haus und machte sich, mehr laufend als gehend, auf den Weg. Nicht lange, und der gerötete Himmel zeigte ihm, daß er sich seinem Ziele näherte. Noch ein paar Minuten, und er stieß auf die Kette der Feuerwehrleute und Polizisten, die die Brandstelle absperrten. Man wollte ihn aufhalten, er wies sich aus, und man ließ ihn passieren. Zwischen Schlauchleitungen und Gerätewagen drang er weiter vor, aber nicht mehr allzu weit, denn eine unerträgliche Hitze strahlte das Feuer aus. In eine lodernde Riesenfackel war das Monumentalgebäude des Instituts verwandelt. Schon stürzte der eiserne Dachstuhl in dem Flammenmeer zusammen, weithin eine mächtige Funkengarbe verstreuend.

Wirkungslos schienen die Wassermassen zu bleiben, welche von allen Seiten aus hundert Rohren in die Glut geworfen wurden. Schon jetzt war es klar, daß das Gebäude nicht zu retten war. Die Wehr mußte sich darauf beschränken, die umliegenden Häuser zu schützen, während das Institut bis auf die Grundmauern ausbrannte.

Drei Tage hatte die Wehr mit den Aufräumungsarbeiten zu tun. Schuttmassen waren fortzuschaffen, verkohlte Balken und Bohlen fortzuräumen, Mauern, die einzustürzen drohten, niederzureißen. Am vierten Tage war es soweit, daß Professor O'Neils die Stelle, die einst sein Laboratorium war, wieder betreten konnte. Die gewölbte Betondecke, die den Raum vom Keller trennte, hatte dem Feuer standgehalten und war nicht eingestürzt. Zusammen mit Watson und Jones machte sich der Professor daran, die Schuttreste, die noch auf ihr lagerten, zu durchsuchen, von der Hoffnung getrieben, daß die wertvollen Platingeräte seines Laboratoriums die Hitze des Brandes vielleicht unbeschädigt überstanden haben könnten. Was er suchte, fand er nicht. Dafür stieß er aber in der Mitte des Raumes auf eine zusammengeschmolzene Metallmasse, die dem hohen Gewicht nach wahrscheinlich reines Platin war.

»Hier stand ungefähr der Tisch, auf dem wir unsern

Versuch vorbereitet hatten«, meinte Watson. »Das Platin wird von den beiden Platinschalen stammen.«

Jones widersprach. »Nein, Henry, dafür wiegt es viel zu schwer. Das ist ein Mehrfaches von dem Gewicht der beiden Schalen. Wie kommt das hier in die Mitte des Zimmers?«

Währenddessen durchstöberte O'Neils den Schutt an den Wänden, suchte und suchte, bis er seine Bemühungen schließlich als fruchtlos aufgab.

»Es ist wie verhext!« rief er seinen Leuten zu. »Geschmolzenes Glas, Messing und Eisenreste liegen hier, wo die Schränke gestanden haben; keine Spur von den Edelmetallen, von dem Platin und Iridium ist hier zu finden.«

Er stäubte sich ein paar Aschenspuren von seiner Kleidung ab, wandte sich Watson und Jones zu und wunderte sich, als er sah, wie sie die Köpfe zusammensteckten und miteinander flüsterten.

»Haben Sie etwas Neues gefunden?« fragte er, näher herantretend, und schwieg betroffen. Weiße Trümmer hoben sich an der Stelle, auf die Jones und Watson hinstarrten, von dem schwärzlichen Brandschutt ab. Einen hellen, länglichen Fleck bildete das Ganze auf dem dunklen Untergrund. Professor O'Neils berührte es mit dem eisernen Stab, mit dem er den Schutt von der Wand untersucht hatte, da fielen Teile des fremdartigen Gebildes in sich zusammen, schneeweiße Asche wirbelte auf. O'Neils bückte sich, griff vorsichtig mit den Fingern hinein und hob etwas auf, das ihm federleicht in der Hand lag.

»Kalk? Kalzinierte Knochen?« murmelte er vor sich hin, während er das Stückchen näher an seine Augen brachte. »Ein Fingerknochen ... der Knochen von einer menschlichen Hand könnte es sein ...« Zu den andern gewandt sprach er weiter: »Ein Mensch hat bei dem Brand den Tod gefunden. Wer kann es sein? Der Wächter? Nein! Der konnte sich ja noch retten. Ist mit leich-

106

ten Brandwunden davongekommen ... Wer aber kann es gewesen sein?«

Ein neues Rätsel, eine neue Frage, die der Brand im Carnegie Building den mit der Untersuchung betrauten Behörden aufgab. Der Mann, der allein auf alle diese Fragen eine bündige Antwort hätte geben können, weilte nicht mehr unter den Lebenden.

Zu früher Morgenstunde war er in das Laboratorium O'Neils' eingedrungen und hatte sich im Schein der Blendlaterne über den Inhalt der Wandschränke hergemacht. In Eile stopfte er alles Gerät, das ihm wertvoll erschien, in einen Sack und wollte den Raum schon wieder verlassen, als er die beiden Platinschalen auf dem Tisch erblickte. Er griff danach und warf sie zu den übrigen im Sack. Erst dabei bemerkte er, daß sie mit irgendwelchen Pulvern gefüllt waren, stutzte und wollte einen Fluch ausstoßen.

Er kam nicht mehr dazu. Mit einem Schrei ließ er den Sack fahren, dessen Stoff schon in seiner Hand hell aufflammte, stand einen Augenblick starr. Schon selber brennend, wollte er sich zur Flucht wenden, kam aber nicht mehr dazu. Stürzte zu Boden und verging in dem Flammenmeer, das bald den ganzen Raum erfüllte.

Die Besprechungen im Laboratorium von Dr. Thiessen verliefen reibungslos, denn die vier Beteiligten waren bereits ganz unabhängig zu dem gleichen Endergebnis gekommen. Bei den bekannten Eigenschaften des Strahlstoffes gab es nur die eine Möglichkeit, den Rotor der Turbine als ein vierflügeliges Rad zu gestalten.

»Herrgott ja! Es ist die einzige Möglichkeit, aber die Sache gefällt mir noch nicht«, rief Chefingenieur Grabbe mißmutig und warf den Bleistift auf die vor ihm liegende Zeichnung. »Das Ding sieht so primitiv aus wie ein Rad der alten Wassermühlen von Anno dazumal, aber nicht wie eine Turbine.«

»Sie denken an die vielen Lauf- und Leiträder unserer

Dampfturbinen«, äußerte sich Dr. Thiessen dazu. »Ich verstehe, daß Sie gern etwas Ähnliches haben möchten, aber hier haben wir es mit einer ganz anderen Antriebskraft zu tun. Wir müssen ja nicht mit Heißdampf oder Wasserkraft, sondern mit unserem Strahlstoff arbeiten. Die Tatsache, daß wir alle zu der gleichen Lösung gekommen sind, spricht doch dafür, daß wir uns auf dem richtigen Wege befinden.«

»Jedenfalls auf einem gangbaren Wege«, gab Grabbe widerstrebend zu. »Die erste Turbine wollen wir nach den Plänen hier bauen. Es wird immerhin ein Anfang sein, und wir wollen hoffen, daß sich an den Anfang eine glückliche Weiterentwicklung schließen wird.«

Durch die Worte des Chefingenieurs war die Angelegenheit entschieden, und viele Hände begannen sich zu regen, um seinen Entschluß in die Tat umzusetzen. In feuerfeste Formen strömte glutflüssiges Eisen; unter den Backen einer Schmiedepresse wurde rotwarmer Edelstahl gedrückt und geknetet, bis er die auf den Zeichnungen für die Turbine vorgesehenen Formen annahm. Auf Werkzeugmaschinen erhielten die rohen Guß- und Schmiedeteile ihre weitere Bearbeitung, und alle diese Einzelteile formten sich dann in dem Laboratorium von Dr. Thiessen zusammen. »Wenn man's recht erwägt«, meinte Hegemüller, der die Einzelteile kritisch betrachtete, »dann ist's im großen nichts anderes als das Ding, das sich bei Hidetawa auf dem Schreibtisch dreht. Vier Flügel auf einer Achse, die von dem Strahlstoff in Bewegung gesetzt wird.«

»Sehr richtig bemerkt, Kollege.« Thiessen lachte und schlug Hegemüller kräftig auf die Schultern. »Etwas größer wird das Ding hier bei uns.« Er deutete, während er es sagte, auf das gut fünf Meter im Durchmesser haltende Flügelrad. »Und da, mein lieber Freund, da beginnt die Schwierigkeit. Hidetawa hat den Strahlstoff einfach auf die Flügel seiner winzigen Lichtmühle aufgespritzt. Wir werden hier eine andere Befestigungsweise wählen müssen, sonst könnte uns die ganze Geschichte bei einer gewissen Tourenzahl um die Ohren fliegen.«

»Aufschrauben, Herr Thiessen! Aufnieten! In Nuten eingießen!« Ein Dutzend verschiedener technischer Möglichkeiten sprudelte Hegemüller heraus.

»Halt, Freund Hegemüller! Nicht so hitzig. Zügeln Sie Ihre Phantasie!« unterbrach Dr. Thiessen den Redefluß seines Assistenten. »Setzen Sie sich an Ihren Tisch und berechnen Sie mir eine zuverlässige Befestigung. Dann wollen wir weiter über die Sache reden.«

»Gut, Herr Thiessen, soll geschehen«, sagte Hegemüller und machte sich an die ihm aufgetragene Arbeit. Dr. Thiessen begab sich in den Sicherheitsraum, um die Menge des inzwischen fertiggestellten und dort aufbewahrten Strahlstoffes zu überprüfen.

So wie sie aus den neuen Röhren gekommen waren, lagen die gewichtigen Metallkugeln aufgestapelt. Wie Thiessen es schnell überschlug, genügend Stoff, um die Schaufeln des Turbinenrades mit einer fingerstarken Schicht zu belegen. Er wollte den Raum wieder verlassen, als ihm etwas auffiel. An einer Kugel fehlte ein Stück. Wie man etwa einem Apfel mit einem Messer etwas abschneidet, so war hier von der Kugel ein Segment abgetrennt. Nach der Beschaffenheit der Schnittfläche zu schließen, mußte es mit einer Metallsäge geschehen sein. Dr. Thiessen stutzte. Gedanken an Spionage, Sabotage und ähnliches gingen ihm blitzschnell durch den Kopf, um ebenso schnell wieder verworfen zu werden. Es war ja ausgeschlossen, daß ein Unbefugter in den Sicherheitsraum eindringen konnte. Aber wer hatte sich dann an dem Strahlstoff vergriffen? Wer hatte ein Stück davon an sich genommen, dessen Gewicht Thiessen auf mehrere Kilogramm schätzte?

Nur jemand, der einen Schlüssel zu dem komplizierten Schloß der Panzertür besaß, konnte es sein. Stiegel? Hegemüller? Ein Verdacht keimte in Thiessen auf. Dem

109

quecksilbrigen, stets neuen Ideen und Möglichkeiten nachjagenden Hegemüller war es viel eher zuzutrauen als dem ruhigen, in sich gekehrten Stiegel. Dr. Thiessen entschloß sich, auf den Busch zu klopfen.

»Sagen Sie mal, Herr Kollege, wofür haben Sie den Strahlstoff gebraucht?« fragte er Hegemüller kurzerhand. Dr. Hegemüller fuhr aus seinen Berechnungen empor. Thiessens Frage kam ihm völlig unerwartet.

»Welchen Strahlstoff, Herr Thiessen?«

Die Verlegenheit war Hegemüller anzusehen, aber Thiessen ließ sich durch diese Gegenfrage nicht irremachen.

»Das Segment meine ich, Kollege, das Sie von einer Strahlkugel im Sicherheitsraum abgeschnitten haben.«

»Ach so, das meinen Sie ... ja, ich brauchte den Stoff für eine Untersuchung.«

»Hm, für eine Untersuchung, Kollege? Gleich ein paar Kilogramm? Scheint mir etwas reichlich zu sein. Darf man wissen, was Sie untersuchen wollten?«

Hegemüller druckste noch eine Weile, bis er sich entschloß, mit der Sprache herauszukommen. »Ich will es Ihnen sagen, Herr Thiessen, aber Sie dürfen mich nicht auslachen. Ich versuche, die Strahlung zu speichern.«

»Die Strahlung speichern?! Sie sprachen schon einmal davon, Herr Hegemüller, und ich habe Ihnen damals schon gesagt, daß Sie keinen Hirngespinsten nachjagen sollen. Wir brauchen unsere Zeit für bessere Dinge.«

»Es geht aber doch, Herr Doktor«, trumpfte Hegemüller auf.

»Bilden Sie sich keine Schwachheiten ein, Kollege.« Thiessen machte eine Bewegung, als ob er die Bemerkung Hegemüllers wegwischen wollte.

»Nein, es geht!« beharrte der bei seiner Meinung. »Sie haben das Fehlen des Strahlstoffes leider etwas zu früh entdeckt. In ein paar Tagen wäre ich von selber zu

Ihnen gekommen, um Ihnen meine Ergebnisse zu zeigen.«

»Ihre Ergebnisse? Ja, Mann, bilden Sie sich denn wirklich ein, daß es ein Mittel gibt, den Zerfall unseres Strahlstoffes nach Belieben aufzuhalten?«

»Es gibt ein Mittel, Herr Thiessen, und sogar ein sehr einfaches. Man braucht die Strahlung nur zu paralysieren, dann kommt der Prozeß zur Ruhe. Die Atomzersetzung hört auf.«

Dr. Thiessen blickte nachdenklich zu Boden. Langsam, zweifelnd kamen die Worte aus seinem Mund. »Eine ganz schöne Theorie, Kollege. Aber ... wie steht es mit der Praxis?«

»Ich hätte gern noch ein paar Tage gewartet, Herr Thiessen, meine Versuche sind noch nicht ganz abgeschlossen, doch wenn Sie es wünschen, will ich Ihnen heute schon zeigen, was ich gefunden habe.«

Erwartungsvoll folgte Dr. Thiessen Hegemüller zu einem Schrank, und Enttäuschung malte sich in seinen Zügen, als ihm der Assistent seine Versuchsanordnungen zeigte.

»Auf diese simple Manier wollen Sie es schaffen?« meinte er wegwerfend.

»Das Einfachste ist meist das Beste, Herr Thiessen. Und einfach ist meine Methode. Das will ich Ihnen gern zugeben. Sehen Sie hier ...« Er nahm ein in kräftige Schraubzwingen eingespanntes Metall aus dem Schrank. »Ich habe einfach eine ebene Platte unseres Strahlstoffes zwischen zwei Platten aus inaktivem Blei unter möglichst starkem Druck eingespannt, das Ganze sich selber überlassen und nur alle vierundzwanzig Stunden die Strahlung gemessen.«

»Und was haben Sie gefunden, Herr Kollege?«

»Es ist so, wie ich es erwartete, Herr Thiessen. Nach kurzer Zeit kommt das System ins Gleichgewicht und damit zur Ruhe.«

Hegemüller holte ein Protokollbuch, in das er seine

Meßergebnisse eingetragen hatte, und mit wachsendem Interesse studierte Thiessen die langen Zahlenreihen.

»Nicht übel, mein lieber Hegemüller«, meinte er zum Schluß anerkennend. »Nur wird es sich praktisch schwer anwenden lassen. Sie haben Ihre Metallplatten hier unter einem Mordsdruck zusammengepreßt. Wie soll man das aber bei Strahlmaschinen im Betrieb machen? Ich sehe keine Möglichkeit dafür.«

»Aber verehrter Herr Doktor Thiessen, das wird sich später alles finden«, kämpfte Hegemüller gegen die Zweifelsucht Thiessens an. »Mir ging es darum, erst überhaupt mal einen Weg zu suchen, und den habe ich gefunden. Ob er bequem oder unbequem ist, ob es noch andere, bessere Wege nach dem gleichen Ziel gibt, das halte ich vorläufig wenigstens für Fragen zweiter Ordnung.«

»Fragen aber, Kollege, die gelöst werden müssen, wenn Ihre Entdeckung fruchtbar werden soll. Für die nächsten Tage nimmt uns alle der Zusammenbau der Strahlturbine in Anspruch. Wenn die neue Maschine erst läuft, werden wir weiter über die Sache reden.«

Drei Tage harter Arbeit kamen und gingen, dann konnte Dr. Thiessen den Sperrhebel der Turbine lösen. Erst langsam, dann schnell und immer schneller drehte sich das große Flügelrad, und zusammen mit ihm rotierte auch der Anker der mit der Strahlturbine gekuppelten Dynamomaschine. Elektrischen Strom lieferte die Maschine, der sich in zehntausend Lampen ergoß und sie hell aufleuchten ließ. Zu nutzbringender Arbeit war durch die neue Konstruktion der in den Atomen des Strahlstoffes vor sich gehende Zerfall gezwungen, nach menschlichem Willen mußte atomare Energie leuchten oder wärmen, mußte überall dort dienstbar sein, wohin sie durch den Draht geschickt wurde.

Lange standen Professor Lüdinghausen und Chefingenieur Grabbe vor der neuen Strahlturbine, sahen zu, wie Thiessen damit manövrierte, sie bald stärker, bald schwächer belastete, und steckten dann die Köpfe zusammen. Über die Frage, ob man schon Patente anmelden sollte und über die Art dieser Patente flogen Rede und Gegenrede zwischen ihnen hin und her, ohne daß sie zu einem Entschluß zu kommen vermochten.

»Es ist vielleicht noch zu früh«, meinte Lüdinghausen. »Aber wenn uns irgendein anderer zuvorkäme«, warf Grabbe ein, der in diesem Augenblick an Hidetawa und seine Lichtmühle dachte. »Wir wollen Doktor Thiessen hören«, entschied Lüdinghausen und winkte ihn heran. Zu dritt verließen sie die Halle und gingen nach dem Direktionsgebäude hinüber.

»Der Hohe Rat zieht sich zu einem Konsilium zurück.« Hegemüller, der ihnen durch ein Fenster nachschaute, sagte es zu Dr. Stiegel. »Ich glaube, die Herren werden über die Patentfrage sprechen«, meinte der.

»Dann wird es voraussichtlich eine lange Sitzung werden. Ich schlage vor, Kollege Stiegel, wir benutzen die Zeit und gehen frühstücken. Kommen Sie mit ins Kasino?«

Eine halbe Stunde mochte vergangen sein, als Dr. Stiegel auf die Uhr blickte und Hegemüller ermahnte: »Es wird Zeit, wieder an unsere Arbeit zu gehen.«

»Ach was, wir haben noch Zeit«, lehnte der die Aufforderung ab. »Für die nächste Stunde sitzt Thiessen noch bei der Direktion.«

Hegemüller schickte sich eben an, eine Zigarette anzuzünden, als das Telefon neben dem Tisch klingelte. Er griff nach dem Apparat, hörte einen Moment, deckte ihn dann mit der Hand ab und flüsterte zu Stiegel:

»Den Teufel auch! Lüdinghausen will mich sprechen. Woher weiß der schon wieder, daß wir hier im Kasino sitzen?«

Bevor Dr. Stiegel etwas antworten konnte, sprach Hegemüller schon wieder in den Apparat.

»Jawohl, Herr Professor, ich komme sofort.«

Was kann der Alte von mir wollen? ging's Hegemüller durch den Kopf, während er den Hörer wieder auf die Gabel legte.

Einen ähnlichen Gedanken mochte auch Stiegel hegen, der dem Davoneilenden noch nachrief: »Na, was wird's denn geben? Einen Lobstrich oder einen Tadelstrich?«

Hegemüller hörte die letzten Worte nicht mehr, doch Stiegel spann den Gedankengang für sich allein weiter, indem er Vergleiche zwischen sich und Hegemüller anstellte. Er selbst, das Zeugnis durfte er sich mit gutem Recht ausstellen, fleißig und gewissenhaft, stets bemüht, sich an die Vorschriften zu halten und unerwünschte Zwischenfälle zu vermeiden, die sich bei der Art ihrer Arbeiten nur allzu leicht einstellen konnten. Der andere ein Quirlkopf, stets neuen Ideen nachjagend, draufgängerisch.

Öfter als einmal hatte der bei seinen Versuchen ganz gehörig Scherben gemacht. Dr. Stiegel entsann sich eines Falles vor Jahresfrist, wo die Stellung seines Kollegen im Institut nach einem solchen Vorfall fast unhaltbar geworden zu sein schien. Aber immer wieder war er mit einem blauen Auge davongekommen. Mit einer unbegreiflichen Nachsicht war Professor Lüdinghausen über die Dinge hinweggegangen, für die, nach seiner, Stiegels Meinung, zum mindesten ein scharfer Verweis, wenn nicht die Entlassung am Platze gewesen wäre. War jetzt die Geduld des Professors vielleicht doch zu Ende? Würde er Hegemüller in eine andere Abteilung stecken, in der er weniger Gelegenheit hatte, Unheil anzurichten? Nach einigen Äußerungen Thiessens schien es Dr. Stiegel nicht ausgeschlossen zu sein. Während er die Möglichkeit in Betracht zog, bedauerte er sie auch schon, denn es kam ihm zum Bewußtsein, daß er doch Jahre angenehmer Zusammenarbeit mit Hegemüller verbracht hatte.

»Nehmen Sie Platz, Herr Doktor.« Professor Lüdinghausen wies auf einen vierten leeren Stuhl am Tisch und musterte Hegemüller mit einem langen, prüfenden Blick.

Was will der Alte von mir? wiederholte Hegemüller in Gedanken die Frage, die er vorher im Kasino laut geäußert hatte. Dabei liefen seine Augen schnell über den Tisch und die an ihm Sitzenden. Er sah, daß die Schreibblöcke vor Thiessen und Grabbe kreuz und quer mit Bleistiftstrichen bedeckt waren, aus denen ein Kundiger vielleicht irgendeine Konstruktion enträtseln konnte. Er blickte in die Gesichter und glaubte die Zeichen einer Erregung darin zu entdecken. Gespannt wartete er auf die weiteren Worte Lüdinghausens.

»Herr Doktor Thiessen hat uns berichtet«, begann der Professor, »daß Sie sich mit einem Problem beschäftigen, dessen baldige Lösung auf das äußerste erwünscht ist.«

»Eine Lösung habe ich bereits gefunden, Herr Professor.«

»Wissen wir, Herr Doktor Hegemüller. Ihre Lösung ist theoretisch interessant; ob sie sich auch praktisch anwenden läßt, darüber sind wir noch im Zweifel.«

Hegemüller zuckte die Achseln. »Ich sagte schon zu Herrn Doktor Thiessen, daß es erst ein Anfang ist, Herr Professor. Selbstverständlich wird man hart und verbissen arbeiten müssen ...«

»Hart und verbissen; sehr richtig, Herr Doktor Hegemüller. Trauen Sie sich die Arbeit zu?«

»Gewiß, Herr Professor, aber es wird Zeit kosten. Die andern Aufgaben im Laboratorium nehmen mich stark in Anspruch.«

»Davon wollen wir Sie befreien, Herr Hegemüller. Wir sind zu dem Entschluß gekommen, Ihnen ein besonderes Laboratorium zu geben, in dem Sie Ihre Arbeitskraft ausschließlich dem Problem der Strahlungsspeicherung widmen sollen. Herr Doktor Thiessen entbehrt Sie nur ungern, aber er stimmt mit mir darin überein, daß diese Regelung für die Sache selbst die beste ist.«

Je weiter Lüdinghausen sprach, um so wilder wirbelten die Gedanken Hegemüllers durcheinander. Wenn er sich auch mit unbefangener Miene von seinem Kollegen Stiegel im Kasino getrennt hatte, um dem Ruf Lüdinghausens zu folgen, so war er innerlich doch nicht ganz so ruhig gewesen. Auf dem Wege über die Treppen hatte er noch einmal in Eile sein Sündenregister überschlagen und dabei gefunden, daß sein Gewissen zum mindesten nicht so rein war wie etwa das seines Kollegen Stiegel.

Es hätte ihn nicht wundergenommen, wenn Professor Lüdinghausen ihm eine kleine Standrede über allerhand Eigenmächtigkeiten gehalten und ihn zu größerer Zurückhaltung ermahnt hätte, und nun kam es ganz anders. Anerkennung für das, was er getan hatte, klang aus den Worten Lüdinghausens. Ein eigenes Laboratorium würde ihm zur Verfügung gestellt werden, einen Stab von Mitarbeitern würde er sich zusammenstellen dürfen. Frei von allen andern Verpflichtungen, würde er sich ganz der einen großen Aufgabe widmen dürfen, auf deren Lösung er seit Wochen brannte.

Dr. Hegemüller hätte im Überschwang der Freude laut aufjubeln mögen, doch die nächsten Worte Lüdinghausens stimmten ihn wieder ernst. Von den Pflichten sprach der Professor jetzt, die das neue Amt ihm, Hegemüller, auferlegte, und von dem, was die Werksleitung von ihm erwarte.

»Ich danke Ihnen, Herr Professor«, antwortete er, als Lüdinghausen geendet hatte. »Ich verspreche Ihnen, mein Möglichstes zu tun. Alles, was an mir liegt, soll geschehen, um den Erfolg zu erzwingen.«

Lüdinghausen streckte ihm die Rechte hin, und Hegemüller schlug kräftig ein. »Ich nehme Ihr Versprechen an, Herr Doktor«, sagte der Professor. »Als Arbeitsstelle bekommen Sie die neue Halle neben der Abteilung

Thiessen. Alles Weitere wird Ihnen Herr Grabbe mitteilen.«

Wie im Traum stieg Hegemüller die Treppen wieder hinab. Während er langsam Stufe für Stufe nahm, schmiedete er im Geiste schon Pläne, wie er sein Laboratorium einrichten, welche Arbeiten er zuerst in Angriff nehmen würde.

Im Laufe einer knappen Woche hatte die Höhle bei dem Landhaus Hidetawas ein verändertes Aussehen bekommen. Wo vordem ewige Dunkelheit herrschte, erhellten jetzt elektrische Lampen das mächtige Gewölbe bis in die letzten Winkel. Transformatoren waren aufgebaut und Blitzröhren betriebsbereit. In Schränken und auf Tischen standen alle Chemikalien, die man vielleicht benötigen würde. Darüber hinaus aber war noch etwas geschehen. Jene weichen Bastmatten, auf deren Fertigung sich das Inselvolk des Fernen Ostens so meisterhaft versteht, waren in großer Anzahl an den Höhlenwänden aufgehängt und dämpften den vorher so störenden Widerhall bis zum Verschwinden. So war aus einer unwirtlichen, ja fast unheimlichen Grotte in kurzer Zeit ein behaglicher Raum geworden, in dem es sich wohl arbeiten ließ.

Schon am frühen Morgen hatten Yatahira und Saraku sich hier eingefunden, aber vergeblich warteten sie auf ihren Meister Hidetawa, während die Stunden verrannen.

Um über die Zeit hinwegzukommen, begannen die beiden ein gleichgültiges Gespräch; doch ohne es zu wollen, kamen sie dabei schnell zu den Dingen, um die sich all ihr Denken drehte.

»Was halten Sie von dem Brand des physikalischen Institutes in Washington?« hatte Yatahira gefragt, und fast zwangsläufig kam die Antwort Sarakus.

»Ich glaube, daß er mit dem Strahlstoff zusammenhängt, den man am Boulder-Damm gesammelt hat.«

»Es ist möglich, daß Ihre Vermutung zutrifft, Saraku, aber das wird sich niemals mehr feststellen lassen, denn das Institut ist bis auf die Grundmauern niedergebrannt. Man hatte in Washington keine Erklärung dafür, wie das Feuer entstanden ist. Man weiß nur, daß es unheimlich schnell um sich gegriffen hat. Ein Angestellter des Institutes soll von den Flammen überrascht und zu Tode gekommen sein.«

Ein leichtes Lächeln glitt über die Züge Sarakus, während er antwortete. »Denken Sie an unsere Erfahrungen in Deutschland. Nur ein Milligramm des Stoffes hatten wir mit einem anderen Stoff vermischt und mußten schwer gegen die Atomglut kämpfen. Vielleicht haben die Männer in Washington denselben Versuch mit einer größeren Menge gemacht.«

»Sie haben recht, Saraku. Das würde den Ausbruch des Brandes erklären. Vielleicht ..., wahrscheinlich ist es so gewesen. Ein bitterer Verlust ist es für die amerikanische Wissenschaft.«

»Für uns eine nützliche Warnung, Yatahira, wenn wir durch unseren eigenen Versuch nicht schon genügend gewarnt wären. Man darf den Strahlstoff nachträglich nicht mehr vermischen. Die Deutschen sind auf dem richtigen Weg, wenn sie zuerst eine Mischung herstellen und dann das Gemenge in der Blitzröhre aktiv machen.«

Sie brachen ihr Gespräch ab, denn durch die Stollen her kam in diesem Augenblick Hidetawa in die Höhle. Seine ersten Worte waren eine Entschuldigung für sein verspätetes Kommen.

»Ich erhielt heute nacht Strahlstoff vom Boulder-Damm und habe ihn sofort analysiert«, fügte er erklärend hinzu. Als er die Überraschung der beiden andern bemerkte, fuhr er fort: »Durch einen amerikanischen Mittelsmann bekam ich die Proben. Sie haben genau dieselbe Zusammensetzung wie der Strahlstoff, den Sie mir aus Deutschland mitgebracht haben. Ich halte es für sicher, daß der Stoff in beiden Fällen aus der gleichen Quelle stammt.«

»Sie glauben, Meister?« Saraku sprach zögernd, fast ungläubig. »Die Kugel, die wir aus dem deutschen Werk entfliehen sahen, wäre weitergeflogen ... über das Westmeer ... über den amerikanischen Kontinent bis zum Boulder-Damm hin?«

Hidetawa lächelte. »Mit einigen Zwischenlandungen, Saraku. Die eigenartigen Vorkommnisse der letzten Wochen ... ich schreibe sie sämtlich der aus dem deutschen Werk entflogenen Strahlkugel zu. Wer kann wissen, ob sie nicht bis zu unsern Inseln gekommen wäre, wenn nicht der Sperrdamm in Amerika ihrem Irrflug ein Ende gesetzt hätte?«

»Bis zu unseren Inseln?« Zweifelnd wiederholte Yatahira die Worte Hidetawas. »Ein Flug um mehr als die Hälfte des Erdballes?«

Hidetawa nickte. »Das ist nicht viel für den Strahlstoff. Eine etwas andere Richtung beim Abflug, und die Kugel könnte in den Fernen des Weltraumes verschwinden. Einmal der anziehenden Kraft unserer Erde ... unserer Sonne entronnen, könnte sie im endlosen Raum treiben ... Jahre ... Jahrzehnte ... bis ihre letzte Kraft verstrahlt wäre ... bis vielleicht eine andere Sonne ihren ausgebrannten Rest an sich risse ...«

Schweigend lauschten Yatahira und Saraku dem greisen Gelehrten, der von seinen eigenen Worten hingerissen zu sein schien. Selten ... sehr selten nur geschah es, daß Hidetawa über die strengen Gesetze nüchterner Wissenschaft hinausging und solchen fantastischen Möglichkeiten Ausdruck gab. »Möglichkeiten einer fernen Zukunft ...« Er fuhr mit der Hand über seine Augen, als wolle er Bilder verjagen, fortwischen, und ging unvermittelt zu etwas anderem über. »Unsere Arbeit ruft. Wir wollen Strahlstoff nach dem deutschen Verfahren herstellen. Ist alles für den Versuch vorbereitet?«

»Es steht alles bereit.« Saraku gab die Antwort und geleitete ihn in eine Nebenhöhle, in der die Apparatur aufgebaut war.

Saraku und Yatahira hatten ihre Zeit in dem deutschen Werk nicht verloren und aus den dort begangenen Fehlern gelernt. Obwohl sie die neue Röhre Dr. Hegemüllers, die erst nach ihrem Fortgang gebaut wurde, niemals gesehen hatten, stand hier in dieser Grotte ein massives Gebilde, das ihr nicht unähnlich war.

»Unsere Röhre wird unter dem Druck der strahlenden Masse nicht zerbrechen«, erklärte Yatahira mit dem Stolz des erfolgreichen Erfinders.

»Und wenn sie zerbräche, könnte uns der Stoff doch nicht entfliehen. Die Höhle hält ihn sicher fest«, fügte Saraku hinzu.

Die Arbeit begann. So wie Yatahira und Saraku es schon getan hatten, mischten sie die Stoffe, formten sie unter hydraulischem Druck und brachten sie in die Röhre. Elektrische Hochspannung pulste durch die Kabel, traf den Stoff in der Röhre, erschütterte seine Atome und ließ ihn radioaktiv werden.

Kein Zwischenfall störte die Versuche. Genauso, wie sie es erwarteten, vollzogen sich die Umwandlungen in der Röhre, und ebenso wie in dem Werk auf der anderen Seite des Erdballes lag auch hier in der Grotte Hidetawas bald eine Reihe von Strahlkugeln, bereit für eine weitere Verwendung.

Überrascht hatten Saraku und Yatahira zunächst feststellen müssen, daß diese Strahlkugeln gar keine Neigung zeigten, nach irgendeiner Richtung zu entfliehen. Entmutigt glaubten sie zuerst, daß ihre Versuche mißlungen wären, aber Hidetawa belehrte sie schnell eines Besseren. Er wies eine starke Strahlung nach, zeigte ihnen, daß der Stoff durch seine ganze Masse hindurch aktiv geworden war, und sorgte dafür, daß sie sich durch starken Bleischutz gegen die gefährliche Strahlung wappneten.

Drei Tage verstrichen in unablässiger Arbeit. Es wurde kräftig geschafft, aber trotzdem war Hidetawa nicht befriedigt.

»Wir müssen jetzt aus eigener Kraft weiterkommen, neue Versuchsreihen ansetzen, die Eigenschaften des Strahlstoffes unter veränderten Bedingungen studieren. Nur so können wir einen Fortschritt erzwingen.«

Willig hörten Yatahira und Saraku die Ausführungen ihres Meisters an. Nur einmal widersprachen sie ihm, als er die Möglichkeit erwog, den fertigen Strahlstoff noch weiter zu vermischen, und erreichten durch ihre Warnungen, daß er den Gedanken vorläufig aufgab.

In langen Beratungen stellten sie danach zu dritt ein neues Arbeitsprogramm auf. Viele andere Metalle noch außer dem Blei sollten in die Blitzröhre gebracht und andere Beimengungen ihnen zugefügt werden. Tage hindurch fuhr der Lastkraftwagen zwischen Tokio und Hidetawas Landsitz hin und her, um die benötigten Chemikalien heranzubringen. Viele Flaschen hatte das Fuhrwerk geladen, die in Staubform alle bekannten Metalle vom Uran bis zum Lithium enthielten. Andere mit flüssigen Kohlenwasserstoffen gefüllte Gefäße, große Glasballons zum Teil, schleppte es auf den folgenden Fahrten heran. Hidetawa beaufsichtigte selbst das Ausladen der wertvollen Fracht und stand dabei, als Hunderte von Flaschen und Ballons in die Höhle gebracht und in eine Nebengrotte getragen wurden, in der bereits ein halbes Hundert inzwischen fertiggestellter Strahlkugeln lagerte. Befriedigt blickte er auf die gestapelten Vorräte, nachdem der Wagen seine letzte Fahrt gemacht hatte.

»Das gibt uns Arbeit für Monate, vielleicht für Jahre«, sagte er zu seinen beiden Gehilfen. »Morgen ist ein Feiertag, übermorgen wollen wir mit den Arbeiten beginnen. Jedes Metall werden wir in die Blitzröhre bringen. Die Mischungen der Metalle unter sich mit den Zusatzstoffen werden wir strahlend machen. Wir werden Neues entdecken. Wenn das Schicksal uns günstig gesinnt ist, werden wir noch Größeres schaffen.«

Ein Feiertag im Frühsommer. Ein Volksfest für die japanische Hauptstadt; ein Tag der Ruhe und Sammlung für Hidetawa und seine Gehilfen. Schon stand die Sonne im Westen, als ein unterirdisches Grollen den Boden erzittern ließ. Ein leichter Erdstoß, ein schwaches Beben. Auf dem vulkanischen Boden der Inseln Nippons war ein derartiges Vorkommnis keine Seltenheit. Solange die Kräfte der Tiefe sich nicht stärker regten, kümmerte sich das Millionenvolk der Hauptstadt nicht allzusehr darum, und bald kam der zitternde Boden auch wieder zur Ruhe.

Viel stärker aber war die Erschütterung südwärts der Metropole nach Yokohama hin in dem Küstenstrich, wo das Besitztum Hidetawas lag. Bebenfest war das Landhaus des greisen Gelehrten nach Plänen erbaut, die er selbst entworfen hatte. Ein in sich fest vernietetes stählernes Fachwerk, fast so widerstandsfähig wie ein massiver Block, bildete das Gerippe des Hauses und trug die elastischen leichten Wandungen. Auch schwere Erdstöße konnten diesem Bau kaum etwas anhaben. Mit einem so jähen Ruck und so stark bebte jetzt aber der Boden, daß Hidetawa gestürzt wäre, wenn nicht Saraku hinzugesprungen und ihn aufgefangen hätte.

In langen Schwingungen pendelte die Ampel an der Decke des Gemaches, polternd stürzte eine schwere Porzellanvase um und rollte auf dem Fußboden hin und her, als ein zweiter und dritter Erdstoß folgte. Behutsam ließ Saraku, von Yatahira unterstützt, Hidetawa auf eine Matte gleiten, die den Fußboden bedeckte; ließ sich selbst neben ihm nieder und schaute besorgt um sich; halblaut sagte er zu Yatahira: »Draußen wird größere Sicherheit sein. Wollen wir den Meister ins Freie bringen?«

Hidetawa hatte es gehört und gab ihm Antwort. »Mein Haus ist sicher, Saraku. Die Erde müßte sich unter ihm spalten, wenn es ...« Er brach jäh ab. Ein anderer Gedanke war ihm gekommen. »Die Höhle, Saraku! Die Strahlkugeln! Wenn sie auch ins Rollen gekommen sind. Unsere Flaschen und Gefäße ...« Er raffte sich empor und stand aufrecht vor den beiden. »Wir müssen hin! Kommen Sie!«

Er wandte sich nach der Tür hin, schritt eilig auf sie zu. Eilig folgten ihm Saraku und Yatahira, von Sorge erfüllt, daß ein neuer Erdstoß den Alten zu Boden werfen könnte. Doch die Erde blieb ruhig, die Gewalt der unterirdischen Kräfte schien sich in drei heftigen Stößen erschöpft zu haben.

Sie kamen ins Freie. Mit schnellen Schritten eilte Hidetawa durch den Garten den Weg entlang, der zu den Bergen führte. Jetzt hatte er den Stollenmund erreicht, wollte hinein und taumelte wieder zurück. Ein heißer Schwaden fegte ihm entgegen. Luft drang aus dem Höhlengang so glühend, daß sie ihm im Augenblick die Brauen versengte, ja sogar seine Kleidung in Brand gesetzt, wenn Saraku ihn nicht jäh zur Seite gerissen hätte.

Weiter zur Seite und noch immer weiter, denn wie aus einem Vulkankrater schossen jetzt die feurigen Gase aus dem Stollen; ein wildes Gemenge von Rauch und Flammen, das jeden Baum und Strauch, den es erreichte, im Nu verdorren und verbrennen ließ. Schritt für Schritt mußten die drei sich immer weiter zurückziehen, bis sie endlich in Sicherheit haltmachen konnten.

Wie mochte es in der Höhle selbst aussehen? Das war die Frage, die sie alle gleichmäßig bewegte. Fast hundert Meter lang und mehrfach gewunden war der Stollen, der zu ihr führte. Welche Energien mußten in der Tiefe des Berges entfesselt sein, wenn es hier noch zu solchem gewaltsamen Ausbruch kam?

Auf halbem Wege zwischen der Bergwand und dem Landhaus befand sich an einer Böschung eine Rasenbank. Am Arm Sarakus ging Hidetawa bis dorthin und ließ sich niedersinken, erschüttert von dem jähen Schlag, den seine Pläne und Arbeiten durch ein Elementarereignis erlitten hatten. Schweigend verharrten Saraku und Yatahira an seiner Seite, kaum weniger bewegt als Hidetawa selbst.

Während die Minuten verrannen, überdachten sie das Geschehene und erkannten mit Grauen die Gefahr, der sie nur durch einen Zufall entgangen waren. Wären die Erdstöße etwas früher oder später gekommen, zu einer Zeit, da sie sich in der Höhle befanden ... im Bruchteil einer Sekunde wären sie vernichtet, in stiebende Asche verwandelt worden. Unvorstellbare Gefahren barg der neue Strahlstoff. Heimtückisch bedrohte er jeden, der seine Eigenschaften nicht kannte. Traumhaft kamen den beiden Gehilfen Hidetawas Erinnerungen an Sprengstoffexplosionen, an Katastrophen vergangener Zeiten, da Dynamitwerke und Nitroglyzerinfabriken mit der gesamten Belegschaft in die Luft geflogen waren. Das mochte wohl der Blutzoll sein, den die Natur so oft forderte, wenn menschlicher Forscherdrang es unternahm, ihr ein Geheimnis zu entreißen.

Die Stimme Hidetawas riß sie aus ihrem Sinnen. Er hatte seine Schwäche überwunden. Straff aufgerichtet schaute er nach den Bergen hinüber, während die Worte von seinen Lippen kamen: »Der Ausbruch hat aufgehört, wir wollen noch einmal hingehen.«

Es schien in der Tat so zu sein. Die Stelle, an der sie sich befanden, etwa hundertfünfzig Meter von der Bergwand entfernt, bot einen freien Ausblick auf den Eingang zu der Höhle. Wie ein schwarzes Loch gähnte jetzt wieder der Stollenmund, aus dem noch vor kurzem die entfesselte Energie hervorgebrochen war. Rötlichgrau hob sich der Fels um die Mündung herum ab. In etwa fünfzig Meter Höhe ging der steile Hang in ein begrüntes Plateau über, an das sich erst in größerer Entfernung wieder eine Steigung anschloß. Einen malerischen Hintergrund für den Parkgarten bildete der Fuß des Gebirges; eine sichere Arbeitsstätte hatte der Berg ihm für seine Arbeiten gewähren sollen, und nun war alles plötzlich so ganz anders geworden. Wenn auch jetzt Ruhe zu herrschen schien, so sprachen doch die verdorrten und verbrannten Bäume in der Umgebung des Höhlenschlundes eine beredte Sprache und erzählten von der Katastrophe, die sich hier abgespielt hatte.

»Wir wollen hingehen«, wiederholte Hidetawa seine Aufforderung und erhob sich von der Rasenbank, wollte den Fuß vorsetzen, verhielt aber seinen Schritt wieder, wie gebannt von dem, was seine Augen sehen mußten. Eine Baumgruppe auf dem Plateau oberhalb des Stolleneingangs geriet ins Wanken. Die Stämme erzitterten, die Laubkronen neigten sich gegeneinander ... und dann waren die Bäume plötzlich wie weggewischt, von der Fläche verschwunden, zusammen mit dem Boden, auf dem sie standen, in die Tiefe gestürzt. Der Fels war in sich zusammengebrochen. Viele tausend Tonnen Gesteins, die das Dach der Höhle bildeten, waren in sie hineingestürzt und füllten sie mit Trümmermassen.

Dröhnend, polternd und krachend drang der Lärm des Bergsturzes zu Hidetawa und seinen Begleitern. Zitterte die Erde schon wieder unter ihren Füßen? Kam ein neues Erdbeben auf? Nein! Es war nur die Erschütterung durch die stürzenden Felsmassen, die sie verspürten. Die Erde blieb ruhig. Die entfesselte Energie des Strahlstoffes hatte die Zerstörung bewirkt. Als wollte die Natur eine Bestätigung dafür geben, brachen jetzt Qualm und Flammen aus dem Einsturzkrater auf der Plateaufläche hervor. Das Schauspiel war noch nicht zu Ende. In der Tiefe des Berges raste die Atomkraft weiter.

Eine Stunde verstrich und noch eine. Der Abend sank herab. Schon wurden die ersten Sterne am Himmel sichtbar. Ein dämonisches Bild bot der neue Krater nun in der einfallenden Dunkelheit. Hell strahlte seine Glut den Nachthimmel an; gespenstisch zuckten Flammen aus ihm empor. Wie Raketen schossen hin und wieder glühende Brocken aus dem brodelnden Schlund pfeilgerade in die Höhe.

Viel wußten die japanischen Zeitungen in der nächsten Zeit von einem Vulkan zu berichten, der bei dem letzten Erdbeben in der Nähe der Straße von Tokio nach Yokohama entstanden war. Für mehrere Wochen lieferte das ungewöhnliche Naturereignis ihnen Stoff für ihre Spalten, denn Wochen hindurch dauerte es, bis die Atomenergie sich erschöpft hatte und der Berg wieder zur Ruhe kam.

Chefingenieur Grabbe hatte mit Professor Lüdinghausen in dessen Zimmer eine Besprechung, als der Institutsdiener eine Besuchskarte hereinbrachte. Lüdinghausen murmelte etwas von unerwünschter Störung, als er sie in Empfang nahm, doch seine Miene veränderte sich, sowie er einen Blick darauf geworfen hatte.

»Was halten Sie davon?« fragte er, während er sie Grabbe hinhielt. Auch der war überrascht, als er den Namen darauf gelesen hatte.

»Was, unser alter Freund Saraku meldet sich wieder? Ich denke, der sitzt in Tokio und arbeitet mit Hidetawa zusammen.«

»Der Herr ist unten in der Anmeldung«, sagte der Diener. »Er will den Herrn Professor nicht lange stören, er hätte nur persönlich einen Brief abzugeben.«

»Es ist gut, führen Sie den Herrn hierher«, befahl Lüdinghausen. Kaum hatte der Diener die Tür hinter sich zugezogen, als der Professor sich kopfschüttelnd an Grabbe wandte. »Die Sache ist mir unverständlich.«

»Mir ebenfalls, Herr Lüdinghausen. Ich hatte seinerzeit den Eindruck, daß Saraku und sein Landsmann Yatahira etwas verschnupft von hier fortgegangen seien; ich habe keine Ahnung, weshalb er jetzt wiederkommt und was für einen Brief er uns zu bringen hat.«

»Nun, das werden wir ja gleich erfahren.« Noch wäh-

126

rend Lüdinghausen es sagte, kam der Diener zurück und führte Saraku in den Raum.

Eine kurze höfliche Begrüßung von beiden Seiten, dann begann Saraku sofort mit dem Zweck seines Besuches.

»Ich habe die Ehre, Herr Professor, Ihnen ein Schreiben meines Lehrers, des Herrn Hidetawa, zu übergeben, und bin befugt, eine Antwort von Ihnen entgegenzunehmen.«

Lüdinghausen nickte.

»Es ist mir eine Ehre und ein besonderes Vergnügen, ein Schreiben Ihres berühmten Landsmannes zu empfangen.«

Er öffnete den Briefumschlag, entfaltete die Einlage und begann zu lesen. Je weiter er mit der Lektüre kam, desto bewegter wurde sein Mienenspiel.

»Gestatten Sie, Herr Saraku«, sagte er, während er das Schriftstück dem Chefingenieur Grabbe reichte.

»Ein Vorschlag, über den sich vielleicht reden läßt«, meinte er, nachdem er das Schreiben gelesen hatte. »Für uns neu ist die Mitteilung über die Amerikaner. Es war uns unbekannt, daß sie mit einem ähnlichen Strahlstoff arbeiten. Herr Hidetawa führt den Brand in der Howard-Universität auf einen durch diese Arbeiten verursachten Energieverbrauch zurück. In den Zeitungsmeldungen war von einem Kurzschluß die Rede, aber... wir wissen ja, was man nicht definieren kann, das sieht man für 'nen Kurzschluß an.«

»Es war kein Kurzschluß, weder in Washington noch in unserem Laboratorium an der Straße von Yokohama. In beiden Fällen waren es Ausbrüche atomarer Energie.«

Saraku hatte es leise, aber bestimmt gesagt.

Chefingenieur Grabbe pfiff durch die Zähne. »An der Straße nach Yokohama? Wo ein neuer Vulkan entstanden ist? Sprechen Sie davon, Herr Saraku?«

»Jawohl, Herr Grabbe. Durch eine unglückliche Verkettung von Zufällen kam dort der Strahlstoff mit anderen Substanzen in Berührung. Das Gemenge, das sich dabei bildete, explodierte wie Dynamit ... nur hunderttausendmal stärker. Meinen verehrten Lehrer veranlaßte das Vorkommnis zu der in seinem Schreiben enthaltenen Anregung. Herr Hidetawa glaubt, daß ein ständiger Erfahrungsaustausch zwischen den beteiligten Stellen — eine Art von Interessengemeinschaft, wenn ich es so nennen darf — die Gefahren verringern könnte.«

»Wir kennen diese Gefahren genau, Herr Saraku.« Etwas wie Ablehnung klang aus den Worten Grabbes.

»Wir wissen das, Herr Chefingenieur«, beeilte sich Saraku zu erwidern. »Herr Hidetawa sprach mit viel Bewunderung von Ihren Arbeiten. Er hob besonders hervor, wie geschickt Sie bei der Änderung der Mischungsverhältnisse die explosive Phase übersprungen hätten ...«

»Ja, was wissen Sie denn davon?« fiel ihm Grabbe verwundert ins Wort, »wir haben die Mischungsverhältnisse niemals bekanntgegeben.«

»Sie vergessen, Herr Grabbe, daß mehrfach Strahlstoff aus Ihrem Werk entwichen ist. Wer etwas davon fand und analysierte, konnte die Mischung ergründen. Am Boulder-Damm haben die Amerikaner Stoffproben gesammelt ... und wir auch. Die Zusammensetzung Ihres Strahlstoffes ist kein Geheimnis mehr.«

Für eine kurze Zeit schwiegen die drei, während jeder seinen eigenen Gedanken nachging. Verflucht, daß die andern unsere Mischung kennen! dachte Chefingenieur Grabbe ärgerlich.

Was hat der Japaner eben von einer explosiven Phase gesprochen? Davon ist uns noch nichts bekannt. Hidetawa scheint mehr von diesen Dingen zu wissen als wir, ging es Lüdinghausen durch den Sinn, während Sarakus Gedanken nach Washington schweiften.

»Man müßte wissen, wie die Amerikaner sich dazu stellen.« Unvermittelt warf Grabbe die Bemerkung hin.

»Mein Freund Yatahira ist zu dieser Stunde bei Professor O'Neils, um ihm den gleichen Vorschlag zu machen. Ich erwarte heute noch Drahtnachricht von ihm.«

Lüdinghausen war inzwischen mit seinen Überlegungen ins reine gekommen. Jedes Wort langsam abwägend, begann er jetzt zu sprechen.

»Herr Hidetawa schlägt einen Austausch von Erfahrungen vor, um uns vor Katastrophen zu schützen. Wenn wir überhaupt zu einem Abkommen gelangen, werden wir meines Erachtens noch einen Schritt weiter gehen müssen.«

Erwartungsvoll blickte Saraku auf ihn, als er fortfuhr.

»Wir werden wirklich eine Interessengemeinschaft — Sie erwähnten das Wort bereits, Herr Saraku — aufbauen müssen. Ich verstehe darunter nicht nur einen Austausch von Erfahrungen, sondern von Patentrechten und Patenten, die sicher sehr bald zu nehmen sein werden.«

Chefingenieur Grabbe zog die Stirn bedenklich in Falten, als die Worte Patent und Patentrechte fielen. Lüdinghausen bemerkte es und fuhr fort: »Ich halte es für richtig, Herr Grabbe, daß wir ganze Arbeit machen. Das Abkommen, an das ich denke, würde jedes Gegeneinanderarbeiten und jede unnütze Doppelarbeit ausschließen und für alle Teile das Vorteilhafteste sein.«

»Aber die Amerikaner?« warf Grabbe ein.

»Wir werden abwarten, wie sich die Leute in Washington zu dem Vorschlag des Herrn Hidetawa stellen. Wenn sie klug sind, nehmen sie ihn an und erweitern ihn auch in dem von mir angedeuteten Sinne. Im Augenblick, Herr Saraku, können wir nichts anderes tun als abwarten.«

Die Wartezeit währte nicht allzulange. Noch am gleichen Nachmittag konnte Saraku Lüdinghausen melden, daß O'Neils dem Vorschlag Hidetawas wohlwollend gegenüberstand, und nun begann der Draht zwischen Gorla und Washington zu spielen, während gleichzeitig

Funksprüche zwischen Saraku und Hidetawa hin- und herflogen.

Es lag auf der Hand, daß ein Abkommen wie das hier geplante nicht von heute auf morgen zustande gebracht werden konnte. Aber die Verhandlungen ließen sich beschleunigen, und das geschah in diesem Falle mit allen Mitteln. Die Juristen der drei Partner wurden aufgeboten und gingen daran, vielparagraphige Verträge zu schmieden. Chiffrierte Texte flogen durch den Äther und kamen mit kleineren oder größeren Abänderungen zurück. Arbeitsgebiete wurden abgegrenzt, vorhandene Rechte bewertet und für die Verteilung der noch zu erwerbenden ein Schlüssel vereinbart. Schon nach wenigen Tagen war es klar, daß die Interessengemeinschaft sicher zustande kommen würde.

Daß die Partner so schnell ihre Bereitwilligkeit erklärten, war der geschickten Taktik Yatahiras zu verdanken. Der Japaner schilderte O'Neils nicht nur die noch zu erwartenden Gefahren in starken Farben, sondern verstand es auch, den Wert der bereits auf diesem Gebiet gewonnenen Erfahrungen ins rechte Licht zu setzen.

»Das hätte sich vermeiden lassen, Herr Professor«, meinte er, als ihr Weg sie an der Brandstätte des Instituts vorbeiführte, »wenn wir schon vorher zusammengegangen wären. Es ist genau das gleiche, was wir erlebten. Eine unserer wichtigsten Vorschriften verbietet es uns grundsätzlich, den Strahlstoff und die Zusatzstoffe in demselben Raum aufzubewahren. Ein unglücklicher Zufall, der die Stoffe durcheinanderbringt, ist immer möglich, und dann ist die Katastrophe da.«

»Bei uns, Herr Professor, erfolgte der Ausbruch in einer Felshöhle, die wir als Arbeitsstätte eingerichtet hätten, und es entstand ein feuerspeiender Berg.« Yatahira sprach weiter und berichtete von dem gewaltigen Energieausbruch auf Hidetawas Landsitz, während O'Neils mit steigender Ergriffenheit zuhörte. »Ein zweites Mal wird uns das nicht passieren. Heute sind wir gewarnt«, schloß Yatahira seinen Bericht und konnte kurz danach bereits an Saraku funken, daß der Amerikaner zu einem Abkommen bereit sei.

Zurückhaltend verhielten sich zunächst noch Thiessen und Hegemüller. Sie vertraten beide den Standpunkt, daß sie bisher die Hauptarbeit geleistet hätten und die andern sich nun in ein gemachtes Bett legen wollten. Doch die letzte Entscheidung lag bei Lüdinghausen, und der hatte seinen Entschluß längst gefaßt.

»Na, denn man los!« meinte Dr. Thiessen danach resigniert zu seinen Leuten. »Dann werden die Herren von der Direktion mir hier wohl einen Amerikaner und einen Japaner ins Labor setzen. Dafür können Sie beide ins Ausland gehen. Was meinen Sie, Hegemüller ... so als Austausch-Professor nach Tokio?«

Hegemüller fuhr ärgerlich empor. »Ich denke gar nicht daran, Herr Thiessen. Schicken Sie meinethalben den Kollegen Stiegel dorthin. Ich sitze hier an meiner neuen Aufgabe ...«

»Die Sie bald gelöst haben werden, wenn Sie so weitermachen wie bisher«, unterbrach ihn Dr. Thiessen lachend. »Haben Ihnen heute vormittag nicht die Ohren geklungen?«

»Ich wüßte nicht, warum«, brummte Hegemüller.

»Weil Lüdinghausen sich zu Grabbe und mir überaus anerkennend über das von Ihnen in so kurzer Zeit Erreichte äußerte. Der Professor meinte, daß man an Hand Ihrer Ergebnisse bald an die fabrikmäßige Herstellung von Strahlmotoren und Strahlturbinen gehen könnte.«

»Mag er meinetwegen, wenn's ihm Spaß macht«, knurrte Hegemüller, immer noch mißgelaunt. »Ist ja schon richtig so. Wir entwickeln die Maschinen, nehmen die Patente darauf, und unsere neuen Vertragsfreunde haben den Nutzen davon.«

»Lieber Kollege, jetzt werden Sie ungerecht«, erwiderte Thiessen mit Entschiedenheit. »Sie wissen vielleicht nicht, daß auch Hidetawa bereits mit Erfolg an

Motoren und Turbinen gearbeitet hat. Ich war selber überrascht, als mir Lüdinghausen gestern die Pläne und Berechnungen zeigte, die Saraku ihm zu treuen Händen überlassen hatte. Wir werden uns sehr dranhalten müssen, sonst können uns die Japaner am Ende noch überflügeln.«

»Das soll den Herrschaften aber verdammt schwerfallen!« rief Hegemüller und schnitt eine Grimasse, als ob er den ersten Japaner, der ihm in Reichweite käme, mit Haut und Haar verschlingen wollte.

»Schaffen Sie sich eine bessere Laune an, Kollege«, meinte Thiessen und ging in sein eigenes Büro.

Eine Weile blieb Hegemüller über seine Zeichnungen gebeugt am Tisch sitzen; dann sprang er auf und begann im Zimmer hin und her zu laufen, während er halblaut Worte und abgerissene Sätze vor sich hin murmelte.

»Die Herrschaften in Tokio wollen Turbinen bauen ... War von Hidetawa zu erwarten ... Stellt sich die Sache wohl einfacher vor, als sie ist ... Ist aber ein langer Weg von einer winzigen Lichtmühle bis zu einer anständigen Turbine, alter Freund ... Wirst dich noch über allerhand dabei zu wundern haben ...« Er blieb stehen, starrte zur Decke empor und sprach weiter. »Baut meinetwegen, soviel ihr wollt! Verzettelt euch damit! ... Der Strahlstoff bietet noch ganz andere Möglichkeiten ... Gott sei Dank, daß ihr davon keine Ahnung habt.«

In einer längeren Unterredung mit dem Chefingenieur Grabbe hatte Dr. Hegemüller durchgesetzt, was er wollte. Mit dem Argument ›es spart uns Zeit und Geld, Herr Grabbe‹ hatte er schließlich die letzten Bedenken Grabbes überwunden und die Erlaubnis erhalten, sich die Versuchskammer aus dem Laboratorium C III für einige Wochen auszuleihen.

Nur widerwillig hatte die Abteilung C III sich dem Befehl von oben gefügt.

»Nur auf vierzehn Tage, Herr Doktor! Für jede Beschädigung müssen Sie mir geradestehen!« rief der Leiter der Abteilung Hegemüller noch nach, als der das strittige Objekt durch seine Leute aufladen ließ, um es in sein eigenes Labor zu schaffen.

»Keine Sorge, Herr Kollege!« winkte Hegemüller lachend ab. Wer hat, hat, dachte er bei sich, als er mit seiner Beute abzog.

Nun stand die Versuchskammer in seiner Abteilung. Es war ein aus daumenstarkem Eisenblech zusammengenieteter Zylinder von doppelter Manneshöhe mit einem Durchmesser von rund zwei Metern. Vier kleine runde Fenster, etwa den Bullaugen der Seeschiffe vergleichbar, gestatteten einen Einblick in das Innere, eine luftdicht verschließbare Eisentür war für den Zugang vorhanden. Diese Kammer war, wie ihr Name besagte, für Versuche bei verschiedenem atmosphärischen Druck bestimmt. Der Experimentierende war dabei in ihr von der Außenwelt hermetisch abgeschlossen; doch sorgten Sauerstoffbehälter und andere Vorrichtungen dafür, daß die Luft in dem Zylinder auch bei Dauerversuchen stets atembar blieb.

Von Strahlungsmessungen, die er in seiner isolierten Atmosphäre vornehmen müsse, hatte Hegemüller dem Chefingenieur allerlei erzählt, aber in Wirklichkeit hatte er etwas ganz anderes vor.

Wie ein wertvolles, mühsam errungenes Beutestück betrachtete er die Versuchskammer, ging mehrmals um sie herum, streichelte ihre eisernen Wände mit der Hand und griff dann nach einem Schreibblock, dessen oberstes Blatt mit einer technischen Skizze bedeckt war. Er nahm weiter ein Stück Kreide und begann auf der zylindrischen Wandung der Kammer nach den Angaben der Skizze hier und dort kleine Kreise zu malen und allerlei Linien anzureißen.

Ein Techniker, der dem Dr. Hegemüller dabei über die Schulter gesehen hätte, würde wohl bald erkannt ha-

133

ben, daß der zylindrische Körper auf der Skizze die Versuchskammer darstellen sollte, aber er wäre vielleicht auch über die Änderungen erschrocken gewesen, die nach eben dieser Zeichnung nun noch weiter daran vorzunehmen waren. Unbeschädigt wollte die Abteilung C III ihre Kammer zurück haben, aber jeder der kleinen Kreise, die Hegemüller auf ihre Wandungen zeichnete, bedeutete nach der Skizze eine Bohrung, geradeheraus gesagt also ein Loch, und die Aussichten von C III, das Leihobjekt unversehrt wiederzubekommen, mußte danach verschwindend gering erscheinen. Doch das scherte Dr. Hegemüller sehr wenig. Er verfolgte einen schon seit langem gefaßten Plan und hatte nur den einen Wunsch, daß ihm niemand vorzeitig in die Karten sah.

Von Thiessen hatte er kaum etwas zu befürchten, denn der war voll und ganz mit der Entwicklung der Strahlturbine beschäftigt. Aber Chefingenieur Grabbe liebte es leider, zu unerwarteter Stunde in den Laboratorien seiner Abteilung aufzutauchen, und selbst vor Professor Lüdinghausen war man niemals ganz sicher. Solchen unerwünschten Überraschungen mußte vorgebeugt werden, und Hegemüller fand einen geeigneten Weg dafür.

Die Räume, die ihm für seine Arbeiten zugewiesen waren, lagen in einem Hallenbau, von dem senkrecht ein anderer abging. Der Winkel, der dadurch entstand, war durch einen hohen Bretterzaun abgeschlagen; auf diese Weise hatte man einen ziemlich geräumigen, gesicherten Platz gewonnen, auf dem wetterfeste Maschinen und Geräte, wenn sie nicht im Laboratorium gebraucht wurden, abgestellt werden konnten. Gewöhnlich lagerten dort Transformatoren, Kabel und ähnliches. Jetzt kam auch die Versuchskammer dorthin und war auf diese Weise den Blicken aller derjenigen, die in Hegemüllers Laboratorium kamen, entzogen.

Aber es war ihr nicht vergönnt, dort ein so geruhsames Dasein zu führen wie die anderen auf dem Abstellplatz lagernden Geräte. Maschinen wurden angesetzt und bohrten ein reichliches Dutzend zollstarker Löcher in die Wandungen der Kammer. Danach aber wurden Teile herangeschafft, die inzwischen nach den Zeichnungen von Dr. Hegemüller an anderen Stellen des Werkes fertiggestellt worden waren. Eine Montage begann, die das Aussehen der Versuchskammer so stark veränderte, daß die Abteilung C III ihr Eigentum so leicht nicht wiedererkannt hätte.

Luftdichte Stopfbuchsen wurden aus den Bohrlöchern, durch die kräftige Stahlstangen führten. Außen trugen die Stangen größere Flächen aus starkem Eisenblech, im Innern der Kammer endeten sie in Handgriffen, so daß man die Stangen und somit auch die an ihnen befestigten Flächen drehen konnte. Schließlich aber wurden die außen befindlichen beweglichen Flächen auf einer Seite noch mit einer Bleiplatte und darüber einer starken Schicht Strahlstoff belegt.

Möglichst geräuschlos und gewissermaßen nebenher ließ Dr. Hegemüller diese Arbeiten ausführen, während er selbst im Labor über den ihm vom Werk übertragenen Aufgaben saß und sich nur hin und wieder für Minuten auf dem Lagerplatz zeigte, um dort nach dem Rechten zu sehen. Etwa eine Woche war darüber verstrichen; auf etwa zwei Tage schätzte Hegemüller die Zeit, die noch nötig sein würde, um das, was er plante, ganz zu Ende zu bringen, als die Leute von C III bei ihm anriefen. Sie brauchten ihre Versuchskammer für eine dringliche Arbeit selber.

»Augenblicklich ganz unmöglich«, lehnte Hegemüller das Begehren ab, »gerade jetzt benötige ich die Kammer jede Stunde und jede Minute.«

Vergeblich wurde die Stimme am anderen Ende der Leitung immer dringender. Hegemüller blieb unerbittlich und verschanzte sich hinter der Autorität des Chefingenieurs, auf dessen Anordnung hin er die Kammer erhalten hatte. C III wurde grob am Apparat, Dr. Hegemüller ließ alles von sich ablaufen und warf schließlich den Hörer auf die Gabel.

Eine verdammte Geschichte! Hegemüller fuhr sich nachdenklich über die Stirn. Für heute — es war bereits um die vierte Nachmittagsstunde — würde er vor der Gesellschaft Ruhe haben; aber morgen? ... Dr. Schneider, der Chef der Abteilung C III, war ein zäher Kunde. Morgen würde er bestimmt bei Grabbe Sturm laufen, um die Versuchskammer zurückzubekommen.

Hegemüller versuchte es sich vorzustellen, wie die Dinge dann weitergehen würden. Der Chefingenieur würde den Dr. Schneider natürlich zunächst abweisen. Der würde aber nicht lockerlassen, und schließlich ... so um die Mittagsstunde herum etwa ... würde der Chefingenieur zu ihm, Hegemüller, kommen und einen Kompromißvorschlag machen. Dabei aber würde er auch wahrscheinlich die Versuchskammer sehen wollen, und — und dann war Holland in Not.

Als Dr. Hegemüller in seinen Überlegungen soweit gekommen war, sprang er von seinem Stuhl auf und ging im Zimmer hin und her, angestrengt auf einen Ausweg sinnend. Verhindern ließ sich die Entwicklung, die er so klar voraussah, nicht. Nur eine Möglichkeit gab es, der Sache die Spitze abzubrechen. Grabbe mußte vor eine vollendete Tatsache gestellt werden. Wenn er sah, was hier in aller Stille geschafft worden war, würde der Chefingenieur sich vielleicht auf seine Seite stellen.

Hegemüllers Entschluß war gefaßt. Er rief die Leute, die mit der Montage der Versuchskammer beauftragt waren, zusammen und eröffnete ihnen mit kurzen Worten, daß sie diese Nacht durcharbeiten müßten. Morgen früh müsse die neue Maschinerie für eine Besichtigung fertig sein.

Als die Werkuhren die fünfte Morgenstunde schlugen, war die Montage beendet. Die Werkleute packten ihr Handwerkszeug zusammen und verließen die Halle, um sich wohlverdienter Ruhe hinzugeben; Dr. Hege-müller blieb allein zurück.

Im Frühlicht des neu heraufkommenden Tages ging er auf den Abstellraum hinaus. Noch einmal überprüfte er diese wunderliche, nach seinen Ideen und Plänen an die Versuchskammer angebaute Maschinerie, öffnete die Tür der Kammer und betrat ihr Inneres. Verschiedene Hebel und Handgriffe betätigte er drinnen und stellte fest, daß sie leicht jedem Druck gehorchten. Mit zufriedener Miene verließ er nach einiger Zeit die Kammer wieder und ging in sein Arbeitszimmer. Eine Weile blieb er dort noch an seinem Schreibtisch sitzen, und seine Gedanken begannen zu wandern.

Was er erstrebte, hatte er erreicht. Die wenigen Minuten in der Versuchskammer hatten ihm Gewißheit darüber gegeben. Mochte dieser Tag nun bringen, was er wollte. Dr. Hegemüller war bereit, dem Kommenden entgegenzutreten. Er griff nach Hut und Stock. Dem verschlafen aufblickenden Nachtportier vergnügt einen guten Morgen wünschend, trat er durch das Portal auf die Straße hinaus. Jetzt nach Hause gehen und sich noch einmal ins Bett legen? Er verspürte keine Lust dazu; er zog es vor, sich die Zeit bis zum Werkbeginn durch einen Spaziergang zu vertreiben. Über taufrische Wiesen, durch im Frühsommerlaub stehenden Wald wanderte er dahin, bis es Zeit wurde, wieder ins Werk zu gehen.

Fast genauso, wie er es vorausgesehen, spielten sich die Ereignisse im Laufe des Vormittags ab. Ein Anruf von C III ... nochmalige schroffe Weigerung Hegemüllers ... wiederum eine Weigerung, und dann — es war um die elfte Morgenstunde — erschien Grabbe selbst in der Abteilung Hegemüllers.

Offensichtlich lag dem Chefingenieur daran, die Dinge zu einem friedlichen Ende zu bringen. Nur mit halbem Ohr hörte er die Einwendungen Dr. Hegemüllers an, während seine Blicke in der Halle hin und her gingen.

»Wo haben Sie die Kammer?« unterbrach er ihn.

»Auf dem Abstellplatz, Herr Grabbe. Es schien mir nicht zweckmäßig, die Versuche hier vorzunehmen, wo möglicherweise ein Unbefugter davon Kenntnis bekommen könnte.«

»Auf dem Abstellplatz? ... Hm ... eigenartig ... Ich möchte die Kammer einmal sehen, Herr Dr. Hegemüller.«

»Bitte sehr, Herr Chefingenieur«; Hegemüller sagte es scheinbar ruhig, obwohl sein Herzschlag in diesen Sekunden beträchtlich schneller als vorher ging.

Seite an Seite verließen sie die Halle und kamen auf den Abstellplatz.

»Ja, zum Teufel, wo steht denn die Kammer?« fragte der Chefingenieur, nachdem er sich vergeblich nach allen Seiten umgeschaut hatte.

»Bitte hier, Herr Grabbe.« Es war begreiflich, daß der Chefingenieur das Streitobjekt nicht erkannte, obwohl er direkt davorstand. Er hatte die Versuchskammer als einen glatten, aufrecht stehenden Zylinder in Erinnerung, hier aber sahen seine Augen etwas ganz anderes. Reichlich ein Dutzend teils größerer, teils kleinerer, teils senkrecht, teils waagerecht angeordneter Stahlblechflächen, auf den ersten Blick ein unübersehbares Gewirr, verschleierten die Zylinderform bis zur Unkenntlichkeit. Es dauerte ein Weilchen, bis Grabbe die Versuchskammer als den tragenden Kern dieser Konstruktion erkannte. Kopfschüttelnd schritt er um das absonderliche Bauwerk herum, blieb dann vor Hegemüller stehen.

»Sie sagten mir, Herr Doktor Hegemüller, daß Sie die Kammer für Strahlmessungen nötig hätten. Unter der Bedingung, daß Sie diese unbeschädigt zurückgeben, wurde sie Ihnen leihweise überlassen. Mit keinem Wort war von derartigen Umbauten die Rede. Was hat das da ...«, er wies auf die von Grund auf veränderte Kammer, »mit Messungen zu tun?«

»Messungen des Strahlungsdruckes, Herr Grabbe.

Darf ich Sie bitten, mir zu folgen.« Hegemüller öffnete, während er es sagte, die Tür zu der Kammer, nötigte den Chefingenieur mit einer einladenden Handbewegung einzutreten, folgte ihm und schloß die Tür wieder. Verwundert blickte der Chefingenieur auf die mannigfachen Hebel und Handgriffe im Innern der Kammer, während Hegemüller in seiner Erklärung fortfuhr.

»Ich kenne das Gewicht der Konstruktion, Herr Grabbe. Das Gewicht von uns beiden kann ich schätzungsweise mit hundertfünfzig Kilogramm in Rechnung stellen. Es fragt sich nun, welche Größe genügt, um diese Gewichte durch den Strahlungsdruck zu kompensieren. Da habe ich nun Flächen angebracht, die jetzt noch senkrecht stehen und sich ihre strahlenden Seiten zukehren. Wenn ich sie aber mehr oder weniger waagerecht stelle ... sehen Sie, durch diese Hebel hier, Herr Grabbe, dann kann der Strahlungsdruck frei wirken ...«

Noch während er es sagte, bewegte Hegemüller die Hebel aus ihrer Lage, und im gleichen Augenblick ging ein leichtes Schüttern durch die Kammer.

»Hegemüller! Was machen Sie? Sind Sie toll geworden?« Grabbe stieß die Worte heraus, während sein Blick an einem der Kammerfenster hing. Durch das Glas hindurch sah er draußen die Hallenwand sich langsam nach unten bewegen. Schon glitt die Oberkante eines der hohen Fenster vorüber. Jetzt kam die Dachtraufe in Sicht, als Hegemüller wieder in die Hebel griff.

Sofort verlangsamte sich der Aufstieg der Kammer und kam in der nächsten Minute ganz zum Stehen. In umgekehrter Folge glitten die Einzelheiten der Hallenwand wieder vor Grabbes Augen vorüber. Die Dachkante, das Fenster. Immer langsamer wurde der Fall der Kammer nach unten, während Dr. Hegemüller die Hebel kaum merklich verstellte. Ein leichtes Scharren, ein kaum fühlbarer Stoß zum Schluß. Sie stand wieder fest auf dem Boden, Hegemüller öffnete die Tür.

Kein Wort war während der kurzen Fahrt mehr aus

Grabbes Mund gekommen. Mit zusammengepreßten Lippen, jeden Muskel gestrafft, hatte er durch das Fenster gestarrt. Jetzt entspannten sich seine Züge wieder, er wollte sprechen, aber Hegemüller kam ihm zuvor.

»Ich wollte jetzt bei Tageslicht nicht höher gehen, Herr Chefingenieur. Unbefugte hätten dabei die Strahlrakete sehen können, das Geheimnis wäre nicht mehr gewahrt geblieben.«

Jetzt erst kam Grabbe zu Wort. »Sie sind des Teufels, Hegemüller!« war das einzige, was er hervorzubringen vermochte. Noch suchte er nach Worten, als Dr. Hegemüller weitersprach.

»Wir können schneller steigen. Die Strahlenplatten waren nur um dreißig Grad auseinandergeschwenkt. Den vollen Auftrieb liefern sie erst bei hundertachtzig Grad.«

»Hören Sie auf!« fuhr ihm Grabbe dazwischen, aber Hegemüller ließ sich in seinem Vortrag nicht stören.

»Der Mond ist fast voll. Wie denken Sie über einen kleinen Nachtflug in die Stratosphäre?«

»Danke für die freundliche Einladung, Herr Doktor Hegemüller.« Abweisende Ironie klang aus den Worten Grabbes. »Ich möchte meine Knochen nicht unnötig riskieren. Ich will Ihnen sogar glauben, daß Sie mit Ihrer improvisierten Strahlkutsche bis in die Stratosphäre kommen ... aber sicher zurückkommen werden Sie kaum. Es fehlt Ihnen ja die Orientierung nach unten.«

»Verzeihen Sie, Herr Grabbe, das ist ein Irrtum.« Mit dem Fuß schob Hegemüller eine Bodenklappe beiseite. Glas kam darunter zum Vorschein, die Scheibe eines in den Boden eingesetzten Fensters.

»Hm! So, so! Daran haben Sie auch gedacht. Nicht übel. Na, Schneider wird sich freuen, wenn er seine Kammer wieder zu Gesicht bekommt.«

»Die kriegt er nicht wieder, Herr Grabbe.« Hegemüller sagte es so überzeugungstreu, daß Grabbe trotz seiner Erregung lachen mußte. »Auch gut, meinetwegen!«

lenkte er ein. »Wir werden Herrn Schneider eine neue Kammer bauen müssen; aber auch Sie, Verehrtester, werden mir mit diesem provisorischen Vehikel hier keine halsbrecherischen Versuche mehr anstellen. Was Sie da gemacht haben, Herr Hegemüller, ist gut. Daß es mal wieder gegen alle Werksbestimmungen verstößt, sind wir nachgerade von Ihnen gewöhnt. Jetzt wollen wir die Sache aber mal vernünftig und mit den richtigen Mitteln angreifen. Kommen Sie mit in mein Büro. Wir müssen die Angelegenheit besprechen.«

Als Hegemüller in seinem Arbeitszimmer seinen Hut vom Haken nahm, klingelte das Telefon. »Sofort ... einen Augenblick.« Er reichte dem Chefingenieur den Hörer. »Herr Doktor Schneider möchte Sie sprechen.«

»Hat mir gerade noch gefehlt!« Grabbe sprach eine Minute in das Mikrophon und warf den Hörer auf die Gabel zurück.

»Ein verfluchter Kerl, der Hegemüller«, sagte am anderen Ende der Leitung Dr. Schneider ärgerlich zu dem Physiker Krause.

»Wie ist's? Will er die Kammer nicht ›rausrücken‹?« fragte er ihn.

»Kein Gedanke daran. Er braucht sie noch. Herr Doktor Hegemüller geruht unsere Kammer noch auf unbestimmte Zeit zu gebrauchen.«

»Aber das geht doch nicht, Herr Schneider. Das ist ganz unmöglich. Was sollen wir denn da machen?«

»Wir sollen uns eine andere bauen, hat der Chefingenieur dekretiert. Eine andere bauen. Verstehen Sie, Herr Krause? Aber wie lange das dauert, danach fragt er nicht. Ich finde es hanebüchen!«

»Ich finde es großartig, Herr Doktor Schneider.«

»Großartig?! Wieso?«

»Wir wollten schon längst eine bessere und größere Kammer haben, Herr Doktor. Eine bessere Gelegenheit, billig dazu zu kommen, gibt es gar nicht. Jetzt können wir bauen, was wir uns schon lange wünschten; der

Chefingenieur wird die nötigen Summen anweisen, ohne ein Wort darüber zu verlieren.«

Zu derselben Zeit, in der dies Zwiegespräch in der Abteilung C III stattfand, sagte Grabbe zu Hegemüller:

»Hoffentlich geben die Kerls sich zufrieden. Ich habe ihnen gesagt, daß sie sich eine neue Kammer bauen sollen, denn die hier können sie natürlich nicht wiederbekommen.«

In Grabbes Büro gab es danach eine lange Besprechung zwischen ihm und Hegemüller. Viele Einwände hatte Grabbe zu machen, viele Bedenken auszusprechen; doch fast stets konnte Hegemüller sie widerlegen. In der Tat hatte er an alle Möglichkeiten gedacht, und aus dem unvollkommenen Mittel, das die Versuchskammer für diesen Zweck ja schließlich nur war, das Bestmögliche gemacht.

»Trotz allem, mein lieber Hegemüller«, beendete Grabbe die Unterredung, »wollen wir nicht unnötig Gefahr laufen, sondern neu bauen, wie wir es eben besprochen haben. Machen Sie die Zeichnungen dafür fertig und bringen Sie diese mir. Ich werde die einzelnen Teile an verschiedenen Stellen anfertigen lassen, damit das Geheimnis gewahrt bleibt.«

Als Hegemüller am nächsten Morgen in das Werk kam, galt sein erster Gang dem Abstellraum. Verdutzt rieb er sich ein paarmal die Augen, aber es blieb so, wie er es auf den ersten Blick gesehen hatte. Der Platz, auf dem die so stark veränderte Versuchskammer gestanden hatte, war leer. Seine Strahlrakete war spurlos verschwunden.

Was Thiessen einmal kurz nach der Schließung des Paktes zwischen Washington, Tokio und Gorla mehr im Scherz als im Ernst gesagt hatte, war nicht eingetroffen, denn Dr. Stiegel und Dr. Hegemüller waren in dem deutschen Institut geblieben; der eine bei Thiessen, der andere in seiner eigenen Abteilung, aber ausländischer Besuch war vorhanden. Noch immer hielt sich Saraku in Gorla auf und arbeitete mit Thiessen an der Entwicklung der Strahlturbine. Außerdem war Henry Watson mit Aufträgen und Vorschlägen O'Neils vor einigen Tagen von Washington hier eingetroffen und hatte in der Hauptsache ebenfalls in der Abteilung Thiessens zu tun.

Durch den Brand in der Howard-Universität waren die Amerikaner in ihren Arbeiten stark behindert, doch mit bemerkenswerter Energie hatte es O'Neils verstanden, provisorische Arbeitsstellen zu schaffen, so daß auch in Washington die Forschung auf dem neu erschlossenen Gebiet kräftig weiter vorgetrieben werden konnte. Die Ergebnisse, die O'Neils aus Washington und Hidetawa aus Tokio fast täglich drahteten, erwiesen sich für die Arbeiten in Gorla als wertvolle Förderungen. Auch Thiessen, der anfangs nicht besonders für das Dreierabkommen eingenommen war, mußte das anerkennen und dementsprechend war auch sein Verhalten gegenüber den beiden ausländischen Gästen seiner Abteilung freundlicher geworden. Er zeigte sich ihnen gegenüber weniger zugeknöpft als in den ersten Tagen, wenn er auch in seinem Inneren immer noch einen kleinen Rest von Mißtrauen bewahrte.

»Ich halte die beiden für unbedingt ehrlich und zuverlässig«, meinte Dr. Stiegel, dem gegenüber er sich einmal vertraulich äußerte. »Von dem Japaner glaube ich es auch«, pflichtete Thiessen seinem Assistenten bei, »aber Mr. Watson ist mir etwas zu neugierig. Haben Sie einmal seine Augen beobachtet? Keinen Augenblick bleiben sie ruhig, unaufhörlich gehen seine Blicke hin und her, als ob sie etwas Neues erspähen, irgend etwas Wichtiges entdecken wollten ...«

»Das ist nun einmal seine Art«, versuchte Dr. Stiegel ihn zu beruhigen. »Ewig quecksilbrig, aber es steckt nichts dahinter.«

»Hoffen wir, daß Sie recht haben«, schloß Thiessen die Unterhaltung.

Dr. Thiessen hatte gut beobachtet. In der Tat waren die Augen Watsons überall und sahen manches, was andern entging. Sie erblickten auch die Strahlrakete Hegemüllers während der kurzen Sekunden, die sie über den Bretterzaun bis zur Dachtraufe der anderen Halle emporschwebte, um dann wieder zurückzusinken. Und ebenso wie die Augen waren die Gedanken Watsons, als er jetzt das in einem kurzen Moment Erhaschte zu verarbeiten begann.

Etwas Neues hatte Dr. Hegemüller, der grundsätzlich keinem Fremden Eintritt in seine Arbeitsstätte gewährte, dort gefunden und weiterentwickelt, so weit schon, daß seine Konstruktion stieg ... eine neue Art von Flugschiff, nicht mehr durch Motorkraft, sondern durch Strahldruck der neuen Substanz getrieben. Ein Fortschritt von grundlegender Bedeutung, das erkannte Watson im Augenblick. Aber kein Wort war bisher darüber verlautet. Hielt Gorla trotz seines Abkommens mit wichtigen Dingen hinter dem Berg? Dann verstieß er gegen den Vertrag und dann ... ja dann mußte man sich eben auf anderem Wege Kenntnis davon verschaffen. So schnell wie Watson diese Erkenntnis kam, war auch sein Plan gefaßt. Kurz vor Werkschluß in einem unbeobachteten Augenblick in einem sicheren Versteck verschwinden, die Nacht abwarten und sich dann die Sache in aller Ruhe besehen.

Daß das unter keinen Umständen fair war, daß es einen Mißbrauch der ihm gewährten Gastfreundschaft bedeutete, beunruhigte ihn nur wenig. Er setzte sich darüber mit dem Gedanken hinweg, daß Gorla zuerst unfair gehandelt hätte, und führte seinen Plan so aus, wie er ihn sich vorgenommen hatte.

»Unser Mr. Watson ist heute früher als sonst verschwunden«, sagte Dr. Thiessen zu Stiegel, als sie sich anschickten, das Werk zu verlassen.

»Ja, Herr Thiessen, er schien es heute eilig zu haben«, meinte Stiegel, während sie auf dem Wege zum Werkportal an einem Kellerhals vorüberkamen, in dem, vor unerwünschten Blicken sicher geborgen, derjenige steckte, von dem sie gerade sprachen. »Weiß der Teufel, was Mr. Watson im Ort so Wichtiges zu tun hat«, brummte Thiessen, als sie durch das Portal auf die Straße traten. Watson hatte die Worte vernommen, die Dr. Stiegel im Vorbeigehen zu Thiessen sprach, und sich daraufhin noch enger in seinem Winkel zusammengekauert. Während draußen der Werklärm verebbte und die Wächter begannen, ihre Runden abzugehen, mußte er die Entdeckung machen, daß das von ihm gewählte Versteck mancherlei zu wünschen übrig ließ. Noch herrschte draußen die volle Helligkeit eines Julinachmittags, und ein Wächter, der pflichtgemäß in den Kellerhals hineinschaute, vielleicht sogar einige Stufen die Treppe hinabstieg, mußte ihn unfehlbar entdecken.

Jetzt war es eben siebzehn Uhr, und erst in drei Stunden war mit einfallender Dunkelheit zu rechnen. Bei dem Gedanken daran war es Watson nicht wohl zumute. In dem Dämmerlicht, das hier unten herrschte, ertastete er eine hölzerne Tür, erfaßte die Klinke und drückte sie nieder. Die Tür war unverschlossen, sie gab nach, und Watson sah vor sich einen fast leeren, durch ein paar kleine Luken nur schwach erleuchteten Kellerraum. Schnell trat er ein, schloß die Tür hinter sich und schob den Riegel vor. Ein Gefühl der Erleichterung überkam ihn, fürs erste war er hier in Sicherheit.

Noch drei Stunden bis zum Einbruch der Dunkelheit. Eine kurze Frist, wenn man im Büro über seiner Arbeit saß, eine endlose Zeit, wenn man sie hier tatenlos verbringen mußte. Seine Augen hatten sich inzwischen an das schwache Dämmerlicht gewöhnt. Er blickte sich in dem Raum um und entdeckte in einer Ecke einen Stapel von Plantüchern, die wohl zum Verpacken von Maschinen und Geräten gedient hatten, kein allzu bequemes

Lager, aber immerhin ein Lager, auf dem er sich niederlassen und die vom langen Kauern und Stehen steif gewordenen Glieder strecken konnte.

Mr. Watson tat es; auf dem Rücken liegend, die Hände unter dem Kopf gefaltet, starrte er zur Decke empor und versuchte seine Lage zu überdenken. Unmerklich fielen ihm darüber die Augen zu, und ehe er sich's versah, war er eingeschlafen. Ein klingendes Dröhnen, das Schlagen der Werkuhren, drang an sein Ohr und rief ihn in das Bewußtsein zurück. Er brauchte Minuten, um sich zu ermuntern, denn lange und fest hatte er geschlafen. Volles Dunkel war um ihn, als er die Augen aufschlug. Er ließ seine Taschenlampe aufleuchten, erkannte in ihrem Schein die ungewohnte Umgebung, den Keller, die Plandecken, auf denen er lag; jäh kam ihm wieder ins Bewußtsein, warum er hierhergegangen war und was er vorhatte.

Er warf einen Blick auf seine Uhr. Zweiundzwanzig Uhr. Fünf Stunden hatte er geschlafen. Noch war nichts verloren ... Er hatte noch reichlich Zeit für sein Vorhaben. Jedes Geräusch vermeidend, schob er den Riegel der Tür zurück, öffnete sie, sah die Treppe vor sich im Mondlicht liegen. Schnell huschte er sie hinauf, suchte Schattendeckung an einer gegenüberliegenden Wand und bewegte sich vorsichtig in der Richtung auf den Abstellplatz zu.

Weit und breit war niemand zu erblicken; es war wohl gerade die Zeit zwischen zwei Wächterrunden. Ungesehen erreichte er den Zaun, der den Abstellplatz umgab. Die Tür war verschlossen. Gut doppelte Mannshöhe hatte der Zaun, aber Watson war ein geschickter Turner. Schnell hatte er das Hindernis überklettert. Leicht ließ ihn das Mondlicht weiter seinen Weg finden, und bald stand er vor dem, was er suchte. Da war sie, die Strahlrakete Hegemüllers, das Geheimnis, das die Deutschen nicht preisgeben wollten.

Staunend betrachtete Watson das Gebilde. Er wußte

nichts von einer Versuchskammer, glaubte, daß Dr. Hegemüller das alles von Grund auf geschaffen hätte, und bewunderte es desto mehr. Ein paarmal umschritt er die Rakete und betrachtete sie mit Blicken, als ob er sie verschlingen wollte. Keine Einzelheit entging ihm, jede der Triebflächen, die aus dem Zylinder herausragten, untersuchte er fachkundig, dabei Worte und Sätze murmelnd, die Anerkennung für den Schöpfer der Konstruktion bedeuteten.

Nun war er damit zu Ende. Sollte er jetzt wieder gehen? Nach Hause eilen, das Ganze dort nach dem Gedächtnis aufzeichnen? ... Nein, es war noch nicht genug. Auch das Innere der Rakete mußte er sehen. Er öffnete die Tür, trat in den Zylinder, schloß die Tür halb unbewußt wieder hermetisch hinter sich. Gering nur war jetzt das Licht, das durch die vier Luken hereinfiel. In dem ungewissen Schein erkannte er zwei Hebel, die sicherlich zum Verstellen der Haupttriebflächen dienten. Schon lagen seine Hände daran, schon hatten sie die Hebel herumgelegt, viel weiter ausgedehnt, als Dr. Hegemüller es bei dem kurzen Versuch am Vormittag getan hatte. Im gleichen Moment spürte er einen Ruck, hatte das Gefühl, daß sein Körpergewicht sich verdoppelte; seine Knie gaben nach, und er stürzte zu Boden.

Die Zeit verstrich, viele Sekunden ... eine halbe Minute, bevor es ihm gelang, sich wieder emporzuraffen, denn schwer lastete der Beschleunigungsdruck der steil zum Himmel emporjagenden Rakete auf ihm. Endlich hatte er seine Glieder wieder in der Gewalt, stand aufrecht auf seinen Füßen und erschrak bis ins Mark, als sein Blick durch eins der Fenster ins Freie glitt.

Weithin dehnte sich tief unter ihm die mondbeschienene Landschaft. Wie verstreutes Spielzeug lagen Dörfer und Weiler zwischen Äckern, Wiesen und Waldungen. Watson war häufig geflogen und vermochte die Höhe ungefähr zu taxieren, vier Kilometer ... fünf Kilometer ... vielleicht schon sechs Kilometer ... ging es ihm durch den Sinn, während er nach den Hebeln griff und sie in die alte Stellung zurückbrachte.

Augenblicklich wich der schwere Druck von ihm; ja noch mehr geschah. Sein Körper wurde gewichtslos. Eine leichte, kaum merkliche Bewegung seiner Füße, und er schwebte plötzlich frei im Raum, wäre frei schwebend geblieben, wenn er nicht noch die Hände an den Hebelgriffen gehabt hätte und sich so wieder zum Boden der Rakete niederziehen konnte.

Watson war Physiker und wußte die eigenartige Erscheinung zu deuten. Durch die Zurückstellung der Hebel hatte er den Auftrieb von der Rakete wieder fortgenommen. In freiem Fall stürzte sie jetzt nach unten. Mit Geschoßgeschwindigkeit würde sie bald ... sehr bald auf dem Erdboden aufschlagen und zersplittern, wenn er den Fall nicht rechtzeitig bremste.

Langsam zog er die Hebel wieder auseinander, vorsichtig bewegte er sie Zentimeter um Zentimeter und fühlte, wie sein Körper wieder Gewicht gewann.

In Eile und Heimlichkeit hatte Dr. Hegemüller seine Rakete zusammenbauen müssen, und mancherlei fehlte noch. Ein Höhenanzeiger war nicht vorhanden, und so war Watson jetzt bei seinem abenteuerlichen Flug lediglich auf sein Gefühl angewiesen. Nur nach seinem Körpergewicht konnte er schätzen, ob die Rakete Beschleunigung nach oben oder nach unten hatte. Fühlte er sich schwerer als gewöhnlich, so ging es mit beschleunigter Fahrt nach oben, fühlte er sich leichter, ging es im Sturz nach unten. Glaubte er sein natürliches Gewicht zu haben, dann durfte er zwar annehmen, daß weder eine Beschleunigung noch eine Verzögerung stattfand, aber die gleichmäßige Geschwindigkeit, mit welcher die Fahrt vor sich ging, wußte er auch dann noch nicht. Nur das wußte er, daß seine Lage mehr als kritisch war.

Nach unten mußte er, das war ja klar. Aber gefährliche Geschwindigkeiten hieß es dabei vermeiden, und den einzigen Anhaltspunkt, den er dafür hatte, konnte ihm nur die Beobachtung der Landschaft draußen geben. Ein Stück tiefer war er inzwischen schon wieder gekommen, denn enger war der Horizont, größer waren die Häuser der Weiler und Dörfer geworden. Nur noch auf etwa tausend Meter schätzte er jetzt die Flughöhe, wenige Minuten später nur noch auf fünfhundert Meter. Die Rakete war also in einem verhältnismäßig langsamen Fall begriffen. Es mochte noch ein bis zwei Minuten so weitergehen, bevor es Zeit wurde, den Fall noch mehr zu verlangsamen. Doch etwas anderes erfüllte ihn jetzt mit Besorgnis. Das Gorlawerk lag nicht mehr unter ihm, sondern so weit seitlich ab, daß er es durch eine der Seitenluken sehen konnte.

Die Bodenluke, durch die er das Gelände direkt unter sich hätte beobachten können, hatte er bei dem schwachen Licht nicht entdeckt. Die Bedeutung der anderen Hebel, durch die eine Steuerung der Rakete in seitlicher Richtung möglich war, hatte er noch nicht ergründet. Ausgeschlossen war es danach für ihn, zu dem Abstellplatz zurückzukehren, von dem er abgeflogen war. Nur überhaupt wieder mit heilen Gliedern die Erde zu erreichen, war der einzige Wunsch, der ihn bewegte.

Auf Kirchturmhöhe schätzte er jetzt noch den Abstand zur Erde. Laubwälder erblickte er zu allen Seiten unter sich. Mehrere Kilometer weit bis zu einem in der Nähe von Gorla stehenden Buchenwald war die Rakete seitlich abgetrieben. Wieder griff er in die Hebel, bremste den Fall vorsichtig ab, sah Laub und Zweige an den Fenstern vorübergleiten, vernahm ein Scharren und Kratzen, als starke Äste die Wandungen der Rakete streiften, spürte gleich darauf einen schwachen Stoß. Sein Gefährt war zum Stillstand gekommen.

Sekundenlang verharrte Watson regungslos, dann öffnete er die Tür und sah Zweige und Laub um sich; die Rakete hatte sich in der Krone einer Buche verfangen. Zögernd setzte er den Fuß auf einen Ast, ging, sich an den Seitenzweigen entlangtastend, ein paar Schritte voran und konnte nun seine Lage übersehen.

Zwischen vier starken Ästen, in die sich die Baumkrone an dieser Stelle gabelte, hatte der zylindrische Körper der Rakete sich eingeklemmt. So fest und sicher stand sie hier, daß selbst ein Sturm sie kaum losgerissen hätte; so hoch über dem Erdboden hatte das eigenwillige Projektil sich einen Ruheplatz gesucht, daß Watson nichts von ihm erblicken konnte.

Mit einem schnellen Entschluß warf er die Tür zu und begann behutsam von Ast zu Ast nach unten zu klettern. Doch bald war es damit zu Ende. Er hatte die untersten Zweige der Krone erreicht. Glatt wie eine Säule verlief der Baumstamm nach unten, und immer noch befand er sich reichlich zehn Meter über dem Erdboden. Unmöglich, den starken Stamm mit seinen Armen zu umfassen, an ihm hinabzuklettern. Schon beim ersten Versuch wäre er rettungslos in die Tiefe gestürzt. Was sollte er tun?

Noch einmal nach oben steigen, noch einmal in die Rakete gehen? Sie noch einmal aufsteigen lassen und die Landung an einer anderen, günstigeren Stelle versuchen? Es schauderte ihn bei dem Gedanken, sich dem unheimlichen Gefährt noch einmal anzuvertrauen. Hier oben warten, bis der Tag anbrach? Ausharren, bis vielleicht Menschen in die Nähe kamen, die ihm Hilfe bringen konnten? Wie würde er hinterher dastehen? Mit Schimpf und Schande würde er das Werk danach verlassen müssen. Ein anderer Ausweg mußte gefunden werden, und nach langem Grübeln fand er ihn.

Ohne ein Opfer ging es dabei freilich nicht ab. Seine Kleidung mußte dabei herhalten. Watson entsann sich der Tatsache, daß die Eingeborenen die hohen, glatten Stämme der Dattelpalmen mit Hilfe von Stricken erklommen. Was sonst unmöglich erschien, ging bei Benutzung dieses Hilfsmittels überraschend schnell und sicher vonstatten, und er war überzeugt, daß es auch hier gute Dienste tun würde. Aber wenigstens zwei Stricke waren dazu notwendig. So spielte sich im Laub der Baumkrone zunächst einmal eine Entkleidungsszene ab. Als sie beendet war, trug Henry Watson seinen Anzug auf der bloßen Haut; zu Stricken zusammengewürgt, um den Baumstamm herumgeworfen, mit seinen Händen und Füßen verbunden, gab ihm der Rest seiner Garderobe jetzt die Möglichkeit, ohne unmittelbare Lebensgefahr an dem glatten Stamm hinabzugleiten. Ohne verschiedene Schrammen und Schrunden ging es freilich nicht ab, und er sah ziemlich mitgenommen aus, als er den festen Boden endlich wieder unter seinen Füßen fühlte.

Jetzt schleunigst fort von hier war sein einziger Wunsch, als er wieder zu Atem kam. Der Mond war inzwischen tief herabgesunken. Eben noch vermochte Watson sich danach zu orientieren, dann verschwand das Gestirn unter dem Horizont. In der einfallenden Dunkelheit machte er sich auf den Heimweg. Als er nach langer Wanderung glücklich vor seiner Tür stand, schlugen die Uhren bereits die zweite Morgenstunde. Sein Unternehmen hatte länger gedauert, als er angenommen hatte.

Noch lange blieb er wach, ging unruhig in seinen Räumen hin und her und überdachte die voraussichtlichen Folgen seiner Tat. Natürlich würde man die Rakete vermissen. Zweifellos würde man auch nach ihr suchen, aber finden würde man sie so leicht nicht. Sie steckte ja sicher verborgen in der dichten Krone eines hohen Baumes. Später, im Herbst vielleicht, wenn das Laub fiel, würde man auf ihre Spur kommen. Einstweilen würde man sich vergeblich den Kopf zerbrechen, auf welche Weise sie abhanden gekommen war, würde hin und her raten und hundert Möglichkeiten erwägen; auf ihn, Watson, würde aber wohl kaum jemand verfallen. Vor einer Entdeckung glaubte er sich sicher. Mit einem Gefühl der Beruhigung warf er sich in einen Sessel ... und fuhr im nächsten Augenblick wieder auf, denn etwas anderes fiel ihm ein. In dem Drang, schnell von der Landungsstelle fortzukommen, hatte er die aus seinen Kleidungsstücken zusammengedrehten Stricke achtlos in das Unterholz geworfen. Wenn man sie fand ... wenn man die Zeichnung in den Wäschestücken las — die Buchstaben H. W. —, ihm wurde schwül bei dem Gedanken daran. In der Übereilung hatte er hier einen Fehler begangen, der verhängnisvoll werden konnte.

Noch einmal zurückkehren? Die Stelle wieder aufsuchen, die verräterischen Stücke an sich nehmen? Schnell verwarf er den Gedanken wieder. Jetzt in der Dunkelheit hätte er den Platz schwerlich wiedergefunden, wäre überdies zu spät in das Werk gekommen. Für heute war es auf jeden Fall unmöglich, doch vielleicht später.

Er nahm sich vor, es morgen oder übermorgen bei Tage zu versuchen, obwohl er sich klar darüber war, daß es auch dann nicht leicht sein würde, den abseits von Weg und Steg zwischen Hunderten von seinesgleichen stehenden Baum wiederzufinden.

Professor O'Neils war in bester Laune und hatte auch Grund dazu, denn in erfolgreicher Zusammenarbeit mit Robert Jones war es ihm nicht nur geglückt, den neuen Strahlstoff weiter zu verbessern, sondern darüber hinaus beherrschte er die Herstellung jetzt so sicher, daß plötzliche Ausbrüche atomarer Energie und ähnliche unliebsame Zwischenfälle kaum noch zu befürchten waren.

»Unsere Zusammenarbeit mit Gorla und Tokio trägt ihre Früchte«, meinte er während einer Arbeitspause zu Jones, »ich bin stolz darauf, daß wir dabei nicht nur die Empfangenden, sondern auch Gebende sind ...« Er brach ab, weil ein Bote hereinkam und ihm einen Brief brachte. Das Schreiben kam von Watson, und O'Neils machte sich sofort darüber her.

Neue Nachrichten aus Gorla. Seit mehreren Tagen

war dort eine tausendpferdige Strahlturbine in Betrieb und bisher tadellos gelaufen. Man hatte daraufhin die Weiterentwicklung eines Strahlmotors mit hin- und hergehendem Kolben einstweilen zurückgestellt.

O'Neils nickte, als er das las, denn er war der gleichen Meinung. Wozu einen Motor bauen, wenn man den gewollten Zweck mit einer Turbine einfacher und besser erreichen konnte? Sehr bald würde auch er sich diesem Problem zuwenden und mit dem verbesserten Strahlstoff vielleicht noch etwas Vollkommeneres schaffen.

Weiter lief sein Blick über die Zeilen, und seine Lippen preßten sich zusammen, als er zu den nächsten Seiten des Briefes kam. Man beschäftigte sich in Gorla also bereits mit dem Raketenproblem. Gut! Früher oder später würde man sich auch in Washington und Tokio damit befassen. Seit man über den Strahlstoff verfügte, war es ja nur noch eine reine Konstruktionsaufgabe, bei der es sich lediglich darum handelte, bereits Bekanntes und Erforschtes richtig zu verwerten.

O'Neils ließ das Schreiben sinken, und seine Gedanken begannen in die Zukunft zu wandern. Ein neues Zeitalter sah er im Geiste heraufziehen Strahlraketen sah er an Stelle der bisherigen Motorschiffe ihre Bahnen durch den Äther ziehen, sah die Luftflotte kommender Jahrzehnte sich über die Stratosphäre hinaus in den freien Weltraum erheben. Weiter schweiften seine Gedanken. Wie in einer Vision sah er unentdeckte Welten, von anderen Lebewesen bewohnt ...

Er raffte sich zusammen, verscheuchte die Bilder und Gedanken, griff wieder nach dem Brief Watsons und vertiefte sich in die ihm beigefügte Zeichnung. Wie er aus ihr und dem zugehörigen Text ersah, hatte man in Gorla in aller Stille mit primitiven Mitteln eine Strahlrakete gebaut. O'Neils hatte begreiflicherweise keine Ahnung von dem eigenmächtigen Vorgehen Hegemüllers und wunderte sich, wie man in Gorla etwas derartig

Unvollkommenes zusammenbringen konnte, anstatt von Anfang an sorgfältig und mit dem Einsatz aller verfügbaren Mittel zu konstruieren. Dr. Hegemüller hätte wahrscheinlich einen roten Kopf bekommen, wenn er die Beurteilung gehört hätte, die Professor O'Neils seiner Strahlrakete zuteil werden ließ. Der Amerikaner fuhr in seiner Lektüre fort und erschrak, als er nun das Husarenstück Watsons las ... bei Nacht ... heimlich ... in eine fremde Abteilung eingedrungen ... eine Rakete untersucht ... skizziert ... O'Neils bedauerte, daß er nicht, wie er es anfangs wollte, Jones an Stelle Watsons nach Gorla geschickt hatte. Sein Entschluß, diesen Fehler schleunigst wiedergutzumachen, wurde noch fester, als er in den nächsten Zeilen lesen mußte, daß sein Assistent mit der Rakete sogar einen Flug gewagt und die Maschine nicht wieder an ihren Platz zurückgebracht hatte.

Lebhaft malte er sich die Aufregung aus, die wegen der verschwundenen Rakete jetzt in dem Werk herrschen mochte. Mit Schrecken dachte er an die Folgen, die sich für Watson ergeben mußten, wenn die Deutschen hinter seine Schliche kamen. Unverzüglich ging er daran, den Brief zu beantworten. Sein Schreiben enthielt den strikten Befehl für Watson, zurückzukommen. In einem anderen Brief an Professor Lüdinghausen motivierte er den beabsichtigten Personalwechsel so sachlich und überzeugend, daß Lüdinghausen nicht anders konnte, als seine Zustimmung zu geben.

Die Vermutung O'Neils', daß das Verschwinden der Rakete in Gorla schwere Aufregung verursachen würde, traf zu. Wie außer sich stürzte Hegemüller zu Grabbe ins Zimmer.

»Die Rakete ist weg!« Er schrie es so laut in den Raum, daß der Chefingenieur vor allen Dingen erst einmal die offenstehenden Fenster schloß.

»Unmöglich, Herr Doktor!« wandte er sich an Hegemüller, doch der wurde dadurch nur noch aufgebrachter.

»Sie ist weg, Herr Grabbe! Verschwunden! ... Gestohlen!«

Nur mit Mühe gelang es Grabbe, den Aufgeregten so weit zu bringen, daß er ihm einen zusammenhängenden Bericht über das gab, was er gesehen und festgestellt hatte. Zu zweit machten sie sich auf den Weg zum Abstellplatz.

»Es ist ja unmöglich«, wiederholte Grabbe im Gehen seine schon einmal geäußerte Ansicht. »Die Rakete wog fast tausend Kilogramm. Wie hätten die Täter sie fortbringen sollen?«

Seine Worte waren für Hegemüller Anlaß, sich von neuem zu erhitzen. »Fortgeflogen ist der Dieb damit!« brach er los. »Ich könnte mich selber ins Gesicht schlagen. Ich habe es ihm ja leicht gemacht, habe den Türschlüssel steckenlassen!«

»Zu welcher Tür, Herr Doktor?« warf Grabbe dazwischen.

»Zu der Tür der Versuchskammer. Der Mensch konnte ohne weiteres in das Innere gelangen; brauchte nur einen Hebel zu bewegen, und die Rakete flog davon.«

Während Hegemüller so seinem Herzen Luft machte, wurde er etwas ruhiger, doch dafür sprang die Erregung jetzt auf den Chefingenieur über. Ein Unbekannter, ein Fremder mit der Rakete davongeflogen? Das war ein Fall, der sofort Professor Lüdinghausen gemeldet werden mußte. Kaum eine Minute hielt er sich auf dem Abstellplatz auf, auf dem es ohnehin nichts von Belang zu sehen gab. Die Rakete war eben verschwunden, und nur schwache Eindrücke in dem ziemlich harten Boden verrieten die Stelle, wo sie gestanden hatte. Fußspuren, nach denen der Chefingenieur sich noch umsah, waren nirgends zu entdecken und bei der Bodenbeschaffenheit auch nicht zu erwarten.

»Kommen Sie mit zu Professor Lüdinghausen!« ent-

155

schied er sich kurz. »Wir müssen die Angelegenheit mit ihm besprechen.«

Auch Lüdinghausen wurde ernst, als er den Bericht Grabbes gehört hatte. Seit Jahr und Tag war kein Fall von Werkspionage in Gorla mehr vorgekommen, und der Vorfall, der sie jetzt beschäftigte, sah doch stark danach aus.

»Es ist kaum ein Zweifel möglich«, begann Lüdinghausen, jedes Wort sorgfältig abwägend, »daß sich eine oder mehrere Personen in unserem Werk befinden, die sich für Dinge interessieren, die sie nichts angehen. Es ist unsere Aufgabe, diese Leute zu finden.«

»Es braucht auch bloß einer zu sein, und der ist mit meiner Rakete längst über alle Berge«, polterte Hegemüller dazwischen.

»Wenn er sich nicht inzwischen das Genick gebrochen hat«, warf Grabbe ein, »ich halte es für ein ungeheures Wagnis, mit dieser Erstkonstruktion einen größeren Flug zu riskieren.«

»Ich traue den Fremden nicht«, mischte sich Hegemüller wieder ein. »Wir haben verschiedene Ausländer im Werk. Wer weiß, ob es nicht einer von denen gewesen ist?«

»Halt, Herr Doktor! Keine haltlosen Verdächtigungen!« unterbrach ihn Lüdinghausen. »Auf diese Weise kommen wir nicht weiter. Wir müssen logisch und systematisch vorgehen, wenn wir etwas erreichen wollen. Als sicher nehme ich zunächst an, daß es bei unserer scharfen Kontrolle für einen nicht zur Belegschaft Gehörenden unmöglich ist, sich in das Werk einzuschleichen. Daraus folgt, meine Herren?«

»Daß der Täter ein Mitarbeiter sein muß«, beantwortete Chefingenieur Grabbe die Frage Lüdinghausens.

»Richtig, Herr Grabbe. Also werden wir weiter festzustellen haben, wer von unserer Belegschaft heute unentschuldigt fehlt. Der Betreffende, sei er, wer er wolle, könnte der Tat verdächtig sein.«

Weder Grabbe noch Dr. Hegemüller konnten gegen die Schlußfolgerung Lüdinghausens etwas einwenden. Der griff zum Apparat und telefonierte mit verschiedenen Stellen im Werk, wobei er sich Notizen machte.

»Kein Grund zu einem Verdacht«, sagte er nach Beendigung des letzten Gesprächs. »Alle, die gestern im Werk waren, sind auch heute wieder zur Arbeit gekommen. Die wenigen, die fehlen, sind schon seit Tagen krank geschrieben. Daraus läßt sich nur der eine Schluß ziehen ... nun, meine Herren, was muß man daraus folgern?«

Langsamer als zuvor fand Grabbe eine Antwort. »Man müßte daraus schließen, Herr Lüdinghausen, daß der Täter sich jetzt im Werk befindet ... wenn uns in unseren Voraussetzungen kein Fehler unterlaufen ist.«

Lüdinghausen machte eine abwehrende Bewegung. »Unsere Voraussetzungen sind stichhaltig, Herr Grabbe. Der Schluß, den Sie daraus gezogen haben, ist richtig. Aber das ist noch nicht alles. Es läßt sich noch mehr daraus folgern. Kommt keiner von Ihnen darauf?«

Er wartete vergeblich auf eine Antwort und sprach selbst weiter. »Wenn der Täter heute früh wieder zur rechten Zeit ins Werk gekommen ist, so kann er seinen Flug nicht allzu weit ausgedehnt haben; also muß sich auch Ihre Rakete, Herr Doktor Hegemüller, noch in der näheren Umgebung von Gorla befinden ...«

»Ja, aber wo, Herr Professor?« platzte Hegemüller heraus.

»Das ist die Frage, um die es sich dreht, Herr Doktor Hegemüller.« Ein kaum merkliches Lächeln glitt über die Züge Lüdinghausens, während er es sagte. »Wenn wir den Ort wüßten, würden wir sie schnell haben. Gehen wir weiter logisch vor. Angenommen, der unbekannte Täter wäre um Mitternacht mit der Rakete aus dem Werk geflogen und eine halbe Stunde später gelandet, dann blieben ihm gerade noch acht Stunden Zeit bis zum Werkbeginn. Nehmen wir weiter an, daß er den

157

Rückweg zu Fuß machen mußte, so kann die Rakete kaum weiter als dreißig Kilometer von hier entfernt sein ...«

»Oh, oh!« Grabbe kratzte sich die Stirn. »Ein Kreis mit einem Radius von dreißig Kilometer. Das gibt eine Fläche von beinahe dreitausend Quadratkilometern. Eine verteufelte Aufgabe, auf einem solchen Riesenareal unsere Rakete wiederzufinden.«

»Nicht ganz so schwierig, Herr Grabbe, wie es auf den ersten Blick scheint«, fuhr Lüdinghausen fort; »wir müssen zwei Fälle unterscheiden. Entweder ist die Maschine auf freiem Feld niedergegangen oder in bewaldetem Gelände. Auf freiem Feld ist sie weithin sichtbar; steckt sie irgendwo in einem Gehölz, ist der Fall schwieriger.«

Während Lüdinghausen kühl und klar dozierte, als ob er auf dem Katheder stünde, war Hegemüller von Sekunde zu Sekunde unruhiger geworden. Jetzt hielt er nicht länger an sich.

»Wenn sie auf freiem Feld gelandet ist, wenn irgendein wandernder Handwerksbursche oder Ackerknecht sie entdeckt, aufmacht, reingeht, an den Hebeln spielt ... es ist ja kaum auszudenken, was dann noch alles passieren kann.«

»Ruhig, Doktor! Verlieren Sie Ihre Nerven nicht«, versuchte ihn Grabbe zu beschwichtigen, während Lüdinghausen schon wieder zum Telefon griff. Er sprach mit verschiedenen Stellen der Kreisverwaltung, und der Chefingenieur konnte nicht umhin, ihn zu bewundern, denn mit diplomatischer Meisterschaft verstand es Lüdinghausen, die von ihm angerufenen Behörden auf das zu suchende Objekt scharf zu machen, es als gefährlich und unter Umständen explosiv hinzustellen, ohne doch von seiner Raketennatur etwas zu verraten.

»So!« sagte Professor Lüdinghausen, während er den Hörer wieder auflegte, »die Landjägerschaft ist auf die Spur gesetzt. Was könnten wir jetzt noch tun?«

»Selber im Flugzeug losgehen und nach der Rakete suchen«, schlug Hegemüller vor.

»Gut, Herr Doktor.« Wieder griff Lüdinghausen zum Apparat. »Unser Pilot steht Ihnen mit dem Werksflugzeug zur Verfügung«, wandte er sich nach Beendigung des Gesprächs an Hegemüller. »Nehmen Sie ein paar von Ihren Leuten, die an der Rakete gearbeitet haben, mit und fliegen Sie die Gegend ab. Geben Sie mir Bericht, wenn Sie von Ihrem Flug zurück sind.«

Während Hegemüller das Zimmer verließ, um sich zum Flugzeug zu begeben, holte Lüdinghausen eine Karte von der Umgebung Gorlas heraus und breitete sie vor sich aus. »Die Sache wird schwieriger, wenn die Rakete in dichtem Gehölz steckt«, meinte er zu Grabbe. »Wir wollen uns mal überlegen, wo sich etwas Derartiges hier in der Gegend befindet.«

Grabbe trat neben ihn, gemeinsam studierten sie die Karte und mußten schnell feststellen, daß es fast ein Dutzend Waldungen innerhalb des Gebietes gab, die für den Verbleib der Rakete in Betracht kommen konnten.

»Dumme Geschichte«, brummte Grabbe, »es wird Tage, wenn nicht Wochen beanspruchen, alle diese Plätze gründlich abzusuchen.«

»Hilft nichts, Herr Grabbe«, entschied sich Lüdinghausen. »Wenn wir die Rakete nicht im freien Feld entdecken, müssen wir uns der Mühe unterziehen.«

Zu derselben Zeit ging der Bauer Gustav Schanze durch eins der Gehölze, deren Lage Lüdinghausen und Grabbe gerade auf der Karte betrachteten. Er hatte wenig Sinn für den Buchenwald, in dessen Kronen die schrägen Strahlen der Morgensonne in grüngoldenen Reflexen spielten; seine Gedanken waren vielmehr bei seinem am Rande der Waldung gelegenen Haferfeld, in dem Sperlinge und Wildtauben es reichlich arg getrieben hatten. Wenn Bauer Schanze von seinem Acker überhaupt noch etwas in die Scheune bringen wollte, dann mußte jetzt etwas gegen die gefiederte Plage ge-

159

schehen, und deswegen hatte er sich auf den Weg gemacht. Während er so durch den Wald dahintrollte, sah er seitwärts vom Wege etwas Weißes in dem Unterholz schimmern. Unwillkürlich verhielt er den Schritt, schaute schärfer hin und ging schließlich darauf zu.

Beim Näherkommen erkannte er, daß es sich um zusammengewürgte Wäschestücke handelte. Schanze machte sich keine Gedanken darüber, wie das Zeug wohl hierhingeraten sein mochte, doch eine andere Idee war ihm bei dem Anblick gekommen. Aus den Lumpen ließ sich sicherlich eine Vogelscheuche herstellen, die seinen bedrohten Hafer schützen könnte.

Ohne langes Besinnen griff er zu, drehte das Leinen auseinander und hielt zu seiner Verwunderung Stücke einer feinen Leibwäsche in seinen Händen; eigentlich noch viel zu schade für eine Vogelscheuche, wenn sie nicht an mehreren Stellen zerrieben und zerfetzt gewesen wäre. Moos und Rindenteile hafteten an den schadhaften Stellen, als ob jemand damit gewaltsam einen Baum abgewischt hätte. Für ihn selber war sie doch nicht mehr zu gebrauchen, stellte Schanze mit Bedauern fest und zog mit seiner Beute zu dem Feld hin, um dort einen Spatzenschreck daraus zu fabrizieren.

Gegen elf Uhr vormittags lief bei Lüdinghausen die Meldung ein, daß die Landjäger bei ihren Streifen nichts entdeckt hätten, auf das die gegebene Beschreibung passen könnte. Eine halbe Stunde später kam Hegemüller von seinem Erkundungsflug zurück. Auch er hatte von seiner Rakete nichts gesehen.

»Dann steckt das vertrackte Ding also doch in einer der Waldungen«, sagte Lüdinghausen durchs Telefon zu Grabbe. »Wir werden sie der Reihe nach absuchen müssen.« Die Antwort Grabbes vernahm er nicht mehr. Der hatte den Hörer schon wieder aufgelegt, als ein kräftiges »Schweinerei, verfluchte!« seinen Lippen entfuhr.

Vielleicht hatte der Chefingenieur die Fenster doch nicht schnell genug geschlossen, als Hegemüller mit seiner ersten Meldung von der entflogenen Rakete zu ihm kam, vielleicht hatte auch der eine oder andere von den Werkleuten Hegemüllers ein Wort zuviel gesagt, jedenfalls hub schon in den Morgenstunden ein Wispern und Raunen unter der Belegschaft des Werkes an, und es wurde nicht schwächer, als man bald darauf Dr. Hegemüller mit dem Werkflugzeug starten sah.

Von einer Rakete wurde gemunkelt, von einer entflogenen Rakete ... bald darauf von einer gestohlenen und wenig später sogar von einer geraubten Rakete. Von Halle zu Halle, von Labor zu Labor schwirrte das Gerücht und wurde dabei nicht kleiner. Als es in die Abteilung von Thiessen gelangte, der mit Dr. Stiegel und Saraku eben beschäftigt war, eine Verbesserung an der tausendpferdigen Strahlturbine zu erproben, da wollte es bereits von einem nächtlichen Einbruch ausländischer Spione wissen, die sich gewaltsam einer Strahlrakete bemächtigt hätten und damit ungehindert über die Grenze entkommen wären.

Ein Bote, der die zweite Post in die Abteilung Thiessen brachte, hielt sich länger als notwendig auf und hatte etwas mit dem Laboratoriumsdiener zu flüstern. Einem andern wäre es vielleicht kaum aufgefallen, aber Watson merkte es und pirschte sich vorsichtig näher heran, um etwas von dem Gespräch zu erhaschen. Übernächtig, fiebrig erregt, von Zweifeln hin und her gerissen, war er an diesem Morgen in das Werk gekommen. Mit Mühe hatte er nach außen hin eine gleichmütige Maske zur Schau getragen, jeden Augenblick darauf gefaßt, daß von irgendwoher Alarm kommen könnte, und fast unerträglich war die Spannung für ihn geworden.

Längst mußte man ja das Fehlen der Rakete gemerkt haben. Zweifellos mußte auch der Sicherheitsdienst des Werkes schon unterrichtet sein und Maßnahmen eingeleitet haben. Bei jedem Blick, der ihn traf, bei jedem Wort, das an ihn gerichtet wurde, mußte Watson sich zusammennehmen, um nicht durch eine ungewollte Gebärde oder ungeschickte Antwort sein Schuldbewußtsein zu verraten. Zum hundertsten Male verwünschte er es im stillen, daß er sich auf das Abenteuer eingelassen hatte ... und jetzt tuschelten die beiden, der Bote und der Diener, so verdächtig in einer Ecke ... warfen, wie er sich einbildete, hin und wieder forschende Blicke nach ihm. War man ihm etwa auf der Spur?

Er strengte seine Ohren an, horchte gespannt und fing Bruchstücke des Gespräches auf. »Landjägerei alarmiert ... Umgebung von Gorla wird abgesucht ... Dr. Hegemüller mit Flugzeug unterwegs ...«

Es verschlug Watson den Atem, als er es hörte. Vom Flugzeug konnte man die Baumkronen einsehen ... Wenn Hegemüller die Rakete entdeckte? ... Man würde die Landjäger nach der Stelle schicken, sie würden die mit seinen Initialen gezeichneten Wäschestücke finden ... Er mußte sich gegen die Wand stützen, hörte mit geschlossenen Augen weiter ... Ausländer sollen es gewesen sein ... Man hat auch schon einen bestimmten Verdacht, geht einer gewissen Spur nach ... Wenn das Glück günstig ist, werden die Räuber noch heute vormittag gefaßt.

Watson fühlte seinen Herzschlag aussetzen. Wie im Traum vernahm er die Worte des Boten: »Mach's gut, Karl, ich muß weiter.« Dann hörte er eine Tür klappen. Nur allmählich kam er wieder zu sich, ging leicht wankend mit verstörtem Gesicht zu seinem Tisch und sank auf einen Stuhl.

»Ist Ihnen nicht gut, Kollege?« Die Stimme Dr. Stiegels klang an sein Ohr. Mit letzter Anstrengung riß er sich zusammen. Nur jetzt nicht schwach werden, sich nicht verraten!

»Nichts von Bedeutung, Herr Doktor Stiegel. Eine Magenverstimmung; ich fürchte, ich habe gestern abend zuviel von dem schwarzen Brot gegessen.« Er strich sich über den Leib, als ob er dort Schmerzen spürte.

»Gehen Sie ins Kasino und lassen Sie sich einen handfesten Weinbrand geben, Kollege«, riet ihm Stiegel.

»Ich will Ihren Rat befolgen.« Watson verließ das Laboratorium. Erst draußen in der frischen Luft wurde ihm etwas leichter ums Herz. Im Kasino ließ er dem ersten Weinbrand bald einen zweiten folgen, überlegte dabei noch einmal Wort für Wort, was er soeben gehört hatte, und merkwürdigerweise kam es ihm jetzt nicht mehr ganz so schlimm vor. Als er eine Viertelstunde später wieder in die Abteilung Thiessen zurückkehrte, war ihm die überstandene Schwäche nicht mehr anzumerken.

Chefingenieur Grabbe starrte verdrießlich auf den Deckel eines vor ihm liegenden Aktenstückes. Er kam nicht dazu, es zu lesen, denn immer wieder kehrten seine Gedanken zu der verschwundenen Rakete Hegemüllers zurück. Fast zwei Wochen waren nun seit diesem aufregenden Ereignis ins Land gegangen, und keinen Schritt war man weitergekommen. Nach wie vor blieb die Rakete verschwunden, obwohl man die Nachforschungen nach ihr viele Tage hindurch eifrig betrieben hatte. Keinen Schuldigen, ja nicht einmal einen Verdächtigen, vermochte der Sicherheitsdienst des Werkes zu ermitteln, obwohl er sich redlich darum bemühte. Zweifel überkamen den Chefingenieur. Hatte Lüdinghausen mit seiner Theorie recht — und Grabbe konnte keine schwache Stelle in der Beweisführung des Professors entdecken —, dann mußten der oder die Täter, welche die Rakete weggenommen hatten, nicht nur zur Gefolgschaft gehören, sondern sich auch jetzt noch im Werk befinden. Ein unbehagliches Gefühl überkam ihn bei dem Gedanken daran; unwillkürlich liefen ihm Namen und Personen durch den Sinn, die möglicherweise verdächtig sein konnten und die es nun zu finden galt.

Für sich allein versuchte er jetzt das, was Lüdinghausen in einer oft bildhaften Ausdrucksweise ›mit Zirkel und Lineal konstruieren‹ nannte. Zwei Möglichkeiten stellte er gegeneinander. Die erste: Der Täter war ein Deutscher, der im Solde irgendwelcher Agenten handelte. Dann mußte es in der Tat sehr schwer, wenn nicht unmöglich sein, ihn aus der großen Zahl der Werksangehörigen ausfindig zu machen; oder aber zweitens: Es war einer von den wenigen Ausländern, die in dem Institut tätig waren. Dann war er doch wohl nur unter denen zu suchen, die um den neuen Strahlstoff wußten und selbst mit ihm zu tun hatten. Watson oder Saraku? Fast ohne es zu wollen, hatte er die beiden Namen vor sich hin gesprochen.

Der Amerikaner? Schon vor Tagen hatte er auf Wunsch O'Neils' Deutschland verlassen, war längst wieder in Washington, während sein Landsmann Jones in dem deutschen Institut arbeitete. Der kam also überhaupt nicht mehr in Betracht. Der andere, der Japaner? Grabbe hielt ihn ebenso wie Watson für einen grundanständigen Menschen, wollte keinem von den beiden die Tat zutrauen und war nun in seinen Überlegungen doch auf sie gestoßen, grübelte und sinnierte weiter und kam mit seinen Gedanken nicht mehr zurecht. Hegemüller hatte ja seine Sache ganz im geheimen betrieben. Weder Watson noch Saraku konnten darum wissen. Während er noch nach einer Lösung suchte, meldete sich das Telefon auf seinem Tisch. Saraku bat um eine Unterredung.

»Ja, es ist mir recht. Ich bin im Augenblick frei. Sie können gleich kommen, Herr Saraku.« Grabbe legte den Hörer wieder auf, dachte dabei: Ich werde gesprächsweise die Strahlrakete erwähnen und ihn dabei genau beobachten. Wenn er in die Sache verwickelt ist, wird er sich vielleicht doch verraten ... obwohl ... die Söhne Nippons haben sich in der Gewalt ...

Ein Klopfen an der Tür unterbrach seine Betrachtungen. Saraku kam herein und ging nach einer höflichen Begrüßung sofort auf den Zweck seines Kommens los.

»Ich bekam Nachrichten von meinem verehrten Lehrer Hidetawa, Herr Chefingenieur«, sagte er und legte einen großen Briefumschlag vor sich hin.

»Von unserem Freunde Hidetawa?« fragte Grabbe. »Hat er neue Vorschläge wegen der Strahlturbine zu machen?«

Saraku machte eine verneinende Bewegung. »Nein, Herr Chefingenieur. Er kommt mit einem anderen Vorschlag, der ihn, wie er schreibt, schon seit Wochen beschäftigt. Er schickt Pläne zu einer Strahlrakete.«

Grabbe biß sich auf die Lippen, um Worte zu unterdrücken, die ihm auf der Zunge lagen.

»Von einer Strahlrakete? Das ist interessant.« Er brachte es scheinbar gleichmütig heraus, obwohl seine Gedanken wild durcheinanderwirbelten. »Herr Hidetawa hat bereits Pläne entworfen?«

»Hier sind sie, Herr Grabbe.« Saraku zog mehrere Bogen aus dem Briefumschlag, faltete sie auseinander und breitete sie vor dem Chefingenieur aus. Dessen Augen gingen wechselweise zwischen den Zeichnungen und dem Japaner hin und her. Auf den ersten Blick erkannte er, daß die Entwürfe Hidetawas schon weit ins einzelne gingen. Wer das Problem bereits so weit beherrscht, hat es nicht nötig, sich an dem primitiven Apparat Hegemüllers zu vergreifen, war die Erkenntnis, die sich ihm zwangsläufig aufdrängte und vor der jeder Verdacht gegen Saraku dahinschwand.

Mit ungeteiltem Interesse vermochte Grabbe sich jetzt den Entwürfen Hidetawas zu widmen, und immer wieder mußte er die Voraussicht bewundern, mit der jede Eventualität hier gemeistert, jedes Einzelteil für seinen Zweck geformt und durchkonstruiert war. Unbeweglich saß Saraku ihm gegenüber und wartete geduldig ab, wie sich Grabbe zu den Plänen äußern würde. Jetzt stutzte der. Sein Finger blieb auf einer Nebenzeichnung haften, die den Bewegungsmechanismus der strahlenden Treibflächen darstellte.

»Herr Hidetawa hat hier ein selbstsperrendes Getriebe vorgesehen?« wandte er sich an Saraku. »Warum das?«

»Herr Hidetawa hat mit der Möglichkeit gerechnet, daß Kräfte von außen her die Treibflächen verstellen könnten, und sich durch eine Selbstsperrung dagegen geschützt. Er dachte an den Luftwiderstand während des Fluges in der Atmosphäre. Er hat wohl auch mit der Möglichkeit gerechnet, daß ein Unbefugter die Flächen von außen her verstellen könnte ...«

Die Flächen von außen her verstellen könnte ... die letzten Worte Sarakus hallten wie ein Echo im Ohr des Chefingenieurs nach ... ein Unbefugter von außen ... Konnte es bei der Rakete von Dr. Hegemüller nicht ebenso gewesen sein? ... Mit Leichtigkeit ließen sich an dessen Maschine die Flächen von außen her verstellen. Noch nicht einmal ein Mensch brauchte es gewesen zu sein. Ein leichter Druck genügte ja schon dazu. Irgendein Tier konnte es verursacht haben ... eine Katze vielleicht ... es waren einige davon in dem Werk vorhanden.

Saraku hatte einen Brief aus dem Umschlag gezogen. Das leichte Knittergeräusch des bewegten Papiers rief Grabbe in die Wirklichkeit zurück. Er sah wieder die Pläne vor sich, den Japaner sich gegenüber und begann zu sprechen.

»Ich beglückwünsche Herrn Hidetawa zu dieser Arbeit. Sie ist ein Meisterstück. Wir werden heute noch gemeinsam darüber beraten. Für den Augenblick bitte ich Sie um Entschuldigung. Ich muß Professor Lüdinghausen noch sprechen, bevor er zu Tisch geht. Vielleicht können wir heute nachmittag mit ihm zusammen eine Konferenz haben.«

Saraku erhob sich und verließ mit einer Verbeugung das Zimmer. Kaum hatte sich die Tür hinter ihm geschlossen, als Grabbe schon zum Telefon griff und Lüdinghausen anrief.

»Sehr gut, Grabbe«, klang's ihm von der anderen Seite der Leitung entgegen. »Ich wollte Sie auch noch sprechen. Kommen Sie, bitte, gleich.«

»Ja, mein lieber Grabbe«, empfing Lüdinghausen den Chefingenieur. »Mit unsern Nachforschungen in der Sache Hegemüller scheinen wir ja nun endgültig festgefahren zu sein. Nirgends auch nur eine Spur von dem Täter. Ich glaube nicht mehr, daß wir den Menschen fassen werden.«

»Vorausgesetzt, daß es ein Mensch ist, Herr Professor.« Lüdinghausen sah den Chefingenieur groß an. Der ließ sich dadurch nicht aus der Ruhe bringen sondern breitete die Zeichnungen Hidetawas gemächlich vor sich aus. Eine kurze Weile ließ ihn Lüdinghausen gewähren, dann fragte er ungeduldig:

»Wie meinen Sie das, Herr Grabbe? Ich denke, über den Täter sind wir uns doch einigermaßen klar.«

»Ich habe es auch geglaubt, Herr Lüdinghausen, bis ich vorhin Pläne Hidetawas für eine Strahlrakete ...«

»Nun, und? Was hat das mit unserm Fall zu tun?«

Grabbe schob ihm eine der Zeichnungen hin und wies auf eine Stelle darauf.

»Wollen Sie sich das einmal genau ansehen, Herr Professor?«

»Was ist daran Besonderes zu sehen? Die Bewegung der Treibflächen durch einen Schneckentrieb — übrigens keine schlechte Idee — imponiert mir ... tüchtige Arbeit. Aber lassen wir das jetzt. Kehren wir zu unserem Fall zurück, Herr Grabbe.«

»Wir sprechen bereits die ganze Zeit darüber, Herr Lüdinghausen. Sehen Sie, hier unterscheidet sich die Konstruktion grundsätzlich von der Hegemüllerschen. Hier stehen die Treibflächen in jeder Stellung unverrückbar fest. Bei unserer Rakete konnte man sie von außen her mit Leichtigkeit verstellen ...«

»Ich verstehe, was Sie meinen. Es hätte jemand die Flächen unserer Rakete von außen verstellen können ...

braucht gar nicht mitgeflogen zu sein ... ja, bester Herr
Grabbe, das wirft ja alle unsere Schlußfolgerungen über
den Haufen. Dann kann die Rakete sich ja Gott weiß wo
befinden ... vielleicht auf dem halben Wege zum Mond
sein ...«

»Wäre das Beste, was uns passieren könnte. Dann
wären wir wenigstens sicher davor, daß sie einem Un-
berufenen in die Hände fällt. Offen gesagt, Herr Professor, solche Scherze wie damals bei den Fundland-Bänken und am Boulder-Damm möchte ich nicht noch einmal erleben. Damals hat die Welt noch an einen Meteoriten geglaubt; wenn aber Hegemüllers Rakete in Amerika oder sonstwo zu Boden stürzt, würde die Welt verflucht hellhörig werden.«

»Malen Sie den Teufel nicht an die Wand!« wehrte
Lüdinghausen ab. »Im übrigen bringt uns das alles
nicht weiter. Nach wie vor haben wir die Aufgabe, den
Kerl festzustellen, der uns das eingebrockt hat.«

»Sie sagen Kerl, Herr Lüdinghausen. Es könnte auch
ein Tier gewesen sein.«

»Ein Tier?!«

»Allerdings! Ich denke da zum Beispiel an die Katzen,
die unsere Pförtner sich halten. Die Tiere streunen gerade in dieser Jahreszeit die liebe lange Nacht herum und
machen sich reichlich bemerkbar.«

Lüdinghausen warf sich in seinen Sessel zurück und
lachte laut heraus. »Großartig, Grabbe! Der Täter ent-
puppt sich als ein verliebter Kater. Ich kann nur nicht
recht daran glauben.«

»Aber ich, Herr Lüdinghausen. Zufällig hörte ich von
einem unserer Wächter, daß die Biester es in der fragli-
chen Nacht besonders arg getrieben haben. Es ist ihre
Ranzzeit. Sie sollen steinerweichend konzertiert haben.«

Lüdinghausen wurde wieder ernst. »Sollte das wirklich des Rätsels Lösung sein, Herr Grabbe? Je länger ich
darüber nachdenke, um so möglicher erscheint es mir.

Ja, was sollen wir denn dann noch weiter unternehmen?«

»Gar nichts, Herr Professor. Die Dinge einstweilen laufen lassen, wie sie laufen, und den Bau unserer neuen Rakete mit allen Mitteln beschleunigen. Ich möchte nicht, daß Hidetawa uns zuvorkommt. Unsere eigenen Entwürfe sind auch nicht schlecht. Nur den Mechanismus für die Bewegung der Treibflächen wollen wir von dem japanischen Projekt übernehmen. Da uns Hidetawa seine Pläne unterbreitet hat, müssen wir auch ihm gegenüber mit offenen Karten spielen. Ich schlage vor, daß wir uns heute nachmittag mit Saraku darüber besprechen.«

Lüdinghausen machte sich eine Notiz auf seinem Terminkalender. »Ist recht, Herr Grabbe. Heute nachmittag um vier Uhr. Kommen Sie schon eine Viertelstunde früher, damit wir uns vorher über alles Wichtige klarwerden.«

Zur festgesetzten Zeit stellte sich Chefingenieur Grabbe am Nachmittag wieder bei Lüdinghausen ein und entnahm seiner Mappe die von Dr. Hegemüller entworfenen und von ihm selbst weiterbearbeiteten Pläne über die neue Rakete.

»Ja, sehen Sie, lieber Grabbe, das ist es, was ich erst unter vier Augen mit Ihnen besprechen wollte, bevor wir uns mit unserem Japaner zusammensetzen«, eröffnete Lüdinghausen die Unterredung und griff nach einem mit roter Tinte ausgefertigten Schriftstück. »Ich glaube, unsere Fertigungs- und Liefertermine behalten wir vorläufig lieber für uns.«

»Ich wollte Ihnen das gleiche vorschlagen, Herr Professor«, erwiderte Grabbe. »Ich meine, hier handelt es sich um eine interne Betriebsangelegenheit, über die wir niemandem Rechenschaft schuldig sind.«

Lüdinghausen vertiefte sich in das durch seine Farbe so auffällige Dokument und nickte dabei zustimmend.

»Sehr gut, Herr Grabbe. Der Raketenkörper ist bereits in die Abteilung Hegemüller geliefert worden.« Er zog eine der Zeichnungen heran. »Alle Wetter, ein tüchtiger Brocken. Wie haben Sie das Stück so schnell beschaffen können?«

Grabbe lachte. »Ich habe mich durch unsern Freund Hegemüller inspirieren lassen. Ich habe den Raketenkörper bei der Firma bestellt, die uns bereits mehrere Versuchskammern geliefert hat.«

»Hm, so! Haben die Leute nicht etwas gemerkt? Lunte gerochen, wie man zu sagen pflegt?«

»Glaube ich nicht, Herr Professor. Wir haben es natürlich vermieden, der Firma unser Geheimnis auf die Nase zu binden. Die Zeichnungen, die wir ihr gaben, waren so hergerichtet, daß sie glauben mußte, es handelt sich auch hier wieder um eine Versuchskammer. Die Sache wurde noch täuschender, weil wir auch gleich die Lufterneuerungsanlage und einige Meßinstrumente von dieser Firma in den Körper einbauen ließen. Sie sehen hier die Sauerstoffflaschen, hier« — er fuhr mit dem Finger über die Zeichnung — »die Kalipatronen, um die durch die Atmung frei werdende Kohlensäure zu binden, und hier die Manometer. Die Firma hat sich mächtig rangehalten, das muß man ihr lassen. Sie hat uns das Stück zehn Tage nach der Bestellung angeliefert, hat deswegen unsern anderen Auftrag auf die Versuchskammer für C III zurückgestellt, obwohl Dr. Schneider erheblichen Krach geschlagen hat.«

Lüdinghausen hatte sich schon wieder der roten Liste zugewandt und die nächsten Zeilen überflogen. »Das Instrumentenbrett ist auch bereits eingebaut und komplett«, meinte er anerkennend.

Grabbe nickte. »Jawohl, Herr Lüdinghausen; sowie der Raketenkörper im Werk war, hat sich Hegemüller mit seinen Leuten darüber hergemacht. Es waren ja naturgemäß einige Änderungen notwendig. Zwei von den vier Manometern mußten mit der Außenluft verbunden

170

werden. Thermometer und Beschleunigungsmesser waren einzubauen. Das alles hat sehr schön geklappt. Auch die Treibflächen sind bereits eingetroffen. Nur der Bewegungsmechanismus für sie ist noch nicht fertig, und das ist kein Fehler, denn den wollen wir jetzt nach den Plänen Hidetawas gestalten.«

»Gut, sehr gut, Herr Grabbe. Wann, meinen Sie, wird die neue Rakete startbereit sein?«

»In wenigen Tagen. Hegemüller sitzt bereits über den Zeichnungen für die wenigen noch fehlenden Teile. Wir werden die Stücke bei uns im Werk herstellen lassen und die Sache dringlich machen. Wenn Sie auch noch etwas Druck dahintersetzen, Herr Professor, können wir schon für die kommende Woche mit einem Probeflug rechnen.«

Lüdinghausen warf einen Blick auf den Kalender. »Wir werden fast Neumond haben. Das paßt ganz gut. Also machen Sie mit Volldampf weiter, und jetzt wollen wir uns Saraku kommen lassen.«

Sorgsam faltete Grabbe die rote Liste zusammen und ließ sie in seiner Brusttasche verschwinden, während Lüdinghausen den Japaner durch den Fernsprecher zu sich bat.

»Wir sind Meister Hidetawa zu Dank verpflichtet«, empfing er den Eintretenden. »Die Pläne, die Sie in seinem Auftrag überbrachten, sind sehr interessant und lehrreich für uns, aber wir haben auch nicht geschlafen. Wollen Sie sich das bitte ansehen.« Er führte Saraku zu einem andern Tisch, auf dem ein vollständiger Satz der von Hegemüller entworfenen Raketenpläne ausgebreitet war, und fuhr fort: »Ich übergebe Ihnen die Zeichnungen zu treuen Händen, Herr Saraku, mit der Bitte, sie Herrn Hidetawa zu übermitteln.«

Überrascht schaute der Japaner auf die vor ihm ausgebreiteten Zeichnungen. Schon eine oberflächliche Betrachtung zeigte ihm, daß die Partner ihre Zeit in der Tat nicht verloren hatten. Auch hier war alles für eine

Strahlrakete Erforderliche bis in die Einzelheiten durch-konstruiert, und in der Hauptsache stimmte es mit den von Hidetawa gewählten Anordnungen überein.

Grabbe griff nach einer Liste und reichte sie dem Japaner, während er dazu erklärend bemerkte: »Sie finden hier eine Aufstellung der Patente, die wir gemeinsam nehmen wollen. Neu für uns war der Bewegungsmechanismus der Treibflächen. Wir halten ihn für sehr wichtig und wollen ihn möglichst ausgiebig schützen lassen. Für Sie wird vielleicht die von uns gewählte Anordnung der Instrumente interessant sein. Von diesen zwei Punkten abgesehen, stimmen unsere Konstruktionen wie gesagt fast vollständig überein.«

Saraku hatte sich über die Zeichnungen gebeugt und vertiefte sich in ihre Einzelheiten.

Äußerlich war ihm die Überraschung nicht anzumerken, die diese Entwürfe ihm bereiteten. Etwas ganz Neues hatte er dem deutschen Werk zu bringen geglaubt und mußte nun feststellen, daß man hier schon ebenso weit war wie in Tokio.

»Bauen ist jetzt die Hauptsache, Herr Saraku«, nahm Lüdinghausen wieder das Wort. »In Stahl und Eisen muß jetzt Form gewinnen, was hier auf dem Papier steht, und zwar möglichst bald.« Saraku nickte zustimmend. Er dachte in diesem Augenblick an ein anderes, nur für ihn bestimmtes Schreiben Hidetawas, in dem sein alter Lehrer ihm auch einiges über den Stand der Bauarbeiten an seiner Rakete mitteilte. Mochten die Deutschen sich noch so sehr beeilen — es würde ihnen kaum gelingen, seinen Vorsprung einzuholen.

»Ich weiß nicht, Herr Professor«, begann er zögernd, »ob es erlaubt ist, davon zu sprechen.« Er stockte wieder und schwieg.

»Bitte heraus mit der Sprache!« ermunterte ihn Grabbe.

»Reden Sie nur offen, wir haben keine Geheimnisse voreinander.«

»Ich hörte«, begann Saraku wieder, »... es sind nur Gerüchte ... man sprach im Werk von einer Rakete, die bereits fertig war und auf unerklärliche Weise entflogen sein soll.«

Verstohlen tauschten Grabbe und Lüdinghausen einen schnellen Blick miteinander. Für einen kurzen Augenblick flammte der alte Verdacht wieder in Grabbe auf. Fragen überstürzten sich in seinem Kopf. Was wußte der Japaner in Wirklichkeit?

Lüdinghausen enthob ihn der Mühe, eine Antwort zu finden.

»Gerüchte, Herr Saraku ... Sie wissen selbst, was man davon zu halten hat. Ein Körnchen Wahrheit und viel unnützes Geschwätz. Herr Doktor Hegemüller hatte ein paar kleine Strahlflächen an ein Gestell montiert, wollte am nächsten Tag ihre Treibkraft messen. In der Nacht kamen streunende Katzen darüber her und brachten die Konstruktion in Unordnung, mit dem Endergebnis, daß die ganze Geschichte sich senkrecht in den Äther empfahl. Ein belangloser Zwischenfall; der Himmel mag wissen, wie das Vorkommnis überhaupt bekanntgeworden ist. Wir legen ihm keine weitere Bedeutung bei.«

Mit einer höflichen Verneigung quittierte Saraku die Mitteilung Lüdinghausens. Friß die Lüge oder ersticke daran! dachte Grabbe bei sich.

Noch ein kurzer Meinungsaustausch über das Bauprogramm, und die Konferenz war beendet.

»Wir müssen sehr schnell bauen, wenn uns Hidetawa nicht zuvorkommen soll«, sagte Grabbe, nachdem Saraku gegangen war. »Wir werden mit Tag- und Nachtschichten arbeiten«, bestätigte Lüdinghausen die Meinung des Chefingenieurs.

Fast ebenso schnell, wie er einst aufflammte, war der feuerspeiende Berg an der Straße von Tokio noch Yokohama wieder erloschen. Kalt und bewegungslos ragte

das Gestein des Berges, der landeinwärts den Abschluß
von Hidetawas Park bildete, in den blauen Sommerhim-
mel. Nur noch einige verkohlte Baumstämme und ver-
aschter Rasen zeugten auf den Felsterrassen hier und
dort von dem Ausbruch atomarer Energie, aber die große Höhle war doch ein Opfer der entfesselten Naturgewalten geworden.

Doch Vulkanausbrüche und Erdstöße waren alltägli-
che Ereignisse auf den Inseln Nippons. Das Vorkommnis hatte Hidetawa nicht zu veranlassen vermocht, den
Arbeitsplatz, der ihm aus vielen anderen Gründen so
günstig schien, deswegen aufzugeben. Eine leichte geräumige Baracke stand jetzt im Garten des greisen Gelehrten, und unablässig war er dort zusammen mit Yatahira und wenigen ausgesuchten Gehilfen bei der Arbeit.

Tagesarbeit war es zuerst, Nachtarbeit kam hinzu, als
wieder und immer wieder Kabel einliefen, die Saraku
von der entgegengesetzten Seite des Erdballes ab-
sandte.

»Es geht um Stunden, Yatahira. Noch einen Sonnen-
lauf, und die Kollegen werden hier starten.«

Ein Depeschenblatt in der Hand, sagte es Hidetawa.

»Wir können heute nacht schon starten, Meister. Ihr
Werk ist vollendet.«

Die Antwort kam aus dem Innern des schimmernden
Metallzylinders, der breit und massig in der Baracke
stand.

»Heute nacht, Yatahira?«

»In vier Stunden, wenn Sie es befehlen.«

Auf einen Wink Hidetawas trat Yatahira aus der Rakete heraus und folgte Hidetawa in den Garten. Lange
wanderten sie dort die Wege entlang, Hidetawa spre-
chend, hin und wieder auf das Papier in seiner Hand
deutend, Yatahira zuhörend, nur hin und wieder durch
eine Bewegung, eine Verneigung andeutend, daß er die
Absichten und Wünsche seines Lehrers erfaßte.

»In vier Stunden, Yatahira.«

»In vier Stunden, Meister Hidetawa.«

Bauer Schanze war auf dem Wege zu seinen Äckern jenseits des Waldes. Während er unter den hohen Buchenstämmen dahinmarschierte, kam aus der Ferne Sirenengetön auf.

Ach so, heute ist Sonnabend; sie pfeifen Werkschluß. Schon zwei Uhr nachmittags? Er blieb stehen und holte seine etwas altertümliche Uhr aus der Tasche, um sie nach dem Sirenensignal zu stellen. Die haben's gut, können am Sonnabend früh nach Hause gehen, sinnierte er weiter vor sich hin und setzte sich langsam wieder in Bewegung. Ein paar spielende Eichkatzen sprangen vor ihm über den Weg, jagten einander und huschten an den grauen Stammsäulen empor.

»Luderzeug, verdammtes!« knurrte Schanze vor sich hin, während sein Blick den Tieren folgte, bis sie in den Baumkronen verschwanden. »Habt mir letzten Herbst alle Haselnüsse gestohlen.«

Von neuem verhielt er den Schritt, zog eine Büchse hervor und schnitt sich ein Stück Kautabak ab, das er gemächlich in der Backentasche verstaute. Sah dabei auch an anderen Stellen Eichhörnchen um die Stämme spielen und brummte allerlei vor sich hin. »Wo das Teufelszeug nur alles herkommt? Was will das jetzt im Buchenwald, wo die Eckern noch längst nicht reif sind? Haben's wohl auf Vogelnester abgesehen; schade, daß man nicht drauf schießen darf ...«

Bauer Schanze brach sein Selbstgespräch ab, weil ein ziemlich weit abseits stehender Baum seine Aufmerksamkeit erregte. In dessen Krone wurde es plötzlich lebendig. Äste bewegten sich, Zweige schwankten und schlugen rauschend gegeneinander.

»Nanu? Was ist das?« staunte Schanze. »Was, zum Deubel, steckt da oben zwischen den Blättern?«

Im nächsten Augenblick sah er ein fuchsrotes Eichhörnchen aus dem Geäst nach unten fallen. Vergeblich versuchte das Tier noch einen rettenden Ast zu erhaschen. Es verfehlte ihn, stürzte aus der Höhe ab, schlug auf dem Waldboden auf und blieb regungslos liegen.

»Ist ja kaum möglich!« wunderte sich der Bauer. »Habe noch nie gehört, daß eine Eichkatze sich zu Tode gefallen hat ... Da muß noch was anderes im Baum gesessen haben ... ein Wiesel vielleicht ... oder ein Marder ... der ihm an die Kehle wollte?« Während Schanze so vor sich hin sinnierte, haftete sein Blick an dem gestürzten Tier. Er sah nicht, wie sich zwanzig Meter höher aus der Baumkrone ein zylindrischer Körper nach oben erhob, jetzt schon die obersten Baumzweige hinter sich ließ und in langsamem Flug senkrecht emporstieg.

Diesmal war es wirklich ein Tier gewesen, ein spielender Eichkater, der in jähem Sprung gegen die Strahlflächen von Hegemüllers Rakete geprallt war und sie dabei verstellt hatte. Nicht eben sehr viel, aber doch so viel, daß die Maschine wieder einen leichten Auftrieb bekam, ihren Stützpunkt verließ und in langsamem Flug nach oben strebte.

Von alledem aber sah der Bauer Schanze nichts, weil seine Blicke am Boden hafteten. Er trat an den Stamm heran, hob das Tier auf, überzeugte sich, daß es tot war, und steckte es in seinen Rucksack. Ich werd's zu Hause abledern, dachte er, während er rüstig weitermarschierte. Der Pelz ist gut. Gibt ein schönes Stück für den Winter.

Die Werkssirenen waren verklungen; hinter den letzten Leuten der Belegschaft schlug der Pförtner das eiserne Gittertor zu; still und verlassen lagen die Bauten und Höfe des Werkes. Nur an zwei Stellen herrschte noch Leben und Betrieb in ihm.

Auf dem Abstellplatz waren um den schimmernden Rumpf der neuen Rakete Lüdinghausen, Grabbe und Saraku versammelt. Die Tür des geräumigen Zylinders stand offen. Aus dem Innern klang das Klappern einer Morsetaste. Dr. Hegemüller war dabei, noch einmal die Funkeinrichtung zu überprüfen. Provisorisch hatte er sie an eine auf dem Hallendach befindliche Antenne angeschlossen. Die Antwort kam aus dem Turm des Verwaltungsgebäudes, in dem in der Funkstation des Werkes zwei Mann der Gefolgschaft vor ihren Apparaten saßen, bereit, den drahtlosen Verkehr mit der neuen Rakete für die folgenden Stunden aufrechtzuerhalten.

»Alles in Ordnung. Schluß vorläufig!« hämmerte Hegemüller in die Taste, legte die Kopfhörer ab und löste die Verbindung mit der Hallenantenne.

»Klar zum Start, Herr Professor«, meldete er Lüdinghausen.

Lüdinghausen blickte auf seine Uhr, während Hegemüller und Saraku bereits das Innere der Rakete betraten.

»Zwei Uhr zwölf Minuten«, wandte er sich an Grabbe. »Sie können um viertel drei Uhr abfliegen. Bleiben Sie nicht länger als eine Stunde fort. Melden Sie sich unterwegs möglichst bald. Ich werde zu den Funkern im Turm gehen ... und passen Sie auf Hegemüller auf«, rief er Grabbe noch nach, der auch schon in der Rakete stand.

»Wird geschehen, Herr Professor«, lachte der Chefingenieur und zog die Tür hinter sich zu.

Lüdinghausen hörte ein Geräusch von Werkzeugen. Die Schrauben, welche den Türverschluß luftdicht machten, wurden von innen angezogen. Er sah, wie die Strahlflächen sich allmählich auseinanderbewegten, wie der Rumpf der Rakete unter einer leichten Erschütterung erzitterte, sah den schweren Körper sich Zoll um Zoll vom Boden abheben und senkrecht emporschweben. Eine kurze Weile noch verfolgte er ihn mit den Blicken. Dann wandte er sich um, ging zum Turm und stieg in den Funkraum hinauf.

An einem der Raketenfenster stand Grabbe. Langsamer als bei jenem kurzen Flug in der ersten Rakete stieg die neue Maschine. Dr. Hegemüller schien die Anweisungen, die ihm Professor Lüdinghausen am Vormittag noch unter vier Augen gegeben hatte, zu beherzigen. Der Chefingenieur sah die Landschaft vor seinen Blicken in die Tiefe sinken und sich stetig ausweiten.

Endlich scheint Freund Hegemüller vernünftig geworden zu sein, ging es ihm durch den Kopf, dann nahm ihn das sich ständig ändernde Landschaftsbild wieder in Anspruch. Schon lagen die Häuser von Gorla wie Kinderspielzeug vor seinen Blicken; Weiler und Dörfer sah er wie von einer spielerischen Riesenhand zwischen Äckern und Triften hier- und dorthin verstreut; sah jetzt in blauer Ferne dunstig verschwommen auch den Kamm des Hochgebirges und konnte sich immer noch nicht von dem wechselvollen Bild losreißen.

Und doch hätte der Chefingenieur Grabbe besser daran getan, seine Aufmerksamkeit den Meßinstrumenten in der Rakete als der Landschaft draußen zuzuwenden, denn ein kleiner, aber nicht unwichtiger Umstand war ihm darüber entgangen. Die Rakete erfuhr bei der von Dr. Hegemüller gewählten Einstellung der Treibflächen zwar nur eine geringe Beschleunigung, doch diese Beschleunigung wirkte stetig weiter und ließ die Geschwindigkeit von Sekunde zu Sekunde wachsen. Kaum schneller als etwa ein Straßenbahnwagen von seiner Haltestelle abfährt, hatte die Rakete ihren Startplatz verlassen, aber mit rund hundert Meter in der Sekunde fegte sie schon nach einer Minute durch die Luft.

Während Grabbe in die Betrachtung der Landschaft versunken war und Hegemüller vor seinen Hebeln stand, hatte Saraku die Seilantenne ausgelassen, mit der die Funkstation der Rakete während des Fluges arbeiten mußte. Jetzt bewegte er die Taste und versuchte die Verbindung mit den Funkern des Werkes zu bekommen.

Die Turmstation meldete sich. Der Schreibhebel der

Bordstation begann zu ticken und Punkte und Striche aufzuzeichnen. Saraku las die Worte von dem laufenden Papierstreifen halblaut ab.

»2 Uhr 17. Wie ist Ihr Flug? Wo befinden Sie sich?«

Unwillkürlich gingen die Blicke des Japaners zu der Borduhr, als er die Zeitangabe las. Es stimmte; eben erst zwei Minuten waren sie in Fahrt. »Wo befinden Sie sich?« Er schaute nach dem Höhenzeiger und wollte seinen Augen kaum trauen. Bei dem zwölften Kilometer stand der Zeiger des Instruments und war schon wieder um einen Kilometer weitergeklettert, bevor Sarakus Blicke von ihm zu dem Morseschreiber zurückgingen.

Dessen Hebel stand jetzt still. Die Werkstation hatte sich auf Empfang umgestellt und wartete auf Antwort. Er schaltete seinen Apparat auf Senden und ließ die Taste spielen.

»Gute Fahrt bisher. Stehen in . . .« Er sah nach dem Höhenzeiger und morste weiter »13 Kilometer«, verbesserte sich in der nächsten Sekunde, ». . . in 14 Kilometer Höhe.« Er ließ die Taste ruhen und griff sich mit der Rechten an die Stirn, während er automatisch seine Station wieder auf Empfang umlegte. Sein Kopf wollte nicht fassen, was seine Augen sahen, was die Meßinstrumente in der Wand ihm untrüglich zeigten. Was für ein rasender, wahnwitziger Flug war das! Schon Stratosphärenhöhe nach wenig mehr als zwei Minuten Fahrt! . . . Schon auf zwanzig Kilometer wies der Höhenzeiger jetzt. Er wollte etwas sagen, wollte Hegemüller anrufen, als Chefingenieur Grabbe sich umwandte und die gleiche Frage stellte wie vor kurzem die Werkstation.

»Wo stehen wir? Der Himmel hat sich verändert. Er ist tiefblau, fast schon violett geworden.«

Schweigend deutete der Japaner auf den Höhenzeiger. Grabbes Augen folgten der Richtung. Siebenundzwanzig Kilometer las er ab und war mit einem Sprung bei den Steuerhebeln.

179

»Sind Sie toll?« schrie er Hegemüller an. In seine letzten Worte hinein begann der Morseschreiber wieder zu ticken. »Befehl der Werkleitung«, las Saraku ab, »Beschleunigung negativ stellen. Auf zehn Kilometer Höhe zurückgehen. Melden, wenn befohlene Höhe erreicht. Lüdinghausen.«

Grabbe hatte inzwischen in das Steuerrad der Haupttreibflächen gegriffen. Langsam bewegte es sich unter seinen Händen, während er ein anderes Instrument, den Beschleunigungsmesser, scharf ins Auge faßte. Jetzt begann auch dessen Zeiger zu fallen; gemächlich wanderte er zur Null zurück. Das bedeutete, daß die Rakete jetzt weder nach oben noch nach unten eine Beschleunigung hatte. Der Auftrieb ihrer Strahlflächen reichte gerade hin, um die Erdanziehung zu kompensieren. Sie verhielt sich infolgedessen so, als ob sie sich weit von anderen Sternen entfernt irgendwo im leeren Weltraum befunden hätte, das heißt, sie stürmte mit der während der ersten Minuten ihres Fluges erreichten Geschwindigkeit von fast vierhundert Sekundenmetern, mit Granatengeschwindigkeit ungefähr, unaufhaltsam weiter nach oben.

Wieder begann der Morseschreiber zu spielen: »Beschleunigung negativ stellen!« las Saraku von dem Papierstreifen ab. Zwingend wirkte der zum zweitenmal gegebene Befehl auf Grabbe. Das Steuerrad in seinen Händen bewegte sich, der Zeiger des Beschleunigungsmessers schlug nach der negativen Seite aus. Auch die Morsetaste in Sarakus Hand begann wieder zu klappern.

»Beschleunigung steht auf minus eins. Höhe fünfzig Kilometer«, funkte er in den Äther und warf seine Station wieder auf Empfang herum. Fast unmittelbar begann der Schreiber wieder zu ticken.

»Verzögerung noch mehr verstärken! Erdgravitation mit halber Kraft wirken lassen!« las Saraku einen neuen Befehl ab, und der Chefingenieur drehte das Steuerrad, bis der Beschleunigungsmesser fünf Strich unter Null anzeigte.

Ein eigenartiges Gefühl überkam die drei Männer in dem Metallzylinder. Nur noch halbes Gewicht hatten ihre Körper plötzlich, denn nur noch mit der halben Stärke wirkte die Anziehungskraft der Erde auf sie. Unsicher waren zunächst ihre Bewegungen und Schritte. Grabbe behielt seinen Platz am Steuerrad und begann mit geschlossenen Augen zu rechnen. Rund achtzig Sekunden würde es dauern, dann würde die Erdanziehung der Rakete ihre Geschwindigkeit geraubt haben. Einen Moment würde sie dann in der Stratosphäre stillstehen und danach würde der Sturz nach unten beginnen ... würde schnell und immer schneller werden, wenn man den Fall nicht rechtzeitig abbremste. Er öffnete die Augen wieder, ließ seine Blicke zwischen der Borduhr und den Meßinstrumenten hin und her gehen, bereit, neue Steuermanöver zu machen, sobald der Augenblick dafür gekommen war.

Verdrossen war Hegemüller inzwischen an eins der von der Sonne abgewandten Fenster gegangen und schaute hinaus. Fast schon schwarzviolett erschien hier der Himmel, und einzelne Sterne wurden an ihm sichtbar.

Ein eigenartig schöner Anblick war es, doch Hegemüller hatte keine rechte Freude daran. Er hatte den Flug in der Hoffnung begonnen, wenigstens ein paar hundert Kilometer in die unbekannte Höhe vorstoßen zu können, und nun zwang man ihn schon so frühzeitig zur Umkehr. Er verwünschte den Japaner mit seiner Morserei, verfluchte Lüdinghausen, der die Rakete von seiner Turmstation aus kontrollierte und kommandierte, und tröstete sich schließlich mit dem Gedanken an spätere Flüge.

Mit mäßiger, gleichbleibender Geschwindigkeit sank die Rakete nach unten. Schon hatte sie wieder die tieferen Schichten der Atmosphäre erreicht. Der Himmel zeigte nicht mehr die fremdartig düstere Färbung der höchsten Stratosphäre, sondern erstrahlte wieder in lichtem Blau.

Chefingenieur Grabbe trat zu Saraku, wollte eben selber die Morsetaste nehmen, um Lüdinghausen Bericht über die durchgeführten Manöver zu geben, als ein Ruf Hegemüllers ihn aufhorchen ließ. Der hatte sein Gesicht dicht an das Fenster gedrückt und starrte angestrengt durch die starke Kristallglasscheibe.

Grabbe ging zu ihm hin, als Dr. Hegemüller schon losbrach.

»Eine zweite Rakete! Sehen Sie!« Er zog ihn dicht zu sich heran und wies ihm mit dem Finger die Richtung. Der Chefingenieur strengte seine Augen an. Scharf spähte er aus, und jetzt — täuschte er sich oder war es wirklich so? —, flimmernd, silbrig vom Sonnenlicht angestrahlt, sah er am Firmament sich etwas bewegen. Er schloß die Augen, öffnete sie wieder, und die letzten Zweifel schwanden. Nichts anderes als eine Rakete konnte es sein, was sich dort bewegte.

Eine andere Rakete! Eine zweite Rakete? Wo kam sie her? Wer hatte sie gebaut? Wer steuerte sie? Im Bruchteil einer Sekunde überstürzten sich Gedanken und Fragen im Hirn des Chefingenieurs.

»Wir müssen ihr nach«, keuchte Hegemüller, und seine Erregung sprang auf Grabbe über. Vergessen waren alle Weisungen Lüdinghausens. Er sprang zu den Steuerrädern, gab der Maschine neuen Auftrieb. Er ließ die Seitensteuerung wirken, daß ihre Rakete Richtung auf das blanke Stäubchen im Äther nahm. Er sprang wieder zum Fenster hin, um die Wirkungen seines letzten Manövers zu beobachten. Hörte dazwischen Hegemüller allerlei sagen und rufen, ohne überhaupt recht zu fassen, was der wollte und meinte.

Mit schlagenden Pulsen sah Grabbe, wie das verfolgte Objekt allmählich größer wurde. Nicht allzulange mehr, und man würde Einzelheiten erkennen können, würde das Rätsel zu lösen vermögen, das ihnen hier so unerwartet aufgegeben wurde.

Nur Saraku hatte bisher seine Ruhe bewahrt. Wohl hatte auch er aufgehorcht, als von Hegemüllers Lippen das Wort ›Rakete‹ fiel, aber unbewegt war seine Miene geblieben. Nur ein sehr scharfer Beobachter hätte aus seinen Augen vielleicht etwas wie eine Erwartung ... eine Hoffnung ... einen Triumph herauslesen können.

Doch nun übermannte auch ihn die Erregung. Er überließ den Morseapparat sich selber, holte ein scharfes Glas, sprang zu einem der Fenster, suchte, visierte und bekam sein Ziel in das Gesichtsfeld. Wohl eine Minute starrte er durch das Glas, dann ließ er es wieder sinken. Enttäuschung malte sich in seinen Zügen. Das, was er zu sehen erwartete, hatte das Glas ihm nicht gezeigt.

In der Turmstation ließ Professor Lüdinghausen sich in einen Sessel nieder und setzte seine erloschene Zigarre in Brand. »Die Herrschaften haben wir wieder am Bändel«, meinte er zu Dr. Thiessen. »Hätte eine schöne Bescherung geben können, wenn sie gleich bei ihrem ersten Flug in den Weltraum vorgestoßen wären.«

Thiessen zuckte die Achseln. »Überschäumender Tatendrang des Kollegen Hegemüller. Ich wundere mich nicht darüber, Herr Professor.«

»Aber es ist mir unverständlich, daß Grabbe ihm nicht von Anfang an scharf auf die Finger gesehen hat, Herr Doktor Thiessen.«

»Es waren nur zwei Minuten, Herr Professor«, versuchte Thiessen den Chefingenieur zu entschuldigen. »Die ungewohnten Eindrücke des ersten Fluges ... da verstreicht die Zeit schneller, als man es ahnt ...«

»Schon gut, lieber Thiessen«, winkte Lüdinghausen ab. »Hauptsache ist, daß jetzt alles ordnungsgemäß vonstatten geht. Ich bin recht froh, daß Saraku mit an Bord ist; auf den kann man sich verlassen.«

Die gute Meinung über Saraku, der Lüdinghausen
soeben Ausdruck gegeben hatte, fand auch weiterhin
ihre Bestätigung. Prompt lief auf jede neue Anweisung
der Turmstation von der Bordstation die Meldung ein,
daß man das befohlene Manöver ausgeführt habe, und
unverzüglich wurde jede Frage nach dem jeweiligen
Standort beantwortet.

»Mit einem guten Glas müßte man die Rakete jetzt
sehen können«, sagte Thiessen. Lüdinghausen schüttelte den Kopf.

»Zwecklos, Herr Doktor ... schnell bewegtes Objekt ... viel zu klein. Warten wir ab, bis wir sie mit un-
bewaffnetem Auge erblicken. Fragen Sie nach dem
Standort«, fuhr er zu dem Funker gewandt fort.

Zweimal, dreimal gab die Turmstation die Anfrage in
den Äther. Vergeblich wartete der Telegraphist auf eine
Antwort.

»Nun, was ist?« fragte Lüdinghausen ungeduldig.

»Keine Antwort. Die Bordstation meldet sich nicht.«

»Meldet sich nicht?« Während Lüdinghausen es sagte, überflog er die Zahlen auf einem Blatt Papier in seiner Hand. »Wie ist das möglich? Die Rakete müßte jetzt
in nächster Nähe sein! Man müßte sie schon sehen können. Fragen Sie noch einmal an.«

Wieder ließ der Funker die Taste klappern. Warf danach seine Station auf Empfang herum, und nun begann auch der Schreibhebel zu arbeiten. Punkte und
Striche zeichneten sich auf dem Papierstreifen ab.

»Wir stehen acht Kilometer über Gorla, wo sollen wir
landen?« las der Funker die Worte ab, wie sie kamen.

Lüdinghausen warf Thiessen einen fragenden Blick
zu. »Verstehen Sie das, Doktor? Waren zuletzt drei Kilometer hoch; stehen jetzt fünf Kilometer höher? Fragen
an, wo sie landen sollen. Scheinen alle drei überge-
schnappt zu sein ... einfach unbegreiflich ...«

»Vielleicht haben sie den Hahn der Sauerstoffflasche
ein bißchen zu weit aufgedreht, Herr Professor. Wäre

immerhin möglich und könnte einen kleinen Sauerstoffrausch erklären.«

»Zum Teufel noch mal!« Lüdinghausen war aufgesprungen. »Das könnte uns gerade fehlen. Was soll man
tun?«

»Ich würde ihnen funken lassen, Herr Professor, daß
sie wieder auf dem Abstellraum neben Halle IV landen
sollen, von dem sie abgeflogen sind. Möglichst präzis
und bestimmt würde ich den Befehl geben. Es ist das
einzige, was wir im Augenblick von hier aus unternehmen können.«

Funker Schmidt hatte das Gespräch zwischen Thiessen und Lüdinghausen nicht ohne stilles Vergnügen mit
angehört. Daß einer sich einen Sauerstoffrausch holen
könne, war ihm neu, aber er verstand sich einigermaßen
auf den Verkehr mit Leuten, die zuviel des Guten in Alkohol getan hatten. Ohne erst einen neuen Befehl abzuwarten, ließ er von sich aus die Taste spielen und spritz-
te eine Anweisung in den Äther, die den Landungsplatz
und seine Lage im Werk so haargenau beschrieb, als ob
sie für Leute bestimmt wäre, die noch niemals in Gorla
gewesen waren.

»Besten Dank für Ihre Mitteilung. Wir werden uns
danach richten«, kam die Antwort zurück. Kopfschüttelnd überflog Lüdinghausen sie.

Thiessen war inzwischen zu einem der Fenster gegangen und spähte hinaus.

»Wir werden bald wissen, was eigentlich passiert ist«,
wandte er sich an Lüdinghausen. »Ich sehe die Rakete ...« Noch während er sprach, war Lüdinghausen an
seine Seite geeilt. »Sehen Sie das silberne Pünktchen
dort, Herr Professor?« fuhr Thiessen fort. »Nichts anderes als unsere Rakete kann das sein. Ich schätze die Höhe auf etwa drei Kilometer. Einzelheiten sind noch nicht
zu erkennen, aber man merkt, daß sie näher kommt.«

An der Beobachtung Thiessens war nicht zu zweifeln,
denn zusehends war während der kurzen Zeit, die sie

zusammen am Fenster standen, das helle Pünktchen am blauen Firmament größer geworden.

»Ich denke, Herr Professor, in etwa drei Minuten werden sie ...« »Kommen Sie, Herr Doktor Thiessen!« unterbrach ihn Lüdinghausen. »Wir wollen zum Landeplatz gehen und sie empfangen.«

Während sie die Stufen der Turmtreppe hinabstiegen, schaute Thiessen den Professor mehrmals von der Seite an. Ich fürchte, Freund Hegemüller, ging's ihm durch den Kopf, als er die tiefe Falte auf Lüdinghausens Stirn sah, daß dieser Empfang für dich mit einem gehörigen Donnerwetter verbunden sein wird. Kann dir gar nichts schaden, hast es reichlich verdient.

Sie hatten inzwischen den Ausgang erreicht und schritten über den Werkhof auf Halle IV zu, als Thiessen plötzlich stehenblieb und auch Lüdinghausen festhielt.

»Sehen Sie! Da ist sie!« rief er, nach oben deutend. »Höchstens noch 1500 Meter entfernt ...«

»Kommen Sie«, unterbrach ihn Lüdinghausen und zog ihn mit sich fort. »Wir müssen uns beeilen, wenn wir noch rechtzeitig zur Landung kommen wollen.«

Und dann standen sie auf dem Abstellplatz und starrten senkrecht in die Höhe, aus der die Rakete langsam niederschwebte. Nur ihr Boden war jetzt für Lüdinghausen und Dr. Thiessen noch sichtbar. Wie ein silbrig blinkender Kreis hob er sich vom Blau des Himmels ab. Jetzt mochte das Gebilde sich schon in der Höhe des Hallendaches befinden. Immer schwächer wurde sein Fall, immer langsamer sank es herab. Wie fasziniert starrte Lüdinghausen nach oben, öffnete den Mund zum Sprechen, wollte Thiessen etwas zurufen, da setzte die Rakete schon sanft und stoßlos auf dem Boden auf.

»Das ist doch nicht ... Doktor Thiessen ... das ist doch nicht unsere ...«, kam es abgerissen aus Lüdinghausens Mund.

Thiessen verstand nicht, was der Professor meinte,

und hatte auch keine Zeit mehr, sich darüber den Kopf zu zerbrechen, denn schon öffnete sich die Tür der Rakete, und jetzt hatte auch Thiessen Grund zum Staunen. Ein Japaner trat aus der Tür ins Freie, aber es war nicht Saraku, sondern Yatahira.

Mit einer höflichen Verneigung begrüßte er Lüdinghausen, der ihn entgeistert anblickte, mit einem Händedruck den nicht minder fassungslosen Thiessen — und während Lüdinghausen noch vergeblich nach Worten rang, begann Yatahira zu sprechen.

»Darf ich mir die Ehre geben, Herr Professor, Sie mit meinem verehrten Lehrer bekannt zu machen. Herr Hidetawa hat als Ziel für den ersten Flug seiner Rakete das Gorlawerk gewählt, um Ihnen, Herr Professor, als erstem seine Konstruktion vorzuführen.«

Lüdinghausen hörte die Worte Yatahiras, ohne sie voll zu erfassen; allzusehr liefen seine Gedanken umeinander ... die Japaner mit ihrer eigenen Rakete hier ... nach einem glücklichen Flug um den halben Erdball von Tokio bis nach Gorla; ein Erfolg, der die kühnsten Erwartungen übertraf. Als erfolgreiche Pioniere des Raketenfluges würden sie in die Geschichte der Technik eingehen.

Sprunghaft gingen die Gedanken Lüdinghausens zur eigenen Rakete zurück.

Was war Grabbe und seinen Leuten zugestoßen? ... Warum gaben sie keine Nachricht? Warum waren sie nicht schon längst wieder gelandet? Drei Fragen, auf die Lüdinghausen keine Antwort wußte ... und die ihn mit schwerer Sorge erfüllten.

Während Yatahira noch sprach, war der Mann, von dem seine Worte berichteten, langsam nähergetreten. Nun stand er dicht vor Lüdinghausen, die Gestalt trotz des Alters noch straff und ungebeugt, das von schneeweißem Haar umwallte Haupt dem Professor zugewandt.

»Ich freue mich, im fremden Land Freunde begrüßen

zu dürfen, die an der gleichen Aufgabe arbeiten wie wir«, begann er in flüssigem Deutsch und streckte Lüdinghausen die Hand entgegen. Der ergriff sie mit festem Druck. Für Sekunden trafen sich die Blicke der beiden Männer, und ohne daß Worte gewechselt wurden, fühlte jeder der beiden, daß ihm ein Ebenbürtiger gegenüberstand.

Fast eine Minute verstrich, bis Hidetawa zu sprechen begann.

»Sie sind in Sorge, Herr Professor Lüdinghausen? Verfügen Sie bitte über mich. Was in meinen Kräften steht, will ich tun, um Ihnen zu helfen.«

Während er es sagte, ließ Hidetawa die Hand Lüdinghausens los, und er hatte das Gefühl, als ob ein Band sich löste, als ob er aus einem Traum erwachte. Er brauchte Sekunden, um sich zu sammeln, formte stokkend Sätze, die einen Glückwunsch zu seinem Erfolg enthielten, und kam dann auf die letzten Worte des anderen zurück.

»Sie haben recht, Herr Hidetawa. Ich bin in Sorge um unsere Maschine. Sie stieg vor einer Stunde zu ihrem ersten Flug auf. Seit einiger Zeit ist die Verbindung mit ihr unterbrochen. Wir wissen nicht, was ihr zugestoßen ist ...« Er hörte sich beim Namen gerufen und hielt inne. Der Funker Schmidt kam über den Platz gelaufen und schwenkte einen Papierstreifen.

»Wir haben wieder Verbindung mit unserer Rakete gehabt, Herr Professor«, stieß er von dem langen Lauf noch außer Atem hervor und brach jäh ab, als er die Gruppe auf dem Platz genau ins Auge faßte.

Eine Rakete stand da! Unmöglich konnte es dieselbe sein, mit der er noch vor zwei Minuten Funksprüche gewechselt hatte. Dazu fremde Menschen, Japaner! Saraku, den er kannte, war nicht darunter ... konnte es ja auch nicht sein, denn der mußte sich ja noch hoch in der Stratosphäre befinden ...

Der Funker Schmidt wußte sich das, was er hier sah,

nicht zusammenzureimen. Mit offenem Mund stand er da und staunte, bis Lüdinghausen ihn anrief.

»Sie haben Verbindung mit unserer Rakete?«

»Gehabt, Herr Professor. Die Verbindung brach wieder ab.«

Lüdinghausen verlor die Geduld. »Reden Sie doch, Mann!« fuhr er den Funker an. »Lassen Sie sich nicht jedes Wort mühsam herausholen! Lesen Sie vor, was Sie aufgenommen haben!«

Es waren nur wenige Worte, die Funker Schmidt zur Verlesung brachte. »Stehen in hundert Kilometer Höhe; steigen schnell weiter; hatten ein ...«

Lüdinghausen stampfte vor Ungeduld mit dem Fuß auf. »Weiter, Mann, lesen Sie doch weiter! Was hatten unsere Leute?«

»Weiter konnte ich nichts aufnehmen«, sagte Schmidt, »die Verbindung brach plötzlich wieder ab.«

Lüdinghausen schüttelte den Kopf. »Unbegreiflich! Was ist da passiert?« Er blickte die Umstehenden an, als ob er von ihnen eine Antwort erwarte.

Hidetawa gab sie ihm.

»In hundert Kilometer Höhe ist Ihre Rakete durch eine Schicht hindurchgestoßen, die vorübergehend die Funkverbindung stört. Ich glaube, Sie brauchen sich über die Unterbrechung der Verbindung keine Sorgen zu machen.«

»Sie haben recht, Herr Hidetawa. So kann es gewesen sein, ja, so muß es gewesen sein ... aber warum stößt unsere Maschine in diese Höhe vor ... gegen meinen ausdrücklichen Befehl? Wir hatten ... sind die letzten Worte des Funkspruches. Was können unsere Leute gehabt haben? Einen Steuerungsdefekt, eine Havarie, durch die sie die Gewalt über die Maschine verloren haben? Ich stehe vor einem Rätsel. Es wäre grauenvoll, wenn unser erster Flug mit einer Katastrophe enden sollte.«

Unverkennbar drückte sich die Sorge, die auf Lüding-

189

hausen lastete, in seiner Miene aus. Hidetawa sah es und nahm von neuem das Wort.

»Wir möchten Ihnen gern helfen, Herr Professor Lüdinghausen. Wir werden wieder aufsteigen und wollen versuchen, Ihre Maschine zu finden und, wenn es notwendig ist, zu bergen. Auf Wiedersehen!«

Bevor Lüdinghausen noch Worte zu einer Erwiderung fand, war Hidetawa, von Yatahira gefolgt, bereits in die Rakete zurückgegangen. Wenige Sekunden später stieß die Maschine vom Boden ab und schoß in jähem Flug senkrecht empor.

Ein Jagdfieber hatte den Chefingenieur Grabbe und seine Begleiter überfallen, als sie die andere Rakete erspähten; eine fieberhafte Erregung, der sich selbst der so beherrschte Saraku nicht zu entziehen vermochte. Auch er ließ kein Auge von der fremden Maschine, der Grabbe jetzt nachjagte und so kam es, daß die Bordstation ohne Bedienung blieb und Lüdinghausen vergeblich auf Nachrichten lauerte.

In etwa fünf Kilometer Höhe mochte die andere Maschine stehen, als Hegemüller sie zuerst erblickte. Auf den ersten Blick schien es eine leichte Aufgabe zu sein, an sie heranzukommen, doch bald stellte sich heraus, daß sie mit einer gewaltigen Geschwindigkeit nach oben in den Raum stieß. Offensichtlich wiederholte sich bei ihr das gleiche, was Grabbe und seine Leute zu Beginn ihres Fluges erlebt hatten, daß nämlich die stetige Beschleunigung durch die Treibflächen die Geschwindigkeit des Fluges steigerte.

Grabbe mußte der eigenen Maschine kräftigen Auftrieb geben, um der fremden Rakete allmählich näher zu kommen. Minutenlang dauerte die Jagd, bis die Geschwindigkeit beider Raketen ungefähr gleich wurde, bis dann Grabbes Maschine langsam weiter aufholte und man dem verfolgten Objekt merklich näher rückte und Einzelheiten an ihm zu erkennen vermochte.

In jenen Sekunden geschah es, daß das Interesse Sarakus an der fremden Maschine ganz plötzlich erlosch. Er besann sich wieder auf seine Pflicht, las die Instrumente ab und morste dann den Standort der Maschine. Morste weiter noch einen Bericht über ihr Zusammentreffen mit einer anderen Rakete unbekannter Herkunft. Ließ wissen, daß man versuchte, ihr mit stärkerem Auftrieb näher zu kommen. Doch von diesem langen Bericht waren gerade noch zwei Worte von der Turmstation aufgenommen worden, jäh brach die Verbindung ab, weil die Rakete in diesem Augenblick in 110 Kilometer Höhe durch eine kritische Luftschicht stieß.

Immer näher hatte Grabbe die Rakete inzwischen an die fremde Maschine herangesteuert. Sorgfältig mußte er ihren Flug jetzt regulieren, ihre Geschwindigkeit wieder verlangsamen, wenn er nicht Gefahr laufen wollte, an seinem Ziel vorbeizuschießen. Ein lauter Ruf Hegemüllers ließ ihn zusammenfahren.

»Meine alte Maschine! Die erste, Herr Grabbe, die ich aus der Versuchskammer von C III zusammengebaut habe. Sie ist es! Kein Zweifel ist möglich! Wo hat die gesteckt? ... Wie kommt die jetzt hierher?« Ruckweise stieß er die einzelnen Sätze heraus und ließ dabei keinen Blick von der anderen Maschine.

Grabbe horchte auf, als er die Worte hörte, und wandte den Kopf nach Hegemüller hin. Unwillkürlich bewegte seine Rechte dabei noch das Steuerrad ein wenig und erreichte damit ungewollt und zufällig eine Einstellung der Triebkraft, wie er sie zweckmäßiger auch bei genauer Überlegung nicht hätte wählen können. Dicht schob sich seine Maschine an jene erste Konstruktion Hegemüllers heran. Mit genau der gleichen Geschwindigkeit schossen beide Raketen Wand an Wand durch den Raum dahin, und es traf sich, daß dabei auch Fenster an Fenster zu liegen kam.

So wurde es dem Chefingenieur möglich, einen Blick in das Innere der anderen Maschine zu tun, und zu seiner Verwunderung mußte er feststellen, daß sie unbemannt war. Ein neues Rätsel zu den vielen anderen, die ihm dieses Bauwerk Hegemüllers schon aufgegeben hatte. Gewiß, man hatte seinerzeit das Verschwinden der Maschine damit zu erklären versucht, daß ihre Treibflächen von außen her durch ein Tier, eine streunende Katze vielleicht, verstellt worden waren und sie ohne Besatzung davongeflogen war. Aber mehr als ein Monat war seitdem verstrichen.

Völlig ausgeschlossen war es, daß sie diese lange Zeit hindurch ständig im Fluge gewesen war. Irgendwo mußte sie inzwischen gelandet sein, mußte nach längerer Rast durch irgendwelche unerklärlichen Einflüsse wieder in Bewegung geraten sein.

So weit glaubte Grabbe klarzusehen, aber damit war die andere Frage noch nicht gelöst, was nun weiter geschehen sollte. Nur das stand fest, daß bald etwas geschehen mußte, denn lange konnte es so wie bisher nicht weitergehen. Standen doch die beiden Maschinen schon in einer Höhe von mehr als zweihundert Kilometer und entfernten sich mit Granatengeschwindigkeit immer weiter von der Erde.

Wie ein gefangenes Tier in seinem Käfig lief Hegemüller in dem engen Raum hin und her, zitterte vor Ungeduld und machte Vorschläge, von denen der eine immer noch unmöglicher war als der andere.

»Unsinn, Hegemüller«, wies ihn Grabbe zurecht. »Wie denken Sie sich das? ... mit unserer Maschine die Treibflächen der anderen zu verstellen? Wo es auf Millimeter ... auf Bruchteile von Millimetern ankommt, wollen Sie einfach von außen gegen die Flächen stoßen. Nein, Herr Doktor, das würde die Sache noch schlimmer machen, als sie jetzt schon ist.«

»Aber es muß doch etwas geschehen«, stöhnte Hegemüller, »sonst verschwindet unsere alte Maschine auf Nimmerwiedersehen in den Weltraum.«

Grabbe zuckte die Achseln. »Immer noch besser, als

wenn wir sie durch ein ungeschicktes Manöver zum Absturz bringen und sie irgendwo in Gorla einschlägt. Es hat keinen Zweck, daß wir uns weiter bemühen.« Noch während er es sagte, griff der Chefingenieur wieder in die Steuerung. Sofort verlangsamte seine Maschine ihren Flug und blieb hinter der anderen zurück. Sehnsüchtig schaute Dr. Hegemüller ihr nach und machte verzweifelte Handbewegungen, als ob er sie festhalten und nach sich ziehen wolle.

Grabbe konnte ein Lächeln nicht unterdrücken. »Geben Sie's auf, Hegemüller, lassen Sie den schönen Flüchtling enteilen«, meinte er sarkastisch.

Saraku hatte es nach mehreren vergeblichen Versuchen aufgegeben, Funkverbindung mit der Turmstation zu bekommen. Müßig stand er vor dem auf Empfang gestellten Apparat, als der Schreibhebel wieder zu tikken begann. Meldete sich die Turmstation jetzt doch? Kam die Verbindung wieder in Gang? Seine Blicke folgten dem Spiel des Farbschreibers. Halblaut formten seine Lippen die Worte, die vor ihm in Form von Punkten und Strichen auf dem Papier entstanden, und dann ging plötzlich ein Leuchten über sein Gesicht. Worte in seiner Muttersprache, japanische Worte waren es, die der Apparat dort niederschrieb. Worte, die ihn mit Stolz erfüllten, ihm eine unbeschreibliche Freude bereiteten.

Noch verfolgte er das tickende Spiel des Schreibhebels, als ein Aufschrei Hegemüllers ihn aufblicken ließ. Etwas Großes, Glänzendes war, von unten herkommend, jäh an ihnen vorbeigeschossen; war schon wieder in der Höhe verschwunden, bevor die drei Insassen der Rakete es recht zu fassen vermochten.

»Was war das?« Kaum hörbar kamen die Worte von Grabbes Lippen.

»Eine Rakete ist's gewesen! Noch eine Rakete! Eine dritte Rakete!« schrie Hegemüller gänzlich außer sich.

Grabbe warf ihm einen zweifelnden Blick zu. »Haben Sie Halluzinationen, Hegemüller? Machen Sie kalte

Umschläge, wenn wir glücklich wieder gelandet sind. Noch eine Rakete? Eine dritte Rakete? Sehen Sie am hellichten Tage Gespenster?«

Bevor Hegemüller etwas erwidern konnte, mischte sich Saraku ein. »Herr Doktor Hegemüller hat richtig gesehen. Es war eine dritte Rakete.«

»Der Teufel soll daraus klug werden«, brauste Chefingenieur Grabbe auf. »Ist denn heute alles verhext? Wir sind in dem Glauben aufgestiegen, daß wir die einzige auf Erden vorhandene Strahlrakete besitzen, und jetzt hagelt's Raketen von allen Seiten. Das begreife, wer kann!«

Wieder ließ sich Saraku vernehmen. »Es war die Rakete, die mein Lehrer, Herr Hidetawa, in Tokio gebaut hat.«

Grabbe faßte sich an den Kopf, sprach mehr zu sich selbst als zu den anderen.

»... Hidetawa ... ja, wir wissen, daß er eine Rakete baut ... in Tokio ... doch wie kommt die jetzt hierher?«

Saraku gab ihm Antwort. »Herr Hidetawa flog heute nacht von Tokio fort, um sie in Gorla zu zeigen. Nach der Landung hörte er, daß Professor Lüdinghausen in Sorge um seine Rakete war, und stieg wieder auf, um uns zu suchen.«

»Woher wissen Sie das?« fragte Grabbe. Saraku deutete auf den Papierstreifen.

»Herr Hidetawa funkte es mir vor kurzem.«

Grabbe rieb sich die Stirn. »Gut, Herr Saraku. Bis dahin verstehe ich die Sache. Aber nun hat er uns gefunden. Warum flog er an uns vorüber?«

»Weil er auch die dritte Rakete zurückholen will.«

Grabbe gab es auf, sich weiter den Kopf zu zerbrechen. Erst nach längerem Schweigen fand er wieder Worte.

»Meine Hochachtung, wenn er das fertigbringt. Wir haben es aufgegeben.«

»Meinem Lehrer wird es gelingen.« Unbedingte Zuversicht klang aus den kurzen Worten Sarakus.

Der Rückflug begann. Vorläufig waren die Steuermanöver noch von einfacher Art und ließen dem Chefingenieur Zeit, seinen Gedanken über das eben Gehörte nachzuhängen. Lüdinghausen war in Sorge um sie, hatte ihnen Hidetawa mit seiner Rakete nachgeschickt ... hatte also offenbar ihren Funkspruch über das unerwartete Auftauchen von Hegemüllers alter Maschine nicht bekommen ... Grabbes Blick ging zur Wanduhr. Wenig mehr als eine Dreiviertelstunde war erst verstrichen, seitdem er den Flug begonnen hatte, doch wie eine Ewigkeit kamen sie ihm vor. Das fremdartige Licht in den höchsten Höhen der Stratosphäre begann auf seine Nerven zu drücken. Noch befand sich die Maschine ja einhundertfünfzig Kilometer von der Erdoberfläche entfernt, wenn sie ihr in jeder Sekunde auch um viele Meter näher kam. Grabbe verspürte plötzlich Sehnsucht nach grünen Wiesen und Wäldern, nach Vogelsang und Blumenduft und bewegte das Steuerrad, um den Abstieg noch zu beschleunigen.

Mit hundert Meter in der Sekunde sank die Rakete nach unten. Noch etwa 25 Minuten — so überrechnete er es im Kopf —, dann würde er wieder festen Boden unter den Füßen haben, würde wieder frische Sommerluft in die Lungen ziehen können und nicht mehr die künstliche Atmosphäre zu atmen brauchen, die hier im Innern der Rakete mit chemischen Mitteln aufrechterhalten wurde.

Schwerfällig vertropften die Minuten. Verzweifelt langsam kroch der Uhrzeiger weiter. Nur das Bewußtsein, daß die Rakete in jeder einzelnen Minute der Erde um sechs Kilometer näher kam, hielt den Chefingenieur aufrecht. Für die nächste Zeit konnte die Steuerung noch stehenbleiben, wie er sie eingestellt hatte. So verließ er seinen Platz und trat an eins der Fenster. Schon hatte sich der Ausblick verändert. Schon war das verschwommene Graublau der Erdoberfläche einem lebhafteren Grün gewichen, schon hoben sie Gehöfte und Dörfer in rötlichen Tönen davon ab. Grabbe hatte das beruhigende Gefühl, das wohl einen Wanderer überkommt, der sich nach langer Fahrt durch ein fremdes, wildes Land wieder der Heimat nähert.

Während er noch so dastand und die neuen Eindrükke auf sich wirken ließ, sah er von oben her etwas metallisch Blinkendes näher kommen. Zuerst stand es noch hoch über ihm, aber es hatte schnellere Fahrt als seine Maschine und kam schnell näher. Jetzt trieb es, kaum hundert Meter entfernt, seitlich vorbei und sank weiter in die Tiefe. Doch die wenigen Sekunden, während derer er es deutlich erblicken konnte, genügten, um ihn erkennen zu lassen, auf welche Art Hidetawa seine Aufgabe gelöst hatte.

Die beiden neuen Raketen, sowohl die von Gorla als auch diejenige Hidetawas, hatten ungefähr die Zuckerhutform schwerer Granaten und liefen nach oben spitz zu. Jene erste von Hegemüller aus einer Versuchskammer improvisierte Maschine war dagegen ein einfacher, an beiden Enden abgestumpfter Zylinder. Diesen Umstand hatte Hidetawa sich zunutze gemacht und sich mit dem Boden seiner Rakete einfach auf das obere Ende der Maschine von Hegemüller gesetzt. Die Steuermanöver, um das zu erreichen, mochten wohl nicht ganz einfach gewesen sein, aber nachdem es einmal gelungen war, konnte er nun jene andere Maschine mit seiner eigenen in die Tiefe hinunterdrücken. Es genügte, der eigenen Maschine so viel Trieb nach unten zu geben, daß die den Auftrieb der anderen überwand und darüber hinaus beide Raketen gemeinsam nach unten sanken.

»Hegemüller!«

»Sie wünschen, Herr Grabbe?«

»Gehen Sie nachher zur Werkskasse, Herr Doktor Hegemüller, und lassen Sie sich Ihr Lehrgeld wiedergeben.«

Hegemüller bekam einen roten Kopf und sah den Chefingenieur fragend an.

»Ich verstehe nicht, was Sie meinen, Herr Grabbe.«

»Dann will ich's Ihnen deutlicher sagen. Ein rundes Dutzend unsinniger Vorschläge haben Sie vorhin gemacht, wie man Ihre alte Rakete wieder einfangen könnte. Den einzig richtigen, einfachen Weg haben Sie nicht gefunden, und jetzt müssen wir zusehen, wie ein anderer uns das vormacht. Ich bin neugierig, was Professor Lüdinghausen dazu sagen wird.«

Hegemüller hatte sich wieder gefaßt. »Wir wollen's abwarten. Es ist noch nicht aller Tage Abend«, meinte er etwas geheimnisvoll.

Grabbe machte eine abwehrende Bewegung. »Machen Sie keine überflüssigen Sprüche, Hegemüller! In zehn Minuten wird Hidetawa glücklich gelandet sein, und wir haben das Nachsehen.«

»Wenn meine Maschine ihm nicht noch vorher seine Rakete umkippt und wieder davonsaust, Herr Grabbe.«

»Wie kommen Sie auf die Idee, Doktor? Wenn's über zweihundert Kilometer gut gegangen ist, wird's auch während der letzten paar Kilometer nicht mehr schiefgehen.«

»Vielleicht, vielleicht auch nicht, Herr Grabbe.« Der Chefingenieur verlor die Geduld.

»Nun reden Sie endlich!« herrschte er Hegemüller an. »Was befürchten Sie denn noch?«

»Ich fürchte, daß Hidetawa zu schnell nach unten stößt. In der dichteren Atmosphäre wird der Luftwiderstand sich auswirken. Er wird die Strahlflächen meiner Rakete weiter auseinanderdrücken. Ihr Auftrieb wird überstark werden, und die ganze Geschichte wird einfach umkippen. Das ist meine Meinung von der Sache, Herr Grabbe.«

Der Chefingenieur sah nachdenklich vor sich hin. Möglich war es immerhin, daß Dr. Hegemüller mit seiner Befürchtung recht behielt. Er wollte etwas dagegen einwenden, suchte nach Worten, als Saraku einen neuen Funkspruch von dem Morseband abzulesen begann.

»Herr Hidetawa ist mit der zweiten Rakete soeben gelandet.«

»Da hat er ein unerhörtes Glück gehabt«, knurrte Hegemüller vor sich hin.

»Und wir haben das Nachsehen«, sagte Chefingenieur Grabbe resigniert. Dann nahm die Steuerung der Rakete seine volle Aufmerksamkeit in Anspruch. Er mußte den seitlichen Abtrieb korrigieren, die Fallgeschwindigkeit von Sekunde zu Sekunde immer stärker abbremsen und hatte alle Hände voll zu tun, bis endlich auch seine Maschine wieder an derselben Stelle den Boden berührte, von der sie vor anderthalb Stunden gestartet war.

Drei Raketen standen jetzt dort auf dem Platz. Blinkend und strahlend die Maschine, aus der Grabbe tiefatmend ins Freie trat. In Form ihr fast gleich, aber um ein ganzes Stück größer, massiger und gewaltiger die Maschine Hidetawas. Unscheinbar, ja fast ärmlich nahm sich zwischen ihnen als dritte die Erstkonstruktion Hegemüllers aus.

Grabbe konnte sich nicht enthalten, einen spöttischen Blick darauf zu werfen.

Hegemüller sah es, ging näher heran und fuhr mit der Rechten wie streichelnd über die stählerne Wand, während er zu Grabbe sagte:

»Es ist die erste Strahlrakete die einen Raumflug gemacht hat, die Monate früher als jede andere in den Äther emporstieg. Wir werden uns daran erinnern müssen, Herr Grabbe, wenn es einmal gilt, die Priorität der Erfindung festzustellen.«

»Reden wir später davon, mein lieber Hegemüller«, unterbrach ihn Grabbe. »Es ist niemand zu unserm Empfang hier. Wo mögen die andern stecken?« Während er sich noch umschaute, kam ein Werkmeister aus der Halle und meldete ihm:

»Herr Professor Lüdinghausen ist mit den andern Herrschaften ins Kasino gegangen. Sie möchten auch dorthinkommen. Sie auch, Herr Doktor, und Sie auch, Herr ...«, fuhr er, zu Hegemüller und Saraku gewandt, fort, die unschlüssig stehenbleiben wollten. »Sie möchten alle ins Kasino kommen.«

Professor O'Neils stammte aus Ohio und verfügte über ein cholerisches Temperament. Eine Probe davon bekam Henry Watson zu verspüren, als er sich nach seiner Zurückberufung nach Washington bei ihm meldete. Als unglaublich, als unerhört, als einen Mißbrauch der Gastfreundschaft, als einen groben Vertrauensbruch bezeichnete der Professor das Verhalten Watsons und fand noch stärkere Ausdrücke, als dieser etwas zu seiner Entschuldigung vorzubringen versuchte.

»Auch mich haben Sie durch Ihr unverantwortliches Vorgehen geschädigt«, schloß Professor O'Neils seine Strafrede. »Um keinen Verdacht zu erregen, mußte ich Ihre Abberufung in Form eines Austausches kleiden und meinen bewährten Mitarbeiter Robert Jones nach dort schicken. Wir hatten zusammen wertvolle Entdeckungen gemacht. Wir bereiteten die Entwürfe für eine Strahlturbine von dreißigtausend Pferdestärken vor. Jetzt fehlt er an allen Ecken und Enden. Das habe ich Ihnen zu danken.«

Obwohl Watson sein möglichstes tat, um O'Neils durch gute Leistungen zu versöhnen, dauerte es eine Reihe von Tagen, bis wieder ein erträgliches Verhältnis zwischen beiden zustande kam. Mit Hingabe widmete sich Watson während der nächsten Wochen den Plänen für die neue, große Strahlturbine, regte von sich aus Verbesserungen an, vor deren Wert sich O'Neils nicht verschließen konnte, und erreichte endlich, daß er seiner Arbeit anerkennende Worte zollte.

Sobald Watson sich aber einigermaßen sicher im Sattel fühlte, fing er auch wieder an, von Strahlraketen zu sprechen, und versuchte O'Neils für seine Idee zu gewinnen.

Zunächst verhielt der Professor sich schroff ablehnend, sprach etwas von unerwünschter Zersplitterung der Kräfte und drang darauf, daß die Ausführung der großen Turbine nach den fertiggestellten Zeichnungen mit aller Kraft in Angriff genommen würde. Er wurde in seiner Meinung erst etwas schwankend, als ein Brief von Jones ihm von dem Bau einer Rakete im Gorla-Werk berichtete, und zeigte sich schließlich geneigt, dem Gedanken näherzutreten, als ihn die Vorschläge Hidetawas zu gemeinsamer Arbeit an der Ausbildung der Strahlrakete erreichten. Die Verhandlungskunst Yatahiras, der als Abgesandter Hidetawas nach Washington gekommen war, besiegte schließlich den letzten Widerstand.

Während der Bau der großen Strahlturbine in einem Industriewerk in Pittsburgh planmäßig vonstatten ging, konnte sich Watson nun seinem alten Projekt widmen und Pläne für eine Strahlrakete schmieden. Gemäß dem mit Tokio und Gorla geschlossenen Abkommen lagen ihm Entwürfe von Grabbe und Hidetawa vor, aber er hatte mancherlei daran auszusetzen, und auch O'Neils war der Meinung, daß man das Problem von einer anderen Seite anfassen müsse.

»Zeitlich sind uns Tokio und Gorla so weit voraus«, erklärte Professor O'Neils in einer der ersten Besprechungen, die er darüber mit Watson hatte, »daß wir ihren Vorsprung nicht mehr einholen können. Beide werden ihre ersten Probeflüge längst hinter sich haben, während wir noch beim Bauen sind. Unter diesen Umständen hat es wenig Sinn, sich an diese Entwürfe zu halten, denn wir würden damit nichts Wesentliches erreichen.«

»Ich bin ganz Ihrer Meinung, Herr Professor«, pflichtete Watson ihm bei, »wir würden mit einer mehr oder weniger getreuen Kopie nachhinken, und die anderen

könnten den Ruhm für sich beanspruchen, die wahren
Pioniere des Raketenfluges zu sein.«

»So ist es«, fiel ihm O'Neils lebhaft ins Wort, »und
wenn wir das vermeiden wollen, müssen wir etwas
grundsätzlich Neues und Besseres bringen. Sehen Sie
sich die deutschen und japanischen Zeichnungen an.
Sie ähneln einander augenfällig. Sowohl Hidetawa als
auch Grabbe haben für ihre Raketen die Granatenform
gewählt.«

»Es mag das Nächstliegende gewesen sein«, warf
Watson ein.

»Aber deswegen noch nicht das Richtige«, fuhr
O'Neils fort. »Diese Form mag zweckmäßig sein, wenn
jemand eine Reise zum Mond vorhat und sich senkrecht
von der Erdoberfläche entfernen will, aber für Flüge in
horizontaler Richtung scheint sie mir weniger geeignet
zu sein. Ich will einmal annehmen, daß Hidetawa mit
seinem Bau zuerst fertig wird und mit einem unvermu-
teten Besuch in Gorla überraschen will. Das würde einen horizontalen Flug von neuntausend Kilometer bedeuten. Wie soll er das machen? Um die Treibkraft voll
auszunutzen, müßte er seine Granate langlegen, müßte
sich während des Fluges selber auf den Bauch legen. Eine lächerliche Situation, Watson! Aber ich kann mir
nicht vorstellen, wie er's sonst machen sollte?«

Watson versuchte Gründe zugunsten der Granatenform vorzubringen, denn im geheimen dachte er ungefähr ebenso wie sein Kollege Hegemüller. Senkrecht
emporsteigen! ... Weit und immer weiter fort von der
Erde! Hinaus in den unbekannten Weltraum! Eine Reise
zum Mond! Warum nicht! Wer sie zuerst ausführte, den
Erdtrabanten umsegelte und glücklich wieder heimkam,
dessen Name würde unsterblich werden. Watson hütete
sich, diese Gedanken gegen O'Neils laut werden zu lassen, doch sie veranlaßten ihn, immer wieder zugunsten
der Granatenform zu sprechen, bis der Professor alle
Einwände beiseite schob.

»Nein, Watson«, sagte er mit Entschiedenheit, »wir werden das anders machen, wir werden auf das Vorbild zurückgehen, das uns der alte Luftschiffer Graf Zeppelin gegeben hat. Wir wollen unserer Rakete dieselbe Form geben, die er für seine Schiffe wählte ...«

Watson erschrak vor der neuen Idee. Wie abwehrend streckte er beide Hände gegen O'Neils hin, während er wieder das Wort nahm. »Einen Raketenzeppelin, Herr Professor O'Neils? Ein Bauwerk nach dem Muster jener alten Riesenzigarren? Welchen Umfang soll es bekommen? Soll es etwa auch zehntausend oder gar hunderttausend Kubikmeter groß werden?«

O'Neils schüttelte den Kopf. »Mißverstehen Sie mich nicht, Watson. Ich sprach nur von der Form, über die Größe wurde noch nichts gesagt. Doch das ist sicher, daß wir unsere Rakete um ein gutes Stück größer bauen werden. Wir wollen Platz in unserer Maschine haben. Steuerraum und Passagierraum müssen getrennt werden. Alle Bequemlichkeiten müssen für die Mitreisenden vorhanden sein, Stühle, Bänke, Tische ...«

»Vielleicht auch noch eine Bar oder ein Restaurant?« fragte Watson ein wenig sarkastisch.

»Später auch das!« griff Professor O'Neils die Frage auf. »Einstweilen ist das noch nicht notwendig, aber mit etwas mehr Komfort als die Herren Grabbe und Hidetawa wollen wir doch schon in unserer ersten Rakete reisen. Die Lufterneuerung in den Maschinen von Gorla und Tokio läßt noch zu wünschen übrig. Wir werden sie verbessern müssen. Im Steuerraum werden alle Hebel und Instrumente auf einer bequem übersichtlichen Kommandotafel vereinigt werden müssen.«

Professor O'Neils geriet immer stärker ins Feuer, je weiter er seine Idee entwickelte. Jetzt sprang er auf, fuhr sich mit beiden Händen in das Haupthaar und begann hin und her zu gehen, während er fortfuhr:

»Es wird Arbeit geben, rasend viel Arbeit, Watson, alle diese Einzelheiten müssen auf dem Papier sorgfältig durchkonstruiert werden, bevor wir den ersten Hammerschlag tun dürfen. Vergessen Sie die Hauptsache nicht. Ich kann sie Ihnen nur immer wieder und wieder ins Gedächtnis zurückrufen. Wir kommen später als die andern, darum müssen wir etwas ganz Überragendes herausbringen.«

Mit diesen Ausführungen hatte O'Neils in großen Zügen das Arbeitsprogramm für die nächste Zeit aufgestellt. In weiteren Sitzungen wurden die Einzelheiten festgelegt, und dann begann ein Planen und Konstruieren, das Wochen hindurch einen Stab von Ingenieuren und Zeichnern vom frühen Morgen bis in die sinkende Nacht beschäftigte.

Mit Befriedigung sah Professor O'Neils, wie das, was ihm im Geiste vorschwebte, auf den Reißbrettern allmählich feste Form gewann.

»Damit schlagen wir die andern himmelhoch«, meinte er in gehobener Stimmung zu Watson, während er einen Stoß von Zeichnungen durchblätterte. »Betrachten Sie diesen Kommandoturm. Das ist alles sauber durchkonstruiert. Das sieht nicht mehr nach Anfängertum und Experimenten aus. Das ist eine bis zur Vollkommenheit entwickelte Maschine.«

Watson hatte das Blatt, von dem O'Neils sprach, in die Hand genommen und nickte nachdenklich mit dem Kopf. »Es ist auch das vierzehnte Blatt, Herr Professor«, erwiderte er. »Dreizehn vorhergehende Entwürfe wurden in den Papierkorb geworfen.«

»Mag sein, Watson, aber die strenge Kritik, die wir an unserer Arbeit übten, hat sich gelohnt. Papier ist billiger als Stahl und Eisen. Wir wollen es auch fernerhin nicht sparen. Mit um so größerer Aussicht auf einen Erfolg werden wir dann an den Bau gehen können. Mit dieser Strahlrakete hier« — er deutete auf den mit Zeichnungen beladenen Tisch — »werden wir die Führung an uns reißen.«

An einem Spätnachmittag hatte O'Neils das gesagt

203

und des künftigen Erfolges sicher das Institut verlassen. Als er es am folgenden Morgen wieder betrat, war seine Stimmung jedoch weniger siegesgewiß.

»Hören Sie, was Jones mir schreibt«, antwortete er auf eine Frage Watsons. »In der Abteilung Thiessen in Gorla läuft die erste dreißigtausendpferdige Strahlturbine. Wir kommen zu spät, vor einem Monat wird unsere Turbine nicht fertig sein.«

Watson zuckte die Achseln. Im Grunde seines Herzens war ihm das Turbinenproblem höchst gleichgültig. »Dafür wird unsere neue Rakete ein Schlager werden, der uns wieder an die Spitze bringt«, versuchte er Professor O'Neils zu trösten, doch der winkte ab.

»Wenn wir uns nicht beeilen, nehmen Gorla und Tokio uns auch das vorweg«, fuhr er mißmutig fort. »Was ich vor einiger Zeit als vage Möglichkeit andeutete, ist inzwischen Tatsache geworden. Hidetawa ist mit seiner Rakete nach Gorla gekommen ...«

»Neuntausend Kilometer weit auf dem Bauch liegend«, scherzte Watson.

»Das weiß ich nicht«, unterbrach ihn O'Neils verdrossen, »darüber schreibt Jones nichts, aber er berichtet mir, daß es gleich nach der Ankunft Hidetawas in Gorla Höhenflüge und Höhenrekorde gegeben hat. Die deutsche Rakete soll eine Höhe von zweihundert Kilometer erreicht haben, die japanische Rakete soll auf zweihundertachtzig Kilometer gestiegen sein.«

Die von O'Neils genannten Zahlen verfehlten ihren Eindruck auf Watson nicht. »Sie sagen: soll gestiegen sein, Herr Professor«, begann er zögernd. »Demnach scheinen diese Rekorde doch noch nicht festzustehen.«

»Ich fürchte, sie stehen fest, Watson. Die Feststellung solcher Höhen ist sehr schwierig. Die Deutschen sind gewissenhafte Leute und drücken sich in Zweifelsfällen sehr vorsichtig aus. Wie ich sie kenne, haben sie die angegebenen Höhen sicher erreicht, wahrscheinlich sogar überschritten.«

»Wir müssen uns mit dem Bau unserer Rakete beeilen«, war alles, was Watson darauf zu erwidern wußte.

»Beeilen wir uns«, bestätigte O'Neils die Worte seines Mitarbeiters.

»Die Pläne sind abgeschlossen. Lassen Sie danach die Werkzeichnungen anfertigen und in die Fabrik gehen.«

»Die Herren möchten alle ins Kasino kommen«, war dem Chefingenieur Grabbe nach seiner Landung bestellt worden. Zusammen mit Dr. Hegemüller und Saraku beeilte er sich, der Aufforderung Folge zu leisten. In dem nicht allzu großen, aber behaglichen Raum, der für die Werksleitung vorgesehen war, trafen sie Lüdinghausen und Hidetawa in lebhaftem Meinungsaustausch, während Yatahira sich nur hin und wieder mit einer kurzen Bemerkung an der Unterhaltung beteiligte.

»Ich erblicke in der Strahlrakete das kommende Verkehrsmittel«, sagte Lüdinghausen gerade, als Grabbe mit seinen Begleitern eintrat. »Ich denke, daß sie schon in naher Zukunft die Flugzeuge ersetzen wird. Den Anfang dazu haben Sie, Herr Hidetawa, ja schon selbst gemacht, als Sie mit Ihrer Rakete von Tokio hierhereilten.« Lüdinghausen brach ab, um die Ankommenden zu begrüßen und Dr. Hegemüller mit Hidetawa bekannt zu machen.

»Ich stimme Ihnen vollständig zu, Herr Professor«, spann Hidetawa danach den Gedankengang Lüdinghausens weiter. »Die Strahlrakete wird ein wundervolles Verkehrsmittel werden, ein schnelleres und zuverlässigeres als das Flugzeug. Wir werden unsere nächste Konstruktion danach einrichten müssen, denn so ganz einfach war der Flug von Tokio nach Gorla mit meiner ersten Maschine nicht.« Während Lüdinghausen zustimmend nickte, fuhr Hidetawa fort, seine Ansichten zu entwickeln, und kam dabei zu Ausführungen, die sich nicht allzusehr von denen unterschieden, die noch nicht vierundzwanzig Stunden später Professor O'Neils Watson gegenüber machte.

Auch er entwarf seinen Zuhörern das Bild einer vergrößerten, bis in alle Einzelheiten sorgfältig durchkonstruierten und mit allen Bequemlichkeiten für die Reisenden ausgestatteten Rakete. »In welchen Höhen soll diese Maschine der Zukunft verkehren?« fragte Hegemüller, als Hidetawa eine kurze Pause machte.

»Ich denke, in etwa hundert Kilometer Höhe«, meinte der Japaner. »Die Atmosphäre ist in dieser Höhe bereits so dünn, daß man ohne Schwierigkeit mit einem Kilometer in der Sekunde fliegen kann, und das dürfte wohl für alle Zwecke genügen. Nehmen Sie beispielsweise die Strecke Berlin-New York. Die Rakete würde den sechstausend Kilometer langen Weg in einer Stunde und vierzig Minuten bewältigen können, und so viel Zeit dürfte wohl jeder Reisende übrig haben.«

Dr. Hegemüller konnte nicht länger an sich halten. »Aber man könnte doch höher gehen und viel schneller fliegen«, platzte er heraus.

»Sicher könnte man es, Herr Doktor Hegemüller«, erwiderte Hidetawa mit unerschütterlicher Ruhe. »Aber es wäre nicht klug, es zu tun.«

»Warum denn nicht?« fragte Hegemüller.

»Aus zwei Gründen, Herr Doktor. Erstens der kosmischen Strahlung wegen. Wir wissen nicht, wie stark diese Strahlung in großen Höhen ist. Sie könnte vielleicht die Gesundheit, ja sogar das Leben der Reisenden gefährden.«

»Das ließe sich wohl durch Messungen sehr schnell feststellen«, bemerkte Chefingenieur Grabbe.

Hidetawa nickte. »Gewiß, das ließe sich feststellen. Doch es bleibt noch ein anderer schwerwiegender Grund, nicht allzu große Höhen aufzusuchen. Man würde sich dadurch außerhalb des Schutzes begeben, den die Erdatmosphäre uns gegen die stets in großen Mengen auf die Erde niederstürzenden Meteoriten gewährt. Die beste und betriebssicherste Rakete wäre verloren, wenn sie von einem Meteorstein mit zehn- oder zwanzigfacher Granatengeschwindigkeit getroffen würde. Solchen Gefahren darf man ein Verkehrsmittel selbstverständlich nicht aussetzen.«

Die Enttäuschung in Hegemüllers Zügen war so unverkennbar, daß Hidetawa noch einmal das Wort nahm.

»Die Strahlrakete, Herr Doktor«, fuhr er fort, »gibt uns die Möglichkeit, aus der Erdatmosphäre hinaus in den freien Weltraum vorzustoßen. Sicherlich werden solche Entdeckungsfahrten auch von den Forschern unternommen werden, doch das hat nichts mit dem Verkehr zu tun; es ist und bleibt vielmehr ein gefährliches Unterfangen, das zwar im Interesse der Wissenschaft erwünscht, ja sogar notwendig ist, bei dem die Betreffenden aber jedesmal ihr Leben riskieren.«

»Wenn es erst soweit ist, fliege ich mit«, rief Hegemüller begeistert. »Ich melde mich hiermit für den ersten Flug in den Weltraum an!«

»Bleiben Sie bei sich, Kollege«, sagte Grabbe und klopfte ihm beruhigend auf die Schulter. »Vorläufig brauchen wir Sie noch hier unten. Später, wenn Sie Ihre Aufgaben gelöst haben, können Sie sich meinetwegen an einem Spazierflug nach dem Mond beteiligen ... wenn sich jemand findet, der Sie mitnimmt.«

Lüdinghausen hatte den Erguß Hegemüllers belustigt mit angehört. Jetzt nahm er das Wort, um die Verhandlung sachlich zu führen.

»Herr Hidetawa ist bereit«, erklärte er, »einige Tage in Gorla zu bleiben, um hier in gemeinsamer Beratung mit uns die Pläne für eine Verkehrsrakete vorzubereiten. Er wird im Gästehaus des Werkes wohnen, ebenso Herr Yatahira. Für heute lohnt es sich nicht mehr. Morgen ist Sonntag, ein Ruhetag für uns alle, und übermorgen früh wollen wir unsere Besprechungen beginnen. Ich denke, wir treffen uns dann am besten um neun Uhr bei

Ihnen, Herr Grabbe, und machen uns gemeinsam an die Arbeit.«

Mißmutig schlenderte Dr. Hegemüller nach Werkschluß durch die Hauptstraße Gorlas auf seine Wohnung zu. Was die Herren heute im Kasino besprochen hatten, war ja alles ganz schön und ordentlich, aber für den quecksilbrigen und stets unternehmungslustigen Hegemüller viel zu nüchtern. Neue brauchbare Verkehrsmittel schaffen? Gewiß, daß mußte natürlich auch sein, aber ein Vorstoß in den Weltraum erschien ihm tausendmal verlockender als die tägliche Ingenieurtätigkeit am Konstruktionstisch.

Er machte halt und blickte zum Firmament empor. Im Osten stand die Sichel des zunehmenden Mondes. Er reckte die Arme aus, als ob er das Nachtgestirn greifen und zu sich herabziehen wollte; ließ sie wieder sinken, als er Schritte hinter sich vernahm. Es war nicht nötig, daß ein Fremder ihn bei seinem absonderlichen Benehmen beobachtete.

Eben wollte er weitergehen, da waren die Schritte unmittelbar neben ihm, und Yatahira bot ihm einen guten Abend.

Dr. Hegemüller erwiderte den Gruß und wußte in seiner augenblicklichen Stimmung nicht recht, wie er ein Gespräch anfangen sollte, als der Japaner seinerseits begann.

»Sie äußerten heute nachmittag den Wunsch, Herr Doktor, den ersten Raketenflug in den Weltraum mitzumachen.«

Hegemüller musterte den Sprechenden scharf von der Seite. Wollte der ihn etwa zum besten haben? Doch die Züge Yatahiras verrieten nichts von einer solchen Absicht. Ernst und ruhig schaute er vor sich hin. So wich Hegemüller aus:

»Sie haben gehört, wie unsere Herren darüber denken. Die Eroberung des Weltraumes soll Forschern und Gelehrten vorbehalten bleiben; wir Ingenieure sollen uns darauf beschränken, die Strahlrakete als Verkehrsmittel zu entwickeln.«

»Mein Herr Hidetawa denkt anders darüber.« Leise hatte Yatahira die Worte vor sich hin gesprochen. Sekunden verstrichen, bis Hegemüller ihren Sinn erfaßte; dann überstürzten sich die Fragen an seinen Begleiter.

»Herr Hidetawa denkt anders darüber? Er will die Eroberung des Weltraumes nicht anderen Leuten überlassen? Was beabsichtigt er? Wann will er einen Vorstoß unternehmen? Muß dazu eine neue Maschine gebaut werden? Wie lange wird das dauern?«

»Nicht allzu lange, Herr Doktor Hegemüller.«

»Was?! Wie soll ich das verstehen? Treiben Sie Ihren Scherz mit mir, Herr Yatahira?«

»Ich scherze nicht, Herr Doktor Hegemüller. Herr Hidetawa hat mir erlaubt, mit seiner Rakete einen Flug zu unternehmen. Er hat nur die eine Bedingung gestellt, daß ich binnen 24 Stunden wieder zurück bin — wenn ich kommen kann.«

»Wenn Sie kommen können? Was soll das bedeuten?«

»Es ist eine ernste Sache, Herr Doktor. Herr Hidetawa hat heute die Gefahren genannt, mit denen man bei einem Flug in den freien Raum rechnen muß. Es geht auf Leben und Tod; darüber muß sich jeder klar sein, der den Flug wagt. Wir werden mit einer Durchschnittsgeschwindigkeit zwischen 10 000 und 40 000 Stundenkilometern durch den Weltraum fliegen. Dabei müssen wir mit einer enormen Reibungshitze rechnen, besonders wenn wir wieder in dichtere Luftschichten gelangen. Unsere Rakete wurde deshalb mit einer Art Hitzeschild, einer metallenen Spezialschicht umkleidet. Ob diese aber ihren Zweck auch voll erfüllen kann, das wird sich erst bei unserem Flug erweisen.«

»Sie wollen ihn trotzdem unternehmen?«

Yatahira nickte.

»Ich will es! Herr Hidetawa ist der Meinung, daß die Ehre des ersten Raumfluges den Erfindern der Strahlrakete gebührt.«

»Wollen Sie mich mitnehmen?«

Wieder ein Nicken des Japaners. »Deswegen habe ich Sie gesucht und bin Ihnen nachgegangen, Herr Doktor.«

»Yatahira, Sie nehmen mich mit?«

Am liebsten wäre Hegemüller seinem Begleiter in überwallender Freude um den Hals gefallen. Mit Mühe bezwang er sich, preßte nur die Rechte Yatahiras und stammelte Dankesworte. Yatahira blieb unbewegt.

»Überlegen Sie es sich genau!« sagte er gelassen. »Es geht um Leben und Tod. Wir kennen die Größe der Gefahren nicht, aber wir wissen, daß sie groß sind. Es ist keineswegs sicher, ob wir von dem Flug zurückkehren. Auch Herr Hidetawa weiß das. Er hatte die Absicht, den Flug selbst zu unternehmen. Erst als ich ihn daran erinnerte, daß er sich für sein großes Werk erhalten müsse, ließ er sich bereit finden, zurückzutreten. Ich hatte das Glück, daß er meine Bitte erhörte. Er hat mir erlaubt, an seiner Statt zu fliegen.«

Dr. Hegemüller hörte kaum noch auf das, was Yatahira sprach. Alle seine Gedanken drehten sich um den bevorstehenden Flug. Endlich nach Herzenslust in den Weltraum vorstoßen dürfen! Nicht mehr gehemmt sein durch Befehle von Vorgesetzten, die über jeden Kilometer Rechenschaft verlangten! Was hatten solchen Möglichkeit gegenüber die Gefahren zu bedeuten, von denen Yatahira sprach?

»Ich kann über meine Person frei verfügen ... und wenn es sein muß, auch über mein Leben«, schlug er dessen Warnungen in den Wind. »Kommen Sie! Lassen Sie uns gehen.«

Hidetawas Maschine glich in den grundsätzlichen Anordnungen der Grabbeschen Rakete, doch war sie wesentlich geräumiger. Außerdem bemerkte Dr. Hegemüller, der ihr Inneres zum ersten Male zu Gesicht bekam, Einzelheiten, die ihn überraschten. Hier waren die Meßinstrumente und Steuerungsmechanismen systematisch in einem Kommandostand zusammengefaßt. Unbekannte Instrumente fielen Hegemüller auf. Nur aus der Beschriftung der Skalen konnte er auf ihren Verwendungszweck schließen, und einige erklärende Worte Yatahiras gaben ihm volle Klarheit. Hier war bereits eine Apparatur vorhanden, durch die eine einigermaßen gesicherte Navigation im freien Weltraum überhaupt erst möglich wurde. Schließlich gestattete eine schwere Kristallscheibe, welche die Kuppel der Rakete abschloß, auch einen freien Ausblick nach oben, so daß die Insassen während des Fluges das Ziel, das sie ansteuerten, im Auge behalten konnten. Zwei seitlich der Kuppel um Achsen drehbare konkave Metallhüllen aus hitzebeständiger Spezialmetallmischung, die sich auf einen Knopfdruck hin über der Kristalluke zusammenschlossen, sollten in besonders kritischen Zonen die Rakete vor dem Verglühen schützen.

Mit einer leichten Handbewegung drückte Yatahira Dr. Hegemüller in einen bequemen Sessel nieder. Er selbst trat an die Apparatewand des Kommandostandes. Eine Hebelbewegung, Hidetawas Maschine stieß vom Boden ab und schoß in die Höhe.

Aus der Kraft, mit der sein Körper in das Sesselpolster gedrückt wurde, zog Dr. Hegemüller den Schluß, daß die Beschleunigung, mit welcher die Maschine emporstrebte, recht beträchtlich sein mußte.

Während er noch auf die Zeigerscheiben der Meßinstrumente blickte, hatte er den Eindruck, als ob die Rakete sich zur Seite neige, als ob sie etwas schräg läge. Noch bevor er fragen, etwas sagen konnte, deutete Yatahira nach oben. Hegemüller blickte dorthin und sah genau im Mittelpunkt der Kristallscheibe die Mondsichel. Seine Blicke trafen sich mit denen Yatahiras. Der nickte ihm lächelnd zu.

»Unser Ziel, Herr Doktor. Wir steuern es auf Sicht an.«

Montag morgen. Der neunte Schlag der Werkuhr war gerade verklungen, als Lüdinghausen in Grabbes Zimmer trat.

»Sind die Herren noch nicht hier?« fragte er nach einem kurzen Blick in die Runde.

»Ich erwarte sie jeden Augenblick, Herr Professor. Wollen Sie bitte Platz nehmen.«

Während der Chefingenieur Lüdinghausen einen Sessel hinschob, öffnete sich die Tür zum zweiten Male. Hidetawa kam, begleitet von Saraku, ins Zimmer. Eine kurze Begrüßung, und sie nahmen ebenfalls an dem großen, mit Schreibblöcken belegten Konferenztisch Platz. Lüdinghausen warf einen Blick auf die Wanduhr und runzelte die Stirn.

»Fünf Minuten nach neun, Herr Grabbe. Wo steckt Doktor Hegemüller? Yatahira fehlt auch noch. Die Herren lassen uns warten.«

Grabbe zuckte die Achseln. »Ich verstehe es nicht, Herr Professor. Herr Hegemüller weiß, daß unsere Besprechung auf neun Uhr angesetzt worden ist.« Er griff nach einer Klingel. »Ich werde einen Boten in seine Wohnung schicken. Er soll ihm Beine machen.«

Bevor der Chefingenieur noch auf den Knopf drücken konnte, griff Hidetawa nach der Klingel und zog sie an sich. Befremdet schaute Grabbe ihn an, während Hidetawa zu sprechen begann.

»Ich bitte Sie, Herrn Doktor Hegemüller und meinen Mitarbeiter Yatahira noch etwas zu entschuldigen. Die Herren werden bald hier sein.«

»Unsere Besprechung wurde auf neun Uhr festgesetzt. Warum hält sich Herr Hegemüller nicht an die Verabredung?« Lüdinghausen stellte die Frage in einem scharfen Ton. Wieder einmal hatte es den Anschein, als ob sich ein Donnerwetter über dem Haupte des Doktors zusammenzöge. Hidetawa hielt es für richtig, einzugreifen.

»Gedulden Sie sich bitte für die kurze Zeit, Herr Professor. Ich bin sicher, daß Sie die Unpünktlichkeit entschuldigen, wenn Sie die Gründe der Herren gehört haben.« Während Lüdinghausen zweifelnd den Kopf schüttelte, sprach Hidetawa weiter. »Wir können inzwischen wohl schon beginnen. Ich habe zusammen mit Herrn Saraku gestern abend einige Skizzen entworfen, die uns als erste Unterlage für unsere Besprechung dienen könnten.«

Hidetawa war ein Forscher von internationalem Ruf. Er war der Älteste am Tisch, und er war schließlich als Gast hier; so fügten Lüdinghausen und Grabbe sich seinem Wunsch und traten in die Besprechung ein, doch mit ganzem Herzen waren sie nicht bei der Sache. Die etwas geheimnisvoll klingenden Worte ihres japanischen Freundes wollten ihnen nicht aus dem Kopf. Öfter als einmal wanderten ihre Blicke von den Skizzen, die Hidetawa ihnen vorlegte und erläuterte, nach dem Zifferblatt der Wanduhr. ›Bald‹ hatte Hidetawa gesagt — aber die Uhr zeigte zehn, elf, zwölf Uhr, und die beiden waren noch immer nicht da. Und als man schließlich die Besprechung der Pläne unterbrach, um sich zum Mittagessen in die Werkskantine zu begeben, zeigten sich sämtliche Teilnehmer der unvollständigen Konferenz sichtlich irritiert. Hidetawa und Saraku schienen nachdenklich und irgendwie bedrückt. Bei aller Hochachtung vor Hidetawa nahm sich Grabbe doch vor, dem eigenwilligen Hegemüller unter vier Augen gehörig den Kopf zu waschen, und auch Lüdinghausens Laune war nicht die allerbeste.

Die Mahlzeit verlief recht einsilbig. Jeder der vier Männer war mit seinen Gedanken beschäftigt. Grabbe und Lüdinghausen waren ärgerlich, aber der Ärger wäre rasch tiefer Besorgnis gewichen, hätten auch sie gewußt, was den beiden Japanern bekannt war: der versuchte Erstflug einer bemannten Rakete in die unbekannten Gefahren des Weltraums. Nicht bloß kosmische Strahlen und Meteoriten bedrohten die Weltraumfahrer. Vielfach waren die Fragen, die erst im Laufe des Fluges ihre Beantwortung finden konnten. Würde der vorgesehene Hitzeschild die Rakete und deren Insassen vor dem Verglühen bewahren? Wie würde sich die Treibkraft der Strahlflächen im luftdünnen und -leeren Raum des Weltalls auswirken? Konnte die so plötzlich in völlig andere Umwelt versetzte physische und psychische Konstitution der Raumfahrer diese geänderten Bedingungen überleben? Würden die in der Rakete eingebauten Sauerstoffapparate genügen, um die beiden Forscher vor dem Ersticken zu bewahren? Wie würde sich das zu erwartende Stadium einer Schwerelosigkeit im Weltraum auf menschliche Organe auswirken? Konnten sich nicht Beeinträchtigungen und Schädigungen der Gehirnfunktion, der Herztätigkeit, der Blutzirkulation ergeben?

Derlei und noch viele andere Fragen und Sorgen beschäftigten insbesondere Professor Hidetawa, wenn er sich auch äußerlich wenig davon anmerken ließ. Seiner Berechnung nach konnte die Rakete bereits längst von ihrem Mondflug zurück sein, vorausgesetzt — ja nun, eben vorausgesetzt, daß sie überhaupt noch zurückkam. Es wurde zwei, drei, es wurde vier Uhr. Der japanische Professor suchte sich selbst und die andern durch sachliche Erörterungen weiterer Konstruktionsverbesserungen von der wachsenden inneren Unruhe abzulenken.

»Es wird sich also empfehlen, bei dem Bau für die äußere Form einen liegenden an Stelle eines stehenden Zylinders zu wählen«, hatte Hidetawa soeben gesagt, als die Uhr anhub, die fünfte Stunde zu schlagen. Im gleichen Augenblick klopfte es an der Tür, und die Erwarteten traten ein. Yatahira hatte eine ziemlich umfangreiche Mappe unter dem Arm, Hegemüller hielt ein Schreibheft in der Hand.

Lüdinghausen sah die beiden an und wunderte sich über ihr Aussehen. Ihre Gesichter waren gerötet, ihre Augen glänzten wie im Fieber, und eine eigenartige Spannung lag in ihren Zügen.

Übernächtig sehen sie aus; als ob sie in kein Bett gekommen wären; als ob sie sich durch irgendwelche Reizmittel munter erhielten, ging es Grabbe durch den Sinn.

Yatahira hatte die Mappe inzwischen vor Hidetawa hingelegt. Der schlug sie auf und nahm das erste Blatt heraus. Lüdinghausen, der neben ihm saß, sah, daß es eine fotografische Aufnahme im Folioformat war. Das Bild stellte eine Art Gebirgslandschaft dar, einen kreisförmigen Krater. Mit großer Schärfe zeigte es Felsschroffen und Schlünde.

»Wie finden Sie die Aufnahme, Herr Professor?« fragte Hidetawa, während er das Blatt vor Lüdinghausen hinschob.

Dessen Blick ging abwechselnd zwischen der Fotografie und Hidetawa hin und her.

»Ich möchte es für eine Mondaufnahme halten«, begann er unsicher. »Ähnliche Aufnahmen wurden mit dem großen Spiegelteleskop der Hamilton-Sternwarte gemacht ...«

»Sie haben recht, Herr Professor, es ist der Mondkrater Kopernikus, doch wir brauchten kein Spiegelteleskop dazu, das Bild wurde mit einer einfachen Tele-Kamera aufgenommen«, sagte Yatahira.

Kopfschüttelnd ließ Lüdinghausen das Blatt sinken. »Mit einer einfachen Kamera?« fragte er erstaunt. »Die amerikanischen Astronomen machten ihre Aufnahme mit einer zehntausendfachen Vergrößerung. Nach meiner Erinnerung zeigen ihre Bilder weniger Einzelheiten als das hier ...«

»Die Amerikaner haben vom Mount Hamilton aus über eine Entfernung von 380 000 Kilometer fotografiert. Unsere Maschine stand heute nacht nur 300 Kilo-

215

meter vom Krater Kopernikus ab, als wir diese Aufnahme machten.«

»Was sagen Sie? Dreihundert Kilometer vom Mond entfernt?« Lüdinghausen lehnte sich in seinen Sessel zurück und schloß für ein paar Sekunden die Augen. Als er sie wieder öffnete, lag ein anderes Bild vor ihm. Eine zackige, zerrissene Felswand, von scharfen Schlagschatten durchsetzt. »Ein Teil der Kraterwand des Kopernikus«, fuhr der Japaner in seiner Erläuterung fort. »Das Bild wurde aus hundert Kilometer Entfernung gemacht. Hier noch eine Aufnahme ...«, er schob Lüdinghausen ein drittes Foto hin. »Eine Aufnahme der gleichen Wandpartie aus fünfzig Kilometer Abstand. Näher sind wir an unseren Satelliten nicht herangegangen, um unnötige Gefahren zu vermeiden.«

Während er sprach, ließ er die etwa zwanzig bis dreißig Blätter, welche die Mappe noch enthielt, wie spielend durch seine Finger gleiten. Es waren sämtliche Aufnahmen der Mondoberfläche, aus der Nähe und infolgedessen in einer Vergrößerung aufgenommen, wie sie auch das mit dem Teleskop bewaffnete menschliche Auge bisher noch nie erblickt hatte. Tiefes Schweigen herrschte am Tisch. Nur das Rascheln der Blätter unterbrach die Stille. Der Japaner zog jetzt wieder eine andere Aufnahme heraus und hielt sie Lüdinghausen hin.

»Hier beginnt Neuland«, erklärte er dabei weiter. »An dieser Stelle hier ...«, er zog mit dem Finger eine Linie über das Gebilde, »... beginnt die der Erde abgewandte Seite des Mondes, die bisher noch niemand sah.«

»Sie haben den Mond umflogen?!« Es waren die ersten Worte, die Grabbe seit der Ankunft Yatahiras sprach.

»Herr Doktor Hegemüller und ich haben den Flug gewagt und glücklich zu Ende geführt.«

»Wann soll das geschehen sein?« Ungläubig warf Lüdinghausen die Frage auf.

»Zwischen Sonnabend und Montag, Herr Professor«, kam die Antwort.

Lüdinghausen griff nach dem Schreibblock und begann zu rechnen, während er halblaut Zahlen vor sich hin murmelte: »384 000 Kilometer hin ... 384 000 Kilometer zurück ... die Umkehrschleife ... 780 000 Kilometer. Herrgott im Himmel, Ihre Maschine muß eine Geschwindigkeit von wenigstens zehntausend Stundenkilometer entwickelt haben ...«

Yatahira schüttelte den Kopf. »Mehr, Herr Professor Lüdinghausen. Die Maschine war kaum 48 Stunden unterwegs. Herr Doktor Hegemüller hat das Logbuch geführt. Vielleicht interessiert es Sie, seine Aufzeichnungen zu hören.«

Während der Japaner sprach, überschlugen sich die Gedanken Lüdinghausens. Etwas Unerhörtes war geschehen. Eine tollkühne Tat war vollbracht worden. Menschlicher Wagemut und Erfindungsgeist hatten die Schranken durchbrochen, die ihnen für alle Ewigkeit gesetzt zu sein schienen. Zum ersten Male war ein Flug durch den Weltraum von einem Gestirn zu einem andern gelungen. Und sein Assistent hatte Aufzeichnungen über den denkwürdigen Flug gemacht, ein Logbuch geführt.

An ein anderes Dokument mußte Lüdinghausen dabei denken ... an das Logbuch der ›Santa Maria‹, mit der Cristofero Colombo vor einem halben Jahrtausend seine Entdeckungsfahrt in die Neue Welt unternahm ... Wurde es nicht noch heute in Spanien aufbewahrt und wie ein Heiligtum gehütet? Würde das Logbuch über die erste Entdeckungsfahrt in den Weltraum ein gleiches Schicksal haben?

Lüdinghausen nahm alle Vorwürfe zurück, die er Hegemüller im stillen gemacht hatte. »Lesen Sie vor, Herr Doktor!« rief er.

Hegemüller schlug das Heft auf und begann zu lesen.

»Gestartet am 30. Juli um 18 Uhr mit der Rakete des Herrn Hidetawa. An Bord Yatahira und Dr. Hegemüller. Beschleunigung zwei Kilometer in der Minute.

18 Uhr 5 Minuten. Der Kurs wird nach Sicht auf den Mond gesetzt.

18 Uhr 30 Minuten. Fluggeschwindigkeit 60 Kilometer in der Minute. Entfernung von der Erde 1540 Kilometer. Die irdische Atmosphäre liegt weit hinter uns. Die Beschleunigung wird erhöht.

19 Uhr. Fluggeschwindigkeit 72 Minutenkilometer. Abstand von der Erde 3600 Kilometer. Die Erde schwebt wie ein Ball im Raum. Die Beleuchtung ist stark genug, um Einzelheiten erkennen zu lassen.

Unter uns liegt die Sibirische Ebene ...«

Zeile um Zeile, Eintragung um Eintragung las Dr. Hegemüller vor. Eintönig wirkten die vielen Zahlenangaben über die Geschwindigkeiten und Standorte, doch dazwischen gab es auch Notizen, welche die Zuhörer schärfer aufhorchen ließen. Unter 20 Uhr vermerkt:

»Wir fliegen in hellem Sonnenschein. Es wird warm im Inneren der Rakete. Wir stellen die Heizung ab ...

1 Uhr morgens. Wir sind einer großen Gefahr entronnen. Ein Bolide schoß dicht an der Rakete vorbei. Wenige Meter näher, und unser Schicksal wäre besiegelt gewesen. Wir fliegen mit 10 000 Stundenkilometer durch den Weltraum.

2 Uhr. Yatahira vermindert die Beschleunigung. Wir müssen uns festbinden, um nicht hin und her zu schweben.

5 Uhr 3o. Die Mondkugel ist zu einer Scheibe geworden, die einen Teil des Himmels umspannt. Geschwindigkeit 22 000 Stundenkilometer.

9 Uhr. Die Rakete stößt dicht an dem Mondgestirn vorbei. Unsere Geschwindigkeit beträgt nur noch 3 Kilometer in der Minute. Mit gleichbleibender Geschwindigkeit fliegen wir über der Mondoberfläche dahin.

9 Uhr 15. Ich habe die Kamera in Betrieb genommen

und mache Aufnahmen. Eben habe ich den Krater Kopernikus fotografiert.

9 Uhr 45. Yatahira hatte alle Hände voll mit der Steuerung zu tun. Wir umfliegen das Nachtgestirn in einer kreisförmigen Schleife.

9 Uhr 50. Die Sonne ist wieder verschwunden. Wir sind in den Mondschatten eingetaucht. Die Navigation wird schwierig. Wir ändern den Kurs und bleiben 1000 Kilometer von der Mondoberfläche ab.

11 Uhr 15. Die Sonne ist wieder da. Wir befinden uns von der Erde aus gerechnet noch hinter dem Mond. Als die ersten Menschen erblicken wir seine Rückseite. Sie unterscheidet sich nicht von der Vorderseite. Totes Gebirge, Kraterzacken und Felsriffe.

12 Uhr 25. Der Satellit ist umschifft. Yatahira hat Sorge um die Zeit. Er hat versprochen, bis Montag morgens zurück zu sein. Yatahira gibt Beschleunigung auf 10 Sekundenkilometer. Unsere Körper sind schwer wie Blei. Es muß ertragen werden, wenn wir unsere Zeit einhalten wollen.

15 Uhr 30. Wir rasen mit 30 000 Stundenkilometer durch den Raum.

16 Uhr. Erde und Mond erscheinen jetzt fast gleich groß.

7 Uhr. Nur noch 45 000 Kilometer von der Erde entfernt. Höchste Zeit, die Bremsung wirken zu lassen.

10 Uhr 30. Einzelheiten der Erdoberfläche werden erkennbar. Unter uns liegt ein weites Meer.

12 Uhr 15. Wir nähern uns den dichteren Luftschichten. Jetzt wird die Situation kritisch. In der Übergangsphase ist enorme Hitzeentwicklung durch den Reibungswiderstand der Luft zu erwarten. Möglich, daß die Rakete samt Insassen zu glühendem Staub verbrennt. Wir haben alles zur Verzögerung der Geschwindigkeit Mögliche getan. Trotzdem läßt sich diese nicht genügend abbremsen. Dazu wären spezielle Bremsraketen nötig. Wie hoch mag jetzt die Chance des Überle-

bens sein? 50 : 50? Das wäre vielleicht noch zu optimistisch.

14 Uhr 25. Wir leben noch. Erstaunlicherweise. Beim Eintauchen in die dichtere Luftschicht muß die Rakete von außen wie ein glühendes Geschoß ausgesehen haben. Von innen war es ähnlich wie in einem Kochkessel, trotz der starken Wärmeschutzplatten der Wände. Durch die Kristall-Luke der Kuppel konnten wir sehen, wie der konkave Schutzschild davor zur Weißglut kam, plötzlich aus den Befestigungen riß und davonflatterte. Aber glücklicherweise war da schon das Ärgste überstanden. Jetzt müssen wir zusehen, wie wir nach Hause finden.

15 Uhr. Die Drehlager der Antriebs- und Bremsflächen sind zum Teil verklemmt. Vielleicht auch geschmolzen infolge der phantastischen Hitze. Beinahe ein Wunder, daß wir nicht auch geschmolzen sind.

15 Uhr 10. Sausten mit 4000 Stundenkilometer Geschwindigkeit abwärts Richtung Indischer Ozean. Dann gelang es Yatahira irgendwie die Rakete flach zu legen. Fliegen jetzt westwärts Richtung Gorla.

15 Uhr 15. Kursänderung hat sich ausgewirkt. Unter uns liegt Deutschland. Jetzt noch Gorla richtig ansteuern — und dann zu Hause!

15 Uhr 35. Stehen über Gorla. Senken uns langsam herab.

15 Uhr 45. Glücklich gelandet. Jetzt Bad und Rasur! Dann mit den Fotoaufnahmen ins Labor!«

Dr. Hegemüller hatte geendet. Die Stille, die seinen Worten folgte, unterbrach als erster Hidetawa. »Meine Herren, wir stehen jetzt vor der Frage in welcher Weise wir mit dem, was wir erreicht haben, an die Öffentlichkeit treten wollen.«

»An die Öffentlichkeit treten wollen?« Halb zustimmend, halb zögernd wiederholte Lüdinghausen die letzten Worte Hidetawas. »Halten Sie die Zeit dafür schon gekommen?«

»Jawohl, Herr Professor Lüdinghausen. Wir wissen wohl, was bei Ihnen, bei uns und in Washington geschafft wird, aber wir wissen nicht was sich an anderen Stellen entwickelt. Wenn wir uns die Priorität sichern wollen, müssen wir der Welt umgehend einen Bericht über den ersten Flug in den Weltraum geben, sonst könnte es vielleicht sein, daß ein anderer uns zuvorkäme.«

»Das wäre ...« Chefingenieur Grabbe geriet in Harnisch. »Das wäre ja scheußlich! Haben Sie bestimmte Gründe für Ihre Vermutung, Herr Hidetawa?«

Der Japaner zuckte die Achseln. »Ich sage nur, Herr Grabbe, daß die Möglichkeit vorliegt. Wir wissen nicht, was in anderen Laboratorien geschieht. Sicher ist nur, daß jene Vorkommnisse, die sich vor einigen Monaten ereigneten, doch ziemliches Aufsehen erregt haben. Ich meine jene entflogenen Stücke des Strahlstoffes«, fuhr er auf einen fragenden Blick Grabbes fort, »die an verschiedenen Stellen unserer Erdkugel niederfielen. Ich halte es nicht für ausgeschlossen, daß auch Forscher in anderen Ländern dadurch neugierig und hellhörig geworden sind. Deshalb möchte ich auf eine sofortige Veröffentlichung dringen.«

»Wie soll der Bericht gehalten werden?« fragte Lüdinghausen.

»So kurz wie möglich. Eine Einleitung von zwanzig Zeilen, eine Abschrift des Logbuches und ein halbes Dutzend wirksamer Aufnahmen werden vollständig genügen.«

Lüdinghausen nickte. »Sie haben recht, Herr Hidetawa. Diese kurze Form wird die wirksamste sein. Ich werde alles vorbereiten lassen. Wollen Sie mir bitte noch die Aufnahmen angeben, die Sie für die geeignetsten halten.«

Der Wunsch Lüdinghausens war schnell erfüllt, und dann begann der Apparat des Gorla-Werkes zu arbeiten. Es wurde in fremde Sprachen übersetzt, kopiert und vervielfältigt, und noch am Abend des gleichen Tages ging der Bericht über den ersten Weltraumflug an alle großen Nachrichtenagenturen und Depeschenbüros der Erde hinaus.

Als eine Sensation allerersten Ranges wirkte sich der Bericht über den ersten Raketen-Raumflug in der Weltöffentlichkeit aus. Zwischen Hammerfest und Feuerland, zwischen Wladiwostok und Melbourne gab es keine einzige Zeitung, die ihn nicht ungekürzt abgedruckt hätte.

Verschieden waren die Kommentare, welche die einzelnen Blätter ihrer jeweiligen Einstellung entsprechend dazu brachten. Von ungläubigem Zweifel bis zu begeisterter Zustimmung waren alle Tonarten vertreten. Nur darin waren sich alle einig, daß mit diesem Raumflug eine neue Epoche der Technik und des Verkehrswesens begonnen habe ... falls die Nachricht sich bewahrheiten sollte, wie die Zweifler hinzufügten.

Mit verschiedenen Gefühlen wurde der Bericht von den unmittelbar interessierten Stellen aufgenommen. Professor O'Neils verschlug es die Sprache, als er ihn las, und als er sie wiederfand, gab er seiner Stimmung Watson gegenüber einen Ausdruck, der an Lebhaftigkeit nichts zu wünschen übrigließ.

»Wieder sind andere uns zuvorgekommen!« schrie er ihn an. »Immer kommen wir zu spät! Was können wir noch unternehmen, um nicht ins Hintertreffen zu geraten? Sprechen Sie, Watson! Was raten Sie?«

Watson blieb diesen Ausbrüchen gegenüber ruhig. Er dachte sich seinen Teil, aber er hielt es nicht für angebracht, alles auszusprechen, was ihm durch den Sinn ging. Wenn du früher auf mich gehört hättest, dann hätten wir die erste Rakete gehabt, dachte er bei sich. Vorsichtig begann er zu sprechen.

»Die Tatsache steht fest, Herr Professor, daß als erster ein Amerikaner einen Raketenflug in die Stratosphäre unternommen hat. Jawohl! Das bin ich gewesen!« fuhr er fort, als O'Neils ihn verständnislos ansah.

»Unglücklicher! Sprechen Sie nicht davon!« O'Neils streckte wie abwehrend seine Arme aus. »Danken Sie Gott, daß dieser Flug unbekannt geblieben ist. Sorgen Sie dafür, daß er niemals bekannt wird!«

Henry Watson merkte, daß seine Worte wenig Gnade vor den Ohren O'Neils fanden, und suchte nach einem anderen Weg.

»Dann sehe ich nur eine Möglichkeit«, fuhr er nach kurzem Überlegen fort. »Sowie unsere neue Verkehrsrakete startbereit ist, müssen wir einen Propagandaflug unternehmen. Ganz groß müssen wir die Sache anlegen. Die berühmtesten Wissenschaftler unseres Landes müssen wir dazu einladen. Schon vorher muß unsere Presse darüber berichten. Auch Vertreter der Schriftleitungen müssen mit an Bord sein, die unterwegs durch Funk Nachrichten an ihre Blätter geben.«

Watson erwärmte sich an seiner Idee, während er sie weiterentwickelte. Mit lebhaften Worten malte er Professor O'Neils aus, wie man das verlorene Terrain zurückerobern könne, wenn die Presse für den Flug der ersten Verkehrsrakete in richtiger Weise interessiert wurde, und riß schließlich auch O'Neils mit.

»Sie haben recht, Watson«, stimmte der ihm bei und begann schon einen praktischen Überschlag zu machen.

»Wir können mit aller Bequemlichkeit fünfzehn Personen in unserer neuen Maschine unterbringen. Wir beide müssen natürlich mitfliegen; bleiben noch dreizehn Plätze. Sagen wir also sechs Wissenschaftler und sieben Pressevertreter.«

Watson widersprach. »Ich glaube, es wird genügen, wenn wir drei Wissenschaftler und zehn Herren von der Presse einladen. Als Vertreter der Wissenschaftler würde ich einige Kollegen von anderen Universitäten vorschlagen. Die Einladungen an die Presse müssen wir uns noch sorgfältig überlegen. Zehn Plätze sind nicht viel. Wir müssen geschickt auswählen, damit sich niemand zurückgesetzt fühlt. Es wäre mir lieber, wenn wir die doppelte Zahl von Einladungen ergehen lassen könnten, aber es wäre verfehlt, zuviel Personen an Bord zu nehmen. Der Komfort und die Behaglichkeit, welche unser neues Verkehrsmittel bietet, würden dann nicht voll zur Geltung kommen. Eventuell werden wir mehrere derartige Flüge machen müssen.«

In Rede und Gegenrede erörterten sie den Plan weiter und einigten sich schließlich auf die von Watson vorgeschlagene Verteilung der verfügbaren Plätze.

Während der Bau der neuen Verkehrsrakete in Tag- und Nachtschichten nach Menschenmöglichkeit gefördert wurde, korrespondierte Professor O'Neils mit den drei als Fluggäste in Aussicht genommenen Gelehrten. Henry Watson aber spielte seine persönlichen Beziehungen zur amerikanischen Presse aus; er beschränkte sich nicht darauf, die Vertreter führender Zeitungen brieflich und mündlich von dem zu unterrichten, was auf die Veranlassung O'Neils' entstanden war und sich jetzt bereits seiner Vollendung näherte. Er brachte sie auch in die große Montagehalle; er zeigte ihnen den interessanten Bau der neuen Rakete nicht nur von außen, sondern führte sie durch das Innere, zeigte ihnen den Kommandoraum, lud sie ein, in den bequemen Sesseln des Passagierraumes Platz zu nehmen, von denen man durch breite Fenster einen guten Ausblick nach allen Seiten hatte. Er erklärte ihnen die Einrichtung einer Bar und einer elektrischen Küche, die während des Fluges für die leiblichen Bedürfnisse der Gäste sorgen sollte, und verstand es, auf solche Weise ihre Erwartungen schon jetzt hoch zu spannen. In den Zeiten zwischen derartigen Vorführungen aber steckte er selbst viele Stunden an jedem Tag in der Montagehalle und suchte die Fertigstellung des Raumschiffes auf jede Art und Weise zu beschleunigen.

Auch in Gorla wurde nach den neuen von Grabbe, Hegemüller und Hidetawa gemeinsam entworfenen Plänen gebaut, doch es ging nicht so zu wie in Washington. In Gorla legte man Wert auf die sorgfältigste Durchkonstruktion aller Einzelheiten. Die Sicherheit der Insassen blieb dabei die wichtigste Forderung, denn nach dem geglückten Weltraumflug war der sonst so draufgängerische Hegemüller sehr nachdenklich geworden.

»Ich komme mir vor wie der Reiter über dem Bodensee«, äußerte er sich öfter als einmal Bekannten gegenüber, die ihn zu dem gelungenen Wagnis beglückwünschten, und Grabbe gegenüber begründete er dies Gefühl eines nachträglichen Grauens so eingehend, daß der Chefingenieur schließlich kopfschüttelnd meinte: »Sollte sich ein Wunder ereignen, Kollege? Sollten Sie auf Ihre alten Tage doch noch vernünftig werden?«

Aber Dr. Hegemüller war heute nicht in der Laune, auf diesen Ton einzugehen. Ernster, als es sonst seine Art war, fuhr er fort: »Wir haben bei unserem Flug Kopf und Kragen riskiert. Ich will nicht von den Gefahren sprechen, die der Weltraum an sich bietet; die müssen von jedem, der Raumschiffahrt treiben will, mit in Kauf genommen werden. Aber auch die Einrichtungen der Rakete Hidetawas waren trotz aller Verbesserungen und Fortschritte noch unzulänglich. Für einen Verkehrsflug unterhalb der Stratosphäre mögen sie gut sein, aber für eine Navigation im Weltraum reichen sie doch nicht aus. Es war ein unverdientes Glück, daß wir die unbeleuchtete Hälfte des Mondballs glücklich umschifften. Yatahira hat es mir erst nachträglich eingestanden, daß wir auf der abgewandten Seite unseres Satelliten um ein Haar einen Gipfel gerammt hätten, während er noch glaubte, tausend Kilometer von der Mondoberfläche entfernt zu sein.«

»Das wäre freilich das Ende gewesen«, mußte Grabbe zugeben. »Welche Verbesserungen der Navigationsmittel schlagen Sie vor?«

Hegemüller begann seine Vorschläge an den Fingern aufzuzählen. »Erstens eine komplette Kreiselkompaß-anlage. Wir dürfen nicht wieder lediglich auf Sternbeob-achtungen angewiesen sein. Zweitens ein Echolot, das es uns gestattet jederzeit unsern Abstand, sei es von der Erdoberfläche, sei es von der des Mondes festzustellen. Drittens eine starke Scheinwerferanlage, um das Gelän-de anstrahlen zu können. Viertens ...«

»Hören Sie auf, Herr Doktor!« unterbrach ihn Grabbe. »Wenn wir das alles unterbringen wollen, müssen wir anbauen. Dann muß unsere Rakete um ein Stück ver-größert werden.«

»Also vergrößern wir sie, Herr Grabbe«, meinte He-gemüller. »Höchste Sicherheit muß angestrebt werden. Eine Katastrophe, ja schon ein ernstlicher Unfall könnte die neue Technik des Raketenfluges in Verruf bringen und um Jahre zurückwerfen.«

Grabbe strich sich über die Stirn. Den Gründen He-gemüllers konnte er sich nicht verschließen, obwohl sie eine Umarbeitung der Pläne und einen Zeitverlust be-dingten.

Wenige Tage später bekam Professor O'Neils einen Brief von Robert Jones, und mit stiller Freude entnahm Henry Watson daraus die Mitteilung, daß man in Gorla beim Bau einer neuen Verkehrsrakete auf Schwierigkei-ten gestoßen sei. Für Watson war das Veranlassung, die Fertigstellung der eigenen Maschine noch mehr zu be-schleunigen. Jetzt glaubte er sicher zu sein, daß man ihm in Gorla nicht wieder zuvorkommen würde.

Aus einer dunklen Ahnung heraus hatte Hidetawa auf die sofortige Bekanntgabe des gelungenen Mondflu-ges gedrängt.

»Wir wissen wohl, was bei Ihnen, bei uns und in Washington geschafft wird, aber wir wissen nicht was in anderen Laboratorien geschieht«, hatte er zu Profes-sor Lüdinghausen gesagt. In der Tat war seine Befürch-tung nicht unbegründet, denn schon seit vielen Wochen geschah in dem britischen Nationallaboratorium Croydon allerlei, was die Herren Grabbe und Lüdinghausen wahrscheinlich aus ihrer Ruhe gebracht haben würde, wenn sie darum gewußt hätten.

Schon seit einer Reihe von Jahren beschäftigte sich Dr. Lee dort mit der Erforschung des Atomzerfalls. Wie zahlreichen anderen Physikern war es auch ihm gelungen, auf künstlichem Wege Radioaktivität zu erzeugen. Mit größter Anfmerksamkeit hatte er die rätselhaften Vorgänge auf den Neufundland-Bänken, im Garten des Farmers Atwater und am Boulder-Damm verfolgt und keine Mühe gescheut, um sich möglichst zuverlässige Berichte darüber zu verschaffen, und endlich den zutreffenden Schluß gezogen, daß man an irgendeiner anderen Stelle schon ein gutes Stück weiter sein müsse als in seinem Laboratorium.

Fieberhaft hatte Dr. Lee daraufhin weitergearbeitet, und es war ihm geglückt, seinen eigenen Strahlstoff zu verbessern, als die Nachricht von der geglückten Mondumseglung auch in Croydon wie eine Bombe einschlug. Die Art, wie er sie aufnahm, unterschied sich nicht allzusehr von derjenigen, in der zur gleichen Zeit Professor O'Neils in Washington darauf reagierte. Auch Dr. Lee fühlte sich von anderen, Glücklicheren überholt, sah sich ins Hintertreffen geraten und faßte einen tollkühnen Entschluß, um die Scharte wieder auszuwetzen.

Eine Rakete bauen und damit in den Weltraum vorstoßen? ... Es würde mit dem Strahlstoff, den er zur Verfügung hatte, wohl ebenfalls möglich sein. Die anderen hatten den Mond umflogen; den Vorsprung hatten sie zweifellos, aber sie hatten es nicht gewagt, auf seiner Oberfläche zu landen. Diese Tat, eine wirkliche Entdeckertat, mußte noch getan werden, und Henry Lee war entschlossen, sie zu vollbringen.

Eine fixe Idee wurde das bei ihm, die ihn völlig gefangen nahm und ihm den Blick für alles andere trübte. Er sah nicht mehr die vielen Gefahren; er machte sich keine Gedanken darüber, ob sein Strahlstoff einer solchen Aufgabe wirklich gewachsen sei. Nur der brennende Wunsch beherrschte ihn noch, als der erste auf dem Mond zu landen.

Dem Entschluß folgte die Tat. Während das öffentliche Interesse an dem geglückten Flug Yatahiras allmählich abebbte, während man in Gorla stetig und zielbewußt weiterarbeitete und während in der amerikanischen Presse Nachrichten über die Pläne O'Neils' erschienen, wurde die Welt plötzlich durch eine neue Sensationsmeldung erschüttert. In Schlagzeilen brachten sie die Londoner Mittagsblätter, in noch größeren Lettern stand es in allen Zeitungen des Empires.

»Dr. Henry Lee zum Mondflug gestartet.« »Die Strahlrakete von Dr. Lee.« »Dr. Lee beabsichtigt Landung auf dem Mond.«

Zwischen den Schlagzeilen stand ein Text, aus dem hervorging, daß Dr. Lee zusammen mit seinen drei Assistenten Johnson, Perkins und Brown den Raumflug gewagt hatte. Weiter erfuhren die Leser daraus, daß die Rakete mit Sauerstoff, Proviant und Wasser für einen Monat versehen sei. An diese wenigen Tatsachen knüpfte der Bericht eine Flut von Hoffnungen, Vermutungen und Möglichkeiten, die zwar der Phantasie seines Verfassers alle Ehre machten, aber mit der harten Wirklichkeit wenig zu tun hatten. Auf Funkwellen flog die neue Kunde aus dem britischen Weltreich nach West und Ost über den Erdball. Noch am Abend des gleichen Tages wurde sie auch von den überseeischen Zeitungen gebracht und erregte in der Neuen Welt nicht weniger Aufsehen als in der Alten.

»Was sagen Sie dazu, Doktor?« fragte Grabbe und hielt Hegemüller ein Zeitungsblatt hin.

»Der Mann und seine Begleiter sind verloren, Herr Grabbe.«

»Warum verloren, Herr Hegemüller? Ist Ihr Urteil nicht etwas voreilig?«

»Dr. Lee will auf dem Mond landen, Herr Grabbe. Ich glaube, er ist sich nicht klar darüber, was das zu bedeuten hat.«

Chefingenieur Grabbe widersprach. »Doktor Lee ist ein bedeutender Physiker. Es ist anzunehmen, daß er sich die Gefahren seines Unternehmens vorher genau überlegt hat.«

Hegemüller verharrte auf seinem Standpunkt. »Nein und nochmals nein, Herr Grabbe!«

»Ich glaube, Sie tun dem Mann Unrecht, Herr Doktor Hegemüller. Aus dem Bericht geht hervor, daß die Expedition für alle Eventualitäten ausgerüstet ist. Unter anderem wurden für die vier Insassen Skaphanderanzüge mit elektrischer Beheizung und Sauerstofftornister mitgenommen . . .«

Hegemüller lachte kurz auf. »Die elektrische Beheizung wird ihnen ganz besonders nützen, wenn die Temperatur der sonnenbestrahlten Mondoberfläche auf 125 Grad Celsius ansteigt.«

»125 Grad Celsius?« unterbrach ihn Grabbe. »Ist das nicht ein bißchen reichlich, Herr Doktor?«

»Im Gegenteil, Herr Grabbe. Es sind noch zwei Grad zuwenig. Das Mount-Wilson-Observatorium hat in der Mitte der vollbeleuchteten Mondscheibe 127 Grad Wärme festgestellt. Zum Ausgleich dafür wird es aber recht unangenehm frisch, sobald die Sonnenbestrahlung fehlt. Das amerikanische Observatorium maß während einer Finsternis schon eine halbe Stunde später an der gleichen Stelle der Mondoberfläche eine Temperatur von 123 Grad Kälte. Über einen Mangel an Abwechslung werden sich Herr Lee und seine Gefährten also nicht zu beklagen brauchen. Daß sie dies mörderische Mondklima lebendig überstehen, halte ich allerdings für völlig ausgeschlossen.«

»Ich glaube, Sie sehen doch zu schwarz, mein lieber Hegemüller«, wandte der Chefingenieur ein. »Zwischen 120 Grad Hitze und 120 Grad Kälte gibt es doch eine

Mitteltemperatur, bei der ein Mensch existieren kann. Wenn Lee und seine Leute sich gerade an der Grenze zwischen der sonnenbestrahlten und der unbestrahlten Mondfläche halten, könnten sie die gefährlichen Temperaturen vermeiden.«

Nur zögernd gab Hegemüller die von Grabbe vorgebrachte Möglichkeit zu.

»Vergessen Sie aber nicht, Herr Grabbe«, meinte er, »daß jene Grenze zwischen Licht und Schatten, auf der menschliches Leben vielleicht möglich ist, sich am Mondäquator mit einer Geschwindigkeit von 17 Kilometer in der Stunde verschiebt. Erleidet die britische Maschine bei der Landung etwa einen Defekt, der sie auch nur für eine Stunde manövrierunfähig macht, so sind sie verloren. Rettungslos müssen sie dann entweder in die Zone tödlichen Frostes oder in verderbenbringende Glut geraten.«

Grabbe zuckte die Achseln. »Aus Ihnen werde ein anderer klug. Das eine Mal sind Sie optimistisch bis zur Verwegenheit; das andere Mal sehen Sie alles schwarz in schwarz. Die Zeit wird es erweisen, wer von uns beiden recht behält. Ich bin auf die nächsten Nachrichten von Dr. Lee gespannt.«

Chefingenieur Grabbe schickte sich an, den Raum zu verlassen, als eine kurze Bemerkung Hegemüllers ihn nachdenklich stimmte. »Sie werden keine Nachricht von Dr. Lee bekommen«, hatte er gesagt.

Sollte Hegemüller mit seiner Prophezeiung recht behalten? Die Tage reihten sich aneinander, ohne daß ein Lebenszeichen von der britischen Maschine kam. Schon begannen sie sich zu Wochen auszudehnen, während man immer noch hoffte und in Croydon stündlich die Rückkehr der kühnen Weltraumflieger erwartete.

Als die vierte Woche anbrach, begann die Stimmung umzuschlagen. Nun fing man in England an zu rechnen:

Jetzt haben sie noch für sechs Tage Sauerstoff an

Bord; noch Wasser und Proviant für vier Tage ... jeder neue Tag ließ die Zahlen weiter schrumpfen, die Hoffnungen geringer werden. Man erinnerte sich früherer Unfälle, bei denen Unterseeboote auf den Seegrund gesunken waren. Ohne Mundvorrat konnte ein Mensch Wochen überdauern, ohne Wasser wenigstens einige Tage, aber ohne Frischluft nur wenige Minuten. Drohend erhob sich das Gespenst des Erstickungstodes für Dr. Lee und seine Gefährten. Schon zählte man die Stunden, die ihnen noch übrigblieben, zählte schließlich sogar noch die Minuten bis zu jener verhängnisvollen letzten, in der man die Expedition verloren geben mußte, und dann liefen die Maschinen der Presse an und warfen Extrablätter heraus. Wieder gab es knallende Schlagzeilen, doch anders als vor vier Wochen waren sie gehalten. Eine Trauerbotschaft hatten sie zu verkünden. Das tragische Ende eines kühnen Forschers hatten sie der Leserschaft mitzuteilen. Ein Ende, das sich nach den Unterlagen des Nationallaboratoriums fast auf die Sekunde genau angeben ließ.

Chefingenieur Grabbe war erschüttert, als er die Nachricht am Lautsprecher hörte. Auch in Gorla hatte man ja das Schicksal der Expedition verfolgt; mit begreiflichem Interesse zuerst, mit immer steigender Sorge danach, bis nun die traurige Gewißheit kam.

»Sie haben recht behalten«, sagte Grabbe zu Hegemüller. »Leider, Herr Grabbe. Ich hätte mich lieber Lügen strafen lassen, doch die harten Tatsachen sind stärker als alle Wünsche und Hoffnungen. Erinnern Sie sich noch, wie Hidetawa noch vor seiner Rückkehr nach Tokio über das Unternehmen urteilte. Er war genau der gleichen Meinung wie wir.«

Über die ganze Erde hin verbreitete der Rundfunk die Nachricht von dem tragischen Ende der Expedition, und von Millionen Hörern wurde sie vernommen. Auch Signor Guerresi, der Kapitän des Frachtdampfers ›Felicità‹, der sich auf der Fahrt von Sardinien nach Neapel befand, hatte sie gehört und seinem Ersten Offizier, Signore Marzano, seine Meinung über den Fall nicht vorenthalten.

»Diese tapferen Forscher sind nun tot«, hatte er gesagt. »Schon vor vier Stunden erstickt, wie das Radio eben gemeldet hat. Ein böses Ende, Signor Marzano. Aber schließlich haben sie es sich selber zuzuschreiben.«

»Wie das, Signor Capitano?«

»Weil man ihr Unterfangen als einen bewußten Selbstmord auffassen kann, Signor Marzano. Ich las darüber im ›Popolo Romano‹ einen Artikel von einem berühmten Professor. Er verurteilte das Unternehmen als einen selbstmörderischen Wahnsinn und sagte die Katastrophe als unvermeidlich voraus.«

Dies Gespräch zwischen Guerresi und Marzano fand in der Offiziersmesse der ›Felicità‹ statt, und danach wurde es für Marzano Zeit, seine Wache auf der Brücke anzutreten, während Guerresi sich in seine Kabine zurückzog.

Gemächlich schlenderte Marzano auf der Kommandobrücke der ›Felicità‹ hin und her. Die Tyrrhenische See lag glatt wie ein Spiegel unter einem wolkenlosen Himmel. Kein Lüftchen regte sich, so daß der Erste Offizier reichlich Muße hatte, seinen Gedanken nachzugehen, noch einmal ließ er sich das vorher Gehörte durch den Sinn gehen. Die kühnen Raketenflieger waren nun also elend erstickt. Eingeschlossen in einem metallenen Kerker trieben ihre Leichen irgendwo im unendlichen Weltraum oder lagen auf dem Mond, und bis zum Jüngsten Tag würden sie so treiben oder liegen. Nie mehr würde man von ihnen etwas sehen oder hören.

Durch ein pfeifendes, singendes Geräusch wurde Marzano aus seinen Betrachtungen gerissen. Immer stärker schwoll das Geräusch an, wandelte sich in ein brausendes Dröhnen, und dann schlug etwas Schimmerndes, Metallisches kaum zweihundert Meter von der ›Felicità‹ entfernt auf das Meer und wühlte bei seinem Sturz die eben noch so ruhige Wasserfläche auf.

Eine ringförmige Welle lief von der Einschlagstelle her nach allen Seiten über die See hin. Noch rieb sich Marzano erstaunt die Augen, als die Welle klatschend gegen die eiserne Wand der ›Felicità‹ schlug. Er hatte etwas niederstürzen sehen; ein Zweifel war ausgeschlossen. Wo war es geblieben? Der See war an dieser Stelle mehr als dreitausend Meter tief. War es auf den Grund gesunken, das Glänzende, Raketenartige ... blitzartig durchzuckte ein neuer Gedanke Signor Marzano ... Sollte es die britische Rakete gewesen sein? Irrte das Bauwerk des Dr. Lee vielleicht nicht mehr im Weltraum umher? War es, von der Anziehungskraft gepackt, auf die Erde zurückgestürzt? Sollte es sein Schicksal sein, bis zum Ende aller Tage auf dem Grund des Tyrrhenischen Meeres zu ruhen? Viele Fragen, die dem Ersten Offizier durch den Kopf gingen.

Noch stand er regungslos und starrte auf die blaue See, als das Wasser von neuem in Bewegung geriet. Der blanke Metallkegel tauchte wieder aus der Flut auf, sprang an die zehn Meter in die Luft empor, fiel klatschend auf das Wasser zurück und blieb dort, leicht hin und her wogend, liegen.

Marzanos Hand packte den Griff des Maschinentelegrafen.

»Maschine stopp!« ging das Kommando nach unten. »Maschine rückwärts, halbe Kraft!« folgte ihm gleich danach ein zweites. Die ›Felicità‹ verlor Fahrt, kam zum Stillstand, begann nun schon langsam rückwärts zu laufen, als Guerresi auf der Brücke erschien.

»Was gibt's, Marzano? Warum haben Sie gestoppt?« Während die Fragen noch von seinen Lippen sprudelten, erblickte er den Metallkegel, der jetzt kaum fünfzig Meter entfernt querab nach Steuerbord lag.

Ein neues Kommando Marzanos brachte die ›Felicità‹ zum Stillstand.

»Wir sollten ein Boot zu Wasser lassen, Signor Capitano«, wandte er sich an Guerresi. »Würden Sie mich auf der Brücke vertreten? Ich möchte selber mit zu der Rakete fahren.«

Jetzt erst fand Guerresi die Sprache wieder. »Nein, Signor, ich fahre auch mit. Der Zweite Offizier soll Ihre Wache übernehmen.«

In zwei Minuten kam das Boot zu Wasser, und wieder eine halbe Minute später lag es neben dem Metallbau, der kaum etwas anderes als eine Rakete sein konnte.

»Ich möchte sie an Bord holen, aber ich fürchte, unsere Ladebäume werden das Gewicht nicht tragen können«, meinte Guerresi mit einem Blick auf den mächtigen Metallkegel.

Noch während der Kapitän es sagte, war Marzano auf den Bordrand des Bootes getreten und schaute durch eine der verglasten Luken in das Innere der Rakete.

»Merkwürdig, Signor Guerresi«, wandte er sich nach kurzem an den Kapitän. »Es sollen doch vier Mann in der Rakete gewesen sein. Ich kann beim besten Willen nur einen sehen ...«

Mit einem Sprung war Guerresi neben ihm und blickte ebenfalls durch die starke Kristallplatte. Er starrte in das Innere der Maschine, bis ihm die Augen zu tränen begannen, und mußte die Beobachtung Marzanos bestätigen.

»Sie haben richtig gesehen, Signor. Es war nur ein Mann drin, und der scheint tot zu sein ... aber warum ist er tot?« sprach er nach kurzem Überlegen weiter. »Woran mag er gestorben sein?« Während Guerresi die Worte noch vor sich hin sprach, ging ein leichtes Zucken durch die Gestalt, die lang hingestreckt in der Rakete lag.

Marzano fühlte sich am Arm gepackt. »Er hat sich bewegt! Es ist noch Leben in ihm.« Laut schrie der Kapitän es Marzano zu.

Der griff nach einem der Bootsriemen, holte damit zum Schlage aus und versuchte das Kristallglas zu zertrümmern. Doch sein Bemühen war vergeblich. Die starke Scheibe widerstand dem Angriff.

»So geht es nicht, Marzano«, sagte der Kapitän. »Sie zerbrechen eher den Riemen als das Glas. Selbst wenn es Ihnen gelingt, wäre damit auch nichts gewonnen. Die Luke ist zu klein, um einen Menschen hindurchzulassen. Wir müssen die Rakete auf das Deck der ›Felicità‹ holen. Dort können wir sie mit unseren Bordmitteln öffnen.«

Es war keine leichte Aufgabe, die der Kapitän Guerresi sich gestellt hatte. Von drei Ladebäumen mußten sie schwere Trossen auslassen und um den Rumpf der Rakete legen. In gleichem Tempo mußten sie die drei Deckwinden angehen lassen, damit das Gewicht der Maschine sich gleichmäßig auf die drei Trossen verteilte, und trotzdem bogen sich die Ladebäume unter der schweren Belastung noch gefährlich durch. Aufregende Minuten verstrichen, bis das mächtige Stück sicher auf dem Deck der ›Felicità‹ lag.

Das Frachtschiff hatte keine Schweißbrenner an Bord. Mit Meißeln und Hämmern gingen die Matrosen Guerresis gegen die Rakete vor. Laut erdröhnte ihre Wandung, während die Meißel unter der Wucht kräftiger Hammerschläge ihre Bahnen in das Metall fraßen. Guerresi drückte die Hände an seine Ohren und schrie Marzano zu: »Das ist ein Lärm, um Tote aufzuwecken.«

Marzano, der seine Augen an einer der Luken der Rakete hatte, nickte. »Stimmt, Signor Capitano! Der Tote da drin ist wieder lebendig geworden. Er hat sich aufgesetzt, bewegt den Kopf, sieht sich um.«

»Vorwärts! Hurtig! Avanti!« spornte Guerresi seine Leute an. »Sputet euch, daß wir den armen Teufel schnell aus seinem Gefängnis herausbekommen.«

Seine Worte taten ihre Wirkung. Noch schneller und kräftiger als bisher fielen die Hammerschläge. Ein letztes Splittern, Knirschen und Krachen noch, und ein Stück der Metallwandung brach heraus. Groß genug, daß Guerresi durch die entstandene Öffnung in die Rakete hineinsteigen konnte. Auf dem Fuße folgte ihm Marzano.

Sie fanden bestätigt, was sie bereits von außen gesehen hatten. Nur ein Mann war in der Rakete. Ein Mensch, der zwar lebte, aber schwer benommen und immer noch halb ohnmächtig war. Sie hoben ihn heraus, trugen ihn in die Kabine Guerresis und betteten ihn auf ein bequemes Lager. Aufs neue wurde er hier bewußtlos.

Die ›Felicità‹ hatte keinen Arzt an Bord. In Notfällen mußten die medizinischen Kenntnisse des Kapitäns herhalten. Der ging jetzt mit sich zu Rate und kam zu folgendem Schluß: Der Mann ist ein Brite. Für Engländer soll Whisky gewöhnlich das beste sein. Dann handelte er danach. Er rieb seinem Patienten Stirn und Schläfen mit kräftigem Whisky ein und verabreichte ihm auch innerlich eine kräftige Dosis davon, mit dem Erfolg, daß der so Behandelte die Augen aufschlug und Fragen stellte, die Signor Guerresi zum Glück beantworten konnte, da er als Seemann der englischen Sprache mächtig war.

»Sie sind an Bord eines italienischen Dampfers, Sir. Ihre Maschine ist ebenfalls geborgen. Befindet sich oben auf Deck.«

Allmählich kam auch Guerresi dazu, Fragen zu stellen. Er wollte in Erfahrung bringen, wodurch der Mann in diesen Zustand geraten war, und konnte bald ausfindig machen, daß es durch den scharfen Stoß beim Aufschlag der Rakete auf das Wasser geschehen war. Konnte durch vorsichtiges Befühlen des Briten auch feststellen, daß der keinen ernstlichen Schaden erlitten hatte. Eine kräftige Mahlzeit und noch einige Glas Whisky taten dann das Ihrige. Im Laufe der nächsten Stunde erfuhr Kapitän Guerresi nicht nur, daß er es mit Dr. Lees

Assistenten Joe Brown zu tun hatte, sondern erhielt auch Auskunft über dessen Abenteuer und das Schicksal seiner drei Gefährten.

Es war eine aufregende und traurige Geschichte, die Guerresi Stück um Stück aus seinem Patienten herausholte. Voller Zuversicht war Dr. Lee mit seinen drei Gefährten gestartet, und zunächst war alles gut gegangen. Freilich war die Triebkraft seiner Maschine nicht annähernd so stark wie diejenige der deutschen und japanischen Rakete, aber nach einem sechstägigen Flug erreichte sie doch ihr Ziel, und Lee konnte zur Landung schreiten.

Schon während des Fluges hatte er seinen Begleitern genaue Instruktionen für das Verhalten nach der Landung gegeben. Grundsätzlich sollten stets zwei Mann in der Rakete bleiben, während die anderen, angetan mit den für diesen besonderen Zweck konstruierten Skaphanderanzügen, die Maschine durch eine Luftschleuse verlassen und auf Erkundung gehen sollten. Die Luftschleuse war erforderlich, da der Erdtrabant ja keine Atmosphäre hat. Die Rakete verlassen bedeutete also, in einen luftleeren Raum hinauszutreten. Wäre das aber durch eine einfache Tür hindurch geschehen, so wäre die unter irdischem Atmosphärendruck stehende Luft der Rakete im Augenblick ins Freie verpufft, was natürlich Tod und Untergang für die Insassen bedeutet hätte. Auch die Skaphanderanzüge waren auf diese Verhältnisse eingerichtet. Zwar glichen sie äußerlich durchaus Taucheranzügen, aber ihr Stoff war darauf berechnet, einen inneren Überdruck auszuhalten, so daß die Raumschiffer auch außerhalb der Rakete die gleichen Druckverhältnisse und Atmungsbedingungen haben mußten wie auf der Erde. Dr. Lee hatte also durchaus zweckmäßig für alles vorgesorgt.

Verfehlt aber war es, daß er die Landung nicht an einem der Mondpole, sondern in der Nähe des Äquators vollzog, wo die Grenze zwischen Licht und Schatten, zwischen Hitze und Kälte sehr schnell wandert. Er landete im Schattengebiet noch etwa zwei Kilometer von der Lichtgrenze entfernt und entschloß sich, sofort in Begleitung von Perkins auf Erkundung auszugehen, während Johnson und Brown in der Maschine zurückblieben.

Es herrschte noch volle Dunkelheit, als Lee und Perkins die Rakete verließen, so daß sie eine mitgenommene Starklichtlampe in Betrieb setzen mußten, um ihren Weg zu finden.

In dem grellen Sonnenlicht konnten die beiden in der Maschine Zurückgebliebenen auch ihre Gefährten wieder sehen, doch was sie erblicken mußten, ließ sie aufs tiefste erschrecken. Dr. Lee und Perkins waren über einen schroffen Abhang etwa hundert Meter tief abgestürzt und lagen regungslos auf dem zerklüfteten Gestein. Wie das Unglück geschehen konnte, wird sich wohl niemals aufklären lassen, doch die Vermutung liegt nahe, daß die geringe auf der Mondoberfläche herrschende Schwerkraft die Ursache gewesen ist. Merkten doch auch Johnson und Brown in der Rakete, wie unsicher ihre Bewegungen durch die nur den sechsten Teil der Erdschwere betragende Mondschwere geworden waren.

Daß den Verunglückten Hilfe gebracht werden mußte, war klar, und daß sie allerschnellstens kommen mußte, stand gleichfalls außer Zweifel, denn schon begann sich die Temperaturerhöhung infolge der Sonnenstrahlung auch in der Rakete stark fühlbar zu machen.

Nur einer durfte die Rakete verlassen. Wer sollte gehen, Johnson oder Brown? Da sie sich nicht einigen konnten, ließen sie das Los entscheiden. Johnson zog den längeren Papierstreifen. Eilig legte er sich den schützenden Skaphander an und schleuste sich ins Freie. Doch wertvolle Minuten waren über all den Vorbereitungen verstrichen. Fast schon unerträglich war die Hitze in der Rakete geworden, als Johnson sie verließ.

Gespannt verfolgte Brown den Weg des anderen. Trotz der ernsten Lage mußte er fast lächeln, als er dessen groteske Bewegungen erblickte. Er sah ihn mannshohe Sprünge machen, sah ihn in schnellem Lauf über breite Schluchten dahinsetzen, denn Johnson stürmte mit voller Muskelkraft auf die Unfallstelle zu und achtete in seiner Aufregung nicht darauf, daß sein Körper hier nur den sechsten Teil seines irdischen Gewichtes hatte, daß jede seiner Muskelanspannungen hier sechsmal so stark wie auf der Erde wirken mußten. Brown sah ihn laufen, erblickte ihn bereits in nächster Nähe der beiden Verunglückten, während ihm selbst der Schweiß aus allen Poren brach, denn zu tropischer Glut war inzwischen die Temperatur in der Rakete angestiegen. Ein Blick auf das Thermometer zeigte ihm, daß sie fünfzig Grad Celsius bereits überschritten hatte und die Quecksilbersäule ständig weiter nach oben auf die Sechzig zustrebte. Und dann sah er etwas, was ihm den Herzschlag stoppen ließ. Dicht neben Lee und Perkins schwankte Johnson einige Sekunden wie ein Betrunkener hin und her, stürzte zu Boden und blieb bewegungslos neben den Körpern der beiden anderen liegen.

Was war geschehen? War Johnson der brennenden Hitze erlegen, die draußen noch viel stärker sein mußte als hier in der Rakete? Brown blieb keine lange Zeit, darüber Überlegungen anzustellen. Die Umgebung begann vor seinen Augen zu verschwimmen. Schwäche überkam ihn. Nur noch einen Gedanken vermochte er zu fassen: Raus aus der Höllenglut! Mit Aufbietung seiner letzten Kräfte gelang es ihm, die Rakete wieder in Bewegung zu setzen und nach dem Schattengebiet hin zu steuern. An die zwanzig Kilometer stieß die Maschine in die Dunkelheit vor; dann erst verspürte Joe Brown ein Nachlassen der Hitze.

Er hatte keinen trockenen Faden mehr am Leibe, als er die Rakete wieder vorsichtig auf den Boden aufsetzte. Das Trinkwasser im Tank war lauwarm geworden, aber er schluckte eine Menge davon, um den brennenden Durst zu stillen, und fühlte danach, wie seine Kräfte langsam zurückkehrten. Schon war er wieder fähig, richtig zu denken, doch das Ergebnis seiner Überlegungen war wenig erfreulich. Die drei anderen waren tot, das stand für ihn außer Zweifel. Was sollte er jetzt tun? Sofort starten und allein zur Erde zurückkehren? Es war vielleicht das vernünftigste, doch er stand davon ab, als er sich vorstellte, wie man ihn dann empfangen würde. Es würde Vorwürfe regnen. Einen Fahnenflüchtigen würde man ihn nennen; würde ihn tadeln, weil er nicht alles für die Rettung seiner Kameraden getan, weil er nicht wenigstens ihre Leichen mit zurückgebracht habe.

Die Toten bergen! Wie ließ sich das ausführen? Noch einmal in das beleuchtete Gebiet vorzustoßen, wäre heller Wahnsinn gewesen; gleichbedeutend mit dem sofortigen eigenen Untergang. Nur eine Möglichkeit sah er nach langem Überlegen. Nach achtundzwanzig Tagen würden die Licht- und Schattenverhältnisse an der Unfallstelle wieder die gleichen sein wie zur Zeit des Unglücks. Als er zu dieser Erkenntnis gelangte, rückte die Lichtgrenze schon wieder heran und zwang ihn, zum zweiten Male aufzusteigen und sich weiter in das Schattengebiet zurückzuziehen.

Die toten Gefährten bergen! Ihre Körper mit sich nehmen! Wie mit eisernen Krallen hatte ihn der Gedanke gepackt. Aber achtundzwanzig Tage hier allein auf der Mondoberfläche in ständiger Flucht vor der unaufhaltsam nachrückenden Sonnenglut bleiben? Würde die Triebkraft der Rakete eine so lange Zeit wirksam bleiben? War es nicht möglich, die Frist zu verkürzen? Ja, es gab eine Möglichkeit! Joe Brown erkannte sie. Wenn er durch das Schattengebiet bis zu dessen anderem Rande vorstieß, würde er ebenfalls an einer Lichtschattengrenze die Unfallstelle schon in vierzehn Tagen erreichen können. Er entschloß sich, danach zu handeln. In einem kühnen Flug überquerte er die unbeleuchtete Mondseite und landete an ihrer Grenze.

Die Lage hatte sich dadurch gewandelt, aber viel gebessert hatte sie sich nicht. Mußte er vorher vor dem heranziehenden Licht und der Glut fliehen, so galt es nun ständig auf der Hut vor der ihm nachziehenden Dunkelheit und dem todbringenden Frost zu sein. Noch jetzt ließ die Erinnerung an die Tage, die er damals durchlebte, ihn erschauern. Er konnte die Tränen nicht zurückhalten, als Kapitän Guerresi diesen Teil der Geschichte aus ihm herausholte. Kurze Stunden unruhigen Schlafes, in denen wilde Träume ihn quälten. Ein Erwachen unter der Wirkung der einbrechenden Kälte; neue Flucht bis zur Lichtgrenze hin; immer wieder das gleiche Erleben in endloser Folge, während die Tage sich zu Wochen reihten. Nur der unbeugsame Wille, die toten Gefährten zu erreichen, ließ den einsamen Weltraumschiffer diese Leidenszeit überstehen.

Schon glaubte er seinem Ziel nahe zu sein, rechnete sich aus, daß die vor ihm hineilende Lichtgrenze in etwa fünf Stunden die Unfallstelle erreichen würde, begann sich auch darüber klarzuwerden, wie unendlich schwierig es sein würde, den Platz wirklich wiederzufinden, als ein neuer Zwischenfall alle seine Pläne über den Haufen warf. Zusehends ließ die Triebkraft der Rakete nach. Viel zu schnell erschöpfte sich der radioaktive Stoff. Mit Schrecken nahm Brown es wahr. Grell sah er seinen eigenen Untergang vor Augen, wenn er sich nicht sofort zur Tat aufraffte.

Schwer fiel ihm der Entschluß, die Bergung seiner Kameraden aufzugeben, aber er mußte gefaßt und sofort ausgeführt werden, wenn es ihm noch gelingen sollte, aus der Anziehungskraft des Mondes herauszukommen und mit der schon stark verringerten Triebkraft seiner Maschine ohne tödlichen Absturz die Erde wieder zu erreichen. Verhältnismäßig leicht gelang es ihm noch, zu starten und den neutralen Punkt zwischen Mond und Erde zu erreichen, an dem die Anziehungskräfte der beiden Gestirne sich das Gleichgewicht halten. Mit äußerster Vorsicht steuerte er die Rakete, hütete sich sorgsam davor, sie größere Geschwindigkeiten annehmen zu lassen, und überschritt den neutralen Punkt in einem Schneckentempo.

Dann begann der Fall zur Erde. Die letzten Reste der von Stunde zu Stunde, von Tag zu Tag immer geringer werdenden Triebkraft verwandte er darauf, den Sturz zu bremsen, die Fluggeschwindigkeit so zu halten, daß seine Maschine beim Aufprall auf den Erdball nicht zerschmettert würde.

In sechs Tagen hatte Dr. Lee seine Rakete von der Erde zum Mond gesteuert; zwei volle Wochen nahm der Rückflug zur Erde in Anspruch. Schon wagte Brown zu hoffen. Schon war die irdische Atmosphäre wieder erreicht. Schon begann der bisher tiefschwarze Himmel violett zu schimmern, schon ging seine Färbung in ein mattes Blau über, als die Treibkraft der Rakete vollends erlosch.

Aus einer Höhe von zehn Kilometern stürzte die Maschine in freiem Fall auf die Erde zu. Joe Brown merkte es sofort daran, daß sein Körper alles Gewicht verlor. Eine leichte Fußbewegung genügte jetzt, um ihn vom Boden der Rakete abzustoßen; frei blieb er im Raume schweben und mußte sich lange mühen, bis es ihm gelang, wieder festen Fuß zu fassen.

Ein Sturz aus Himalaja-Höhe! Er war sich klar darüber, daß das sein Ende bedeutete. Mit Planetengeschwindigkeit würde die Rakete auf dem Erdboden aufprallen, in Atome würde sie im Bruchteil einer Sekunde zerschmettert werden. In sein Schicksal ergeben, ließ Brown sich nieder und schloß die Augen. Nur noch um Minuten konnte es sich handeln, und das Ende mußte kommen. Ein Gefühl steigender Wärme ließ ihn noch einmal aufblicken. Taumelnd richtete er sich empor, kehrte sich zu der Wand hin, berührte sie und zog seine

Hand mit einem Aufschrei zurück. Er hatte sich verbrannt; die Wand war glühend heiß. Die dichte Atmosphäre, welche die Rakete jetzt durcheilte, bremste den Sturz durch Reibung; Reibung, die Wärme geben mußte; Reibung, die Meteore bis zur hellen Weißglut erhitzte. Sollte es hier ähnlich gehen? Sollte er den Tod nicht durch den Aufprall erleiden, sondern vorher verbrennen? Immer stärker, immer unerträglicher wurde die Wärme im Innern der Rakete. Brown griff nach einem Schraubenschlüssel und holte zum Schlage aus, um eins der Fenster zu zertrümmern. Vergaß in seiner Erregung, daß es ihm kaum gelingen würde, das mehrere Zoll starke, splitterfeste Glas zu zerbrechen ... und sah im gleichen Augenblick unter sich, weit ausgespannt, die azurfarbene Fläche der See.

Einen Moment nur vermochte er sie zu erkennen. Dann warf die Armbewegung die er machte, um die Glasscheibe zu zerschlagen, seinen gewichtslosen Körper rückwärts nieder. Lang ausgestreckt blieb er am Boden liegen, während neue Hoffnung ihn durchströmte. Das Meer, das rettende Meer! Seine Fluten konnten den Sturz vielleicht mildern; den Aufprall, der auf festem Land das sichere Ende gebracht hätte, abgefangen.

Noch während Brown es dachte, empfand er einen schweren Stoß, spürte einen kurzen, schneidenden Schmerz, dann schwanden ihm die Sinne. Er sah nicht mehr, wie erst ein grünliches Licht das Innere der Rakete erfüllte und wie es dann völlig finster in ihr wurde. Er hörte nicht, wie die starken Metallwände der Maschine unter dem äußeren Wasserdruck ächzten und knisterten. Er merkte nichts davon, daß es wieder hell um ihn wurde.

Erst in der Kabine Guerresis kam ihm das Bewußtsein langsam zurück, und hier erholte er sich so weit, daß er dem Kapitän zu berichten vermochte, was er in vier aufeinanderfolgenden Wochen erlebt und erlitten hatte.

Und dann begann die Funkanlage der ›Felicità‹ zu ar-

243

beiten. Aus ihrer Antenne flog die Nachricht vom Schicksal dieser Expedition und der wunderbaren Rettung des einzigen Überlebenden in den Äther hinaus und wurde von vielen Landstationen aufgefangen.

Eine eigenartige Aufnahme fand die Nachricht in England. Obwohl es doch eine Trauerkunde war, las das britische Volk aus dem Bericht Browns, den alle Zeitungen wortgetreu veröffentlichten, einen Erfolg heraus. Gewiß, Dr. Lee hatte sein kühnes Unternehmen mit dem Leben bezahlt und zwei Gefährten mit ins Verderben gerissen; aber er war nicht gestorben, ohne vorher sein Ziel erreicht zu haben. Als erste hatten diese Forscher den Boden eines anderen Gestirns betreten. Ikaridenlos hatte sie getroffen, doch für immer würden ihre Namen in der Geschichte der Weltraumschiffahrt fortleben. Unsterblichen Ruhm hatten sie nicht nur für sich selbst, sondern auch für die ganze Menschheit gewonnen. So feierte man die drei Toten als Helden und bereitete für den einzigen Überlebenden große Ehrungen vor.

Anders wurde die Nachricht in Gorla aufgenommen ... Auch hier studierte man den Bericht Browns sorgfältig, aber man las ihn mit kritischen Augen und suchte die Ursachen zu ermitteln, die zur Katastrophe geführt hatten. In einer Besprechung, die darüber bei Lüdinghausen stattfand, legte Dr. Hegemüller seine Auffassung klipp und klar dar.

»Eine Landung auf dem Mond«, so führte er dabei aus, »wird stets ein Spiel mit dem Tode sein, wenn es nicht gelingt, sichere Schutzmittel gegen die extremen Temperaturunterschiede zu entwickeln. Das hat Doktor Lee versäumt, und darum mußte er schon kurz nach dem Verlassen seiner Rakete zugrunde gehen.«

»Wie denken Sie sich diese Schutzmittel?« wünschte Lüdinghausen zu wissen.

»Ich habe überhaupt noch nicht darüber nachgedacht,

Herr Professor«, meinte Hegemüller darauf, »denn ich halte eine Landung auf unserem Trabanten für zwecklos und überflüssig. Wir wissen seit langem, daß auf diesem toten Gestirn nichts zu holen ist. Später einmal, wenn wir die Technik der Raumfahrt weiterentwickelt haben, wird man daran denken können, auf unseren beiden Nachbarplaneten zu landen ...«

»Stopp, Hegemüller! Ihre Phantasie geht mal wieder mit Ihnen durch«, unterbrach ihn Chefingenieur Grabbe.

»Ich sagte ›später‹, Herr Grabbe«, verteidigte Hegemüller seinen Standpunkt. »Viel später; wer weiß, ob wir es noch erleben werden, denn dazu wird noch unendlich viel Entwicklungsarbeit zu leisten sein. Unternehmungen mit unzureichenden Mitteln, die zum Scheitern verurteilt sind, sollte man besser unterlassen, und ich kann dem toten Doktor Lee einen gewissen Vorwurf nicht ersparen.«

»Immerhin hat er sein Ziel erreicht«, warf Lüdinghausen ein.

»Er kannte die Energiespeicherung noch nicht oder hat jedenfalls keinen Gebrauch davon gemacht«, fuhr Hegemüller in seiner Auseinandersetzung fort. »Um ein Haar wäre deshalb auch der vierte Mann noch zugrunde gegangen. Nur der Glücksumstand, daß die Rakete in die tiefe See abstürzte, hat ihn vor dem Schicksal der anderen bewahrt. Die Treibkraft der Strahlung ist während einer Raumfahrt unser wertvollstes Gut. Wir sind verloren, wenn sie vorzeitig zu Ende geht. Daran müssen wir immer denken. Bei jeder neuen Maschine, die wir bauen, müssen wir den Vorrat an treibender Energie vergrößern und die Speicherung noch weiter verbessern. Höchste Sicherheit für das Raumschiff und seine Insassen muß unser Ziel sein.«

Weiter ging die Debatte, in deren Verlauf Grabbe und Hegemüller ihre Ideen über eine zuverlässige Navigation im Weltraum entwickelten.

»Nun, das liegt alles noch in weiter Ferne«, bemerkte Lüdinghausen. »Vorläufig wollen wir einmal abwarten, was unsere amerikanischen Freunde mit ihrer neuen Rakete erreichen werden. Ich hörte heute früh, daß der Start schon übermorgen stattfinden soll.«

Dr. Hegemüller machte eine wegwerfende Bewegung. »Es wird dabei kaum etwas Aufregendes geben. O'Neils beabsichtigt, den Erdball auf dem 38. Breitengrad, auf dem Washington liegt, zu umfliegen. Das ist eine Strecke von rund dreißigtausend Kilometer. Wir haben bei unserer Mondumschiffung mehr als das Zwanzigfache zurückgelegt. Aber das ist noch winzig, wenn man einen Verkehr zu den nächsten Planeten ins Auge faßt. Hundert Millionen Kilometer sind es bis zum Mars, siebzig Millionen Kilometer bis zur Venus. Das ist ein Vielhundertfaches der Entfernung zum Mond. Diese Riesenentfernungen zu beherrschen, muß unser künftiges Ziel sein.«

»Keine Zukunftsmusik, Herr Doktor«, wehrte Lüdinghausen den Übereifer Hegemüllers ab, »unsere nächste Aufgabe ist es, die Strahlrakete zu einem unbedingt zuverlässigen irdischen Verkehrsmittel zu entwickeln und dabei aus den Fehlern anderer möglichst viel zu lernen. Aus diesem Grunde war mir die Verzögerung beim Bau unserer neuen Verkehrsmaschine nicht einmal unwillkommen. Wir werden auf diese Weise auch noch die Erfahrungen, die O'Neils bei seinem Flug sammelt, für uns nutzbar machen können.«

»Was haben Sie noch auf dem Herzen, Hegemüller?« fragte Chefingenieur Grabbe, als Dr. Hegemüller etwas Unverständliches vor sich hin brummte.

»Es wäre mir lieber, Herr Grabbe«, meinte der darauf, »wenn unsere Verkehrsmaschine schon zum Start bereitstände. Wir könnten dann dem Professor O'Neils zu Hilfe kommen, falls ihm bei seinem Flug etwas zustoßen sollte.«

»Malen Sie den Teufel nicht an die Wand, Herr Hegemüller«, beendete Lüdinghausen die Diskussion. »Ich bitte die Herren, in dem besprochenen Sinne weiterzuarbeiten.«

Während Grabbe und Hegemüller über den Werkhof zu ihren Büros zurückkehrten, griff der letztere das eben behandelte Thema noch einmal auf.

»Gott sei Dank sind wir mit unserem Bau doch schon ein Stück weiter, als Herr Professor Lüdinghausen denkt. Im Notfall könnten wir in den nächsten Tagen aufsteigen.«

Chefingenieur Grabbe schüttelte den Kopf. »Sie werden mir immer mehr ein Rätsel, Herr Hegemüller. Einerseits tragen Sie sich mit Plänen, die man wahrhaft himmelstürmend nennen muß; andererseits befürchten Sie, daß O'Neils bei seinem Flug etwas zustoßen könnte. Daraus mag ein anderer klug werden.«

Hegemüller zuckte die Achseln. »Man hat manchmal Ahnungen, Herr Grabbe«, meinte er nach einer längeren Pause. »Ich werde ein eigenartiges Gefühl nicht los.«

»Behalten Sie Ihre Ahnungen und Befürchtungen lieber für sich, Herr Hegemüller«, sagte Chefingenieur Grabbe, während er die Tür zu seinem Arbeitszimmer öffnete.

Der große Tag, auf den die gesamte Presse bereits seit vielen Wochen hingewiesen hatte, war gekommen. Die Verkehrsrakete lag startbereit auf der Rasenfläche zwischen dem Carnegie-Building und der Douglas Memorial Hall. Unterstützt von Watson, empfing Professor O'Neils die geladenen Gäste und führte sie durch die neuen Räumlichkeiten der Maschine. Herzlich begrüßte er seine Fachgenossen von den anderen Universitäten, während Watson sich besonders den Vertretern der Presse widmete.

Während er ihnen ihre Plätze auf bequemen Sesseln neben großen Fenstern anwies, während auf Tischen aus blinkendem Leichtmetall Erfrischungen aller Art vor die geladenen Gäste hingestellt wurden, kam Watson unwillkürlich die Erinnerung an seinen ersten heimlichen Flug mit der Rakete, die Dr. Hegemüller aus einer Versuchskammer improvisiert hatte. Welch gewaltige Entwicklungsarbeit war hier geleistet worden! Konnte man jene erste Maschine etwa mit einem unsicheren Nachen vergleichen, so entsprach diese große Verkehrsrakete hier zum mindesten einer mit allen Bequemlichkeiten ausgestatteten tüchtigen Jacht. Wie in dem Gesellschaftsraum eines Ozeandampfers konnten die Passagiere sich hier fühlen. Ein schwellender Teppich dämpfte die Schritte beim Umhergehen in der Kabine oder beim Platzwechsel. Schwere Likrustatapeten bekleideten die Wände; geschmackvolle Beleuchtungskörper waren vorhanden, um den behaglichen Raum im Bedarfsfalle mit einer Lichtflut zu erfüllen. Nichts erinnerte daran, daß man sich hier in einer Verkehrsmaschine befand; denn der Kommandoraum mit seinen mannigfachen Steuerorganen und vielen Dutzenden von Meßinstrumenten war von den Passagieren völlig getrennt.

Schon eilten die Füllfederhalter der Presseleute über das Papier, schon klapperte hier und dort eine Schreibmaschine, um die ersten Eindrücke festzuhalten und möglichst noch vor dem Start, der auf die zehnte Morgenstunde festgesetzt war, einen Stimmungsbericht fertigzustellen.

Stoff dafür gab ihnen auch die kurze Ansprache, zu der sich O'Neils um dreiviertel zehn erhob.

»Meine Herren«, begann er, »Sie kennen alle das bedauerliche Geschick, von dem die Expedition des Doktor Lee betroffen wurde. Bei dem Flug, den wir jetzt machen wollen, ist etwas Derartiges nicht zu befürchten, denn unsere Maschine ist nicht für die Raumschiffahrt bestimmt. Sie soll lediglich dem Verkehr auf unserem alten Erdball dienen und wird aus den Ihnen bereits bekannten Gründen nur bis zu einer Höhe von hundert Kilometer aufsteigen.

Sie werden sich also während des Fluges immer noch im Schutz der irdischen Atmosphäre befinden. Der Zweck unserer Fahrt soll es sein, Ihnen die ungeheure Überlegenheit der Strahlrakete als Verkehrsmittel gegenüber den besten und schnellsten Stratosphärenflugzeugen zu demonstrieren. Ich beabsichtige, dem 38. Breitengrad, auf dem wir uns hier befinden, in westlicher Richtung zu folgen ...« Auf einen Wink O'Neils' kam Watson herbei und verteilte Landkarten mit der eingezeichneten Flugstrecke an die Gäste, und nun gab es eine allgemeine Überraschung. Zu einem Probeflug mit einer neuen Verkehrsrakete hatte O'Neils sie geladen, aber bisher kein Wort über das Ziel und die Länge des Weges verlauten lassen. Bisher wußten seine Freunde in Gorla und Tokio nur, was er eigentlich plante. Jetzt erst erfuhren es auch seine Gäste aus den Karten in ihren Händen, und mehr oder weniger machte ihr großes Erstaunen sich Luft.

Einen kurzen Flug etwa nach New York und die Küste hinauf und wieder zurück hatten die meisten erwartet und sahen nun, daß es sich um eine Umfliegung des ganzen Erdballes handelte. Von mehr als einer Seite wurden Zweifel an der Ausführbarkeit geäußert. Andere wollten wissen, wann man wieder zurück sein würde. Eine kurze Weile ließ O'Neils sie reden, dann ergriff er wieder das Wort. »Wir werden um zehn Uhr starten und nach vier Stunden und zehn Minuten wieder zurück sein. Sie werden mit Ihren Berichten noch bequem zurechtkommen, meine Herren.«

Seine Worte erregten erneut Verwunderung, und einige seiner Zuhörer begannen zu rechnen. Sie warfen Zahlen auf das Papier, multiplizierten und stutzten, während sie das Endergebnis niederschrieben. Mit 120 Kilometer in der Minute, mit zweifacher Granatengeschwindigkeit mußte diese Zauberrakete dahinstürmen, wenn sie den Flug wirklich in der von O'Neils angegebenen Zeit vollenden sollte. Bedenklich wurde manche Miene, während Blätter mit solchen Berechnungen von Hand zu Hand gingen. Schon erwog es der eine oder der andere bei sich, ob es nicht angebracht sei, auszusteigen, bevor es zu spät wäre, als Henry Watson die Raketentür zuschlug und die Schrauben anzuziehen begann, die ihren luftdichten Verschluß gewährleisteten.

Währenddessen ging O'Neils von Platz zu Platz und gab die letzten Anweisungen. Die weich gepolsterten und mit hohen Rücken- und Armlehnen versehenen Sessel waren auf dem Fußboden drehbar befestigt. Sie wurden jetzt sämtlich so geschwenkt, daß die Passagiere nach vorn in die Flugrichtung blickten. Außerdem waren die Sessel mit elastischen Riemen ausgestattet, und O'Neils sorgte dafür, daß sich jeder so fest anschnallte, daß er durch den Beschleunigungsdruck nicht von seinem Sitz geschleudert werden konnte. Dann noch ein letztes Winken mit der Hand, und er trat, gefolgt von Watson, in den Kommandostand. Als die Tür ins Schloß fiel, zeigte die Uhr eine Minute vor zehn.

Ein leises Schüttern ging durch das Raketenschiff. Leicht hob es sich vom Boden ab, stieg etwa hundert Meter senkrecht empor und schoß dann plötzlich in jäher Fahrt schräg nach oben gerichtet vorwärts. Im gleichen Augenblick fühlten die Insassen des Passagierraumes, wie ihre Körper mit vollem Gewicht nach rückwärts in die Polster gedrückt wurden. Sie hatten ein Gefühl, als säßen sie nicht mehr aufrecht, sondern schräg hingestreckt, und empfanden, wie nützlich die Halteriemen waren.

Erst nach vielen Sekunden versuchte der eine oder andere den Kopf zu wenden und einen Blick nach dem Fenster zu tun. Tief unter ihnen flogen Städte und Dörfer dahin. Immer kleiner wurden die Ortschaften, kaum noch konnte man die Straßen und Eisenbahnlinien erkennen. Sie stiegen ständig … Felder und Wälder verschmolzen zu einem schmutzigen Graugrün. Nun lag ein dunkler, fast schwarzer Flecken genau unter ihnen.

»Indianapolis«, sagte einer, der die Landkarte mit der eingezeichneten Flugstrecke in der Hand hielt. Andere sahen gleichfalls betroffen auf die Karte und schüttelten den Kopf.

»Dabei fliegen wir kaum einige Minuten«, sagt einer der Journalisten.

Immer höher stieg die Rakete. Dunkler hatte sich der Himmel inzwischen gefärbt. In einer Höhe von 30 Kilometern stürmte die Rakete jetzt nach Westen. Ein Flußlauf blinkte herauf, schmal nur wie eine Messerschneide. »Das ist der Missouri«, sagte einer leise. »Dort hinten im Dunst liegt Omaha.«

Wieder tauchte nach wenigen Minuten, kaum noch wahrnehmbar, ein großer dunkler Fleck in dem Graugrün auf.

»Denver«, sagte einer kopfschüttelnd. Eine Seenfläche schillerte schwach herauf.

»Der Salzsee«, riefen mehrere zugleich. Fassungslos starrte alles durch die Fenster.

Und dann, wenige Minuten später, blinkte eine riesige spiegelnde silberne Fläche herauf.

»Der Stille Ozean«, sagte einer der Professoren. Sein Nachbar hob seine linke Hand, um auf seine Armbanduhr zu sehen. »Verlassen Sie sich nicht auf Ihre Uhr, unter dem Einfluß des beschleunigten Druckes muß sie stark nachgehen.«

»Die elektrische Wanduhr da vor Ihnen geht richtig. Ich habe nach dieser Uhr festgestellt, daß wir von Washington aus den Kontinent in 25 Minuten und 10 Sekunden überflogen haben.«

»Das heißt«, mischte sich ein Dritter ins Gespräch, »daß wir in diesen 25 Minuten über dreitausenddreihundert Kilometer geflogen sind. Das ist über alle Begriffe schnell. Unser Kollege O'Neils hat recht. Die Strahlrakete übertrifft die Leistungen der Stratosphärenschiffe himmelweit. Die Beweisführung für seine Behauptung ist ihm jetzt schon gelungen.«

Während man noch weitersprach, verfolgte Professor Schweitzer, einer der bisher schweigsamsten Wissenschaftler, gespannt den Sekundenzeiger der Wanduhr.

»Achtung! Jetzt!« rief er. Im gleichen Augenblick ließ die drückende Beschwerung nach, welche die Insassen der Rakete bisher in ihre Sessel gepreßt hatte. Fast gleichzeitig kam auch Professor O'Neils aus dem Kommandostand in den Passagierraum.

»Sie können die Riemen lösen und sich frei bewegen«, rief er seinen Gästen zu. »Wir haben die vorgeschriebene Sekundengeschwindigkeit erreicht und brauchen für die nächste Zeit keine Beschleunigung mehr.«

Zunächst noch zögernd folgten die Gäste O'Neils' seiner Aufforderung und schnallten die Riemen, mit denen sie an ihre Plätze gefesselt waren, auf. Immer noch vorsichtig erhob sich hier und dort einer aus dem Sessel und mußte eine wunderliche Erfahrung machen. O'Neils hatte mit seiner Behauptung recht; man konnte sich frei bewegen doch fast ein wenig zu frei. Bei der Geschwindigkeit, mit welcher die Rakete jetzt den Erdball umfuhr, wirkte sich die Fliehkraft in einer starken Verringerung des Körpergewichtes aus. Wer sich allzu lebhaft aus seinem Sessel erhob, sprang dabei ungewollt einen Meter in die Höhe und fiel nur sehr langsam auf seine Füße zurück; doch schnell gewöhnten sich die Fluggäste an das Neue. Rede und Gegenrede flogen hin und her. Man sprach den Erfrischungen zu, schilderte sich dabei gegenseitig, was man während der Beschleunigungsperiode empfunden hatte, und harrte gespannt der Dinge, die noch kommen sollten.

»Per bacco! Wo bleibt die Sonne?« rief der Korrespondent des ›Corriere de la sera‹, Signor Alfieri, der die Frage an Pascoli, den Vertreter des ›Popolo Romano‹, stellte.

Ja, wo war die Sonne geblieben? Als die Rakete vor nicht einer halben Stunde in Washington startete, stand das Tagesgestirn im Südosten ziemlich hoch am Himmel. Unverkennbar — das stellten an den Fenstern jetzt viele fest — war die Sonne in der kurzen Zeit zurückgewandert und tief gesunken. Schon strahlte sie nicht mehr weiß sondern kupferrot, schon berührte ihre Scheibe weit hinten im Osten die Kimme, wo Himmel und See sich zu treffen schienen.

Watson, der sich im Kommandostand aufhielt, bekam jetzt auch als Funker zu tun. Von allen Seiten wurden ihm Blätter gebracht, auf denen die Pressevertreter die Eindrücke dieser Minuten schilderten. Berichte, in denen die Schlagzeile ›Fünfmal schneller als die Sonne!‹ öfter als einmal wiederkehrte. Sie verlangten dringend, daß es schon von hier aus gefunkt würde, und wohl oder übel mußte Watson sich ihren Wünschen fügen. Er konnte es tun, da die Steuerung der Rakete zur Zeit kaum eine besondere Bedienung erforderte. Ihre Triebkraft war so eingestellt, daß sie den Geschwindigkeitsverlust, den die Maschine sonst durch die Reibung erlitten hätte, gerade ausglich.

Diese unvermeidliche Reibung hatte O'Neils bei der Planung seines Fluges manche sorgenvolle Stunde bereitet. Er wußte, daß die aus dem Weltraum auf die Erde stürzenden Meteore infolge der Reibung aufglühen und als Sternschnuppen sichtbar werden, obwohl die Atmosphäre dort sehr stark verdünnt ist. Aber es war ihm auch bekannt, daß diese Himmelsvagabunden mit zwanzig und mehr Kilometern in der Sekunde in die Lufthülle der Erde einschlagen, und so hatte er sich für seinen Flug nach langem Überlegen und Rechnen zu einer Geschwindigkeit von zwei Sekundenkilometern entschlossen. Zwar machte sich auch bei dieser Geschwindigkeit die Luftreibung bemerkbar, doch sie hielt sich in erträglichen Grenzen. Die Metallwand der Rakete wurde durch sie gerade so stark erwärmt, daß in ihrem Innern eine angenehme Zimmertemperatur vorhanden war, während draußen Weltraumkälte herrschte.

Henry Watson war also fleißig beim Funken. Die Verbindung mit der Kurzwellenstation in Washington war überraschend schnell hergestellt, und unablässig ließ er die Morsetaste klappern, während die Presseleute ihm immer neue Manuskripte brachten. Sie hätten das vielleicht nicht getan, wenn sie gewußt hätten, daß ihre Berichte nicht nur von der amerikanischen Station, sondern auch von vielen anderen Stellen empfangen und als Sensationsmeldungen ersten Ranges sofort in den verschiedenen Landessprachen weitergegeben wurden. So konnten einige europäische Zeitungen der verschiedenen Ortszeit wegen schon früher als die amerikanischen Blätter Berichte über den Flug O'Neils veröffentlichen.

Wieder war eine Viertelstunde verstrichen. Tiefe Nacht war es inzwischen geworden, nur die Mondsichel stand zwischen hell strahlenden Sternen am Himmel.

»Auf der Erde unter uns ist es eben ein Uhr nachts«, sagte Schweitzer zu seinem Nachbarn, Dr. Oriola.

»Donnerstag ein Uhr früh«, erwiderte dieser nach kurzem Überlegen.

»Selbstverständlich, Donnerstag! Am Donnerstag früh um zehn Uhr sind wir ja in Washington gestartet«, meinte Professor Schweitzer. »Aber es wird nicht ewig Donnerstag bleiben.«

»Das natürlich nicht, Herr Kollege. Auf den Donnerstag pflegt der Freitag zu folgen.« Ein Lächeln ging über die Züge des Dr. Oriolas, während er es sagte.

»Nicht immer«, führte Mr. Schweitzer die Diskussion weiter. »In unserem besonderen Fall wird erst noch einmal der Mittwoch kommen. Jetzt zum Beispiel«, fuhr er nach einem Blick auf die Wanduhr fort, »jetzt dürfte die Ortszeit unter uns etwa vierundzwanzig Uhr sein. Jetzt stoßen wir aus dem Donnerstag wieder in den Mittwoch zurück, weil unsere Rakete die bewegliche Datumsgrenze in der Richtung von Osten nach Westen überschritten hat.«

Für eine kurze Zeit schienen die Ausführungen Schweitzers Professor Oriola zu verwirren, doch schnell faßte er sich wieder.

»Selbstverständlich, das hatte ich übersehen. Natürlich mußten wir bei unserer Jagd um den Erdball noch einmal in den Mittwoch eintauchen, aber wir werden nicht lange darin bleiben. Auf dem 180. Längengrad überschreiten wir ja die feste Datumsgrenze und haben den Donnerstag wieder eingeholt.«

Im Innern der Rakete waren sämtliche Beleuchtungskörper eingeschaltet, ein zerstreutes angenehmes Licht erfüllte den Raum, doch trotzdem überkam eine schläfrige Abendstimmung die Gäste O'Neils'. Sie ließen Federhalter und Schreibmaschine ruhen, machten es sich in ihren Sesseln bequem und dämmerten behaglich vor sich hin. Die Gespräche waren verstummt, Stille herrschte im Raum, so daß überall die Worte gehört wurden, die Professor Schweitzer an seinen Nachbarn richtete.

»Jetzt müßten wir ungefähr dicht bei der Datumsgrenze sein. Wenn nicht die endlose Flut des Ozeans, sondern bewohntes Land unter uns läge, müßten die Uhren dort ungefähr die zweiundzwanzigste Stunde zeigen. Eben noch die zweiundzwanzigste Stunde des Mittwochs, und jetzt ... wir haben die Grenze überflogen ... dieselbe Stunde des Donnerstags.«

»Stimmt, Mr. Schweitzer. Unser Ausflug in den Mittwoch hat kaum mehr als eine Viertelstunde gedauert. Jetzt rollen wir den Donnerstag von seinem Ende nach seinem Anfang hin auf. Ich denke, über den japanischen Inseln werden wir schon wieder in die Abenddämmerung stoßen und über die Küste von Korea etwa die Sonne wieder aufgehen sehen.«

»Die Sonne wieder aufgehen sehen?« wiederholte der

Korrespondent des ›Corriere de la sera‹, Guido Alfieri, ungläubig die letzten Worte.

»Sie haben richtig gehört, Mr. Alfieri«, wandte sich Dr. Oriola zu ihm hin. »Über dem Atlantik sahen wir auf unserem Flug nach Westen die Sonne hinter uns zurückbleiben und im Osten untergehen. Ober der Pazifikküste Asiens werden wir sie, von Osten herkommend, wieder einholen, müssen sie also im Westen aufgehen sehen.«

Minute um Minute verstrich, während O'Neils' Rakete ihren Weg fortsetzte.

»Jetzt müssen wir wohl schon die japanischen Inseln unter uns haben«, hatte Mr. Schweitzer eben zu seinem Kollegen gesagt, als vor ihnen im Westen der Horizont eine Aufhellung zeigte, die langsam rötliche Färbung annahm.

»Die Abenddämmerung! Wir haben sie erreicht«, rief Oriola. Er hatte den Satz kaum vollendet, als die Sonnenscheibe langsam über der Westkimme emporstieg, als ihre Strahlen durch die Fenster der Rakete in deren Inneres fielen. Schon wurden die Lampen ausgeschaltet; schon wich die nächtliche Stimmung, welche die Passagiere der Rakete während der kurzen Zeit der Dunkelheit befallen hatte, wieder von ihnen. Schon begann hier und dort wieder eine Schreibmaschine zu klappern, als ein jäher schriller Klang die Gäste O'Neils' zusammenfahren ließ. Im nächsten Augenblick wurde die Tür zum Kommandoraum aufgerissen, und Watson erschien in ihrem Rahmen. Mit lebhaften Gesten bedeutete er Professor O'Neils, zu ihm in den Kommandostand zu kommen. Mit schnellen Schritten war O'Neils bei ihm, zog ihn in den Kommandoraum hinein, schloß die Tür wieder zu.

»Was ist's, Watson? Was hat's gegeben? Was war das für ein Klang?«

»Ein Unglück, Herr Professor. Die Hauptsteuerwelle ist gebrochen.«

»Die Hauptsteuerwelle gebrochen? Wo ist sie gebrochen?«

»Im Lagergehäuse. Ich fürchte, die schroffe Temperaturdifferenz ist die Ursache gewesen. Drinnen zwanzig Grad Wärme, draußen hundertfünfzig Grad Kälte. Nur so kann ich's mir erklären. Der Werkstoff, aus dem wir sie schmieden ließen, war bester Edelstahl.«

O'Neils sprang zu dem Steuerstand und bewegte die Hauptkurbel. Viel leichter als früher ließ sie sich drehen. Ein Blick durch die Fenster zeigte O'Neils; daß die Treibflächen der Bewegung nicht folgten, sondern regungslos in ihrer Lage verharrten. Die Rakete war durch den Unfall steuerlos geworden. Einen Augenblick wollte O'Neils unter dieser Erkenntnis zusammenbrechen, dann raffte er sich auf.

»Funken Sie, Watson!« schrie er seinen Gehilfen an. »Versuchen Sie Verbindung zu bekommen ... mit Hidetawa in Tokio oder mit Gorla! Es sind die einzigen Stellen, die uns Hilfe bringen können.«

Während Watson am Kurzwellensender arbeitete, saß O'Neils in sich zusammengesunken in einem Sessel. Die Hände vor die Augen gepreßt, überdachte er noch einmal die Lage, in die sie durch den Wellenbruch geraten waren.

Es war nicht möglich, die Triebkraft der Rakete zu regeln. Unaufhaltsam würde sie mit der einmal erlangten Geschwindigkeit auf Westkurs weiter um die Erde stürmen, Tage, Wochen, bis die Strahlkraft ihrer Treibflächen sich erschöpfte ... oder bis ... die neue Möglichkeit, die jetzt von seinem geistigen Auge auftauchte, ließ O'Neils noch mehr erschrecken; die Treibflächen der Rakete waren nach dem Bruch der Welle ja nicht mehr in ihrer Steuerung fixiert. Ein äußerer Einfluß, verstärkte Luftreibung oder sonst etwas anderes konnte sie in eine andere Richtung rücken, und unabsehbar mußten dann die Folgen sein. Jeden Augenblick konnte diese Propagandafahrt, die er mit so stolzen

Hoffnungen angetreten hatte, mit einer jähen Katastrophe enden.

In der sechsten Abendstunde des Donnerstags verließen Hidetawa und Yatahira die neue Werkhalle, die während der letzten Monate in dem Park Hidetawas entstanden war. Sie hatten die neue große Verkehrsmaschine besichtigt, die bis zum letzten Hammerschlag fertig in der Halle stand.

»Wenn wir es wollten, Meister«, sagte Yatahira, »könnten wir gleichzeitig mit den Amerikanern aufsteigen und ein Wettrennen veranstalten.« Er sprach die Worte, während sie den Weg nach dem Landhaus nahmen.

»Nein, Yatahira«, lehnte Hidetawa den Vorschlag seines Gehilfen ab. »Professor O'Neils hat die Idee eines Raumfluges zuerst gehabt. Wir wollen ihm nicht dazwischenfahren. Kommen Sie mit in mein Arbeitszimmer. Wir wollen zusammen hören, was das Radio über seinen Flug meldet.«

Während Hidetawa sich auf einem Kissen niederließ, ging Yatahira zu dem Empfangsgerät und stellte es auf Kurzwelle Washington ein. Amerikanische Laute erfüllten den Raum. Ein Bericht über die letzten Minuten vor dem Start von O'Neils' Rakete wurde gegeben, während der Uhrzeiger in Hidetawas Zimmer der Sechs immer näher rückte.

Yatahira, der als Verbindungsmann längere Zeit in Washington war, beherrschte die englische Sprache genügend, um die Sendung zu verstehen. Aufmerksam hörte Hidetawa mit an, was sein Gehilfe ihm verdolmetschte. »Eine Minute vor zehn Uhr. Die Rakete ist geschlossen. Die Maschine steigt empor ... in hundert Meter Höhe schießt sie schräg aufwärts nach Westen davon. Wir wünschen Professor O'Neils mit seinen Gästen einen glücklichen Flug.« Danach wurde es still im Lautsprecher.

258

»Jetzt sind sie auf der Fahrt. Mögen sie ihren Flug glücklich beenden.«

Hidetawa sprach die Worte nachdenklich vor sich hin, während Yatahira sich weiter an dem Empfangsgerät zu schaffen machte. »Ich möchte versuchen, die Sendungen aus der Rakete selber aufzunehnen, Herr Hidetawa.«

»Es wird Ihnen kaum gelingen, Yatahira. In 2 bis 3 Stunden vielleicht wird es möglich sein, wenn das Strahlschiff O'Neils' über unserem Lande ist.«

Trotzdem versuchte Yatahira es weiter, und nach etwa einer Stunde gelang es ihm, Morsezeichen aufzufangen. Während er sie niederschrieb, gab er Hidetawa von dem Aufgenommenen Kenntnis.

»Die Rakete steht über dem Stillen Ozean ... fünfmal schneller als die Sonne, funkten die Berichterstatter, die O'Neils an Bord hat ... bis jetzt glatter Flug ... wunderbar, Meister, daß wir das so klar empfangen.«

Ununterbrochen kamen weitere Meldungen von der amerikanischen Rakete. Über das Wunder, rückwärts in die Zeit zu fahren, wieder in den schon vergangenen Tag zurückzukehren, funkten die Gäste O'Neils'.

Mit gleichmäßigem Nicken nahm Hidetawa auf, was ihm Yatahira übersetzte.

»Das hätten sie schon vorher wissen können ...«, murmelte er vor sich hin und versank wieder in Schweigen. Auch der Lautsprecher blieb still. Fast zwanzig Minuten verstrichen, ohne daß Morsezeichen in ihm aufklangen. Fragend wandte sich Yatahira an Hidetawa. »Keine Funksprüche mehr?«

Noch bevor Hidetawa etwas antworten konnte, kamen die Zeichen wieder. Zeichen, die Yatahira eilig niederschrieb und stückweise seinem alten Lehrer verdolmetschte.

Ein schriller Notruf war es. Die Kunde von einem schweren Maschinendefekt, von dem Bruch der Hauptsteuerwelle, durch den O'Neils' Strahlschiff die Ma-

259

növrierfähigkeit verloren hatte. Bewegung kam in die regungslose Gestalt Hidetawas. Jäh richtete er sich auf, horchte gespannt auf jedes weitere Wort Yatahiras, während seine Rechte nach dem Fernsprecher griff, durch den das Zimmer direkte Verbindung mit der Werkhalle hatte.

»Alles sofort zum Start fertigmachen«, hörte Yatahira ihn in das Mikrophon sagen, sprach dann selbst weiter: »Wir haben stärkere Zusatzbeschleunigung. Die Fliehkraft reißt uns nach oben. Wir steigen unaufhörlich ...« Dann wurde es still. Es kamen keine weiteren Nachrichten mehr von der Rakete.

»Kommen Sie!« Nur diese zwei Worte sagte Hidetawa, während er den Raum verließ und, fast schon laufend, der Werkhalle zueilte. Auf dem Fuße folgte ihm Yatahira.

Zusammen betraten sie die Halle. Der kurze Befehl, den Hidetawa vor wenigen Minuten durch den Fernsprecher gab, hatte bereits gewirkt. Seine neue Rakete stand startbereit. Eine auserlesene Mannschaft von sechs Köpfen war in dem Strahlschiff auf ihren Plätzen; das zweiteilige Dach der Halle war aufgeklappt, so daß die Maschine freie Fahrt nach oben hatte. Mit einem Blick überzeugte sich Hidetawa, daß die drei Kreiselkompasse der Rakete in Betrieb und bereits gerichtet waren. Eine Bewegung am Steuerhebel, und die Maschine stieg in die Höhe und ging auf Nordwestkurs, um den achtunddreißigsten Breitengrad anzusteuern.

Der starke Beschleunigungsdruck zwang Hidetawa und Yatahira in sicheren Sesseln Platz zu nehmen. Schweigend verharrten sie geraume Zeit, bis Hidetawa das Schweigen brach.

»Es ist keine leichte Aufgabe, Yatahira. Nur wenn wir Glück haben, werden wir sie finden, und dann kommt die andere, noch schwerere, sie zu retten.«

Unablässig war die Rakete gestiegen und hatte an Geschwindigkeit gewonnen. Schon seit Minuten lief sie mit genauem Westkurs auf dem achtunddreißigsten Breitengrad. Wieder setzte Hidetawa zum Sprechen an:

»Versuchen Sie Funkverbindung mit den Amerikanern zu bekommen.«

Yatahira schaltete an der Kurzwellenstation der Rakete und begann im nächsten Augenblick zu sprechen:

»O'Neils funkt, Herr Hidetawa, wir treiben in zweihundert Kilometern Höhe auf dem achtunddreißigsten Breitengrad nach Westen. Steigen nicht mehr weiter.«

Hidetawa griff nach einem Schreibblock, fing an zu rechnen und sprach dabei Worte und Zahlen vor sich hin:

»Zweihundert Kilometer, die Fliehkraft ausgeglichen ...«

Er warf Zahlen auf das Papier, während seine Lippen weitere Worte formten:

»Jetzt kennen wir ihre Höhe, ihre Geschwindigkeit, ihren Kurs ... ich hoffe, wir werden sie finden, Yatahira.«

Der erste SOS-Ruf O'Neils' war auch von der amerikanischen Kurzwellenstation empfangen worden und versetzte Washington in Bestürzung. Wie stolz und erfolgssicher war man noch vor wenig mehr als einer Stunde gewesen, und wie hoffnungslos erschien jetzt die Lage von O'Neils' Strahlschiff.

Gerüchte kamen auf und wurden bei ihrer Verbreitung weiter vergrößert; wurden immer phantastischer, je länger weitere Nachrichten ausblieben. Schon wollten die einen um einen vernichtenden Absturz der Rakete in Ostsibirien wissen, während andere es als sicher verkündeten, daß die steuerlose Maschine von der Erde abgetrieben sei und unrettbar im unendlichen Weltraum triebe.

Erst geraume Zeit nach dem Start hatte die Öffentlichkeit durch die Funksprüche der an Bord befindlichen Berichterstatter Genaueres über die Pläne Prof. O'Neils' gehört und erfahren, daß er um 14 Uhr 10 Minuten nach

261

vollbrachtem Rundflug in Washington landen würde. Eine gewaltige Volksmenge hatte sich daraufhin in der Umgebung der Howard-Universität zusammengefunden, um die Landung zu sehen und O'Neils und sein Strahlschiff zu feiern. Noch harrten die Massen dort und zählten die Minuten, als auch hier ... der Himmel mag wissen, von woher sie kamen ... Gerüchte von einer Katastrophe auftauchten. Zuerst widersprach die Menge den Unglückspropheten, bedrohte sie tätlich, zwang sie, sich durch schnelle Flucht in Sicherheit zu bringen. Als aber der für die Landung in Aussicht genommene Zeitpunkt verstrich und kein Strahlschiff erschien, fanden die übertriebensten Vermutungen schnell Glauben und lösten eine panikartige Stimmung aus. Keiner von den vielen Tausenden der hier Versammelten konnte ja sehen oder auch nur ahnen, daß O'Neils' Strahlschiff schon geraume Zeit vor dem Landungstermin in riesiger Höhe über Washington dahingestürmt war und die zweite Umkreisung des Erdballs begonnen hatte.

»Ich hoffe, wir werden sie finden«, hatte Hidetawa zu seinem Gehilfen gesagt und die Geschwindigkeit seiner Rakete weiter erhöht. Automatisch wurde sie dabei durch die verstärkte Fliehkraft bis in eine Höhe von zweihundert Kilometer gehoben und stürmte mit der gleichen Geschwindigkeit wie das amerikanische Strahlschiff hinter diesem her. Noch um ein geringes vergrößerte Hidetawa die Schnelligkeit. Noch ein wenig höher stieg dabei die Maschine. In blinkendem Sonnenschein schoß sie jetzt dahin. In dunstigem Glast lag die weite Ebene der Mongolei unter ihr. Angestrengt blickte Hidetawa durch das Bugfenster.

»Unter uns voraus müssen wir sie suchen, Yatahira, wenn ...« Er brach jäh ab und starrte mit zusammengepreßten Lippen in den flimmernden Äther; ein winziges, helles Pünktchen glaubte er weit voraus zu sehen.

»Funken Sie, Yatahira!« brach Hidetawa nach vielen

Minuten das Schweigen. »Funken Sie an O'Neils, daß wir seine Maschine in Sicht haben und bereit sind, ihm zu Hilfe zu kommen.«

Noch wußten die Fluggäste nichts von dem Unheil, welches das amerikanische Strahlschiff betroffen hatte. Sie hatten Watson aus dem Kommandostand kommen und dann wieder mit O'Neils darin verschwinden sehen, ohne irgendwelchen Argwohn zu fassen. Die Pressevertreter arbeiteten an ihren Berichten. Oriola und Dr. Schweitzer waren in ein wissenschaftliches Gespräch vertieft. Geraume Zeit fiel keinem die Abwesenheit O'Neils' auf, bis Professor Schweitzer nach einer zufälligen Armbewegung die Stirn runzelte und seinen Nachbar fragend ansah. Der hatte schon die gleiche Entdeckung gemacht.

»Unser Körpergewicht ist gleich Null geworden. Unsere Geschwindigkeit muß sich vergrößert haben«, flüsterte er ihm zu. »Sollte eine Störung in der Maschine sein?« mischte sich der dritte Wissenschaftler in das Gespräch seiner beiden Kollegen. »Watson schien mir erregt zu sein, als er O'Neils in den Kommandostand rief.«

»Um des Himmels willen, schweigen Sie!« raunte ihm Oriola zu. »Nur jetzt keine Panik. Wir müssen Ruhe bewahren, unser Freund O'Neils wird seine Sache schon machen.«

Totenblaß saß Professor O'Neils in einem Sessel des Kommandostandes. Mit müder Gebärde winkte er Watson ab, der verzweifelt auf der Morsetaste hämmerte. »Es ist zwecklos, Watson, wenn kein Wunder geschieht, sind wir verloren.«

Mechanisch gehorchte Watson dem Befehl und warf den Hebel der Funkstation wieder auf Empfang.

»Wir sind verloren«, fuhr O'Neils nach einer Weile fort. »Selbst wenn unsere Strahlflächen keine weitere Verstellung erfahren, sind wir rettungslos verloren. Es wird lange dauern, bis die Treibkraft des Strahlschiffes erschöpft ist. Wir werden alle längst erstickt oder verdurstet sein, während unsere Maschine immer noch wie ein Satellit um die Erde kreist. Es ist grauenhaft ...« Verzweifelt schlug O'Neils die Hände vors Gesicht. Watson ließ sich in seinen Sessel zurücksinken. Durch die Bewegung schoben sich die Kopfhörer, die er während der Worte O'Neils nach hinten gerückt hatte, wieder auf seine Ohrmuscheln. Er achtete nicht darauf, bis er plötzlich Morsezeichen aufklingen hörte. Morsezeichen?! Wo kamen sie her? Wer konnte sie senden? Gespannt suchte er den Sinn des Funkspruches zu fassen: »Wir haben Sie in Sicht. Kommen Ihnen zu Hilfe.«

Es kamen keine weiteren Zeichen mehr. Mit einem Ruck warf Watson die Station wieder auf Sendung und ließ die Morsetaste klappern.

»Lassen Sie es doch, Watson! Es ist ja alles vergeblich«, hörte er dazwischen die Stimme O'Neils'.

»Nein, es ist nicht vergeblich!« schrie er zurück. »Es funkt jemand, der uns schon sieht, der uns zu Hilfe kommt.«

Entgeistert starrte O'Neils ihn an. Noch bevor er etwas zu sagen vermochte, hatte Watson seine Station schon wieder auf Empfang gestellt, hörte neue Zeichen, lauschte und rief wieder dazwischen O'Neils Bruchstücke des Vernommenen zu.

»Es ist Hidetawa mit seiner neuesten Maschine. Er hörte unseren ersten SOS-Ruf. Er ist sofort aufgestiegen und hat uns eingeholt. Er ist dicht hinter uns ...«

Wie ein Verdurstender sog O'Neils gierig die Worte Watsons ein. Einen Augenblick schienen sie ihn aufzurichten, doch schnell sank er in die alte Mutlosigkeit zurück.

»Er kann uns nicht helfen, Watson. Beim besten Willen nicht. Es gibt kein Mittel, uns zu retten.«

Professor Schweitzer sah als erster das fremde Strahlschiff, das sich von oben herabsenkte. Dann sah es Oriola, und dann bemerkten es auch die andern Fluggäste. Fragen brandeten auf, Ausrufe der Verwunderung und bald auch der Besorgnis flogen hin und her. Eine maßlose Erregung bemächtigte sich der Fluggäste in der amerikanischen Maschine. Mehrere sprangen von ihren Sitzen auf, vergaßen, daß ihre Körper kein Gewicht mehr hatten, und blieben frei im Raum schweben, hilflos, bis andere nach ihnen griffen und sie wieder auf ihre Plätze herabzogen. Nur noch um ein geringes höher schoß das andere Strahlschiff jetzt neben dem amerikanischen mit genau der gleichen Geschwindigkeit durch den Äther. Zoll um Zoll schob es sich ganz allmählich immer dichter an O'Neils' Maschine heran, und dann gab es neue Aufregung unter den Insassen. Viele von ihnen stürzten in der Richtung nach vorn aus ihren Sesseln und spürten, wie ihre Körper wieder etwas Gewicht gewannen.

»Unser Flug wird gebremst!« riefen fast gleichzeitig Schweitzer und Oriola. Für kurze Sekunden war das andere Strahlschiff ein Stück vorausgeschossen, und einen Moment hatten sie eine Schrift an dessen Heck sehen können, den Schiffsnamen wohl. Zu lesen vermochten sie ihn nicht, aber japanische Schriftzeichen schienen es ihnen zu sein.

»Was soll das alles bedeuten?« sagte Schweitzer.

»Es kann nur Hidetawa aus Tokio sein, der uns mit seinem Schiff zu Hilfe kommt«, antwortete Oriola.

Im Kommandostand beobachteten O'Neils und Watson dasselbe wie ihre Gäste im Passagierraum, und die Morsezeichen, die aus dem Kopfhörer tickten, verrieten Watson auch, was geschah.

»Hidetawa weiß ein Mittel, um uns zu retten«, gab er das Gehörte an O'Neils weiter. »Er preßt unsere Treibflächen durch den Strahldruck seiner Flächen zusammen. Es ist ihm gelungen, sie in Nullstellung zu bringen. Wir haben keine Beschleunigung mehr. Der Luftwiderstand muß unsere Fahrt allmählich abbremsen.«

Es währte geraume Zeit, bis von O'Neils eine Antwort kam. »Hidetawa hat unsere Treibflächen in die Nullstellung gedrückt ... die Sperrung muß dabei eingeschnappt sein ... Was wird weiter geschehen? Die Luft wird unsern Flug bremsen ... immer tiefer werden wir dabei sinken ... in immer dichtere Schichten unserer Atmosphäre stoßen ... Die Reibung wird übermächtig werden ... wir sind verloren, Watson! Unser Strahlschiff wird aufglühen ... schmelzen ... zerstäuben. Wir werden alle verbrennen, bevor wir noch durch den Absturz zerschellen.«

Wieder herrschte ein drückendes Schweigen in dem Kommandostand. Nur allzusehr mußte Watson die Befürchtung O'Neils als begründet anerkennen. Die Sperrung ihrer Treibfläche war in der Nullstellung eingeschnappt. Keine Möglichkeit bestand mehr, sie wieder auseinanderzubewegen und den tollen Flug durch den Strahldruck abzubremsen. Nur durch die Luftreibung würde die gewaltige lebendige Kraft der Rakete vernichtet werden, die ein Ende des Strahlschiffes in wabernder Lohe unvermeidlich erscheinen ließ.

Schon hatten die beiden Männer das Empfinden, daß es im Kommandostand wärmer wurde. Ein Blick auf die Instrumente lehrte sie, daß ihre Maschine bereits beträchtlich gesunken war und im Begriff stand, nach unten zu stoßen. Unaufhaltsam schien das Verhängnis, von dem O'Neils gesprochen hatte, seinen Lauf nehmen zu wollen.

Unablässig bearbeitete Watson die Morsetaste, funkte mit den Japanern, deren Schiff immer noch dicht neben ihnen dahinflog, und machte auf Ätherwellen all der Not und Bekümmernis Luft, die sein Herz bedrückte. Schaltete dann wieder auf Empfang, in der Hoffnung, von drüben Rat und Trost zu bekommen, und mußte zu seinem Schrecken vernehmen, daß Hidetawa mit seiner Kunst am Ende war. Von dieser selbsteingeschnappten Sperrung hatte der nichts gewußt, hatte die Absicht gehabt, die Flächen des amerikanischen Schiffes später in andere Stellung zu drücken und mußte nun hören, daß diese Möglichkeit buchstäblich verriegelt war.

Auch in Gorla war jener erste SOS-Ruf Watsons aufgefangen worden, und in schneller Folge reihten sich daran aufregende Funksprüche aus Washington, während von dem amerikanischen Schiff keine Nachrichten mehr kamen.

»Man darf die Dinge nicht überstürzen«, sagte Dr. Thiessen zum Chefingenieur Grabbe. »O'Neils ist viel zu schnell vorgegangen. Nun wird er nach Dr. Lee das zweite Opfer einer verfehlten Entwicklung und reißt ein Dutzend anderer Menschen mit ins Verderben.«

»Opfer müssen gebracht werden«, meinte Grabbe.

»Aber keine unnötigen!« widersprach Dr. Tiessen. »Man kann langsam und sicher vorgehen.«

Die Unterhaltung fand in der großen Montagehalle der Abteilung Thiessen statt. Die Blicke des Chefingenieurs hafteten an den riesenhaften Bauteilen einer Strahlturbine, die dort im Entstehen begriffen war.

»Sie predigen, daß man langsam vorgehen soll, Kollege Thiessen«, sagte Grabbe, »aber Sie selber leben dieser Regel nicht nach. Kaum laufen die ersten dreißigtausendpferdigen Turbinen, und schon sind Sie beim Bau einer fünfzigtausendpferdigen. Da ist von einer Langsamkeit in der Entwicklung wenig zu spüren.«

»Langsam und sicher habe ich gesagt, Herr Grabbe«, verteidigte sich Thiessen. »Sicherheit ist das Wichtigste. Einen Bruch der Steuerwelle hat es bei O'Neils gegeben. Wie ist das möglich? Wie kann das einem gewissenhaften Ingenieur passieren?«

Grabbe zuckte die Achseln. »Sie sehen doch, daß es passiert ist.«

»Weil man die Welle falsch berechnet ... oder weil man einen ungeeigneten Werkstoff verwendet hat«, fiel ihm Thiessen ins Wort.

Chefingenieur Grabbe hatte eigentlich die Absicht,

Dr. Hegemüller aufzusuchen, aber der Widerspruch Thiessens veranlaßte ihn, diesem seinen eigenen Standpunkt in längerer Gegenrede auseinanderzusetzen, und eine reichliche Stunde verstrich darüber, eine Stunde, die Dr. Hegemüller sehr zupasse kam.

Nach dem Eintreffen jenes amerikanischen Notrufes war Hegemüller nicht mehr vom Empfänger fortgegangen. Gespannt verfolgte er die weiteren Nachrichten. Nur gelegentlich zum Telefon greifend, um Anweisungen in die Montagehalle seiner Abteilung zu geben. Auf seinen letzten Anruf hin kam sein Obermonteur Berger zu ihm ins Zimmer und erhielt einen Auftrag.

»Ja, Berger, die Amerikaner hat der Teufel geholt!« bemerkte Hegemüller nebenher zu ihm.

»Hat man noch etwas von ihnen gehört?« erkundigte sich der Monteur. »Nichts mehr, Berger. Kein Lebenszeichen mehr. Ihr Schiff treibt steuerlos im Raum.«

»Der Äther hat keine Balken, Herr Doktor«, meinte der Monteur Berger und kratzte sich nachdenklich hinterm Ohr. »Ein Glück, daß uns das nicht passiert ist!«

»Reden Sie keinen Unsinn, Mann!« herrschte ihn Hegemüller an und wandte seine Aufmerksamkeit wieder dem Empfänger zu, aus dem Morsezeichen aufklangen. Sie kamen von dem amerikanischen Strahlschiff, das wieder Verbindung mit der Erde hatte. Dr. Hegemüller hörte die Verzweiflungsrufe Watsons, hörte, daß das Schicksal O'Neils und seiner Genossen unabwendbar besiegelt sei, wenn nicht noch in letzter Minute ein Wunder geschähe. Las weiter aus den Zeichen, die unaufhörlich aus dem Lautsprecher tickten, daß das amerikanische Schiff soeben den Kaspisee in achtzig Kilometer Höhe überquerte, erfuhr schließlich mit Schrecken, daß die Temperatur im Kommandoraum schon auf 35 Grad gestiegen sei, und beschloß blitzschnell, auf eigene Verantwortung zu handeln. Die Treibflächen von O'Neils Maschine waren blockiert. Nur mit mechanischen Mitteln konnte man das Schiff von außen her aus seiner gefährlichen Lage befreien. Seine eigene Maschine war startbereit. Er konnte sofort zu Hilfe eilen ... aber würden seine Vorgesetzten damit einverstanden sein? Wie würden sich Professor Lüdinghausen und Chefingenieur Grabbe dazu stellen? Würden sie nicht hundert Bedenken äußern ... ihm vielleicht den Start und die Hilfeleistung verbieten?

Wer viel fragt, bekommt viel Antwort, dachte Dr. Hegemüller, während er schon nach der Montagehalle eilte. Dort rief er seine Leute zusammen und erteilte Befehle, die bei manchen Kopfschütteln erregten. Was sollte es für einen Sinn haben, die schweren Stahltrossen, an denen man die Maschine während des Baues bisweilen aufgehängt hatte, wieder an ihr zu befestigen? Was konnte es weiter bedeuten, wenn man die Trossen an ihren freien Enden in große Schlaufen ausgehen ließ?

Die Werkleute wunderten sich darüber; doch sie waren gewohnt, die Anordnungen Hegemüllers strikt auszuführen, und das taten sie auch jetzt.

Kaum eine Viertelstunde hatten alle diese Vorbereitungen in Anspruch genommen; dann erhob sich das Strahlschiff, stieg auf und schoß davon.

Zehn Minuten später klopfte es an der Tür von Hegemüllers Zimmer, und Chefingenieur Grabbe trat ein. Er fand den Raum verlassen, dachte sich, daß Dr. Hegemüller wohl in der Montagehalle wäre, und ging dorthin. Und dann fühlte der Chefingenieur seine Knie schwach werden und mußte sich, überwältigt von dem, was er hier hörte, auf einen Schemel niederlassen. Ohne ihn, Grabbe und ohne die Werkleitung zu fragen, war Hegemüller, dies ewige Sorgenkind, mit dem neuen Schiff einfach fortgeflogen, ohne ein Wort über seine Gründe und sein Ziel zu hinterlassen; hatte überdies auch noch sechs seiner besten Werkleute mitgenommen. Nur allmählich erfuhr Chefingenieur Grabbe von den Zurückgebliebenen etwas über die eigenartigen

Anordnungen, die Hegemüller vor dem Start gegeben hatte, hörte von den schweren Trossen, die er außenbords mitgenommen, und wußte nun, daß der eigenwillige Doktor sich wieder einmal in ein tollkühnes Abenteuer gestürzt hatte.

Von Minute zu Minute wuchs die Erregung unter den Gästen O' Neils'. Längst hatten sie gemerkt, daß etwas nicht in Ordnung ging, und das unvermutete Auftauchen des Strahlschiffes war nicht geeignet, sie zu beruhigen. Die Panik, die Oriola und Schweitzer mit allen Mitteln zu verhüten suchten, drohte trotz deren Bemühungen auszubrechen, als Watson im Passagierraum erschien und ihnen die befreiende Kunde zurief, daß ein Strahlschiff Rettung bringe.

Begierig wollten sie wissen, was eigentlich geschehen wäre. Vorsichtig sprach Watson nur von einem Defekt an der Steuerung und teilte weiter mit, daß es Hidetawa bereits durch ein geniales Manöver geglückt sei, den Übelstand zu beheben. Seine Worte ließen die allgemeine Zuversicht zurückkehren. Inzwischen ging Watson wieder in den Kommandostand. Kaum hatte er die Tür hinter sich geschlossen, als die Maske von ihm abfiel, die er den Gästen O'Neils' gegenüber gezeigt hatte. Die Selbstbeherrschung verließ ihn; seine Stimme klang heiser, als er zu sprechen anfing.

»Ich habe sie noch einmal beruhigt, aber wie lange wird's vorhalten? Wie lange wird's noch dauern, bis sie da drüben auch die steigende Wärme merken ... bis die Hitze unerträglich wird, bis das Entsetzen über sie kommt?«

Vergeblich wartete er auf O'Neils' Antwort, während seine Gedanken weiterliefen. War das Unheil wirklich unabwendbar? Konnte Hidetawa in letzter Minute nicht doch noch Hilfe bringen? Der Drang, ihn noch einmal anzurufen, wurde übermächtig in ihm. Er schob die Kopfhörer wieder über, wollte seine Station auf Sen-

270

dung stellen, als er Morsezeichen hörte. Was wollte Hidetawa von ihm? Hatte er doch noch einen Weg zu ihrer Rettung gefunden? Er lauschte und stutzte.

Nicht englische, sondern deutsche Worte waren es, die sich aus den ankommenden Zeichen formten. Kurze, knappe Fragen nach dem Standort und Kurs von O'Neils' Strahlschiff. Kaum vermochte er zu glauben, was ihm doch deutlich ins Ohr klang. Auch die neue deutsche Maschine war aufgestiegen und eilte zu ihrer Rettung herbei. Kaum war das Schlußzeichen des Funkspruchs verklungen, als er sein Gerät auf Senden herumwarf und Antwort gab:

»Stehen in siebzig Kilometer Höhe über der Südküste des Schwarzen Meeres. Sind etwas nach Norden abgetrieben. Temperatur im Schiff vierzig Grad.«

Während er die Station weiter auf Empfang stellte, hörte er die Stimme O'Neils'. Der atmete schwer, denn drückend warm wie in einem Backofen war es inzwischen im Kommandostand geworden. Stockend kamen die Worte von seinen Lippen:

»Es geht zu Ende, Watson. Hidetawa kann uns nicht retten. Mein Gott, wir sind verloren!«

Watson hatte einen der Hörer beiseite geschoben. Mit einem Ohr hörte er, was O'Neils sprach, mit dem andern, was aus dem Telefon klang. »Noch nicht verloren, Professor O'Neils! ... Ein neues Strahlschiff ist dicht bei uns ... Es wird versuchen, uns zu retten!« O'Neils hörte, was Watson ihm zurief, und machte eine müde Bewegung. Erst nach Minuten kam seine Antwort: »Unsere Strahlflächen sind verriegelt ... niemand kann uns helfen.«

Watson antwortete nicht. Er hatte wieder beide Hörer übergeschoben und lauschte den Funksprüchen, die zwischen dem deutschen und dem japanischen Strahlschiff hin- und herflogen. Er vernahm die Standortangaben, die Hidetawa dank seiner besseren Instrumente den Deutschen genauer zu geben vermochte. Er hörte die Antwort Hegemüllers. Worte wie ›fassen‹ und ›in die Höhe ziehen‹ vernahm er, ohne zu begreifen, wie ein Schiff das bewerkstelligen sollte, mußte sich den Schweiß aus dem Gesicht wischen, der ihm aus allen Poren strömte, und hörte weitere Worte, die Hoffnung in seinem Herzen aufkommen ließen.

Dumpfer Lärm ließ ihn zusammenfahren. Das Geräusch kam von der Tür her. Mit den bloßen Fäusten und mit allem, was sie sonst zur Hand hatten, schlugen die Insassen des Passagierraumes gegen die metallene Pforte. Auf über vierzig Grad war dort das Thermometer gestiegen. Wilde Panik war unter den Gästen O'Neils ausgebrochen. Sie glaubten zu ersticken, jammerten, schrien nach Luft; hätten auch die Fenster zerschlagen und dadurch ihr sofortiges Ende herbeigeführt, wenn die Scheiben nicht unzerbrechlich gewesen wären. Immer stärker wurde das dröhnende Poltern, immer lauter das Geschrei immer wilder, immer empörter die Rufe.

»Öffnen Sie die Tür!« befahl O'Neils.

Watson zögerte, antwortete stockend.

O'Neils sah, wie sein Gehilfe nicht gewillt war, seiner Anordnung zu folgen. Er erhob sich, ging wankend selbst zur Tür, griff nach der Klinke, als Watson ihn zurückriß.

»Nicht öffnen, Herr Professor! Sie morden uns!«

Ein kurzes Ringen entstand, bei dem Watson als der Jüngere und Stärkere die Oberhand gewann. Mit Gewalt schleifte er O'Neils zu seinem Platz zurück und drückte ihn dort nieder. Stand noch mit keuchenden Lungen über ihn gebeugt, als ein neues Geräusch aufklang. Hart, scharf und schneidend, wie wenn Metall sich an Metall reibt, wie wenn Metall und Metall aneinanderschleifen.

Ein jäher Ruck ging durch das Schiff. Die schweren Trossenschleifen der Maschine hatten es gefaßt und an sich gefesselt. Ein gleich starker Ruck traf in dem Augenblick, in dem die Kupplung der beiden Schiffe sich vollzog, auch die andere Maschine und hätte Dr. Hegemüller fast zum Straucheln gebracht.

»Gelungen, Berger! Wir haben das Strahlschiff fest in den Schlaufen«, rief er seinem ersten Monteur zu, als er wieder auf festen Füßen stand. »Jetzt volle Kraft nach oben!«

Schon bewegte sich ein Steuerhebel in seiner Hand, und ein zweiter Ruck traf die beiden Schiffe. Noch stärker als schon zuvor spannten sich die schweren Trossen, die sie verbanden. Neuen Aufruhr brachte die Veränderung in die amerikanische Maschine. Mit Beschleunigung wurde sie von dem anderen Schiff senkrecht nach oben gerissen; verdoppelt hatte sich im Moment das Körpergewicht der gegen die Tür des Kommandoraumes anstürmenden Fluggäste. In einem wirren Durcheinander stürzten sie zu Boden. Momentan verstummte der tobende Lärm. Plötzliche Stille herrschte im Passagierraum, herrschte auch im Kommandostand von O'Neils' Schiff.

Watson war es, der das Schweigen brach. »Wir sind gerettet, Herr Professor! Die Wärme wird bald nachlassen.«

O'Neils war noch benommen. Die seelischen Erschütterungen, das Ringen mit Watson, die drückende Hitze — noch immer herrschten fast vierzig Grad im Raume —, das alles war zuviel für ihn gewesen. In einem Schwächeanfall sank er zusammen. Watson griff nach dem Puls des Professors, fühlte ihn matt und unregelmäßig gehen und erschrak.

Sollte diese Fahrt doch noch ein Opfer fordern? Sollte O'Neils, auf den die Wissenschaft Amerikas mit Stolz blickte, nach Dr. Lee der zweite sein, der sein Leben für die neue Technik dahingeben mußte? Es durfte nicht sein. Mit allen Mitteln mußte das verhindert werden! Das waren die Gedanken, die Watson bewegten, als er die Tür zum Passagierraum aufriß, um deren Schlie-

273

ßung er noch vor wenigen Minuten mit O'Neils gekämpft hatte. Nur von dem einen Wunsch beseelt, seinem Meister und Lehrer Hilfe zu bringen, achtete er kaum auf das, was sich hier seinen Blicken bot. Wo noch vor kurzem eine vor Angst und Verzweiflung halb irre Menge gerast hatte, fand er apathische, fast lethargische Menschen, die dahingestreckt lagen, wie der Stoß beim Einfangen des Strahlschiffes sie niedergeworfen hatte. Kaum daß der eine oder andere den Kopf nach ihm wandte, den Mund öffnete und eine Frage zu stellen versuchte. Watson stieg über die Liegenden hinweg, ging zur Bar, holte Eis und Alkohol und eilte damit in den Kommandostand zurück, ohne die Tür hinter sich zu schließen. Alle seine Sorge galt nur O'Neils. Er rieb dem immer noch Ohnmächtigen Schläfen und Stirn mit Eis. Er flößte ihm mit Eisstückchen vermengten Weinbrand ein und fühlte nach bangen Minuten, wie sein Puls kräftiger ging, sah, daß er die Augen aufschlug und seine Umgebung wiedererkannte.

Noch einmal war das Schlimmste vermieden worden.

»Was war das? Was ist geschehen?« Noch schwach kamen die Worte aus dem Munde O'Neils'.

»Wir sind gerettet, Herr Professor!« wiederholte Watson die Worte, die er schon einmal gesprochen hatte. »Ein anderes Schiff hebt uns in die dünnere Atmosphäre.« Er unterbrach sich und sah auf das Thermometer. »Wir haben nur noch fünfunddreißig Grad im Schiff. Bald wird es noch kühler sein.«

O'Neils war den Blicken Watsons gefolgt. Er sah das Thermometer, sah daneben die Uhr, und seine Gedanken begannen wieder zu wandern. Halb wie im Traum sprach er die Worte vor sich hin.

»Landen ... wir wollen in Washington landen. Werden wir dorthin kommen?«

»Wir werden hinkommen. Das deutsche Schiff wird uns richtig dorthin bringen«, versuchte Watson ihn zu beruhigen.

Gerade als er diese Worte sprach, jagte das Schiff im Schlepptau des deutschen in zweihundertfünfzig Kilometer Höhe über Washington dahin, weiter nach Westen. Dr. Hegemüller hatte ganze Arbeit gemacht. Er hatte es in eine Höhe gehoben, in der die Luftreibung nur noch minimal war, und die Folgen machten sich von Minute zu Minute fühlbar. Schon war die Temperatur auf dreißig Grad gesunken und fiel unablässig weiter.

Die Gefahr des Feuertodes war gebannt, doch eine andere Schwierigkeit blieb noch zu überwinden. Noch immer hatte O'Neils' Schiff eine enorme Geschwindigkeit, und die Möglichkeit, die rasende Fahrt durch den Strahlungsdruck abzubremsen, war infolge der Verriegelung seiner Treibflächen versperrt. Sorgenvoll überlegte Dr. Hegemüller, welche Mittel er wählen sollte, um das manövrierunfähige Schiff zu einer sicheren Landung zu bringen.

Unablässig gingen die Funksprüche zwischen der deutschen Maschine und Hidetawa, der mit seinem Schiff in Sichtweite blieb, hin und her, und Watson hörte sie in seinem Empfänger mit.

»Gehen Sie tiefer! Lassen Sie die Luftreibung als Bremse wirken!« hatte der Japaner soeben gemorst.

»Es würde zu lange dauern. Der Luftvorrat der Amerikaner ist begrenzt. Es befinden sich fünfzehn Mann an Bord« funkte Dr. Hegemüller zurück. »Ich will versuchen, durch Trossenzug abzubremsen.«

»Seien Sie vorsichtig! Die hintere Trosse wird dabei abgleiten«, kam die Antwort Hidetawas und warf Dr. Hegemüller in neue Zweifel und Sorgen. Sicherlich hatte der andere mit seiner Warnung recht. Das amerikanische Schiff hatte ja die Form eines liegenden, nach vorn und hinten zugespitzten Zylinders. Die vordere Schlaufe würde bei dem Manöver, das Hegemüller beabsichtigte, bestimmt standhalten, sich sogar noch fester um den Schiffskörper legen. Die hintere würde aber aller Wahrscheinlichkeit nach abgleiten. Dann aber war die Ma-

275

schine nicht mehr in der vollen Gewalt der deutschen und die Gefahr ihres Absturzes bedrohlich nahe.

Dr. Hegemüller sah nur einen Ausweg. Man mußte die vordere Trosse stärker anziehen und dadurch verkürzen. Dann würde sie allein beansprucht, wenn er seine Strahlflächen bremsend wirken ließ, und die Gefahr des Abgleitens der hinteren Schlaufe war vermieden. Das Mittel, das allein helfen konnte, erkannte er klar; doch sah er keine Möglichkeit, es anzuwenden. Schon flog das, was er soeben durchdacht hatte, auf Ätherwellen zu dem japanischen Schiff hinüber, und eine überraschende Antwort kam von dort zurück. »Wir werden es von unserem Schiff aus versuchen«, funkte Hidetawa.

Das Staunen Hegemüllers über diese Mitteilung war begreiflich, denn manche der technischen Einrichtungen, die Hidetawa bei seiner Maschine vorgesehen hatte, waren ihm unbekannt. Er wußte nicht daß Hidetawa, ebenso wie früher schon Dr. Lee, eine Luftschleuse eingebaut hatte, die es gestattete, das Schiff auch in einer verdünnten Atmosphäre zu verlassen oder zu betreten. Auch hatte er nichts davon erfahren, daß das japanische Schiff mehrere Skaphanderanzüge und Fallschirme an Bord hatte. So war es ihm völlig unmöglich, sich eine Vorstellung von dem zu machen, was Hidetawa vorhatte.

Immer näher hatte sich inzwischen das japanische Schiff herangeschoben. Kaum noch einen Meter entfernt lag es jetzt neben der deutschen Maschine, und dann sah Dr. Hegemüller etwas, was ihn den Atem anhalten ließ. Eine Tür öffnete sich an der dem deutschen Schiff zugewandten Seite der japanischen Maschine. Ein Wesen, das ungefähr einem Taucher in voller Ausrüstung glich, wurde sichtbar, wagte einen Sprung und war für den Deutschen nicht mehr sichtbar. War der Tollkühne aus der unendlichen Höhe abgestürzt, oder hatte er die vordere Trosse zu packen bekommen? Das

276

war die Frage, die Hegemüller noch beschäftigte, als eine zweite ebenso gekleidete Gestalt der ersten folgte und das gleiche Schauspiel sich wiederholte. Aber diesmal konnte Hegemüller es deutlich sehen. Dieser hatte sein Ziel verfehlt. In jähem Sturz verschwand er in der Tiefe.

»Doch ein Todesopfer!« durchzuckte es Hegemüller, während schon ein dritter von dem japanischen Schiff den grauenhaften Sprung wagte und anscheinend nicht fehlgriff. Ein Scharren, Knirschen und Knarren ließ Hegemüller aufhorchen. Er fand nur eine Erklärung dafür: die beiden Männer, die da draußen zwischen dem deutschen und dem amerikanischen Schiff in einer unvorstellbaren Höhe hingen, waren dabei, die vordere Trosse zu kürzen. Noch überlegte er, wie sie das Werk wohl zustande bringen mochten, als die beiden seinen Blicken wieder sichtbar wurden, und jetzt fiel es ihm auch auf, daß sie die schweren Windeisen, die vorher an ihrer Seite hingen, nicht mehr bei sich führten. So also hat Hidetawa das gemacht, ging's ihm durch den Kopf. Genial und einfach wie alle genialen Sachen.

Noch dichter hatte sich inzwischen Hidetawas Schiff herangeschoben. Fast berührte es jetzt die Wand der deutschen Maschine. Behend verschwanden die beiden Helfer wieder in der Luftschleuse. Die Tür des japanischen Schiffes wurde geschlossen; gleichzeitig kam ein neuer Funkspruch von dort.

»Ihre vordere Trosse ist gekürzt. Sie können mit den Strahlflächen bremsen.«

Andere Morsezeichen folgten. Sie kamen von Watson, der seinem Dank in überströmenden Worten Ausdruck gab und es auch nicht unterließ, sein Beileid zu dem Absturz des einen der Retter auszusprechen. Ebenso wie Yatahira hörte auch Dr. Hegemüller den Funkspruch Watsons und schüttelte unwillkürlich den Kopf.

»Was hilft das?« murmelte er vor sich hin. »Er ist längst zerschellt. Mit mehr als einem Kilometer Sekundengeschwindigkeit mußte sein Leib aufschlagen. Bei solcher Geschwindigkeit verhält sich auch das Wasser wie ein starrer Körper. Auch wenn er ins Meer abstürzte, mußte er zerschmettert werden.« Er schwieg und horchte auf das was jetzt im Hörer tickte. Es war die Antwort aus der japanischen Maschine.

»Wir hoffen, daß Yoshika sich retten kann. Wir nehmen an, daß er mit seinem Fallschirm die Ostküste Spaniens erreichen wird.«

... Fallschirm?! ... die Ostküste Spaniens? ... Hegemüller griff sich an den Kopf ... Einen Fallschirm hatte der Abgestürzte bei sich ... das konnte Rettung bringen bei einem Absprung aus zwölf Kilometer, aber doch nicht aus hundertzwanzig Kilometer Höhe. Der Schirm würde sich in der so unendlich dünnen Atmosphäre hier oben nicht entfalten. Wie ein Stein mußte der Mann erst viele Meilen abstürzen, bevor er dichtere Luftschichten erreichte. Ins Riesenhafte mußte dabei seine Sturzgeschwindigkeit wachsen, und wenn der Schirm sich endlich doch öffnete, würde es einen plötzlichen Ruck, eine so jähe Bremsung geben, daß der Unglückliche schon dadurch getötet würde ...

Dr. Hegemüller konnte die Hoffnung der Japaner auf eine Rettung ihres Gefährten nicht teilen. Aber — so überlegte er weiter — selbst wenn der Fallschirm richtig wirkt, muß der Mann doch mitten in das Meer zwischen Italien und Spanien fallen, über dem die Maschinen sich im Augenblick des Absturzes befanden. Wie sollte er jemals die noch so viele Meilen entfernte spanische Küste erreichen? Halt! Doch! Das war möglich! verbesserte Dr. Hegemüller seinen Gedankengang. Der Mann hatte ja in dem Moment, in dem er sich von dem Strahlschiff trennte, dieselbe Geschwindigkeit wie dieses. Mit rund vier Sekundenkilometern mußte auch sein Körper weiter nach Westen treiben, bis die Luft in geringerer Höhe die Bewegung abbremste. Vollauf mußte dieser Schwung, wie es Dr. Hegemüller jetzt überschlug, genügen, um ihn über das Meer und vielleicht sogar noch ein gutes Stück landeinwärts nach Spanien zu tragen.

Die Schwungkraft! Der Gedanke daran ließ ihn in die Wirklichkeit zurückkehren. Auch er hatte ja noch Schwung abzubremsen, mußte die lebendige Kraft nicht nur des eigenen, sondern auch des anderen Schiffes durch Strahldruck aufzehren lassen, wenn die tolle Jagd um den Erdball nicht unaufhörlich weitergehen sollte. Er griff in die Steuerung und bewegte sie vorsichtig. Ein Knirschen und Klingen, das von außen kam, antwortete der Bewegung. Die vordere Trosse spannte sich und hielt die Maschine O'Neils' fest, die ohne dies Hindernis unverändert weiter nach Westen gestürmt wäre. Nur behutsam bewegte er den Steuerhebel weiter, überlegte und berechnete dabei im Kopf, wieviel er der einen Trosse zumuten durfte, an der jetzt das Schicksal der anderen hing, und kam zu dem Schluß, daß er eine Verzögerung von fünf Sekundenmetern wagen dürfte. Wenig später lief ein Funkspruch des japanischen Strahlschiffes ein, daß das Manöver gelungen sei. Die verkürzte vordere Trosse nahm den gesamten Bremsdruck auf, die hintere Trosse blieb unbeansprucht, und ihre Schlaufe lag unverändert an der alten Stelle.

»Wir wollen absteigen und Nachricht nach unten geben. Man wird dort in Sorge um uns sein«, funkte Hidetawa weiter.

Zustimmende Antwort kam von der deutschen Maschine. In gleichmäßigem Fall sanken die drei Schiffe hinab und durchstießen die Schicht, die ihre Verbindung mit der Erde so lange unterbunden hatte.

Hidetawa hatte Grund zu seiner Mahnung, denn in der Tat war die Aufregung dort unten nicht gering. Man hatte die Notrufe der Amerikaner empfangen. Dann war die Verbindung geraume Zeit mit ihnen gestört, während von dem japanischen Schiff die Nachricht kam, daß es zu Hilfe eile. Man hatte für kurze Zeit befreit aufgeatmet, bis neue, dringendere Rufe von den

Amerikanern kamen, die von einer unerträglich werdenden Glut sprachen. Dann war die Verbindung zum zweitenmal abgerissen, und schon hielt man das Schiff für verloren, fürchtete, daß seine Insassen irgendwo im Raum verbrannt oder erstickt wären. Immer aufregender wurden die Nachrichten, die an hundert Stellen der Erde aus den Antennen der großen Sender fluteten. So sehr überschlugen sich wilde Vermutungen und schlimme Befürchtungen, daß man darüber eine andere Nachricht fast überhörte. Auch das deutsche Schiff war, wie der Sender aus Gorla meldete, zur Hilfeleistung aufgestiegen.

Es war nur eine vage Vermutung, die der Chefingenieur Grabbe funken ließ; denn tatsächlich wußte er ja nichts über die Absichten und das Ziel Dr. Hegemüllers. Er hatte es auf gut Glück hin getan und zufällig das Richtige getroffen. Innerlich verwünschte er dabei Hegemüller bis in die tiefste Hölle und nahm sich vor, ihm einen Empfang zu bereiten, der ihm die Lust zu derartigen Eigenmächtigkeiten ein für allemal austreiben sollte. Doch vorläufig sah es nicht so aus, als ob er dazu bald eine Gelegenheit haben würde; denn von dem Schiff kam überhaupt keine Nachricht. Seit seinem Start schien es verschollen zu sein.

So wartete Chefingenieur Grabbe vergebens auf ein Lebenszeichen Hegemüllers, und in seinen Ärger mischte sich allmählich Sorge um das deutsche Schiff und seine Besatzung. Er hielt es nun doch für angebracht, Professor Lüdinghausen von dem Geschehenen Mitteilung zu machen, und eilte zu ihm. Ruhig hörte der Professor Grabbes Bericht an, nickte ein paarmal zustimmend, schüttelte den Kopf, wenn der Chefingenieur gelegentlich seinem Ärger über Hegemüller Luft machte.

»Es ist das einzig Richtige, was Dr. Hegemüller getan hat«, sagte er, nachdem Grabbe geendet hatte. »Es mußte unbedingt geschehen. Wie würden wir dastehen, wenn von unserer Seite nichts unternommen worden wäre? Stellen Sie sich die Lage klar vor: Ein Schiff in Not. Hidetawa jagt ihm um den halben Erdball nach, um ihm zu helfen, und wir stehen tatenlos beiseite. Einerlei ob die Rettung gelingt oder nicht, unser Ansehen hätte einen schweren Schlag erlitten.«

Ungeduldig hatte Chefingenieur Grabbe Professor Lüdinghausen aussprechen lassen. »Hegemüller riskiert Kopf und Kragen«, brach er jetzt los. »Unser Schiff war für ein derartiges Unternehmen noch nicht startfähig. Es haben noch keine Probeflüge stattgefunden. Die Maschinerie ist noch nicht in kleineren Flügen erprobt worden. Es ist nicht ausgeschlossen, daß ihm ein ähnliches Schicksal blüht wie den Amerikanern.«

Während Grabbe noch sprach, griff Lüdinghausen zum Telefon und gab der Funkstation Auftrag, mit allen Mitteln eine Verbindung mit dem Strahlschiff zu versuchen.

»Zwecklos, Herr Professor Lüdinghausen«, knurrte Grabbe dazwischen. »Vielleicht sind alle drei schon verloren.«

Trotz der ernsten Lage mußte Lüdinghausen lächeln.

»Sie trauen userm Freund Hegemüller wenig zu«, meinte er. »Ich halte mehr von ihm. Wenn eine Rettung möglich ist, wird er's schaffen. Unser Schiff wird er bestimmt wieder nach Hause bringen. Das ist meine feste Überzeugung.« Die Glocke des Telefons klang dazwischen. Die Funkstation rief an: »Wir haben Verbindung mit unserem Strahlschiff. Doktor Hegemüller meldet sich. Er hat das andere Schiff fest in den Trossen und bremst den Flug mit seinen Strahlflächen ab.«

»Also, da haben wir's!« rief Lüdinghausen begeistert. »Ich habe es Ihnen ja gleich gesagt, unser Hegemüller schafft es.« Er sprach wieder in das Telefon zur Funkstation. »Rufen Sie Doktor Hegemüller an. Ich lasse ihn bitten, das Schiff hierher nach Gorla zu bringen. Die Reparatur kann hier schnellstens erledigt werden, und es werden unnötige Aufregungen und alles überflüssige Geschwätz in Washington vermieden.«

»Was sagen Sie dazu, Berger?« fragte Hegemüller nach dem Empfang von Lüdinghausens Funkspruch. »Wir sollen die Amerikaner nach Gorla einschleppen.«

»Feine Idee von unserm Professor, Herr Doktor! Fragt sich nur, ob sie damit einverstanden sind.«

Die Frage des Monteurs Berger war berechtigt. Auch Watson hatte den Funkspruch gehört und O'Neils mitgeteilt. Der Vorschlag kam beiden so unerwartet, daß sie in ihrer Verblüffung zunächst keine Worte fanden. Dann aber begannen sie über ihn zu debattieren, Gründe und Gegengründe vorzubringen.

»Was werden unsere Gäste dazu sagen, wenn wir nicht in Washington, sondern in Deutschland landen?« war die erste Frage O'Neils'.

»Sie werden froh sein, daß sie überhaupt gesund landen können«, warf Watson dagegen ein.

So ging die Rede und Gegenrede zwischen den beiden noch hin und her, als Hegemüller sie anrief. Kurz und bündig teilte er ihnen mit, daß er aus technischen Gründen gezwungen wäre, zunächst in Gorla zu landen. In zwanzig Minuten würde man dort sein; alles Weitere würde sich da finden.

Während der wenigen Minuten, die vergangen waren, seitdem Dr. Hegemüller die Strahlflächen bremsend wirken ließ, hatten die beiden Schiffe schon den größten Teil ihrer Geschwindigkeit verloren. Nur noch mit tausend Kilometern in der Stunde flogen sie in knapp zwanzig Kilometern Höhe dahin. In weitem Bogen hatte Dr. Hegemüller den Westkurs verlassen und war auf einen Nordostkurs abgeschwenkt, der ihn geradewegs nach Gorla bringen mußte. In kurzer Zeit war damit das japanische Schiff außer Sichtweite gekommen. Mit nur wenig verringerter Geschwindigkeit jagte es weiter nach Westen, während Funksprüche zwischen Yatahira und Hegemüller hin und her gingen.

»Wir werden etwas später nach Gorla kommen«, funkte der Japaner. »Erst müssen wir Yoshika suchen.«

Ihr könntet leichter die berühmte Stecknadel in einem Heuschober finden als euren Yoshika, dachte sich Hegemüller, während er die Morsetaste hämmern ließ und den Japanern Wünsche für einen guten Flug funkte. Höflich bleiben die Bewohner des fernen Ostens in allen Lebenslagen, dachte er weiter, als Hidetawa seinen Dank für die guten Wünsche funken ließ. Aber er stutzte, als weitere Zeichen aus dem Hörer tickten.

»Wir hoffen, Yoshika noch in der Luft fassen zu können ...«

Dr. Hegemüller griff sich an die Stirn. War denn das überhaupt möglich? Er sah nach der Uhr. Knapp zehn Minuten waren seit dem Absturz des Japaners verstrichen. War es denkbar, daß der sich noch in der Luft befand? Dr. Hegemüller fand keine Antwort auf seine Frage. Es hing ja alles von der Art der Fallschirme ab, mit denen Hidetawa seine Leute ausgerüstet hatte. Daß bei einem Absprung oder Absturz aus mehreren hundert Kilometern Höhe ganz besondere Verhältnisse herrschten, darüber war sich der Deutsche schon vorher klargeworden. Jetzt kam ihm auch die Erkenntnis, daß man diesen Verhältnissen durch eine besondere Konstruktion der Schirme Rechnung tragen müsse, und wie er Hidetawa kannte, war er überzeugt, daß der das auch getan hatte ... Yoshika noch in der Luft abfangen? Er war gespannt, wie das Unternehmen wohl ausgehen möge; doch im Augenblick nahm die Führung des Schiffes seine volle Aufmerksamkeit in Anspruch.

Auf dem Tisch des Chefingenieurs Grabbe klingelte das Telefon. Professor Lüdinghausen rief an.

»Hegemüller bringt beide Schiffe hierher. In fünf Minuten will er landen. Bereiten Sie alles vor! Ich komme zur Halle.«

»Jawohl, Herr Lüdinghausen, wird gemacht«, rief Grabbe zurück und warf den Hörer auf die Gabel. Vergessen waren in diesem Augenblick sein Ärger und sein Zorn. Der Chefingenieur Grabbe dachte nicht mehr daran, seinem eigenmächtigen Untergebenen den Kopf zu waschen. Freude und Stolz erfüllten ihn, die Kameraden zu retten.

So schnell ihn seine Füße trugen, eilte er nach der großen Halle, gab den Befehl, das zweiteilige Dach aufzuklappen, rief dann die geschicktesten Leute der Abteilung zusammen und hatte mit ihnen eine hastige Besprechung, während die Minuten verrannen und der Zeitpunkt der Landung immer näher heranrückte.

Dr. Hegemüller hatte mit seiner Vermutung recht, daß Hidetawa seine Fallschirme den veränderten Verhältnissen des Weltraumfluges besonders angepaßt hatte. Als er diesem Problem nähertrat, hatte er sofort die Gefahr erkannt, daß ein fallender Körper in den obersten dünnen Schichten der Atmosphäre eine verderbliche Sturzgeschwindigkeit annehmen könnte, und danach seine Maßnahmen getroffen. Zu einem Vielfachen der sonst üblichen Größe breiteten sich die von ihm konstruierten Schirme aus. Sie bremsten den Fall dadurch bereits in Höhen, in denen die andern Schirme noch unwirksam blieben. Je nach Bedarf konnte der Fallschirmspringer in den tieferen Luftschichten den Schirm durch einfache Schnurbewegungen verkleinern, er konnte es aber auch unterlassen und schwebte dann noch wesentlich langsamer als das leichteste Baumblatt in die Tiefe.

»Er wird wohl wissen, daß wir ihm so bald wie möglich nachfolgen; er wird danach handeln«, sagte Hidetawa, während das Schiff auf Westkurs dahinstürmte. Yatahira nickte und rechnete auf einem Schreibblock, sprang dann auf und betätigte die Steuerung so, daß das Schiff stark abgebremst wurde.

»Wir müssen ihn in zehn Kilometer Höhe suchen«, sprach er dabei weiter. »Wenn er so gehandelt hat, wie wir es von ihm erwarten.«

»Suchen Sie, Yatahira!« war alles, was Hidetawa darauf erwiderte.

Schweigend arbeitete Yatahira an der Steuerung, verstellte hier einen Hebel und dort einen anderen, während seine Augen bald zu den Meßinstrumenten gingen, bald scharf durch das Bugfenster spähten. In zehn Kilometer Höhe flog jetzt das Schiff und sank, während seine Geschwindigkeit ständig abnahm, allmählich noch tiefer. Weit voraus kam Land in Sicht; eine gebirgige Küste, die Bucht von Valencia. Noch angestrengter als bisher starrte Yatahira nach vorn, während seine Hände an den Steuerhebeln lagen. Stärker bremste er jetzt den Flug, noch tiefer ließ er das Schiff sinken, dabei unentwegt einen Punkt im Auge behaltend, der bald in dem schimmernden Blau des Äthers sichtbar war, auf Sekunden zu verschwimmen schien und dann von neuem auftauchte. Minuten hindurch währte das Spiel, dann sprach Yatahira:

»Wir haben Yoshika gefunden, Herr Hidetawa.«

»Da sind sie!« Chefingenieur Grabbe sagte es zu Robert Jones, während die beiden durch die schweren Trossen zu einer Einheit verbundenen Strahlschiffe durch das geöffnete Dach hinabsanken. Das amerikanische Schiff setzte auf dem Hallenboden auf. Durch seine Strahlflächen gehalten, stand das deutsche Schiff frei schwebend darüber. Im nächsten Augenblick sprangen Werkleute mit Leitern und Gerätschaften hinzu. Jetzt tat die kurze Besprechung, die Grabbe vor wenigen Minuten mit ihnen gehabt hatte, ihre Wirkung. Schneidbrenner zischten auf. Gierig fraßen sich ihre Flammen durch den Stahl der Trossen. In weniger als einer Minute waren die starken Drahtseile durchgeschnitten. Das deutsche Schiff wurde frei. Es erhob sich wieder, um draußen vor der Halle zu landen. Als erster sprang Jones hinzu, als die Tür des amerikanischen Schiffes geöffnet wurde.

»Heaven's sake!« Mit Tränen in den Augen umarmte

er Watson, begrüßte danach Professor O'Neils, dem die Aufregungen und Anstrengungen des abenteuerlichen Fluges stark anzumerken waren, wurde gleich danach von den Gästen O'Neils' umringt und mit einer Flut von Fragen überschüttet, daß er nicht wußte, wem er zuerst Auskunft geben sollte.

Während er sich noch bemühte, Rede und Antwort zu stehen, schrillte die Werksirene, begannen die Uhren zu schlagen. Es war eben zwölf Uhr mittag. Zwölf Uhr! Das brachte neue Erregung unter die Presseleute. Ihre Berichte mußten schnellstens zu den Schriftleitungen gebracht werden. Sie riefen nach Fahrgelegenheiten und erfuhren erst jetzt, daß sie nicht in Washington, sondern im Herzen Deutschlands gelandet waren.

Von neuem schwoll das Stimmengewirr an und wurde so stark, daß Professor Lüdinghausen es für angebracht hielt, sich einzumengen. Er stellte den Fluggästen alle Nachrichtenmittel des Werkes zur Verfügung und erreichte nach wenigen Worten eine Beruhigung der aufgeregten Gemüter.

Unter der Führung Dr. Thiessens gingen sie in das Verwaltungsgebäude und traten in einen Raum. Ein rundes Dutzend Maschinen standen dort. Fernschreiber waren es, die über Funk mit jeder gleichartigen Maschine, die irgendwo in Europa stand, synchron zu arbeiten vermochten.

Und solche Maschinen gab es auch in der ganzen Welt; in den großen Zeitungsredaktionen hatten sie ihren Platz, und schnell waren die Verbindungen hergestellt. Schon klapperten in Gorla die Tasten unter den Fingern eifrige Berichterstatter, während korrespondierende Maschinen in London, Rom, Paris und anderen Städten den gleichen Text niederschrieben, der hier auf dem Papier erschien. Wer aber einen mündlichen Bericht vorzog, dem stellte Dr. Thiessen auch die Telefonverbindungen des Werkes zur Verfügung, und manche wählten diesen Weg, um ihren Schriftleitungen so schnell wie möglich von alledem, was sie in ereignisreichen Stunden erlebt hatten und wovon ihr Herz noch voll war, Bericht zu geben.

Eine gute Viertelstunde mochte darüber vergangen sein, als Jones in den Saal kam. Er erschien gerade zur rechten Zeit, denn schon waren einige mit der Weitergabe ihrer schon während des Fluges vorbereiteten Berichte zu Ende und wollten nun weiteres hören. Aber was Robert Jones seinen Landsleuten mitteilte, hatte nichts mehr mit Abenteuern und Aufregungen zu tun. Es klang im Gegenteil ziemlich prosaisch.

»Meine Herren«, sagte Jones, »Sie haben noch bequem Zeit, einen Imbiß einzunehmen, zu dem die Werkleitung Sie durch mich bitten läßt. Danach wird Ihr Strahlschiff wieder starten und Sie nach Washington bringen.«

Es gab nachdenkliche Gesichter, als Jones geendet hatte. Zu stark noch wirkte in den meisten die Erschütterung durch das vor kurzem Erlebte nach. Fragen wurden laut, ob es ratsam sei, sich noch einmal der Maschine O'Neils' anzuvertrauen, nachdem sie eben erst haarscharf am Tode vorbeigekommen waren. Die Möglichkeit, eines der flugplanmäßigen Stratosphärenschiffe nach New York zu benutzen wurde laut erwogen, und Jones sah sich genötigt, seine ganze Beredsamkeit aufzubieten.

Er tat es und weil er seine Landsleute ganz genau kannte, tat er es auch mit Erfolg. Er verstand es, sie bei der Ehre zu packen. Er stellte ihnen in flammenden Worten vor, wie beschämend es für Professor O'Neils und schließlich auch für sie selber wäre, wenn sie nicht zusammen mit ihm wieder auf dem gleichen Platz landen würden, von dem sie gestartet waren, und er riß sie schließlich alle mit sich.

In gehobener Stimmung folgten sie ihm in das Werkkasino, um sich vor dem Weiterflug bei einem gemeinsamen Mahl zu stärken.

Während Jones sich nach der Landung in Gorla der Gäste O'Neils' annahm, war dieser mit Watson zusammen im Kommandostand seines Schiffes geblieben. Er machte den Eindruck eines müden, gebrochenen Mannes. Allzu schwer hatte ihn der Mißerfolg seines mit großen Hoffnungen unternommenen Fluges getroffen. Kaum hörte er auf die Worte, mit denen ihn Watson aufzurichten versuchte, und raffte sich schließlich nur zu der Frage auf: »Was soll nun weiter werden, Watson?«

»Wir werden den Schaden hier reparieren und dann nach Washington zurückfliegen.«

»Wie viele Tage, wie viele Wochen wird das dauern? Was werden meine Gäste dazu sagen? Was wird man in den Staaten von uns denken?«

Mit einer matten Handbewegung winkte er ab, als Watson etwas dagegen sagen wollte. Wies auch Jones ab, der eben aus dem Verwaltungsgebäude zurückkam, und brütete vor sich hin, als die Tür sich zum zweitenmal öffnete.

Professor Lüdinghausen und Chefingenieur Grabbe kamen herein.

Schwerfällig erhob sich O'Neils, um seine deutschen Freunde zu begrüßen. Mühsam zwang er sich zu einem Lächeln, als Lüdinghausen ihn zu dem glücklich vollendeten Rundflug beglückwünschte.

»Glücklich vollendet, Herr Professor Lüdinghausen? Der Flug ist noch nicht vollendet. Mein Schiff liegt hier in Ihrem Werk als Wrack, während man in Washington auf meine Rückkehr wartet.«

»Kopf hoch, Mr. O'Neils!« rief Grabbe dazwischen. »Man wird in Washington nicht mehr lange auf Sie zu warten brauchen. Den kleinen Defekt an Ihrer Maschine werden wir in einer halben Stunde beheben.«

»In einer halben Stunde?« Ungläubig wiederholte Jones die Worte des Chefingenieurs.

»Jawohl, in einer halben Stunde«, wandte sich Lüdinghausen an Jones.

288

»Führen Sie Ihre Landsleute ins Kasino! Sie sollen vor dem Weiterflug ordentlich frühstücken und sich keine unnötigen Gedanken machen.«

Eilig machte sich Robert Jones davon, um den Auftrag auszurichten.

»Sie versprechen Unmögliches, Herr Grabbe«, sagte Watson, nachdem Jones gegangen war. »Unsere Hauptsteuerwelle ist gebrochen. Die Anfertigung einer neuen wird viele Tage beanspruchen.«

In seine letzten Worte klang von außen her das Geräusch von Werkzeugen, und fast gleichzeitig kam Dr. Hegemüller mit vier seiner besten Werkleute in den Kommandoraum.

»Halten Sie sich dran, Hegemüller!« rief ihm Grabbe zu. »Ich habe unseren Freunden versprochen, daß sie in einer halben Stunde wieder starten können.«

»Wollen unser Möglichstes tun, Herr Grabbe«, meinte Dr. Hegemüller und gab seinen Leuten Anweisungen. Schlüssel wurden angesetzt, Schraubenmuttern wurden gelöst, Bolzen und Keile wurden herausgezogen. In weniger als fünf Minuten lag die Welle frei.

»Ein häßlicher Bruch«, brummte Hegemüller vor sich hin. »Trotzdem, es sollte mit dem Teufel zugehen, wenn wir die Geschichte nicht wieder ins Lot brächten.« Er folgte seinen Leuten, die den beschädigten Maschinenteil aus dem Schiff trugen, und traf draußen mit den andern zusammen, die dort das andere Stück der Welle abmontiert hatten.

»Marsch marsch, Herrschaften!« trieb er sie an. »Der Chefingenieur hat Professor O'Neils versprochen, daß er in einer halben Stunde starten kann. Fix mit dem Zeug in die Schweißerei!«

Schweigend hatte O'Neils der Arbeit von Hegemüllers Leuten zugeschaut. Allmählich erwachte sein Lebensmut wieder, doch noch immer vermochte er nicht an das zu glauben, was Chefingenieur Grabbe versprochen hatte.

»Sie können mehr als zaubern, wenn Ihnen das gelingt«, begann er zögernd.

»Nicht zaubern, Herr Professor O'Neils, aber gut schweißen«, gab Grabbe lachend zurück. »Wir bilden uns einiges auf die Schweißvorrichtungen unseres Werkes ein. In einer Viertelstunde wird man Ihrer Welle den Bruch nicht mehr anmerken.«

Häßlich hatte Hegemüller den Bruch genannt, und er hatte keinen Grund, sein Urteil zu ändern, als die Stükke in der Schweißerei lagen.

»Zehn Zentimeter rausschneiden! Neues Stück einsetzen!« kommandierte er seinen Monteuren, und jeder von ihnen verstand im Augenblick, was er zu tun hatte. Schon lagen die Stücke fest eingespannt. Schon kreischten Metallsägen auf, fraßen sich in den Stahl und schnitten ihn ab, soweit er durch den Bruch in Mitleidenschaft gezogen war. Schon wurde an einer anderen Stelle aus bestem Edelstahl ein Ersatzstück zurechtgeschnitten. Dr. Hegemüller brauchte kaum noch Anweisungen zu geben. Schon lag alles in einer der großen Schweißmaschinen fest eingespannt. Ein Transformator brummte auf. Für Sekunden flutete elektrischer Hochstrom durch den Stahl. Hellauf leuchteten die Stoßflächen in Weißglut, waren im nächsten Moment zu einem untrennbaren Ganzen vereinigt.

Dr. Hegemüller zog die Uhr. »Zehn Minuten bis jetzt. Fix! Schnell weiter! Zu den Schleifmaschinen damit!«

Scheiben aus diamanthartem Korund rotierten in rasendem Wirbel. Blitzblank schimmerte die Oberfläche der Steuerwelle, über die sie dahingegangen waren. »Fünf Minuten«, sagte Dr. Hegemüller, als seine Werkleute das Stück aus der Schleifmaschine nahmen, um damit zu O'Neils' Strahlschiff zurückzukehren. »Wir möchten Ihnen das Geleit nach Washington geben, Herr Professor O'Neils«, hatte Grabbe eben gesagt, als Dr. Hegemüller mit seiner Kolonne wieder im Kommandoraum erschien. O'Neils vergaß, ihm zu antworten. Wie

290

gebannt starrte er auf das Stück, das Hegemüllers Leute hereinbrachten, und wollte seinen Augen nicht trauen. War das wirklich die alte Welle? Sie mußte es ja sein; etwas anderes war nicht denkbar. Und trotzdem schien's ihm unglaublich. Er sprang auf und betastete das Werkstück mit seinen Händen. Gleichmäßig glatt und blank war die zylindrische Oberfläche. O'Neils atmete tief auf und preßte die Rechte Hegemüllers. Vergessen waren Trübsinn und Niedergeschlagenheit. Die alte Zuversicht und Entschlossenheit strahlte aus seiner Miene, während er seinem Dank in warmen Worten Ausdruck gab, die Dr. Hegemüller fast in Verlegenheit setzten.

»Nicht mein Verdienst, Herr Professor O'Neils«, wehrte er ab. »Die Einrichtungen unseres Werkes haben die schnelle Reparatur ermöglicht ... nur noch sieben Minuten ... dranhalten, Herrschaften!« wandte er sich zu seinen Leuten, die bereits beim Einbau der Welle waren, und lief dann ins Freie, um auch die Arbeiten außenbords zu überwachen.

»Sie haben sich noch nicht zu meinem Vorschlag geäußert, Herr Professor«, nahm Grabbe seine früheren Worte wieder auf. »Ist Ihnen unsere Begleitung genehm, oder ziehen Sie es vor, allein nach Washington zurückzufliegen?«

»Aber nein, Herr Chefingenieur! Im Gegenteil, ich begrüße es mit Freuden. Wir wissen es, daß wir Ihnen unsere Rettung verdanken, und in den Staaten weiß man auch, was Sie für uns getan haben.«

»Montage beendet, Herr Grabbe! Dauer der Reparatur neunundzwanzig Minuten und dreißig Sekunden«, meldete Hegemüller, als er in den Kommandoraum zurückkam. »Herr Professor O'Neils kann starten.«

Auf einen Wink Grabbes machte sich Watson auf den Weg zum Kasino, um O'Neils' Gäste zu holen.

»So schnell wird der nicht wiederkommen«, meinte Dr. Hegemüller, nachdem Watson gegangen war. »Ich hörte draußen zufällig, daß die Herren im Kasino lebhaft ins Erzählen gekommen sind. Jeder einzelne malt die überstandenen Abenteuer aus, und jeder versucht, den andern dabei zu überbieten. Man hört sie über den großen Flur. Watson wird es nicht leicht haben, seine Landsleute in die Wirklichkeit zurück und zu ihrem Schiff zu bringen.«

»Sagen Sie mal, Hegemüller«, unterbrach ihn Chefingenieur Grabbe. »Was halten Sie davon? Wir wollen Professor O'Neils mit unserem Schiff nach Washington begleiten.«

»Großartig, Herr Grabbe!« Hegemüller schlug sich vor Vergnügen auf die Schenkel. »Ich wollte mir Washington schon immer mal ansehen. Hoffentlich hat Professor Lüdinghausen nichts dagegen.«

Grabbe mußte lachen.

»Auf einmal so peinlich korrekt, Herr Doktor Hegemüller? Aber heute vormittag sind Sie mit unserm Schiff abgebraust, ohne eine Menschenseele um Erlaubnis zu fragen.«

»Gefahr war im Verzug, Herr Grabbe. Die Zeit war kostbar. Es ging um Minuten«, entschuldigte sich Dr. Hegemüller und versuchte dann das Gespräch in andere Bahnen zu lenken. »Schade, Herr Grabbe, daß Hidetawa nicht hier ist! Er ist wohl irgendwo in Spanien auf der Suche nach seinem abgestürzten Besatzungsmann. Sonst könnten wir zu dritt nach Washington fliegen. Drei Strahlschiffe zusammen ... schon eine Flottille. Das wäre das Richtige, das würde sicher Eindruck machen.«

»Ja, wenn Hidetawa da wäre, mein lieber Hegemüller, er ist aber leider nicht da ...«

»Guten Tag, meine Herren«, sagte Hidetawa, der in diesem Augenblick in den Kommandoturm des amerikanischen Schiffes trat. »Was haben Sie weiter beschlossen, Herr Professor O'Neils?«

»Ich will nach den Staaten zurückfliegen, Herr Hidetawa.« Der Japaner stutzte. »Mit einem Maschinenschaden, Herr Professor O'Neils? Das ist doch nicht denkbar.«

»Der Schaden ist bereits behoben, Herr Hidetawa. Die Reparatur gelang hier im Werk in unglaublich kurzer Zeit. Wir sind startbereit.«

»Ja wir haben nur noch auf Sie gewartet Herr Hidetawa«, sagte Dr. Hegemüller. »Bei uns gibt's ein Sprichwort, das heißt: Aller guten Dinge sind drei.«

Er merkte an der Miene Hidetawas, daß der nicht begriff, wohin er, Hegemüller, mit seinen Worten hinauswollte, und fuhr fort: »Wir haben nämlich beschlossen, Professor O'Neils mit unserem Schiff nach Washington zu begleiten, und sprachen eben davon, wie schön es wäre, wenn Sie auch dabeisein könnten, Herr Hidetawa. Wir stellten es uns als einen wirkungsvollen Abschluß von Professor O'Neils' Flug vor, wenn wir mit unsern drei Strahlschiffen zusammen dort ankämen.«

Hidetawa überlegte einen Augenblick. »Wenn es Herrn O'Neils recht ist«, begann er zögernd.

»Sie machen mir eine große Freude damit, Herr Hidetawa«, fiel ihm dieser ins Wort. »Sie nützen damit auch gleichzeitig unserer gemeinsamen Sache. Ich kenne meine Landsleute. Sie sind leicht begeistert, aber auch leicht niedergeschlagen. Das Gorla-Werk steht, seitdem wir hier landeten, in ständiger Funkverbindung mit Washington. Zehntausende umlagern dort trotz unserer Verspätung den Startplatz und harren auf unsere Ankunft. Sie werden uns stürmisch zujubeln und noch stärker an unsere Sache glauben, wenn wir nicht allein ankommen, sondern wenn sie unsere drei schönen Schiffe gleichzeitig landen sehen.«

»Dann, Herr Professor O'Neils, werde ich Sie gern begleiten«, sagte Hidetawa.

Stimmengewirr kam von draußen auf. Robert Jones und Henry Watson brachten die Gäste O'Neils' in die Halle. Nicht ohne einige Mühe hatten sie diese an den beiden draußen liegenden Schiffen vorbeigebracht.

Plaudernd und lachend, noch ganz erfüllt von den Erlebnissen der letzten Stunden, drängten sie sich jetzt wieder in den Passagierraum der amerikanischen Maschine. Ein kurzer Abschied noch zwischen O'Neils, Hidetawa und Dr. Hegemüller, dann gingen sie zu ihren Schiffen. Schon wurden überall die Türen geschlossen. Als erste hob sich die amerikanische Maschine vom Boden ab. Unmittelbar nach ihr starteten Hidetawa und Hegemüller, mit Kurs auf die amerikanische Hauptstadt.

Professor O'Neils hatte eher zuwenig als zuviel gesagt, als er von Zehntausenden sprach, die in Washington auf seine Ankunft warteten. Eine unabsehbare Volksmenge umlagerte den Startplatz. Viele Tausende hatten bereits dem Aufstieg des amerikanischen Strahlschiffes zugesehen. Andere Tausende waren später hinzugekommen.

Sie hatten gejubelt, als die ersten Nachrichten über die schnelle Erreichung und Überfliegung des amerikanischen Kontinents aus den mächtigen Lautsprechern des Instituts erklangen, und in bedrücktem Schweigen ausgeharrt, als danach die Kunde von dem Maschinendefekt bekannt wurde. Vieltausendstimmiger Beifall war über den weiten Platz gebraust, als man die Hilfeleistung des japanischen Schiffes erfuhr. Niedergeschlagenheit hatte die Massen befallen, als dann die Notrufe O'Neils' kamen, die von einer unerträglichen Glut berichteten. In atemloser Spannung hatte man später die Funkmeldungen über die Rettungsmanöver des deutschen Strahlschiffes vernommen, während von Minute zu Minute immer neue Tausende zu der bereits versammelten Menschenmenge hinströmten. Von Beifallrufen erzitterte die Luft, als die Lautsprecher meldeten, daß O'Neils' Schiff sicher in den Trossen der deutschen Maschine hing, und in tosendem Jubel überschlug sich die Menge, als die glückliche Landung in Gorla verkündet wurde.

Glücklich in Gorla gelandet. Dort würde man den Schaden mit den Hilfsmitteln des dortigen Werkes beseitigen, und später... vielleicht schon übermorgen würde Professor O'Neils nach Washington zurückkehren. Schon begann die versammelte Menge sich zu zerstreuen, als neue überraschende Kunde aus den Lautsprechern aufklang: »Der Schaden wird behoben sein. In einer Stunde wird das Schiff hier landen.« Da strömten die Massen zu den eben verlassenen Plätzen zurück, und zahllose andere kamen noch hinzu.

»In einer Stunde wird Professor O'Neils landen.« Die kurze, aber inhaltsreiche Nachricht bannte die Menge, die jetzt auf mehr als hunderttausend angeschwollen war, auf ihren Platz. Erwartungsvoll starrten ungezählte Augenpaare zum Himmel empor, obwohl man doch wußte, daß das Schiff zur Zeit im Gorla-Werk lag.

Eine Stunde kann sehr lang sein, aber auch die längste Stunde nimmt einmal ein Ende. Uhren wurden hervorgeholt und verglichen, Minuten wurden gezählt, Berechnungen angestellt. Langsam rückten inzwischen die Zeiger weiter. In fünf Minuten dreizehn Uhr... in drei Minuten... in zwei Minuten... in atemloser Spannung verharrte die Menge, den Blick nach Norden gerichtet, von wo der Erwartete kommen mußte.

Ein Aufbrausen dann. Wie ein Lauffeuer ging es durch die Massen. Hier da und dort hatte der eine oder andere etwas im Äther erspäht und machte seiner Erregung in Ausrufen Luft. Jetzt sahen es schon viele, und jetzt sahen es alle. Das amerikanische Schiff zog in geringer Höhe von Norden heran, aber es kam nicht allein. Drei in ihrer äußeren Form fast gleiche Schiffe waren es, die immer näher herankamen, für kurze Zeit über dem freien Platz schwebten und in sanftem Fall nach unten sanken.

Über den gemeinsamen Flug nach Washington hatte man von Gorla aus nichts gefunkt, aber im Augenblick begriffen die um den Start- und Landeplatz versammel-

295

ten Massen, daß das deutsche und das japanische Strahlschiff ihrem berühmten Landsmann ein Ehrengeleit gaben, und orkanhaft brach die Begeisterung los. Die Polizei konnte die Absperrung nicht mehr aufrechterhalten. Von allen Seiten drängte die Menge zu den drei Schiffen, befühlte die schimmernden Metallwände, betastete die Steuerflächen, während ständig donnernde Beifallrufe, vermischt mit den Namen der erfolgreichen Piloten, die Luft erschütterten.

Lange dauerte es, bis sich der Sturm der Begeisterung so weit gelegt hatte, daß die Insassen es wagen konnten, ihre Schiffe zu verlassen, ohne Gefahr zu laufen, von der Menge erdrückt zu werden. Und immer wieder noch mußten sie danach auf den Altan des Carnegie Building hinaustreten, sich den Volksmassen zeigen und für nicht endenwollende Zurufe danken.

Der Neubau des Instituts war erst halb vollendet. Noch standen Teile der Betonwandungen in Holzverschalungen, lagen Eisenträger und hölzernes Gebälk frei zutage. Fertig und auch im Innern wohnlich war erst der Mittelbau des mächtigen Hauses, und hier saßen nun alle in einer Beratung zusammen.

Chefingenieur Grabbe nahm das Wort. »Meine Herren! Die bisher von unseren Maschinen geleisteten Flüge haben erwiesen, daß das Strahlschiff aus dem Versuchsstadium heraus ist. Seine Entwicklung ist so weit vorgeschritten, daß wir daran denken können, es als öffentliches Verkehrsmittel einzusetzen. Daß es den Stratosphärenschiff auf Langstrecken unendlich überlegen ist, steht außer Zweifel.

Die Gorla-Werke und japanische Konzerne haben sich entschlossen, eine Verkehrsgesellschaft zu gründen und eine Strahlschifflinie zu eröffnen ...«

»Wir machen mit, Herr Grabbe! Wir müssen auch dabeisein«, unterbrach ihn O'Neils.

»Bravo, Herr Professor!« Grabbe reichte dem ihm gegenübersitzenden O'Neils die Hand. »Ich habe es erwartet. Es freut mich, aus Ihrem Munde zu hören, daß Sie auch hier mit uns zusammengehen wollen.«

»Die neue Gesellschaft muß über eine hinreichende Flotte verfügen«, schlug Watson vor. »Wir müssen noch mehr Schiffe bauen.«

»Aber ohne Überstürzung!« bremste Hegemüller den Eifer des Amerikaners ab. »Jedes neue Schiff muß eine Weiterentwicklung, eine Verbesserung des bisher Erreichten bedeuten.«

Hidetawa nahm das Wort. »Nach der Erklärung des Herrn Professor O'Neils verfügen wir im Augenblick über drei Strahlschiffe. Damit können wir unseren ursprünglichen Plan erweitern. Wir können die Linie Deutschland-Japan zu einer Ringlinie um den Erdball erweitern und in Ostwestrichtung und in Westostrichtung befliegen. Dafür reichen zwei Schiffe aus, so daß wir das dritte als Reserve behalten und die Maschinen gut pflegen und instand halten können. Wir folgen damit der Anregung, die uns Herr Professor O'Neils durch seinen Rundflug gegeben hat.«

Mit Beifall wurde der Vorschlag Hidetawas von den Anwesenden aufgenommen. Flugpläne wurden aufgestellt, Landungsorte festgelegt und Zeittafeln entworfen.

Als sich nach Stunden die Japaner und Deutschen zum Abschied rüsteten, lag der Verkehrsplan für die neue Gesellschaft fertig vor. Nur noch die juristischen Formalitäten der Gesellschaftsgründung und die Betriebsorganisation blieben zu erledigen. Man trennte sich in der sicheren Hoffnung, daß schon in wenigen Wochen die neuen Strahlschiffe dem öffentlichen Verkehr zur Verfügung stehen würden.

»Was, Freund Hegemüller«, meinte Chefingenieur Grabbe zu Dr. Hegemüller, während das deutsche Schiff über den Ozean dahinstrich, »das haben Sie sich nicht träumen lassen, als Sie vor einem Jahr unsere Strahlröhre zerschmetterten!«

»Doch, Herr Grabbe!« widersprach Dr. Hegemüller. »Ich habe es mir gleich gedacht. Als damals die Bleikathode durch unser Glasdach brach und in den Himmel flog, da habe ich mir gesagt: Wenn der Brocken da flügge geworden ist, so müssen auch größere Stücke fliegen können. Strahlraketen ... Strahlschiffe ...«

Chefingenieur Grabbe lachte. »Und dann haben Sie die Abteilung C III um ihre Versuchskammer gebracht und das Ding zu einem wahren Seelenverkäufer von einer Strahlrakete umgebaut. Meinetwegen! Mag es so sein.«

»Es war die erste Strahlrakete!« sagte Dr. Hegemüller und behielt damit wie fast immer das letzte Wort.

Befehl
aus dem Dunkel

BEFEHL AUS DEM DUNKEL

Erstmals erschienen im Scherl Verlag, Berlin 1933

Taschenbuchausgabe 1972 im Wilhelm Heyne Verlag, München
(Band 06/3319)

Sämtliche Gefangenen sind sofort in Freiheit zu setzen. General Iwanow.«

Wäre der Blitz in das Gouvernementsgebäude von Irkutsk gefahren, Verwirrung und Aufregung hätten nicht größer sein können. Wie ein Lauffeuer ging die Kunde von diesem unbegreiflichen Erlaß des Oberbefehlshabers durch den Riesenbau.

Alle Gefangenen freilassen! War der General wahnsinnig geworden?

Wenige Minuten später war das Zimmer des Generals voll von höheren Beamten und Offizieren, die ihn mit Fragen bestürmten. Doch immer nur die eine Antwort aus Iwanows Mund: »Die Gefangenen sind unschuldig. Außerdem liegt ihre Entlassung im Staatsinteresse.«

Waren es wirklich die Worte des Generals oder war es etwas anderes — eine Stimme nach der anderen verstummte. Die erregten Gesichter glätteten sich mehr und mehr — und dann nickten die einen zustimmend, die anderen sprachen laut heraus, es könne gar keinem Zweifel unterliegen, daß das Staatsinteresse die Freilassung der Gefangenen erfordere — sie seien völlig unschuldig.

War dieser plötzliche Stimmungswechsel der Versammelten schon recht sonderbar, so war auch ihr weiteres Verhalten überaus merkwürdig. Anstatt nun nach Erledigung der Angelegenheit das Zimmer zu verlassen, blieben sie noch eine volle Stunde bei Iwanow, ohne außer ein paar gleichgültigen Redensarten über die Gefangenen weitere Worte zu wechseln.

Als aber gegen Mittag der General und die anderen das Zimmer verlassen hatten, dauerte es nur wenige Minuten, da schrillten nach einer kurzen Besprechung Iwanows mit den anderen Herren bei allen Behörden die Telefone: »Befehl des Generals, die vor einer Stunde entlassenen Gefangenen sofort wieder zu verhaften und in das Gefängnis einzuliefern.« Bis auf eine der Gefangenen, ein junges Mädchen namens Lydia Allgermissen, wurden die übrigen alsbald wieder festgenommen.

Am Nachmittag desselben Tages berief Iwanow sämtliche Offiziere und Funktionäre, die am Mittag bei ihm gewesen waren, zu einer Besprechung zu sich. Noch ehe man dazu kam, sich über das Unbegreifliche auszusprechen, sprangen alle wie auf ein gegebenes Kommando auf und bewegten sich in lebhaften Tanzschritten durch den Raum. Gleichzeitig erschien vor einem Fenster ein alter, einfach gekleideter Mann, der sich über das Bild im Zimmer aufs höchste belustigte. Während seine Hände unaufhörlich den Takt zu dem Tanz im Gouverneurszimmer schlugen, sprudelten aus seinem Mund heftige Verwünschungen und boshaftes Gekicher.

Plötzlich öffnete sich die Tür zu dem Zimmer, und ein junger Offizier im Dienstanzug trat herein. Wie angewurzelt blieb er stehen und starrte auf die sonderbare Szene. Dann suchten seine Augen die des Generals, und was er darin las, erfüllte ihn mit Entsetzen. Angst, Wut, tiefste Beschämung sprachen nur zu deutlich daraus.

Unfähig, den Mund zu einer Frage zu öffnen, einen Entschluß zu fassen, stand der Offizier. Da fiel sein Blick auf das Fenster, hinter dem der Alte mit kreischenden Freudenrufen die Szene begleitete. Blitzartig kam dem Offizier der Gedanke, daß der dort draußen vielleicht durch Hypnose oder suggestiven Zwang den General und die anderen zu diesen jeder Vernunft und Sitte hohnsprechenden Tanzbewegungen veranlasse. Mit einem Sprung war er am Fenster und schoß durch die Scheibe hindurch den Alten in den Kopf, daß er sofort tot umsank.

Doch seine schnelle Vermutung bestätigte sich nicht.

Die Versammelten tanzten unentwegt weiter, obwohl einige der Älteren sich nur noch mit Mühe auf den Füßen hielten. Kaum noch Herr seiner Sinne, wollte der Offizier aus dem Zimmer eilen und Hilfe holen, da war der Tanz plötzlich zu Ende. Verwirrt, atemlos, erschöpft taumelten die sonderbaren Tänzer zu den nächstbesten Sitzgelegenheiten. Iwanow gab ...

Dies stand gedruckt in der neuen Ausgabe der ›Daily Mail‹, die ein schlafender Passagier im D-Zug Aachen-Paris in der Hand hielt. Sein Gegenüber hatte weit vorgebeugt den Text bis hierhin mit größtem Interesse lesen können. Wie ging die merkwürdige Geschichte weiter? Wer hatte das geschrieben?

Fiebernd vor Neugierde und Ungeduld hätte Georg Astenryk dem Schlafenden am liebsten die Zeitung fortgenommen. Ärgerlich warf er sich auf seinen Sitz zurück, da traf sein Blick das etwas belustigte Gesicht seines Reisegefährten zur Rechten. Der mochte über sein Buch hinweg wohl etwas von dieser Lektüre mit Hindernissen beobachtet haben und reichte ihm jetzt lächelnd eine Zeitung.

»Bitte, Herr Astenryk. Das ist dieselbe Nummer der ›Daily Mail‹, die Sie anscheinend so interessiert. Sie können sie gern haben.«

Etwas verlegen nahm Georg Astenryk das Blatt an sich. »Sehr liebenswürdig, Herr Major. Meinen verbindlichsten Dank.« —

Der Zug hielt in Compiègne. Major Dale erhob sich und reichte Georg Astenryk die Hand zum Abschied. »Es war mir eine angenehme Bekanntschaft. Vielleicht fügt es das Schicksal, daß wir uns später noch einmal wiedersehen.«

»Das würde mich sehr freuen, Herr Major. Sollte der Zufall Sie in Australien gelegentlich wieder mit meinem Bruder Jan zusammenbringen, grüßen Sie ihn bitte.«

Der Zug rückte an. Georg Astenryk sah dem Reisegefährten nach, bis dieser an einem Autostand seinen Blikken entschwand. Ein hervorragender Mensch, dieser Major Dale aus Sydney, dachte er dabei. Natürlich, sonst wäre er ja nicht nach London in den Generalstab berufen. Man wird von ihm vielleicht noch hören, wenn es wirklich im Fernen Osten zu der großen Auseinandersetzung kommt. Was er über die dortige gespannte Lage erzählte, war interessant. Daß er da drüben auch Jan kennengelernt hat ... Die Welt ist doch wirklich ein Dorf. —

Auch der Australier hatte von seinem deutschen Reisegefährten einen nachhaltigen Eindruck empfangen. Es überraschte ihn, als er erfuhr, wie jung sein Gegenüber noch war. Er hätte ihn ohne weiteres zehn Jahre älter geschätzt. Der schien aus anderem Holz geschnitzt als sein Halbbruder Jan Valverde in Australien, der wohl ein ganz guter Farmer war, aber auch nicht mehr als das. Dieser Astenryk überragte ihn jedenfalls turmhoch an geistigen Kräften. —

Georg Astenryk entfaltete jetzt die Zeitung und nahm sich den Aufsatz vor, der ihn so interessiert hatte. Der Artikel trug die Oberschrift ›Erinnerungen eines russischen Arztes von Dr. Nikolai Rostow‹. Er las ihn von der Stelle weiter, bis zu der er vorher gekommen war.

»... General Iwanow gab dem Offizier den Befehl, niemanden in das Zimmer hineinzulassen. Nach einer längeren Besprechung verpflichtete er alle Anwesenden bis zur Klärung der Angelegenheit zu strengstem Schweigen.

Die Vorgänge in Irkutsk waren auch in Moskau bekanntgeworden, und die Regierung schickte sofort einen Stab von Angehörigen der Geheimpolizei und Gelehrten, darunter auch meinen Freund, den Generalarzt Orlow, von dem ich diese Mitteilungen habe, dorthin.

Die peinlichst genau durchgeführte Untersuchung ergab jedoch nichts, das geeignet gewesen wäre, den Schleier des Geheimnisses zu lüften.

Der von dem Offizier erschossene alte Mann war als ein Professor Allgermissen festgestellt worden. Dieser, ein Deutschbalte, nach Irkutsk verbannt, arbeitete in dem staatlichen Laboratorium als Assistent unter dem Direktor des Instituts. Er hatte schon früher als Sonderling gegolten, als Wissenschaftler genoß er einen vorzüglichen Ruf.

Schon mehrmals hatte man Verdacht, daß Allgermissen Arbeiten, deren Resultate schon greifbar schienen, absichtlich falsch auslaufen ließ oder stark verzögere. In der letzten Zeit hatte der Professor seinen Haß gegen die Regierung in mehr oder weniger versteckten Redensarten zum Ausdruck gebracht. Als er sich sogar in offenkundigen Drohreden erging, steckte man ihn und gleichzeitig seine Frau und seine Tochter Lydia ins Gefängnis. Während der Untersuchung starb Frau Allgermissen. Professor Allgermissen, der schon gleich nach seiner Verhaftung von den Ärzten als etwas geistesgestört bezeichnet wurde, verfiel jetzt in völligen Wahnsinn. Er wurde in die Krankenabteilung des Gefängnisses gebracht, aus der er dann an jenem Tage floh.

Unter den auf jenen rätselhaften Befehl des Generals Iwanow aus dem Gefängnis Entlassenen befand sich auch Lydia Allgermissen. Sie hatte sich vom Gefängnis zu ihrer früheren Wohnung begeben. Von diesem Zeitpunkt ab war sie verschwunden.

Nachdem die Moskauer Kommission sich lange Zeit vergeblich bemüht hatte, eine triftige Aufklärung der geheimnisvollen Vorfälle zu geben, begnügte man sich schließlich mit der plausiblen Annahme, daß Professor Allgermissen über ungewöhnlich starke hypnotische Kräfte verfügt haben müsse. —

Dr. Orlow hat sich mit mir und auch mit anderen Fachleuten vergeblich bemüht, eine bessere, einigermaßen wissenschaftliche Erklärung zu finden. Vielleicht, daß ein Leser früher oder später die richtige Lösung findet.«

Damit schloß der Artikel in der ›Daily Mail‹. Georg Astenryk ließ das Blatt sinken und nickte nachdenklich vor sich hin. Er steckte die Zeitung in seine Brusttasche und dachte dabei: Jetzt, wo ich den Bericht meines Freundes Lönholdt von solch authentischer Seite bestätigt finde, werde ich mich etwas ernsthafter mit dem beschäftigen, was ich von Allgermissen weiß.

»An Zeit mangelt es mir ja nicht«, sagte er mit einem bitteren Zug um die Lippen leise vor sich hin, »seitdem ich die Leitung der Firma Astenryk und Kompanie dem Konkursverwalter überlassen mußte ...« Und dann überlegte er weiter: Dieser Allgermissen ... Genie oder Wahnsinn? ... Daß er schwer geisteskrank gewesen, stand wohl außer Zweifel ... Wie oft hatte er, Astenryk, deshalb das Problem Allgermissen beiseitegeschoben, hatte sich gesagt: Es sind doch nur die Ideen eines Verrückten ...

Und doch! Jetzt, wo er Lönholdts Bericht durch den russischen Arzt in jeder Beziehung bestätigt fand, mußten solche Zweifel schwinden. Jetzt durfte ihm selbst das Benehmen Allgermissens in der Nacht vor seiner Verhaftung nicht mehr als das eines völlig Wahnsinnigen erscheinen.

Was stand darüber in Lönholdts Tagebuch? Professor Allgermissen hatte in jener Nacht in wildem Triumphgeheul geschrien: »Ich bin der Herr der Welt! Die ganze Menschheit ist mir untertan!« Jetzt mußte tatsächlich das Ungeheuerlichste möglich werden können. Jetzt mußte man den Worten Allgermissens einen realen Sinn zugestehen, auch wenn man, weiter denkend, auf unheimlich phantastische Folgen und Ziele stieß ...

Georgs Gedanken wanderten. Seine innerliche Erregung steigerte sich mehr und mehr. »Mein Gott!« rief er schließlich laut aus, »man könnte ja auch wahnsinnig werden, wenn man das alles bis zum letzten Ende durchdenkt. Ja, wahnsinnig könnte man werden, wie es auch Allgermissen wurde ... wurde, nicht war.«

Er schrak zusammen. Ein Schaffner trat ein und kontrollierte die Fahrkarten. Ein Blick aus dem Fenster zeigte Georg Astenryk schon die städtischen Häuser. In wenigen Minuten würde er seine Verlobte Anne Escheloh in die Arme schließen.

Der Zug lief in den Nordbahnhof ein. »Paris!« An der Sperre erblickte er Anne. Sie hatte ihn noch nicht gesehen. Er winkte ihr zu, sie erkannte ihn, winkte wieder, und dann stand er vor ihr. Er erschrak.

»Anne! Liebe Anne!« Er drückte sie fest an sich. »Anne!« Freude und Erschrecken lag in seiner Stimme. Wie hatte sich ihr Gesicht verändert, daß selbst die Freude des Wiedersehens nicht die tiefen Schatten verwischen konnte, die auf ihren Zügen lagen.

»Georg! Mein lieber, guter Georg! Wie freue ich mich, dich wiederzuhaben.«

»Und ich auch, mein Liebling. Wenn wir uns auch unter traurigen Umständen ...«

»Nicht jetzt! Laß uns die Freude des Wiedersehens genießen ... Wir wollen gleich zu uns fahren. Du wohnst auch, wie mein Schwager Forbin und Helene, in der Pension Pellonard in der Rue Frémont. Ein Zimmer ist für dich reserviert.«

Sie gingen zu dem Taxistand und fuhren zur Rue Frémont. Alfred und Helene Forbin waren nicht zu Hause. Georg war darüber nicht böse. Allein mit Anne, schloß er sie in zärtlichem Mitleid in die Arme.

»Anne! Du bist so verändert. Drückt dich etwas? Nach deinem Brief schienst du mir ganz zufrieden mit deinem Aufenthalt hier. Fühlst du dich nicht wohl bei deinem Schwager, oder ist es etwas anderes?«

Anne Escheloh wandte sich zur Seite.

»Ach, sprechen wir doch nicht davon, Georg! Warum soll ich nicht zufrieden sein, da es mir ja an nichts fehlt? Ich muß nur immer an dich denken. Was hast du nicht alles in letzter Zeit durchmachen müssen! Der Tod deines Vaters, die Hypothekengeschichte und nun gar der

Konkurs eures alten Werkes. Was wirst du anfangen, wenn sie dir alles genommen haben?«

»Anne! Ist es wirklich nur das? Hast du nicht auch anderen Kummer? Um mich brauchst du dich keinesfalls zu sorgen. Ich werde schon durchkommen. Aber daß du dich hier auch nur einigermaßen wohl fühlst ... Ich kann's nicht glauben, Anne!

Als damals dein Vater starb und du dich diesem zweifelhaften Forbin — verzeih, daß ich von dem Manne deiner Schwester so spreche — anschlossest, da dachte ich mir: Lange soll das nicht dauern, dann hole ich dich wieder. Die Halunken, die mich zum Konkurs brachten, haben auch durch diesen Plan einen Strich gemacht ... vorläufig ... denn Anne, wenn du zu mir hältst, werde ich nie von dir lassen. Und einmal wird ja doch der Tag kommen, wo ...«

»Georg, schweig doch! Was sprichst du da! Ich sollte nicht immer zu dir halten! Was auch kommen mag, ich lasse nicht von dir.

Aber erzähle doch jetzt, wie es möglich war, daß du für dein gutgehendes Werk nicht das Geld auftreiben konntest, um den Konkurs abzuwenden?«

Es war eine traurige Geschichte, die Georg zu erzählen hatte. Die große Hypothek von den Erben des früheren Teilhabers verkauft, von dem neuen Besitzer überraschend gekündigt. Keine Möglichkeit, so schnell das Kapital für die Rückzahlung zu beschaffen. Dazu böswillige Gerüchte über den Stand der Firma ... Der schwere Gang zum Konkursrichter war unvermeidlich.

Und das alles nur dunkle Machenschaften einer französischen Interessengruppe, um ihn zu zwingen, die heranreifenden Früchte einer jahrelangen Erfindertätigkeit jenen auszuliefern.

»Hast du schon irgendwelche Pläne für die Zukunft, Georg?«

»Gewiß habe ich allerhand Pläne. Aber ich kann zur Zeit leider noch nicht sagen, was sich davon verwirklichen läßt. Jedenfalls muß ich, solange der Konkurs dauert, in Neustadt bleiben. Das wird sich wohl noch einige Wochen hinziehen.«

»Ja, aber wie wird's denn mit deinen Arbeiten? Ich meine deine Erfindung, die elektrische Kohlenbatterie?«

»Das ist ja gerade die Frage, die so schwer zu lösen ist. Ich werde wahrscheinlich das freundliche Anerbieten der Tante Mila in München annehmen. Sie will mir zur Fortführung meiner Arbeiten ihr Almhaus am Wilden Rain oben in den bayerischen Bergen zur Verfügung stellen und mich, soweit es ihre bescheidenen Mittel erlauben, unterstützen. Der Gedanke, dadurch vielleicht Jahre sparen zu können, läßt mich das alles vor mir selbst verantworten. Diese Erpresser sollen sich jedenfalls in mir getäuscht haben. Was auch kommen mag, ich werde nicht zu Kreuze kriechen. Also ...«

Schritte, die sich auf dem Flur draußen näherten, ließen ihn verstummen. Gleich darauf wurde die Tür geöffnet, und Annes Schwester Helene trat in das Zimmer.

Frau Helene Forbin war eine selten schöne Erscheinung, und wer sie näher kannte, wußte nicht, was er mehr bewundern sollte: ihre äußere Schönheit oder ihren glänzenden Geist? Wie war es möglich, daß eine solche Frau einem Manne wie Alfred Forbin, einem Glücksritter, die Hand gereicht hatte? Diese Gedanken — wie schon so oft — kamen Georg Astenryk, während er auf Helene zuging.

»Ah! Georg! Ich freue mich sehr, Sie hier zu sehen. Das waren ja traurige Nachrichten aus Neustadt. Wir alle haben Sie von ganzem Herzen bedauert. Wie lange gedenken Sie bei uns in Paris zu bleiben? Was sagen Sie ... nur drei Tage? Anne, bist du damit so ohne weiteres einverstanden?« Sie legte die Hand um die Schulter der Schwester.

Georg merkte wohl, wie Anne kaum merklich zur Seite wich, um die Hand Helenes abzustreifen. Er kam seiner Verlobten zu Hilfe. »Sie vergessen ganz, Helene, daß ich zu Hause leider nicht längere Zeit entbehrlich bin. Der Konkursverwalter braucht mich notwendig bei der Abwicklung der Geschäfte. Diese Reise nach Paris erfolgt ja auch nur in seinem Auftrage, um mit einigen Schuldnern des Werkes Rücksprache zu nehmen.«

»Nun, dann ist es unsere Sache, Ihnen diese kurze Zeit recht angenehm zu machen. Den heutigen Abend werden wir aber unter uns bleiben. Alfred läßt sich entschuldigen, daß er erst später kommen kann. Er hat geschäftliche Verabredungen. Zur Sicherheit will ich versuchen, ihn telefonisch zu erreichen.«

In diesem Augenblick rasselte das Telefon im Nebenzimmer.

Helene ging hinaus und nahm den Hörer.

»Bist du da, Helene?« klang Forbins Stimme an ihr Ohr. »Gut! Ja! Ist Astenryk gekommen? Wie? Er wird nur drei Tage hierbleiben? Dann müssen wir uns beeilen. Wann ich komme? Das ist noch unbestimmt. Ich bin hier in der Fédération Industrielle und warte auf Raconier. Ich werde später noch mal anrufen.«

»Bitte, Herr Raconier, nichts weiter davon!« Minister Duroy hielt mit gutgespieltem Entsetzen die Hände an die Ohren. »Mit welchen Mitteln Sie Ihr Ziel erreichen, ist ganz Ihre Sache. Mich kann und darf nur interessieren, was Sie mir da über das Problem der hundertprozentigen Kohlenausnutzung und von diesem Astenryk erzählten, der der Lösung so nahe gekommen ist. Das ist ja eine wunderbare Sache, als Nichttechniker habe ich Ihre Ausführungen ungefähr so verstanden: Man hat da ein Gefäß, etwa so wie ein Akkumulator am Auto. In diesem Gefäß ist die eine Elektrode als ein Kohlenbehälter ausgebildet. Jetzt gießt man anstatt der Schwefelsäure irgendeine andere chemische Flüssigkeit hinein. Dann schaltet man das Ding an die Lichtleitung, und schon brennen die Lampen. Nach einiger Zeit wird die Kohle im Akkumulator verschwunden sein. Eine neue Portion Kohle hinein, und schon ist wieder alles in Ordnung.«

»Ganz recht, Herr Minister! So ist es! ›Verschwunden‹ ist gerade das Wort, worauf es ankommt. Verschwunden heißt in diesem Falle restlos ausgenutzt. Anders ausgedrückt, das Problem der hundertprozentigen Umwandlung der Kohlenenergie in Elektrizität ist damit gelöst.«

»Da kann ich mir denken, Herr Chefingenieur, daß in allen Teilen der Welt eifrig an diesem Problem gearbeitet wird.« Minister Duroy griff nach Bleistift und Papier. »Sie nannten mir da vorher eine Reihe von Zahlen. Wollen Sie die bitte wiederholen.«

Raconier verneigte sich.

»Die beste Ausnutzung der Kohle in der heute üblichen Weise erreicht günstigenfalls zwanzig Prozent, die Ausnutzung nach der neuen Erfindung hundert Prozent. Das würde für die Wirtschaft Frankreichs eine jährliche Ersparnis von vielen Milliarden Francs bedeuten, abgesehen von den kaum geringen Summen, die für die Lizenzen in unser Land fließen müßten. Es wäre also in jeder Hinsicht erwünscht, wenn diese Erfindung von Frankreich ausginge. Eine vorsichtige statistische Aufstellung über das gesamte Zahlenmaterial darf ich Ihnen, Herr Minister, hiermit übergeben.«

»Dieser interessante Deutsche ... Wo wohnt er? Wie haben Sie von ihm erfahren?« fragte Duroy.

»Er wohnt in Neustadt am Niederrhein«, erwiderte Raconier. »Wir erfuhren von ihm durch Zufall.«

Der Minister erhob sich lächelnd. »Ich wünsche Ihnen besten Erfolg, Herr Raconier. Möge der Zufall Ihnen weiter günstig sein.«

Der Chefingenieur verließ das Ministerium.

»Rue Mevelle!« rief er seinem Chauffeur zu.

Nach zehn Minuten hielt der Wagen vor dem Verwaltungsgebäude der Fédération Industrielle.

Mit ein paar Sprüngen nahm Raconier die Stufen zum ersten Stock und trat in ein Zimmer, in dem zwei Herren ihn schon ungeduldig erwarteten. »Verzeihung, Herr Generaldirektor, Verzeihung, Herr Baguette. Ich habe Sie warten lassen, aber die Schuld liegt nicht an mir. Herr Minister Duroy zeigte solches Interesse für unsere Sache, daß ich nicht früher hier sein konnte.«

»Nichts zu sagen, Herr Raconier. Was ist das Ergebnis Ihres Besuches?«

»Der Minister wünscht uns besten Erfolg, wird alles tun, um unsere Angelegenheit zu begünstigen. Nach dem persönlichen Eindruck, den ich von Duroy hatte, glaube ich sogar, die Anwendung noch schärferer Mittel als bisher empfehlen zu dürfen.«

»Nein«, meinte Baguette mit offenbarem Widerstreben, »warten wir doch erst mal ab, wie sich die gerade jetzt von uns angewandten Mittel auswirken. Ich denke immer noch, daß Herr Astenryk nachgiebiger wird, wenn er aus dem Konkursverfahren als Bettler herausgeht.«

»Ich bin nicht geneigt, Ihre Ansicht zu teilen«, entgegnete Raconier. »Ein vom Erfindergeist Besessener — und das ist Georg Astenryk nach unseren Informationen — wird sich nie um klingendes Geld verkaufen.«

»Warten wir ab!« meinte Baguette achselzuckend. »Der Schlag, den wir ihm versetzten, als wir ihn durch die Kündigung der aufgekauften Hypotheken bankrott machten, wird ihn allmählich zahm machen. Hunger tut weh.«

»Mögen Sie recht haben!« erwiderte Raconier. »Ich werde jedenfalls unsere Agenten in der von mir gedachten Weise instruieren lassen. Seitdem es uns gelungen ist, uns dieses Forbins zu versichern, denke ich zuversichtlicher.«

»Genug, meine Herren!« fiel jetzt der Generaldirektor Perrain ein. »Es wird sich zeigen, welcher der von Ihnen vorgeschlagenen Wege am besten zum Ziele führt.«

Als Raconier zu seinem Zimmer zurückkehrte, wurde ihm Forbin gemeldet.

»Nun, was bringen Sie Neues, Herr Forbin?« fragte er den Eintretenden.

»Georg Astenryk ist vor ungefähr zwei Stunden in Paris angekommen. Er wohnt in derselben Pension wie ich.«

Raconier zuckte die Achseln. »Versuchen Sie, ein vernünftiges Abkommen mit dem Manne zu treffen. Aber große Hoffnungen habe ich da nicht. Vielleicht rufen Sie mich im Laufe des Abends noch einmal an. Sie erreichen mich in meiner Wohnung.« —

Um zehn Uhr klingelte bei Raconier das Telefon.

»Guten Abend, Herr Forbin ... Wie meinen Sie? Er will absolut nicht ... Nun ja, wie ich's mir gedacht habe. Besuchen Sie bitte morgen Herrn Collette. Er wird mit Ihnen einiges in dieser Angelegenheit zu besprechen haben.«

Wieder standen Georg und Anne auf dem Bahnsteig.

»Das wäre ja wirklich sehr schön, Anne, wenn dein Schwager seine Absicht ausführte und demnächst nach Deutschland käme. Ganz besonders würde ich mich natürlich freuen, wenn er, wie deine Schwester einmal andeutete, vorübergehend nach Neustadt käme. Obgleich ich nicht recht weiß, was er jetzt, nachdem dein Vater tot ist, in Neustadt will.«

»Ach, ich würde mich ja so freuen, Georg, wenn wir wirklich für einige Zeit nach Neustadt kämen. Aber rechne bitte nicht sicher damit. Ich habe dir ja einen kleinen Einblick in die Lebensweise Alfreds gegeben. Da kann morgen oder jetzt schon ein anderes Geschäft aufgetaucht sein, und wir fahren vielleicht nach Madrid oder Konstantinopel.«

Georg wollte etwas sagen. Anne strich ihm beschwichtigend über das Gesicht. »Nein, nein! Sprich nichts, Lieber! Hätte ich nur nichts gesagt! So schlimm ist es ja gar nicht. Sieh mal, ich lerne doch auf diese Weise die Welt kennen und sehe vieles Schöne.«

»Schweig, Anne! Wenn du wüßtest, wie ich über all das denke! Ich verzweifle bei dem Gedanken, dich noch wer weiß wie lange Zeit bei diesen Forbins lassen zu müssen.«

»Georg, bitte! Erschwere uns nicht noch mehr den Abschied. Ich will ja auch gern glauben, daß wir bald nach Deutschland fahren. Ein paar Wochen in der alten Heimat mit dir zusammen ... Lange Zeit würde ich davon zehren.«

Die Schaffner riefen zum Einsteigen. Die Türen schlugen zu. Lange noch blickte Georg Astenryk nach einem weißen Tuch, das vom Bahnsteig winkte.

Der Zug hatte die Grenze passiert. Georg kaufte sich einen Stoß neuer Zeitungen. Fast in jeder als Schlagzeile: China ist von der Antwort Englands auf seine Demarche nicht befriedigt. Protestversammlungen in Peking. Lärmende Kundgebung gegen England. —

Der Zug rollte über die Rheinbrücke. Georg Astenryk legte die Zeitungen kopfschüttelnd beiseite. Wann würde dieser Erdball einmal zur Ruhe kommen?

Das alte, vertraute Landschaftsbild lenkte die Gedanken Georgs auf die nahe Heimat. Arbeit über Arbeit wartete da auf ihn. Seine Gedanken gingen zu seinem Laboratorium, zu den Experimenten mit der hundertprozentigen Kohlenausnutzung. Ob Marian wohl alles, was er ihm aufgetragen, planmäßig durchgeführt hatte?

Wie mochte es wohl mit seinen anderen Arbeiten aussehen? Der Konkurs, die Notwendigkeit, sich neue Lebensmöglichkeiten zu verschaffen, hatten ihn gezwungen, ein anderes, verwandtes Problem in Angriff zu nehmen. Schon früher, beim Beginn seiner Arbeiten an der großen Aufgabe der restlosen Umwandlung der Kohlenenergie in Elektrizität, war ihm die Frage aufgestoßen, ob er nicht gleichzeitig dem damit zusammenhängenden Problem der Diamantensynthese nachgehen solle.

So lockend die Aufgabe schien, er hatte sie immer beiseitegeschoben. Doch jetzt, nach seinem eigenen finanziellen Zusammenbruch setzte er seine Zukunftshoffnungen in erster Linie auf das Gelingen der Diamantensynthese.

Zu niemandem, selbst zu Marian nicht, hatte er von diesen Ideen gesprochen ... Und doch war Marian der einzige, der außer Anne seinem Herzen besonders nahestand.

Marian Heidens, sein getreuer Freund und Gehilfe.

Die Türme von Neustadt tauchten auf. ← Georg war wieder in der Heimat und nahm den Weg zum väterlichen Haus. Ein leises Frösteln überkam ihn, als sein Blick über die ausgedehnten Werkanlagen ging. Die langgestreckten Hallen, die früher Tag und Nacht widerhallten vom Gedröhn der Maschinen, lagen verödet.

Beinahe hundert Jahre hatte die Firma Astenryk & Co. bestanden. Hätte sich wohl jener Lorenz Astenryk träumen lassen, daß sein stolzes Werk unter dem Urenkel zusammenbrechen würde? ... Wieder dieser leise Zwiespalt in seinem Innern. War es recht von ihm gewesen, jenen traditionellen Grundsatz des deutschen Kaufmanns beiseite zu schieben, der gebot: Alles ... jeden Blutstropfen, jeden Gedanken dem Werk ... Ja! ... Und immer wieder ja! Er hatte es tun müssen. Sein Sinnen und Streben ging höheren Zielen zu. Seine Arbeit, wenn der Wurf gelang, mußte ihm das Verlorene hundertfach wiederbringen. Mußte den Namen Astenryk in stärkerem Glanz erstrahlen lassen. Unmöglich für ihn der Gedanke, seine Erfindung und sich jener französischen Gruppe auszuliefern, um das väterliche Werk zu retten.

Er schüttelte sich, wie um letzte Zweifel zu verscheuchen, und ging zum Wohnhaus. Als er aufgeschlossen hatte und die Tür öffnete, schrak er leicht zusammen.

Die elektrischen Alarmglocken rasselten durch das Gebäude. Beunruhigt sah er sich um. Da wurde es plötzlich still. Vom Oberstock her kamen Schritte.

»Hallo! Ich bin's! Georg! Was machst du denn für Scherze, Marian?«

»Nur eine kleine Vorsichtsmaßnahme, lieber Georg. Aber zunächst mal guten Tag. Wie geht es dir? Komm nach oben. Du wirst Hunger und Durst haben.«

Sie stiegen zum Oberstock empor und traten in Georgs Arbeitszimmer.

»Nun schieß mal los, Marian. Ist irgendwas passiert, während ich fort war? Wie steht's oben im Labor?«

»Alles in Ordnung, Georg. Aber willst du nicht etwas essen?«

»Ist nicht so eilig, Marian.« Er warf einen Blick auf den gedeckten Tisch. »Ich sehe, du hast schon alles vorbereitet. Gehen wir erst mal ins Labor. Mich plagt die Neugier, wie sich die letzten Serien in meiner Abwesenheit entwickelt haben.«

Sie wandten sich zur Tür, da blieb Georg stehen und faßte Marian am Arm.

»Aber sage mal ernstlich, wozu der Scherz mit den Alarmglocken? Du hast mir auf meine Frage noch gar nicht geantwortet.«

Marian zuckte die Achseln. »Ja, mein Lieber. In der ersten Nacht, als du fort warst, wurde ich plötzlich aus dem Schlaf geschreckt. Die Alarmglocke schrillte. Ich sprang auf, eilte in den Flur, warf den Hauptlichtschalter an — nichts zu sehen und zu hören. Ich prüfte sämtliche Türen — es war alles in Ordnung. Nur die Haustür stand offen, obgleich ich bestimmt weiß, daß ich sie verschlossen hatte. Ich schlug die Tür wieder zu und wollte sie verschließen. Es ging nicht. Das Schloß war kaputt.

Nun, ich ließ am nächsten Morgen das Schloß in Ordnung bringen. Aber da ich dachte, die Füchse könnten auch am Tage kommen, halte ich die Alarmanlage auch am Tage eingeschaltet.«

»Füchse? Was meinst du, was das für Füchse gewesen sein könnten?«

»Vielleicht waren es Leute, die nicht wußten, daß dein Tafelsilber vom Konkursverwalter in Verwahrung genommen ist.«

»Du meinst also gewöhnliche Diebe, Marian?«

»Gewöhnliche Diebe nicht. Zum mindesten internationale Diebe. Ich fand da am nächsten Morgen im Hausflur einen kleinen Fetzen von einer französischen Zeitung.«

Beide sahen sich einen Augenblick an und lachten dann.

»Aha!« meinte Georg. »Füchse aus *der* Gegend — das will einiges besagen. Nun, ich habe da allerlei Ideen. Mein erstes wird sein, für eine Sicherungsanlage zu sorgen, die besser schützt als alle Alarmglocken. Mach mir doch eine Tasse Tee. Ich gehe rauf zum Labor. Inzwischen kannst du auch mal diesen Artikel in der englischen Zeitung lesen.«

Dann stand er in dem Raum, in dem er so viele Tage und Nächte in rastloser Arbeit verbracht hatte. Mit raschen Schritten eilte er zu ein paar Gläsern, die in einem Trockenschrank standen. Er öffnete ihn und nahm die Gläser heraus. Vorsichtig goß er die tiefschwarze Kohlenstofflösung in andere Gefäße und untersuchte den Bodensatz mit einer starken Lupe.

Sein Herz begann stärker zu klopfen. Hier glitzerte etwas verheißungsvoll. Wollte der widerspenstige Stoff dort Diamantkristalle bilden? Schnell griff er nach einer noch stärkeren Linse und schaute lange hindurch, stieß dann das Glas enttäuscht von sich. »Wieder einmal vergeblich!« murmelte er vor sich hin. »Graphitkristalle — nichts anderes ist es.« Mißmutig warf er die Schranktür wieder zu.

Sein Blick ging in die Runde. Da waren sie, die Bataillone von Versuchsbatterien, die alten Schränke mit Tausenden von Chemikalien. Sein Auge glitt prüfend über die Meßinstrumente, über die Belastungslampen. Morgen würde er die Protokollbücher abschließen und neue Batterien mit neuen, wieder verbesserten Elektrolyten aufbauen. War das getan, dann hatte er Muße, sich dem anderen Problem zu widmen.

Die Erfindung Allgermissens ... Immer wieder drängte sich ihm der Gedanke daran auf. Die phantastischen Möglichkeiten reizten ihn aufs äußerste, wenn er sich auch vieler Bedenken nicht erwehren konnte.

Er ging wieder nach unten. Da saß Marian in einem Sessel und las die Erinnerungen des Dr. Rostow. Ab und zu hob er den Kopf und starrte regungslos ins Leere.

Georg nahm aus dem Schreibtisch ein Bändchen mit der Aufschrift ›Franz Lönholdt‹. Franz Lönholdt war auch ein Neustädter Kind gewesen, ein älterer Bekannter Georg Astenryks. Lange Jahre lebte er als Radioingenieur in Rußland. Als er in Irkutsk sehr plötzlich an Malaria starb, schickte der deutsche Konsul seine Hinterlassenschaft der Mutter in Deutschland. Frau Lönholdt hatte die ganzen technischen Aufzeichnungen und Tagebücher gelegentlich Georg Astenryk als Andenken geschenkt.

Er schlug jetzt das Tagebuch auf und blätterte darin. Da war die Stelle. Wie oft hatte er sie gelesen! Seine Augen glitten darüber hin und folgten dem Text.

Franz Lönholdts Tagebuch gab über jenes merkwürdige Ereignis in Irkutsk folgenden Bericht:

»Ich hatte meine Kontrollarbeit im Irkutsker Sender beendet und rüstete mich zur Weiterfahrt, da erhielt ich von General Iwanow die Aufforderung, ihn zu besuchen. Er erzählte mir folgende merkwürdige Begebenheit, die sich vor vielen Monaten in demselben Gebäude, in dem wir uns befanden, abgespielt hatte.«

Hier folgte eine Schilderung, die sich in der Hauptsache mit den ›Erinnerungen eines russischen Arztes‹ in der englischen Zeitung deckte.

318

»Ich antwortete zunächst dem General vorsichtig, daß mir jede wissenschaftliche Erklärung des Vorfalls fehle. Ein gewisser Verdacht, der in mir bei Iwanows Erzählung aufgestiegen war, veranlaßte mich, wenigstens einen Versuch zu machen, der Sache nachzuforschen.

Nach mehrtägigem Herumstöbern in allen Teilen des großen Gebäudes stieß ich auf eine Spur, die mir verdächtig war. Auf dem Dachboden sah ich eines Mittags im Schein eines Sonnenstrahls das blanke Ende eines Drahtes schimmern. Ich ging dem sehr versteckt geführten Draht nach und fand in einem Schrank, der hinter alten Akten verborgen stand, ein Magnetofon und einen Apparat, den ich für einen Verstärker ansah. Als ich die Dinge hervorziehen wollte, erfolgte eine schwache Explosion, deren Knall außerhalb des Raumes kaum gehört werden konnte. Durch diese Explosion wurde aber das Magnetofon zerstört und das auf der einen Spule liegende Tonband beiseite geschleudert. Dabei hatte sich das Band zum Teil abgerollt und war angesengt, so daß ich nur noch den auf der Spule verbliebenen Teil für brauchbar hielt.

Durch die Explosion war auch eine Seite des von mir als Verstärker angesehenen Apparates aufgerissen worden. Das Innere war, wie ich jetzt sah, ganz anders als bei allen anderen Verstärkern, die ich kenne. So waren statt der Spulen und Kondensatoren vielfach versilberte Kristalle eingebaut. Je länger ich ihn untersuchte, desto klarer wurde es mir, daß es sich hier um aperiodische Verstärkung hinab bis zu den kleinsten Wellenlängen handeln müsse.

Ich habe die Schaltung skizziert und will in den nächsten Tagen ein genaues Schaltbild dieses Verstärkers anfertigen. General Iwanow will ich vorläufig von meiner Entdeckung nichts sagen, vielmehr erst dieser ebenso mysteriösen wie interessanten Sache auf den Grund kommen. Das Tonband habe ich mitgenommen. Ebenso die Kristalle aus dem Verstärker ...

Die verwünschte Malaria zwingt mich, meine Nachforschungen zu unterbrechen und mich ins Bett zu legen ...«

Damit hörten die Tagebuchaufzeichnungen Lün-
holdts auf. Drei Tage später war er tot. —

Georg legte das Tagebuch beiseite. »Nun, Marian,
hast du den Artikel von Doktor Rostow gelesen? Alles
verstanden?«

»Ja! Gelesen habe ich's. Verstanden habe ich's auch.
Es ist ja fast das gleiche, was Lönholdt über den Fall
schreibt. Ich muß zugeben, daß ich jetzt Lönholdts Aufzeichnungen anders beurteile. Ich hatte bisher an der
Richtigkeit seiner Erzählung so starke Zweifel, daß ich
keine andere Erklärung finden konnte als: Phantasien
eines Fieberkranken. Aber wirklich alles zugegeben ...
Das eine kann ich nicht verstehen, wie es Allgermissen
gelingen konnte, den Geist so vieler verschiedener Köpfe auf einmal in seinen Bann zu zwingen.«

»Allerdings, das ist eine schwer erklärliche Sache,
Marian. Aber vielleicht kommen wir dahinter, wenn wir
erst einmal die Apparatur Allgermissens richtig aufgebaut haben. Leider fehlen in der Verstärkerskizze Lönholdts die genauen Angaben der elektrischen Werte.
Das wird meiner Meinung nach das Schwierigste an der
Aufgabe. Ein Glück dabei, daß Lönholdt die gute Idee
hatte, die versilberten Kristalle aus dem Verstärker Allgermissens herauszunehmen. Ein weiteres Glück, daß
sie mit seinem Nachlaß in meine Hände gekommen
sind. Ganz offenbar spielen sie als kleinste Kondensatoren in der Verstärkereinrichtung für kürzeste Wellen eine bedeutende Rolle.

Haben wir erst mal den Verstärker, wie Allgermissen
ihn hatte, muß sich alles andere finden. Du siehst jedenfalls, daß das Problem hochinteressant ist. Wenn man
da seine Fantasie schweifen läßt, kommt man ja zu
Möglichkeiten, die mehr als phantastisch sind.«

Marians Gesicht wurde ernst und abweisend. »Das

glaube ich auf keinen Fall. Die Gesetze der Natur werden solche Ausschreitungen nicht zulassen. Ich glaube und hoffe es nicht.

Denke daran, Georg, daß Allgermissen in Wahnsinn verfiel: Nemesis nannten's deine alten Griechen.«

Georg machte eine abweisende Handbewegung. »Abergläubische Gedankengänge eines noch in Urzeiten wurzelnden Volkstums, mein lieber Marian! Einfachste physikalische Logik legt solche Möglichkeiten nahe ...

Aber ich hake immer wieder bei der anscheinend so nebensächlich hingeschriebenen Bemerkung von den großen pharmakologischen Kenntnissen Allgermissens fest. Was Lönholdt da so in kurzen Stichworten schreibt, ist meiner Meinung nach ein Erklärungsversuch für das viele Rätselhafte, was sich während der Tage und Nächte, in denen Allgermissen im Gefängnislazarett war, ereignete. Leider ist das alles kaum zu verstehen. Vielleicht bin ich aber auf dem rechten Wege, wenn ich es in folgender Weise deute:

Allgermissen war, wie Lönholdt schreibt, ein guter Kenner pflanzlicher Gifte. Wenn ich von dieser Bemerkung ausgehe, komme ich zu demselben Schluß, zu dem anscheinend auch Lönholdt gelangt war. Allgermissen hatte bei seinen Forschungen Pflanzengifte entdeckt, die geeignet sind, verschiedene Eigenschaften des menschlichen Hirns in krankhafter Weise zu steigern. Solche Stoffe kennt man ja seit langem. In diesem Falle müßten die Gifte die besondere Wirkung gehabt haben, die Empfänglichkeit oder die Strahlung des denkenden Hirns durch ein oder vielleicht auch durch mehrere Präparate zu verstärken. Wahrscheinlich hat er es durch Anwendung solcher Mittel fertiggebracht, zeitweise aus dem Lazarett zu entweichen. Ist meine Vermutung zutreffend, dann hat Allgermissen das Problem in verschiedener Weise, elektrisch und auch chemisch, gelöst.

Aber das sind alles nur Vermutungen. Ich werde von jetzt ab sehr ernsthaft an dem Verstärker arbeiten. Doch nun Schluß für heute!«

Drei Wochen waren ins Land gegangen. Wochen, in denen die Lampen im Laboratorium nur selten erloschen. Da kam ein Telegramm von Anne: »Wir kommen morgen.« Georg las es mit unbeschreiblicher Freude. Jetzt wollte er an nichts anderes denken als an ein frohes Zusammensein mit seiner Verlobten.

Es wurden Wochen heller Freude. Es war ihnen, als wäre ihrer Liebe ein neuer Frühling geschenkt.

Forbin war viel auf Reisen über die nahen Grenzen. Helene hatte in Aachen einen alten Verehrer aufgegabelt. Er kam häufig mit seinem Wagen nach Neustadt und holte Helene zu Ausflügen ab. In einem sehr kleinen Kreis Eingeweihter war er bekannt als Spezialist für Waffenschiebungen größten Umfanges.

Hier in der Heimat, an der Seite ihres Verlobten, gelang es Anne, sich von allem Drückenden frei zu machen. In vollen Zügen genoß sie die schönen Tage.

Als eines Tages Anne Georg zu einem Spaziergang abholen wollte, führte er sie mit geheimnisvollem Lächeln in sein Laboratorium. Anne kannte den Raum schon von früher und wunderte sich nur über eine längliche, an der Wand befestigte Truhe, die früher nicht dagewesen war. Georg führte sie zu der einen Schmalseite der Truhe und gab Anne eine Schachtel Streichhölzer in die Hand. Er selbst trat zurück und begann an einigen Hebeln zu schalten.

»Bitte, Anne, zünde doch ein Streichholz an und halte es unter diese überstehende Metallplatte.«

Anne tat wie geheißen. Im selben Augenblick schrie sie laut auf, ließ das Holz fallen, schlug wie geblendet die Hände vor die Augen.

Im Moment, da sie das Hölzchen entzündet hatte, war von der Decke des Zimmers eine unendliche Fülle

weißgelben Lichtes gestürzt, die den Raum mit fluten-
den Lichtwellen erfüllte, als stünde er in hellstem
Brand. Erst als sie die Arme Georgs um sich fühlte,
konnte sie sich von dem Schreck frei machen. Dann
schaute sie ihn vorwurfsvoll an.

»Aber, Georg? Was war das? Was treibst du da für
Zauberkunststücke?«

Georg strich ihr lachend übers Gesicht. »Ach, so hat
dich das kleine Experiment erschreckt? Das war doch
ganz harmlos, nichts von Zauberkunst. Du siehst hier
nichts anderes als einen Verstärker, wie du ihn vom Radioapparat her wohl kennst. Nur, daß der hier alle Wellen verstärkt. Nicht nur die langen Radiowellen, sondern auch die kurzen und kürzesten hinab bis zu den
Lichtwellen. Die Lichtflut, die dich erschreckte, war
nichts anderes als die millionenfach verstärkte Flamme
des Streichholzes.«

»Aber was soll das, Georg?«

»Das war vorläufig nur, um kleine Mädchen zu erschrecken, aber ...« und hier wurde Georgs Gesicht ernster ... »das ist vielleicht das Fanal für eine Erfindung
folgenschwerster Art.«

»Und das ist dein Werk, Georg?«

»Nein! Nicht ganz mein Werk. Aber das dir alles zu
erklären, brauchte ich Stunden, liebe Anne. Wir wollen
jetzt aus dieser Höhle gehen, in den schönen Frühlings-
sonnenschein und nur an uns denken. Aber Anne«, er
konnte trotz des Ernstes, mit dem er sprechen wollte,
den Scherz nicht lassen, »hebe den Finger hoch und
schwöre, daß du niemandem auch nur mit einer Silbe
von dem erzählen willst, was du hier sahst.«

Anne hob lachend den Finger. Da sah sie sein Gesicht
und wurde ernst. »Georg, Liebster! Nie wird ein Wort
über meine Lippen kommen.« —

Es war zwei Tage später. Georg hatte sich am Nachmittag sein Magnetofon vorgenommen und allerlei Anschlüsse und Schaltungen zwischen diesem und der

323

großen Verstärkertruhe hergestellt. Jenes geheimnisvolle Tonband lief lautlos über die Spulen.

Stunden vergingen. Immer wieder trat er mit enttäuschtem Gesicht aus der Mitte des Zimmers, schaltete und probierte von neuem. Verzweifelt stand er da, tausend Gedanken wirbelten ihm durch den Kopf. Dann war es ihm auf einmal, als ob ein fremder Wille ihn überwältigte. In seinen Füßen zuckte es. Der Körper begann sich zu bewegen, zu drehen. Die Füße folgten. In immer lebhafter werdenden Tanzschritten bewegte sich Georg durch den Raum. Seine Augen leuchteten in freudigem Triumph. Die frohe Erregung ließ seinen Atem schneller gehen. Hemmungslos überließ er sich dem Gebot eines fremden Willens. Dabei glitten seine Augen immer wieder zu dem Tonband, das lautlos von der einen Spule auf die andere glitt — bis es abgelaufen war — zur Ruhe kam.

Eine Weile stand er schwer atmend. Dann brach es aus seinem Munde: »Ich hab's gefunden! Doch jetzt sofort eine neue, stärkere Probe! Jetzt will ich nicht willenlos dem fremden Zwange folgen, will alle meine Kraft daranwenden, ihm zu widerstehen.«

Schnell eilte er zu dem Apparat, spulte das Band zurück und ließ es noch einmal ablaufen, während er wieder in die Mitte des Zimmers zurücktrat. Ein paar Sekunden, dann begann er erneut zu tanzen. Doch jetzt nicht mehr den Glanz des Triumphes in den Mienen. Nein, ein von heftigstem Widerstand verzerrtes Gesicht.

Jetzt verlangsamten sich seine Schritte. Er blieb taumelnd stehen, tiefste Erschöpfung vergeblichen Widerstandes zeichnete sich auf seinen Zügen ab. Seine Brust arbeitete in heftigen Stößen. Mit schleppenden Schritten ging er zum Schreibtisch, ließ sich wie geschlagen in den Stuhl fallen.

»Alles habe ich versucht! Habe mich mit allen meinen körperlichen und geistigen Kräften gegen den Zwang der Gedankenwellen, die von diesem Tonband herkommen, gewehrt ... jeder Widerstand umsonst! Ich bin unterlegen«, überlegte er laut und blätterte in Lönholdts Tagebuch. Nachdem er es in den Schreibtisch zurückgelegt hatte, stand er auf und ging nachdenklich hin und her. Vor dem Magnetofon im Hintergrund des Zimmers blieb er bisweilen stehen, nickte befriedigt vor sich hin. »Soweit wäre ich also. Marian wird mir allerhand abzubitten haben. Wie hat er mir immer widersprochen, seitdem ich mich mit Allgermissens Problem herumschlage ... Der Anfang wäre gemacht. Ob ich jemals alles erreichen werde, was der gekonnt hat?«

Er schaute auf die Uhr. Wo Marian nur bleibt? Sein Zug müßte doch schon da sein. Der wird Augen machen!

Während Georg Astenryk so sinnend dastand, fühlte er, wie die Ruhe, zu der er sich gewaltsam gezwungen, wich, wie ein feindlicher, neugieriger Drang aus seinem Unterbewußtsein hervordrängte, kühle Berechnung, klares Denken über den Haufen zu werfen drohte.

Zögernd trat er näher an den Apparat heran. Ein kurzer Blick auf die Uhr. Vielleicht würde Marian jetzt kommen? Einerlei, wenn er's auch sah. Aber jetzt will ich doch einmal die Probe mit dem Stahlhelm machen. Der Ordonnanzoffizier bei General Iwanow blieb doch unbeeinflußt ...

Georg holte einen alten Stahlhelm seines Vaters aus dem Weltkrieg vom Boden und setzte ihn auf den Kopf. Dann schaltete er an dem Apparat. Sein Blick ging zum Magnetofon, auf dem sich die Spulen drehten.

»Aha!« murmelte er. »Es stimmt. Der Stahlhelm läßt die Wellen von der Deckenantenne nicht durch.« Noch ein kurzes Zögern. Seine Hände gingen wiederholt zum Helm, glitten wieder herab. Dann warf er den Helm mit plötzlichem Entschluß zur Seite — und dann?

Sekundenlang stand Georg wie angewurzelt. Die Beine gestrafft, die Füße wie sich festsaugend auf den Bo-

den gestemmt, die Fäuste geballt, die Kiefer fest aufeinandergepreßt. Die ganze Gestalt ein Bild gesammelter,
stärkster Willenskraft ... Ich will nicht! hämmerte es unausgesetzt in seinem Hirn ... Jetzt ... ein gequältes
Stöhnen aus seinem Mund, die gespannten Sehnen lok-
kerten sich, zuerst der eine, dann der andere Fuß lösten
sich vom Boden — dann war es, als finge eine Marionet-
te an sich im Tanz zu bewegen. Der letzte Widerstand
erlosch — in lockeren, freien Tanzfiguren bewegte sich
Georg Astenryk durch das Zimmer.

»Georg! Hast du das Große Los gewonnen, oder ...«

In der geöffneten Tür stand Marian und schaute verwundert auf Georg, der sich unaufhörlich im Tanz-
schritt durch das Zimmer bewegte.

Da trat Marian mit ein paar hastigen Sprüngen in den
Raum und griff Georg am Arm, um ihn festzuhalten.
Doch der stieß ihn zur Seite — und tanzte weiter. Marian stand in sprachlosem Erschrecken. Was war mit Georg? Waren seine Nerven zusammengebrochen?

Dann hielt Georg plötzlich inne, warf sich aufatmend
auf einen Diwan. Nach einer Weile stand er langsam auf
und trat lachend an Marian heran.

»Marian!« Georg legte beide Hände auf dessen Schultern. »Marian! Ich hab's! Habe das Geheimnis Allgermissens!«

Marian fuhr zurück und erblaßte.

»Georg, ist es wahr? Treibst du keinen Scherz mit
mir?«

»Aber, Marian. Gewiß, ich habe es ergründet. Es ist
kein Scherz.«

Marian wandte sich unwillig zur Seite. »Das ist Sünde ... Frevel, Georg! Das widerspricht jedem göttlichen
Recht und Gesetz ...«

Georg trat zu ihm und legte den Arm um ihn. »Aber,
Marian, wie kannst du eine durchaus natürliche Sache,
deren physikalische Erklärung ich dir jetzt leicht zu geben vermag, für Sünde und Frevel halten?«

Marian schüttelte den Kopf. »Das hier«, er deutete auf die Apparatur, »ist ja wohl noch harmlos, wenngleich es auch kaum begreiflich erscheinen muß. Aber denke doch weiter, Georg. Denke an die Folgen, wie sie bei einer Weiterentwicklung dieses kleinen Verstärkers zu einem gewaltigen Sender sich auswirken müssen auf größere Entfernungen, große Menschenmengen ... auf Städte ... Völker ... Länder. Georg, ich bitte dich! Laß das! Denke immer daran, wie Allgermissen geendet hat.«

»Ach was, Marian! Deine Besorgnisse gehen zu weit. Kann ich auch jetzt die Tragweite dieser Entdeckung noch nicht voll überschauen, so glaube ich doch nicht, daß jemals das eintreten wird, was du befürchtest. Komm! Sei kein Narr, setz dich zu mir! Ich werde dir erklären, daß das, was du für übernatürlich hältst, eine ganz einfache physikalische Erscheinung ist.

Allgermissen ging von der Tatsache aus, daß das denkende menschliche Gehirn Hertzsche Wellen ausstrahlt. Er schuf sich einen Verstärker von besonderer Art, der diese Gedankenwellen ebenso verstärkt wie ein gewöhnlicher Radioverstärker die Rundfunkwellen. Du weißt ja, daß heute jeder Laie alles, was ihm gefällt, auf ein Tonband aufnehmen kann. Nun — das gleiche machte Allgermissen mit den Gedankenwellen. Er ließ sie durch seinen Verstärker, unter dessen Eingangsantenne er saß, auf ein Magnetofonband aufnehmen und verstärken. So entstand dieses geheimnisvolle Band.

Und nun umgekehrt: Das Band läuft über einen Spulenkopf und läßt das Aufgenommene — in diesem Falle also die Gedankenwellen — über den Verstärker in die Ausgangsantenne gehen. Mit dem Erfolg, daß die gedanklichen Befehle Allgermissens millionenfach verstärkt alle eigenen Gedanken eines Menschen, der unter der Ausgangsantenne steht, überwältigen und sich durchsetzen, wobei, wie du gesehen hast, jeder Widerstand vergeblich ist.«

»Aber wie kam es, Georg, daß ich, als ich im Bereich der Antenne stand, nicht auch dem Zauber unterlag? Und wie kam es, daß nicht auch jener Offizier, der Allgermissen erschoß, dem Zwange der Platte folgen mußte?«

»Diese Fragen will ich dir schnell beantworten. Der Offizier war durch seinen Stahlhelm gegen die Wellen von der Deckenantenne eben noch abgeschirmt. Und du wurdest nicht betroffen, weil du nicht auf die gesendeten Wellen eingestimmt bist. Nenne es Zufall, nenne es Schicksalsfügung, daß ich es war.«

»Gut! ... Mag sein. Aber immer wieder muß ich dich dann fragen, wie war's bei dem General Iwanow, wo alle dem Magnetofonband folgen mußten?«

»Dafür habe ich vorläufig keine Erklärung, Marian. Wahrscheinlich stand die Lösung dieses Rätsels auf dem verlorenen Teil des Bandes.«

»Nun, einerlei! Wir haben's ja schon hundertmal gegeneinander ausprobiert, uns gegenseitig abzustimmen und uns dann rein gedanklich untereinander zu verständigen. Bitte, Georg, stimm mich auf deine Welle ein. Dann muß ich ja auch dem Zauberband folgen.«

»Gut! Um ganz sicher zu sein, Marian, daß du auf meine Welle abgestimmt bist, noch dies!« Er war bei diesen Worten ganz nahe an Marian herangetreten und schaute ihn mit festem Blick wortlos an. Den Bruchteil einer Sekunde, dann drehte sich Marian um und stellte sich in die Mitte des Zimmers.

Georg nickte ihm zu. »Richtig verstanden!« Dann ging er zu dem Apparat und schaltete ihn ein, nachdem er sich schnell den Stahlhelm über den Kopf gestülpt hatte. Kein Ton war zu vernehmen. Er schaute mit höchster Spannung zu Marian. Der stand, wie vorher er selbst, in der Mitte des Zimmers unter den an der Decke gespannten Drähten. Und dann war es genauso wie eben.

Marians Gesicht in heftigem Abwehrkampf fremden

Willens ... Sein Widerstand wurde schwächer und schwächer. Die Gestalt, eben noch mit dem Boden wie verwachsen, fing an zu wanken, zu schwanken, zu tanzen.

Georg frohlockte innerlich. Da sah er Marians Gesicht, das totenblaß war, in dessen Augen ein Ausdruck verzweifelter Bitte lag. Er sprang zum Apparat und stellte ihn ab. Marian wankte zu einem Sessel. Seine Augen gingen wie irr zu der Antenne. Georg trat zu ihm, strich ihm beruhigend über den Kopf und sagte:

»Es mag sein, Marian, daß deine sensiblen Nerven besonders stark auf den gewaltsamen Zwang reagierten. Wir werden das Experiment zu einer besseren Stunde in anderer Weise wiederholen.«

Lange noch sprachen sie über das unerhörte Erlebnis, über weitere Versuche und Möglichkeiten. —

Die freudige Stimmung, in der Georg am nächsten Morgen erwachte, erhielt einen starken Dämpfer, als ihm in einer Sitzung mit dem alten Prokuristen Stennefeld und dem Konkursverwalter der Stand der Konkursmasse klargemacht wurde. Es ging auf die fünfte Nachmittagsstunde, als der Konkursverwalter sich verabschiedete.

Georg Astenryk und der Prokurist saßen niedergeschlagen da.

»Das war ja wenig erfreulich«, meinte Georg. »Wenn wirklich nicht mehr bei einer Versteigerung der Fabrikanlage und der Lagerbestände herauskommt als die von ihm genannte Summe, so hätten wir ja gegen die Buchwerte einen Ausfall von achtzig Prozent.«

Der alte Stennefeld zuckte die Achseln. »Ein Jammer, wenn man denkt, daß alles so verschleudert werden soll. Vielleicht findet sich doch ein Bieter, der mehr zahlt.«

»Der Gedanke, daß auch mein Privatlabor mit zum Teufel gehen soll, ist mir besonders schmerzlich. Ich habe in der letzten Zeit so gute Fortschritte in meinen Arbeiten gemacht, daß der Verlust des Labors mir in vieler Beziehung schweren Schaden bringen würde.«

»Nun, Herr Georg«, warf der alte Stennefeld schüchtern ein, »der Konkursverwalter hat doch ausdrücklich gesagt, daß Sie unbedingt bis zu der Zeit, wo alles versteigert wird, das Laboratorium noch benutzen dürfen. Bis zum Versteigerungstermin sind immerhin noch einige Wochen. Bis dahin können Sie ungestört da drüben weiterarbeiten.«

»Gewiß, ich werde die Gelegenheit nach Möglichkeit ausnutzen. Aber das ändert ja schließlich nichts daran, daß mir in ein paar Wochen doch alles verlorengeht.«

»Hm!« fiel Stennefeld ein. »Da kommt mir eben ein Gedanke. Sicherlich wird Ihr Laboratorium im Wohnhaus nicht zusammen mit den Fabrikanlagen versteigert werden. Es wird mit den Zimmereinrichtungen des Wohnhauses unter den Hammer kommen.«

»Und weiter?« fragte Georg.

»Nun«, meinte der Prokurist zögernd, »derartige Dinge bringen auf Auktionen so gut wie gar nichts. Vielleicht können Sie irgendwo Geld auftreiben, um das Laboratorium in der Versteigerung billig durch einen anderen zu erstehen.«

»Da haben Sie recht, Herr Stennefeld«, sagte Georg, »ich will mir das mal überlegen. Vielleicht beauftrage ich den alten Werkmeister Konze damit.«

»Ich habe sehr wohl verstanden, mein lieber Godard. Ihr neuer Kriegsplan gegen Astenryk findet meinen vollen Beifall. Ich bin neugierig, was Herr Forbin dazu sagen wird. Hoffentlich funktioniert die Regie diesmal besser.«

»Das wäre sehr erwünscht, Herr Samain. Zu dumm, daß Ihre Sache neulich nicht klappte, als Astenryk nach Paris verreist war. In dem Haus war damals nur der Diener Heidens anwesend. Es wäre doch kein großes Kunststück gewesen, den irgendwie unschädlich zu machen, und dann hätte ja Herr Doktor Francois Zeit genug gehabt, sich in dem Laboratorium gründlich umzusehen.«

»Übrigens, Herr Godard, Herr Forbin, an dem wir eine so kräftige Hilfe haben sollten, kümmert sich eigentlich nicht viel um unsere Angelegenheit.«

»Leider muß ich Ihnen da recht geben, mein lieber Samain, und das ist sehr schade, denn Forbin ist ein schlauer Fuchs. Ich kann nichts anderes vermuten, als daß er bessere, lohnendere Beute wittert. Ah, da kommt er ja endlich!«

Godard deutete auf Forbin, der eben in das Restaurant, in dem sie saßen, eintrat.

»Guten Abend, meine Herren. Bitte tausendmal um Entschuldigung. Ich konnte nicht früher kommen, kann auch gar nicht länger bleiben. Ich erwarte um elf Uhr in meinem Hotel einen wichtigen Telefonanruf.«

»Das ist ja sehr bedauerlich, Herr Forbin. Wir hätten doch einiges mit Ihnen zu besprechen gehabt, was auch nicht unwichtig ist.«

»Es ist mir sehr peinlich, Herr Godard. Ich möchte Ihnen einen Vorschlag machen. Würden Sie vielleicht so liebenswürdig sein, und mich auf dem Wege zu meinem Hotel am Marktplatz begleiten? Vielleicht könnten wir die Angelegenheit unterwegs besprechen.«

»Gewiß, das könnten wir machen«, meinte Samain und sah Godard fragend an.

Der nickte. »Meinethalben! Aber sagen Sie zunächst einmal, Herr Forbin, wie ist denn Ihre Unterredung mit Georg Astenryk ausgefallen?«

»Natürlich alles vergeblich! Er läßt sich auf nichts ein.«

Sie traten aus dem Restaurant und schlenderten in lebhafter Unterhaltung die Straße hinunter. Godard wandte sich an Forbin: »In der Voraussicht Ihres Mißerfolges, mein Herr, haben wir bereits andere Wege eingeschlagen. Es ist uns gelungen, uns der Hilfe des Ge-

331

richts zu versichern. Wir sind von glaubwürdiger Seite benachrichtigt worden, daß Georg Astenryk angefangen hat, allerhand Dinge beiseite zu schaffen, die eigentlich zur Konkursmasse gehören. Deshalb wird morgen jemand als Vertreter des größten Konkursgläubigers mit dem Konkursverwalter und einem Gerichtsvollzieher in dem Laboratorium Astenryks erscheinen und einen Gerichtsbeschluß vorlegen, wonach er sofort mit Stock und Hut das Haus zu verlassen hat.

Gleich darauf werden einige tüchtige Spezialisten von Pariser Provenienz kommen, die in vollem Gang befindlichen Arbeiten studieren und versuchen, sich die Früchte Astenryks anzueignen.«

»Das kann, wenn alles klappt, sehr erfolgreich sein, meine Herrschaften«, erklärte Forbin und sah auf die Uhr. »Ich darf mich wohl hier verabschieden. Auf Wiedersehen für morgen!«

Die kleine elektrische Uhr im Labor Georg Astenryks schlug die elfte Stunde.

»Nun, ausgeschlafen?« rief Marian Georg zu.

Georg richtete sich auf. »Wenn ich je in meinem Leben munter gewesen bin, Marian, so war ich's jetzt eben. Ich hatte mich hingelegt und wollte über die Formel des letzten Versuchs nachdenken. Plötzlich stockte ich. Es wurde mir unmöglich, mich zu konzentrieren. Immer wieder kamen mir andere Gedanken in den Kopf, und zwar merkwürdigerweise immer Gedanken bestimmter fremder Personen, die sich mit mir beschäftigen.

›Deine Nerven sind nicht ganz auf der Höhe‹, sagte ich zu mir selber. ›Du fängst an, Geisterstimmen zu hören.‹ Dann kam mir plötzlich zu Bewußtsein, daß ich ja unter dem Verstärker lag, dessen Lampen brannten und dessen Antennen von dem Versuch vorher noch vertauscht waren.

Ich war sofort im Bilde. Schwächste Ausstrahlungen

von den Gedankenwellen irgendwelcher Menschen draußen trafen die Eingangsantenne. Millionenfach verstärkt fluteten sie aus der Ausgangsantenne in meinen Kopf. Du kannst dir ja denken, wie ich da hellhörig wurde und mich ganz der Wirkung der Wellen hingab. Zunächst fiel es mir schwer, die verschiedenen Stimmen zu trennen. Erst nachdem es mir gelungen war, die gedanklichen Äußerungen einer gewissen Person festzustellen, glückte es mir, Sinn in diese Wahrnehmungen zu bringen.«

»Da bin ich aber sehr gespannt, was du da vernommen hast?«

»Das sollst du sofort hören. Aber ich will es dir nicht direkt sagen, du sollst es auch durch den Verstärker erfahren. Setze dich da unter die Deckenantenne.«

Wortlos saßen sie geraume Zeit da. Das wechselnde Mienenspiel Marians verriet, daß er alles mitempfand, was Georg dachte. Es war ungefähr alles das, was die Herren Forbin, Samain und Godard auf ihrem Spaziergang in der Kölner Straße vor kurzem zusammen besprochen hatten. —

Georg hatte geendet ... Eine kurze Zeit der Überlegung. Dann standen beide auf, und was sie da nun taten, das schien merkwürdig, unbegreiflich.

Marian schaltete sämtliche Beleuchtungskörper ein und ging von einem Apparat zum anderen. Dabei machte er allerlei Handgriffe. Mit kalter Überlegung begann er Schrauben zu lösen, Schaltungen zu zerstören und Meßinstrumente abzunehmen. Georg saß währenddessen am Schreibtisch und begann sorgsam die Papiere in zwei Stöße zu ordnen. Den größeren gab er Marian.

»Rein in den Ofen mit allem, was wir nicht unbedingt brauchen!«

Den anderen Teil der Papiere schnürte er zu kleineren handlichen Paketen zusammen, die er in eine Ledermappe steckte. »Unser geistiges Eigentum kann uns niemand nehmen.« Er drehte sich zu Marian um. »Nun, auch bald fertig?«

Marian schüttelte den Kopf. »Es fällt mir gar nicht ein, alle Meßinstrumente abzunehmen und alle Säuren auszuschütten. Ich lege denen hier ein Ei, auf dem sie lange brüten sollen.« Dabei schüttete er wahllos die verschiedensten Chemikalien in die Versuchsbatterien. Georg lachte laut auf.

»Vorzüglich, Marian! Den Verstärker werde ich zu einer Mottenkiste umwandeln. Allgermissens Kristalle nehme ich natürlich mit. Über den Rest mögen sie sich die Köpfe zerbrechen.«

»Was mögen das für Leute gewesen sein, Georg, die du so schön belauscht hast?«

»Ich vermute, irgendwelche Kreaturen jener französischen Gruppe, die bereits durch einen Mittelsmann die Hypothek an sich gebracht hat, um mich durch die Kündigung willfährig zu machen. Das Manöver war ja zu durchsichtig.« —

Der Morgen graute bereits, als sie sich zur Ruhe begeben wollten. Beim Verlassen des Laboratoriums nahm Marian die Tasche unter den Arm und wollte in sein Schlafzimmer.

»Halt, Marian! Die Ledertasche mit unseren Papieren muß sofort aus dem Haus. Ich bringe sie zum Bahnhof, gebe sie in die Aufbewahrung für Handgepäck und telegrafiere an Tante Mila, daß wir kommen.«

Mit diesen Worten war Georg schon an der Tür und verließ das Haus. —

Die Uhr schlug die Mittagsstunde, da ging Georg Astenryk in Begleitung Marians für immer aus seinem Heim.

Während Georg den Weg zu Forbins Hotel einschlug, ging Marian zu dem Kontorgebäude gegenüber und trat in den Hauseingang. Nicht lange, dann hielt ein Auto vor dem Fabrikhof. Zwei Herren stiegen aus und gingen schnellen Schrittes zu dem Wohnhaus. An der Tür er-

334

wartete sie ein Herr, der ihnen schon von weitem in französischer Sprache zurief: »Es ist alles in Ordnung. Diesmal hat alles aufs beste geklappt.«

Marian lachte laut auf. Er wartete, bis nach einer guten halben Stunde jene drei Herren mit hochroten Köpfen und sehr heftig gestikulierend aus dem Astenrykschen Wohnhaus kamen. Mit einem triumphierenden Lachen trat Marian aus dem Toreingang und folgte ihnen, bis sie in das Auto stiegen.

Während er dann die Kölner Straße entlangging, sah er in einer Seitengasse Georg mit dem alten Stennefeld stehen. Er eilte auf ihn zu und erzählte ihm mit großem Behagen, was sich da eben abgespielt hatte. Georg schlug ihm lachend auf die Schulter.

»Gut gemacht, Marian! Ich bin durch Stennefeld aufgehalten worden. Geh du statt meiner zu Meister Konze. Ich muß jetzt schleunigst zu meinem Schwager Forbin.« —

Forbin und Helen saßen plaudernd im Vorgarten ihres Hotels.

»Weißt du auch, Alfred, daß mir die ganze Sache wenig sympathisch ist? Ich glaube, du steckst da deine Hände in eine Angelegenheit, die recht töricht ist.«

»Aber wieso, Helene? Ich habe dir doch gesagt, was die Erfindung wirtschaftlich bedeuten würde, wenn sie einmal gemacht ist. Und was für uns bei einem guten Erfolg herausspringt, kannst du dir wohl denken.«

»Mag alles sein, Alfred! Ich werde das Gefühl nicht los, wir handeln falsch. Zunächst einmal möchte ich doch daran erinnern, daß Anne meine Schwester ist und Georg Astenryk eines Tages mein Schwager werden dürfte.«

»Ah! Helene! Moralische Anwandlungen?«

»Du weißt, Alfred, diesen Ton liebe ich nicht. Aber ganz abgesehen davon, überlege dir doch mal bitte folgendes: Du rechnest damit, daß früher oder später Georg diese wichtige fruchtbringende Erfindung macht.«

»Gewiß! Davon bin ich fest überzeugt, und die Früchte werden vieltausendfältig sein.«

»Gut, Alfred! Ich nehme dich beim Wort. Nun stelle dir bitte mal vor, es kommt alles so, wie du denkst. Glaubst du nicht, daß das Ehepaar Forbin, Schwäger dieses Milliardärs Astenryk, mit an der Tafel sitzen und mühelos schwelgen könnte?«

Forbin machte ein zweifelndes Gesicht.

»Ich weiß nicht, Helene, ob du da so unbedingt richtig rechnest: Ich verfüge doch auch über eine gewisse Menschenkenntnis und kann nur sagen, daß wir beide Georg Astenryk reichlich unsympathisch sind. Daß er nach seiner Verheiratung mit Anne mit uns irgendwelche Beziehungen unterhalten würde, glaube ich nicht.«

Helene zog ärgerlich die Brauen zusammen.

»Das käme doch sehr darauf an, mein lieber Alfred. Ich müßte mich in mir denn doch sehr täuschen, wenn ich es nicht fertigbrächte, mit Georg auf gutem Fuß zu bleiben.

Aber dir ist ein Spatz in der Hand lieber als eine Taube auf dem Dach. Das weiß ich längst. Dein Horizont ist zu eng. Um ein Trinkgeld heute verscherzt du dir spätere Millionen. Denn glaube nur nicht, daß es Georg auf die Dauer verborgen bleiben könnte, daß du mit in diesem französischen Spiel steckst. Also …« Helene sah Forbin mit zwingendem Blick an.

»Helene, du sollst recht haben. Ich muß offen gestehen, so ganz geheuer ist mir die Sache auch nicht. Als ich mich auf diese Sache einließ, war Not am Mann. Wir saßen scheußlich in der Tinte. Fände ich etwas Besseres, würde ich sofort abschwenken.«

»Da habe ich etwas vorgesorgt, Alfred. Nicht ohne Grund habe ich mir alle Mühe gegeben, Castillac aufzustöbern, und ich fahre nicht zu meinem Vergnügen mit diesem mir im Grunde höchst gleichgültigen Menschen andauernd herum. Wenn sich die Dinge weiter so zuspitzen, dürfte Castillacs Weizen blühen, und dabei

müßten sich auch für dich lohnende Geschäfte entwik-
keln.«

»Sehr gut, Helene! Das wäre allerdings eine feine Sache. Waffengeschäfte sind immer sehr lohnend ...«

»Ah! Da kommt ja Georg«, unterbrach ihn Helene,
»komm, Alfred, ich bin gespannt, wie er sich zu eurem
Streich stellt. Eine Gemeinheit bleibt's auf jeden Fall.
Gut, daß du nicht direkt damit zu tun hast.«

Georg war inzwischen herangekommen und begrüßte die beiden. »Anne ist wohl oben? Da möchte ich ...«

»Bleiben Sie nur hier, Herr Astenryk«, sagte Forbin.
»Sie wird gleich herunterkommen. Wir speisen ja jetzt.
Aber was sehe ich? Wollen Sie verreisen?«

»Ja! Verreisen, und zwar auf lange Zeit, Herr Forbin.«

»Wie? Was?« Anne war aus dem Hotel getreten und
nahm Georgs Arm. »Du willst verreisen? Wie meinst du
das?«

»Das ist mit vier Worten kurz erklärt. Man hat mich
hinausgeworfen!«

Anne stand entsetzt. »Lieber Georg! Das ist doch unmöglich!«

Der zog ihren Arm fester an sich heran. »Du glaubst
gar nicht, Anne, was alles möglich ist, wenn vor Gericht
Leute erscheinen, die statt eines Gewissens einen Bal-
lonreifen haben.«

Ein Kellner kam und rief zum Mittagsmahl.

Forbin hatte gerade Messer und Gabel ergriffen und
wollte eben den ersten Bissen genießerisch in den Mund
schieben, da wurde er zum Telefon gerufen.

Wütend stand er auf. —

Als er endlich wiederkam, konnte ihm jeder ansehen,
daß er eine sehr unangenehme Nachricht bekommen
haben mußte. Schließlich schob er seinen Teller zurück
und stand auf.

»Ich habe Kopfschmerzen, will nach oben gehen.«
Helene erhob sich gleichfalls und folgte ihm. Kaum waren sie allein, da brach der Sturm los.

»So eine bodenlose Schweinerei! Dieser verfluchte Astenryk hat, noch ehe der Konkursverwalter ihm den Gerichtsbeschluß verkündete, das ganze Labor zerstört. Er hat die Anlage vollkommen in Unordnung gebracht, daß selbst der gelehrteste Teufel nichts mit dem Kram anfangen kann. Und ich soll schuld daran sein!«

»Du? Wer wagt das zu behaupten?«

»Herr Godard! Er war selbst am Telefon und sagte mir, Astenryk müßte doch vorher irgendwie Wind von unserem Vorhaben gekriegt haben. Er und Samain kämen dabei natürlich gar nicht in Betracht. Also blieb's bei mir hängen.«

Seine Frau legte sich nachdenklich in einen Sessel. »Hm! Höchst rätselhaft. Wenn du dich heute abend mit Godard und Samain im Hotel triffst, gehe ich mit. Bis dahin Schluß mit der Angelegenheit.« —

Anne kam in das Zimmer. »Georg ist in die Stadt gegangen. Er hat noch allerlei Geschäfte zu erledigen. Er fährt um sechs Uhr nach München. Ich soll um halb sechs am Bahnhof sein.«

»Anne, was hat denn Georg eigentlich für Zukunftspläne? Ich fand vorher gar keine Zeit, danach zu fragen.«

»Er fährt jetzt direkt nach München zu seiner Tante Mila.«

»Und dann weiter? Er wird doch nicht immer dort bleiben wollen?«

»O ja! Vorläufig will er dort bleiben. Das heißt nicht in München selbst, sondern im Almhaus der Tante Mila. Es liegt in den Bergen am Wilden Rain.«

»Ah, so! Er will Sommerfrische am Wilden Rain halten. Oder will er etwa dort auch arbeiten?«

»Wahrscheinlich beides«, sagte Anne lächelnd. »Georg kann ich mir ohne Arbeit gar nicht vorstellen.« —

Georg und Marian trafen sich, wie verabredet, bei Stennefeld, der vor den Toren der Stadt ein kleines Landhäuschen bewohnte. Sie nahmen von dem alten

Mann herzlichen Abschied. Dann gingen sie um die Stadt herum durch die Parkanlagen dem Bahnhof zu. Als sie an einem großen Teich vorbeikamen, blieb Georg stehen und deutete auf die dunkle Wasserfläche.

»Heute sind es gerade sechs Jahre her, daß mein Bruder Jan an der Stelle hier die unselige Tat beging. Ich vergesse nie den Anblick, als man ihn für tot ins Haus brachte. Sein Selbstmordversuch damals, unter so unerklärlichen Umständen ... Sonderbar, daß man nie so recht dahintergekommen ist, was dem blühenden, frohsinnigen Menschen die Waffe in die Hand drückte.

Gerüchte wollten wissen, daß Jan und sein Freund Rochus Arngrim in heftiger Leidenschaft zu Helene Escheloh entbrannt waren und Jan als der Verschmähte zur Pistole griff. Helene hat sich nie dazu geäußert. Das Auffällige bei der Sache war nur, daß zur selben Stunde Rochus Arngrim spurlos verschwand. Reisende wollen ihn noch am selben Tage an der belgischen Grenzstation gesehen haben. Daraus entstand jedenfalls bei manchem der Verdacht, daß die Kugel von Arngrim abgefeuert worden sei. Aber Jan hat das stets bestritten ...«

Georg fühlte plötzlich, wie Marian seinen Arm umklammerte. Als ob er ein Gespenst sähe, starrte er zu einer Eiche in der Nähe des Teiches.

»... Du Georg! ... Da steht er ja! ... Arngrim ... unter der großen Eiche ... Und da ist die Bank ... Und auf der Bank liegt eine Waffe ... Und jetzt kommt Jan, und sie sprechen miteinander und Jan setzt sich hin ... Arngrim geht fort ... Jetzt bleibt er hinter den Büschen stehen, sieht zu Jan hinüber ... Jans Hand greift zu der Waffe ... Er nimmt sie, legt sie wieder hin ... nimmt sie wieder. Jetzt steht er auf, geht zum See, steigt in das Boot, rudert weit hinaus ... Arngrim sieht ihm nach mit Augen ... fürchterlich ... entsetzlich. Und jetzt ... Jan richtet die Waffe gegen seinen Kopf ... schießt ... fällt zurück ins Boot. Arngrim läuft fort ... Jetzt ist er verschwunden ... Jan? ...«

Wie aus einer Vision erwacht sahen sie sich in die blassen, verzerrten Gesichter.

»Marian!« kam es heiser aus Georgs Munde, »was war das? Ein Traum, ein Gesicht?«

Der schüttelte den Kopf und begann stockend zu sprechen: »All das Schreckliche, das dein geistiges Auge sah, dein Hirn empfand, drang von fern her in mein Bewußtsein. Wer hat es gedacht? Nur Arngrim selbst kann es gewesen sein. Nicht Jan. Was Jan tat, dessen war er sich ja selbst nicht bewußt ...

Er folgte dem mächtigen Willen eines Stärkeren, der ihn in Gedanken zwang, sich selbst den Tod zu geben ...

Heute, am Tage der Tat, mochte wohl Arngrim stärker als je an sein ruchloses Handeln erinnert sein. Noch einmal erlebte er, wie wahrscheinlich schon früher, heute sein Verbrechen. Seine Gedanken daran waren so stark, daß ich sie hier mitempfand. Und du, durch die gleichzeitige Erinnerung an jenen Tag und unsere Berührung mit mir eingestimmt, empfandest alles, was zu mir drang, mit. Jetzt wissen wir, wie das alles damals geschah.«

Georg blickte sinnend vor sich hin.

»Du magst recht haben, Marian«, sagte er dann, »das wäre eine Erklärung.

Rochus Arngrim ... Wo mag er sein?«

Und noch ein anderer sah und hörte zur gleichen Stunde das Grausige in der gleichen Weise, wie es Georg und Marian vernahmen. Der Abt Turi Chan in seinem Gemach im Lamakloster am Himalaja. Und der, der mit stummen Lippen diesen Bericht gab, dessen Hirn jene Bilder in Erscheinung treten ließ, der Mönch Sifan, einst Rochus Arngrim, saß ein paar Türen weiter in seiner Klosterzelle; den Kopf in die Hände vergraben, durchlebte er noch einmal im Bann eines fremden Willens sein weltliches Leben und jenen Tag als dessen Abschluß. Durchlebte weiter alles, was danach kam. Die Flucht über die Grenze, von bitterer Reue gequält, die Fahrt über das weite Meer zu Indiens Küste. Die monatelange Wanderung mit einem Lamapilger nach Norden, bis sich hinter dem Weltflüchtling das Tor von Gartoks Mauern schloß.

Sinnend saß der Abt. Das also war's, was diesen Europäer hierhergebracht hatte. Die Flucht vor Gewissensqualen wegen jener Untat; der Wunsch, in läuterndem Leben die schwere Sünde zu sühnen. Damals, als der Weiße an die Pforte von Gartok pochte, hatte er ihn gefragt, was ihn, den Europäer, zu Buddhas Lehre und Glauben treibe. Der hatte ihm sein früheres Leben erzählt, von einer schweren Tat gesprochen, ohne Näheres darüber zu sagen. Jetzt hatte er mit Allgermissens Kunst erzwungen, daß der Mönch dunkelste Herzenskammern öffnete und seine Gedanken ausströmen ließ ... zu des Abtes Gemach ... in das Weltall ... Ob es noch andere Menschen gab, die das vernommen hatten? ...

Von seinen Gedanken stark bewegt, stand der Abt auf und ging mit großen Schritten durch das Gemach.

Vor einem Schrank blieb Turi Chan stehen, entnahm ihm ein Buch und kehrte zu seinem Sessel zurück. Er öffnete es und nahm einen Brief heraus. Die Schriftzüge waren kaum noch zu entziffern. Wasser mußte den Brief beschädigt haben. Doch der Abt las sie leicht, hatte er doch Brief und Buch gar viele Male gelesen.

Es waren die Schriftzüge Allgermissens, der diesen Brief an seinen Freund Rochus Arngrim geschrieben hatte. Der Brief begann mit Erinnerungen an die Zeit, wo Allgermissen und Arngrim in Riga einander kennengelernt hatten. Arngrim hatte während des Krieges viele Monate als Offizier im Hause Allgermissens in Quartier gelegen. Freundschaftliche Beziehungen ... gemeinsames Interesse an okkultphysikalischen Dingen ... Studien über die Raumstrahlungen des denkenden Hirns ... Arngrim ... Erbe der in dem Buch aufgezeichneten Entdeckungen ... Tochter Lydia ... ganz allein in der Welt ... Ihrer Fürsorge ...

Der Abt faltete das Papier zusammen und legte es wieder in das Buch zurück. Er wog das Buch in der Hand.

»Leicht bist du, und doch birgst du vielleicht Weltenschicksale!«

Wie würde sich vieler Menschen Los ... das Geschick der Welt gestaltet haben, wenn Allgermissens Vermächtnis in die Hände gekommen wäre, für die es bestimmt war, in die Hände von Rochus Arngrim? ... War er im Recht, wenn er diesem Mann das Erbe Allgermissens vorenthielt?

»Ich war im Recht! Die Götter haben es so gewollt, haben mir Sifans Haupt und Allgermissens Vermächtnis in die Hand gelegt. Wie sichtlich die Fügung des Himmlischen!« —

Als wäre es heute gewesen, stand der Tag vor ihm, an dem Allgermissens Hinterlassenschaft in das Kloster kam. Eine burätische Karawane stand drüben am Ufer des angeschwollenen Flusses und konnte den Übergang nicht finden. Der Mönch Sifan kam hinzu, wies ihnen die Furt, ritt voran. Da, in der Mitte des Flusses, strauchelte das Pferd eines Mädchens, geriet ins tiefe Wasser. Sifan sprang aus dem Sattel, wollte sie retten, wurde mit ihr in die todbringenden Wirbel gezogen.

Der Führer der Karawane schwang sich auf einen vorübertreibenden Baumstamm, lenkte ihn auf die mit dem Tode Kämpfenden zu und warf denen einen Strick hinüber. Auf einer Sandbank weit unten gelang es ihm, mit den Geretteten ans Ufer zu kommen. Von Mönchen, die herbeigeeilt, wurden das Mädchen und Sifan, die bewußtlos geworden, ins Kloster gebracht. Viele Tage kämpfte Sifan, von Fieberschauern geschüttelt, mit dem Tode.

Das Mädchen hatte man auf ein Lager gebettet. Als

342

sie ihr den nassen Khalat, das Burätenkleid, abtaten, staunten sie, daß es ein europäisches Mädchen war. Eine Blechbüchse, die an einem Riemen um ihre Schulter hing, nahm Turi Chan an sich. Flußwasser war in sie eingedrungen. Er öffnete sie und sah, daß Papiere darin waren, die schon stark durch die Nässe gelitten hatten. In der Annahme, daß es wichtige Familienpapiere sein könnten, breitete der Abt sie zum Trocknen aus.

Es war ein Buch, von Hand geschrieben, alle Seiten gefüllt mit Zahlen, Skizzen und Erklärungen, und ein Brief, der in schon verschwommenen Zügen die Aufschrift trug: An Rochus Arngrim in Deutschland. Das mußte einer geschrieben haben, der noch nicht wußte, daß aus Rochus Arngrim schon seit Jahren der Mönch Sifan geworden war.

Überrascht überflog Turi Chan den halbtrockenen Brief. Der Name Allgermissen machte ihn neugierig. War doch vor Monaten eine dunkle Kunde zu ihm gedrungen von sonderbaren Vorgängen in Irkutsk bei General Iwanow. Er brachte die Papiere in sein Zimmer, las. Zuerst ungläubig ... zweifelnd. War das, was auf diesen Blättern stand, ernst zu nehmen, oder waren es Fantasien eines kranken Geistes?

Und dieses Mädchen sollte Lydia Allgermissen sein? Er schickte nach dem burätischen Führer, wollte ihn fragen, wie er zu dem Mädchen gekommen sei. Doch dieser war längst weitergezogen. Er sprach mit ihr selbst und erfuhr, daß sie tatsächlich Allgermissens Tochter sei. Von den Vorgängen in Irkutsk bei Iwanow wußte sie nichts. Ihre übrigen Angaben waren unklar.

Er hatte damals lange überlegt, was er mit ihr anfangen solle. Da erinnerte er sich, daß in der Nähe des Klosters ein englischer Botaniker, ein Dr. Musterton, lagerte, der hin und wieder zu botanischen Exkursionen über die Grenze kam. Auch damals hatte er ihn holen lassen und um Rat gefragt. Musterton hatte keinen Moment gezögert, sich Lydia Allgermissens anzunehmen. Drü-

ben, jenseits der Grenze, auf englischem Gebiet, hatte
der Doktor in einem Dorf sein Standlager, wo auch seine Familie sich aufhielt. Lydia Allgermissen würde willkommen sein. —

Das Erbe Allgermissens ... Der Abt ließ die Blätter
des Buches durch die Finger gleiten ... Nie hatte Sifan
etwas davon erfahren. Sein Eigentum, sein kostbarer
Besitz war es geblieben. In monatelanger mühseliger
Arbeit hatte er versucht, in den Geist dieser Aufzeichnungen einzudringen, ihren Kern und Sinn zu erfassen.
Es war ihm gelungen, den Schleier ein wenig zu lüften.
Die Probe, die er vor einer Stunde mit dem Mönch Sifan
gemacht hatte, war der Beweis dafür.

Turi Chan stand auf, ging langsamen Schrittes zu
dem Schrank, verschloß das Buch sorgfältig und überlegte.

Dieser Sifan ist kein gewöhnlicher Mensch. Um der
Liebe eines Mädchens willen mißbrauchte er die Schick-
salsgabe und lenkte des Freundes, des Nebenbuhlers
Gedanken, daß dieser die bereitgelegte Waffe ergriff
und sich damit den Tod gab. Welch starker Wille strahlte
aus dessen Hirn, daß er sich einen anderen unterwarf
bis zur Selbstvernichtung ...

Der Gedanke, einen Mann mit solchen übernatürlichen Fähigkeiten im Kloster zu haben, verursachte dem
Abt Unbehagen. War es nicht möglich, daß dessen Kräfte noch weiter gingen, daß er eines Tages irgendwie von
der Erbschaft Allgermissens hier in diesem Schränk-
chen erfuhr? Er beschloß, ihn für einige Zeit aus dem
Kloster zu entfernen. Ein Grund war leicht zu finden. Er
brauchte ihn nur als Boten mit einem Brief an den Abt
eines anderen Klosters zu schicken. Der würde ihn dann
so lange dort behalten, wie es Turi Chan paßte. —

Am nächsten Morgen wanderte Sifan durch das Tal
des Rogu dem Kloster Tschaidam zu mit einer Botschaft
an dessen Abt. Am Abend des zweiten Tages schritt er
einem kleinen Dorf zu. Als er näher kam, sah er unter

einer Tamariskengruppe einige Zelte aufgeschlagen, vor denen ein Feuer brannte.

Er wollte daran vorbeigehen, da erblickte er den englischen Botaniker Dr. Musterton, der ihn anrief. Sie kannten sich, weil Sifan manchmal den Dolmetscher gemacht hatte, wenn Musterton ins Kloster kam.

Eine Weile unterhielten sie sich über Zweck und Ziel ihrer Reise. Dann lud Musterton den Mönch ein, die Nacht in seinem Lagerort zu verbringen. Sie hatten sich eben am Feuer niedergelassen, da kam ein junges Mädchen mit einem Topf Tee aus einem der Zelte. Im Schein des Feuers blieb sie unvermittelt stehen und blickte den Mönch betroffen an. Musterton fragte lächelnd: »Kennst du den Mönch Sifan vielleicht noch von Gartok her?« Dann wandte er sich an Sifan: »Vielleicht erinnern Sie sich, daß vor ein paar Jahren ein Mädchen, das mit einer Karawane ritt, beim Durchschreiten der Furt bei Gartok mit ihrem Pferd in eine Tiefe geriet. Ein Mönch Ihres Klosters wollte sie retten, kam dabei selbst in Lebensgefahr ...«

Musterton hielt inne. Das Mädchen war auf Sifan zugegangen und reichte ihm die Hand. »Sie sind's, der mich damals rettete. Oh, wie freue ich mich, Sie wiederzusehen, um Ihnen von ganzem Herzen für Ihre mutige Tat zu danken.«

»Ah, Sie waren es!« rief Dr. Musterton und schüttelte dem Mönch die Hand. Dieser dachte im stillen: Warum hat man mir niemals gesagt, daß die Gerettete eine Europäerin war?

»Das nenne ich aber einen glücklichen Zufall, daß wir uns hier treffen müssen«, rief Musterton, »der Tee ist heiß, setzen wir uns! Aber nein. Da wir uns in rein europäischer Gesellschaft befinden, muß ich, dortigen Gepflogenheiten entsprechend, die Herrschaften miteinander bekannt machen. Hier, liebe Lydia, siehst du den Mönch Sifan aus Deutschland, und diese junge Dame, Mister Sifan, ist Fräulein Allgermissen aus Riga.«

Der Mönch warf mit einem Ruck den Kopf zurück. »Allgermissen? ... Fräulein Allgermissen, Sie sind aus Riga?« Musterton fragte verwundert:

»Sie sprechen den Namen aus, als wäre er Ihnen bekannt, Sifan?«

»Ich kannte einst einen Professor Allgermissen in Riga ...«

»Mein Vater!« schrie Lydia auf. »Sie kannten ihn?«

»Ja, wir hatten uns während des großen Krieges kennengelernt. Ich lag lange Zeit bei ihm in Quartier. Sie waren ja damals noch ein kleines Mädchen.«

»Wie wunderbar!« sagte Lydia und sah den Mönch mit strahlenden Augen an. »Treffe ich hier einen Freund meines Vaters. Wie hießen Sie denn früher? Ich war ja damals noch ein kleines Kind. Aber vielleicht wurde der Name später in unserer Familie genannt?«

Der Mönch senkte den Kopf. »Früher hieß ich ... Rochus Arngrim.«

Ein Schrei aus dem Munde des Mädchens. Lydia wich einen Schritt zurück.

»Sie sind Rochus Arngrim?« Die widerstreitenden Gefühle, Überraschung ... Freude ... Schreck jagten sich in ihren Mienen.

Sie trat an den Mönch heran und schaute ihn an, als wenn sie ihn zum erstenmal sähe.

»Arngrim sind Sie? Der Arngrim, an den ich mich wenden sollte, wenn ich in Deutschland wäre? Mein Vater gab mir wichtige Papiere mit, die ich Ihnen bringen sollte.«

»Ah, Lydia, nie hast du davon gesprochen«, fiel Dr. Musterton ein. »Papiere solltest du nach Deutschland bringen, zu Arngrim? Und Sie«, er deutete auf Sifan, »sind der Arngrim, für den die Papiere bestimmt waren?«

»Ja! Es waren wissenschaftliche Aufzeichnungen. Mein Vater nannte sie in seinem Abschiedsbrief sein Vermächtnis.«

»Und wo sind diese Papiere?« drängte Sifan.

»Ich habe sie nicht mehr«, antwortete Lydia mit leiser Stimme, »ich trug sie in einem Blechkästchen an einem Riemen um die Schulter. Sie müssen damals bei dem Unfall im Fluß verlorengegangen sein. In Gartok wurde mir gesagt, man wisse nichts davon.«

»Setzen wir uns«, sagte Dr. Musterton nach einer Pause, »es wird noch viel zu erzählen geben.«

Sifan stand noch eine Weile und blickte sinnend in das Feuer. Waren die Papiere, das Vermächtnis Allgermissens, wirklich im Fluß versunken? —

»Nun mußt du erst noch einmal erzählen, Lydia, wie du aus Irkutsk entkamst«, sagte Dr. Musterton.

Lydia begann: »Eines Tages wurde ich zum Inspektor des Gefängnisses gerufen. Der sagte mir, ich wäre frei und könnte das Gefängnis sofort verlassen. Mit bangem Gefühl nahm ich den Entlassungsschein an mich und fragte nach dem Vater. Ein gleichmütiges Achselzucken des Beamten, ein Wink zur Tür war die Antwort.

Ich eilte nach Hause und hoffte im stillen den Vater dort zu finden. Er war nicht da. Ich eilte zu dem großen Ofen, wo mein Vater hinter einer losen Kachel stets wichtige Papiere zu verstecken pflegte, entfernte die Kachel und griff in die dunkle Öffnung. Da fand ich ein flaches Blechkästchen. Als ich den Deckel aufklappte, lag zuoberst ein offener Brief des Vaters an mich. Er gebot mir, sofort zu dem Schrank in der Küche zu gehen, wo burätische Kleider verborgen seien. Die sollte ich anziehen, die Blechbüchse darunter um die Schulter hängen und sofort das Haus durch die Hintertür verlassen. Dann sollte ich den Pfad einschlagen, der um die Stadt herum zur großen Karawanenstraße führt. An der Brükke würde ich ein kleines Mongolenlager finden. Der burätische Führer sei unterrichtet. Er habe ein gutes Geldgeschenk bekommen, ich dürfe ihm trauen. Er würde mich in seiner Karawane nach Süden bringen, bis ich in Sicherheit wäre. Noch einmal befahl der Brief mir höchste Eile. Meine Freiheit wäre nur von kurzer Dauer, jede Minute sei kostbar.

Ich tat, wie mir der Vater geschrieben hatte, fand die Karawane an der Brücke, und dann wanderten wir nach Süden. Das andere ist ja bekannt.«

Lange saßen sie noch am Lagerfeuer. Dr. Musterton erzählte, wie Lydia zu ihm gekommen sei und schon mehrere Jahre in seinem Hause weile. Sie habe ihn hin und wieder auf seinen Exkursionen begleitet. Vor einigen Tagen wären sie im Kloster Tschaidam gewesen, um das Fest der Wasserweihe mitanzusehen. Jetzt wollten sie nach Mustertons Standquartier zurück. Gesprächsweise erwähnte der Doktor auch, er werde bald Asien verlassen und nach Australien gehen, um dort im Auftrage der australischen Regierung seine Forschungsergebnisse praktisch anzuwenden.

Am anderen Morgen trennten sie sich. Dr. Musterton mit seiner Expedition ritt nach Süden. Sifan wanderte nach Norden zum Kloster Tschaidam.

Helene stand auf dem Bahnhof in Neustadt und erwartete ihren Mann aus Paris.

Der Zug lief ein.

»Wie war's in Paris, Alfred? Da tat sich wohl allerhand?«

»Allerdings, Helene. Es zeigte sich, daß die Herrschaften doch scharf hinter der Sache her sind.

Die Herren Godard und Samain sind kaltgestellt worden. Ein Herr Forestier soll mit mir die Sache weiterverfolgen. Wir werden uns mit ihm in München treffen.«

»Ah! So hast du dich doch wieder fest engagiert. Du weißt doch, Alfred ...«

»Beruhige dich, liebe Helene«, fiel ihr Forbin ins Wort, »ich habe mich im Hinblick auf unsere Finanzen bemüht, einen möglichst großen Vorschuß herauszuholen. Den habe ich.« Er klopfte dabei mit der Hand an seine Brieftasche, »wie weit ich mich bei dem, was Herr Forestier vorhat, aktiv beteilige, steht noch in den Sternen. Das eine kann ich dir nur versichern, nicht ich, sondern Herr Forestier wird derjenige sein, der die Kastanien aus dem Feuer holt.« —

Die Almhütte der Frau Professor Emilie Potin — der Tante Mila, wie sie von den Verwandten genannt wurde — lag geschützt in einer Senke, die sich nach Norden weit öffnete. Ein unvergleichlich schöner Fernblick bot sich von hier.

»Marian! Komm doch mal her und sieh den wunderbaren Sonnenuntergang da drüben.«

»Laß mich in Ruh mit deinem Sonnenuntergang! Wäre doch gelacht, wenn wir heute abend ohne Licht dasäßen. Komm lieber her und hilf mir.«

Marian würgte mit einer langen Stange ein Brett aus der hölzernen Wasserrinne. Das Wasser stürzte auf ein roh gezimmertes Rad. Das Rad begann sich zu drehen ... schneller, immer schneller. Jetzt war es auf vollen Touren.

Georg lief ins Haus und schaltete ein. »Hurra! Die Lampen brennen.«

Marian trat in die Hütte. »Großartig! Aber jetzt mal schleunigst die Akkumulatoren angeschlossen. Die lechzen nach Strom, seitdem sie in Neustadt abgebaut wurden.

Da haben wir doch wirklich Glück gehabt. Wenn ich so denke. Das ganze Labor einschließlich Dynamo und Verstärker hat der alte Konze für dreihundert Mark ersteigert ... Na, für heute aber Schluß! Wir haben die letzten Wochen geschuftet wie die Wilden.«

Die Morgensonne war eben über die Almwiesen heraufgekommen. Die beiden standen vor der Hütte.

»Da kommt Katrin!« rief Marian und deutete mit dem Finger nach einer Frau, die, eine Kiepe auf dem Rücken, hinter einem Wäldchen hervortrat. »Gleich werden wir die Probe aufs Exempel machen können.«

Die alte Katrin, eine Sennerin von der Hohen Alm, besorgte den beiden bisweilen Lebensmittel aus dem Dorf. Marian ging in die Hütte zurück, Georg wartete, bis die Frau näher herangekommen war und winkte ihr zu. Als sie noch etwa hundert Meter entfernt war, verlangsamten sich ihre Schritte. Sie blieb stehen. Georg winkte ihr heftig. Die Frau schwenkte wie hilflos die Arme. Dann ... Plötzlich ging sie weiter.

Als sie die Hütte erreicht hatte, war sie total verwirrt. Erschöpft ließ sie sich auf die Bank fallen. Georg fragte in teilnehmendem Ton:

»Was war denn, Katrin? Warum blieben Sie denn plötzlich stehen?«

»Ja, Herr Astenryk, das weiß ich nicht. Mir war's auf einmal, als hätte mir einer gesagt, ich dürfe nicht weitergehen, als hielte mich was fest. Ich weiß gar nicht, was das war. Mir ist der Schreck so in die Glieder gefahren ... Was kann das nur gewesen sein?«

»Ja, Katrin! Das ist ja eine komische Sache. Vielleicht schlecht geschlafen heute nacht?« meinte Georg lachend. »Warten Sie mal ein bißchen.« Gleich darauf erschien er mit einer Flasche in der Hand. »Hier, Katrin! Einen kleinen Enzian auf den Schreck!«

Der Enzian tat seine Wirkung. Nach einiger Zeit stand die Alte auf und ging weiter. Lachend sahen Georg und Marian ihr nach.

»Es klappt, Marian. Kein Teufel kommt gegen unseren Willen näher als hundert Meter an die Hütte ran. Jetzt werde ich mal gleich zu dem Steinmoser gehen und ihm seinen Hund abkaufen. Der Köter meldet ja schon, wenn er von weitem einen Menschen kommen sieht.«

»Noch besser wäre es, Georg, wenn es dir glückte, auch hinter das Geheimnis des verlorengegangenen Magnetofonbandabschnitts zu kommen. Du hast doch noch einige Tonbänder. Nimm am besten unbenutzte, die nicht erst gelöscht zu werden brauchen, und bespiele sie mit Gedanken. Wenn wir die beiden Enden zusammenkleben, können wir sie im Rundlauf als Dauerbänder so lange über die Spulen gehen lassen, wie es uns paßt. Ich denke, wir könnten dann auch auf noch größere Entfernungen wirken, ohne daß wir unseren eigenen Kopf zu Hilfe nehmen müßten.«

»Da hast du ja wohl recht, Marian. Meiner Meinung nach hat auf dem verlorengegangenen Teil von Allgermissens Tonband ein in schnellem Wechsel verschiedener Wellenlängen gegebener Ankündigungsbefehl gestanden, der Menschenhirne verschiedenster Eigenschwingung auf die gewünschte Welle abstimmte. Ich kann mir denken, daß das ganz interessante Versuche für uns werden könnten. Jetzt, wo wir vollkommen eingerichtet sind, habe ich Zeit, mich damit zu beschäftigen.«

Schon in der folgenden Nacht mußte ihr Verstärker zum zweiten Male seine Künste zeigen. Sie lagen in festem Schlaf, als der Hund, der vor der Hütte angebunden war, kräftig anschlug. Murrend stand Georg auf, öffnete das Fenster und befahl dem Hund, still zu sein. Doch der ließ sich durch nichts beruhigen. Instinktmäßig ging Georg vom Fenster zurück und schaltete einen Hebel ein.

»Na, Georg, was machst du da?« rief Marian, der jetzt erst munter wurde. »Meinst du, der Nero draußen witterte einen Menschen in der Nähe?«

»So ganz ausgeschlossen ist das nicht«, sagte Georg, »ich will mal nachsehen, bleibe du ruhig hier und ... denke dran!«

Georg warf sich einen Mantel um, zündete eine Laterne an und trat vor die Tür. Draußen nahm er den Hund an die Leine, flüsterte ihm zu: »Such, Nero!«

Sofort warf sich der Hund in den Riemen und zog mit voller Gewalt in die Dunkelheit los.

Da glaubte Georg etwas Dunkles vor sich zu erblikken. Er hob die Laterne und sah einen Menschen. Noch ein paar Schritte näher, und da ... stand Herr Alfred Forbin!

»Ah, guten Abend, Herr Forbin! Haben Sie sich verirrt oder wollten Sie mich wirklich so spät noch besuchen? Vielleicht gar mir ein neues, günstiges Angebot machen ... Einerlei! Bitte, kommen Sie mit.«

Es wäre zweifellos sehr interessant gewesen, das Gesicht Forbins in diesem Augenblick zu fotografieren. Schrecken, Wut, Scham, Ärger zeichneten sich darin ab. Doch als er in die Hütte kam, hatte er sich wieder völlig in der Gewalt. Er war sogar in bester Laune, als er Marian begrüßte und mit guter Schauspielerkunst einen Wortschwall vom Ausflug zur Hohen Alm ... in die Irre gelaufen und so weiter vom Stapel ließ.

Da es bei der starken Dunkelheit ausgeschlossen war, noch den Rückweg nach dem Dorf anzutreten, wurde er aufgefordert, in der Hütte zu übernachten. Während Georg und Forbin am Tisch saßen und sich angeregt unterhielten, ging Marian in den Nebenraum. Als er nach einiger Zeit zurückkam, nickte er Georg zu.

»Ja, Herr Forbin, fürstliche Unterkunft können wir Ihnen leider nicht bieten«, sagte Georg. »Ich habe Ihnen drüben in unserem Labor ein notdürftiges Lager zurechtmachen lassen. Bitte, kommen Sie mit.«

Forbin freute sich innerlich wie ein Schneekönig, als er dies hörte. Ein Griff an seine rechte Hosentasche überzeugte ihn, daß die elektrische Taschenlaterne und der kleine Fotoapparat vorhanden waren. Daß über seinem Lager ein paar Drähte gespannt waren, beachtete er nicht weiter. —

Als Alfred Forbin am nächsten Morgen erwachte, glaubte er in seinem ganzen Leben nie so gut und fest geschlafen zu haben wie in dieser Nacht. Taschenlampe und Fotoapparat waren gänzlich unbenutzt geblieben. —

352

Kaum, daß er außer Hörweite der Hütte war, brachen die beiden in unbändiges Gelächter aus.

»Der Scherz war wirklich hervorragend, Marian. Er entschädigt uns für die nächtliche Ruhestörung und dafür, daß immer einer von uns am Verstärker sitzen mußte, um Forbin in tiefen Schlaf zu wiegen und darin zu halten.« —

Mochten bei jenem rätselhaften Abenteuer Forbins auch anderen die Ohren geklungen haben? Herr Forestier und Frau Helene, die im Restaurant des Hotel Bristol in München saßen, unterbrachen ihr Gespräch über Erinnerungen an Monte Carlo. Ob Forbin wohl die Hütte ausfindig gemacht habe, ob er nicht bald käme? dachten und fragten sie gleichzeitig. Forestier machte den Vorschlag, auf jeden Fall zu warten, bis Forbin käme.

Er schaute Helene mit verlangenden Blicken an. Ein ironisches Lächeln umspielte ihre Lippen.

Mit Wohlgefallen betrachtete sie ihr Bild im großen Pfeilerspiegel gegenüber. Jung, schlank, hübsch, konstatierte sie befriedigt.

Alles hinreichend, sich die Männer zu unterwerfen. Rechnete sie noch dazu, was in ihrem Innern an geheimen Kräften, Künsten schlummerte, so ersehnte sie sich so manchmal in Gedanken einen Gegner stärksten Wesens, stärksten Widerstandes.

Ein Herr, der im Hintergrund des Saales gesessen hatte, trat an ihren Tisch. Nach einer leichten Verbeugung gegen Helene streckte er Forestier die Hand entgegen.

»Ah, Herr Forestier! Sehr erfreut, Sie wiederzusehen. Wie geht es Ihnen?«

Forestier sprang auf und verneigte sich. »Gestatten Sie, meine gnädigste Frau Forbin, Ihnen Herrn Shugun aus Peking vorzustellen. Würden gnädige Frau erlauben ...«

Eine Handbewegung Helenes. Mit einer dankenden Verbeugung nahm der Chinese Platz.

Nach ein paar kurzen Worten schmeichelnder Höflichkeit begann Shugun eine Unterhaltung, die Helene schnell fesselte. Ein geistreicher, kluger Kopf. Helene erwies sich als ebenbürtige Gegnerin.

Während der Kellner beschäftigt war, die Gedecke abzunehmen, benutzte der Chinese die Gelegenheit, mit einem Seitenblick auf Helene Forestier zuzuraunen: »Spricht die Dame Spanisch?« Der schüttelte den Kopf und antwortete dann auf mehrere Fragen des Chinesen in spanischer Sprache.

Mein wertester Forestier, das soll Ihnen nicht vergessen bleiben, dachte Helene, die ziemlich gut Spanisch verstand und jedes Wort gehört hatte. Also was sagten Sie zu Herrn Shugun? Die schöne Frau ist die Gattin eines zweifelhaften Subjekts, das sich ausschließlich mit Geschäften zweifelhaften Charakters befaßt ... gelegentlich gut zu brauchen ... zur Zeit in unseren Diensten?

Wir werden gelegentlich darauf zurückkommen, mein lieber Forestier, dachte Helene, während sie ihm lächelnd das Glas entgegenhielt.

»Herr Shugun, würden Sie wohl die Liebenswürdigkeit haben, mir ein paar aufklärende Worte zu sagen? In der letzten Zeit sah ich wiederholt Zeitungen mit der schon jahrelang mißbrauchten Schlagzeile ›Wetterleuchten im Fernen Osten‹.«

»Ah, die Gnädige befaßt sich auch mit politischen Fragen?«

»Ich würde es gern, aber leider habe ich bisher kaum Gelegenheit dazu gehabt, mein Herr.«

In den Augen des Chinesen blitzte es kurz auf. Vielleicht traf es sich günstig, daß Forestier in diesem Augenblick ans Telefon gerufen wurde und lange Zeit wegblieb. Als er wiederkam, hätte er bei etwas besserer Beobachtungsgabe wohl bemerken können, daß in dem Gespräch zwischen dem Chinesen und Helene ein ernsterer Ton mitklang.

Als sie sich trennten, hörte Helene mit innerlicher Genugtuung, wie der Chinese zu dem Kellner sagte: »Wollen Sie bitte dem Geschäftsführer bestellen, ich bliebe noch einen Tag länger.« —

Frau Helene schlief in dieser Nacht weniger fest und gut als ihr Gatte auf dem Wilden Rain. Das Gespräch mit Shugun ging ihr nicht aus dem Kopf, und sie empfand es als eine brutale Störung, als Alfred Forbin gegen Morgen in ihr Schlafzimmer trat und wütend seine Sachen wegschleuderte.

Nur mit halbem Ohr hörte sie den Bericht ihres Mannes über seinen Besuch auf der Alm, horchte aber interessiert auf, als er von dem rätselhaften Festgebanntsein, von der Unmöglichkeit sprach, trotz stärkster Willensanstrengung zu fliehen. Dann aber lachte sie laut auf:

»Alfred, ich kenne dich ja gar nicht wieder. Was erzählst du da für törichtes Zeug! Setze dich bitte in den Sessel und höre, was sich in deiner Abwesenheit ereignet hat.«

Als sie geendet, wirbelte Forbin der Kopf ... Geschäfte aller Art für eine gewisse Großmacht im Fernen Osten ... Pfunde, Dollar, Francs konnten auf der Straße liegen für den, der es verstand, sie aufzuheben.

Er warf Helene einen bewundernden Blick zu.

»Du bist doch hoffentlich von deinen Halluzinationen endgültig geheilt, Alfred?« meinte sie. »Ich habe mir die Sache eben nochmal genau durch den Kopf gehen lassen. An etwas Übersinnliches, Übernatürliches zu denken, wäre verrückt. Aber es ist Zeit, sich fertigzumachen. Herr Shugun wird pünktlich sein.«

Es war eine angeregte, inhaltsreiche, interessante Unterhaltung zwischen dem Chinesen und dem Ehepaar Forbin. Während nach Schluß der Mahlzeit Herr Shugun und Frau Helene noch am Tisch sitzenblieben, entfernte sich Alfred Forbin, um nach kurzer Zeit im Reiseanzug und mit einigem Gepäck wieder zu erscheinen. Nach kurzer Verabschiedung fuhr er zum Bahnhof, um einen Zug nach Norddeutschland zu besteigen. Dort gedachte er einige Käufe in Altmetall aus früheren Marinebeständen zu tätigen.

Herr Shugun setzte seine Unterredung mit Frau Helene noch lange fort.

Am nächsten Tag fuhren sie gemeinsam nach Paris.

Es war die Nacht ›Buddhas Erleuchtung‹. Sinnend ging der Abt von Gartok in seinem Gemach hin und her. In seiner Hand knitterte ein indisches Zeitungsblatt. Die Nachricht darin, welche den Abt so nachdenklich gemacht hatte, bestand nur aus wenigen Worten. Sie lautete: »Sir Reginald Wegg ist zum Gouverneur von Singapore ernannt worden.«

Turi Chan kannte Reginald Wegg von Eton und Oxford her sehr gut. Wenn man ihn in Downing Street für Singapore bestimmt hatte, so mochte man wohl seine besonderen Gründe dafür haben.

Die Gedanken des Abtes wanderten zurück in seine Jugendzeit ... nach England, dem Lande seiner Mutter. Alle seine Gefühle gingen zur westlichen Kultur, zu westlichen Menschen ... Alle, auch sein Herz neigte einer Europäerin zu, der schönen blonden Evelyne ... Auf dem Hofball, hingerissen von ihren verführerischen Reizen, offenbarte er ihr sein Herz ... Und dann ihre spöttische Antwort: »Ich, die Tochter Sir Harrods und ... ein gentleman of no good blood? ... wohl ein Irrtum ... ein unverständlicher Scherz ...«

Noch immer klang ihm im Ohr das Gelächter der Gäste ... Reginald Weggs ... Er hatte später Eveline Harrod heimgeführt.

Der Abt ging zum Fenster, riß es auf und sog die frische Luft ein. Dann griff er wieder nach dem Zeitungsblatt. Die politischen Nachrichten bestätigten, was er schon wußte. Die Lage im Osten war und blieb gespannt trotz aller offiziösen Erklärungen.

Die Strahlen der Morgensonne mischten sich mit dem

Licht, das aus des Abtes Zelle drang. Ein Dröhnen des Klopfers am Tor der Klostermauer riß ihn aus seinem Sinnen. Er trat an das Fenster.

Von Sifan geleitet, kam ein Pilger über den Hof und wurde zum Gästehaus geführt. Der Abt öffnete das Fenster und rief Sifan zu sich.

»Wer schickt dich? Wen brachtest du?«

Sifan verneigte sich. »Der Abt von Tschaidam, Ehrwürdiger, gab mir den Befehl, den Pilger hierherzugeleiten.«

Turi Chan fragte erstaunt: »Wer ist der Pilger? Woher kommt er?«

»Aus Peking kommt er.«

In den Augen des Abtes zuckte es. Kein gewöhnlicher Mann konnte es sein, wenn der Abt Tschu Tschi ihm einen Mönch als Führer mitgab.

»Du kannst gehen. Sorge für den fremden Gast. Wenn er sich erfrischt hat, führe ihn zu mir.«

Sifan war gegangen. Der Abt schritt unruhig auf und ab. Seine Ungeduld wuchs immer mehr.

Die Tür des Gästehauses öffnete sich. Sifan kam mit dem Fremden. Der Pilger warf sich vor dem Bilde Buddhas nieder, verharrte in kurzem Gebet und beugte dann das Knie vor dem Abt. In dessen Geist kreuzten sich blitzschnell tausend Gedanken, Erinnerungen. Dieser Kopf, diese Züge, wo hatte er sie schon gesehen?

»Jemitsu?« kam es leise zweifelnd aus seinem Munde. »Bist du es?«

Der andere hob den Kopf. »Ich bin es, Ehrwürdiger.«

»Du bist mir willkommen, Jemitsu. Was treibt dich zu solch weiter Fahrt?« fragte Turi Chan stockend.

»Mein Geist ist krank in schwärenden Zweifeln, ehrwürdiger Vater. Man entließ mich, weil ich zu Taten rief, nach denen mein Herz schreit. Ich will mich hier kasteien und um Erleuchtung ringen.«

Lange blieben sie zusammen. Immer wieder warfen sie sich vor dem Buddhabild nieder, rangen in heißen

Gebeten — und die Himmlischen schienen ihrem Flehen Gehör zu geben. Immer heller, stärker wurde ihr Geist. Immer mehr festigte sich in ihnen die Erkenntnis: Es ist der Wille der Götter, die große Tat muß gewagt werden, sie wird gelingen.

Der nächste Morgen sah sie im Gemach des Abtes in eifrigem Gespräch.

»Da ich die Erleuchtung gefunden habe, Turi Chan, will ich den schweren Weg gehen. Ich will zurückkehren in die Heimat, will kämpfen und leiden, daß ich sie aufrüttle, die Trägen, daß ich sie zwinge, die Blinden, die Widerstrebenden, eins zu werden mit mir, zu handeln, wie es die Götter wollen.«

»Nun, da ich sehe, daß du noch immer fest in deinem Glauben bist und entschlossen, nach dem Willen der himmlischen Mächte zu handeln, will ich dir mein großes Geheimnis enthüllen. Ich verschwieg es dir bisher, denn niemals solltest du später glauben, erst diese Kenntnis hätte dich zur Tat getrieben.«

Der Abt ging zu einem Schrank, nahm ein Buch heraus, legte es neben sich und begann dann zu sprechen.

»In Irkutsk lebte ein Gelehrter, Allgermissen, der überzeugt war, daß das denkende menschliche Gehirn nichts anderes sei als ein elektrischer Sender, das mitfühlende Gehirn nichts anderes als ein elektrischer Empfänger. Viele Jahre arbeitete er daran, die natürliche Gedankenübertragung, wie sie wohl die meisten Menschen gelegentlich erleben, mit chemischen und physikalischen Mitteln zu verbessern.

Die ganze Menschheit wollte er sich untertan machen durch seinen Willen. Da traten die Himmlischen schützend vor ihre Geschöpfe und straften den allzu Kühnen mit Wahnsinn, mit Tod.

Noch lange bin ich nicht in die letzten Tiefen seiner Erkenntnis eingedrungen. Aber selbst das Wenige, was ich jetzt schon weiß, ist groß und gewaltig. Allgermissen fand seltene Gifte der Natur, welche die wunderbare Eigenschaft besitzen, die Wellenstrahlung des denkenden Gehirns zu vertausendfachen und ebenso seine Empfänglichkeit für fremde Wellen zu verstärken. Er muß Ähnliches auch auf anderem Wege gekonnt haben. Doch darüber läßt sich aus seinen Aufzeichnungen kaum noch Genaueres ersehen. Die Schrift ist durch eingedrungenes Wasser fast völlig zerstört. Nach langen Mühen habe ich es erreicht, mir einiges von der Kunst des Toten anzueignen. Ich habe diese zauberischen Pflanzengifte nach seinen Anweisungen hergestellt . . .«

Er stand auf, brachte aus dem Schrank zwei Kristallbüchsen, die weißes Pulver enthielten, und stellte sie auf den Tisch. »Hier sind sie, Jemitsu. Ein Geringes davon in ein Getränk getan, hat die wunderbare Wirkung.«

»Was du da sprichst, Turi Chan . . . spräche es ein anderer, ich würde ihn für sinnverwirrt halten. Doch ehe du fortfährst, eine Frage . . . Wie kommst du zu diesen Aufzeichnungen?«

Der Abt berichtete, wie das Vermächtnis Allgermissens durch dessen Tochter in das Kloster gebracht wurde . . . Wie er die Aufzeichnungen fand und vor der Vernichtung rettete.

»Lange kämpfte ich mit mir, was ich tun solle und bat die Himmlischen um Erleuchtung. Nun sage du, Jemitsu, war es recht, daß ich sie für mich . . . für uns behielt?«

»Du sagtest es, Turi Chan. Dein sollen sie bleiben . . . für uns sollen sie wirken.«

»Doch daß nie dich der geringste Zweifel befällt, Jemitsu, will ich dir die Kraft des Zaubermittels beweisen.«

Der Abt klatschte in die Hände. Ein Mönch erschien. »Bruder Sifan möge kommen!«

Dieser trat ein. Der Abt lud ihn zum Sitzen ein.

»Höre, Sifan! Ich weiß, du bist der russischen Sprache

mächtig. Fühlst du dich stark genug, weithin eine Reise zu machen nach Norden, nach Irkutsk?«

Der Mönch verneigte sich.

»Du wirst im Kloster Dazan beim Chambo Lama Aufnahme finden und Berichte erhalten, die du hierherbringst«, setzte er nach einer Pause hinzu.

Während der Abt sprach, war ein dienender Bruder eingetreten, der eine Kanne mit Tee und drei Becher auf einen Tisch neben der Tür stellte und die Becher füllte. Turi Chan hatte geendet. Jemitsu sprach mit Sifan über den Weg nach Norden. Der Abt ging zum Schrank, holte eine der beiden Kristallbüchsen. Hinter dem Rücken Sifans und Jemitsus tat er etwas aus der Büchse in einen der Becher und stellte die Becher dann so auf den Tisch, daß vor Sifan der zu stehen kam, in den er das Pulver getan hatte.

Während sie noch weiter über Sifans Reise sprachen, tranken sie den Tee. Dann sagte der Abt: »Übermorgen, Sifan, wirst du deine Reise antreten. Mögen die Götter dir zur Seite stehen! Du kannst dich schon heute zur Reise rüsten.«

Sifan war gegangen. Der Abt und Jemitsu überlegten, wie sie die Wirkung des Pulvers erproben könnten.

»Der Mönch, den ich wählte, ist ein Mensch von besonderer Art. Die Kraft seines Willens ist groß. Er vermag es, andere, schwächere, dem Zwange seines Willens zu beugen. Wenn ich ihn jetzt zwinge, zu tun, was du willst, so beachte, daß du ihm nicht Aufgaben ungewöhnlicher Art stellst. Sonst würde er, wenn er sich später an das erinnert, was er durch unseren Willen getan hat, mißtrauisch werden.«

Der Abt tat von dem Pulver der anderen Kristallbüchse in seinen Becher und trank ihn aus. Nach einer kurzen Weile sagte er: »Jetzt sprich, was du von ihm zu sehen wünschest.«

Jemitsu überlegte kurz und sprach dann zum Abt: »Der Bruder Sifan soll auf den Hof kommen.«

Turi Chan schloß kurz die Augen und dachte angestrengt an den Befehl.

Bald darauf trat Sifan aus dem Klostergebäude und ging über den weiten Hof.

Wieder sprach Jemitsu zum Abt: »Er soll jenen Karren in den Schuppen schieben.« Im selben Augenblick griff Sifan den Karren und schob ihn unter ein Dach. Turi Chan schaute Jemitsu lächelnd an. Dieser nickte. Noch einige Male sprach er zu Turi Chan, worauf dann Sifan des Abtes Befehle ausführte.

Jemitsu schloß den Abt in die Arme.

»Das alles grenzt an das Wunderbare, Turi Chan! Daß du bereit bist, mir deine Zauberkunst zu leihen, mir im Kampf um die Seele der gelben Rasse zur Seite zu stehen, dafür will ich dir ewig danken. Diese Kunst soll uns helfen, den Sieg über die Weißen zu erringen.«

»Wenn ich je Zweifel hatte, ob ich recht täte — jetzt sind sie verschwunden«, erwiderte Turi Chan.

Beide wollten das Kloster verlassen. Als sie sich dem Tor näherten, hatte der Pförtner es weit geöffnet. Eine große Schar von Pilgern drängte hindurch. Müde und hungrig strömten sie über den Hof.

Der Abt runzelte die Stirn und wandte sich zu Jemitsu:

»Du siehst, ich muß hierbleiben. Sie kommen von weit her, suchen Trost in ihren Zweifeln und Leiden. Ich muß dich allein lassen. Morgen früh werden wir uns wiedersehen, zusammen beraten und unsere letzten Entschlüsse fassen.« —

Der nächste Morgen kam, Jemitsu und Turi Chan hatten das Kloster verlassen. — Schlaflos, in grübelndem Nachdenken hatte Sifan die Nacht verbracht. So manches, was er gestern tun wollte, war ungetan geblieben. Sein Karren war wieder unter das Schuppendach geschoben ... und er selbst hatte das getan ... Warum? Er hatte ihn doch kurz vorher auf den Hof geschafft, um dem Einsiedler da oben in den Bergen neue Lebensmittel zu bringen. Wie war er dazu gekommen, das zu unterlassen? Was hatte er statt dessen getan?

Immer wieder verwirrten sich seine Gedanken. Was war das gestern in dem Gemach des Abtes? Im Spiegel der Scheibe hatte er doch gesehen, wie dieser in einen der drei Becher aus einer Kristallflasche ein Pulver schüttete ... ihm dann den Becher vorsetzte. Was war denn das für ein Pulver gewesen? Ein Betäubungsmittel?

Ein Hirte kam und brachte eine Botschaft des Abtes an den Pförtner. Man solle ihm die bunte Karte, die auf seinem Tisch läge, hinausbringen zu dem Felsen der Einsamkeit. Der Pförtner wandte sich an Sifan, der neben dem Tor saß.

Sifan ging sofort in das Abtzimmer, griff die Karte und reichte sie dem Hirten durchs Fenster. Dann wandte er sich zurück. Sein Blick hing an dem Schrank, aus dem der Abt die Kristallflasche genommen hatte, und wanderte von da zu dem Buddhabild über dem Altar. Dorthin hatte Turi Chan den Schlüssel gelegt. Er trat etwas näher an das Bild heran und sah den Schlüssel liegen.

Durfte er es wagen, den Schlüssel, der Buddhas Schutz anvertraut war, zu nehmen? Wider Recht und Gehorsam den Schrank zu öffnen?

Langsam streckte sich seine Hand aus und faßte den Schlüssel. Dann ging er schnell zu dem Schrank und schloß ihn auf.

Das erste, was ihm ins Auge fiel, waren zwei Kristallbüchsen von verschiedener Form. Die breite, kantige war's, die der Abt herausgenommen hatte. Sifan öffnete sie, nahm etwas von dem Pulver und steckte es zu sich. Ebenso tat er mit der anderen Büchse. Er wollte den Schrank schließen, da fiel sein Blick auf ein Blechkästchen.

Wie kam dieses einfache, dürftige Stück in das Gemach des Abtes, wo alle Gegenstände in schwerem, kostbarem Metall ausgeführt waren? Da schrie es in ihm: Allgermissens Vermächtnis! Seine Hand griff danach und schlug den Deckel zurück.

Ein Zittern ging durch die Gestalt des Mönches. Seine Augen starrten auf das Papier, das da lag: »An Rochus Arngrim.«

In rasender Geschwindigkeit überflog er die Zeilen des Briefes. Seine Finger tasteten weiter, ergriffen das Bändchen, blätterten darin. Wo er hinblickte, die vertrauten Schriftzüge Allgermissens. Sein Hirn arbeitete mit äußerster Anstrengung, um in kürzester Zeit zu erfassen, was da stand.

Da dröhnte der Schlag des großen Gongs über den Hof. Sifan schreckte zusammen, warf alles schnell in das Kästchen zurück und verschloß den Schrank. Wie trunken eilte er hinaus.

Das Kästchen! Turi Chan hat es! Mein Eigentum! Betäubt erreichte er seine Zelle und warf sich auf sein Lager. Doch kaum, daß er sich hingelegt, sprang er wieder auf. Seine Hand glitt in die Tasche.

Dieses Pulver war es, was der Abt ihm in den Tee geschüttet hatte. Er roch daran, kostete es mit der Zunge. In der kurzen Zeit, in der er in Allgermissens Aufzeichnungen geblättert hatte, war ihm einiges im Gedächtnis haften geblieben ... Empfangsverstärkung durch das Pulver ... bei Nahentfernung Verstärkung des Senders nicht nötig ... Sender- und Empfängerverstärkung zur Fernübertragung ...

Er hatte beide Pulver. Wozu lange überlegen? Eine Probe war leicht zu machen. Er schüttete von jenem Pulver, das der Abt ihm am Tage vorher in den Tee gemischt hatte, etwas in einen Becher Wasser und trank ihn aus. Dann legte er sich auf sein Lager zurück und wartete gespannt.

Nach einer Weile begann es in seinem Kopf zu klingen und zu hallen. Viele Stimmen drangen zu ihm. Jetzt unterschied er deutlich die Stimme des stummen

Mönchs, der in der Zelle neben ihm auf dem Kranken-
bett lag. Da plötzlich ... die Stimme des Abtes!

Er wußte, der war mit seinem Gast aus dem Kloster
gegangen und saß in diesem Augenblick mit Jemitsu am
Felsen der Einsamkeit weit weg vom Kloster. Was dachte dessen Hirn, was strahlte es ins Weite — hierher bis
zu ihm? Endlich hatte er den Sinn erfaßt. Der Abt er-
probte mit Jemitsu die Wirkung des Pulvers, das die
Sendeenergie verstärkte. Mit Gewalt mußte Sifan sich
zurückhalten, um nicht auch den Befehlen des Abtes an
Jemitsu zu folgen, die zu ihm drangen.

Jetzt hörte er nichts mehr. Dann leise, kaum verständlich vernahm er die Stimme des Abtes. Was sprach
dieser mit Jemitsu? Lange lag Sifan, den Inhalt dieser
Unterredung zu verstehen.

Nun eine lange Pause, Jemitsu mochte wohl sprechen. Jetzt wieder die Stimme des Abtes. Und jetzt verstand Sifan auch den Sinn dessen, was die da draußen
verhandelten ... zurück nach Peking fahren ... die Regierung, die Minister ... deine geistigen Sklaven ... alles
werden sie tun, was du willst. Der große Plan ausgeführt nach göttlichem Willen durch Jemitsu, den Diener
der Götter ... die Herrschaft der Angelsachsen gestürzt ... Länder und Meere frei für die Söhne des großen Reiches der Mitte ... Australien das letzte Ziel.

Wieder nach einer Pause klang Turi Chans Stimme.
»Wir werden nach Peking fliegen, wo viele große, einflußreiche Männer schon längst unseren Plänen geneigt
sind. Die anderen werde ich zwingen. Dann werde ich
zu den Ländern der sinkenden Sonne reisen und dort
das Meinige tun.« —

Turi Chan und Jemitsu waren ins Kloster zurückgekommen. Der Abt ging in sein Gemach und zog die
Karte hervor. Sie zeigte den ostasiatischen Raum. An
verschiedenen Stellen waren farbige Punkte eingezeich-
net. Er nahm den Schlüssel zum Wandschrank, schloß
ihn auf und legte die Karte hinein. Da fiel sein Blick auf

das Blechkästchen. Am Rande hing ein Stück Papier heraus. Unruhig, argwöhnisch, öffnete er das Kästchen. Der Brief Allgermissens lag wie immer obenauf, doch war er so unordentlich zusammengelegt, daß er sich im Rand des Deckels eingeklemmt hatte. Ein weiterer Blick auf die Kristallbüchsen, und Turi Chan war sofort überzeugt, daß eine fremde Hand sich an deren Inhalt zu schaffen gemacht hatte.

Er öffnete das Fenster, rief den Pförtner und sprach mit ihm. Dann gab er einem vorübergehenden Mönch den Auftrag, sofort den Gast zu ihm zu bringen.

Als Jemitsu eintrat, fand er Turi Chan in höchster Erregung.

»Wir sind verraten, Jemitsu! Der Mönch aus dem Lande des Sonnenunterganges, Sifan, ist, während wir fort waren, in diesem Raum gewesen. Er gab, wie der Pförtner sagte, dem Boten die Karte. Dabei hat er es gewagt, den Schlüssel aus dem heiligen Schoß Buddhas zu nehmen und diesen Schrank aufzuschließen.«

Jemitsu fuhr zurück. »Bist du sicher, Turi Chan?«

»Ich bin es. Er hat das Blechkästchen geöffnet und weiß, was darin ist. Er hat auch von dem Inhalt dieser Büchsen genommen.«

»Du meinst . . .? Du fürchtest . . .?«

»Ich fürchte es.«

»Was wirst du tun, Turi Chan? Unmöglich, daß . . .«

»Du sagst es, Jemitsu. Unmöglich, daß der Mann noch länger lebt.«

»Wo ist Sifan?« drängte Jemitsu, »ist er geflohen?«

»Nein, Jemitsu. Er hat vor einer Stunde, wie ihm geheißen, den Weg nach Norden angetreten, nach Irkutsk. Wie lange er beabsichtigt, ihn zu verfolgen, weiß ich nicht. Ich weiß nur, daß er am Ende seiner Straße angekommen ist. In dieser Nacht noch soll es geschehen . . .«

Der Abt ging hinaus, trat aus der Klosterpforte und schlug den Weg zum Dorf ein. Nach einer Weile kam er zurück.

»Wir können beruhigt abreisen, Jemitsu, morgen früh wird außer uns beiden niemand mehr um das Vermächtnis Allgermissens wissen.«

»Gott sei Dank, daß du aus dieser Geschichte raus bist, Alfred«, sagte Helene.

Das Ehepaar Forbin ging den Seitengang im D-Zug Paris — München entlang zum Speisewagen. An einem Tisch, an dem nur ein einzelner Herr saß, nahmen sie Platz.

»Du hast recht, Helene. Es war von vornherein falsch, daß wir uns auf diese Astenryksche Sache eingelassen haben.« Er sah dabei zu dem Kellner hin, der servierte. Sonst hätte er bemerken können, daß die Augen des Dritten sich bei dem Namen ›Astenryk‹ interessiert auf ihn hefteten. »Der gute Forestier ...«, fuhr er fort, da ließ ihn ein warnender Blick Helenes verstummen. Gleichzeitig wandte sie sich an den Fremden und bat ihn in deutscher Sprache um die Speisekarte, die unter seinem Gedeck lag.

Der Herr unterdrückte noch im letzten Augenblick eine Bewegung nach der Karte und gab in französischer Sprache seinem Bedauern Ausdruck, nicht zu verstehen.

»Verzeihung, mein Herr, ich bat Sie um die Speisekarte«, sagte Helene jetzt auf französisch. »Übrigens«, setzte sie lächelnd hinzu, »wir sind Deutsche.«

Mit einer Verbeugung reichte ihr Nachbar ihr die Karte und wandte sich wieder seiner Zeitung zu.

»Wenn Forestier«, nahm Forbin seine unterbrochene Rede wieder auf, »seine verrückte Idee wirklich durchführt, dürfte es einen schönen Krach geben.«

»Nun erzähle doch endlich, Alfred! Solange wir bei Anne im Abteil saßen, durften wir über die Sachen nicht reden. Was will denn Forestier eigentlich machen? Will er Georg samt seinem Laboratorium nach Frankreich entführen?«

»Daran denkt er nicht, Helene. Sie werden es geschickter machen. Sie werden ihn einfach in seiner Almhütte überfallen und in der Nacht über die italienische Grenze bringen. Dort wird er an einer passenden Stelle ohne Paß ausgesetzt, während sie zurückfahren. Ein tüchtiger Ätherrausch wird den guten Georg in tiefem Schlaf halten.

Außerdem haben sie noch ein besonderes Stückchen präpariert. Forestier hat sich ein paar Pläne von oberitalienischen Befestigungen zu verschaffen gewußt. Die werden Georg in die Tasche praktiziert. Na, das Weitere kannst du dir ja denken.«

Helene sah mit gerunzelten Brauen durchs Fenster.

»Der Plan an sich«, meinte sie leise, »ist nicht übel. Daß er sich aber gegen Georg Astenryk, unseren zukünftigen Schwager, richtet, gefällt mir gar nicht. Wie gesagt, es war die höchste Zeit, daß du dich aus dieser Sache zurückzogst.

Hoffentlich treffen wir in Brüssel sofort Mr. Shugun. Es ist selbstverständlich, daß er durch uns mit Baron de Castillac bekannt gemacht wird. Du mußt nur darauf achten, dich von Castillac nicht beiseite drängen zu lassen. Was ich tun konnte, habe ich getan. Jetzt ist es deine Sache, dich bei Shugun und Castillac unentbehrlich zu machen.« —

Sie hatten gegessen, standen auf und gingen in ihren Wagen zurück. Der einzelne Herr, der neben ihnen gesessen hatte, sah ihnen nach. Nachdenken, Sorge, Abscheu, malten sich in seinem Gesicht. Was war das für ein übles Pärchen? Ob der Astenryk, von dem sie sprachen, wohl mein netter Reisegefährte von damals ist? Dann würde ich ihn gern warnen, wenn ich's könnte.

Major Dale beschloß, den weiteren Verlauf der Dinge abzuwarten und bestellte sich eine Tasse Kaffee. Da trat Anne in den Wagen und setzte sich auf den Platz, den Helene bisher innegehabt hatte. Sie aß ein wenig und zog dann einen Brief aus der Tasche, den sie kurz vor der Abreise von Georg bekommen hatte. Den Umschlag legte sie mit der Rückseite nach oben auf den Tisch.

Immer wieder las sie die lieben Worte Georgs, der mit freudiger Genugtuung von den Fortschritten seiner Arbeiten berichtete. Sie war so vertieft in die Lektüre des Briefes, daß sie nicht bemerkte, wie ihr Gegenüber forschende Blicke über das Zeitungsblatt hinweg auf sie richtete, wie seine Augen voller Interesse auf der Rückseite des Kuverts hafteten und dort die Adresse des Absenders lasen: Georg Astenryk.

Ah ... Georg Astenryk ... ob es wirklich derselbe ist?

Nun einerlei! Ich habe jedenfalls in kurzer Zeit hier allerhand Interessantes gesehen und gehört. Was die da von einem Mr. Shugun, einem Baron de Castillac, erzählten, war recht wertvoll. Diese Herrschaften kenne ich ja zur Genüge. Von Brüssel aus werde ich die nötigen Meldungen machen.

Jetzt ließ das junge Mädchen den Brief sinken und schaute geradeaus. Da trafen ihre Augen die Dales.

»Verzeihung, mein gnädiges Fräulein, wenn ich Sie anspreche. Ich las da zufällig die Absenderadresse auf dem Umschlag Ihres Briefes.« Er zog eine Karte aus seiner Brieftasche. »Dieser Herr hier, ist er vielleicht derselbe?«

Erstaunt nahm Anne die Karte. Ein leichter Freudenruf. »Sie kennen Georg Astenryk?«

»Gewiß. Vor einigen Wochen fuhren wir zusammen ein Stück in Richtung Paris. Wir unterhielten uns sehr gut. Es war mir ein Vergnügen, die Bekanntschaft — ich darf wohl annehmen, Ihres Verlobten — gemacht zu haben.«

Anne nickte. Eine Weile plauderten sie lebhaft über Georg. Dann wurde das Gesicht des Majors ernster. Vorsichtig, jedes Wort wägend, sprach er von dem, was er aus der Unterredung von Helene und Alfred Forbin stückweise entnommen hatte. Je weiter Dale sprach, desto unruhiger wurde Anne. Obwohl der Major sich mit größter Zurückhaltung ausdrückte, war aus seinen Worten zu entnehmen, daß Georg Feinde habe, die Böses gegen ihn im Schilde führten. Annes Unruhe war zu höchstem Schrecken, stärkster Angst gestiegen, als Dale geendet.

»Das ist ja entsetzlich, fürchterlich! Wenn nur ein Teil von dem zuträfe, was Sie sagten ... Was kann ich tun? Ich bitte Sie, Herr Dale, raten Sie mir.«

Dale nahm einen Block aus seiner Tasche und begann zu schreiben. Es war ein Telegramm an Georg Astenryk. »So, gnädiges Fräulein, würde ich handeln, wenn mir die Adresse Ihres Verlobten bekannt wäre. Wollen Sie unterschreiben, so werde ich das Telegramm dem Schaffner sofort zur Expedition übergeben.«

Anne überflog die Worte, griff zum Bleistift, schrieb die Adresse darüber, ihren Namen als Unterschrift. Der Major nahm das Blatt und ging hinaus.

»Sie können beruhigt sein«, sagte er, als er sich wieder zu ihr setzte. »Das Telegramm ist schon unterwegs.« Er wollte noch weiter sprechen, da fiel sein Blick durch die Glastür in das Raucherabteil des Speisewagens.

»Verzeihung, gnädiges Fräulein. Ich glaube, es ist ratsam, wenn wir unser Gespräch unterbrechen und uns fremd stellen. Gleich wird der Herr, der Gatte Ihrer Schwester, hier eintreten.« Bei den letzten Worten hatte er schon die Zeitung ergriffen und sich darin vertieft.

»Na, Anne, wo bleibst du? Komm! Helene verlangt nach dir.« Forbin warf einen mißtrauischen Blick auf Major Dale, wandte sich dann kurz um und ging vor Anne her aus dem Wagen.

Die Sonne stand schon hoch über dem Wilden Rain, als die Fensterläden der Almhütte zurückgestoßen und die Fenster geöffnet wurden. Der erste Teil der Nacht war sehr unruhig verlaufen. Noch bis zum Morgengrauen hatten Georg und Marian zusammengesessen und über die Ereignisse gesprochen.

Georg schaute hinaus. Der Hund sprang wedelnd am Fenster hoch. »Das hast du brav gemacht, alter Nero!« Der Hund machte ein paar vergnügte Sprünge, lief dann über die Almwiese und kam mit etwas Glänzendem im Maul zurück.

»Na, Nero, was hast du denn da?« sagte Georg erstaunt und nahm dem Hund den Gegenstand aus dem Fang. Es war ein silbernes Zigarettenetui. Georg öffnete es. Da stand eingraviert: »Camille Forestier«.

»Ah, Marian! Komm doch mal her! Hier dieses Beutestück ist auf der Strecke geblieben.«

Marian nahm das Etui in die Hand. »Wir werden es aufheben, Georg. Möglich, daß uns der Herr einmal wieder begegnet, dann können wir es ihm ja zurückgeben.«

Georg hob schützend die Hand vor die Augen und sah den Weg zum Tal hinab. Da kam ein Bote und winkte von weitem. Georg eilte ihm ein Stück entgegen. Er brachte ein Telegramm. Georg riß es auf, las.

Der Inhalt ... die Unterschrift Annes ... Wie hing das alles zusammen? Sollte Forbin auch hierbei die Hände im Spiel gehabt haben? Aber nach dem Telegramm zu schließen, das im Zug Paris — Brüssel aufgegeben war, mußten sie ja alle jetzt in Brüssel sein. Langsam schritt er den Berg hinauf zur Hütte und gab Marian das Telegramm.

»Das ist ein sonderbarer Zufall, Georg«, sagte er dann stockend, »wie konnte Anne das wissen? Nun, warte auf den nächsten Brief von ihr. Der wird dir Aufklärung geben.«

Durch Annes Telegramm von neuem erregt, sprachen sie über das Abenteuer der Nacht. Einige ungebetene Gäste waren von der mit dem Verstärker gekoppelten Meldeanlage angezeigt und durch Gedankenbefehl sofort wieder zur Umkehr gezwungen worden. Das also steckte dahinter. Es war klar, daß da eine schwere Gewalttat geplant war mit dem Ziel, sich in den Besitz von Georgs Person und seiner Erfindung zu setzen.

Anne saß in Brüssel und schrieb einen Brief an Georg. Es war schwer, Georg Aufklärung zu geben, ohne ihre Verwandten allzu stark bloßzustellen. Endlich glaubte sie den rechten Ton gefunden zu haben. Sie verschloß den Brief und wollte ihn zum Postamt tragen. Vor dem Hause begegnete ihr der Briefträger mit einem Telegramm für sie. Sie riß es auf und las:

»Alles in Ordnung. Danke Dir tausendmal. Dein Georg.«

Tränen liefen über ihre Wangen ... Freudentränen.

»So wäre alles in bester Ordnung«, meinte Alfred Forbin und schob Shugun ein Schriftstück zu. »Ich hege keinen Zweifel, daß mir die Prozente direkt von Ihnen, wie vereinbart, ausgezahlt werden. Sie, Herr Baron de Castillac, werden das verstehen. Ich taxiere meine Arbeit bei diesen Waffenlieferungen nicht gering ein. Haben Sie übrigens Nachricht von dem Dampfer ›Kongsberg‹?«

Shugun nickte: »Unser Transport ist in Cadiz von dem niederländischen Dampfer ›Graf Egmont‹ übernommen worden.«

Forbin kniff die Augen zusammen: »›Graf Egmont‹ ist doch eines der schnellsten Passagierschiffe der Amsterdamer Dampfschiff-Gesellschaft! So eilig ist die Sache?«

»Keineswegs, Herr Forbin. Da irren Sie. Die ›Graf Egmont‹ löscht in Batavia. Das ist uns angenehmer als Hongkong. In Hongkong paßt man schärfer auf.«

Als das Ehepaar das Hotel Castillacs verlassen hatte, wandte sich Helene ärgerlich an ihren Mann.

»Dieses ewige Versteckspiel gefällt mir nicht, Alfred. Wohin diese Sendungen eigentlich gehen, wird uns verschwiegen.«

»Helene, ich gäbe was darum, wenn ich dahinterkäme. Man kann nie wissen, wozu man es gelegentlich gebrauchen kann.«

»Unsinn, Alfred! Du bist zu leicht bei der Hand, doppeltes Spiel zu treiben. Mißbrauchtes Vertrauen rächt sich immer. Ich würde dir aber doch raten, nach Creusot zu fahren und dich dort mal gründlich umzusehen. Vielleicht findest du dort Castillacs Konkurrenz auch in bester Tätigkeit, und wenn du das Geschick entwickelst, das ich von dir erwarte, kommst du schließlich auch dahinter, wohin die Konkurrenz die Waffen schickt. Darüber bin ich mir ziemlich klar, daß es derselbe Bestimmungsort sein wird wie bei Castillac.«

»Die Idee ist gut, Helene. Wissen wir erst einmal den Zweck dieser umfangreichen Waffenlieferungen, dann steht letzten Endes nichts im Wege, daß wir das Geschäft selbständig betreiben.«

»Jetzt wollen wir uns aber trennen, ich habe noch Besorgungen zu machen.«

Schon im Weggehen, rief Forbin ihr nach: »Erinnere mich doch bitte heute abend daran, bei Raconier in Paris anzurufen. Ich bin doch neugierig, ob Herr Forestier das Ding mit Georg Astenryk so gedreht hat, wie er es beabsichtigte.«

Chefingenieur Raconier sah auf die Uhr. Er erwartete um diese Zeit den Besuch Forestiers. Kopfschüttelnd überflog er immer wieder die Zeilen des Briefes, den er zwei Tage vorher von Forestier aus München bekommen hatte. Der Inhalt des Schreibens war ihm völlig unklar. Nur das eine stand unzweifelhaft fest: Das Unternehmen Forestiers war vollkommen mißlungen.

Nun, die mündliche Rücksprache mit Forestier würde wohl alles aufklären. In dieser Erwartung sah sich Raconier jedoch getäuscht. Forestier kam, aber was er erzählte, war so unglaubwürdig, daß er zeitweise an dessen Verstand zweifelte. Doch trotz aller Mühe war nichts Positives aus ihm herauszubringen ... Sie hätten da in einiger Entfernung von der Hütte plötzlich wie auf ein Kommando haltmachen müssen, hätten nicht vorwärts und nicht rückwärts gekonnt? Erstklassiger Blödsinn!

Sie müssen alle betrunken gewesen sein, dachte Raconier sich. Sehr ungnädig entließ er Forestier.

Der Briefträger, der sich nicht oft auf den Wilden Rain verirrte, hatte heute gleich zwei Briefe auf einmal gebracht. Der eine von Anne gab Georg die ersehnte Aufklärung. Was sie da schrieb, enthielt zwar eine Häufung von eigenartigen Zufällen, war aber durchaus überzeugend.

Der Brief der Tante Mila enthielt außer einem kurzen Begleitschreiben der Tante einen Brief seines Halbbruders Jan Valverde. Es war ein langes Schreiben, in dem Jan ihn, Georg, und Marian in der herzlichsten Weise einlud, zu ihm zu kommen.

Er rief Marian herein und gab ihm das Schreiben. Während dieser las, gingen die Gedanken Georgs zurück in seine Jugendzeit zu den gemeinsam mit Jan verlebten Jahren. Jan Valverde war der Sohn seiner Mutter aus ihrer ersten Ehe. Das Verhältnis zwischen Jan und seinem Stiefvater Astenryk war nie besonders herzlich gewesen. Nach Georgs Geburt wurde es noch kühler. Als dann Jan nach seinem Selbstmordversuch Neustadt verließ und nach Australien auswanderte, waren nur noch selten Briefe zwischen den beiden gewechselt worden. Jan hatte mit seinem väterlichen Erbteil eine Farm in Neusüdwales erworben.

»Was hältst du davon, Marian?«

Marian sah nachdenklich vor sich hin. »Wenn ich dir raten darf, so möchte ich sagen: Nimm das Anerbieten Jans an. Bedenke, daß wir im Winter kaum hier oben hausen können. Wo wirst du in München eine Wohnung und Raum für ein Laboratorium finden? Dein Bruder schreibt, wir könnten auf seiner Farm wohnen.

Wir wären aus der ewigen Unsicherheit hier heraus. Daß es Jan mit seinem Anerbieten wirklich offen und herzlich meint, geht doch daraus hervor, daß er das Reisegeld für uns beide für alle Fälle auf die Bank in München überweisen wird.«

»Ich werde Jans Einladung folgen«, erklärte Georg. »Ich fahre mit dem nächsten Zug nach München zu Tante Mila.«

»Ich glaube, Lydia, unser Patient ist soweit, daß wir die Reise ruhig wagen können.«

Lydia nickte Dr. Musterton glücklich lächelnd zu.

»Du weißt gar nicht, Onkel Musterton, wie ich mich freue, daß wir ihn mitnehmen können. Sieh nur, da kommt er aus dem Garten, er geht doch schon recht ordentlich.«

Sie deutete auf einen Mann, der langsam dahergeschritten kam — die Augen tief in den Höhlen, das Gesicht bleich und abgezehrt. Niemand, selbst Turi Chan nicht, würde in diesem Manne den Mönch Sifan wiedererkannt haben.

Dr. Musterton klopfte Lydia freundlich auf die Schulter.

»Offen gestanden, Lydia, ich hätte diesen glücklichen Ausgang nicht für möglich gehalten. Wenn ich denke, wie wir ihn in der Schlucht fanden mit dem schweren Säbelhieb über dem Kopf! Ich hätte damals überhaupt nicht geglaubt, daß wir ihn jemals lebend hierherbrächten.«

»Nun, Herr Arngrim, haben Sie in dem Liegestuhl gut geschlafen?« Lydia machte eine Tasse Tee zurecht und reichte sie Arngrim, der sie durstig austrank. Mit einem warmen Dankesblick gab er Lydia die Tasse zurück.

»Der Schlaf in dieser frischen Bergluft hat mir wunderbar wohlgetan. Das war ein guter Gedanke von Ihnen, Fräulein Allgermissen, daß Sie mich mit sanfter Gewalt aus der Krankenstube holten und mir da drüben im kühlen Schatten den Liegestuhl aufschlugen. Jetzt habe ich auch keine Angst mehr vor der Fahrt in dem Lastauto.«

»Na, Herr Arngrim, das will ich nicht so ohne weiteres unterschreiben. Die Wunde«, Dr. Musterton deutete auf Arngrims Kopf, der noch einen leichten Verband trug, »wird hoffentlich nicht zu bluten anfangen. Die Erschütterungen auf den abscheulichen Straßen hier oben sind für Patienten von Ihrer Art nicht gerade zu empfehlen. Nun, wir werden sehen. Wenn's eben nicht geht, legen wir einen Ruhetag ein.«

»Das möchte ich auf jeden Fall vermeiden, mein lieber Herr Doktor Musterton. Sie haben den Tag Ihrer Abreise schon aufs äußerste hinausgeschoben. Wenn es gar nicht mehr gehen sollte, lassen Sie mich zurück. Ich komme dann eben einige Zeit später nach.«

»O nein, Herr Arngrim«, rief Lydia, »das werden wir lieber nicht tun. Wer weiß . . .«

». . . was Sie für Dummheiten machen, Herr Arngrim, wenn Lydia nicht dabei ist«, vollendete Dr. Musterton, »das wolltest du doch wohl sagen, Lydia?«

Lydia schüttelte drohend die Hand. »Was du nicht alles weißt! Ich gehe jetzt den Teetisch decken.«

»Unser Sonnenschein!« sagte Musterton, während er Lydia nachblickte. »Wie froh bin ich, daß ich sie damals in mein Haus aufnahm! Es war erstaunlich, wie sie sofort die Führung des Haushalts übernahm, der nach dem Tode meiner Frau wirklich stark in Unordnung geraten war.«

»Und mich wollen Sie ganz vergessen, Herr Doktor? Ich weiß sehr wohl, was ich Lydia zu verdanken habe.«

»Zum mindesten haben Sie ihr zu danken«, sagte Dr. Musterton, »daß Sie überhaupt gefunden wurden. Denn nur die guten Augen Lydias konnten Sie da unten in der Schlucht entdecken. Immer wieder, wenn man sich daran erinnert, fragt man sich, wie das geschehen konnte. Man kommt zu dem Schluß, Sie müßten vielleicht persönliche Feinde gehabt haben. Haben Sie in der Richtung gar keine Vermutung, Herr Arngrim?«

»Nein, Herr Doktor.«

Arngrim wandte sich ab und ging in sein Zimmer. Die Worte, die einer der Mörder ausstieß ... die er noch gehört hatte, bevor ihm das Bewußtsein schwand, würden ihm immer im Gedächtnis bleiben: »Turi Chan wird zufrieden sein!«

Arngrim griff nach den Zeitungen. Jeden Tag erwartete er sie mit Ungeduld. Seine Augen überflogen die politischen Nachrichten.

Von Woche zu Woche war der Ton der Blätter ernster geworden. Die politischen Verhältnisse der Großmächte im Osten und Westen spitzten sich merklich zu. Am Morgen hatte er unter dem Papier, das man zum Einpacken verwendete, ein paar ältere Zeitungen gesehen, die er noch nicht gelesen hatte. Er hatte sie mitgenommen und studierte sie jetzt.

Viel war da von einem chinesischen General Jemitsu die Rede. Was da von einem Begleiter, der ständig um Jemitsu war, gesagt wurde, las er mit gespannter Aufmerksamkeit.

... Ein chinesischer Lama ... unbekannt, woher er kam ... Das konnte nur Turi Chan sein. Das also war's!

Arngrim ließ entsetzt die Zeitung sinken. Wurde Allgermissens Kraft wirklich zu solchen verbrecherischen Zwecken mißbraucht? Turi Chan am Werk, seine welterschütternden Pläne mit der gestohlenen Kunst Allgermissens zu verwirklichen!

Wie lange würde es noch dauern, bis ein wohlvorbereiteter ›Zwischenfall‹ den glimmenden Brand zu hellem Feuer anfachte? Würde es Turi Chan gelingen, mit seiner Teufelskunst auch all das andere in die Tat umzusetzen, was er damals am Felsen der Einsamkeit Jemitsu anvertraut hatte? Sollte er wirklich ahnungslose Gegner so verwirren können, daß sie taub und blind den kommenden Ereignissen entgegengingen?

Was konnte er, Rochus Arngrim, tun, um Europa zu helfen? Kein Mensch, selbst Freund Musterton nicht, würde ihm im geringsten Glauben schenken. Für wahnsinnig würde man ihn halten, wenn er es wagen wollte, die Welt vor Turi Chans Künsten zu warnen. Vielleicht würde es ihm später gelingen, noch war kein offensichtlicher Beweis zu erbringen.

Wieder lag ein Abschnitt seines Lebens hinter ihm. Morgen würden sie von hier fortgehen. Dr. Musterton kehrte nach Australien zurück. Seine hiesigen Arbeiten, die er als Pflanzenbiologe im Auftrage der australischen Regierung gemacht hatte, waren beendet. In Australien würde der Doktor ein Institut für Kreuzungsversuche errichten. Auch er selbst würde dort Betätigung finden, Dr. Musterton wollte ihn als seinen Assistenten mitnehmen. —

Georg Astenryk bestieg in München den Rosenheimer Zug, der ihn in die Berge zurückbringen sollte. Tante Mila war vor einer Woche begraben worden.

Es galt jetzt, Abschied zu nehmen vom Wilden Rain. Den anderen, den schwereren, hatte er bereits in München genommen. Anne war zur Beerdigung dorthin gekommen. Dabei war sie von Helene begleitet worden, die — Teilnahme heuchelnd — vor allem ein Interesse für Georgs weitere Pläne hatte.

Anne hatte sich eng an seine Brust gedrängt.

»Ich warte auf dich, Georg! Und wenn wir jahrelang getrennt sein müßten.«

»Nein, Anne! So lange wird's nicht dauern. Noch ehe ein Jahr vergeht, mußt du die Meine werden!«

Er schloß sie in seine Arme.

Wenn auch Helene dieser Abschiedsszene den Rükken zukehrte, so hatte sie doch mit feinem Ohr alles gehört. Georgs Worte ›in einem Jahr‹ hatten sie sehr nachdenklich gemacht. —

Als Georg in die Almhütte trat, fand er Marian in reger Tätigkeit. Alle Apparate waren abmontiert. Die Meßinstrumente, die sie mitnehmen wollten, lagen verpackt in dem Koffer. Alles, was nicht Fracht und Zoll lohnte, blieb zurück.

Georg wandte sich dann zu Marian. »Die Papiere da brauchst du nicht alle einzupacken. Einen großen Teil davon kannst du verbrennen. Ich werde sie schnell sortieren.«

Das war bald gemacht.

Georg trat vor die Hütte und setzte sich auf die Bank.

Lange hatte er so gesessen, da trat Marian zu ihm. »So! Nun wäre es soweit.« Georg rückte ein Stück zur Seite und hieß Marian sich setzen.

»Nehmen wir noch einmal Abschied von der schönen Natur hier um uns herum.«

»Es war doch eine schöne Zeit hier, Georg.«

Plötzlich gab es in der Hütte einen leisen Knall.

»Na«, meinte Marian, »der Ofen wird doch nicht vor Freude bersten, daß er mal geheizt ist? Ich will mal reingehen.«

Gleich darauf hörte Georg Marian laut lachen. Er stand auf und ging in die Hütte. Da stand Marian am Ofen und hielt mit einem Tuch ein zersprungenes Batterieglas in der Hand.

»Da haben wir ja die Bescherung«, meinte er, »das Batterieglas ist zersprungen, das du neulich nicht fandest, als wir ein leeres Gefäß brauchten. Hier in der Nähe hat's gesteckt. Da konnten wir lange suchen.«

Vorsichtig stellte Marian das heiße Glas auf den Tisch. Sowie er losließ, fiel das mehrfach gesprungene Gefäß auseinander.

Georg trat an den Tisch heran. Plötzlich starrte er interessiert auf ein größeres Bodenstück. Aus dem schwärzlichen Bodensatz, den hier eine längst verdunstete Flüssigkeit zurückgelassen hatte, glitzerten kleine Kristalle.

»Was ist denn das?« fragte Marian neugierig.

»Das weiß ich auch nicht«, meinte Georg und bemühte sich, möglichst ruhig zu erscheinen.

»Mach nur weiter, Marian! Ich will mir das mal näher ansehen.« Er holte aus einem Koffer ein Mikroskop und stellte es auf den Tisch. Dann brach er aus dem Bodensatz einen der größeren Kristalle und legte ihn unter das Objektiv.

Oktaeder! Diamanten! ...

Da stand noch eine Flasche mit Schwefelkohlenstoff. Er riß sie heraus und ging zum Tisch. Mit zitternden Händen füllte er ein Glas mit der wasserklaren Flüssigkeit, hielt das Oktaeder darüber und ließ es hineinfallen.

In dem Augenblick, da der Kristall unter die Oberfläche tauchte, war er unsichtbar geworden.

»Ein Diamant!« schrie Georg auf.

Marian stand wie vom Donner gerührt.

»Wie? Was? Diamanten? Und die hast du gemacht?«

Georg fuhr sich über die Stirn. »Ja, die Steine sind mein Werk«, murmelte er. »Wie war es möglich, daß ein Zufall mir in den Schoß warf, was ich so lange vergeblich mit allen Kräften erstrebt habe?«

Er zog Marian neben sich auf eine Bank und erzählte ihm in fliegenden Worten, wie er schon seit langem im geheimen an diesem Problem gearbeitet habe.

Marian sprang auf, machte einen Satz in die Luft.

»Diamanten! Wir können Diamanten machen! Viele Säcke voll werden wir machen. Du wirst der reichste Mann der Welt werden, Georg!«

Er tanzte durch die Hütte.

Wären wir nur erst drüben! Wäre ich erst bei der Arbeit! Das waren Georgs Gedanken. Waren es und blieben es, als sie schon im Zug saßen und der italienischen Grenze zufuhren. —

Marian stand mit dem Gepäck in Genua am Kai und wartete auf Georg. Der Dampfer ›James Cook‹, der sie nach Australien bringen sollte, kam immer näher. Ma-

379

rian blickte sich suchend um. Da endlich stieg Georg aus einer Taxe und kam auf ihn zu.

»Na, Marian, das hat ja noch gerade geklappt! Der größte Diamant, den wir losgebrochen hatten, wird von dem Juwelier in eine nette Fassung gebracht und dann Anne in Brüssel zugeschickt. Übrigens war das gar keine so einfache Sache mit dem Verkaufen der sechs anderen Steine. Die schienen dem Menschen schwerstes Kopfzerbrechen zu machen. Was der mich alles gefragt hat. Wo ich die Steine her hätte? Wie ich hieße, wohin ich wollte? Ich war drauf und dran, sie wieder einzustecken und wegzugehen. Mir lag ja in erster Linie daran, noch einmal von einem Fachmann bestätigt zu wissen, daß es wirklich reine Diamanten waren. Wenn ich mir aber vorstelle, ich käme da mit einem Säckchen so haselnußgroßer Dinger an, ich glaube, mir könnte dann allerhand passieren.«

»Nun, jetzt weißt du ja, wie du das zu machen hast, wenn du mal erst so ein Säckchen voll davon hast«, antwortete Marian.

»Allerdings! Wenn es so ist, wie du sagst — ich selbst erinnere mich gar nicht daran — daß Jan vor Jahren geschrieben hat, auf seinem Besitztum wäre mal nach Diamanten geschürft worden ... Nun, dann ist ja dein Vorschlag unbedingt gut. Man streut die Steine geschickt in die verlassenen Claims, um sie dann vor den Augen eines Unparteiischen alsbald wieder zusammenzusuchen. Wenn ein paar liegenbleiben, ist's ja weiter nicht schlimm.«

In diesem Augenblick schrie eine Stimme neben Georg: »Achtung! Vorsehen!« Da kam ein Gepäckträger mit einem schweren Koffer auf der Schulter. Georg drehte sich zur Seite und sah dabei ein Stück ab ein Auto halten, vor dem ein Herr stand, der sich von einem anderen im Wagen gerade verabschiedete.

Das Gesicht dieses Herrn im Wagen? Wo habe ich das schon gesehen? »Ah! Monsieur Forestier!« sagte Georg halblaut vor sich hin. Er berührte unauffällig Marians Arm.

»Merke dir mal das Gesicht des Herrn, der da eben kommt. Wenn er auch auf die ›James Cook‹ steigt, könnte man daraus einige Schlüsse ziehen.«

Bei dem Besuch eines amerikanischen Geschwaders in Havanna hatte bei einem Festessen an Bord des Flaggschiffes ›General Steuben‹ ein Kapitän eine etwas unvorsichtige Rede gehalten, in der er unter anderem auf ein kommendes Husarenstückchen gegen Jamaika anspielte. Ferner drang einiges in die Öffentlichkeit von einer Unterredung, die der amerikanische Botschafter in dieser Angelegenheit im Foreign Office gehabt hatte. In Ausdrücken, wie sie im diplomatischen Verkehr, gelinde gesagt, als selten bezeichnet werden müssen, hatte er den Standpunkt seiner Regierung überaus scharf vertreten. Es sickerte auch weiter durch, daß die amerikanische Regierung ihrem Botschafter Stamford eine Rüge erteilt hatte. —

Mr. Stamford ging im Garten des Botschaftspalais auf und ab. Immer wieder dachte er an jenen Besuch im Foreign Office zurück. »Unglaublich, unmöglich!« sagte er immer wieder zu sich selber. »Wie konnte ich mich so hinreißen lassen?«

Wie war er dazu gekommen? Immer wieder legte er sich die Frage vor.

Sein Freund Warner, Botschaftsrat in Paris, der ihn auf der Durchreise gestern besuchte, hatte lachend gemeint:

»Sie hatten vielleicht vorher zu gut gegessen oder getrunken.«

Aber an so etwas überhaupt zu denken, war ja lächerlich.

Am späten Nachmittag war er im Foreign Office gewesen. Am Mittag vorher hatte er an einem Frühstück in der chinesischen Botschaft teilgenommen. Er hatte dort von den chinesischen Delikatessen nur genascht. Ein paar Gläser leichten Weines getrunken.

Seine Gedanken blieben eine Weile bei diesem Frühstück hängen. Dieser Mr. Turi, der ihm von den Gästen am stärksten in Erinnerung geblieben war — welch bedeutender Kopf war das! Es war nicht leicht gewesen, der geistvollen, interessanten Konversation dieses Asiaten in gleicher Weise zu dienen. Daß es jener Mr. Turi verstanden hatte, ihm unbemerkt ein gewisses weißes Pulver in das Glas zu schütten, ahnte er nicht. —

Das Reynard-Rennen in Epsom war gelaufen. Black Boy, der Hengst des Mr. Melville, hatte das Rennen als Favorit überlegen gewonnen. Strahlend nahm der Besitzer die Glückwünsche entgegen.

»Nun, Mr. Melville, will ich Ihnen auch meinen besten Glückwunsch aussprechen. Selten ist wohl ein Rennen so klar vom besten Pferd gewonnen worden.«

»Danke, Mr. Turi! Ihr Lob freut mich sehr. Es bleibt dabei, daß Sie mich morgen in Harwood Cottage besuchen. Entschuldigen Sie mich jetzt. Ich muß zu meinem Trainer.« Der als Mr. Turi Angeredete winkte Melville einen Gruß zu und ging zur Tribüne zurück.

Niemand hätte in Mr. Turi den Abt von Gartok wiedererkannt. Gentleman von Kopf bis Fuß, unterschied er sich in nichts von den anderen Herren, die auf der Tribüne saßen. Im Vorübergehen nickte er wiederholt Bekannten zu und nahm dann seinen alten Platz neben Mr. Kenwigs wieder ein, dem amerikanischen Botschaftsrat, den er noch von Oxford her kannte.

Die Unterredung der beiden mußte einen ernsteren Inhalt haben. Jedenfalls merkten sie erst, daß das nächste Rennen vorbei war, als der Sieger unter lautem Beifallsklatschen durchs Ziel ging. Mr. Turi benutzte die Gelegenheit, als viele Tribünenbesucher zum Sattelplatz strömten, um die Rennbahn zu verlassen. —

Auch ohne den dichten Nebel, der ein paar Stunden später über London lag, hätte wohl keiner seiner Bekannten Mr. Turi in dem Chinesen vermutet, der in Begleitung eines gelben Dieners im Chinesenviertel Londons verschwand. Die chinesische Botschaft war nur zu gut beobachtet, um dort einen Besuch bei Jemitsus Vertrauensmann, dem Botschaftssekretär Ukuru, unbemerkt machen zu können. Was Mr. Turi in einer einfachen Kneipe des Chinesenviertels mit dem Botschaftssekretär besprach, sollte sich noch weittragend auswirken. —

»Hallo, Mr. Turi! Ich freue mich, Sie in Harwood Cottage begrüßen zu können. Später werden wir zu den Pferden gehen. Jetzt wollen wir uns erst einmal mit Vergnügen an unsere schönen Eton- und Oxfordzeiten zurückerinnern.«

Noch immer saßen die beiden und sprachen von jenen glücklichen Jugendtagen.

Wie beiläufig bat Turi Chan Melville, ihn bei dessen Onkel, Sir Alfred Lytton, einzuführen, der seit kurzem Kolonialminister war.

»Eine alte, wertvolle Urkunde des Klosters Gartok, das in meiner engeren Heimat liegt, ist leihweise nach dem Kloster Barum in Britisch-Indien gekommen. Dort ist sie mit anderen wertvollen Dokumenten dieses Klosters von einem unredlichen Mönch an einen englischen Besucher verkauft worden. Sie befindet sich zur Zeit in London, in Staatsbesitz. Zweifellos, lieber Melville, muß diese Urkunde an das Kloster Gartok zurückgegeben werden.«

Melville war sofort bereit, Mr. Turi in jeder Weise zu unterstützen.

Zwei Tage später konnte er seinem Jugendfreund mitteilen, daß Sir Alfred Lytton ihn in seinem Ministerium empfangen wolle. —

Die kühle Haltung Sir Alfreds Mr. Turi gegenüber wurde im Lauf der Unterredung immer wärmer. Von dem Thema über die Urkunde abschweifend, unterhielten sie sich auch über die Probleme im Fernen Osten.

Zum Schluß der Audienz lud der Minister seinen Besucher ein, am übernächsten Tag um sechs Uhr wieder bei ihm im Ministerium vorzusprechen.

Mr. Turi wurde zur festgesetzten Stunde in das Arbeitszimmer des Ministers geführt. In Erinnerung an die vorgestrige Unterhaltung begann Sir Alfred das Gespräch mit einigen Fragen über hochasiatische Verhältnisse, die ihn sehr interessierten. Die starke Schwüle, die in dem Zimmer herrschte, ließ Mr. Turis Wunsch nach einer leichten Erfrischung begreiflich erscheinen. Sofort brachte ein Diener ein paar Flaschen Mineralwasser. Bald darauf wußte Mr. Turi das Gespräch auf den eigentlichen Zweck der Unterredung zu bringen. Der Minister stand auf.

»Da kann ich Ihnen einen günstigen Bescheid geben. Mein Sekretär hat schon das Nötige veranlaßt. Immerhin will ich selbst schnell nachsehen.«

Kaum, daß die Tür sich hinter ihm geschlossen hatte, fielen aus Mr. Turis Hand zwei Pülverchen in das Glas des Ministers. —

Nach wenigen Minuten kam Sir Alfred Lytton zurück. »Die Sache ist schon eingeleitet, Mr. Turi. Bei der unzweifelhaft klaren Rechtslage dürfen Sie überzeugt sein, daß das Kloster Gartok seine Urkunde bald wiederbekommen wird.«

Mr. Turi dankte dem Minister und brachte dann das Gespräch wieder auf ein paar interessante Streitfragen. Dabei führte er sein Glas zum Munde und trank es aus. Und, wie angeregt durch diese Bewegung, ergriff auch Sir Alfred sein Glas und leerte es.

Mr. Turi verstand es, die Unterhaltung so fesselnd zu gestalten, daß Sir Alfred Lytton mit dem Ausdruck starken Bedauerns aufstand, als sein Sekretär ihn an die angesetzte Konferenz mit dem Außenminister Northcott und dem Ministerpräsidenten Steele erinnerte. Einen Augenblick stand er unschlüssig, dann begann er mit langsamer Stimme: »Es wäre mir sehr angenehm, Mr.

Turi, wenn wir unser Gespräch recht bald fortsetzen könnten. Wann würde es Ihnen ...?« Lytton unterbrach sich: »Am liebsten wäre es mir, wenn Sie die Liebenswürdigkeit hätten, noch eine Weile hierzubleiben. Ich nehme an, daß die Konferenz nicht sehr lange dauern wird. Wir könnten dann unser interessantes Gespräch sofort wieder aufnehmen.«

Mr. Turi verbeugte sich und erklärte sich gern bereit, zu warten. Innerlich freute er sich dabei, denn der Minister reagierte auf die Pülverchen hin ganz nach seinen Wünschen.

Sir Alfred war zur Konferenz gegangen. Mr. Turi saß in einem bequemen Klubsessel des Zimmers. Er hatte die Lider geschlossen. Seine Gedanken schienen ganz woanders zu sein. —

Die drei Kabinettsmitglieder saßen bereits seit einiger Zeit zusammen in eifrigem Gespräch. Nach längeren Ausführungen Sir Alfreds, die von Steele und Northcott mit zustimmendem Nicken begleitet wurden, erhob sich Steele und sagte mit einer Stimme, die im Vergleich zu seiner sonstigen Sprachweise als sehr stark bezeichnet werden mußte:

»Ich denke, die übrigen Mitglieder des Kabinetts werden bald hier sein. Wir können ihnen dann gleich den Entwurf unserer Stellungnahme zu den Äußerungen auf der ›General Steuben‹ vorlegen.« —

Als die übrigen Kabinettsmitglieder kamen, wurde ihnen die Stellungnahme vorgelegt. Sofort erhob sich bei allen zunächst heftiger Widerspruch. Doch nach einigen kurzen Ausführungen Sir Alfred Lyttons schlug die Meinung merkwürdig schnell um. Man stimmte sogar der Forderung Lyttons zu, die Note sofort den zuständigen Stellen zu übermitteln. —

Diese Note wurde zwar weder von England noch von den Vereinigten Staaten der Presse übergeben. Dennoch dauerte es nicht lange, so wußte die ganze Welt davon, und mehrere Tage waren die schon sehr nervösen Börsen der Welt in stärkster Verwirrung. —

Als Mr. Turi zwei Tage später in das Flugzeug London-Paris stieg, ließ der chinesische Botschafter sich durch den Botschaftsrat Ukuru in besonders herzlicher Weise verabschieden. —

Die Stimmung war — wie überall in der Welt — auch in Paris äußerst gespannt. Frankreich sah seine ostasiatischen Interessengebiete, insbesondere Saigon, gefährdet.

Vor der französischen Nationalversammlung hielt der Abgeordnete Robert Roux eine lange Rede im Sinne einer englandfreundlichen Politik. In flammenden Worten verlangte er eine unbedingte Stellungnahme der Regierung zu der Lage im Osten.

Seine Ausführungen riefen erst zögernden, dann immer stärkeren Beifall hervor. Es war nicht zu verkennen, daß seine Rede einen tiefen, nachhaltigen Eindruck auf die Parlamentsmitglieder gemacht hatte.

Da geschah etwas Ungeheuerliches. Robert Roux hatte sich vom Parlamentsgebäude zu Fuß nach seiner Wohnung begeben wollen. Als er über den Pont Alexandre III kam, sprang er plötzlich über die Brückenbrüstung in die durch starke Regengüsse hoch gehende Seine und verschwand vor den Augen der entsetzten Zuschauer in den Fluten.

Die allgemeine Meinung ging fast übereinstimmend dahin, daß Roux in einem Anfall von starker Nervenüberreizung den Tod gesucht habe. Es war ja auch ganz ausgeschlossen, daß sich irgendein Mensch darüber Gedanken machen konnte, daß Mr. Turi dem Abgeordneten vom Parlamentsgebäude bis zur Seinebrücke ganz unauffällig gefolgt war.

Noch am Abend desselben Tages bestieg Mr. Turi ein Überseeflugzeug, das ihn nach Washington brachte. —

Auch hier geschah bald darauf etwas, was überaus verwunderlich war. Der Vorsitzende des Außenpolitischen Ausschusses, Millington, fand am Morgen nach einer Unterredung mit dem chinesischen Botschaftsrat Ohama und dessen Begleiter, Mr. Turi, in seiner Brieftasche zweihunderttausend Dollar.

Er erinnerte sich, nachdem er sich von seiner Überraschung erholt hatte, nach und nach daran, daß ihm das Geld von dem Botschaftsrat Ohama übergeben worden war und daß er im Anschluß an diese Unterredung an einer Sitzung des Auswärtigen Ausschusses teilgenommen hatte, in der wichtige außenpolitische Fragen besprochen worden waren. Millington fuhr sofort in das Gebäude des Ausschusses und ließ sich das Protokoll über die Sitzung vorlegen. Kopfschüttelnd, mißmutig überlas er das Schriftstück und überlegte, wie er einiges daran ändern könne. Doch eine Rücksprache im Sekretariat ergab, daß der Inhalt schon weitergeleitet worden war.

Das war sehr bedauerlich, denn die Beziehungen zu England mußten durch die Beschlüsse eine weitere Verschlechterung erfahren. Aber all das traf ihn ja persönlich viel weniger als das Bestechungsgeld, das wie Feuer in seiner Tasche brannte. In tage- und nächtelangem Grübeln suchte er einen Ausweg zu finden.

Nach langen, schweren Seelenqualen beschloß er, so bald wie möglich seine Demission einzureichen. Als eines Tages die Zeitungen eine Notiz brachten, daß der Armenverwaltung New Yorks von ungenannter Seite die Summe von zweihunderttausend Dollar zugeflossen sei, dachte kein Mensch in den Vereinigten Staaten, daß dieser große Betrag von Herbert Millington stammte, von dem man wußte, daß er mit Glücksgütern keineswegs reichlich gesegnet war.

Der Dampfer ›James Cook‹ hatte Italien hinter sich gelassen und näherte sich Malta, als er eine Funkmeldung erhielt, auf der Höhe von Malta zu stoppen und einige Passagiere aufzunehmen. Gegen Abend sichtete man ein Torpedoboot, das in rascher Fahrt auf den Dampfer zukam.

Als am nächsten Morgen Georg Astenryk auf Deck kam, fühlte er sich am Arm ergriffen, und eine bekannte Stimme rief ihm zu: »Sind Sie's wirklich, Herr Astenryk?«

»Ah, Major Dale! Welche Überraschung! Sie kamen wohl gestern an Bord und wollen . . .«

». . . nach Australien«, vollendete Dale und fuhr dann fort, »wohin Sie augenscheinlich auch wollen, Herr Astenryk.«

»Sie haben recht, Herr Major. Ich bin auf der Fahrt zu meinem Bruder Jan.«

»Oh, Herr Astenryk, da mögen aber einige Tränen geflossen sein! Sie wissen wohl, daß ich das Vergnügen hatte, Ihr Fräulein Braut kennenzulernen.«

»Natürlich, Herr Dale! Meine Verlobte schrieb mir darüber.« —

Es wurde für Georg eine sehr interessante Fahrt. Eines Abends erzählte ihm Marian von einigen klingenden Anerbietungen jenes Herrn, der sich am Kai in Genua von Mr. Forestier verabschiedet hatte. Georg hatte ihn gelegentlich durch seinen Steward als einen Herrn Crouzard, Handelsagenten, feststellen können. Marian berichtete eine amüsante Geschichte, wie er den neugierigen Franzosen, der allerlei wissen wollte, mit allerhand verwirrenden Märchenerzählungen genasführt hätte.

»Die Kerle haben bei uns wenig Glück«, sagte Georg schließlich lachend. »Immerhin stimmt es mich nachdenklich, daß man uns andauernd auf den Fersen bleibt.« —

Mit Major Dale war Georg sehr oft zusammen. Durch ihn hatte er auch die vier englischen Offiziere kennengelernt, die mit Dale nach Sydney fuhren.

Als er eines Tages wieder mit den Offizieren zusammensaß, fiel ihm auf, daß sie sehr mißgestimmt waren.

Später, als er mit Dale allein war, fragte er ihn offen nach dem Grund dieser veränderten Stimmung.

Dale meinte: »Das ist eine Angelegenheit, über die ich Ihnen nicht viel sagen kann. Oberst Gamp vermißt seit gestern einige wichtige militärische Schriftstücke, die er in seinem Kabinenkoffer mit sich führte. Es wäre sehr folgenschwer, wenn diese Papiere in falsche Hände gekommen wären.«

»Haben Sie irgendeinen Verdacht, daß Sie von falschen Händen sprechen?«

»Nur den allgemeinen Verdacht, daß wahrscheinlich gelbe Hände im Spiel sind. Wir haben unser Auge besonders auf einen Reisenden der ersten Klasse namens Soyjen aus Jokohama gerichtet. Beim Passieren des Suezkanals wurde dem Kapitän gefunkt, daß man auf Soyjen ein Auge haben möchte, er sei kein Japaner, sondern Chinese und dem englischen Nachrichtendienst als gefährlicher politischer Agent gemeldet worden. Unter diesen Umständen ist natürlich eine Untersuchung seiner Kabine vorgenommen worden, aber ergebnislos.« —

Am Abend dieses Tages kam Marian zu Georg, und Georg erzählte seinem Freund von dem Diebstahl bei Oberst Gamp.

Sie wollten sich eben trennen, da ging ein japanischer Passagier an ihnen vorbei. Georg erkannte im Strahl einer Laterne das Gesicht Soyjens, den ihm Dale gelegentlich gezeigt hatte. Als sie ein paar Schritte weiter waren, machte Georg Marian auf Soyjen aufmerksam. Marian drehte sich schnell um, eilte zu dem Platz, an dem sie eben gestanden hatten, tat, als wenn er etwas aufnähme, was er da verloren hätte, und fand dabei Gelegenheit, dem Japaner ins Gesicht zu sehen.

Georg stand schon an der Treppe zu seiner Kabine, da kam Marian hinter ihm her und ging mit in Georgs Kabine. Was Marian ihm hier berichtete, erregte Georgs Interesse aufs allerhöchste. Nach längerer Beratung trennten sie sich. Beim Fortgehen sagte Marian: »Auf alle Fälle bleibe ich noch bis zur Ablösung der Wache auf Deck. Vielleicht kriege ich ihn noch heute nacht.« —

Am nächsten Morgen in aller Frühe kam Marian in Georgs Kabine. »Ich hab's heraus!« sagte er flüsternd zu Georg.

Der machte große Augen. »Hast du das wirklich fertiggebracht, Junge? Unglaublich, daß dir das tatsächlich so gelungen ist!«

Georg hatte sich inzwischen angezogen, trat aus der Tür und ging zu Dales Kabine. Der wunderte sich nicht wenig, als Georg ihn dringend zu sprechen wünschte. Was er ihm da erzählte, erregte bei Dale zunächst nur ungläubiges Kopfschütteln. Doch allmählich wurde er von Georgs bestimmten Worten so gepackt, daß er sich eiligst in die Kleider warf. Er bat Georg, auf ihn zu warten, ging zur Kabine des Obersten Gamp und ließ auch den Ersten Offizier der ›James Cook‹ dorthin bitten. Nach längerer erregter Besprechung verließen der Erste Offizier und Major Dale die Kabine.

Sie begaben sich mit einem Maschinisten in das Logis, in dem die chinesischen Heizer des Dampfers hausten. Der Maschinist ging auf die Koje eines Heizers zu, riß das Bettzeug herunter und tastete alles ab.

»Hier knistert es! Hier stecken Papiere!« Er zog sein Taschenmesser, schnitt den Bettsack auf und griff hinein.

»Wahrhaftig! Da sind sie!« rief Dale. Er nahm die Papiere an sich. »Was wir wollten, haben wir Gott sei Dank wieder. Den Heizer und all das andere darf ich wohl Ihnen überlassen«, wandte er sich an den Ersten Offizier. »Ich eile zu Oberst Gamp. Er wird es kaum erwarten können, das Resultat zu erfahren.«

Als Dale wieder in seine Kabine kam, fand er den Oberst und Georg in höchster Spannung.

Der Oberst sprang auf, konnte beim Anblick der Schriftstücke kaum seine Selbstbeherrschung bewahren.

Sorgfältig überprüfte er die Dokumente. »Alles ist beisammen. Nichts fehlt! Nun müssen Sie mir aber unbedingt diesen Marian Heidens vorstellen, Herr Astenryk. Ich möchte doch den Menschen kennenlernen, der so übernatürliche Kräfte besitzt.«

Georg ging und kam bald darauf mit Marian wieder. Oberst Gamp drückte Marian die Hand.

»Wie soll ich Ihnen danken? Sie haben wirklich ein Meisterstück vollbracht. Nun müssen Sie aber erzählen, wie Sie das fertigbekommen haben.«

Marian schüttelte verlegen den Kopf und sah zu Georg hinüber. Dieser warf ihm einen aufmunternden Blick zu. »Nur los, Marian! Erzähle alles von Anfang an!«

Und Marian begann, wie er eines Abends sah, daß ein Passagier der ersten Klasse, ein Gelber, zum Zwischendeck kam und dort an der Reling eine Zeitlang wie wartend stand. Nach einiger Zeit kam einer der chinesischen Heizer auf Deck und begab sich auch zur Reling, wobei er dicht an dem Passagier vorbeistrich. Obwohl das sehr schnell geschah, habe er doch gesehen, wie der Passagier dem Heizer etwas zusteckte.

»Als ich ein paar Tage später«, fuhr er fort, »durch Mr. Astenryk von dem Diebstahl der Papiere hörte und er mir den Passagier Soyjen, der gerade vorüberkam, als verdächtig bezeichnete, erinnerte ich mich sofort jenes Vorfalls mit dem Heizer ... Das Weitere war ja nun nicht allzu schwer.«

»Das sagen Sie, Mr. Heidens«, warf Dale lachend ein. »Dabei kommen Sie aber bei uns nicht weiter. Wir wollen jetzt mal ganz genau wissen, wie Sie aus dem Heizer rausgebracht haben, daß die Papiere in seinem Logis und ausgerechnet in seinem Bettsack versteckt wären. Also bitte, mein lieber Herr ...«

Marian warf Georg wieder einen bittenden Blick zu. Doch der lachte: »Nur raus mit der Sprache! Die Herren wissen ja längst, daß du über eine so außergewöhnliche

Gabe verfügst. Sie wissen auch, daß wir uns untereinander in dieser Weise verständigen können.«

Marian begann mit leiser Stimme:

»Ich wartete an dem Abend, wo Mr. Astenryk mir von dem Diebstahl erzählt hatte, bis der Heizer nach Beendigung seiner Wache auf Deck kam. Dann trat ich wie von ungefähr neben ihn und unterhielt mich mit ihm in englischer Sprache.

Während dieser Unterhaltung suchte ich ihn geistig zu fassen. Als es mir endlich gelungen war, zwang ich ihn, in Gedanken alles zu erzählen, was auf die gestohlenen Papiere Bezug hatte. Sobald ich über ihren Verbleib genau Bescheid wußte, ließ ich ihn allmählich wieder los, lenkte in das alte Gespräch ein und führte es harmlos zu Ende.«

Gamp und Dale hatten mit gespanntester Aufmerksamkeit Marians Bericht gelauscht.

»Das ist doch eine merkwürdige Veranlagung, die Ihnen die Natur da mitgegeben hat«, meinte Dale nach einiger Zeit.

Gamp stand auf und drückte Marian die Hand. »Der Dienst, den Sie uns geleistet haben, wird Ihnen nicht vergessen werden. Wir wissen von Herrn Astenryk, daß irgendeine Belohnung von Ihnen nicht angenommen werden würde. Vielleicht gibt es aber doch einmal eine Gelegenheit, wo unser Dank Ihnen nützlich sein kann. Und Ihnen, Herr Astenryk, muß ich selbstverständlich auch danken. Sollten Sie drüben einmal irgendwie in Verlegenheit kommen, wenden Sie sich bitte an mich oder Major Dale. Jetzt aber will ich Sie nicht länger aufhalten, ich muß zum Kapitän.«

Die ›James Cook‹ hatte Colombo angelaufen. Mr. Soyjen und der chinesische Heizer waren den englischen Behörden übergeben worden. Das Schiff nahm Kurs auf die Malakkastraße. —

Am Mittag desselben Tages saßen die Passagiere der ›James Cook‹ beim Lunch, als ein Steward in den Speisesaal kam und dem Kapitän eine anscheinend wichtige Meldung machte. Der stand sofort auf und ging hinaus.

Der schnelle Aufbruch des Kapitäns beunruhigte die Passagiere. Viele verließen nach und nach den Raum. Auch die letzten strömten nach oben, als ganz deutlich zu merken war, daß das Schiff seine Fahrt verlangsamte und schließlich stoppte.

Als Georg mit Dale auf Deck kam, sahen sie, wie ein Flugzeug eben auf das Meer aufsetzte, während gleichzeitig eine Motor-Pinasse vom Schiff abstieß. Georg erfuhr, das Flugzeug habe wegen Motordefekts niedergehen müssen. Es habe vorher die ›James Cook‹ angefunkt und um Hilfe gebeten. In dem Flugzeug befände sich der neue Gouverneur für Singapore, Sir Reginald Wegg, mit seinem Adjutanten.

Mit einigen Schwierigkeiten wurden die Passagiere des Flugzeugs mit ihrem Gepäck von der Pinasse übernommen.

Bald darauf betraten Sir Reginald Wegg und sein Adjutant das Deck. Sir Reginald dankte dem Kapitän für seine sofortige Hilfeleistung und begab sich mit ihm unter Deck.

»Der kleine Koffer, Herr Kapitän, den mein Adjutant, Hauptmann Clifton, da bei sich trägt, enthält äußerst wichtige Dinge. Verschließen Sie ihn sofort im Tresor.«

Vor den Augen Weggs öffnete der Kapitän den schweren Panzerschrank und legte den Koffer hinein.

»Das war wirklich ein Meisterstück, meine allergnädigste Frau Helene.«

Mr. Shugun beugte sich immer wieder über die Hand Helenes und küßte sie.

»Nun müssen Sie uns«, er warf einen Blick auf Forbin, der im Zimmer auf und ab stolzierte, »aber auch berichten, wie Ihnen das Stückchen gelang.«

Er nahm Helenes Arm und führte sie zu einer Stuhlgruppe, von der man den schönen Blick über den Hafen von Cannes genießen konnte. Helene ließ sich nieder. Ihr Gesicht, strahlend über den errungenen Erfolg, schien Shugun schöner denn je.

Er warf einen neidvollen Blick auf Forbin. Dessen Augen hingen an dem prachtvollen Geschmeide, das Helene um den Hals trug, einem Geschenk Shuguns.

»Ja also, meine Herren«, begann Helene, »von großen Schwierigkeiten oder interessanten Zwischenfällen kann ich nichts berichten. Die Sache vollzog sich sehr einfach. Das sechssitzige Flugzeug London-Kairo startete planmäßig in Croydon. Die von Ihnen bezahlten drei Plätze, Mr. Shugun, blieben leer, da die Herren Jones, Brown und Smith programmäßig nicht da waren. Ich war also mit Sir Reginald Wegg und seinem Adjutanten Clifton allein im Flugzeug.

Als wir uns gegen Abend der Cote d'Azur näherten, ging ich zu der gegenüberliegenden Kabine, um das wundervolle Bild der tausend Lichter, die wie eine Perlenkette die Küste säumten, zu genießen.

Hatte Clifton denselben Gedanken oder hatte er einen kleinen Ermunterungsblick von mir empfangen? — Er trat auch in diese Kabine und sprach mit bewundernden Worten über den unvergleichlich schönen Fernblick. Einmal ins Gespräch gekommen, dauerte es nicht lange, und Clifton verschwendete keinen Blick mehr an das schöne Landschaftsbild.

Nach dem Abendessen, das wir zu dritt in der Kabine des Gouverneurs einnahmen, legte sich Wegg bald schlafen. Nach einiger Zeit trafen wir uns wieder in der leeren Kabine. Da es empfindlich kühl geworden war, beeilte sich Clifton, meinen Wunsch nach einem Glas Wein zu befriedigen. Es war zweifellos ein vergnügter Abend. Es fiel mir nicht schwer, meine Rolle als lebenslustige junge Witwe zu spielen, denn Clifton war ein sehr angenehmer Partner.

Trotzdem war ich froh, als gegen Mitternacht Clifton vergeblich gegen die immer stärker werdende Schlafsucht ankämpfte. Dies war eigentlich der gefährlichste Moment. Denn Clifton hätte sich doch wundern müssen, daß sein Liebesfeuer nicht imstande war, die unerklärliche Müdigkeit zu überwinden, die mein Schlafpulver ihm verursachte.

Bald nachdem er sich zur Ruhe begeben hatte, ging ich in seine Kabine und holte mir die Schlüssel zu dem kleinen Handkoffer, den Sie mir ja genau beschrieben hatten. Ich öffnete den Koffer und fand darin eine Schatulle. Sie enthielt die gewünschte Typenscheibe für die Chiffriermaschine des Gouverneurs.

Der übrige Inhalt der Schatulle, die Zeichnungen, schienen mir, nach dem Aufbewahrungsort zu schließen, jedenfalls nicht unwichtig. Ich fotografierte die Scheibe und sämtliche Zeichnungen. Daß es sich dabei um die Pläne der Festungswerke von Singapur handelte, ließ ich mir nicht träumen.«

»Um so größer ist natürlich unsere Dankbarkeit, gnädigste Frau. Und ich glaube«, hier sah Shugun zu Forbin hinüber, »Sie werden zufrieden sein. Bei dieser Gelegenheit möchte ich den Herrschaften einen Vorschlag unterbreiten, der mir von anderer Stelle nahegelegt ist. Wären die Herrschaften vielleicht geneigt, fest in unsere Dienste zu treten?«

Forbin zog überlegend die Brauen zusammen, doch schon kam Helenes Antwort. »Auf keinen Fall, Herr Shugun! Jedes Muß ist mir verhaßt. Frei will ich sein. Vielleicht kommen Sie früher oder später mit einem Wunsch, den zu erfüllen ich geneigt bin, dann werde ich dabeisein.« —

Als nachher Forbin und Helene allein waren, fragte Helene mit offener Neugierde: »Nun, wie war es in Creusot? Hast du wieder nichts erreicht?«

Über Forbins Gesicht ging ein selbstgefälliges Schmunzeln. »Diesmal habe ich mehr Glück gehabt. Doch komm! Gehen wir zum Strand, wo wir möglichst allein sind. Denn das kann ich dir sagen, jetzt begreife ich die Heimlichtuerei Castillacs und Shuguns sehr wohl.« —

Am Strande angekommen, setzten sie sich auf die Bänke eines hochgezogenen Bootes. Dann begann Forbin zu erzählen.

»Die Waffen sind für China bestimmt, wie wir schon angenommen hatten. Und zwar für eine sogenannte ›Freiwilligen-Armee‹, die da hinten im Fernen Osten aufgestellt wird, um die Chinesen zu unterstützen.«

»Das läßt sich hören. Damit hätte jedenfalls China seine Position gestärkt. Aber erzähle weiter. Wie stellt man sich in Frankreich dazu?«

»Ich weiß nicht, wie weit man dort von dem Plan Wind bekommen hat. Jedenfalls sind bisher keine Schwierigkeiten entstanden. Gegebenenfalls wird man sich dahinter verschanzen, das Kriegsmaterial sei für Japan bestimmt.«

Helene dachte einige Zeit nach.

»Es wäre doch von großem Interesse, zu wissen, wer der Empfänger ist. Ich sagte schon einmal, es würde natürlich vorteilhafter für uns sein, wenn wir ohne Castillac Geschäfte machen könnten. Von Shugun ist eine Auskunft kaum zu erwarten. Du mußt es irgendwie selber herausbekommen. Noch besser wäre es natürlich, wenn wir den Führer dieses Unternehmens ermitteln könnten. Vielleicht würde ich da noch etwas mehr erreichen.«

»Das wäre allerdings sehr erwünscht, Helene. Ich halte es unter diesen Umständen für richtiger, wir brechen unsere Zelte hier unten ab und fahren nach Paris zurück. Anne wird wieder ein Gesicht machen, daß wir sie so lange allein gelassen haben.«

»Es geht unmöglich, Alfred, daß wir Anne fernerhin bei uns behalten. Aller Wahrscheinlichkeit nach werden wir in nächster Zeit viel auf Reisen sein. Sie mitzunehmen, ist ausgeschlossen. Was sollen wir mit ihr machen?«

»Das beste wäre, wir täten sie irgendwo in eine Pension.«

»Die Idee ist nicht schlecht, Alfred. Ich will mir das mal überlegen, wo wir Anne unterbringen.«

Dasselbe dachte Georg, der allein auf dem Deck der ›James Cook‹ stand und auf Clennan, einen englischen Rundfunkingenieur, wartete, der ihn gebeten hatte, einem interessanten Versuch beizuwohnen. Je weiter er sich von Europa und Anne entfernte, desto größer wurde seine Sehnsucht nach ihr. Desto stärker drängte sich ihm der Gedanke auf: Durfte er sie so schutzlos in den Händen der Forbins lassen?

Clennan riß ihn aus seinen Grübeleien. Sie gingen zusammen zur Funkkabine, und Clennan begann mit einer neuen Peilvorrichtung zu experimentieren. Nach längeren Versuchen arbeitete die Apparatur exakt.

Schon seit einiger Zeit hatten sie backbords achteraus ein Schiff bemerkt, das, wie die aufkommenden Positionslichter zeigten, mit großer Geschwindigkeit fahren mußte. Georg und Clennan waren aufgestanden und wollten sich unter Deck begeben. Das fremde Schiff war inzwischen mit der ›James Cook‹ auf die gleiche Höhe gekommen und lief etwa sechs Kilometer nach Backbord ab neben ihr. Da klangen in der Funkkabine Morsezeichen. Gewohnheitsmäßig blieb Clennan stehen und horchte. Auch Georg hörte auf die Zeichen.

Was wurde da gemorst? Ob Mr. Soyjen an Bord wäre? ... Einen Augenblick des Überlegens, dann sprang Clennan zur Kabine und riß die Tür auf.

Zu spät! Der Funker hatte gerade geantwortet: »Nein, Mr. Soyjen ist in Colombo an Land gegangen.«

»Schade!« murmelte Clennan, der einer der wenigen war, die von den Gründen für Mr. Soyjens vorzeitiger Landung wußten. »Schade! Wahrscheinlich hätte ich ein bißchen aus dem Burschen rausholen können. Ob der Anruf vielleicht von dem Dampfer da drüben kommt?

Nach der schnellen Fahrt zu schließen, muß das ein Kriegsschiff sein.« —

Clennan wunderte sich, daß Georg diesen Zwischenfall so unbeachtlich zu finden schien. Der hatte ihm die Hand zum Abschied gereicht und drängte offensichtlich, fortzukommen.

Kaum war er in seiner Kabine, so stieß er die Antenne durch das Bullauge, schaltete ein und setzte sich unter die Ausgangsantenne seines Verstärkers. —

Wohl eine Stunde hatte Georg dort gesessen, hatte auf sich wirken lassen, was sein Apparat aus dem Raum fing und millionenfach verstärkt auf ihn niederstrahlte.

Daß der Anruf von dem Schiff da drüben stammte, und daß das der chinesische Kreuzer ›Ito‹ war, hatte er unschwer feststellen können. Außer den Wachoffizieren auf der Brücke hatte sich noch ein einzelner Mann auf dem Achterdeck befunden, der, wie es Georg schien, nicht zur Besatzung gehörte. Nach kurzer Zeit war es ihm gelungen, sich auf dessen Gedankenstrahlung und Gedankengänge einzustellen. Doch was der dachte, war Georg so fremd, daß er in das Vernommene keinen rechten Sinn bringen konnte. Er nahm den Block vor und überlas immer wieder die Notizen, die er sich gemacht hatte.

Was war das für ein Mann, der diese Gedanken dachte, strahlte? Er hatte Indien bereist. Hatte dabei mit vielen maßgebenden Persönlichkeiten der indischen Freiheitsbewegung Fühlung genommen ... ihnen Freiheit ... Unterstützung versprochen. Dann hatte er an Nachrichten gedacht, die er aus China bekommen hatte. Dazwischen wieder waren Gedanken an einen Aufenthalt in England gekommen ...

Vieles andere, was er gehört und notiert hatte, war Georg unverständlich. Er wollte eben den Apparat abschalten, da, auf einmal, hörte er von neuem die Gedanken dieses Mannes, der mit drei anderen wieder auf Deck gekommen war.

Die Unterhaltung der vier Männer war anscheinend sehr erregt. Man sprach über ein geheimnisvolles Unternehmen. Zwei Stimmen machten sich dabei besonders bemerkbar. Die eine, die des Mannes, der vorher allein auf Deck gewesen war und jetzt von den anderen mit Exzellenz und bisweilen auch mit Turi Chan angeredet wurde. Die zweite Stimme war die eines Offiziers namens Umliu. Sie bekämpften einander mit scharfen Worten. Die Stimmen der anderen, darunter auch die des Kommandanten, waren seltener zu hören, doch schienen sie sich auch gegen Umliu zu wenden. Aber es war Georg unmöglich, aus diesen sich kreuzenden Gedankenwellen einen logischen Sinn zu entnehmen.

Jetzt trennten sich die Männer. Nur Umliu blieb auf Deck. Jetzt waren dessen Gedankengänge klarer zu vernehmen. Doch der Offizier schien in starker seelischer Erregung zu sein.

Georg lauschte den Gedanken dieses Mannes. Er hatte den Eindruck, es müßte ein stolzer, gerader Charakter sein, der ein geplantes gewaltsames Unternehmen als eine unfaire, feige Tat ansah im Gegensatz zu jenen drei anderen.

Aber was Georg am höchsten interessierte ... Das Unternehmen! ... Gegen wen richtete es sich? Ein paarmal war von Brisbane die Rede gewesen. Aber das hatte doch keinen Sinn. Ein Angriff auf die Stadt Brisbane? Es war doch kein Krieg. Und der Angriff sollte mit Minen gemacht werden. Ja, war es denn ein kriegerischer Angriff oder ein verbrecherischer Anschlag? Das war für Georg schwer zu unterscheiden. Dann wieder hatte der Offizier sich entrüstet, daß zweitausend tapfere Soldaten heimtückisch aus dem Hinterhalt getötet werden sollten.

Jetzt ... Georg schrak zusammen. Der Mann, der da dachte ... der Offizier Umliu ... Was hatte dieser jetzt für einen entsetzlichen Entschluß gefaßt? Die befleckte Ehre des Vaterlandes zu reinigen, sich selbst zu töten.

Georg schlug die Hände vors Gesicht. Mit tiefstem Entsetzen nahm er wahr, wie der Offizier einen Dolch zog, den Wachoffizieren auf der Brücke zurief: »Für die Ehre des Vaterlandes!« und sich die Waffe in den Leib stieß.

Erschüttert stürzte Georg aus der Kabine hinaus aufs Deck. Der chinesische Kreuzer hatte ›James Cook‹ längst überholt und war nicht mehr zu sehen. Lange ging er auf dem menschenleeren Deck hin und her.

Die Sterne verblaßten, da begab er sich wieder in seine Kabine und legte sich nieder. —

Die Sonne stand hoch am Himmel, als er erwachte. Marian mochte wohl schon in der Kabine gewesen sein. Das Frühstück stand auf dem Tisch neben dem Bett.

Georg stand auf, zog sich hastig an und stürzte dabei eine Tasse Tee hinunter. Dann ging er zur Kabine Dales und atmete erfreut auf, als er ihn allein vorfand. Daß Dale sehr nachdenklich war, fiel ihm nicht auf.

»Hallo, Mr. Astenryk! So eilig? Aber ...« Dale stand auf und trat auf Georg zu. »Mann, wie sehen Sie aus? Was ist mit Ihnen? Sind Sie krank?«

»Nein, Herr Major. Ich bin nicht krank. Aber meine Nerven sind erregt durch die Vorgänge, die ich in dieser Nacht erlebte. Ich muß einen Menschen haben, mit dem ich mich aussprechen kann. Würden Sie so liebenswürdig sein und mit mir in meine Kabine kommen?«

Dale sah ihn erstaunt an. »Gern, Herr Astenryk.«

Sie traten in Georgs Kabine.

»Entschuldigen Sie, Herr Major, warten Sie bitte einen Augenblick, ich will auch Mr. Clennan holen.«

Dale sah ihm kopfschüttelnd nach. Bald darauf kam Georg mit Clennan zurück.

»Sie betreten meine Kabine zum erstenmal, Herr Clennan«, sagte Georg mit gezwungenem Lächeln, »ich weiß nicht, ob es Ihnen aufgefallen ist, daß ich es bisher stets vermied, Sie hier zu empfangen. Jetzt muß ich Ihnen das erklären.«

Georg ging zu dem Fußende seines Bettes, zog ein

Tuch, das über den Verstärker gebreitet war, fort und deutete darauf.

»Diesen Apparat, Herr Clennan, werden Sie wohl ohne weiteres als einen Elektronenverstärker erkennen.« Er öffnete den Deckel und ließ Clennan hineinschauen. »Es ist jedoch nicht ein Verstärker gewöhnlicher Art, sondern ein Verstärker von absoluter Aperiodizität.«

Clennan fuhr erstaunt zurück.

»Ist das überhaupt möglich?«

»Ihnen das zu erklären, würde die Besprechung, die ich mit Ihnen haben werde, unnötig verlängern. Ich will jetzt nur die Einzelheiten dieses Verstärkers erklären, damit Sie imstande sind, zu begreifen, was er zu leisten vermag.« —

Eine halbe Stunde wohl hatte Georg gesprochen. Als er geendet hatte, stand Clennan auf und lief in dem engen Raum hin und her.

»Gewiß, das ist ja alles richtig, was Sie sagen. Aber um mich völlig zu überzeugen, müssen Sie schon mir und dem Herrn Major einen praktischen Beweis geben.«

»Selbstverständlich, Herr Clennan! Bitte, wollen Sie sich hierhin setzen, und Sie, Herr Dale, dorthin. Sie, Herr Major, sitzen jetzt unter der Eingangsantenne, Sie, Herr Clennan, unter dem Ausgang des Verstärkers.

Bitte, Herr Dale«, Georg ging zu einem Schalter, »denken Sie etwas, sobald ich eingeschaltet habe.«

Clennan hatte einen Block gegriffen, horchte mit gespanntem Gesicht und schrieb. Ab und zu ging ein leichtes Lächeln über seine Züge. Nach einer Weile schaltete Georg den Apparat ab.

»Nun, meine Herren?«

Clennan stand auf und ergriff Georg an beiden Händen.

»Mann, was haben Sie da geschaffen!« Auch Dale, der inzwischen das von Clennan Geschriebene überlesen hatte, trat jetzt zu Georg und schüttelte ihm die Hand.

401

»Besser als Ihre verwickelten technischen Ausführungen, die mir ja leider zum größten Teil zu hoch waren, hat mir der gelungene Versuch den Beweis für Ihre Kunst erbracht.«

»Was war denn das, was Sie heute nacht von dem vorüberfahrenden chinesischen Kreuzer ›Ito‹ hörten und was Sie so ungewöhnlich erregt hat?« wollte Clennan nun wissen.

Georg nahm den Block, auf dem er seine Notizen gemacht hatte, legte ihn auf den Tisch und bat Clennan und Dale, die Aufzeichnungen zu lesen.

In genau diesem Augenblick kam Marian in die Kabine.

»Gut, daß du kommst, Marian, ich habe auch mit dir zu sprechen. Ich gehe auf Deck, meine Herren. Lesen Sie inzwischen bitte alles das. Ich bin in kurzer Zeit wieder hier.«

Als Georg nach einiger Zeit wieder in die Kabine kam, fand er die beiden in höchster Erregung. Dale stand auf und trat zu ihm.

»Ach, hätte ich doch alles mitangehört! Vieles, was Sie nicht begriffen haben, würde mir wohl verständlich gewesen sein. So sind viele und anscheinend sehr wichtige Dinge nur zu erraten.

Das eine ist mir klar. Über die Person dieses mysteriösen Turi Chan werde ich sofort durch unseren Nachrichtendienst Erkundigungen einziehen. Das wird nicht schwer sein, nach den Anhaltspunkten, die wir hier haben. Umgehend werde ich der Regierung ausführlichen Bericht erstatten.«

»Herr Major, bitte kommen Sie schnell! Um Gottes willen, was lese ich hier!«

Dale eilte zu Clennan. Der deutete mit dem Finger auf ein paar Zeilen, die sie bisher noch nicht gelesen hatten.

»Ist das möglich? Ein solches Verbrechen! Was machen wir?«

Dale überflog die Zeilen und fuhr einen Schritt zurück.

»Diese Verbrecher! So also ist es gewesen!«

Georg starrte von einem zum andern.

»Meine Herren, was bedeuten denn die Worte, die ich da aufgeschrieben habe?«

Clennan hob die Hand. »Vor ein paar Stunden erreichte uns eine Funknachricht der australischen Regierung. Der neue Kreuzer ›Brisbane‹ ist im Hafen von Talufuata bei einem starken Sturm in die Luft geflogen. Fast die gesamte Besatzung ist ertrunken.«

Dale, der hin und her gelaufen war, blieb jetzt stehen.

»Was ist zu tun, meine Herren? Es ist klar, daß das Verbrechen so geschickt eingefädelt wurde, daß nicht die Spur eines Verdachts auf China fallen wird. Und doch ... Sind wir nicht verpflichtet, unserer Regierung Aufklärung zu geben? Wir wissen doch, wie es geschah.«

Er unterbrach sich. Ein Steward kam herein und überreichte Clennan eine Depesche: »Von den 2130 Mann der Besatzung des gesunkenen Kreuzers ›Brisbane‹ sind nur vier Leute gerettet. Die Hälfte davon hat so starke Verletzungen, daß an ihrem Aufkommen gezweifelt wird. Am Strande von Talufuata wurden von Eingeborenen Sprengstücke von Minen gefunden.«

Clennan reichte die Depesche wortlos Dale.

»Natürlich!« meinte dieser ironisch. »So muß es gewesen sein! Ein paar Treibminen sind durch einen unglücklichen Zufall gegen die ›Brisbane‹ getrieben worden und haben die Katastrophe verursacht.

Aber nochmals, meine Herren! Diesen frechen Betrug dürfen wir nicht ruhig mitansehen, wo wir wissen, daß ein chinesisches U-Boot die Treibminen vor der ›Brisbane‹ ausgelegt hat.«

Clennan zuckte die Achseln und sah zu Georg hinüber.

»Ich glaube«, begann er zögernd, »daß Herr Astenryk

anderer Meinung ist. Und ich, Herr Major, bin auch dagegen, wenn auch aus anderen Gründen.«

Dale wollte aufbrausen, doch Georg legte beruhigend die Hand auf seinen Arm.

»Hören Sie mich bitte erst einmal in Ruhe an, Herr Major. Gewiß, Sie haben recht. Ich wäre in der Lage, klipp und klar den Beweis zu erbringen, daß dies abscheuliche Verbrechen von chinesischer Seite inszeniert und durchgeführt ist. Dazu müßte ich aber meine Erfindung bis in alle Einzelheiten publizieren. Das ist allein schon eine höchst bedenkliche Sache. Denn dadurch würden die Gegner auf ein Machtmittel aufmerksam gemacht werden, über dessen Bedeutung Sie sich zweifellos in dieser kurzen Zeit ein Bild gemacht haben.

Der beste Teil einer neuen Waffe, das Überraschungsmoment, würde dann wegfallen, von Abwehrmaßnahmen, die vielleicht entwickelt werden könnten, ganz zu schweigen.«

»Ich bin durchaus der Meinung des Herrn Astenryk. Außerdem glaube ich, Herr Major, daß es unserer Regierung im Augenblick keineswegs angenehm wäre, mit China in Konflikt zu geraten.«

»Das ist leider sehr wahr, Herr Clennan.«

»Grund genug, um mich zu nötigen, die Herren bei ihrem Wort zu halten. Ich bitte Sie, über alles, was ich Ihnen anvertraut habe, strengstes Stillschweigen zu bewahren«, schloß Georg.

Für Alfred Forbin war es zunächst kein angenehmer Gedanke, daß durch seine Tätigkeit, den Ankauf der zum Verschrotten lagernden Minenkörper, der Untergang der ›Brisbane‹ verursacht worden war.

»Dafür hätte man mich eigentlich besser bezahlen müssen«, meinte er zu Helene, mit der er sich jetzt wieder in Paris befand, augenblicklich auf dem Wege zu einem gewissen Herrn Meunier.

Nach einer kurzen Wartezeit wurden sie in das Privatbüro geführt. Meunier begrüßte Helene mit besonderer Freundlichkeit.

Da trat ein Mann ins Zimmer, bei dessen Anblick Helene sofort wußte, daß hier eine hohe Persönlichkeit vor ihr stand.

Ein paar leise geflüsterte Worte Meuniers mochten ihm über Forbin und Helene Aufklärung gegeben haben. Nach einer kurzen Vorstellung — »General Borodajew« — begrüßte er flüchtig Forbin, wandte sich dann mit großer Liebenswürdigkeit Helene zu und verwickelte sie in eine angeregte Konversation. Sie fühlte dabei sehr wohl, daß es Borodajew auf eine kleine Probe ihrer intellektuellen Kräfte und Fähigkeiten ankam. Mit geheimer Befriedigung stellte sie aber auch fest, daß der General jedenfalls nicht unempfänglich für ihre körperlichen Vorzüge war. —

Als am Spätnachmittag Forbin und Helene reisefertig die Wohnung wieder verlassen wollten, um nach Ostende zu fahren, gingen Annes Nerven durch. Sie überschüttete ihre Verwandten mit einer Flut leidenschaftlicher Vorwürfe.

»Keinen Tag länger will ich bei euch bleiben! Morgen fahre ich nach Neustadt zurück. Irgendeine Beschäftigung werde ich ja finden.«

Helene, die wortlos die Klagen Annes mitangehört hatte, schickte ihren Mann hinaus und setzte sich dann neben sie. Wie immer gelang es ihr, den Zorn ihrer Schwester zu besänftigen. Anne atmete erleichtert auf, als Helene zum Schluß erklärte:

»Ich sehe ein, Anne, daß dein Wunsch, dich von uns zu trennen, berechtigt ist. Den Gedanken, nach Neustadt zu gehen, schlage dir aber aus dem Kopf. Ich werde mich bemühen, dir sobald wie möglich eine passende Unterkunft zu verschaffen.«

»Unterkunft verschaffen? Was verstehst du unter Unterkunft, Helene? Glaubst du vielleicht, ich will in irgendeiner Pension von eurem Gelde leben?«

»Ich werde versuchen, dir eine angemessene Position zu beschaffen.«

Einige Tage später begrüßte Helene ihre Schwester mit freudigem Gesicht.

»Ich habe eine Stellung für dich gefunden, Anne. Gestern abend lernte ich im Kurhaus von Ostende Lady Evelyne Wegg, die Gattin des britischen Gouverneurs von Singapur, kennen. Sie fährt in der nächsten Woche ihrem Manne nach, der schon dort ist. Sie sucht eine Gesellschafterin, die über gute Sprachkenntnisse verfügt und sich gleichzeitig etwas um den Haushalt kümmert.«

Über Annes Gesicht ging ein froher Zug. In Singapur wäre sie Georg ein großes Stück näher. Mochte diese Lady Wegg sein, wie sie wollte. Das Gefühl, von hier fortzukommen, überwog alles.

Helene fuhr mit Anne nach Ostende, um sie der Lady Wegg vorzustellen. Diese fand solchen Gefallen an Anne, daß sie sie sogleich fest engagierte.

Schon am übernächsten Tage fuhr sie in Begleitung der Engländerin nach London, von wo dann in der folgenden Woche die Reise nach Singapur angetreten wurde.

Clennan trat mit einem Telegramm in Georgs Kabine. »Ich bringe Ihnen eine erfreuliche Nachricht, Herr Astenryk.«

Erstaunt nahm dieser das Papier in die Hand und las: »Begleite Lady Evelyne Wegg als Gesellschafterin nach Singapur. Anne.«

In Georgs Gesicht spiegelte sich eine Flut von Empfindungen. Wie war sie zu dieser Stellung gekommen, überlegte er.

»Nun, Sie machen ja ein Gesicht, Herr Astenryk, als wüßten Sie nicht genau, ob Sie weinen oder lachen sollen.«

»Ich glaube, ich habe tatsächlich allen Grund, mich zu

freuen«, antwortete Georg, und seine Miene heiterte sich auf.

»Oh, dann erlauben Sie mir, mich mitzufreuen«, rief Dale, der gerade in die Tür trat. »Was haben Sie denn da?«

Georg reichte Dale das Telegramm.

»Ah! Das ist eine ebenso merkwürdige wie glückliche Fügung. Das freut mich für Sie und für Ihre Verlobte.« —

Das Heulen der Sirenen der ›James Cook‹ rief die drei auf Deck. Das Schiff war im Begriff, in den Hafen von Penang einzulaufen. Ein Tender, der den Passagierwechsel besorgte, machte längsseits fest.

Neue Reisende kamen an Bord. Darunter zwei englische Kolonialoffiziere, die mit Sir Reginald Wegg eine längere Unterredung hatten. Als die Offiziere wieder von Bord gingen, schien das ernste Gesicht des Gouverneurs noch um einige Nuancen düsterer zu sein. Ein paar merkwürdige Fälle militärischen Verrats in Penang, die sehr nachteilige Folgen gehabt hätten, konnten gerade noch im letzten Augenblick aufgedeckt werden.

Sir Reginald wollte sich unter Deck begeben, da trat ihm einer der neuen Passagiere in den Weg und begrüßte ihn wie einen alten Bekannten. Der Gouverneur schien sich einen Augenblick zu besinnen und gab dann den Gruß mit kühler Freundlichkeit zurück. Sie machten noch ein paar Schritte auf dem Deck hin und her, dann ging Sir Reginald Wegg nach unten.

Georg, der zufällig vorbeikam, hörte noch, wie der Gouverneur sich von dem Herrn mit den Worten verabschiedete: »Auf Wiedersehen, Mr. Turi.«

Bei den Worten ›Mr. Turi‹ gab es Georg innerlich einen Ruck. Es war ihm, als fiele ein Schleier von seinen Augen. Mr. Turi ... Turi Chan ..., die Gedanken des Mannes auf dem chinesischen Kreuzer, die er in jener Nacht, da die ›Brisbane‹ unterging, vernommen hatte, konnten wohl zu diesem Kopf passen.

Lange stand er und überdachte eine Idee, die sich ihm bei seinen Überlegungen immer wieder aufdrängte. Dann war sein Entschluß gefaßt. Er suchte Clennan auf und bat ihn um eine kurze Unterredung.

Alles, was er an Verdachtsgründen hatte, legte er ihm dar und bat ihn zum Schluß, ihm bei der Ausführung seines Planes zu helfen. Es handelte sich darum, eine kleine Vorrichtung zu schaffen, die nur Clennan ausführen konnte.

Der war ohne Zögern bereit, zu tun, was Georg wünschte. Und das war, während des Mittagessens in der Kabine des Mr. Turi unauffällig einen isolierten Draht zu verlegen, der bis zu der drei Türen entfernten Kabine Georgs führte. Dale, der immer in Gesellschaft Gamps war, konnte er erst im letzten Augenblick, als man sich schon zu Tisch setzte, von seinem Vorhaben verständigen.

Wie erwartet, saßen Wegg und Turi am gleichen Tisch. Georg hatte seinen Platz zu weit entfernt, um ein Wort ihrer Unterhaltung zu verstehen, doch betrachtete er immer wieder diese beiden Männer. Neben dem dunklen Eurasier der schmale, blonde Kopf des Angelsachsen. Wenn er lebhafter sprach und die Lippen das starke Gebiß enthüllten, legte sich ein brutaler Zug um den Mund. Wenn diese Köpfe einmal zusammenstießen, dann mochten wohl Funken sprühen.

Mit Ungeduld erwartete Georg das Ende der Mahlzeit. Ob es wohl Clennan gelungen war, unbemerkt die Leitung zu legen? Ob Dale, der mit Gamp näher an dem Tisch Weggs saß, etwas zu berichten wußte? Als endlich Oberst Gamp aufstand, machte sich Dale frei und ging zu Georg. Er wollte mit ihm auf Deck gehen, doch Georg zog ihn mit zu seiner Kabine. Hier fanden sie Clennan, der eben sein vollendetes Werk betrachtete.

»So! Das wäre in Ordnung. Aber ich habe auch noch eine andere gute Nachricht. Während Sie beim Mittagessen saßen, ließ ich in Penang anfragen, ob man sagen könne, wann ein gewisser Mr. Turi dort angekommen sei. Die Antwort lautete: ›Gestern oder vorgestern.‹ Jedenfalls hat er gestern eine chiffrierte Depesche nach Peking gegeben ...«

»Und jetzt komme ich, meine Herren«, sagte Dale. »Ich lauschte natürlich gespannt auf die Unterhaltung am Tische Weggs. Mr. Turi erzählte von seinem Aufenthalt in England und nannte verschiedene Namen, die auch mir bekannt sind. Nehmen wir alles zusammen, so kann es wohl keinem Zweifel unterliegen, daß der Passagier Turi oder Turi Chan identisch ist mit dem bewußten Manne auf dem chinesischen Kreuzer. Jetzt wäre die Frage: Was will dieser Teufel hier an Bord? Weswegen hat er den chinesischen Kreuzer verlassen?«

»Wie ich vom Zahlmeister erfuhr«, sagte Clennan, »hat er Passage bis Singapur und will dort auf den Anschlußdampfer nach Hongkong übergehen. Er hat jedenfalls telegrafisch auf dem niederländischen Dampfer ›Utrecht‹ eine Kabine belegt.«

»Nun, sehr wahrscheinlich werden wir heute abend etwas mehr wissen.« —

Sir Reginald Wegg ging sofort nach dem Abendessen wieder in seine Kabine. Mr. Turi, der von den drei Verbündeten scharf beobachtet wurde, ging erst sehr spät nach unten.

Die Neugier Dales und Clennans war derart groß, daß Georg die Ausgangsantenne seines Verstärkers so legte, daß sie alle drei bestrahlte. Sie vernahmen deutlich, wie Mr. Turi mißmutig über fehlgegangene Erwartungen nachsann. Die heutige Nacht würde günstig sein, Wegg durch die Kraft meiner Gedanken zum Sprung in die See zu zwingen, dachte es in ihm wiederholt ...

Morgen soll er mir nicht entgehen ... Lebend soll Reginald Wegg nicht nach Singapur kommen ...

Ob wohl die schöne Evelyne noch die begehrenswerte Witwe zu spielen vermag? Sie war nicht in London, war ja in Ostende, als ich drüben war ...

Bei Robert Roux ging ich fast zehn Schritte hinter ihm, als ich ihn zwang, von der Seinebrücke zu springen ... allerdings hatte ich Zeit, ihn mir auf dem langen Weg ganz gefügig zu machen ... Hier muß es schneller gehen ... Wegg wird wohl nicht leicht geneigt sein, mich zu längerem Beisammensein aufzufordern ...

Wären wir bei Tisch nicht von einem Herrn, der ein Stück weiter saß, ständig beobachtet worden ... es wäre mir vielleicht gelungen, Wegg beim Einschenken des Weines etwas von dem Pulver Allgermissens in das Glas zu tun ... Wie ärgerlich, daß ich vergaß, mich bei einem Steward zu erkundigen, wer der Fremde war. Sein Gesicht gab mir viel zu denken ... Er ist bestimmt ein ungewöhnlicher Mensch. Hinter diesen Augen schlummern Kräfte, hinter dieser Stirn brüten Ideen, die den Mann eines Tages hochtragen werden ... Er scheint noch jung zu sein. In einigen Jahren, wenn alles in ihm ausgereift, möchte wohl sein Name weithin klingen ... wenn er's erlebt ... Doch ich will schlafen. Mein Geist muß morgen stark sein. —

Mit verhaltenem Atem hatten die drei die Gedanken Turi Chans vernommen.

Der Name Allgermissen — öfters von Georg genannt — jetzt hier in Gedanken Turi Chans verwoben!

Turi Chan im Besitze jenes anderen Teiles von Allgermissens Kunst! Wie war er dazu gekommen? Wie hatte er es verstanden, sie sich anzueignen? Wo lagen die Grenzen, die seinen übernatürlichen Kräften gezogen waren?

Wegg wollte er ermorden ... so, wie Robert Roux vernichtet worden war!

Wie das Verbrechen verhindern? Sir Reginald Wegg würde sicher der letzte sein, der Warnungen solch mysteriöser Art Glauben schenkte.

Clennan und Dale schauten zu Georg hinüber, der plötzlich aufgestanden war und an dem Verstärker schaltete, dann sich an die Eingangsantenne setzte und stumm in sich gekehrt dasaß. Jetzt schaltete er den Verstärker aus und sagte:

»So nur können wir diesen Verbrecher unschädlich machen. Ich habe den Apparat durch Umschaltung zum Verstärker der von mir ausgehenden Gedankenwellen gemacht. Mit einem Wort: Die Situation ist umgedreht. Turi Chan unterliegt jetzt meinen durch den Apparat vielfach verstärkten Gedankenwellen vollständig.

Ich habe ihm befohlen, sofort einzuschlafen. Es steht in unserem Belieben, wie lange wir ihn schlafen lassen wollen, vorausgesetzt, daß einer von uns unter der Eingangsantenne sitzenbleibt und den Befehl unablässig weiterdenkt. Morgen früh zur gegebenen Zeit werde ich ihn aufwachen lassen . . .«

»Und dann?« drängte Dale.

»Nun, dann werde ich ihn nur den einen Gedanken haben lassen: ›Ich kann nicht aufstehen, meine Beine sind gelähmt.‹ Und das so lange, bis wir morgen abend in Singapur sind, der Gouverneur das Schiff verlassen hat und Turi Chan auf den Dampfer ›Utrecht‹ übergeht.«

»Aber wird Turi Chan nicht, sobald er aus dem Bereich der Antenne kommt, wieder Herr seines eigenen Willens und seiner Glieder sein?«

»Allerdings! Das ist richtig. Aber ich stelle mir das doch etwas anders vor. Es ist mit Sicherheit anzunehmen, daß, wenn Turi Chan erklärt hat, nicht aufstehen zu können, der Arzt geholt wird. Ich werde dann Turi Chan befehlen, folgendes zu sagen: ›Ich kann nicht aufstehen, Herr Doktor, ich habe überaus große Schmerzen in den Füßen. Geben Sie mir bitte ein Betäubungsmittel und lassen Sie mich in Singapur zu dem Anschlußdampfer hinüberbringen.‹«

Clennan schüttelte Georg vergnügt lachend die Hand.

»Das haben Sie sich vorzüglich ausgedacht.«

Doch Dale machte ein finsteres Gesicht.

»Was? Wir sollen diesen Verbrecher laufenlassen? Ich weiß bestimmt, daß Sie es eines Tages bereuen werden, wenn Sie nicht jetzt die Gelegenheit benutzen, diesen Satan für immer unschädlich zu machen.«

Georg wiegte nachdenklich den Kopf.

»Vielleicht haben Sie recht. Wir wollen uns jetzt die Mühe, Turi Chan in unserer geistigen Gewalt zu halten, erleichtern, indem wir uns an dem Apparat ablösen und auch Marian dabei zu Hilfe nehmen.« —

Als Turi Chan am nächsten Morgen erwachte, fühlte er eine unerklärliche Müdigkeit in seinen Gliedern. Er bemühte sich vergeblich, die Füße aus dem Bett zu bringen. Ebenso unbegreiflich erschien es ihm, daß er trotz schärfster Anstrengung nicht fähig war, seine Gedanken klar zu ordnen. —

Dr. Oné trat gerade in die Kabine Turi Chans, als Clennan auf Georgs Kabinentür zuging.

»Er hat den Doktor holen lassen«, sagte Clennan lachend zu Georg, der unter der Antenne saß. »Eben ist er zu ihm reingegangen. Das wird eine harte Nuß für Dr. Oné geben.«

Georg schüttelte den Kopf, winkte Clennan zu schweigen und dachte mit stärkster Konzentration. —

Und so geschah es, daß zum Erstaunen Turi Chans Dr. Oné sofort nach seinem Eintritt erklärte: »Jawohl, Sie haben starke Schmerzen in den Füßen. Sie können sich nicht bewegen. Ich werde Ihnen eine ordentliche Morphiumspritze geben.«

Er zog ein Etui aus der Tasche und verabfolgte Turi Chan eine Injektion. »Wenn Sie beim Einlaufen in Singapur noch nicht erwacht sein sollten, werde ich Sie auf Ihren Anschlußdampfer hinübertragen lassen.«

Turi Chan sah den Arzt mit Augen an, aus denen größte Überraschung sprach. Wie konnte der Mann wissen, daß er selbst das alles gedacht hatte und ihm sagen wollte?

Die Flut der vielen sich in seinem Kopf kreuzenden

Gedanken verebbte in der immer stärker werdenden Müdigkeit, die das Morphium ihm brachte. Gleich, nachdem Dr. Oné die Kabine verlassen hatte, lag er in festem, tiefem Schlaf, aus dem er erst erwachte, als der Dampfer ›Utrecht‹ den Hafen von Singapur verlassen hatte und auf die hohe See hinaussteuerte. —

Es setzte ihn kaum in Erstaunen, daß seine Füße wieder ihren Dienst versahen, als er den Versuch machte, aufzustehen.

Darüber, daß die Lähmung, die Schmerzen, überhaupt sein ganzer Zustand nicht auf eine natürliche Indisposition zurückzuführen war, hatte er wenig Zweifel. Während der ganzen langen Fahrt bis Hongkong beschäftigte er sich fast ausschließlich mit Gedanken über das rätselhafte Erlebnis. Kaum, daß er nachts einige Stunden Schlaf fand.

In einem alten Sandsteingebäude des Städtchens Georgetown im Nordosten Australiens, wo einst für kurze Zeit ein großer Diamantenrausch geherrscht hatte, war von der australischen Regierung eine landwirtschaftliche Schule und ein kleines pflanzenphysiologisches Institut eingerichtet worden. Hier hatte Dr. Musterton als Leiter dieses Instituts mit seinem Assistenten Arngrim seine Tätigkeit aufgenommen. An das Gebäude schloß sich ein großer Botanischer Garten für Akklimatisierungsversuche mit allerlei ausländischen Gewächsen an. —

»Das hier ist mein Versuchsfeld«, sagte Jan Valverde zu Georg Astenryk, dem er eben von dem neuen Institut erzählt hatte. Er wies dabei auf ein größeres, frisch gepflügtes eingezäuntes Areal, das sich von dem Abhang, auf dem sie standen, bis zum Fluß hinunterzog.

»Ich denke, wir steigen hier von den Pferden und nehmen unseren Imbiß unter dem großen Eukalyptus da oben. Da haben wir einen weiten Blick, und ich kann dir alle Schönheiten der Gegend zeigen.«

413

Sie schritten die Höhe hinauf, banden ihre Pferde fest und traten in den Schatten des alten Eukalyptusbaumes. Während Georg mit dem Feldstecher die Bergkämme im Süden und Osten betrachtete, hatte sich Jan zwischen den Wurzeln des mächtigen Stammes ausgestreckt und begann sein Frühstück zu verzehren.

Sein rotes Gesicht, die gutmütigen, braunen Augen deuteten auf Hang zu ruhiger, behaglicher Lebensführung. Wenn auch seine Haare an den Schläfen schon stark ergraut waren, so bewiesen doch die breiten Schultern und die elastische Haltung, daß er die erste Hälfte der Dreißig kaum überschritten hatte.

»Der kleine Flußlauf da unten ist die Grenze meines Besitzes.

Aber komm, setz dich zu mir und iß, wir haben noch einen gehörigen Ritt vor uns. Und fahre fort mit deinen Erzählungen aus Deutschland. Du glaubst ja gar nicht, wie ich mich gefreut habe, als du schriebst, du würdest hierherkommen.«

Georg streckte sich neben Jan aus und begann wieder zu erzählen.

Am Tage zuvor war er mit Marian bei Jan angekommen, und seitdem hatte er kaum was anderes zu tun gehabt, als Jan zu erzählen.

Die Tante Mila in München hatte in ihren Briefen an Jan nur das Wenige über die alte Heimat schreiben können, was sie gelegentlich von Georg erfuhr. Eine Person, die zu erwähnen Georg immer vermieden hatte, war Helene Forbin. Obwohl das doch so nahe lag, da er natürlich sehr oft von Anne Escheloh, ihrer Schwester, sprach.

Es gab ihm einen kleinen Ruck, als jetzt Jan, während er sich eine Pfeife anzündete, unvermittelt fragte: »Wie geht es Helene Escheloh — oder vielmehr Forbin, wie sie ja wohl jetzt heißt. Der Mann ist Kaufmann, wie ich hörte. Wo leben sie?«

Georg begann zu berichten. Ab und zu warf er einen

Blick auf Jans Gesicht, doch das blieb anscheinend ganz gleichmütig.

»Und von Rochus Arngrim hast du nie wieder etwas gehört?« fragte Jan, als Georg geendet hatte.

»Nein, Jan! Es ist sicher anzunehmen, daß er Europa verlassen hat.«

»Nun, Georg, lassen wir jetzt die Vergangenheit ruhen. Komm, wir wollen weiterreiten! Unterwegs kannst du mir noch einmal etwas Näheres über deine Kohlenenergie erzählen und besonders über deine Absicht«, hier sah Jan den Bruder mit einem zweifelnden Lächeln von der Seite an, »Diamanten zu machen.«

Sie ritten den Abhang hinunter zum Flußufer. Dabei berichtete ihm Georg nochmals über seine Arbeiten und was er alles erreicht hatte.

»Wenn wir nach Hause kommen, Georg, werden wir sofort das Material, das du brauchst, von Brisbane kommen lassen.«

Sie folgten jetzt dem Lauf eines Baches.

»Hier waren meine Claims«, sagte Jan und deutete auf den Boden, der an vielen Stellen Löcher und Gräben zeigte. »Das heißt, ich selbst habe mich mit diesem unlohnenden Geschäft nicht abgegeben. Die armen Teufel, die hier gruben, verdienten trotz sechzehnstündiger Arbeit gerade soviel, um ihr Leben kümmerlich zu fristen. Von den erhofften Reichtümern war nie die Rede.

Das mag einen schweren Aufruhr rundherum geben, wenn wir nun nach einiger Zeit mit einem Schubkarren voll deiner künstlichen Diamanten hierherfahren und die Gegend damit besäen.

Aber jetzt wird es allmählich Zeit, umzukehren. Meine Haushälterin, die alte Brigitt, liebt die Pünktlichkeit.« —

Eine Woche später war das neue Laboratorium fertig eingerichtet. Georg hatte Jan um einen nicht unbedeutenden Vorschuß bitten müssen. Der Gedanke, etwa längere Zeit seinem Bruder, der ihm zweifellos von Herzen jede Unterstützung gewährte, auf der Tasche liegen zu müssen, spornte ihn zu intensivster Arbeit an der Diamantensynthese an.

Von seinem Verstärkerapparat hatte Georg Jan vorläufig nichts gesagt, wohl aber benutzte er dessen große Radioantenne, um immer wieder neue Versuche und Verbesserungen zu machen.

Der Abschied von Major Dale und Clennan war nicht leicht gewesen. Nur schwer hatten die beiden eingewilligt, sich von ihm zu trennen und ihn mit seinem Verstärker auf die Farm ziehen zu lassen. Dale hatte Georg vorgeschlagen, seinen Wohnsitz in Canberra zu nehmen. Ihm würde es sicher gelingen, aus dem Geheimfonds für die Landesverteidigung Mittel für Georg zu bekommen, ohne dabei etwas von dem Geheimnis der Erfindung preisgeben zu müssen. Auch Clennan hatte dringend gebeten, diesen Vorschlag Dales anzunehmen. Doch Georg hatte ihre Bitte rundweg abgeschlagen. Sein Stolz, sein Selbstbewußtsein wehrten sich dagegen, wieder einmal, jetzt sogar von Fremden, abhängig zu werden.

So hatte sich schließlich Dale damit begnügt, dafür zu sorgen, daß Clennan von der Regierung als Experte für Hochfrequenztechnik übernommen wurde. Denn Clennan, nun einmal in alles eingeweiht, würde gegebenenfalls nur schwer zu erreichen sein, wenn er mit der ›James Cook‹ wieder nach Europa zurückkehrte ... Und man wußte doch nicht, wann dieser ›Fall‹ eintreten würde. —

Eines Morgens klingelte das Telefon in Paulinenaue. Es war Dr. Musterton, der sich für einen Besuch der Farm ansagte. —

Musterton und Arngrim saßen in ihrem Kraftwagen, der ein halber Lieferwagen war, da sie die zur Aussaat bestimmten Gräsersamen mit sich führten.

Der Wagen, der von Arngrim gesteuert wurde, bog eben von der großen Straße auf den Weg zu Jans Farm

416

ab, als ihnen ein Mann vom Gutshause her entgegen-
kam. Die umgehängte Büchse verriet, daß er wohl zur
Jagd wollte. Interessiert sahen beide dem Näherkom-
menden entgegen.

Arngrim verringerte die Fahrgeschwindigkeit. Plötzlich zuckte er zusammen und stoppte den Wagen. Auch
der Mann war stehengeblieben, schaute in seltsamer Erstarrung auf Arngrim.

»Herr Arngrim!« kam es zögernd aus seinem Munde.

Der, als müsse er sich besinnen, gab nach einer Weile
zur Antwort: »Ja, Marian, ich bin es.«

Dr. Musterton, der mit verständnislosem Blick dies
unerwartete Zusammentreffen angesehen hatte, unterbrach die Stille:

»Nun, Herr Arngrim, haben Sie hier plötzlich einen
alten Bekannten getroffen?«

Doch Arngrim schwieg. Er öffnete die Tür, ging auf
Marian zu und reichte ihm die Hand.

»Wo kommst du her, Marian? Wohnst du hier? Bei
wem bist du?«

Marian begann leise und stockend:

»Ich bin hier mit Georg Astenryk. Vor einigen Wochen sind wir erst von Europa hierhergekommen ...«

Arngrim hatte sich wieder etwas gefangen, und mit
freierer, festerer Stimme sagte er: »Ah, das ist ja ein
merkwürdiger, ein glücklicher Zufall. Ich freue mich
sehr, Georg wiederzusehen. Aber wie kommt Georg
hierher? Was treibt er hier?«

Marian sprach mit fast monotoner Stimme:

»Wir sind hier ... bei Georgs Bruder ... Jan Valverde.«

»Jan Valverde? Jan lebt?«

Ein Zittern ging durch die Gestalt Arngrims. Er wäre
gestürzt, wenn nicht Marian zugesprungen wäre und
ihn umfaßt hätte. Erschrocken sprang Musterton vom
Wagen und bemühte sich mit Marian, den halb Ohnmächtigen im Schatten eines Baumes niederzulegen.

Eine Viertelstunde später kam Dr. Musterton auf die

Farm gefahren und überreichte Georg Astenryk ein zu-
sammengefaltetes Papier. Georg öffnete es und las.

Einen Augenblick war es ihm, als drehe sich das Haus
um ihn. Was stand denn da geschrieben von Marians
Hand?

»Ich bin hier an dem alten wilden Birnbaum mit Rochus Arngrim.«

Ohne sich um Musterton zu kümmern, eilte er in das
Haus. Der Doktor, völlig verwirrt, setzte sich auf eine
Bank und wartete. Nach einiger Zeit kam ein Mann aus
dem Hause und ging auf dem Wege, den Musterton gekommen, zum Birnbaum.

Marian sah ihn kommen. Nach einem langen Blick
auf Arngrim, der an den Baum gelehnt dastand wie einer, der gerichtet werden soll, wandte er sich um und
ging auf der anderen Seite des Weges weiter. —

Was die beiden, Jan Valverde und Rochus Arngrim,
da gesprochen, hat niemals einer erfahren. —

Georg, der in bangen Zweifeln den Ausgang dieser
Begegnung erwartete, atmete auf, als er, am Hoftor ste-
hend, Jan und Arngrim auf die Farm zukommen sah.
Mit raschem Blick umfaßte er die Gesichter der beiden.
Der ruhige, fast frohe Ausdruck in ihren Mienen ließ
sein Herz höher schlagen.

»Willkommen, Rochus!« Georg ergriff Arngrims
Hand und drückte sie fest.

Das starkmotorige kleine Flugzeug, das Turi Chan von
Australien nach China brachte, setzte auf dem Flugplatz
von Schanghai auf. Er wollte zu einem Autostand gehen, da fiel sein Blick auf einen der modernen, großen
Übersee-Clipper. Interessiert schaute er zu den zahlreichen Passagieren. Unter den Fluggästen erkannte er General Borodajew, den Oberbefehlshaber der Freiwilli-
genverbände. Der General unterhielt sich gerade lebhaft
mit einer Dame.

Turi Chan ging auf die Gruppe zu, um Borodajew zu

begrüßen. Dieser sah ihn erst, als Turi Chan neben ihm stand und ihn anredete.

»Das nenne ich ein glückliches Zusammentreffen, Herr Turi! Sie kamen wohl mit dem Flugzeug, das eben landete.«

»Und Sie, Herr General, sind, wie ich sehe, auch erst vor kurzem gekommen.«

»Ja, ich kam vor einer Viertelstunde.«

»Hatten Sie eine angenehme Reise, Herr General?«

»Danke. Sehr angenehm.«

»Nun, wie hätte es auch anders sein können in der Begleitung einer so schönen geistvollen Dame wie Frau Helene Forbin.«

Borodajew stutzte.

»Sieh da, Turi Chan, Sie kennen die gnädige Frau?«

»Noch nicht persönlich. Als ich vor einigen Monaten in Paris war und in der Oper saß, machte mich Legationssekretär Obori auf sie aufmerksam. Ich freue mich außerordentlich, jetzt die persönliche Bekanntschaft von Frau Helene Forbin zu machen, die doch schon so viel für uns geleistet hat.«

Er trat auf Helene zu, die ihm lächelnd die Hand reichte, und verneigte sich tief.

»Ich freue mich sehr, meine Gnädigste, Sie hier im Osten begrüßen zu dürfen. Werden Sie weiterhin für uns tätig sein?«

»Frau Forbin wird mich künftighin als meine Privatsekretärin begleiten, und ich wünsche, daß sie in jeder Weise von allen Stellen respektiert wird«, warf General Borodajew dazwischen und schob seinen Arm unter den Helenes.

»So, meine Gnädige. Das Gepäck ist beisammen. Ich glaube, wir könnten jetzt ...«

»Verzeihung, meine Herrschaften, daß ich Sie aufgehalten habe. Es war mir ein großes Vergnügen, die gnädige Frau persönlich kennenzulernen. Hoffentlich habe ich noch öfter die Gelegenheit.«

Nach ein paar Abschiedsworten wandte Turi Chan sich zum Gehen.

»Ich muß dich jetzt allein lassen, Helene«, sagte Borodajew, »denn ich habe noch eine Besprechung. Hoffentlich bist du mit diesen Aufenthaltsräumen zufrieden. Wenn noch irgend etwas fehlt, wende dich bitte an Oberst Taratin. Er ist ein treuer Mensch, auf den du dich unbedingt verlassen kannst.«

Er legte den Arm um Helene, die sich fest an ihn schmiegte.

Sie hob ihr Gesicht Borodajew entgegen und ließ in seliger Hingabe die Flut von Küssen über sich ergehen. —

Borodajew ... Sooft sie mit ihm in Berührung gekommen war, war er stets liebenswürdig und zuvorkommend zu ihr gewesen, doch nie hatte ein Blick, ein Händedruck gezeigt, daß er auch nur die Spur eines tieferen Gefühls für sie besäße ... Da war der Tag gekommen, an dem sie auf einem gemeinsamen Spazierritt von einem Gewitter überrascht wurden. Ihr Pferd durch einen besonders heftigen Donnerschlag erschreckt, bäumte sich so auf, daß sie aus dem Sattel glitt und zu Boden stürzte.

In dem ersten Schrecken über den Sturz hatte sie sekundenlang die Augen geschlossen. Da hatten sich zwei starke Arme um sie geschlungen, zwei Lippen die ihren berührt.

Ohne einen Augenblick zu zögern, hatte sie Forbin verlassen, war zu Borodajew gegangen. Was auch immer kommen sollte, sie würde nie von ihm weichen, jedes Los teilen, das ihn träfe. —

Einen Tag später stand Turi Chan General Jemitsu in dessen Arbeitszimmer gegenüber.

»Was ist, Turi Chan? Du siehst nicht sehr zufrieden aus. Ist es da drüben nicht so gegangen, wie du hofftest?«

420

»Nein, Jemitsu, leider nicht!« antwortete Turi Chan kopfschüttelnd.

Der General runzelte die Stirn und fragte beklommen:

»Haben deine Pulver keine Wirkung gehabt?«

Turi Chan machte eine beruhigende Handbewegung.
»Das war es nicht, Jemitsu, aber man wich mir in Australien aus. Wo ich auch hinkam, alte Beziehungen aufzufrischen, empfing man mich kühl, wies man mich ab.

Alle meine Pläne scheiterten. Kurz, der Erfolg meiner Reise ist sehr gering. Ich hatte das Gefühl, auf Schritt und Tritt beobachtet zu werden.«

Turi Chan wollte weitersprechen. Da besann er sich ... wozu Jemitsu vielleicht unnötig beunruhigen? Er war in Canberra Major Dale und Clennan begegnet, deren Gesichter er von der ›James Cook‹ her in Erinnerung hatte. Im Begriff, zu einem hohen Regierungsbeamten zu gehen, den er von England aus kannte, hatte er vorher Allgermissens Pulver genommen ...

Während der kurzen Zeit des Vorbeigehens an den beiden waren Gedanken zu ihm gedrungen — beunruhigend, drohend. Dazu die Mienen der beiden. Es konnte nicht anders sein, als daß diese beiden Männer Verdacht gegen ihn hatten. Und dann die Erinnerung, die er immer wieder vergeblich zu bannen suchte, die Erinnerung an das, was mit ihm auf der ›James Cook‹ vorgegangen war ... Er machte eine befreiende Bewegung, ging zum Fenster und riß es auf. —

»Turi Chan! Warum verschwiegst du mir das?«

Dieser drehte sich erschrocken um und schaute zu Jemitsu hin, der mit ernstem Gesicht dastand.

»Was willst du von mir? Was meinst du, Jemitsu?«

»Turi Chan, dein Geist ist nicht gesund, hast du doch ganz vergessen, daß du von dem Pulver genommen hast, ehe du hierherkamst. So habe ich vieles von dem verstanden, was du eben dachtest. Jetzt verlange ich von dir vollkommene Offenheit. Sage mir alles, was dich drückt, was du fürchtest. Nur so kann Rat geschaffen werden.« —

Lange saßen sie zusammen und sprachen.

»So muß unverzüglich gehandelt werden«, sagte Jemitsu. »Ich werde dafür sorgen, daß einige unserer geschicktesten Agenten sofort nach Australien gehen. Major Dale, der Ingenieur Clennan und jener dritte müssen unter schärfster Beobachtung gehalten werden. Wie nanntest du doch seinen Namen? Georg Astenryk ...?«

»Vor allem dieser«, sagte Turi Chan. »Wenn mich meine Menschenkenntnis nicht trügt, müssen wir in ihm die größte Gefahr erblicken.«

Nach einer Pause setzte er leiser hinzu: »Wäre er nicht mehr auf dieser Welt, würde ich freier atmen.«

Gleichmäßig trommelte der Märzregen auf das Kupferdach des Gouvernementsgebäudes in Singapur.

Im Schutze einer Glasveranda ruhte Lady Evelyne Wegg auf einem Liegestuhl. Sie seufzte.

»Oh, wie konnte Sir Reginald so töricht sein, diesen Posten anzunehmen! In der Hölle kann es ja nicht schlimmer sein. Ich begreife nicht, Miß Escheloh, wie Sie dieses Klima so gleichmütig ertragen.«

Sie drehte den Kopf zu Anne hinüber, die in einem leichten weißen Kleid vor einem Tisch mit Zeitungen saß.

»Sie Glückliche! Sie können sogar noch lesen. Ich fühle mich ständig so matt, daß ich zu nichts Lust habe.«

»Darf ich Ihnen vielleicht etwas vorlesen, Mylady?«

»Wenn Sie so liebenswürdig sein wollen, lesen Sie etwas aus der neuesten ›Times‹ vor.«

Anne begann zu lesen, doch nach einiger Zeit gaben die tiefen gleichmäßigen Atemzüge der Lady Evelyne ihr zu verstehen, daß diese Lektüre nicht ihren Beifall gefunden hatte, daß sie sanft eingeschlafen war. Anne erhob sich, trat neben die Schlafende und zog das Fliegennetz fest.

Anne mußte viel Geduld aufbringen, um die unaufhörlichen Klagen der Lady Evelyne mit immer gleicher Gelassenheit anzuhören. Trotz alledem war sie mit ihrem Los zufrieden.

Den Gouverneur sah Anne außerhalb der Mahlzeiten gar nicht.

Die Notwendigkeit, sich mit den Verhältnissen seines neuen großen Wirkungskreises schnell vertraut zu machen, nahm den Gouverneur so vollständig in Anspruch, daß er sich um Haus und Familie wenig kümmerte. So war Lady Wegg fast ausschließlich auf die Gesellschaft Annes angewiesen. —

Anne hatte wieder an dem Tisch Platz genommen und blätterte in den Zeitungen.

In einem Artikel wurde ausführlich über das neue Pflanzenphysiologische Institut dort berichtet, über dessen Leiter Dr. Musterton — und seinen Assistenten Rochus Arngrim.

Der Name ... Welche häßlichen Erinnerungen waren in ihr wach geworden, als sie ihn gelesen! Sie vermochte den Eindruck erst zu überwinden, als Georg ihr in seinem letzten Brief ausführlich von seinem Wiedersehen mit Arngrim und von dessen Aussöhnung mit Jan Valverde schrieb.

Sie zog den Brief aus ihrer Handtasche und überflog immer wieder die Zeilen, aus denen herausklang, wie wohl und glücklich Georg sich bei seinem Bruder Jan fühle.

Mehr als sonst schrieb er diesmal über den günstigen Fortgang seiner Arbeiten. Über seine Hoffnung auf baldigen Erfolg in einer Sache, die sehr fruchtbringend zu werden versprach. Und dann schrieb er:

»Dann wird es mein erstes sein, zu dir zu kommen und dich hierherzuholen. Die Verhältnisse werden mich zwingen, noch längere Zeit hierzubleiben. Dein

Wunsch, in die alte Heimat zurückzukehren, wird leider noch nicht in Erfüllung gehen können.«

Ein Boy trat ein und brachte die eingegangene Post. Anne, die schon seit langem auf ein Lebenszeichen von Helene wartete, überflog die Adressen der Briefe. Da, zuunterst, lag ihr letzter Brief an Helene, den sie vor einiger Zeit abgesandt hatte, mit dem Vermerk: Adressatin unbekannt verzogen. Und der Vermerk war ganz unverkennbar von der Hand ihres Schwagers Alfred Forbin geschrieben?

Lange saß sie in starker Verwirrung. Was war mit Helene? Hatte sie sich von ihrem Manne getrennt? Allerlei Befürchtungen gingen ihr durch den Kopf.

Um der quälenden Unruhe Herr zu werden, trat sie hinaus in den Garten, der jetzt, nach dem Regen, einen erfrischenden Aufenthalt bot. Sie schritt gedankenverloren unter den Bäumen dahin.

Da erschütterte ein Stoß wie von einem Erdbeben den Boden. Gleichzeitig folgte das donnerähnliche Krachen einer schweren Explosion in nächster Nähe. Anne taumelte, stürzte zu Boden, raffte sich wieder auf und starrte zu dem Hause hin, über dem jetzt eine schwere, gelbbraune Wolke hing. Noch einen kurzen Augenblick, dann schlugen helle Flammen aus dem Dach.

So schnell ihre Füße sie trugen, stürzte sie dem Hause zu. Die große Glasveranda war durch die Erschütterung und herabfallende Gesteinsbrocken arg verwüstet. Anne eilte zu Lady Evelyne und atmete auf, als sie diese unverletzt fand. Doch war sie augenscheinlich in eine schwere Ohnmacht gefallen.

Während Anne noch um sie bemüht war, kam der Gouverneur hinzugeeilt. Nachdem er sich schnell überzeugt hatte, daß die Lady unverletzt war, stürmte er in den Garten.

Dort machte die Feuerwehr eben ihre Löschgeräte bereit.

Das Feuer im Dachgeschoß war schnell gelöscht. Wie

durch ein Wunder war kein Menschenleben zu beklagen. Nach ein paar Stunden rastloser Arbeit war es möglich, die Ursache des Unglücks festzustellen. In einem wenig benutzten Raum des Erdgeschosses war eine Höllenmaschine explodiert, die dort von verbrecherischer Hand gelegt war.

Die Polizei bemühte sich, aus den gefundenen Sprengstücken Näheres zu ermitteln. Der Schaden an dem Gebäude war sehr groß. Die unmittelbar über dem Explosionsherd liegenden Räume, darunter das Arbeitszimmer des Gouverneurs, waren vollständig zerstört.

Der Zeitzünder der Höllenmaschine war so eingestellt, daß die Zündung während des um diese Jahreszeit jeden Nachmittag eintretenden schweren Tropenregens erfolgen mußte. Zu dieser Zeit hielten sich alle Bewohner im Haus auf. Der Gouverneur war gewohnt, gleich nach dem Ende des Regens in seinem Kraftwagen zum Regierungsgebäude in der Stadt zu fahren. Das ausnahmsweise vorzeitige Aufhören des Regens wurde seine Rettung. Auch heute hatte er beim ersten Sonnenstrahl sofort sein Arbeitszimmer verlassen. Er wollte gerade seinen Kraftwagen besteigen, als die Bombe platzte. —

Als Anne gegen Abend in den Raum trat, in dem die Familie zu speisen pflegte, fand sie den Gouverneur allein mit seinem Adjutanten. Sir Reginald Wegg wandte sich mit ein paar freundlichen Worten an Anne und dankte ihr für ihre Bemühungen um seine Gattin.

Lady Evelyne hatte durch die Explosion einen schweren Nervenschock davongetragen. Der Arzt hatte ihren Zustand für bedenklich erklärt und dringend gebeten, eine geübte Krankenschwester ins Haus zu nehmen. Doch Anne hatte dem widersprochen und sich bereit erklärt, die Kranke selbst zu pflegen.

»Sie meinen also, Clifton, daß die Verhaftungen doch zu einer gewissen Aufklärung des Verbrechens führen könnten?« wandte sich jetzt der Gouverneur an seinen

Adjutanten, nachdem Anne das Speisezimmer verlassen hatte.

Clifton bejahte lebhaft. »Aus dem verdächtigen Gelben war ja, wie zu erwarten, nichts herauszubringen. Aber die Aussage dieses malaiischen Mischblutes dürfte uns doch auf die richtige Spur bringen.«

»Schicken Sie morgen früh Major Curwood, den Leiter des Sicherheitsdienstes, zu mir«, sagte Wegg. »Die Bewachung der militärischen Anlagen muß unbedingt verschärft werden.«

Annes Gesicht glühte auf, als der Gouverneur zu ihr kam und sie um die Adresse ihres Verlobten bat.

»Es ist wohl anzunehmen«, meinte er mit ungewohnter Freundlichkeit, »daß Herr Astenryk durch die Nachricht von dem Ereignis hier in Sorge versetzt ist. Ich will in Ihrem Namen ein Telegramm senden, das ihn beruhigt.« —

Damit hatte er recht. Zwar hatte der öffentliche Nachrichtendienst ausdrücklich betont, daß bei dem Attentat in Singapur niemand ums Leben gekommen oder schwer verletzt sei. Aber Georg atmete doch erleichtert auf, als er das Telegramm Weggs in der Hand hielt. —

Es war ein paar Tage später. Georg war bei Jan in dessen Arbeitszimmer und las die Zeitungen. Jan saß an seinem Schreibtisch. Ab und zu klang von dorther ein unterdrückter Ausruf des Ärgers, der Besorgnis. Georg sah wieder zu seinem Bruder hinüber, der mit einer anscheinend unangenehmen Korrespondenz beschäftigt war.

Schon am Abend vorher war es Georg aufgefallen, daß die sonst so gleichmäßig vergnügte Stimmung Jans sich stark verändert hatte. Er hatte dies zunächst auf irgendwelche Mißhelligkeiten im Betriebe der Farms zurückgeführt. Jan war früh zu Bett gegangen, und Georg hatte keine Gelegenheit mehr gehabt, mit ihm zu sprechen.

Als er eben hier ins Zimmer gekommen war, hatte

ihn Jan zwar freundlich begrüßt, aber sein Gesicht zeigte deutlich die Spuren einer schlecht verbrachten Nacht.

Scherzend fragte er ihn: »Nun, Jan, nicht gut geschlafen?«

Jan wandte sich kurz zu seinem Schreibtisch und sagte dabei:

»Ja, ja. Habe viel Verdruß gestern gehabt, aber ...«

Da kam Marian ins Zimmer. In seinen Augen war ein freudiges Funkeln.

Er winkte den beiden, mit ihm zu kommen. Neugierig schritten sie hinter ihm her zu dem Laboratoriumsraum.

Marian ging zu einem Trockenschrank und nahm daraus einen Glasbehälter.

»Bitte, meine Herren, Diamanten gefällig?«

Mit diesen Worten hielt er ihnen das Glas vor die Augen. Während Georg in freudiger Überraschung einen Schritt zurückwich, neigte Jan prüfend seine Augen über das Glas.

»Bei Gott, Junge, du hast's geschafft! Es sind Diamanten!« rief er.

»Aber, Jan, du machst ja eine Miene, als wenn dir ein großer Stein vom Herzen gefallen wäre. Haben dich diese Arbeiten so interessiert? Wäre ja bei einem alten Claimbesitzer nicht sehr zu verwundern ...«, meinte Georg.

»Natürlich haben mich deine Arbeiten sehr interessiert«, erwiderte Jan zerstreut. »Aber«, fuhr er dann nach einer Pause fort, »wie ist das, Georg? Kannst du nicht auch größere Steine machen?«

Georg wiegte den Kopf nachdenklich hin und her.

»Schneller gesagt als getan, mein Lieber. Selbstverständlich müssen die Steine größer ausfallen. Fragt sich nur, wie man das erreichen kann. Es gibt da nämlich mehrere Wege.«

»Nun, so schlage doch alle Wege gleichzeitig ein«, drängte Jan.

Georg lachte. »Der Rat ist billig. Aber immerhin, ich werde ihn gern befolgen. Für heute bin ich jedenfalls zufrieden. Marian muß gleich nach Georgetown fahren und allerhand Einkäufe für mich machen.«

Bald darauf fuhr Marian mit einem langen Bestellzettel in Jans Kraftwagen zur Stadt. —

Georg suchte Jan in seinem Zimmer auf. Der saß am Schreibtisch und brütete über einem Schriftstück. Georg ging zu ihm und legte ihm die Hand auf die Schulter.

»Jan, ich sehe ganz deutlich, daß du seit gestern abend ständig in Erregung und Sorge bist. Warum sprichst du nicht offen zu mir? Vielleicht könnte ich dir helfen.«

Jan schüttelte mißmutig den Kopf.

»Helfen? Ja, vor einer halben Stunde glaubte ich, du würdest mir helfen können. Aber jetzt habe ich auch diese Hoffnung nicht mehr.«

Er stand auf und trat vor Georg. »Aber du hast recht, es ist dumm von mir, dir nicht alles zu sagen.

Die Sache ist schnell erzählt. Komm! Setz dich doch bitte her zu mir. Das hier ist ein Schreiben der Bank of Queensland aus Brisbane. Darin wird mir mitgeteilt, daß mein Freund Lurnley Konkurs gemacht hat, und ich mit zehntausend Pfund, für die ich mich für ihn verbürgt hatte, in Anspruch genommen werde. Die Gläubiger verlangen binnen kurzem ihr Geld.

Ich weiß beim besten Willen nicht, wie ich zehntausend Pfund so schnell aufbringen soll.

Als Marian uns vorhin die ersten künstlichen Diamanten zeigte, war ich voller Zuversicht. Aber mit jedem Wort, das du dann sprachst — wie schwer es sein würde, größere, wertvolle Steine zu machen —, sank meine Hoffnung. Ist es wirklich so, wie du sagtest, Georg, oder ...«

»Gewiß, Jan! Was ich sagte, ist durchaus richtig. Aber wenn ich meine Anstrengungen verdoppele und mit etwas Glück rechne, dann ...«

»Georg!« Jan war auf ihn zugeeilt und griff ihn am Arm. »Glaubst du wirklich, daß ...?«

»In welcher Zeit müßtest du das Geld aufbringen, Jan?«

»Die äußerste Frist wären drei Wochen.«

Georg ging unruhig auf und ab.

»Es ist unmöglich, dir zu versprechen, daß ich in drei Wochen großen Erfolg habe, aber es ist auch nicht unmöglich ... Ich kann dir daher nur folgenden Rat geben:

Setze deine Bemühungen, einen Geldgeber zu finden, der dir die zehntausend Pfund leiht, unausgesetzt fort ... Gleichzeitig belege für alle Fälle auf deinem Grund und Boden erneut Diamantenclaims. Was an mir liegt, soll jedenfalls geschehen.« —

Marian hatte die lange Liste seiner Einkäufe in Georgetown erst gegen Nachmittag beendet. Jetzt noch ein Weg zu Dr. Musterton, bei dem er eine Bestellung Jans ausrichten sollte, und dann konnte er wieder zurückfahren.

In Mustertons Hause traf er Rochus Arngrim allein an.

Müde von dem vielen Herumlaufen, nahm Marian gern die Einladung Arngrims an, mit ihm eine Tasse Tee zu trinken. Einmal ins Gespräch gekommen, wurde ihre Unterhaltung immer lebhafter. Sie waren in ihren Gedanken wieder in dem Neustadt von früher ...

Dann kam wie von selbst die Rede darauf, in welcher Weise Georg und Marian erfuhren, wie sich damals das schreckliche Ereignis an dem See im Park in Wirklichkeit abgespielt hatte. Lange sprachen sie über das geheimnisvolle Phänomen, wie Marian und Georg das grausige Geschehen gesehen, durchlebt hatten. In schärfstem Nachdenken bemühten sie sich, eine möglichst natürliche Erklärung dieser mysteriösen Erscheinung zu geben. Doch sie fanden keine passende Lösung, weil keiner von ihnen sich ganz offenbarte, weil jeder für sich das zurückhielt, was zusammen eine vollkommene Erklärung ergeben hätte.

Die Ankunft eines Kraftwagens vor dem Hause riß sie aus ihrer Unterhaltung. Marian trat zum Fenster, rief: »Da ist ja Doktor Musterton! Aber wer ist denn die junge Dame, Herr Arngrim? Ist das eine Tochter von ihm?«

»Nein, das ist eine Pflegetochter Doktor Mustertons. Sie heißt Lydia Allgermissen. Er hat sie während seines Aufenthaltes im Himalaja vor mehreren Jahren als flüchtige Waise zu sich genommen.«

Es war gut, daß Marian immer noch am Fenster stand und Arngrim den Rücken zukehrte. So konnte dieser nicht sehen, wie bei der Nennung des Namens das Gesicht Marians in Überraschung zusammenzuckte, wie er sich bemühte, seine Selbstbeherrschung wiederzugewinnen, bevor er sich zu Arngrim zurückwendete. Als er es tat, sah er Arngrim nach unten eilen.

»Gut, daß er weg ist«, sagte Marian leise vor sich hin. »Die Überraschung war doch zu groß, um sie im Handumdrehen zu verdauen ... Lydia Allgermissen ... Es kann ja nicht anders sein, als daß sie die Tochter dieses Professors ist, von dem Lönholdts Tagebuch berichtet ... Georg wird Augen machen ...«

Was Marian sich vorgenommen hatte, Georg eine möglichst große Überraschung zu bereiten, war ihm völlig gelungen. Nach langem vergeblichen Rätselraten war Georg endlich auf das kaum Denkbare gestoßen: Lydia Allgermissen, die Tochter Professor Allgermissens, war hier in Georgetown ...

Aber sobald er sich von der Überraschung erholt hatte, verfiel er in ernstes Nachdenken. Er hatte Arngrim gegenüber nie etwas von seinen Arbeiten, insbesondere nicht von denen mit Allgermissens Verstärker, erwähnt, obwohl er inzwischen öfter mit ihm zusammengekommen war. Wenn er sein Geheimnis weiter bewahren wollte, durfte er von der Gegenwart Lydia Allgermissens keine Notiz nehmen, obwohl es ihn drängte, mit ihr über ihren Vater und jene Ereignisse in Irkutsk zu sprechen. —

Er ging zu seinem Verstärker, betrachtete ihn sinnend. Eine neue Schaltung war in den letzten Tagen fertig geworden. Georg hatte sich sehr gefreut, als heute morgen ein Brief von Clennan kam, in dem dieser seinen Besuch für den nächsten Tag ankündigte. Der würde staunen!

Da schoß Georg ein lustiger Gedanke durch den Kopf. Er ging zum Fenster und schaute prüfend die Straße entlang, auf der Clennan kommen mußte. Es mochten vier bis fünf Kilometer sein, die einzusehen waren. Mit Jans schärfstem Feldstecher würde er auf diese Entfernung Clennan mit seinem Wagen zweifellos feststellen können. —

Am nächsten Vormittag stand er mit Jan an demselben Fenster und beobachtete mit ihm die Straße. Wirklich tauchte zu der vermuteten Zeit ein Kraftwagen auf dem Kamm des Hügels auf.

Jan schrie: »Los! Da kommt er!«

Georg stand im Nu unter der Eingangsantenne des Verstärkers und gab in Gedanken den Befehl, sofort zu halten. —

»Anscheinend großer Klamauk in dem Wagen. Clennan schimpft mit dem Chauffeur«, sagte Jan lachend. »Aha, jetzt steigt Clennan aus und setzt sich selbst an das Steuer. Nun aber mal tüchtig, Georg!« —

Georg, der jetzt das Glas vor Augen hatte und sich die Szene ansah, ließ plötzlich das Glas sinken.

»Ei, zum Teufel, Jan! Das ist ja gar nicht Clennan. Das ist ja ein Fremder!«

»Nun, schaden tut's ja weiter nichts«, meinte Jan etwas verlegen. »Jetzt sind sie wieder eingestiegen. Der Wagen fährt an.«

»Das nächste Mal werde ich aber vorsichtiger sein«, sagte Georg.

Das erste Auto war schon unten im Tal verschwunden, da tauchte ein zweites auf der Anhöhe auf. Georg konnte mit Sicherheit Clennans Gestalt am Steuer erkennen.

»Jetzt los, Jan! Diesmal ist's der Richtige.« —

Als Clennan zehn Minuten später in das Haus trat, wurde er von Jan und Georg mit lautem Gelächter empfangen.

»Aber, Herr Clennan!« rief Jan, »Sie machten ja eine verteufelte Fahrerei auf dem holprigen Acker.«

Clennan streckte ihm drohend die Faust entgegen.

»Natürlich! Sie waren es, der diesen schönen Scherz mit mir gemacht hat! Habe ich mir gleich gedacht.

Aber mögen Sie mich auch noch so sehr ausgelacht haben, mit diesem Scherz haben Sie mir eine Probe gegeben«, hier drückte er Georg die Hand, »die mich für Ihren Spaß reichlich entschädigt. War das das Maximum der Reichweite oder . . .«

»Die neue Schaltung ist erst gestern fertig geworden. Ich habe andere Versuche noch nicht gemacht. Jedenfalls steht fest, daß ich jetzt auf fünf Kilometer mit Sicherheit wirken kann. Aber Sie kommen zur rechten Zeit, heute nachmittag wollte ich weitere Versuche anstellen.«

»Das paßt ja ausgezeichnet«, sagte Clennan. »General Scott will sich von Dale nicht mehr länger hinhalten lassen. Er brennt darauf, Sie persönlich kennenzulernen und Proben Ihres Apparates zu sehen.«

Als sie sich am Abend zu Tisch setzten, waren sie alle in sehr gehobener Stimmung. Mit solch überraschenden Resultaten hatte keiner gerechnet. Noch auf acht Kilometer waren die Wirkungen der durch den Verstärker gesendeten Gedankenwellen, soweit sie Willensakte betrafen, zwingend. Auf fünf Kilometer durchdrangen sie noch metallische Abschirmungen, wie sie vom Gegner im Kriegsfalle benutzt werden konnten. Für einfache Gedankenübertragung war die Reichweite des Senders noch viel größer. —

Sie waren eben vom Tisch aufgestanden, da kam
Arngrim an. Nach einer kurzen Bekanntmachung mit
Clennan wandte er sich an Jan und bat, ihn in dessen
Wagen nach Georgetown zu bringen. Er habe ein Stück
jenseits des Flusses auf einem Feldweg eine schwere
Panne gehabt und könne den Wagen nicht wieder in
Gang bekommen.

Clennan, der Arngrims Worte gehört hatte, erbot sich
sofort, diesen in seinem Wagen nach Georgetown mitzunehmen.

Bald darauf rollte Clennans Wagen mit Arngrim den
Zufahrtsweg, der vom Gute zur großen Landstraße
führte, entlang. Als Clennan auf die Straße einbog, sahen sie dort einen Kraftwagen halten, dessen beide Insassen sich um den Motor des Wagens bemühten. Der
eine der beiden hob die Hand hoch, so daß Clennan seinen Wagen anhielt.

»Verzeihen Sie bitte, meine Herren, ich möchte Sie
um die Liebenswürdigkeit bitten, uns einen solchen
Schlüssel wie den hier zu leihen. Dieser ist uns eben abgebrochen.«

Bereitwillig öffnete Clennan den Werkzeugkasten
und gab dem Mann einen ähnlichen Schlüssel und
wandte sich dann, während der Fremde sich an seinem
Motor zu schaffen machte, an Arngrim.

»Das ist ja ein merkwürdiger Zufall, der Sie, Herr
Arngrim, mit Jan Valverde und Georg Astenryk hier in
Australien zusammengeführt hat. Es wird Ihnen gewiß
nicht unangenehm sein, in dieser fremden Gegend zwei
Jugendfreunde wiedergefunden zu haben.«

Arngrim nickte ihm freundlich zu. »Natürlich, Herr
Clennan! Hier hat der Zufall segensreich für mich gespielt. Ich werde den Tag, an dem ich die beiden Brüder
nach so langer Zeit wiedersah, nicht vergessen ...«

»Nun, schon erledigt, mein Herr?« sagte Clennan
und nahm den Schlüssel, den ihm der Fremde reichte,
zurück.

»Gewiß. Es war ja nur eine Kleinigkeit. Für Ihre freundliche Hilfe meinen besten Dank.«

Clennan ließ seinen Wagen anspringen und fuhr mit Arngrim in Richtung Georgetown weiter.

Der Brief, den Turi Chan ein paar Tage später von einem der Agenten, die Jemitsu nach Australien geschickt hatte, bekam, war für ihn sehr aufschlußreich.

Er würde in Kürze einen Plan entwerfen, um sich zweier Menschen zu entledigen, die ihm gefährlich erschienen.

Sein Aufenthalt in diesem Gebiet ging zu Ende. Seine Aufgabe war erfüllt.

Die größte Schwierigkeit, zunächst einmal mit den höchsten militärischen Stellen in Berührung zu kommen, hatte ihm ein Zufall glücklich erleichtert. Als er sich auf der alten Karawanenstraße in seinem Auto der Stadt näherte, war er auf die Trümmer eines Kraftwagens gestoßen, der gegen einen Baum gerannt war. Der Chauffeur war tot. Die beiden Insassen, zwei höhere Offiziere, lagen bewußtlos unter den Trümmern des Wagens, doch waren sie, wie er feststellte, anscheinend nicht schwer verletzt. Es gelang ihm, die beiden zum Bewußtsein zu bringen und ihnen Verbände anzulegen.

In der Stadt angekommen, hatte er sie zu einem Militärlazarett gefahren, wo er dann hörte, daß es General Tjetnikow und sein Adjutant, Major Chlobujew, waren. Die beiden Offiziere hatten schon nach wenigen Tagen die Folgen des Unfalls überwunden und sprachen Turi Chan ihren Dank aus.

Einmal mit ihnen in persönliche Beziehung gekommen, verstand es Turi Chans weltgewandtes Wesen, verstärkt durch Allgermissens Pulver, die Beziehungen zu festigen und zu erweitern. Schon nach wenigen Wochen waren viele einflußreiche Militärs unter seinen Einfluß gekommen.

Nach einer längeren Unterredung mit Borodajew und Taratin konnte Turi Chan hoffen, daß in wenigen Wochen zwei kriegsstarke Divisionen fertig zum Abmarsch bereitstehen würden.

Nach Schluß der Besprechung folgte Turi Chan General Borodajew in sein Quartier.

In dem Privatzimmer Borodajews empfing Helene die Eintretenden.

Während sie am Teetisch saßen, versuchte Turi Chan, das Gespräch immer wieder auf Paris und Europa zu lenken, obgleich Helene nur Interesse für die Verhältnisse hier und die kommenden Ereignisse zeigte.

»Vermissen Sie wenigstens nicht die fehlende Verbindung mit Ihren Angehörigen, gnädige Frau?«

Helene machte eine gleichgültige Handbewegung. »Außer einer Schwester habe ich keine näheren Verwandten. Wir stehen gegenwärtig natürlich nicht in brieflicher Verbindung. Aber das läßt sich ja später nachholen. Immerhin haben Sie mich auf einen Gedanken gebracht, der sich wohl leicht ausführen läßt. Ich werde nachher einen Brief an meine Schwester schreiben und Ihnen zur Beförderung übergeben. Vielleicht empfiehlt es sich, den Brief erst mit der Luftpost nach Frankreich gehen zu lassen und ihn von dort an meine Schwester zurückzusenden.«

»Zurück? Wie meinen Sie das, meine Gnädigste? Ist etwa Ihre Schwester ...?«

»Richtig, verzeihen Sie! Sie können ja nicht wissen, daß meine Schwester hier im Osten, in Singapur, ist.«

»In Singapur, gnädige Frau? Darf ich wohl fragen, in welcher Eigenschaft sie dort ist?«

»Sie ist dort als Gesellschafterin bei der Lady Wegg, der Gattin des Gouverneurs.«

Turi Chan führte die Tasse zum Munde, um seine Überraschung zu verbergen.

»Oh, das ist ja ein merkwürdiges Zusammentreffen.

Übrigens ... Sie haben doch wohl auch von der Explosion im Gouvernementsgebäude gehört, gnädige Frau?« setzte er nach einer Pause hinzu.

»Natürlich, Turi Chan«, warf Borodajew ein, und lauernd fragte er: »Von den Urhebern des Attentats hat man anscheinend noch nichts entdeckt?«

»Vielleicht spielt da ein ähnlicher Zufall mit wie bei der Explosion des Kreuzers ›Brisbane‹«, meinte Helene mit einem bedeutsamen Blick zu Turi Chan.

Dieser zuckte die Achseln. »Wer kann das alles wissen?«

»Hoffentlich wird meine Schwester unter den kommenden Ereignissen nicht direkt zu leiden haben«, meinte Helene nachdenklich.

»Aber, meine Gnädige, wir führen doch nicht mit Frauen Krieg! Darüber brauchen Sie sich keine Sorgen zu machen.«

»Ich möchte fast annehmen, daß meine Schwester Anne gar nicht mehr in Singapur ist. Möglich, daß ihr Verlobter, der in Australien wohnt, sie von Singapur fortgeholt hat.«

»Ah, eine Überraschung! Der Verlobte Ihrer Schwester lebt in Australien? Wie doch das Schicksal die Menschen auseinanderreißt — wieder zusammenwürfelt. Ist es ein Deutscher oder ein Australier, gnädige Frau?«

»Ein Deutscher, der vor kurzem erst dorthin gegangen ist. Er stammt auch aus unserer engeren Heimat, heißt Astenryk.«

Diesmal vermochte Turi Chan seine Überraschung nicht zu verbergen. Als er sich wieder gefaßt hatte, fuhr er fort:

»Astenryk? Der Name ist mir bekannt. Ein Passagier dieses Namens war auf der ›James Cook‹, auf der ich vor längerer Zeit von Penang nach Singapur fuhr ...«

»Das ist er sicherlich gewesen«, sagte Helene in lebhaftem Ton, »sind Sie persönlich mit ihm bekannt geworden?«

»Nein, gnädige Frau. Doch ...«

Hier wurden sie in ihrem Gespräch unterbrochen. Ein Offizier kam in das Zimmer und meldete, daß ein Kurier mit neuen Instruktionen eingetroffen sei und den General zu sprechen wünsche.

Zwei Wochen waren seit jener Unterredung zwischen Jan und Georg vergangen. Wie oft war Jan in dieser Zeit in das Laboratorium gekommen und hatte mit ängstlich forschenden Augen die Gläser mit den Kohlenstofflösungen betrachtet, aus denen die Steine sich kristallisieren sollten.

Er hatte, wie ihm Georg geraten, in der Nähe der verlassenen Schürfstellen auf Alluvialboden erneut Claims belegt.

Um einen wirtschaftlichen Erfolg mit der künstlichen Diamantenherstellung zu erzielen, mußte man die Entdeckung der Synthese natürlich geheimhalten. Denn in demselben Augenblick, wo nach wissenschaftlicher Feststellung eine künstliche Herstellung möglich war, mußte ja zwangsläufig der Preis der natürlichen Steine, verglichen mit dem jetzigen Marktpreis, ins Ungemessene fallen.

Man mußte also zur Täuschung schreiten, so tun, als hätte man die Steine in diamanthaltiger Erde gefunden. Für das Gelingen dieser Täuschung war es äußerst günstig, daß auf Jans Grund und Boden schon früher nach Diamanten geschürft worden war. So konnte man, über die Herkunft der Diamanten befragt, ohne weiteres Glauben finden, wenn man sagte, sie seien in der Nähe jener alten Schürfstellen als natürliche Steine aus der Erde gegraben worden.

Irgendein Betrug war ja rechtlich damit nicht verbunden, da die künstlichen Diamanten sich in nichts von den natürlichen unterschieden. Und doch fühlte Georg sich in seinem innersten Herzen nicht ganz frei von Bedenken.

Doch die Not, die Liebe zu Jan ließen ihn diese Bedenken beiseite schieben.

Inzwischen wurde die Frist, in der Jan das Geld aufzubringen hatte, immer knapper. Seine Bemühungen, einen Geldgeber zu finden, waren erfolglos geblieben. Die immer größer werdende Nervosität Jans drohte auch auf Georg überzuspringen.

Der letzte Tag war gekommen. Georg, von brennender Unruhe erfaßt, war in den Garten gegangen und lief rastlos durch die Gänge. Nach seinen Berechnungen und bisherigen Erfahrungen war es noch zu früh. Sollte er es doch darauf ankommen lassen und die Gläser entleeren?

Mit schwerem Herzen ging er wieder zum Haus zurück und stieg die Treppen empor. Im Labor war Marian an der Werkbank beschäftigt, einige Stahlstäbe zurechtzumachen, die er für ein Fenstergitter verwenden wollte.

Georg hatte gerade die Türklinke in die Hand genommen, da hörte er drinnen einen klingenden Schlag und gleich darauf ein Bersten und Splittern von Glas. Er riß die Tür auf und sah Marian dastehen, der erschreckt nach den Lösungsgläsern schaute, von denen eines zertrümmert war.

»Scheußliche Geschichte, Georg! Ich hatte eben den Stahlstab abgefeilt und wollte ein Stück abhauen. Das flog ausgerechnet zu den Gläsern hinüber und ... Nun, du siehst es ja, da schwimmt die Brühe.«

Im nächsten Augenblick stand Georg neben den Glasscherben, warf sich über die Trümmer. —

»Da! Hier das Bodenstück!« Er hob es auf. Ein Jubelruf hallte durch das Laboratorium.

»Es ist gelungen! Hier sind sie!«

Marian fuhr unwillkürlich zurück, so blendete seine Augen der Glanz der schönen großen Steine, die ihm Georg entgegenstreckte.

Sie waren noch in der ersten Freude des Erfolges, als

Jan verdrossenen Gesichts in das Haus trat. Georg eilte auf den Treppenflur und rief nach unten.

»Mach schnell, alter Bursche! Hier ist etwas, was dich ...«

In großen Sätzen kam Jan die Treppe zum Laboratorium heraufgestürmt.

Einen Blick auf Georg. Er stürzte auf ihn zu. Fast riß er ihm die Steine aus der Hand.

»Ah! Endlich!« rang es sich von seinen Lippen. »Das sind Dinger! Aber ...«, einen Augenblick wich die Freude von seinem Gesicht, »ist das alles, Georg?«

»Nein, Jan! Das ist nur die Ausbeute aus einem Glas, das Marian eben mit glücklicher Hand zerschmettert hat.« Er erzählte ihm mit raschen Worten, wie es gekommen.

Jan war zu den Gläsern getreten und nahm eins in die Hand. Georg sah lachend zu, wie er das Glas neigte und die Lösung in eine Schüssel goß.

»Ah! Hurra!«

Jan tanzte jubelnd durch das Laboratorium.

In kurzer Zeit waren alle Gläser geleert, und die Diamanten lagen in einem flachen Körbchen auf dem Tisch.

»Nun, Marian, habe ich nicht gehalten, was ich dir am Wilden Rain versprach? Du solltest einmal deine Hände in Diamanten baden. Jetzt kannst du es.« —

Jans Kraftwagen stand vor der Tür.

»Der große Festtrunk, mit dem wir diesen Tag eigentlich beschließen müßten, soll stattfinden, wenn ich wieder zurück bin. Jetzt heißt's, so schnell wie möglich nach Brisbane, um den Herren der Bank mit diesem Korb Diamanten ins Gesicht zu springen.«

Er stieg auf den Führersitz. Ein kurzes Winken, und der Wagen sauste fort. —

Drei Tage später war Jan wieder in Paulinenaue.

»Du hättest sie sehen sollen, Georg«, sagte er, während er mit vergnügtem Schmunzeln ein Glas Wein trank. »Wie sie auf einmal so ungemein liebenswürdig zu mir wurden. Unaufhörlich lagen sie mir in den Ohren, eine Kompanie zu gründen zur Ausnutzung dieser wunderbaren Claims. Ich konnte mich überhaupt nicht mehr vor den mit jeder Viertelstunde günstiger werdenden Vorschlägen retten. Mußte Ausflüchte machen, lügen, daß sich die Balken bogen, um wegzukommen.

Aber glaube nur nicht, daß wir damit alle derartigen Angebote für immer los sind. Laß erst mal die ›Funde‹ allgemein bekannt werden, dann werden sie von allen Seiten ankommen, um uns die Sorge um die schönen Claims möglichst zu erleichtern.

Doch halt! Sag, Georg, hast du denn nicht gleich an deine Anne telegrafiert, daß sie herkommen soll? Jetzt hast du es doch endlich geschafft, auf eigenen Füßen zu stehen.«

»Telegrafiert habe ich zwar nicht, Jan. Ich habe ihr aber einen Brief geschrieben, der mit der Luftpost ging. Von den künstlichen Diamanten sagte ich natürlich nichts. Aber ich ließ Anne nicht im Zweifel, daß ich über die nötigen Mittel verfüge und bat sie, zu kommen, sobald sie sich frei machen könne.« —

Die Nachricht von den neuen ›Diamantenfunden‹ hatte sich mit Blitzesschnelle im Lande verbreitet. Von allen Seiten strömten Diamantenschürfer, Abenteurer in der Stadt zusammen. Ein reges Leben und Treiben herrschte in Georgetown. Claims wurden belegt, Lebensmittel und Werkzeuge gekauft. Ein neues Schürfen begann.

Die gewerbsmäßigen Prospektoren, die mit großen Hoffnungen herbeigeeilt waren, machten bald trübe Gesichter. Nicht lange, dann waren sich die meisten darüber einig, daß Jan Valverde seine reichen Funde nur einem außergewöhnlichen Glückszufall zu verdanken habe.

So verlief sich bald wieder die Masse der Zugewanderten. Nur ein kleiner Rest, der mit dem letzten Pfennig nach Georgetown gekommen war, trieb sich, zum

Leidwesen der Bewohner, noch in und um Georgetown herum. Die Eisengitter, die Marian zur Sicherung schon längst in Arbeit hatte, waren bedauerlicherweise erst zum Teil fertig. Er hatte viel in den ›Claims‹ zu tun, wo mit allerlei Täuschungsmanövern noch eine Zeitlang der Anschein aufrechterhalten werden sollte, daß man weiter grabe und Diamanten finde.

Auch im Hause Mustertons sprach man viel über das Glück von Jan Valverde. Lydia Allgermissen dachte mit besonderem Vergnügen daran. Sie hatte von Georg einen schönen Stein als Geschenk erhalten. Man hatte sich im Hause Mustertons einigermaßen gewundert, war doch Lydia nur wenig mit Georg Astenryk in Berührung gekommen. Besonders Arngrim war es, der sich öfters vergeblich fragte, warum wohl Georg Lydia dies ebenso kostbare wie seltsame Geschenk gemacht habe.

Georg selbst dachte fast ähnlich. Als er Lydia den Stein schenkte, hatte er einem plötzlichen Impuls nachgegeben. Sie war mit Dr. Musterton zu einem Besuch nach Paulinenaue gekommen, als ihm gerade ein schöner Versuch mit dem Verstärker gelungen war. In dem Gedanken, daß er all dies schließlich doch nur Allgermissen, Lydias Vater, verdanke, hatte er ihr spontan den Stein verehrt.

Als Lydia später voller Freude Arngrim den Diamanten zeigte, gab es ihm einen Stich ins Herz. Sein erster Gedanke war, daß Georg eine starke Zuneigung zu Lydia empfände. Doch konnte das sein? Georg war doch mit Anne Escheloh verlobt ... aber trotzdem! Sooft er den Stein sah, immer wieder die leise eifersüchtige Regung, zwischen Georg und Lydia bestünde ein geheimes Einverständnis ...

In peinigenden Zweifeln zergrübelte er sein Herz. Durfte er überhaupt daran denken, um die an Jahren viel jüngere Lydia zu werben? Und konnte er auf Lydias Gegenliebe rechnen?

In allem, was er tat und sprach, verhehlte er nie, daß sie ihm teurer war als alles andere. Lydia bewahrte ihm gegenüber immer die gleiche Liebenswürdigkeit und Freundlichkeit, aber niemals glaubte er bemerkt zu haben, daß sie eine stärkere Zuneigung zu ihm empfände.

In rastloser Tätigkeit suchte er sich von den quälenden Gedanken zu befreien. Arbeit gab es Gott sei Dank genug. Ihm war die Errichtung und Betreuung des großen Pflanzengartens, der sich an das Haus anschloß, übertragen worden. Diesen Arbeiten widmete er sich mit einem solchen Eifer, daß Musterton Lydia gegenüber nicht genug Worte des Lobes für ihn fand.

Ihm war die Neigung Arngrims zu Lydia nicht verborgen geblieben, und er hätte es gerne gesehen, wenn er auch bei Lydia Anzeichen von einer Liebe zu Arngrim gefunden hätte. Doch vergeblich suchte er in seinen Gesprächen mit ihr irgendwelche Zeichen einer Gegenliebe zu entdecken. —

Man saß heute etwas länger am Teetisch. Dr. Musterton hatte die neuen beunruhigenden Nachrichten von den chinesischen Ambitionen auf Australien vorgelesen. Die internationale Presse war stark beunruhigt und sprach bereits von einem latenten Kriegszustand.

Lydia hörte dem Gespräch Mustertons und Arngrims interessiert zu. Jetzt, als die Dämmerung ins Zimmer fiel, erinnerte sie sich, daß sie noch in die Stadt müsse, um eine Besorgung zu machen. Musterton, der Lydia nicht gern den Weg bei Dunkelheit allein machen ließ, bat Arngrim, sie zu begleiten. Der nahm, wie immer, gern die Gelegenheit wahr, mit Lydia in die Stadt zu gehen. —

Sie hatten ihren Einkauf erledigt und schlugen den Rückweg zu dem Institut ein. Nachdem Lydia auf der holprigen, schlecht erleuchteten Straße ein paarmal ausgeglitten war, schob sie ihren Arm unter den Arngrims und sagte scherzend: »Wozu hat denn ein schwaches Wesen wie ich einen Ritter ohne Furcht und Tadel neben sich, wenn es sich nicht in solchen Gefahren seiner als Stütze und Stab bedienen sollte?«

Arngrim durchzitterte es, als sie sich so vertrauensvoll an ihn lehnte. Unwillkürlich drückte er ihren Arm fester an sich. In seinem Herzen wallte es heiß auf. Sollte er jetzt sprechen?

Seine Gedanken überstürzten sich, dann wär's ihm, als lege sich ein Panzer aus Eis um sein Herz. Nichts fühlte er mehr von Lydias Nähe. Ein anderer, stärkerer, furchtbarer Geist war über ihn gekommen, der ihn zwang, alles um sich herum zu vergessen, sich sklavisch zu beugen einem fremden Willen.

Auch Lydia — wie hätte Arngrim gejubelt, wenn er noch eben in ihr Herz hätte sehen können — war es, als versänke ein schöner, seliger Traum plötzlich in Bangen und Angst. Willenlos machte sie ihre Schritte neben denen Arngrims. Sie fühlte es kaum, wie dieser jetzt stehenblieb, sich von ihrem Arm frei machte, sich umwandte und zur Stadt zurückging.

In ihrer hilflosen Verwirrung, in ihrer geistigen Betäubtheit hatte sie kaum den Mann bemerkt, der ihnen bisher unbemerkt gefolgt war und jetzt neben Arngrim ging ...

Sie kam nach Hause; Dr. Musterton erschrak, als er sie sah.

»Was ist dir, Lydia, was ist geschehen? Wo ist Arngrim?«

Bei dem Wort Arngrim zuckte sie zusammen, schaute ihn einen Augenblick starr an und brach in lautes Weinen aus. Musterton wollte beruhigend den Arm um sie legen, da brach sie zusammen und fiel in eine tiefe Ohnmacht. —

Kurze Zeit später stand der Arzt an Lydias Lager. Was Musterton dem berichtete, konnte ihm natürlich nicht den geringsten Anhaltspunkt darüber geben, was mit dem jungen Mädchen vorgegangen war. Daß eine schwere Nervenerschütterung vorlag, war klar erkenn-

bar. Da aber Lydia bisher kein Wort gesprochen hatte —
Arngrim war immer noch nicht zurückgekehrt —, standen beide Männer vor einem Rätsel.

Für alle Fälle rief Musterton die Polizeiverwaltung an
und bat um eventuelle Nachforschung. —

Mehrere Tage und Nächte lag Lydia in wirren Fieberträumen. Nur das eine konnte Musterton immer wieder
zu seinem Erstaunen feststellen, daß sie eine heiße Liebe
zu Arngrim im Herzen trug. Was sie im Fieber sprach,
entzog sich jedem Verständnis. Bald schien es, als habe
Arngrim sie von sich gestoßen, bald wieder, als habe ein
fremder, finsterer Mann ihn mit Gewalt von ihr gerissen.

Dieser Mann — wer konnte das sein? Daß er nicht
nur in den Fieberträumen Lydias existierte, hatte sich
am nächsten Tag herausgestellt. Zwei Personen hatten
auf der Polizei ausgesagt, daß sie Rochus Arngrim in
Begleitung eines Fremden zu einem Kraftwagen hätten
gehen sehen. Das Auto sei dann nach Süden fortgefahren.

Auch nach Paulinenaue kam die Nachricht von Lydias
Krankheit und Arngrims rätselhaftem Verschwinden.
Georg begab sich nach Georgetown, um Musterton aufzusuchen. Lydia selbst konnte er nicht sprechen. Sie
war zwar wieder zum Bewußtsein gekommen, aber
noch so schwach, daß nicht einmal Musterton es wagen
konnte, mit ihr über die geheimnisvollen Vorgänge an
jenem Abend zu sprechen.

Mit großer Teilnahme und Spannung hörte Georg
Mustertons Erzählung. Dieser wunderte sich, daß Georg so viel Interesse für die doch ganz unverständlichen
Fieberreden Lydias bekundete, fragte aber nicht nach
dem Grund. —

Nachdem Georg sich von Musterton verabschiedet hatte, begab er sich zur Polizeiverwaltung und ließ sich dort
die Aussage der beiden Zeugen vorlegen, welche Arngrim zusammen mit dem Fremden gesehen hatten. Wie

erwartet, hatten die Zeugen eine ungefähre Beschreibung des Mannes zu Protokoll gegeben. Als Georg fortging, war es für ihn ziemlich gewiß, daß jener Mann Turi Chan gewesen sein müsse.

Wohin hatte er Arngrim gebracht? Was hatte er mit ihm vor? Tausend Gedanken gingen Georg durch den Kopf. Er beschloß, um sich Gewißheit darüber zu verschaffen, daß er keinen falschen Verdacht hege, alles, was er von Musterton gehört hatte, mit Marian zu besprechen.

Zu Hause angekommen, berichtete er Marian alles so, wie es Dr. Musterton ihm gesagt hatte. Kaum, daß er geendet, sagte Marian: »Das war Turi Chans Werk.«

Georg nickte nur. Eine Zeitlang saßen sie in grübelndem Nachdenken, was man wohl tun könne. Doch nirgends zeigte sich ein Weg, wie man Turi Chans und Arngrims Spur folgen könne.

»Ich sehe eine Möglichkeit!« Georg sprang auf, griff nach dem Telefonhörer und bat um eine Verbindung mit Major Dale in Canberra. —

Es war eine sehr lange Unterredung zwischen Georg und Dale. Dann, nachdem Dale informiert war, schloß er das Gespräch, er werde alles tun, um von Regierungsseite aus den Aufenthalt Turi Chans und Arngrims festzustellen. —

Aber immer wieder blieb die Frage: Was hatte Arngrim mit Turi Chan zu tun? Welches Interesse hatte Turi Chan, Arngrim mit sich zu nehmen? Zweifellos mußten sie doch früher in Beziehung gestanden haben. Wahrscheinlich mußten sie sich irgendwie in Asien kennengelernt haben.

In seinem Sinnen wurde Georg von Marian unterbrochen. »Mir ist es, Georg, als wenn Arngrim in seinen Erzählungen aus seiner Klosterzeit auch einmal den Namen des Klosterabtes genannt hätte. Ich meine jetzt bestimmt, daß es der Name Turi Chan gewesen ist.«

Georg horchte auf.

445

»Ich selbst kann mich nicht daran erinnern, Marian. Aber wenn es so ist, wie du sagst, dann sind wir, glaube ich, diesen rätselhaften Zusammenhängen ein großes Stück nähergekommen. Auf jeden Fall werde ich einmal Musterton danach fragen.«

Eine Woche vor diesen Ereignissen war in Numea auf Neukaledonien bei der Verwaltung der Strafkolonie ein Mann erschienen, der den Direktor zu sprechen wünschte. Vor Direktor Rabaud geführt, stellte sich der Fremde als ein Herr Crouzard aus Paris vor.

Schon nach den ersten Sätzen, die aus dem Munde Crouzards kamen, glaubte Rabaud, einen Verrückten vor sich zu haben. Dieser Fremde wollte einen der Deportierten, der zwei Eigenschaften besitzen mußte — nämlich Chemiker und gewandter Einbrecher zu sein — geliehen haben — geliehen!

Rabaud änderte jedoch seine Meinung, je länger der merkwürdige Fremde sprach. Als er schließlich geendet hatte, schüttelte der Direktor immer wieder lachend den Kopf.

»Das ist allerdings ein tolles Stückchen, was Sie da vorhaben, Herr Crouzard. Indes — wir leben jetzt gerade in der heißen Jahreszeit. Ihr Kopf könnte ein wenig unter der tropischen Hitze gelitten haben. Sie werden mir wohl gestatten, daß ich mich vorher genau in Paris über all das informiere, was Sie mir da erzählten.«

»Aber gewiß, Herr Direktor. Ich werde Ihnen die Namen und Adressen, an die Sie sich zu wenden hätten, sofort aufschreiben. Die Adresse des Herrn Ministers Duroy ist Ihnen ja bekannt. Es dürfte sich aber vielleicht empfehlen, während Sie mit Paris verhandeln, immer schon nach einem geeigneten Mann unter den Sträflingen suchen zu lassen.«

»Das will ich gern tun«, sagte Rabaud. »Sobald ich die nötigen Auskünfte eingezogen habe, werde ich Sie wieder zu mir bitten.«

Zwei Tage später erhob sich vom Flugplatz in Numea ein Privatflugzeug, in dem außer dem Piloten zwei Männer saßen. Der eine war Herr Crouzard, der andere Deportierter Nummer 6490, jetzt wieder Herr Dr. Anatole Dufferand.

Dr. Dufferand war Angestellter in einer großen chemischen Fabrik gewesen. Ein paar gestohlene Platintiegel gaben den Grund zu seiner Entlassung und gleichzeitig zur ersten Bekanntschaft mit dem Gefängnis. Einmal auf die schiefe Ebene geraten, hatte er sich im Laufe der Jahre in allen möglichen Branchen des Pariser Verbrechertums betätigt. Er war also für Crouzard durchaus geeignet. Hinzu kam noch, daß er von den zehn Jahren Deportation bereits neun verbüßt hatte, so daß man das fehlende Jahr unter diesen Umständen leicht nachsehen konnte. —

In Brisbane ließ Crouzard sein Flugzeug zurück und fuhr nach Erledigung einiger Einkäufe in einem selbstgesteuerten Mietwagen mit Dufferand nach Westen weiter.

Ohne Georgetown zu berühren, kamen sie kurz vor Einbruch der Dunkelheit in der Gegend von Paulinenaue an. Crouzard fuhr den Wagen in ein Gehölz in der Nähe der Straße und ging, von Dufferand begleitet, im Schutz des großen, parkartigen Gartens bis in die Nähe des Hauses. Mit Hilfe eines guten Nachtglases konnte er Dufferand das Wohngebäude und die Lage der Zimmer genau zeigen.

Der Raum, auf den es allein ankam, das Laboratorium Georgs, war ein Eckzimmer im Obergeschoß an der Ostseite des Hauses. Vor Jahren war es nur eine große Veranda gewesen, von der man auf einer Eisentreppe direkt zum Garten hinuntergehen konnte. Später war der Raum zu einem geschlossenen Zimmer ausgebaut worden. Die Treppe zum Garten war stehen geblieben, obgleich sie nur sehr selten benutzt wurde. Seitdem Georg hier sein Laboratorium eingerichtet hatte, war die

Treppe von innen mit Schloß und Riegel ständig gut verschlossen. —

Nach stundenlangem Warten sahen sie endlich das letzte Licht im Haus erlöschen. Eine Weile verhielten sie sich noch ruhig. Dann traf Dufferand seine letzten Vorbereitungen. Der Einbruch hier ... gewiß eine ganz einfache Sache. Das Stehlen von Proben der Elektrolyte ... eine Kleinigkeit ... und dafür eine hohe Belohnung ... Erlaß des letzten Jahres seiner Deportation. Ein besseres Geschäft glaubte Dufferand nie gemacht zu haben.

Ehe sie sich trennten, wies Crouzard noch in die Richtung des Gehölzes, wo der Wagen stand. »Daß Sie mir nur nicht in der Dunkelheit den Weg verlieren und nachher, mit dem Zeug in der Tasche, auf den Feldern umherirren. Ich gehe jetzt zu dem Wagen, mache ihn startbereit und warte auf Sie.«

Noch nie in seinem Leben hatte sich Herr Dufferand mit so viel Vergnügen an einen Einbruch gemacht wie hier.

Schloß und Riegel an der Treppentür waren bald aufgebrochen. Im Laboratorium betrachtete er mit großem Interesse die dort aufgestellten Kohlenbatterien. Nach einigem Suchen hatte er diejenige, welche den höchsten Wirkungsgrad aufwies, gefunden. Rasch zog er aus einer Handtasche mehrere Fläschchen und füllte sie aus den Batteriegläsern mittels einer Pipette. Dann verschloß er die mit den Elektrolytproben gefüllten Fläschchen sehr sorgfältig und tat sie wieder in die Ledertasche.

Vorsichtig stieg er die eiserne Treppe hinunter und schritt auf das Gehölz zu, das ungefähr dreihundert Meter vom Hause entfernt lag.

Er näherte sich gerade dem Zaun, der den Garten von den Feldern trennte da fühlte er sich plötzlich gepackt. Drei Männer warfen sich über ihn. Im Nu war er geknebelt und gefesselt. Eine Binde wurde ihm über die Augen gelegt. Die Überraschung war für ihn so groß, daß er zunächst kaum merkte, was mit ihm weiter geschah. Er fühlte nur, daß man ihn aus dem Garten trug.

Ein Kraftwagen, der auf der großen Landstraße mit abgeblendeten Lichtern stand, kam herbeigerollt. Dufferand wurde hineingehoben. Die drei anderen stiegen zu ihm. Dann fuhr der Wagen mit großer Geschwindigkeit auf der Straße in Richtung Osten davon. —

Sie waren wohl eine Stunde gefahren, da hielt das Auto plötzlich an. Auf der Straße stand ein großer, schwerer Wagen, dessen Inneres hell erleuchtet war. Der einzige Insasse, ein elegant gekleideter Herr, stieg aus und trat auf den Wagen Dufferands zu.

»Habt ihr ihn?« fragte er mit verhaltener Stimme.

Gleichzeitig ließ er eine Taschenlampe aufflammen und leuchtete Dufferand ins Gesicht.

»Was ist das?« rief er in wütender Enttäuschung. Mit schnellem Griff riß er Dufferand die Binde von den Augen. »Schafsköpfe ihr! Ihr habt einen Falschen gegriffen. Werft ihn hinaus! Fort mit euch!«

Dufferand fühlte sich in die Höhe gehoben und in großem Schwung im Straßengraben landen. Der Sturz war so heftig, daß er die Besinnung verlor und erst wieder zu sich kam, als die Sonne am Himmel stand. —

Das einzige handgreifliche Ergebnis dieser Crouzardschen Expedition war, daß man eine geraume Zeit später in Paris wußte, wie nahe Georg Astenryk dem Ziel seiner Arbeiten gekommen war.

Wie das zunächst so glücklich verlaufene Unternehmen ein so unerwartet schlechtes Ende gefunden hatte, war und blieb für alle, die von der Sache wußten, ein großes Rätsel. Daß von anderer Seite zu gleicher Zeit das gleiche Unternehmen geplant worden sei, widersprach jeder Wahrscheinlichkeit. Wer waren aber die Leute, die Dufferand irrtümlich überfallen hatten? Wem hatte in Wirklichkeit der Überfall gegolten?

Auch Georg und die übrigen Bewohner von Paulinenaue suchten sich vergeblich von dem, was hier in der

Nacht vorgegangen war, ein klares Bild zu machen. Fest stand, daß die Treppentür zum Laboratorium erbrochen war. Ebenso stand außer Zweifel, daß der Einbruch geschehen war, um sich in den Besitz von Proben der Batterielösungen zu setzen. Die im Garten gefundene Handtasche Dufferands mit den Probefläschchen gab ja den untrüglichen Beweis. Was aber dann weiter geschehen, das war trotz scharfsinnigster Überlegungen nicht zu ergründen.

Die Lösung des Rätsels sollte aber doch eines Tages erfolgen, und zwar von einer Seite, von der man sie nicht erwartet hatte. —

Dale und Clennan kamen in ihrem Kraftwagen nach Paulinenaue. »Ah, endlich sehe ich Sie einmal wieder«, empfing Georg die Gäste, »ich habe Sie schon längst erwartet.«

»Den Grund, warum wir so lange nicht kamen«, sagte Clennan, »sollen Sie vorweg hören. Wir hatten beide festgestellt, daß wir unter Beobachtung standen, und wollten deshalb nicht hierherkommen, um unsere Verfolger nicht auf Sie zu hetzen. Inzwischen hat sich jedoch herausgestellt, daß unsere Vorsicht überflüssig war. Es ist sicher, daß man es auf Sie noch mehr abgesehen hat als auf uns.«

Mit einem Blick auf Georgs ungläubiges Gesicht fiel Dale Clennan ins Wort: »Das ist eine Tatsache, die leider nur allzu wahr ist. Doch darüber später! Zunächst einmal möchte ich die Grüße von General Scott und Oberst Trenchham an Sie ausrichten.«

»Danke, lieber Dale! Wie haben sich denn die beiden Herren Ihnen gegenüber über unsere Versuche geäußert? In unserem Telefongespräch drückten Sie sich sehr gewunden aus.«

»Na, darüber kann doch kein Zweifel bestehen! Sieg auf der ganzen Linie, Herr Astenryk.

Wenn Sie Trenchham näher kennten, würden Sie sich denken können, wie er seitdem Tag und Nacht an allen möglichen Operationsplänen für Sie und Ihren Verstärker arbeitet. Auch ich habe ihn völlig auf meiner Seite, wenn ich gegen Scott opponiere. Der General will ja absolut, daß Sie sich mit Ihrem Apparat von hier fort nach einem militärisch gesicherten Ort begeben. Wir haben ihm deshalb auch keine Silbe von Turi Chans Absichten gegen Sie erzählt. Doch davon mag Ihnen Clennan berichten.«

Was der jetzt Georg mitzuteilen hatte, war ebenso interessant wie aufschlußreich ... Den Bemühungen der Geheimpolizei war es gelungen, nachträglich festzustellen, daß zwei Männer, auf welche die Beschreibung von Turi Chan und Arngrim genau paßte, am Tage nach Arngrims Verschwinden im Kraftwagen nach Canberra gekommen und nach einigem Aufenthalt in dem dortigen chinesischen Konsulat in einem Privatflugzeug weitergereist waren. Wenige Tage später sei Turi Chan wieder nach Canberra zurückgekehrt. Die Polizei hat sofort von seiner Ankunft Kenntnis erlangt und ihn auf Schritt und Tritt bewachen lassen.

»... Hier ...« Dale verzog das Gesicht, »muß ich leider sagen, daß sich die Polizei auffällig schlecht bewährt hat. Die Beamten, die mit seiner Überwachung betraut waren, verloren ihn immer wieder aus den Augen. Sie erklärten später, sie seien wie verhext gewesen. Obwohl sie sich stets dicht hinter ihm halten wollten, sei er ihnen immer wieder entwischt. Ein Beamter wußte zu berichten, daß ihm das sogar mehrmals in stillen, wenig belebten Straßen passiert sei. Ein gesetzlicher Grund, Turi Chan zu verhaften, lag leider nicht vor. So ist es ihm gelungen, unangefochten und ohne daß wir vollständig in Erfahrung bringen konnten, was er dort eigentlich vorhatte, Canberra im Flugzeug zu verlassen.«

»Über die Gründe für das rätselhafte Versagen der Polizei dürften wir wohl Bescheid wissen«, sagte Georg, »aber ... Was er in Canberra wollte, darüber ...«

»Darüber haben wir wenigstens etwas durch die Reste eines Briefes erfahren, welche der Polizei in die Hände fielen. Bei einer passenden Gelegenheit ließ ich einen Mann, von dem ich wußte, daß er mich ständig beobachtete, kurzerhand verhaften. Auf der Polizeiwache wurde er von einem anderen Beamten als einer der Leute festgestellt, mit denen Turi Chan Verbindung gehabt hatte. Als man den Inhalt seiner Taschen prüfen wollte, gelang es ihm, einen Brief zu zerreißen und in den Mund zu stecken. Nur wenige Fetzen des Schriftstückes konnten gerettet werden. Was aber auf diesen stand, betrifft zweifellos Ihre Person, Herr Astenryk. Aus den Briefresten und mit Schriftvergleichung konnte man ungefähr feststellen, daß der Verhaftete von Turi Chan den Auftrag bekommen hatte, sich gewaltsam eines gewissen G. A. in P. im Bezirk von Georgetown zu bemächtigen.«

Ungläubig lächelnd, hatte Georg zugehört. »Das klingt ja wie ein Märchen. Was weiß Turi Chan von mir?«

Dale sah achselzuckend vor sich hin. Clennan sagte nach einer Weile: »Es wäre natürlich nicht ausgeschlossen, daß Sie, Herr Astenryk, ohne es zu wissen, ebenso unter Beobachtung gestanden haben wie wir, und daß man irgend etwas von unseren Versuchen bemerkt hat. Andererseits wäre es auch möglich, daß Turi Chan schon auf der ›James Cook‹ irgendwelchen Verdacht gegen Sie gefaßt hat. Das hat schon deshalb viel für sich, weil wir beide, Major Dale und ich, damals ständig in Ihrer Gesellschaft waren, und wir sind ihm gewiß irgendwie verdächtig. Unsere Überwachung ist ja der beste Beweis dafür. Leider war aus dem Verhafteten in Canberra nicht das geringste über seine Beziehungen zu Turi Chan herauszubringen.«

Georg, der Clennans letzten Worten nur mit halbem Ohr zugehört hatte, schlug sich vor die Stirn. »Meine Herren, die Sache scheint mir durchaus klar! Ebenso wie mein Verstärker arbeitet das Gehirn Turi Chans in zweierlei Weise. Es empfängt die Gedankenwellen anderer und sendet eigene Wellen aus. Daß dabei gewisse Toxine, eben jene Allgermissenschen Präparate, die Hauptrolle spielen, wissen wir. Nach all dem, was uns Arngrim berichten konnte, handelt es sich dabei um zwei verschiedene pflanzliche Extrakte. Durch den einen wird die Strahlungsfähigkeit des denkenden Gehirns verstärkt, es arbeitet als ein Gedankensender. Durch den anderen wird die Empfänglichkeit für fremde Gedankenwellen erhöht. Je nachdem Turi Chan also das eine oder das andere Mittel anwendet, ist er imstande, entweder anderen seine Gedanken und seinen Willen aufzuzwingen, oder umgekehrt, die Gedanken anderer mitzuempfinden. Da liegt nun aber doch die Vermutung nahe, daß er auf der ›James Cook‹ mancherlei von unseren Gedankengängen aufgeschnappt hat, und das würde sein unerwünschtes Interesse für uns wohl zwanglos erklären.«

Clennan nickte. »Gewiß, Herr Astenryk. So muß es sein ... Übrigens, ein gewisses Beispiel haben wir ja bei Ihrem Marian. Nur daß es bei dem eine natürliche Begabung ist und sich in schwächeren Ausmaßen hält.«

»Ist mir alles ein ganz unverständlicher, verrückter Zauber«, brummte Dale vor sich hin. »Das müssen doch krankhafte Hirne sein, die so abnorm reagieren.«

»Sagen Sie das nicht, Major Dale«, erwiderte Clennan. »Unter den lamaistischen Priestern gibt es zweifellos solche, die durch langjährige Übung die Fähigkeit erworben haben, sich durch Gedankenwellen zu verständigen. Ob das auf kleinere oder größere Entfernungen möglich ist, tut nichts zur Sache.

Und was Turi Chan angeht, so besitzt er eine gewisse Überlegenheit. Er ist mit seinen psychischen Kräften nicht an eine Apparatur und, was noch wichtiger ist, nicht an eine Energiequelle gebunden.«

»Diese letztere Schwierigkeit hoffe ich in absehbarer Zeit beheben zu können«, meinte Georg mit einer Miene, die ganz unbefangen sein sollte. Doch Clennan, der ihn scharf beobachtete, bemerkte, wie dabei über sein Gesicht ein Zug stolzer Befriedigung ging. Er hütete sich aber, eine Frage darüber an Georg zu richten. Ahnte er doch längst, daß hinter diesem geheimnisumwitterten Gesicht noch manches andere verborgen lag, was wohl einst die Welt in Erstaunen setzen würde. So hatte es ihn schon sehr gewundert, daß Georg über den rätselhaften Einbruch im Laboratorium mit wenigen gleichgültigen Worten hinweggegangen war. Er hatte gehofft, daß Dale, der mit Georg stets sehr offen sprach, nähere Fragen stellen würde, doch dieser hatte anscheinend der Sache kein besonderes Gewicht beigelegt. —

»Ich glaube, Herr Dale, daß Paulinenaue auch einst zu den Orten zählen wird, aus denen der Welt Gutes gekommen ist«, sagte Clennan, als er eine Stunde später mit Dale auf dem Heimweg war. —

»Schade, daß die beiden schon fort sind!« sagte Georg zu Jan, der den Radioapparat zum Empfang der Tagesnachrichten eingestellt hatte. »Was da gemeldet wird, klingt ja, als wenn sich heute oder morgen ein Krieg entwickeln wolle. Ich vergaß leider, Dale zu fragen, wie man in Canberra zur Zeit über die politische Lage denkt. Dale weiß doch immer gut Bescheid.«

»Was soll man aber von den Vorgängen in Singapur halten?« fragte Jan. »Die Radionachricht von der Explosion des großen Munitionsdepots — wie die Meldung besagt, ist sie unzweifelhaft auf einen verbrecherischen Anschlag zurückzuführen — muß doch nachdenklich stimmen. Daß der Kreuzer ›Suffolk‹ vor ein paar Tagen bei Penang nur mit knapper Not einer Treibmine entging, ist auch nicht gerade ein beruhigendes Moment.

Vielleicht wird dir Anne in ihrem nächsten Brief etwas Näheres darüber mitteilen können. Noch besser wäre es, sie käme selber. Was sie da zuletzt schrieb, sie sei jetzt nicht abkömmlich, dürfe die kranke Lady Wegg nicht verlassen, ist ja aller Achtung wert. Man sollte aber denken, in einer großen Stadt wie Singapur müsse es auch noch andere Leute geben, welche die kranke Lady pflegen könnten.«

»So ist sie nun einmal, Jan. Immer hilfsbereit, immer bereit, sich für andere aufzuopfern ... meine liebe Anne. Ich bin überzeugt, ihre Schwester Helene wird sie stark vermissen. Anne hat sich in ihrer Gutmütigkeit von den Forbins in einer Weise ausnutzen lassen, die nicht gerade schön war.«

»Daß sich dieses ehrenwerte Paar nun doch einmal verkracht hat und auseinandergegangen ist, ist auch nicht übel«, warf Jan ein. »Anne macht sich da sicherlich unnötige Sorgen um ihre Schwester. Helene wird auch ohne Herrn Alfred Forbin ihren Weg finden.«

Seit einer Woche weilte Oberst Macoto beim Stabe der Freiwilligenarmee. Seine Berichte lauteten durchaus zufriedenstellend. Heute hatte er mit Borodajew mehrere Formationen der Armee besichtigt. Während sie in das Quartier des Generals zurückritten, lenkte er sein Pferd an die Seite der schönen Frau, die, vom frühen Morgen an ununterbrochen im Sattel, Borodajew begleitete.

Immer wieder hatte Macoto, während sie von einem Lager zum anderen ritten, Gelegenheit gehabt, den klaren, praktischen Blick und das sichere Empfinden Helenes zu bewundern, die treffende Art, mit der sie sich über das Gesehene äußerte und geschickte Ratschläge über Änderungen oder Verbesserungen von diesem und jenem gab.

Sie hatten das Ufer des Sungari erreicht. Auf einer gebrechlichen Fähre setzten sie nicht ohne Gefahr über den angeschwollenen Fluß zu dem armseligen Dörfchen hinüber, in dem General Borodajew jetzt sein Quartier hatte.

Der General war glücklich in seiner Liebe. Hätte er jedoch tiefer in Helenes Herz schauen können, würde er wohl gemerkt haben, daß ihre frohe Laune ihrer natür-

lichen Lust an solchem abenteuerlichen Leben ent-
sprang. —

Macoto hatte seinen Bericht abgeschlossen. Sie saßen
um den summenden Samowar. Da traf ein Telegramm
aus Mukden ein, das ihm befahl, nach Erledigung seiner
Aufträge alsbald dorthin zu kommen.

Der Oberst schaute auf die Uhr und trat ans Fenster.
Die Mondsichel war hinter schweren Wolken verborgen,
der Himmel sternenlos, eine undurchdringliche Finsternis draußen.

»Kaum möglich, in dieser Nacht die Reise anzutreten.
Ich kann mir auch nicht denken, daß man mich sofort
erwartet. Wenn ich morgen früh fliege, bin ich gegen
Mittag dort. Das dürfte wohl genügen.«

Helene verließ einen Augenblick den Raum. Als sie
wiederkam, wandte sie sich schmeichelnd an Borodajew:

»Du mußt mir gestatten, Alexei, daß ich selbst Oberst
Macoto im Flugzeug nach Mukden bringe, das heißt,
wenn er sich meiner Führung anvertrauen will.«

Der General runzelte die Brauen. Helene strich ihm
liebkosend über die Stirn und sagte mit ihrem gewin-
nendsten Lächeln halblaut: »Es gibt Dinge, Alexei, die
eine Frau selbst im Felde schwer entbehren kann.«

Der General beugte den Kopf zur Seite, als wolle er
widersprechen. Da fuhr sie fort: »... darunter solche,
deren Einkauf sie am liebsten selbst besorgt. In Mukden
werde ich alle diese Dinge finden. Wenn ich bei einbrechender Dunkelheit noch nicht zurück sein sollte, sorge
bitte für eine gute Markierung des Flugplatzes.«

Oberst Macoto nahm die Einwilligung Borodajews
vorweg und dankte Helene mit liebenswürdig-begei-
sterten Worten für ihr Anerbieten.

»Dann aber jetzt sofort zu Bett!« sagte Borodajew.
»Punkt sechs Uhr mußt du startbereit sein.«

Helene drückte ihm strahlend die Hand. »Immer wieder muß ich dir sagen, du sorgst dich unnötig, Alexei.

Die paar Stunden Flug sind doch ein Kinderspiel für mich.«

»Sage das nicht, Helene! Die um diese Jahreszeit oft so plötzlich auftretenden Orkane können den besten Piloten gefährlich werden.«

»Keine Angst, Alexei, ich werde mich schon vorsehen.« —

Mukden, der Sitz der mandschurischen Regierung, hatte während der letzten Jahre seine Einwohnerzahl fast verdoppelt. Ganz neue Viertel waren an den Ufern des Hun Ho entstanden. Tausende Gewerbetreibender hatten sich hier niedergelassen.

Hinter den schimmernden Spiegelscheiben der großen Kaufhäuser lagen alle Erzeugnisse westlicher Kultur. Helene schwelgte ein paar Stunden in lang entbehrten Genüssen. Dann ließ sie sich zum Flughafen fahren. Macoto hatte sie gebeten, dort noch einmal mit ihm zusammenzutreffen, für den Fall, daß er gewisse Weisungen für Borodajew erhalten würde.

Sie betrat den Platz und fand Macoto im Hafenrestaurant.

Er hatte eine versiegelte Mappe bei sich, die für General Borodajew bestimmt war. Wiederholt und dringend bat er Helene jedoch, den Rückflug auf den nächsten Morgen zu verschieben. Die Auskunft, die er fürsorglich bei der meteorologischen Station eingeholt hatte, sagte ungünstiges Flugwetter voraus.

»Erst recht ein Grund für mich, zu fliegen«, sagte Helene eigensinnig. »Ich bin gewöhnt, das Gegenteil von den Voraussagen der Wetterpropheten anzunehmen und habe damit meistens das Richtige getroffen.«

Sie stand auf und ging, von Macoto gefolgt, zur Startbahn. Selbstsicher wies sie auf ihre Maschine.

»Sie sind im Fliegen nicht ausgebildet, Herr Oberst, sonst würden Sie wohl zugeben, daß dieser schnellen, schnittigen Maschine so leicht nichts anzuhaben ist. Kommt mir wirklich ein Unwetter in den Weg, werde ich mir die große Schnelligkeit meiner Schwalbe zunutze machen und ausweichen.«

Sie wollte eben in ihr Flugzeug steigen, da fiel ihr Blick auf eine andere Maschine, die gerade aufgesetzt hatte und jetzt ausrollte. Neugierig sah sie hinüber.

»Polizeiflugzeug«, sagte Macoto. »Anscheinend ein Gefangenentransport — ein Europäer, wie es scheint.«

Interessiert trat Helene ein paar Schritte vor. Einen Augenblick schien ihre Gestalt zu wanken. Tief erblaßt stand sie da und starrte auf den Gefangenen.

Macoto war an ihre Seite geeilt. »Meine Gnädigste, ich bitte Sie, was ist mit Ihnen? Sind Sie krank geworden? Oder ist es ... der Gefangene?«

Bei Macotos Worten schreckte Helene auf und drehte sich um.

»Aber, wie sehen Sie aus? Weshalb sind Sie so erschüttert? Wie kann ich Ihnen helfen?«

Helene senkte den Kopf und strich mit einer schmerzlichen Gebärde über die Augen. »Rochus«, kam es tonlos von ihren Lippen. »Rochus ... Hier sehe ich dich wieder ...«

»Oh, wie muß ich Sie bedauern! Der Gefangene ist Ihnen bekannt? Alle Umstände deuten darauf, daß seine Lage sehr ernst ist. Immerhin, ich will versuchen ... Doch nein, zuvor möchte ich Sie in das Restaurant zurückführen. Sie bedürfen unbedingt einer Erholung, einer Erfrischung.«

»Ja, ja, Herr Oberst, gehen wir dorthin! Ich bedarf einer kurzen Ruhe. Doch nein, lassen Sie meinen Arm, ich finde allein den Weg. Fragen Sie bitte, wer der Gefangene ist und wessen man ihn beschuldigt.« —

Als Oberst Macoto kurze Zeit später zu Helene in das Restaurant kam, fand er sie wieder gefaßt. Sie sagte kein Wort, doch ihre Augen verrieten deutlich, mit welcher Spannung sie auf seine Mitteilung wartete.

Macotos Gesicht war ernst, als er zu sprechen begann: »Eine sehr bedenkliche Angelegenheit, gnädige

Frau. Ich kann Ihnen vorläufig nur das sagen, was man mir mitteilte. Es handelt sich um einen der Spionage verdächtigen Ausländer namens Arngrim. Er ist vor einiger Zeit aus einem Gefängnis entflohen und in Hongkong an Bord eines französischen Dampfers gegangen. Bei der Landung in Niutschwang ist er auf telegraphischen Befehl von dem Schiff heruntergeholt und hierhergebracht worden. Was weiter mit ihm geschehen wird, kann ich nicht sagen. Ich hörte nur, daß er vorläufig hier in das neue Gefängnis am Hun Ho gebracht wird.«

In Helenes Gesicht vollzog sich, während Macoto sprach, eine gewisse Wandlung. Ihre Augen gewannen den alten Glanz wieder. Sie konnte sich sogar zu einem Lächeln zwingen, als sie jetzt zu Macoto sagte: »Ich danke Ihnen für Ihre Teilnahme, Herr Oberst. Sie waren ja so besorgt um mich. Nun will ich Ihnen auch erzählen, warum mich der Anblick des Gefangenen so stark traf.«

Während sie jetzt sprach, schienen die letzten Spuren der Erschütterung verschwunden zu sein. Doch wer Helene etwa so kannte wie Alfred Forbin, würde sich sagen: Ah, jetzt hat sie einen schlauen Plan ausgeheckt, auf dessen Ziel sie mit aller Geisteskraft und Energie losgeht! Wie wohl eine schöne Frau einem Verehrer aus ihrer Tanzstunden- und Backfischzeit Reminiszenzen serviert, so sprach Helene von fröhlichen Jugendtagen, von frohen Stunden, die sie mit der Neustädter jeunesse dorée ... darunter Arngrim ... einst verlebt hatte. Dieser Arngrim habe später ihre Heimatstadt verlassen, um auszuwandern. Was er in der Zwischenzeit getrieben, wisse sie nicht. Sein plötzlicher Anblick hier als Gefangener habe sie natürlich sehr ergriffen.

Helene zog die Uhr. »Ich sehe, Herr Oberst, daß ich dem Gefangenen nicht helfen kann, so leid er mir auch tut. Ich fühle mich wieder vollkommen wohl. Lassen Sie uns zur Startbahn gehen.«

»Gnädige Frau! Sie wollen doch nicht etwa jetzt den Rückflug antreten?«

»Aber warum nicht, Herr Oberst?«

»Habe ich schon vorher dringend abgeraten, so muß ich jetzt darauf bestehen, gnädige Frau, daß Sie bis morgen warten. Mit Nerven, die nicht völlig intakt, dürfen Sie den Flug bei solcher Wetterlage unmöglich wagen.«

Helene machte ein mißmutiges Gesicht. »Ich habe es Alexei versprochen, und ...«

»Höhere Gewalt, gnädige Frau, geht über alle Versprechungen. Ich werde sofort mit Ihrer Erlaubnis ein Telegramm an General Borodajew schicken, daß Sie erst morgen fliegen.«

»So mag's denn sein, Herr Oberst«, sagte Helene zögernd. »Ich werde die Gelegenheit benutzen, heute abend das Theater zu besuchen. Vielleicht treffen wir uns danach noch einmal in meinem Hotel.«

»Aber selbstverständlich! Es wird mir ein großes Vergnügen sein, noch ein Stündchen mit Ihnen im Hotel zu plaudern.« —

Als Macoto gegen die elfte Abendstunde in das Restaurant des Hotels Mandschuria kam, fand er Helene in einer anscheinend recht vergnügten Stimmung. Sie sprachen über das Theaterstück und über die künstlerischen Genüsse Mukdens. Nur ab und zu meinte Macoto aus ihren scherzenden Worten einen nervösen Unterton herauszuhören. Als die zwölfte Stunde schlug, erhob sich Helene und reichte ihm die Hand zum Abschied. Der Oberst versprach, am nächsten Vormittag auf den Flugplatz zu kommen, um ihr die Mappe für Borodajew zu bringen. Bald nachdem er fortgegangen war, trat auch Helene vor die Tür des Hotels. In der Fliegerkleidung unter dem weiten Mantel, eine Reisemütze über den Kopf gezogen, konnte sie in der Dunkelheit für einen Mann gelten. Nach einigen Kreuz- und Quergängen schlug sie den Weg zum Hun Ho ein. An einem Kaischuppen unweit des Gefängnisses blieb sie stehen.

Eine Viertelstunde mochte sie wohl gewartet haben, da kam vom Gefängnis her ein Mann. In der Nähe des Schuppens gab er einen leisen Pfiff von den Lippen, den Helene ebenso beantwortete. Der Mann flüsterte ihr ein paar Worte zu, worauf sie ihm ein Päckchen Geldscheine in die Hand drückte. Es war der Rest des Bestechungsgeldes für Arngrims Befreiung.

Der Unbekannte verschwand in einer Seitengasse, Helene schlug den Rückweg zum Hotel ein. Er ist frei! Er ist frei! murmelte sie vor sich hin, was ich tun konnte, habe ich getan. Ob es ihm gelingen wird, ungesehen einen Hafen zu erreichen? Dann wäre er gerettet. Irgendein Schiff wird sich schon finden, das ihn aufnimmt. Das Geld, das ich ihm in den Seemannsanzug einnähte, wird ihm helfen. Das heißt, setzte sie etwas nachdenklich hinzu, wenn dieser Gefängniswärter es nicht gestohlen hat. —

Auch am folgenden Tage war die Wetterlage wenig verheißungsvoll. Doch diesmal waren alle Bitten Macotos, den Rückflug noch einmal zu verschieben, vergeblich. Helene bestand auf ihrem Willen.

Ihre Maschine wurde aus der Halle auf die Startbahn gezogen. Ein kurzer Händedruck, dann stieg sie in ihr Flugzeug und ließ die Propeller anwerfen. Wenige Minuten später sah Macoto die Maschine nur noch als kleines Pünktchen nach Norden entschwinden.

Eineinhalb Stunden hielt Helene ihre Maschine mit einer Geschwindigkeit von über fünfhundert Kilometer auf Nordkurs, da stieg im Westen eine schwarze Wetterwand auf. Nicht ohne Sorge sah Helene sie mit bedrohlicher Schnelle näherkommen, doch verlor sie keinen Augenblick die kühle Überlegung.

Entschlossen setzte sie den Weg nach Norden fort und suchte dabei größere Höhen zu gewinnen, um das Unwetter vielleicht unter ihr Flugzeug zu bringen.

Die Luft war inzwischen so diesig geworden, daß sie vom Boden nichts mehr erkennen und nur blind fliegen konnte. Die in immer schnellerer Folge einsetzenden Böen zeigten ihr, daß ihre Lage von Minute zu Minute ernster wurde.

Der Versuch, dem Unwetter durch Gewinnung großer Höhe zu entgehen, erwies sich als erfolglos. Schon zeigte der Höhenmesser fast zehntausend Meter, das Atmen fiel ihr schwer.

Da war es plötzlich, als würde ihr Flugzeug von einer unsichtbaren Hand gepackt und in rasendem Sturz in die Tiefe gerissen. Sekunden verstrichen, dann hatte sie sich und die Maschine wieder in der Gewalt. Ihre Augen gingen zu den Instrumenten. Noch ehe sie die Orientierung wiedergefunden hatte, traf sie ein neuer Stoß, der sie beinahe aus dem Führersitz warf.

Als sie die Maschine wieder zu meistern vermochte, erkannte sie mit Schrecken, daß sie mit dem Sturm geradeswegs nach Osten jagte. Mit schnellem Ruck zwang sie das Flugzeug wieder in die Nordrichtung. Wohl eine Stunde kämpfte sie gegen das Wetter — aber vergeblich. Sie hatte die Orientierung verloren.

Entschlossen stieß sie durch die Wolkenwand nach unten. Doch das Landschaftsbild bot nicht den geringsten Anhaltspunkt. Eine halbe Stunde war sie geflogen — da sah sie Fluß und Eisenbahnlinien unter sich.

Plötzlich bemerkte sie im Norden zwei Flugzeuge, die auf sie zuhielten. Als sie näher gekommen waren, flog die eine Maschine direkt auf sie zu, während die andere in eine Schleife ausbog, um sie von hinten anzufliegen.

Was war das? Bei der anfliegenden Maschine blitzte Mündungsfeuer auf. Der Beschuß galt offensichtlich ihr.

Ein eisiger Schrecken durchzuckte sie. Ihr Befreiungsversuch an Rochus Arngrim!

Im gleichen Augenblick sah sie etwas Dunkles vor ihrer Maschine durch die Luft fliegen ... Ein Treffer hatte den Propeller zerschlagen ... Jäh kippte das Flugzeug zur Seite.

Dale kam mit mehreren anderen Offizieren aus dem Generalstabsgebäude in Canberra. Sein Gesicht sah gerötet aus, eine tiefe Falte war zwischen den buschigen Augenbrauen eingegraben. Ein Ausdruck starker Verbitterung und Enttäuschung stand um seinen Mund. Vergeblich sein langer Kampf, vergeblich alle Anstrengungen, die höheren Militär- und Regierungsstellen von der nahen Kriegsgefahr zu überzeugen. Die Zahl seiner Gegner war zu groß.

In der ›Australian World‹ waren eine Reihe von Artikeln erschienen, die in eindringlichster Weise Maßnahmen der Regierung zum Schutze des Landes verlangten.

Die Ausführungen des Artikelschreibers über die Möglichkeiten, bei einem englisch-chinesischen Konflikt Australien in erster Linie die großen Handelsstädte an den Küsten vor einer Invasion zu schützen, waren sehr pessimistisch gehalten. Auch die übrige Presse hatte sich, angeregt durch diese Artikel, immer nervöser mit diesen Problemen beschäftigt.

Erfolglos hatte Dale, unterstützt von einigen wenigen anderen Militärs, darunter Scott und Trenchham, in der Konferenz den Standpunkt des Artikelschreibers der ›Australian World‹ — er war es in Wirklichkeit selbst — aufs energischste vertreten. Die Mehrzahl der Anwesenden wollte nichts von einer drohenden Kriegsgefahr wissen. —

Während Dale die Straße hinunterging, sah er auf der anderen Seite Clennan winken, der eben in das Café Edinburgh eintreten wollte. Er überschritt den Fahrdamm und begrüßte ihn. Dessen Aufforderung, mit in das Café zu kommen, lehnte er ab. »Mir raucht der Kopf schon zur Genüge, Clennan.«

In kurzen Worten erzählte er diesem von der Konferenz.

»Ich werde mir Urlaub nehmen und mich bei Georg Astenryk für einen der nächsten Tage zum Besuch anmelden.« Er verabschiedete sich von Clennan und ging weiter.

Im Café lenkte Clennan zunächst wie üblich seine Schritte zu einer Tischreihe direkt hinter der großen Fensterscheibe. Doch mitten auf dem Weg dorthin schien er sich eines anderen zu besinnen. Er wandte sich zur Seite und nahm an einem Tisch im Hintergrund des Lokals Platz. Es kam ihm noch kurz zum Bewußtsein, daß die Blicke des Kellners, der gewöhnt war, ihn an einem der Fensterplätze zu bedienen, verwundert auf ihm ruhten. Dann war es, als lege sich ein dunkler Schleier über sein Hirn.

Er fühlte sich zwar noch Herr aller seiner Sinne, indem er genau wußte, was er tat und dachte. Aber jede seiner Handlungen, jeder seiner Gedankengänge schienen ihm fremd, ungewollt. Da sah er einen Herrn, der bisher am Nebentisch, den Rücken ihm zugekehrt, gesessen hatte, aufstehen und zu ihm kommen. Er nahm die Hand, die der Fremde ihm entgegenstreckte und sagte mit freundlichem Lächeln:

»Guten Tag, Mr. Turi. Ich freue mich, Sie begrüßen zu können.«

Turi Chan nahm wie ein alter Bekannter an Clennans Tisch Platz und verwickelte ihn in eine lebhafte Unterhaltung. Der Kellner sah öfter verwundert zu dem Tisch der beiden hinüber, wo ab und zu lautes, vergnügtes Lachen erklang. Ein paar gute alte Freunde, die sich da wiedergefunden haben, dachte er im stillen.

Nach einer halben Stunde erhoben sich beide und zahlten. Ehe sie das Lokal verließen, gingen sie zusammen zu einer der Telefonzellen und verweilten dort kurze Zeit. —

»Georg, komme bitte herauf! Clennan ruft von Canberra aus an.«

»Ich komme sofort, Marian.«

Gleich darauf trat Georg in sein Arbeitszimmer, wo ihn Marian, den Hörer in der Hand, erwartete.

»Nun, was hat denn der gute Clennan auf dem Herzen. Will er mich auch besuchen wie Dale, der vorher anrief?«

Marian schüttelte den Kopf und gab Georg den Hörer. Der sprach mit Clennan. Nach einiger Zeit legte er den Hörer zurück und sagte: »Ich soll morgen nach Canberra kommen und Clennan aufsuchen. Er meinte, er hätte mir allerlei Wichtiges mitzuteilen. Ich habe ihm versprochen, so früh zu fahren, daß ich um halb zwölf bei ihm bin ... Aber was hast du denn? Du machst ja ein Gesicht, Marian, als paßte dir meine Reise nicht.«

Marian hob den Kopf und schaute Georg unsicher an. »Fiel dir nichts auf, Georg, während du mit Clennan sprachst?«

Der sah verwundert auf. »Nicht daß ich wüßte! Wie kommst du darauf?«

Marian sagte: »Es gefiel mir nicht, wie Clennan am Telefon sprach. Gewiß, es war seine Stimme, aber ihr Klang ... so eintönig, leblos, als spräche eine Puppe.«

Georg lachte laut heraus: »Marian, du scheinst mir neuerdings an Einbildungen zu leiden. Clennan sprach durchaus vergnügt und munter. Mir scheint es eher, er hätte noch lebhafter als sonst gesprochen.«

»Ich meine nicht die Worte, die er sprach ... den Ton, in dem er es sagte.«

»Nun laß aber gut sein, alter Junge! Ich werde Clennan zum Spaß von deinen Halluzinationen erzählen.« —

Die Uhr von St. Mary's Cathedral in Canberra schlug das zweite Viertel nach elf, als Georg Astenryk seinen Kraftwagen auf einem Parkplatz am Victoria Square abstellte. Wenige Minuten später betrat er Clennans Wohnung. Daß die Tür schon offen stand, als er klingeln wollte, fiel ihm nicht weiter auf. Der Freund mochte ihn wohl schon vom Fenster aus gesehen haben.

Er ging in das Arbeitszimmer. Erstaunt sah er um sich, Clennan war nicht hier. Er wandte sich um und wollte den Raum verlassen, da war es ihm, als riefe ihn etwas zurück. Gleichzeitig hörte er die Portiere zum Nebenzimmer rauschen. Er wollte sich schnell herumdrehen, fühlte aber plötzlich eine solche Schwere in den Füßen, daß er nur den Kopf wenden konnte.

Der Mann da ... Georgs Augen weiteten sich. Wie ein elektrischer Schlag durchzuckte es ihn beim Anblick der Gestalt, die jetzt auf ihn zukam. Mit ungeheurer letzter Willensanstrengung raffte er sich zusammen. Mit geballten Fäusten, blitzenden Augen, die Kiefer fest aufeinandergepreßt, verharrte er sekundenlang.

Plötzlich jedoch stand er völlig apathisch da und hörte mit gleichgültigem Ohr die Worte, die jetzt zu ihm drangen:

»Sie wollten Herrn Clennan besuchen, Herr Astenryk. Ihr Freund ist leider verhindert, Sie hier zu empfangen. Doch sein Aufenthaltsort ist mir bekannt. Ich werde Sie sofort zu ihm bringen. Er wartet mit Sehnsucht auf Sie. Gehen Sie bitte voran. Wir werden zu dem Parkplatz gehen und Ihren Wagen benutzen. In kurzer Zeit werden Sie Freund Clennan wiedersehen.« —

Von Georgs Arm, Turi Chans Willen gelenkt, rollte der Wagen durch das Straßengewühl nach Norden aus der Stadt heraus, bis er vor einem Landhaus hielt. Wohl eine Stunde saßen sie dort in einem kahlen, nüchternen Raum des Erdgeschosses. Dann erhob sich Turi Chan mit einer leichten Verneigung:

»So weiß ich denn alles, was Sie dachten und wollten mit Ihrem Verstärker. Ich werde meine weiteren Maßnahmen danach einrichten. Nochmals meinen besten Dank für Ihre wertvollen Mitteilungen, Herr Astenryk. Bitte, folgen Sie mir jetzt! Ich werde Sie zu Ihrem Freund Clennan bringen.« Er führte Georg in den Keller, schloß eine Tür auf und stieß ihn hinein. Einen Augenblick stand Georg verwirrt, wie betäubt, da klang es an sein Ohr:

»Sie sind's, Herr Astenryk? Also doch!«

Die Stimme schien aus dunkler Tiefe zu kommen.

»Clennan?«

»Gewiß, ich bin's. Doch halt! Bewegen Sie sich nicht weiter. Ich bin gleich bei Ihnen. Vor Ihnen liegen mehrere Stufen. So! Jetzt bitte!« Damit griff Clennan Georg beim Arm und führte ihn wohl ein halbes Dutzend Stufen hinunter. »So, da wären wir.«

Er fühlte, wie Georgs Hände seinen Arm wie mit eisernen Klammern umspannten. »Ist's denkbar, Clennan, daß wir beide Opfer dieses Turi Chan geworden sind?« kam es heiser vor Wut und Haß aus Georgs Mund.

»Lassen Sie, Herr Astenryk! Sprechen Sie noch nicht! Vermutlich hat Sie das Ungeheuer eben erst aus seinem Bann entlassen. Kommen Sie hierher, setzen Sie sich an den Tisch. Allmählich werden Sie sich an die Dunkelheit gewöhnen. Das kleine Luftloch da oben läßt so viel Licht herein, um bei Tage das Notwendigste zu erkennen. Hier, nehmen Sie das Glas. Es ist ein ganz anständiger Wein. Genügend Vorrat ist da. Zu Ihrer Linken steht auch ein Kasten Tabak. Rauchen können wir also.«

Lange Zeit saßen sie sich schweigend gegenüber.

Mit einem Male fuhr Georgs Faust donnernd auf den Tisch herunter. Ein Gelächter brach aus seiner Kehle, daß Clennan sich entsetzt zu ihm hinüberbeugte, ihm die Hand um die Schultern legte.

»Lassen Sie, Clennan! Keine Angst, daß ich verrückt geworden bin. Ist doch alles tatsächlich zum Lachen! Wir — noch vor wenigen Stunden im Hochgefühl unserer Macht — lassen uns von diesem Verbrecher wie dumme Lämmer am Gängelband führen.«

»Ruhe, lieber Freund! Noch ist nicht aller Tage Abend. Ebenso wie meine Annahme, Sie heute hier begrüßen zu können, eingetroffen ist, werden sich wohl auch meinen anderen Vermutungen als richtig erweisen.«

»Und die wären, Herr Clennan?«

»Davon später! Zunächst einmal möchte ich wissen, was Ihnen passiert ist.«

Eine Weile hörte Clennan nur das stoßweise, heftige Atmen Georgs.

»Nun, ich kann es mir ungefähr denken«, sagte er mitleidig. »Sie sind auf meinen telefonischen Anruf prompt in meine Wohnung gekommen. Dort hat Sie der Halunke erwartet, Sie dann mit in dieses Haus genommen und Ihnen unter dem Zwang seines Willens alle Ihre Geheimnisse entrissen. Dann hat er Sie zu mir in den Keller gebracht, wo wir vorläufig seine Gefangenen sind ...«

Georg fuhr auf. »Sie sagen vorläufig? Haben Sie irgendeinen Plan?«

»Das gerade nicht, Herr Astenryk. Ich habe bisher nur versucht zu kombinieren, was jetzt weiter geschehen wird. Ich zweifle nicht, daß es Turi Chan in erster Linie auf Ihren Verstärker abgesehen hat. Über den haben wir ihm ja beide in unserer geistigen Ohnmacht alles Wissenswerte erzählt. Ich nehme als sicher an, daß er ihn mit seiner teuflischen Kunst bekommen wird ...«

Georg stöhnte laut auf. »Um Gottes willen, Clennan! Ich will es nicht glauben, daß dieser Schuft Herr über all das wird, was wir in mühevoller Arbeit erreichten.«

»Ganz so meine ich es ja auch nicht. Ohne Zweifel wird es Turi Chan zwar gelingen, sich in den Besitz Ihres Verstärkers zu bringen. Aber damit hat er noch lange nicht gewonnen. Bedenken Sie, wie unendlich schwierig es sein würde, diesen komplizierten Apparat in Tätigkeit zu setzen. Da können Sie wohl sicher sein, daß Sie oder ich — oder wir beide — von Turi Chan herangeholt werden, um die Konstruktion und Inbetriebsetzung des Apparates zu erklären. Nehmen wir also einmal an, er holte Sie, um sich von Ihnen den Verstärker in Betrieb setzen zu lassen ...«

»Hm!« meinte Georg, »Sie denken, das wäre eine Gelegenheit ...?«

»Allerdings, Herr Astenryk.«

»Ja, aber er wird mich doch zweifellos für diesen Zweck wieder in seinen Bann zwingen. Da bin ich ja völlig kraft- und willenlos.«

»Gewiß, Herr Astenryk, aber es ist doch ein kleiner Unterschied dabei.

Als er uns ›faßte‹, waren wir gänzlich unvorbereitet. Wenn Sie jetzt wieder mit ihm zusammenkommen, werden Sie das nicht sein. Und da meine ich, wir als Fachleute sollten bei einigem Nachdenken doch Mittel und Wege finden können, um uns seinem höllischen Zauber zu entziehen.«

»Clennan, ich schöpfe neue Hoffnung, und damit ist schon einiges gewonnen. Die Wellen aus Turi Chans Gehirn sind nichts anderes als die aus meinem Verstärker, und wie die in ihrer früheren geringen Intensität von allem Metallischen verschlungen wurden, das wissen wir. Die Energie, mit der das menschliche Hirn Wellen aussendet, kann nur den Bruchteil eines Watts betragen. Mag Turi Chan die Energie seiner Gedankenstrahlung mit seinem Teufelspulver selbst bis zu einem Watt steigern, so muß sie doch an der schwächsten metallischen Abschirmung scheitern.

Zunächst mal trinke ich Ihnen auf Ihren guten Gedanken zu. Und jetzt den Kopf angestrengt, was wir tun können!«

Clennan durchkramte seine Taschen. Schlüsselbund, Messer und Uhr waren alles, was er an Metallischem bei sich führte. »Ihr Metallvorrat wird nicht viel anders sein, Herr Astenryk.«

Georg dachte angestrengt nach. Sein Auge hing an dem Sonnenstrahl, der durch das Luftloch in den Keller fiel. Plötzlich sprang er auf.

»Ha, ich greife dich! Ein Strahl vom Himmel, Clennan! Im wahrsten Sinne des Wortes ...«

Er griff mit der einen Hand in den Lichtbalken und deutete mit der anderen nach dem Mauerloch. »Sehen Sie das feinmaschige Drahtgewebe in dem Loch da oben?«

Clennan schaute in die Höhe. »Bei Gott, Sie haben recht, Herr Astenryk. Das könnte uns helfen.«

Er schob den Tisch an die Außenmauer und stieg hinauf. Ein paar Griffe, dann hielt er das Gewünschte in den Fingern. Es war ein schmaler Holzrahmen, mit Drahtgaze überspannt, wie man ihn wohl zum Schutz gegen Ungeziefer vor Kelleröffnungen setzt. Er maß ungefähr zwanzig Zentimeter im Quadrat.

»Ausgezeichnet!« sagte Georg. »Da läßt sich allerlei daraus machen. Gehen wir gleich an die Arbeit!«

Jan Valverde hatte sein Mittagsschläfchen beendet und stieg aufs Pferd, um in die Felder zu reiten. Als er die Brücke des Baches passierte, sah er Marian mit einem fremden Herrn vom Park her kommen und zum Wohnhaus gehen. Er hielt sein Pferd an, um genauer zu sehen, wer das wohl wäre, da waren die beiden schon in der Haustür verschwunden. Wird irgendein Geschäftsmann aus Georgetown sein, dachte er, und ließ sein Pferd antraben.

Marian war inzwischen mit dem Fremden die Treppe zum Laboratorium hinaufgestiegen. Hätte Jan sein Gesicht gesehen, er wäre entsetzt gewesen. In den Augen ein trüber, glasiger Schimmer, der Mund krampfhaft zusammengepreßt, totenbleich.

Vor der Tür zum Laboratorium blieb er einen Augenblick stehen. Ein Zittern ging durch seine Gestalt, wie wenn er noch einmal letzten Widerstand versuchen wollte. Er trat auf den Fremden zu, als wolle er ihn erwürgen. Da traf ihn dessen Blick. Er taumelte zurück, noch im Sturz ein kurzer Blick des Triumphs aus seinen Augen. Sein Arm hatte, halb gewollt, halb zufällig, den verborgenen Schutzschalter am Pfosten der Tür getroffen! Mechanisch ging seine Hand zum Türgriff. Mit gesenktem Kopf schritt er vor Turi Chan über die Schwelle des Heiligtums seines Herrn. Turi Chan ließ hinter ihnen die Tür ins Schloß fallen. Er wollte sie abschließen, doch fehlte der Schlüssel. Dann wandte er sich um, wollte auf Marian zugehen, blieb aber plötzlich stehen und schaute ihn verwundert an.

Was war in dem Augenblick, in welchem er ihm den Rücken zugekehrt, geschehen? Mit ein paar Schritten war Turi Chan bei ihm, richtete die Augen auf ihn, wollte ... Da ...

»Haha, Mr. Turi! So habe ich Sie doch noch unschädlich gemacht!«

Turi Chan trat verdutzt zurück. Was sprach der da? Marian lachte ihn aus? Wie war es möglich, daß dieser seiner Macht widerstand? Er drehte sich zur Tür um, doch da war niemand.

»Was soll das heißen? Was hast du gemacht?« schrie er Marian an. »Wie kannst du es wagen, dich mir zu widersetzen?«

Er hob die Hand gegen Marian, da griff dieser zu einem Eisenrohr und schwang es drohend über Turi Chans Kopf.

»Zurück, sonst zerschmettere ich dir den Schädel.«

Mit wutverzerrtem Gesicht wich Turi Chan zurück.

Da war es ihm wie damals auf der ›James Cook‹. Ein sonderbares, lähmendes Gefühl ging über ihn hin. Er tastete nach einem Stuhl und setzte sich. Doch auch der andere hatte dasselbe getan und saß ihm jetzt gegenüber.

»Ja, ja, Mr. Turi«, lachte Marian. »Sie können hier nicht fort — ich allerdings auch nicht. Wir sind beide gefangen. Sie kamen hierher, um den Verstärker da drüben zu stehlen. Aber so leicht läßt sich der nicht stehlen. Er verteidigt sich selbst. Sie bekommen jetzt eine Probe von dem, was er kann. Als wir hier hereinkamen, gelang es mir trotz Ihrer teuflischen Gewalt doch noch, den Schalter am Türrahmen, der den Apparat betätigt, anzustoßen.

Blicken Sie doch über sich. Da sehen Sie die Antenne, in deren Bann wir sind. Dort drüben läuft ein Tonband. Als wir hereinkamen, befahl es uns, das Zimmer nicht zu verlassen. Wenn wir jetzt hier sitzen, so tun wir das nach den weiteren Befehlen des Magnetophonbandes, und so werden wir sitzen, bis man kommt und uns befreit. Das Wie und Wann kann ich Ihnen allerdings nicht sagen. Aber wir haben ja viel Zeit.«

Turi Chan lehnte sich in seinem Stuhl zurück und schloß die Augen. Nur an der schweratmenden Brust konnte man sehen, wie es in ihm tobte. —

Wohl eine Stunde hatten sie so gesessen.

»Es wird ein bißchen langweilig, Mr. Turi«, sagte Marian. »Plaudern wir doch etwas zum Zeitvertreib. Fangen Sie an! Ich glaube, wir werden noch einige Zeit hier sitzen müssen. Sie haben sicherlich viel Stoff zum Erzählen. Was Sie alles auf dem Kerbholz haben, dürfte Bände füllen.«

Turi Chan verharrte stumm in seiner Stellung und warf nur ab und zu einen schrägen Blick auf Marian. Da sah er, wie dieser erwartungsvoll den Kopf hob, nach irgend etwas zu lauschen schien.

Nicht lange, dann klangen Schritte im Hausflur, darauf ein lautes »Hallo!« Turi Chan vernahm ein Hin und Her von Schritten, dann kam jemand die Treppe herauf.

Die Tür ging auf ... Turi Chan fuhr unwillkürlich zurück. Da stand eine große Gestalt in einer merkwürdigen Kleidung, einem Gewand aus glitzernden Drahtmaschen. Das Bild, schon wunderlich an sich, wurde noch grotesker, als der so mittelalterlich Gewappnete einen modernen Browning aus der Tasche zog und ihn auf Turi Chan richtete.

»Nun, Marian, was ist das für ein seltener Vogel, der auf unserer Leimrute klebt?«

»Ein guter Fang, Herr Valverde. Es ist Turi Chan!«

»Was? Dieser Verbrecher? Soll ich nicht gleich losdrücken, Marian?«

»Ruhe, Herr Valverde! Erst müssen wir Georg wieder haben, den er sicherlich irgendwo gefangenhält. Aber ich habe das Sitzen satt. Stellen Sie doch erst den Verstärker ab, damit ich aufstehen kann.«

Jan Valverde ging zur Wand und schaltete den Strom aus.

»Na, nun kann ich ja auch den lästigen Kittel abwerfen.« Mit einem Ruck stülpte er sich das Drahtkleid ab, das ihn gegen Gedankenstrahlungen schützte. Im selben Augenblick, als Marian schrie: »Halt! Nicht! Um Gottes willen nicht!«

Zu spät! Wie zu Tode getroffen, taumelte Marian auf den Stuhl zurück. »O Gott! Was haben Sie getan? Jetzt sind wir in seiner Hand.«

»Was sagst du da?« Jan hob die Rechte mit der Schußwaffe ein Stückchen in die Höhe. Da ... Ein Zittern ging durch die Riesengestalt. Der Arm sank kraftlos herunter. Mit schleppendem Schritt wankte Jan zu dem Stuhl, auf dem eben Turi Chan gesessen hatte.

Dieser stand mit verschränkten Armen vor ihnen.

»So! Jetzt habe ich euch.«

Er trat zu Marian, holte mit dem Arm aus. »Du elender Knecht! Ich möchte dich zu Boden schlagen, wenn du mir nicht zu erbärmlich wärst. Doch sei gewiß, dir soll nichts geschenkt werden. Alles, was du sagtest, tatest, steht in meinem Gedächtnis aufgeschrieben. Und du magst es ruhig glauben, Turi Chan vergißt eine Beleidigung nie!«

Er zog die Uhr und warf einen Blick darauf.

»Vorwärts, ihr beiden! Das soll der kleinste Teil meiner Rache sein, daß ihr mir tragen helft, was ich mitnehmen will.«

Er deutete mit der Hand auf den Verstärker. Wortlos gingen Jan und Marian zu dem Apparat und lösten ihn von seinen Verbindungen.

Turi Chan ging hinter den beiden her, die das Gerät die Treppe hinuntertrugen. Am Ende des Parks stand der Kraftwagen.

Wie ihnen Turi Chan befahl, stellten sie den Apparat in den Wagen und banden ihn fest.

»So! Das wäre erledigt. Nun was mache ich mit euch? Irgendwie muß ich euch loswerden, damit ihr mir nicht Verfolger auf den Hals hetzt. Ich hab's ...«

Jan und Marian wandten sich um und gingen, wie Turi Chan es ihnen befahl, in den tiefsten Keller des Wohnhauses. Er schaltete das Licht ein und sah sich prüfend in dem Raum um. Da lagen allerlei Kisten und sonstiger Kram. Eine Weile stöberte er darin herum und fand ein paar kräftige Stricke. Schnell waren die beiden gefesselt. Dann noch jedem einen Knebel in den Mund, und Turi Chan verließ den Keller.

Während er in schneller Fahrt nach Süden eilte, achtete er kaum auf den Kraftwagen, der ihn passierte. In dessen Fond saß Dale, der Georg Astenryk besuchen wollte. In der Hand hielt er einen frischen Bürstenabzug der ›Australian World‹, den er sorgfältig korrigierte. Noch einmal las er jetzt den Schluß dieses Artikels mit einem Gefühl der Befriedigung durch. Da stand:

»Jene Mine, die den Kreuzer ›Brisbane‹ zum Sinken brachte, stammte keineswegs aus dem Kriege, sondern wurde von einem chinesischen Agenten in Frankreich besorgt, der ›Altmaterial zum Verschrotten‹ aufkaufte. Ein chinesisches U-Boot hat sie kurz vor der Katastrophe ausgelegt.«

Dale ließ das Blatt sinken. Das wird seine Wirkung nicht verfehlen, überlegte er. Bin gespannt, was Georg sagen wird.

Dales Wagen hielt vor Jans Haus. Von dem anstoßenden Wirtschaftsgebäude kam der Chauffeur Jans, um ihm den Wagen abzunehmen.

»Die Herrschaften zu Haus?« fragte Dale.

»Herr Astenryk ist gestern mit seinem Auto nach

Canberra gefahren. Wo die anderen Herren sind, weiß ich nicht. Ich bin eben erst mit unserem Wagen von Georgetown zurückgekommen.«

»Hm«, brummte Dale, »Herr Astenryk ist nicht da? Schade! Wissen Sie, wann er zurückkommt?«

Der Chauffeur schüttelte den Kopf.

Dale ging ins Haus. Bei seinem Eintritt in die Halle kam von hinten her eine der weiblichen Angestellten und führte Dale in Jans Arbeitszimmer und sagte dabei: »Herr Valverde und Herr Marian werden wohl wieder oben sein. Sie hatten vorher Besuch. Der fremde Herr war mit ihnen oben. Er ist erst vor kurzem weggefahren.«

Bei diesen Worten wollte das Mädchen nach oben eilen, doch Dale hielt sie zurück. »Lassen Sie schon! Ich gehe selbst hinauf.«

Als er in das Laboratorium eintreten wollte, prallte er erschrocken zurück. Diese seltsame Unordnung in dem Raum ... und da ... der Platz, wo der Verstärker stand ... leer! Neben einem umgeworfenen Stuhl auf dem Boden das Strahlen abschirmende Schutzkleid ... Was war hier vorgegangen? Wo war der Verstärker? Wo waren Jan und Marian?

Dale klopfte an alle Türen des Obergeschosses und rief dabei laut: »Herr Valverde, wo sind Sie?«

Vergeblich. Kopfschüttelnd ging er die Treppe hinunter und trat dort auf das Mädchen zu, das verwirrt dastand und stotternd meinte: »Hier unten sind sie auch nicht. Ich bin in allen Zimmern gewesen. Ich weiß gar nicht, wo sie sein können? Im Hause müssen sie doch sein.«

Bei den Worten des Mädchens legte es sich Dale wie ein schwerer Alp auf die Seele.

Da kam der Chauffeur Jans hinzu. »Nun«, erklärte dieser lachend, »die Herren können doch nicht verschwunden sein. Wenn sie nicht hier oder oben sind, sind sie vielleicht im Keller.«

475

Etwas beruhigt durch das gelassene Wesen des Chauffeurs nickte Dale ihm zu und sagte: »Führen Sie mich nach unten. Vielleicht«, er versuchte sich zu einem Scherz zu zwingen, »finde ich sie gerade bei einer ausgiebigen Weinprobe.«

»Sehen Sie, Herr Major! Ich habe recht gehabt, hier brennt ja die Kellerlampe.«

Der Chauffeur ging zu der Tür des Weinkellers. Sie war verschlossen. Er klopfte daran, nichts war zu hören. Enttäuscht drehte er sich um und schaute Dale verdutzt an. Er wollte sprechen, da zuckte er plötzlich zusammen. Hastig schlich er zu einem anderen Kellerraum und legte lauschend das Ohr an die Tür.

»Da drin stöhnt jemand«, meinte er.

»Schlüssel! Wo ist der Schlüssel zu der Tür?«

Der Chauffeur schien sich besinnen zu wollen, da fiel Dales Blick auf ein Stück Eisenrohr. Er griff es und bog damit das Türschloß auseinander. Die Tür sprang auf, sie traten hinein. Ein Streichholz flammte in Dales Hand auf.

»Hier sind sie!« rief der Chauffeur und deutete auf einen wirren Haufen von Packmaterial und Kisten. —

Wenige Augenblicke später waren Jan und Marian von ihren Fesseln und Knebeln befreit.

Der Chauffeur, noch ganz erfüllt von dem Entsetzen über das hier verübte Verbrechen, wurde völlig verwirrt, als die anderen aus dem Keller gingen, ohne etwas zu dem Geschehenen zu äußern. Daß Marian sofort Dale das Wort ›Turi Chan‹ zugeflüstert hatte, war ihm entgangen. Er fühlte eine gewisse Erleichterung, als Jan ihm befahl, ein paar Flaschen Burgunder aus dem Weinkeller zu holen. Aber sein richtiges Gleichgewicht fand er erst wieder, als er im Keller von der Treppe herab endlich die erwartete Flut von Verwünschungen und Flüchen vernahm, mit denen Jan Valverde jetzt seinem Herzen Luft machte. —

Kaum hatte Dale Aufklärung über die Vorkommnisse

erhalten, als er ans Telefon eilte und Clennans Wohnung anrief.

Das wenige, was er von dessen Wirtschafterin hörte, genügte, um ihn ins Bild zu bringen, was mit Clennan und Georg geschehen sein mußte. Er ließ sich danach mit dem Landesverteidigungs-Ministerium verbinden und führte ein langes Gespräch.

»So!« sagte er aufatmend, »sämtliche Polizeistellen sind alarmiert. Es wird Turi Chan nicht leicht fallen, mit seinem Raub aus dem Land zu kommen.«

Und dann saßen die drei lange zusammen. Immer wieder gingen ihre Blicke zu der leeren Stelle, wo der Verstärker gestanden hatte, während sie sich die Köpfe zermarterten, wie sie von sich aus Turi Chan irgendwie auf die Spur kommen könnten.

»Wenn ich denke, daß jetzt wahrscheinlich dieser Schuft in Paulinenaue ist und sich mit seiner teuflischen Kunst den Verstärker und wer weiß was sonst noch alles aneignet, könnte man verzweifeln. Sollte es denn wirklich ganz unmöglich sein, aus diesem Kellerloch zu entkommen?«

Georg ging Schritt für Schritt die Wände ab, fühlte und suchte.

»Sparen Sie sich doch die Mühe, Herr Astenryk. Das habe ich schon alles in den langen Stunden meiner Gefangenschaft ausprobiert. Hätten wir irgendein eisernes Werkzeug, um die Mauer bearbeiten zu können, würden wir bald frei sein. Aber hier ist ja nichts, hier gibt es keinen Gegenstand aus Eisen, den man vielleicht zu irgendeinem Werkzeug formen könnte. Alles ist aus Holz.«

»Haben Sie eine Ahnung, was das für ein Haus ist, in das er uns gebracht hat, Clennan?«

»Das habe ich einigermaßen genau feststellen können. Es ist eine der ganz vereinzelt stehenden Villen weit hinter dem Stadtpark. Wahrscheinlich hat das

477

Haus leer gestanden, und Turi Chan hat es für seine Zwecke gemietet.«

»Haben Sie etwas von Dienerschaft gesehen?«

»Ja, als ich in Turi Chans Auto hierherkam, öffnete ein Mann die Gartentür und ein anderer empfing uns am Haustor.«

Clennan bedeutete Georg, zu schweigen. Es war deutlich zu hören, daß ein Wagen über den Gartenkies fuhr und an der Hintertür des Hauses hielt.

»Das ist sicherlich Turi Chan. Ob es ihm wirklich gelungen ist, auch die in Paulinenaue zu überwältigen und den Verstärker mitzunehmen?«

Georg sprang auf und lief in dem Keller hin und her. Er faßte an seinen Kopf. »Das Netz! Es kann uns retten, wenn er es nicht vorzeitig bemerkt«, setzte er bedrückt hinzu.

»Bei Ihnen befürchte ich nichts, Herr Astenryk. In Ihrem dichten Haar ist sicherlich nichts davon zu entdecken. Anders bei mir. Verflixtes Pech, daß ich mir vor ein paar Tagen die Haare kurz scheren ließ! So deckt es nur den Oberteil meines Schädels.

Aber ich glaube immer noch, daß Sie, Herr Astenryk, der erste sein werden, den Turi Chan zu sich holen wird. Fassen wir uns in Geduld. Hoffentlich dauert es nicht mehr lange.« —

Während Turi Chans Abwesenheit hatten die beiden eine sonderbare Arbeit verrichtet. Sie hatten den Tisch an die Außenwand gestellt und in dem Lichtstrahl, der durch das Luftloch fiel, das Gewebe sorgfältig in seine einzelnen Drähtchen zerpflückt. Dann hatten sie ihr Haar mit den einzelnen Drähten in Form eines engmaschigen Netzes durchzogen, so, daß die Kopfhaare das Flechtwerk verbargen. Nach ihren Erfahrungen mußte diese metallische Einlage genügen, um den Kopf gegen Gedankenstrahlen abzuschirmen, soweit sie reichte. Und letzteres war der wunde Punkt bei ihrer so sinnreich erdachten Schutzmaßnahme. Stirn und Gesicht mußten selbstverständlich frei bleiben. Das Netz konnte daher nur schützen, wenn man sich Turi Chan gegenüber in einer abgewandten Stellung befand.

Der Abend nahte heran. Die Ungeduld der beiden wurde immer größer. Endlich hörten sie, wie sich jemand der Tür näherte, sie aufschloß. Gleich darauf blitzte eine Taschenlampe auf. Turi Chan stand in der Türöffnung mit einem Browning in der Hand, hinter ihm waren seine beiden Diener.

»Kommen Sie heraus, Herr Astenryk. Sie werden ein Wiedersehen mit Ihrem Verstärker feiern. Übrigens... Ihr Bruder Valverde und Ihr Diener Marian befinden sich in derselben Lage wie Sie. Nur daß Sie beide den Vorzug haben, nicht geknebelt und gefesselt zu sein.«

Georg, der ungeduldig die Stufen heraufkam, hätte sich am liebsten auf seinen Feind gestürzt. Mit Gewalt bezwang er sich. Turi Chan ließ ihn an sich vorbeigehen und schritt dann hinter ihm her die Treppe zum Obergeschoß empor.

Georg fühlte die Unsicherheit seiner Lage. Jetzt, wo er Turi Chan den Rücken zuwandte und das Netz ihn schützte, war er im Zweifel, ob der andere ihn nicht gedanklich beeinflußte. Doch anscheinend war das nicht der Fall, denn Turi Chan befahl ihm jetzt mit lauten Worten, in ein Zimmer zur Rechten zu treten. Als er die Tür öffnete, sah er auf einem Tisch seinen Verstärker stehen. Ein Blick zur Decke zeigte ihm, daß auch die Antenne schon gespannt war.

Die Aufregung in Georg war so groß, daß er kaum etwas beim Anblick des geraubten Apparates empfand. Nur der eine Gedanke in ihm: Wird es mir gelingen, Turi Chan so zu täuschen, daß ich ihn in die Gewalt des Verstärkers bekomme?

Mit gemacht gleichgültigem Gesicht stellte er sich vor Turi Chan hin und fragte, was er solle.

Dieser stutzte einen Augenblick, öffnete den Mund. »Wie? Was fragen Sie?« Er wollte weitersprechen, be-

479

sann sich aber und gab das, was er sagen wollte, Georg durch Gedankenwellen zu verstehen. Es war der Befehl, den Verstärker nach bestem Wissen und Gewissen betriebsfertig zu machen und Turi Chan in keiner Weise zu täuschen.

Georg nickte. »Ich brauche Handwerkszeug. Haben Sie etwas hier?«

Turi Chan deutete auf einen anscheinend neu gekauften Kasten mit allerhand Werkzeug. Georg kramte lange darin.

Die erste Probe hat mein Netz bestanden, dachte er befriedigt. Er hatte mir doch anscheinend schon auf der Treppe einen gedanklichen Befehl gegeben, als ich ihm den Rücken zukehrte. Er wunderte sich offensichtlich darüber, als ich ihn fragte, was ich solle.

Nach einer Weile ging Georg mit dem Werkzeug in den Händen zum Apparat. Den Kopf halb zu Turi Chan gewandt, vernahm er dessen immerfort wiederholten Befehl: Mache den Verstärker betriebsfertig und hüte dich, mich zu hintergehen.

Es war Georg ein Vergnügen, festzustellen, wie das Netz wirkte. Wenn er den Kopf nach vorn wandte, stand er sofort im vollen Banne Turi Chans. Wendete er das Gesicht ganz ab, vernahm er nichts von dessen Befehlen. Innerlich frohlockend schloß er den Verstärker an das Netz und die Antenne an.

Eben hatte er die letzte Verbindung gelegt, da entfuhren ihm die unbedachten Worte: »Der Apparat ist betriebsfertig.« Im selben Augenblick hatte Turi Chan die Waffe auf ihn gerichtet und rief ihm zu: »Weg von dem Apparat, sonst ...«, dabei gab er stärksten gedanklichen Befehl.

Georg wandte beim Anblick der Waffe unwillkürlich den Kopf zur Seite. Die Wellen Turi Chans wurden durch das Netz abgeschirmt. Er tat, als taumelte er vor Schreck zurück, ließ sich dabei mit abgewandtem Gesicht neben den Verstärker fallen, daß sein Kopf unter die Eingangsantenne kam. Dann, als wollte er sich erheben, stützte er sich auf die Hände und hob dabei die blanke Stirn gegen die Eingangsantenne. In blitzschnellem Entschluß ließ er seine eigenen Gedanken in den Verstärker strahlen.

Ein paar bange Augenblicke, dann wagte er es, das Gesicht immer noch nach oben gerichtet, den Kopf langsam zu drehen, bis er Turi Chan sehen konnte. Dieser stand da, totenbleich, die Augen in Furcht und Entsetzen weit geöffnet.

Gelungen! frohlockte es in Georgs Herzen. Mit eiligen Händen riß er die Drähte aus seinem Haar. Jetzt erst konnte er es wagen, sich — immer noch mit dem Kopf unter der Eingangsantenne — aufrecht zu setzen und Turi Chan in aller Ruhe anzusehen.

Der bot jetzt ein ganz verändertes Bild. Vollkommen ruhig stand er da — im Banne von Georgs Willen, der durch den Apparat millionenfach verstärkt in sein Hirn drang.

Die Waffe her! Georgs nächster Gedanke. Gehorsam ging Turi Chan auf ihn zu und gab ihm den geladenen Browning. Dann ging er ebenso gehorsam zu dem Werkzeugkasten und kam mit einer Rolle Draht zu Georg zurück. Mit der starken Kupferlitze fesselte Georg Turi Chan an Händen und Füßen. Dann umwand er mit dem Draht dessen Kopf vielfach nach allen Seiten.

»So, mein Lieber, jetzt bist du wirklich unschädlich gemacht, jetzt kann ich aufstehen.« Er schaltete den Verstärker aus und schob Turi Chan einen Stuhl unter. Ein Blick auf dessen Gesicht ließ ihn zusammenfahren. Der, jetzt frei von dem Banne des Verstärkers und wieder ganz Herr seines eigenen Willens, strahlte so viel Haß und Wut aus, daß Georg bis ins Innerste erschauerte.

Ich muß Clennan holen, dachte er. Selbst jetzt noch kann man Furcht vor der Bestie haben. Georg ging zur Tür und machte den Browning schußfertig. Bei der Kellertür angekommen, drehte er den Schlüssel und stieß die Tür auf.

»Kommen Sie raus, Clennan! Ich habe ihn.«

Mit ein paar Sätzen war Clennan bei Georg.

Zusammen gingen sie in den Raum, wo Turi Chan saß, so, wie Georg ihn verlassen hatte.

Georg berichtete in kurzen Worten, was geschehen war und fuhr dann fort:

»Aber was nun? Was machen wir jetzt mit ihm?«

»Das müssen wir uns gründlich überlegen«, erwiderte Clennan.

»Tun Sie das, mein lieber Clennan, während ich mal sehen werde, ob ich hier ein Telefon finde. Ich mache mir um die in Paulinenaue große Sorgen, wie sie wahrscheinlich auch um mich. Mit einem kurzen Anruf werde ich da für alle Beteiligten Klarheit schaffen.« —

Als Georg nach geraumer Zeit zu Clennan zurückkehrte, sagte er lachend: »Es hat lange gedauert. Nicht wahr? Ich habe schließlich den Hörer angehängt, sonst stünde ich heut abend noch am Apparat.

Ihnen will ich nur kurz sagen, daß Dale, bald nachdem Turi Chan mit dem Verstärker abgefahren war, dort ankam. Glücklicherweise ging er nach einigem Suchen in das Laboratorium, wo ihm das Fehlen des Verstärkers und das Kettenhemd am Boden sofort verrieten, daß da was Schlimmes passiert sei. Zusammen mit dem Chauffeur Jans fand er nach einigem Suchen die beiden gefesselt und geknebelt im Keller. Aber jetzt frage ich Sie, was wollen wir mit Turi Chan anfangen?«

»Darüber bin ich mir nun klar. Bleiben Sie bitte hier. Ich gehe zum Telefon und mache der politischen Polizei Mitteilung. Ist er einmal in deren Hand, dürfen wir, glaube ich, beruhigt sein. Natürlich werde ich mit dem zuständigen Dezernenten persönlich sprechen und ihn auf die Gefährlichkeit dieses Menschen aufmerksam machen.«

»Übrigens, das vergaß ich zu sagen«, unterbrach ihn

Georg, »Dale hat sich auf den Rückweg begeben. Er dürfte in ein paar Stunden hier sein. Ich glaube, wenn Dale dann das Weitere übernimmt, dürfen wir wirklich ohne Sorge sein.«

Eine halbe Stunde später standen Clennan und Georg vor der Tür des Hauses und schauten einem Polizeiauto nach, das mit dem Gefangenen der Stadt zueilte.

»Hoffentlich kommt der andere Wagen auch bald«, sagte Clennan. »Ich will froh sein, wenn wir Ihren kostbaren Verstärker in meiner Wohnung haben. Sie müssen sich wohl oder übel darauf einrichten, mit dem Apparat noch einige Tage hierzubleiben. Ich überlege es mir schon im stillen, wie ich es bei einer hohen Behörde erreiche, mit Ihnen und dem Verstärker in das Gefängnis zu gelangen, um Turi Chan alle Geheimnisse abzuzwingen. Wahrscheinlich muß ich dabei Dales Hilfe in Anspruch nehmen. Es muß auf jeden Fall vermieden werden, daß irgend jemand etwas von dem Verstärker hört oder sieht und Ihre Erfindung bekannt wird.«

»Da kommt ein Wagen«, unterbrach ihn Georg. »Das wird Dale sein. Kommen Sie mit! Wir tragen den Apparat herunter und dann fort damit zu Ihrer Wohnung!« —

Drei Tage waren vergangen, seitdem Turi Chan in das Gefängnis gebracht worden war. Georg Astenryk saß bei Clennan in dessen Wohnung. Der Verstärker stand zum Transport bereit. Sie warteten auf Major Dale, um mit ihm ins Gefängnis zu fahren. Mit größter Spannung sahen sie der nächsten Stunde entgegen.

In der Gefängniszelle wollten sie mit Hilfe des Verstärkers Turi Chan zwingen, auch seine letzten Geheimnisse zu enthüllen. In mühevoller Arbeit hatten sie eine lange Reihe von Fragen aufgeschrieben, die an den Gefangenen gerichtet werden sollten.

Das Telefon rasselte. »Es wird Dale sein«, sagte Georg, während Clennan zu dem Apparat eilte und den Hörer ergriff. Im nächsten Augenblick schien es, als entfiele der Hörer seiner Hand. Röte und Blässe wechselten in seinem Gesicht, in tiefem Erschrecken richtete er die Augen auf Georg.

»Was ist los, Clennan?«

Da ließ Clennan den Hörer kraftlos auf die Gabel zurückfallen: »Turi Chan ist entflohen.« —

Eine halbe Stunde später kam Dale. Er war gefaßter, als die beiden erwarteten.

»Unsere Schuld, meine Herren! Anders kann ich's nicht nennen. Trotz schärfster Maßnahmen ist es Turi Chan gelungen, etwas von seinem Pulver mit in die Zelle zu schmuggeln. So war er imstande, zwei Leute des Gefängnispersonals in seinen Bann zu bekommen, die dann willenlos alles taten, was er wollte.«

Eine Weile herrschte Schweigen.

»Das ist sehr schlimm«, begann Georg mit leiser Stimme. »Ich meine damit nicht allein, daß wir persönlich uns in Zukunft aufs äußerste vorsehen müssen. Das schlimmste ist, daß er nun wieder sein unheilvolles Wesen treiben kann und dem Bereich unserer Macht entrückt ist. Trotzdem darf uns diese Schlappe nicht kleinmütig machen. Ich will die Macht Turi Chans nicht unterschätzen. Aber, wenn wir unser Bestes tun, werden wir doch Sieger bleiben.«

»Wahrscheinlich wird aber bis dahin eine Menge Blutes vergossen werden«, brummte Dale vor sich hin. »Doch halt! Daß ich's nicht vergesse! Ich rate Ihnen dringend, Herr Astenryk, sich mit Ihrem Apparat sofort wieder nach Paulinenaue zu begeben. Jetzt habe ich sogar Oberst Trenchham gegen mich.

Sie müssen sich darauf gefaßt machen, daß man Sie — ob Sie wollen oder nicht — irgendwo interniert, um Ihren Verstärker vor solchen unangenehmen Fällen sicherzustellen. Die Wut von Trenchham können Sie sich wohl denken. Was Sie alles aus Turi Chan herauspressen wollten, ist nichts gegen dessen Programm. Sind Sie einmal mit Ihrem Apparat wieder in Paulinenaue, sind Sie ja gegen jeden Vergewaltigungsversuch von

Scott oder Trenchham unangreifbar — und ich glaube nicht, daß es die beiden auf eine gewaltsame Entführung ankommen lassen würden, schon weil dann von einer Geheimhaltung keine Rede mehr sein könnte.«

Georg stand auf. »Gut, daß Sie mir das sagen, Herr Dale! In zehn Minuten werden sie ein leeres Nest finden.«

Anne Escheloh war in der Stadt, um einige Besorgungen zu machen. Auf dem Rückweg benutzte sie die Straßenbahn. Ihr gegenüber auf der Plattform stand ein Herr, der eifrig in einer Zeitung las. So hatte sie Gelegenheit, Gestalt und Gesicht des Mannes unauffällig zu betrachten. Irgendwie kam er ihr bekannt vor, doch vergeblich suchte sie in ihrem Gedächtnis, wo sie ihn wohl schon gesehen haben könnte.

Als sie nach Hause kam und in ihrem Zimmer stand, fiel ihr Auge auf die letzte Nummer der ›Australian World‹. Unwillkürlich fuhr sie zusammen, als sie das Bild eines entsprungenen politischen Gefangenen aus Canberra sah. Jetzt wußte sie, warum ihr der Mensch in der Straßenbahn so bekannt vorgekommen war.

Während sie sich für die Abendtafel umkleidete, überlegte sie, ob sie sich nicht sofort dem Gouverneur mitteilen sollte, doch ihre ständige Befangenheit Sir Reginald gegenüber hielt sie davon ab. Sie hoffte auf Clifton. Wenn der an der Mahlzeit teilnahm, wollte sie sich an ihn wenden.

Hauptmann Clifton stand schon im Speisezimmer, als sie eintrat. Während der Mahlzeit wartete sie, bis Sir Reginald in ein Gespräch mit Lady Wegg verwickelt war und machte dann dem Adjutanten Mitteilung von ihrer Entdeckung. Clifton hörte zunächst etwas belustigt über den Eifer, mit dem sie ihre Beobachtungen hervorsprudelte, zu. Doch zum Schluß wurde sein Gesicht sehr ernst.

»Was Sie mir da sagen, Miß Escheloh, kann doch äußerst wichtig sein. Ich möchte Sie bitten, die Zeitung sofort zu holen. Ich werde Ihr Fortgehen bei Lady Wegg entschuldigen.« —

Als Anne in das Speisezimmer zurückkam, schauten ihr beide Männer gespannt entgegen. Clifton hatte dem Gouverneur inzwischen von ihrer Entdeckung berichtet. Sie reichte das Blatt dem Adjutanten. Der warf einen kurzen Blick darauf und gab es an Wegg weiter. Der Gouverneur betrachtete das Bild lange eingehend. Die finstere Falte zwischen seinen Brauen vertiefte sich dabei noch stärker. Er winkte Clifton zu sich, sprach eine Zeitlang flüsternd mit ihm. Dann wandte er sich zu Anne, reichte ihr die Hand und sagte:

»Miß Escheloh, ich bin Ihnen zu großem Dank verpflichtet.« —

In den nächsten Tagen herrschte in den höheren Regierungsstellen von Singapur eine nervös emsige Tätigkeit. Man war gerade noch rechtzeitig einem ungeheuerlichen Verbrechen auf die Spur gekommen. Ungeheuerlich auch insofern, als ein höherer Militär — der Fall lag ähnlich wie vor einiger Zeit in Penang — in ganz unbegreiflicher Weise Pflicht und Ehre vergessen hatte.

Auf Grund von Nachrichten, die trotz des Geheimkodes ganz unerklärlicherweise in die Hände einer anderen Macht gekommen waren, hatte sich ein Agent an jenen Offizier herangemacht, in dessen Abteilung die neuen Pläne für die veränderten Minensperren bearbeitet waren. Wie es dem Agenten gelungen war, den Offizier zu solch unglaublichem Verrat zu bewegen, blieb rätselhaft. Der Beschuldigte, der sofort verhaftet wurde, erklärte immer wieder, er müsse in Geistesverwirrung gehandelt haben. Einen Tag später wurde er in seiner Zelle erschossen aufgefunden. Er benutzte einen Revolver, den ein mitleidiger Kamerad bei einem Besuch vergaß, um seinem Leben ein Ende zu machen.

Tagelang gingen in einer neu zusammengestellten Geheimchiffre Depeschen zwischen London und Singapur hin und her. Der Name Turi Chan war darin sehr oft erwähnt. Sein Bild befand sich bald bei allen Stellen der Polizei des englischen Reiches.

Daß auch in der englischen Botschaft in Peking ein Beamter war, der Staatsgeheimnisse preisgab, ließ sich in London wohl niemand träumen. So hatte Turi Chan alsbald von den Maßnahmen der englischen Regierung erfahren, und so kam es, daß er einige Tage später auf dem Wege zu Jemitsu einer Fülle sehr unangenehmer Gedanken nachhing.

Er würde es in Zukunft nur in sehr geschickter Verkleidung wagen können, englische Gebietsteile zu betreten. Dazu die unablässig wie Gift an ihm fressende Erinnerung an die Ereignisse in Australien. Diese schmählichen Niederlagen trotz stärkster Benutzung der Allgermissenschen Mittel raubten ihm Tag und Nacht die Ruhe ...

Die furchtbare Macht in den Händen dieses Astenryk ... Mußte nicht alles, was er selbst in langer, mühevoller Arbeit erdacht, geschaffen, an ihr zerschellen? Wie konnten er und seine Kraft in offenem Kampf gegen jene bestehen? Wurden nicht einfach alle seine ... Jemitsus Pläne vollkommen in Frage gestellt?

Die Furcht, seine Unterlegenheit Jemitsu einzugestehen — diesen vielleicht zu veranlassen, das große Unternehmen hinauszuschieben oder gar aufzugeben —, hielt immer wieder die Worte auf seinen Lippen fest, in denen er all das Verhängnisvolle Jemitsu offenbaren wollte.

Er erreichte das Kriegsministerium und betrat das für ihn reservierte Zimmer.

Von dem Schreibtisch leuchtete ihm von weitem die verhaßte ›Australian World‹ entgegen. Wieder ein Artikel von M. D.? dachte er wütend. Er griff nach dem Blatt, und während er langsam Satz für Satz las, wurde sein Gesicht immer düsterer.

Er ließ sich schwer in den Stuhl fallen und starrte wie

hypnotisiert auf die Zeilen, deren ganze Bedeutung nur er allein fassen konnte. Da standen alle Geheimnisse über die Versenkung der ›Brisbane‹. Welch neue furchtbare Entdeckung für ihn! Daß man auf gegnerischer Seite durch Verrat von all dem erfahren hatte, war ja ausgeschlossen. Man mußte sie belauscht haben — mit Hilfe des Verstärkers — damals, als die ›Ito‹ die ›James Cook‹ überholte.

Diesen Zauberapparat hatte er den Gegnern entrissen, hatte ihn sicher in den Händen gehabt ... Warum hatte er damit nicht sofort Australien verlassen? Warum hatte er ihn nicht gleich nach China gebracht, ihn dort durch Physiker prüfen und in Gang setzen lassen?

Oh, daß er dieser kleinlichen menschlichen Schwäche nachgegeben hatte, daß er sich nicht den Gipfel seines Triumphes versagen konnte — daß er den unterlegenen, in seinem Bann befindlichen Feind aufs tiefste erniedrigen wollte! ... Georg Astenryk selbst sollte ihm, dem Sieger, den Apparat in allen Teilen erklären, sollte ihn in der Kunst, ihn zu bedienen, unterweisen ...

Für solch kleinliche, unwürdige Tat hatten ihn die Götter gestraft. Wäre es ihm nicht doch gelungen, etwas von Allgermissens Pulver mit in die Gefängniszelle zu nehmen, er wäre noch heute in der Hand des Feindes.

Mit wütender Gebärde ballte er die Zeitung zusammen und warf sie weit von sich.

Verflucht der Name Allgermissens und all das, was er je erdacht! Verflucht der Tag, der mir das Geheimnis seiner Pulver in die Hände spielte, während seine andere große Erfindung dem Deutschen zufiel. Verflucht ich selbst, daß ich mir den Apparat Allgermissens im letzten Augenblick noch entreißen ließ von dem, der schon gefangen in meiner Hand war!

Doch solange ich atme, soll auch der andere seines Besitzes nicht froh werden. Ich will ihn samt seinem Zauberapparat vernichten.

Georg, sein Bruder Jan, Major Dale und Clennan saßen in Jans Arbeitszimmer in Paulinenaue und besprachen die Ereignisse der letzten Zeit.

Jan Valverde äußerte immer wieder seine Unzufriedenheit über das Entkommen Turi Chans. Er nannte es eine traurige Blamage. Seine nachträglichen Ratschläge, wie man das hätte vermeiden können, waren ja auch nur allzu richtig.

»Das beste wäre gewesen«, meinte er, »Turi Chan in Clennans Wohnung zu schaffen und dort unter den Bann eines schnell gefertigten Tonbandes zu bringen. Dies hätte ihn besser festgehalten als Gefängnismauern. Dann hättet ihr Zeit und Muße genug gehabt, ihm nach und nach sämtliche Würmer aus der Nase zu ziehen. Später konntet ihr ihn meinetwegen im Gefängnis abliefern, obgleich ich ein einfacheres, besseres Mittel gewußt hätte, ihn unschädlich zu machen. Wenn er mir noch einmal in den Weg laufen sollte, weiß ich jedenfalls, was ich zu tun habe.«

Dabei tat Jan Valverde einen nicht mißzuverstehenden Griff nach seinem Browning. »Ich werde ihm nie vergessen, wie er mich behandelt hat.«

Bei diesen Worten bewegte Jan unwillkürlich die Lippen, als wolle er einen schlechten Geschmack vertreiben.

»Die infame Bestie! Hätte er wenigstens mein Taschentuch als Knebel benutzt. So nahm er einen alten schmierigen Lappen, der schon zu Gott weiß welchen Zwecken gedient hatte ...«

»›Der Einbrecher wurde jedoch durch die Sicherheitsvorrichtungen verscheucht‹... stand wohl in der ›Australian World‹?« Clennan sah bei diesem Zitat Jan verschmitzt von der Seite an.

»Der Teufel soll den holen, der das reingesetzt hat!« schrie er erbost.

Gesicht und Haltung Jans waren dabei so drollig, daß alle in ein herzhaftes Gelächter ausbrachen.

»Wie gut es war, Herr Dale, das Bild mit dem Bericht zu veröffentlichen ...«

»Ah, Sie waren's, Herr Major!« knurrte Jan.

»... wie gut das war«, fuhr Georg fort, »haben wir ja gesehen. Der Luftpostbrief meiner Verlobten aus Singapur zeigt es zur Genüge. Meine gute Anne drückt sich anscheinend bewußt diplomatisch aus. Aber zwischen den Zeilen ist doch zu lesen, daß man auf diese Veröffentlichung hin rechtzeitig ein schweres Verbrechen verhindern konnte.«

Dale machte ein finsteres Gesicht. »Ich kann Ihnen nichts Näheres über die Vorfälle in Singapur sagen. Die Angelegenheit ist streng geheim. Jedenfalls hat dieser Teufel ein wertvolles Menschenleben mehr auf dem Gewissen.«

Während die anderen weitersprachen, saß Dale in Gedanken versunken ... Singapur ... Vor Singapur würde der Tanz beginnen, hatte er mehr als einmal im Kreise seiner Kameraden geäußert.

Was ihm jetzt durch andere militärische Stellen über die Vorgänge in Singapur bekanntgeworden, erfüllte ihn mit schwerer Sorge. Wer konnte wissen, ob nicht schon früher ähnliche Fälle von Verrat vorgekommen waren. Diese überaus komplizierten mechanischen Verteidigungsanlagen einer modernen Festung waren ja wie das Nervensystem eines menschlichen Körpers. Durch die Verletzung einer lebenswichtigen Stelle wird doch die Kraft auch des stärksten Mannes gebrochen ...

»Nun dürfte bald Herr Arngrim kommen«, meinte Clennan. »Ich war reichlich erstaunt, Herr Astenryk, als Sie mir vorgestern telefonierten, daß er wieder nach Georgetown zurückgekehrt ist. Als seine Leidensgefährten haben wir doch wohl einiges Interesse, zu hören, wie es ihm ergangen und wie er den Klauen dieses Teufels entronnen ist.«

»Turi Chan, Turi Chan! Du hast dir mit der Zeit ein schönes Süppchen eingebrockt«, tönte Jans Baßstimme.

»Turi Chan? Wer spricht hier von Turi Chan?«

Wie aus Geistermunde gekommen, hallten die Worte durch den Raum. Aller Köpfe wandten sich erschreckt zur Tür.

Da stand Arngrim mit bleichem, finsterem Gesicht. Eine Weile herrschte tiefe Stille. Georg eilte auf ihn zu und ergriff freudig dessen Hand. Auch die anderen umdrängten ihn, bestürmten ihn mit Fragen. Nur allmählich kehrte die Ruhe wieder, kam Ordnung in ihr Gespräch.

Arngrim hatte am Tisch Platz genommen und erzählte. Es war eine lange Geschichte, die in dem deutschen Neustadt anfing, nach Gartok ... nach Georgetown führte ... Seine Begegnung mit Turi Chan ... seine geistige Knebelung ... seelische Martern ... nach Hongkong verschleppt ... Flucht aus dem Gefängnis auf ein Schiff ... in Niutschwang erneut verhaftet, nach Mukden ins Gefängnis gebracht ... und von dort ...

Jeder der Zuhörer merkte, wie Arngrim hier in seiner Erzählung etwas ins Stocken geriet, wie er nach Worten suchte, um seine Flucht aus dem Gefängnis zu erklären. Offensichtlich war er bemüht, die näheren Umstände zu verschleiern.

In Seemannskleidung war er von Mukden nach Niutschwang gekommen und hatte einen Dampfer gefunden, der ihn nach Schanghai brachte. Von dort war er im Flugzeug nach Australien zurückgekehrt. —

Zum Schluß seiner Erzählung waren die Züge Arngrims immer ruhiger, freier geworden. Als er mit seinem Eintreffen bei Musterton in Georgetown schloß, lag es wie heller Sonnenschein auf seinem Gesicht. Seine Gedanken kehrten zu der Stunde zurück, da er in Mustertons Haus trat und Musterton ihn in die Arme schloß.

Nach einer Weile war dieser hinausgegangen, hatte die Tür hinter sich geschlossen ... Wenige Minuten später ... in der geöffneten Tür stand Lydia Allgermissen. Ein Aufschrei aus ihrem Munde, als sie ihn sah ... dann lag sie in seinen Armen. —

Lange noch saßen sie zusammen, sprachen von Turi Chan und vor allem von Allgermissen. Georg teilte Arngrim das Geheimnis Allgermissens Verstärker mit. Arngrim wußte, wenn nicht alles, so doch Wichtiges über die Pulver Allgermissens, denen Turi Chan seine Macht verdankte, zu berichten. —

Die Nacht war fast herum, als Arngrim sich verabschiedete.

In ihm war eine glückliche Wandlung vorgegangen. Jetzt, da man ihm alles berichtet hatte, was man von Turi Chans Taten und Worten wußte, atmete er erleichtert auf; was ihm so lange als Versäumnis auf der Seele gebrannt — nicht längst das, was er von Turi Chan und seinen Plänen wußte, jemandem mitgeteilt zu haben —, war kein Versäumnis mehr. Sie wußten das ja schon alles und noch mehr. Sein langer Brief an Major Dale, in dem er ihm alle seine Wahrnehmungen mitteilte, konnte ruhig in Turi Chans Händen bleiben. —

Immer wieder gingen seine Gedanken zu seiner Flucht aus Mukden zurück. Sicherlich hatten die anderen wohl gemerkt, daß er die näheren Umstände seiner Flucht absichtlich unvollständig und unrichtig wiedergab ... Zu ärgerlich, daß ich mir die Sache nicht vorher in anderer Weise klarlegte! Oder ... Warum habe ich eigentlich nicht alles so erzählt, wie es in Wirklichkeit war?

Wären die Gäste aus Canberra nicht dagewesen, hätte ich keinen Grund gehabt, etwas zu verschweigen. Ist doch Helene Forbin für Jan und für mich tot ... für mich? ... Wo sie mich erst vor kurzem aus der Gefangenschaft befreit hat? ... Ihr verdanke ich mein Leben. Ihr, an die ich stets nur mit Haß und Verachtung zurückgedacht habe. Sie, die mich beinahe zum Mörder machte ... Sie, die mein ganzes Leben zerstörte ... Sie — so wollte es das Schicksal — mußte mich aus Todesnot erretten!

... Daß sie diese Tat letzten Endes mit ihrem eigenen Leben bezahlen mußte ... niemals erfuhr das einer von unseren Freunden. Sie blieb verschollen ... sogar für den einzigen Mann, dem ihre wirklich große Liebe gehört hatte.

Wollte ich nicht im ersten Augenblick, als ich in den Seemannskleidern versteckt den Brief fand, ihre wohlbekannten Schriftzüge las, die gereichte Hand zurückstoßen ... es verschmähen, die Freiheit durch ihre Hilfe wiederzugewinnen? Was war es, was mich nach quälendem Zögern bewog, doch die gebotene Hilfe anzunehmen?

Die Lust am Leben nur war's sicherlich nicht allein! Lydia! ... Wäre sie nicht gewesen, hätte ich nicht mit allen Fasern meines Seins daran gehangen, sie wiederzusehen, dann ...

Die Sonne kam eben über den Horizont, da heulte die Sirene der Alarmvorrichtung durch das Gutshaus von Paulinenaue. Marian, der in der Nähe des Laboratoriums schlief, war im Augenblick aufgesprungen und stürzte dorthin. Ein Apparat, der herannahende Flieger signalisierte, hatte das Alarmzeichen ertönen lassen und automatisch den Verstärker und ein Tonband in Tätigkeit gesetzt, dessen Befehle jetzt mit einer Kraft von 250 Kilowatt aus der Antenne in den Äther strahlten.

Noch einen schnellen Blick über die Apparatur, ob alles in Ordnung, dann eilte Marian ins Freie. Nach und nach trafen auch die anderen ein. Mit Feldstechern konnte man deutlich erkennen, wie vier Flugzeuge in der Richtung nach Süden flogen.

»Sind es Freunde«, sagte Georg zu Dale und Clennan, »werden sie ihren Flug fortsetzen. Sind es Feinde, werden sie sicherlich umdrehen und wiederkommen.«

»Zum Teufel, Herr Astenryk! Was soll das bedeuten? Was haben Sie sich da wieder ausgedacht?«

»Lassen Sie sich das von Marian erzählen. Ich muß jetzt die Flugzeuge beobachten.«

Marian erklärte den erstaunt Zuhörenden die Konstruktion des von Georg so geistvoll ersonnenen Radarapparates, der Flugzeuge schon auf weite Entfernungen meldete. Durch eine automatische Verbindung sei er mit dem Verstärker und einem Tonband gekoppelt, das jetzt unaufhörlich den Befehl »Fliegt weg! Fliegt weg!« in den Raum strahlte.

Georg sah währenddessen mit Behagen, wie die Flieger jetzt wieder kehrtmachten. Er schloß daraus, daß sie, aus dem Zwangsbereich des Verstärkers gekommen, nun wieder Herr des eigenen Willens, ihr ursprüngliches Ziel von neuem ansteuern wollten.

»Geh nach oben«, rief er Marian zu, »setze dich unter den Verstärker. Wenn die Flieger näher kommen, gib deine Kommandos.«

»Sie nehmen wohl an, Herr Astenryk, daß es chinesische Flieger sind?« fragte Clennan.

Georg zuckte die Achseln. »Das werden wir gleich wissen.«

Dale, der, den Feldstecher vor den Augen, die Flieger beobachtete, rief jetzt: »Unsinn! Es sind australische Flugzeuge. Ich sehe es genau am Bau und an den Abzeichen.«

»Hm, hm«, brummte Georg, »kann sein, kann nicht sein.« Er wandte den Kopf zu Marian, der am Laboratoriumsfenster stand. »Nun mal los, mein Junge!«

Marian verschwand vom Fenster. Kurz darauf bogen die vier Flieger scharf nach links ab.

»Es sind Chinesen, Herr Major.«

»Chinesen, die mit falschen Abzeichen fliegen?« In Dales Gesicht blitzte es auf. »Das wäre doch wirklich eine Unverschämtheit.«

»Für mich gibt es keinen Zweifel, meine Herren«, sagte Georg, während er zu den Fliegern hinaufschaute. »Marian steht am Verstärker und kommandiert: Australier rechts! Chinesen links! Und es dürfte den Herren doch bekannt sein, daß ein Widerstand gegen die Befehle meines Verstärkers nicht möglich ist.«

»Was haben Sie jetzt weiter vor«, drängte Dale. »Sie werden sie doch nicht einfach nach Hause schicken?«

»Keineswegs! Marian ist für diesen Fall schon instruiert. Sie werden gleich sehen, wie die Flugzeuge auf der Autostraße dort hinten niedergehen. Ich denke, wir steigen in unseren Wagen und fahren dorthin. Marian wird uns auf unserem Weg mit dem Fernglas folgen und die entsprechenden Befehle geben. Nämlich«, setzte er scherzend hinzu, »denen befehlen, uns nicht totzuschießen, sondern sich widerstandslos von uns gefangennehmen zu lassen.«

Sie waren eben in den Wagen gestiegen und rollten aus dem Hof, da hörten sie von weitem den Donner einer schweren Explosion.

»Aha!« nickte Dale befriedigt, »Bombenflieger! Eine der Karren ist beim Landen unsanft aufgestoßen und glatt in die Luft geflogen.«

Eine Minute später fuhr der Wagen durch das Tor. Schon von weitem sahen sie, daß Dale mit seiner Vermutung recht hatte.

Eine gewaltige schwarzgelbe Wolke stand über einer Stelle, wo Trümmer eines Flugzeugs lichterloh brannten.

»Die anderen sind vorsichtiger gewesen«, rief Clennan, »sehen Sie dorthin! Da kommen uns die Piloten entgegen. Und jetzt — Marian arbeitet wirklich prompt — heben sie die Hände über den Kopf.«

»Feine Sache, Herr Astenryk!« Dale drückte Georg die Hand. »Hoffentlich werden Sie dieses Experiment zu gegebener Zeit recht oft erfolgreich wiederholen. Ich werde General Scott und Trenchham den Bericht über den Vorfall persönlich geben. Zunächst mache ich mich auf einen furchtbaren Anraunzer gefaßt. Auf die erste Nachricht von den Ereignissen werden die sich natür-

495

lich sagen: Das kommt alles davon, daß dieser Kerl keine Vernunft annehmen will und sich nicht lieber unter militärischen Schutz begibt.«

»Na, ich danke«, scherzte Georg, »meine Radar-Schutzeinrichtung, die uns auch nachts einen sicheren Schlaf garantiert, wird ihnen eine bessere Meinung von mir geben.« —

Die Gefangenen wurden nach Paulinenaue gebracht. Dale telefonierte nach Canberra. Gegen Mittag würde eine Kommission in Paulinenaue sein, um das Weitere zu veranlassen. Im Banne des Verstärkers hatten die gefangenen Flieger, über Zweck und Ziel ihres Fluges befragt, übereinstimmend geantwortet: Paulinenaue durch Bombenabwürfe zu zerstören.

»Ich glaube, Herr Astenryk«, sagte Clennan, nachdem die Chinesen in einem sicheren Raum untergebracht waren, »ohne Ihre brillante Idee mit dem automatischen Fliegeralarm wäre Paulinenaue jetzt in Atome zerrissen.«

»Bin mal neugierig, was man mit den Burschen anfängt«, meinte Jan.

»Das soll nicht meine Sorge sein«, entgegnete Georg, »dafür mag Freund Dale sorgen. Ich bin zufrieden, daß mein Apparat auch diese Probe gut bestanden hat.«

»Sagen Sie nicht Apparat, Herr Astenryk. Bei solcher Leistung müssen Sie schon Radar-Großsender sagen.«

»Nennen Sie es wie Sie wollen«, sagte Georg vergnügt.

»Bei dieser Gelegenheit, Herr Astenryk«, sagte Dale, »muß ich eine Frage anschneiden, die uns in Canberra schon lange auf der Seele liegt. Immer, wenn ich Sie fragte, wie Sie sich die Mobilisierung Ihres Verstärkers im Kriegsfalle denken, gaben Sie ausweichende Antworten. Sie sagten, das wäre eine nebensächliche Angelegenheit.

Selbstverständlich bietet es keine Schwierigkeiten, die 250 bis 300 Kilowatt, die Ihr Verstärker braucht, aus irgendeinem fahrbaren Aggregat zu nehmen. Gestern abend machten Sie gelegentlich die Bemerkung, Sie würden demnächst mit einer Energie von 500 Kilowatt und noch mehr arbeiten ...«

»Ja, gewiß, Herr Dale. Das sagte ich. Aber warum ...?«

»Nun, diese 500 Kilowatt sind natürlich auch in Form eines fahrbaren Aggregats zu beschaffen. Aber hier fängt die Sache an, etwas umständlich zu werden. Sie würden dazu doch einen umfangreichen Fuhrpark benötigen. Den im gegebenen Augenblick in der besten Form bereitzustellen, dürfte vielleicht Schwierigkeiten bieten. Ich hatte, als ich hierherkam, die Absicht, diese Frage mit Ihnen zu besprechen, um danach sofort die nötigen Anschaffungen zu machen.«

»Nicht nötig, Herr Dale! Ich werde Ihnen gleich zeigen, daß der erste beste solide Kraftwagen genügt.«

»Aha!« entschlüpfte es Clennan unwillkürlich.

Georg lachte.

»Habe mir längst gedacht, Herr Clennan, daß Sie da schon allerhand gerochen haben. Nun, jetzt ist es wohl an der Zeit, Ihnen auch darüber volle Aufklärung zu geben. Kommen Sie, bitte, mit nach oben in das Laboratorium.«

Während Georg auf dem Weg zum Hause voranging, flüsterte Clennan Dale zu: »Ich glaube, Herr Major, wir werden etwas Außerordentliches erleben.« Auf Dales fragenden Blick fuhr er fort: »Hinter der Energiequelle, die Astenryk zum Betrieb seines Verstärkers benutzt, steckt ein Geheimnis oder — ich will es noch anders sagen — steckt das wirkliche Geheimnis dieses Mannes. Ein Mensch von der Tatkraft und den geistigen Qualitäten Astenryks sieht das Ziel seines Schaffens nicht in den Arbeiten mit dem phantastischen Verstärker. Dieser nüchterne, klare Kopf hat sich — darüber war ich mir nie im Zweifel — höhere Aufgaben gestellt. Ich denke, wenn wir wieder herunterkommen, werden wir etwas gesehen haben, was über kurz oder lang die Welt in Staunen setzen wird.«

»Lassen Sie doch, Clennan! Meine Neugierde ist schon groß genug. Sie machen's ja noch schlimmer.«

Sie gingen zu Georg ins Laboratorium. Dieser begann: »Meine Herren, aus Gründen, die Sie begreifen werden, bin ich genötigt, mich vorweg Ihres unverbrüchlichen Schweigens über das zu versichern, was ich Ihnen jetzt vorführen will. Wenn Sie, Herr Major«, er wandte sich zu Dale, »es für erforderlich halten, General Scott eine Mitteilung zu machen, sei es Ihnen unbenommen. Aber überlegen Sie es sich, bitte, genau. Ihnen, Herr Clennan, will ich zunächst einmal zeigen, wohin das Stromkabel des Verstärkers führt. Das hat ja, wie ich wohl merkte, schon längst Ihre Neugier erregt.«

Er öffnete die Tür zu einem kleinen Nebenraum.

»Hier endet das Kabel des Verstärkers. Die Batterie, an die es angeschlossen ist, macht beim flüchtigen Hinblick vielleicht den Eindruck einer Akkumulatorenbatterie. Das ist sie keineswegs. Sie haben hier die primäre Energiequelle!«

Obwohl die Spannung und Erwartung der beiden schon sehr hoch war, verschlug es ihnen bei diesen Worten Astenryks doch die Sprache. Da standen in einem einfachen Holzkasten von der Größe eines Kabinenkoffers mehrere Reihen von Elementen. Georg schaltete das Kabel ein. »Der Sender ist jetzt betriebsfertig. Sehen Sie, bitte, hierher auf das Wattmeter.«

»500 Kilowatt?« kam es ungläubig von den Lippen Clennans und Dales. —

Als beide eine Stunde später allein durch den Park gingen, sagte Clennan scherzend zu Dale:

»Nun, so schweigsam, Herr Major? War ein toller Brocken, den uns Astenryk da vorsetzte. Bißchen schwer zu verdauen! Was?«

»Sie haben gut lachen, Herr Clennan. Sie ahnten schon etwas von dieser phänomenalen Sache. Das wird ein schönes Geschrei in der Welt geben, wenn sie eines Tages davon erfährt. Schon die wenigen Andeutungen Astenryks genügten, um eine völlig veränderte Energiewirtschaft zu zeigen.

Aber lassen wir das jetzt und denken wir an nichts anderes als an den Verstärker. Jetzt bekommt die Sache natürlich ein ganz anderes Gesicht. Jetzt kann man den Verstärker in der einfachsten, unauffälligsten Weise mobilisieren. Der erste beste Kraftwagen genügt, um darin die ganze Apparatur betriebsbereit zu installieren.« —

Am nächsten Tage begann in dem Autoschuppen Jans ein geheimnisvolles Schaffen. Der Kraftwagen war gekommen. Dale hatte ihn mit einer wirksamen, unauffälligen Panzerung versehen lassen. Georg und Marian waren eifrig beschäftigt, die Installation für den aufschiebbaren Antennenmast zu machen. Gleichzeitig wurden die Stellen, wo der Verstärker und die Batterie ihren Platz finden sollten, vorgerichtet. —

Einige Tage später — Marian war gerade zur Jagd gegangen — saß Georg mit Jan in dessen Arbeitszimmer. Sie lauschten der Musik aus dem Lautsprecher. Plötzlich wurde sie abgebrochen; die Stimme des Ansagers ertönte: »Verehrte Hörerinnen und Hörer, wir unterbrechen das Konzert wegen einer wichtigen Meldung. Soeben trifft die Nachricht ein, daß China an Großbritannien den Krieg erklärt hat. Die britische Seefestung Singapur wird von starken chinesischen Luft- und Seestreitkräften angegriffen.«

Jan sprang erregt auf. »Also hatte Dale doch recht gehabt, als er immer gesagt hatte, in Singapur werde es zuerst losgehen.«

Georg dachte erschrocken an Anne... Singapur Kampfgebiet! Da schrillte das Telefon. Er eilte sofort zum Apparat.

»Hier Flugplatz Canberra. Dale und Clennan. Haben Sie die Nachricht gehört?... Ja?... Wir starten jetzt. In einer Stunde sind wir bei Ihnen. Bereiten Sie alles zum

Einbau Ihres Verstärkers vor. Wir wollen mit Ihnen nach Singapur!«

In Georgs Augen blitzte es auf. Nach Singapur? Zu Anne! Eine Flut von Gedanken überschwemmte ihn. Sein Verstärker sollte dort Rettung bringen ... eine Aufgabe, deren ungeheure Schwierigkeiten ihm sofort bewußt wurden ... Würde es glücken? ... Vergeblich zwang er sich zu ruhigem Denken. Wenn es gelingen sollte, mußte doch nach einem vorher genau festgelegten Plan gearbeitet werden. Wo da den Anfang machen? Die kämpften doch auch schon zu Lande mit den englischen Streitkräften. Was war der gefährlichste Teil der chinesischen Angriffsmacht? ... Die Richtung seiner Wellenstrahlen ... die eisernen Schiffe und ihre Kommandotürme boten stärkste Abschirmung ... die Landstreitkräfte, durch die Stahlhelme stark geschützt ... von oben schwer angreifbar ...

Jans Stimme riß ihn aus diesem Gedankenwirbel.

»Komm, Georg! Wir wollen den Verstärker und die Batterie herunter in den Kraftwagen bringen. Da man noch nicht genau wissen kann, wo Dales Flugzeug landen wird, lassen wir den Wagen mit den Apparaten ruhig solange in der Garage stehen. In ein paar Minuten können wir dann da sein, wo das Flugzeug landet.«

Während sie die Sachen aus dem Laboratorium in die Garage brachten, fragte Georg: »Wo bleibt nur Marian?«

»Willst du den etwa mitnehmen, Georg?«

»Das wird wohl nicht möglich sein«, meinte dieser bedauernd. »Sicherlich müssen wir die Besatzung des Flugzeugs nach Möglichkeit einschränken, um mehr Brennstoff transportieren zu können.« —

Sie waren wieder in Jans Wohnzimmer gegangen, um weitere Nachrichten über die politische und militärische Lage zu hören. Da stürzte Jans Chauffeur ins Zimmer.

»Herr Valverde, ein Flugzeug landet eben auf der Koppel.«

Georg sprang sofort auf und eilte hinaus.

»Herrgott, ja! Das hatte ich ganz vergessen!« brummte Jan und stürmte hinter Georg her. »Hoffentlich hat Dales Maschine auch eine Senderanlage! Ich werde jedenfalls nicht von meinem Empfänger weichen.«

Er war noch so benommen, daß er gar nicht auf die letzten Worte Georgs achtete, der ihm beim Hinauslaufen zurief: »Komm mit dem Auto nach!« Mit seinen langen Beinen hatte er Georg eingeholt, als er gerade Dale und Clennan begrüßte, die ihm ein Stück entgegengekommen waren.

»Aber Jan! Du solltest doch mit dem Auto kommen.« Er machte eine ärgerliche Bemerkung und wandte sich ab. »Nun, da werde ich den Wagen selbst holen.«

Eilig lief er dem Hause zu. Da ... da kam ja Marian. Georg winkte, rief ihm von weitem zu. Doch der ... Georg wunderte sich, warum bleibt er nicht stehen? Was hat er? Er sah ihn um die Hausecke gehen und dann verschwinden ...

Merkwürdig! dachte Georg. Er hatte das Haus erreicht und wollte zur Garage abbiegen, da hörte er aus dem Schuppen krachende Schläge. Sekundenlang durchschoß ihn glühende Angst. Was war das?

Noch ein paar Schritte — er konnte durch die offene Tür das Innere der Garage sehen —, er stutzte, stand wie angewurzelt, seine Augen quollen über in tödlichem Entsetzen ... Marian ... was machte er da? Krachend fiel das Beil in dessen Hand auf den schon halb zertrümmerten Verstärker nieder. Georg wollte schreien, doch die Stimme versagte ihm. Nur ein unartikulierter Laut kam aus seiner Kehle. Stolpernd eilte er auf Marian zu. Da blickte dieser auf, sah Georg.

Was jetzt geschah, kam Georg kaum zu Bewußtsein ... das Jagdgewehr in Marians Hand ... ein Schuß daraus ... die Kugel scharf an seinem Kopf vorbei. Er wollte noch einmal schießen, da war Georg über ihm. Ein wilder Kampf entspann sich, bis es Georg gelang,

Marian die Waffe zu entreißen. Noch im letzten Augenblick löste sich ein zweiter Schuß. Dann warf Georg sich erneut auf Marian, der das Gewehr wieder ergreifen wollte, schlang seine Arme um ihn und drückte ihn zu Boden.

»Marian! Marian!« kam es keuchend aus Georgs Mund, »was hast du getan? ... Mich ermorden? ... Bist du wahnsinnig? ...«

Marian wandte den Kopf Georg zu. Der trübe, glasige Glanz in seinen Augen schwand. Mit verständnislos fragendem Blick sah er Georg an.

»Was sagst du, Georg? Dich ermorden? ... Wer will dich ermorden? ...«

»Marian! Was ist mit dir? Weißt du nicht, was du getan hast?«

Unter dem drängenden, beschwörenden Ton Georgs wandelte sich Marians Gesicht immer stärker, sein Blick wurde klarer.

»Marian? Ist es möglich? Du weißt wirklich nicht, was du eben getan hast? Daß du auf mich schossest? Daß du unser Heiligtum, den Verstärker, vernichtet hast?«

Marian starrte Georg mit entsetzten Augen an.

»Ich ... ich ...« Er stützte sich auf die Hände und schob den Oberkörper in die Höhe. Sein Blick folgte Georgs Arm, der auf den zertrümmerten Verstärker deutete. »Ich ... ich war das?« Er schloß die Augen, fiel zurück. Ein letzter Schrei aus seinem Mund: »Turi Chan!« Dann umfing ihn tiefe Ohnmacht. —

»Aber wo bleibst du, Georg? Wir warten! Was ist denn mit dem Karren? Warum ...« Wie zur Salzsäule erstarrt, stand Jan. Seine Augen irrten wie geistesabwesend über die Szene.

Da stand Georg leichenblaß gegen die Wand gelehnt. Vor ihm auf dem Boden Marian ausgestreckt ... wie ein Toter. Neben ihm das Gewehr. Dort der Verstärker ... ein Trümmerhaufen ... Noch war kein Wort gefallen, da kamen auch Dale und Clennan heran. Ein Blick ... dasselbe Bild ... sprachlos, zu Tode erschrocken, verharrten sie ...

Dale war es, der sich zuerst aufraffte. »Herr Astenryk, was ...?«

Da hob dieser langsam den Kopf und sprach wie ein zu Tode Getroffener: »Turi Chan!« —

In dem Wäldchen an der Straße nach Georgetown lag ein Mann auf den Knien. Den Gebetkranz in den Händen, murmelte er Dankgebete zum Himmel. Doch nur schlecht paßten die demütigen Worte zu den in wildem Triumph glühenden Augen. Während seine Lippen Gebete sprachen, waren seine Gedanken dort drüben in der Autohalle ... Der Verstärker zertrümmert! Oh, wie wohlig war das Krachen der Schläge von weitem her an sein Ohr gedrungen. Fortan war jede Gefahr aus der Welt geschafft. Georg Astenryk hatte ja in seinem Banne eingestanden, daß es nicht möglich wäre, einen zweiten derartigen Verstärker zu bauen ... Und dann der Schuß.

Wie dieser Knecht wohl seinen Herrn getroffen haben mochte? Und der zweite Schuß, mit dem er sich selbst den Tod geben sollte ...

Mögen die Himmlischen mein Werk auch weiter segnen! Jetzt will ich zurück zu Jemitsu. Mir ist, als wenn sich meine Kräfte verdoppelt hätten, seit ich weiß, daß ich diesen stärksten aller Gegner endlich vernichtet habe.

Er erhob sich und sprang in den Kraftwagen, der ihn nach Brisbane führte. Mit triumphierender Freude vernahm er auf dem Flugplatz die Nachrichten vom Fortgang der Schlacht bei Singapur ... überall die Chinesen im Vorteil. Wie lange noch, dann war die stolze Feste in ihrer Hand.

Es war ein ganz anderer Mann, der am nächsten Morgen Jemitsu gegenüberstand. In fester Zuversicht ging Turi Chan auf Jemitsu zu und legte ihm die Hände auf die Schulter. So standen sie sich gegenüber.

»Der Sieg wird unser sein!« Fast gleichzeitig kamen die Worte von ihren Lippen. —

In kurzer, gedrängter Darstellung gab Jemitsu dem Freund einen Bericht von dem bisherigen Verlauf der Schlacht.

»Wie werden sie überall in der Welt erstaunen, erzittern!« kam es fast jauchzend aus Turi Chans Mund. »Mit Neid und Schrecken werden sie unsere Siege erleben.«

Einen Augenblick huschte ein dunkler Schatten über Jemitsus Gesicht. »Die Vereinigten Staaten ...«, begann er langsam, »die Stimmung dort ist bedenklich. Presse und Publikum drängen die Regierung einzugreifen. Wenn diese doch nachgiebig würde?«

Turi Chan machte eine verächtliche Handbewegung. »Laß sie kommen!«

»Du vergißt die anderen großen Staaten der Welt«, warf Jemitsu ein. »Ein Zusammenschluß ...«

»... wird niemals kommen«, vollendete Turi Chan den Satz. »Ihre Uneinigkeit ist zu groß, als daß sie sich zu einer solchen Tat aufraffen könnten.

Wann erwartest du den Fall Singapurs, Jemitsu?«

Der wiegte nachdenklich den Kopf. »Wäre ein anderer Mann als Sir Reginald Wegg Kommandant von Singapur, ich würde sagen, in drei Tagen. Wegg ist ein zäher, tapferer Krieger, ein echter Repräsentant seines Volkes, er wird bis zum letzten Blutstropfen ausharren. So wird es länger dauern.«

Turi Chan runzelte die Stirn. »Das wird doch wohl nicht bedeuten, daß die Transporte nach Australien sich verzögern?«

Jemitsu verneinte. »Wir werden nicht warten, bis Singapur gefallen ist. Aber ehe wir nicht den Fall der Festung sicher erwarten können, wird unsere Australienflotte nicht auslaufen.«

Turi Chan ging mit unruhigen Schritten durch das Zimmer. »Unerträglich die kommenden Stunden untätigen Harrens! Ich vermag nicht, hier länger müßig zu sitzen. Laß Weisung geben, das nächste Großflugzeug, das an die Front geht, soll mich mitnehmen.«

Es war der dritte Tag der Belagerung von Singapur. Dale kam im Flugzeug nach Paulinenaue. Am Hausflur empfing ihn Jan, doch nicht in seiner gewöhnten polternden Art. Still reichte er ihm die Hand.

»Gut, daß Sie kommen. Jetzt werden die drei da oben im Laboratorium mal raus müssen aus ihrer Höhle. Mit Mühe habe ich durchgesetzt, daß sie jetzt in Schichten arbeiten. Die ersten Tage und Nächte sind sie nicht aus den Kleidern, viel weniger aus dem Laboratorium gekommen.«

»Was macht Marian, der Unglückliche?« fragte Dale.

Jan machte eine bedauernde Handbewegung. »Nicht besonders, Herr Dale. Es ist gut, sehr gut, daß er so scharf arbeiten kann. Das lenkt ihn von seinen Gedanken ab, zwingt ihn zu anderer, stärkster Konzentration. Wäre das nicht, er würde sich vielleicht ein Leid antun.«

»Das ist doch Unsinn, Herr Valverde. Habt ihr nicht alle unter dem Bann dieses Teufels gestanden?«

»Gewiß!« erwiderte Jan. »Und doch, wenn man bedenkt ... Marian, Freund, Bruder Georgs von Jugend auf, zerstört dessen Werk, will Georg ermorden ... welch furchtbare Verstrickung!«

»Wissen Sie jetzt die näheren Umstände, wie Turi Chan ihn in seinen Bann zwang?« wollte Dale wissen.

»Ja. Man kann sich wenigstens ein ungefähres Bild aus den Mitteilungen machen, die Georg vorsichtig bruchstückweise aus Marian herauslockte. Danach hat es sich wohl so zugetragen: Marian, auf der Jagd, hatte sich, um zu ruhen, im Schatten eines Busches niedergelegt und war eingeschlafen. Als er erwachte, stand Turi Chan vor ihm. Er zwang Marian, einen Becher zu trinken, in den er irgendein teuflisches Medikament getan hatte. Georg vermutet, das wäre ein Pulver gewesen,

505

um die Empfänglichkeit für Gedankenstrahlungen stark zu erhöhen. Nachdem er Marian so völlig in seinen Bann gebracht hatte, gab er ihm den Befehl, den Verstärker zu zerstören und Georg zu erschießen.

Er muß dann Marian, der nach Hause ging, bis in die unmittelbare Nähe des Gutshofes gefolgt sein. In Turi Chans Bann tat dann Marian das Ungeheuerliche.

Kommen Sie, Herr Dale. Ich gehe mit nach oben. Clennan schläft. Georg und Marian sind bei der Arbeit. Mit vereinten Kräften werden wir sie rausholen, ob sie wollen oder nicht.« —

Eine halbe Stunde später saßen alle — Clennan hatte man inzwischen geweckt — in einer schattigen Laube des Gartens. Jan konnte den Blick nicht von Marian lassen — welch glückliche Veränderung war mit ihm vorgegangen! Dale hatte, kaum ins Laboratorium gekommen, Marian unter den Arm gegriffen und war mit ihm ins Freie gegangen. Was er da mit ihm gesprochen hatte, wußte man nicht. Jedenfalls hatte er es überraschend verstanden, den Unglücklichen durch verständiges Zureden von seinen selbstquälerischen Wahnideen zu befreien und seelisch aufzurichten.

»Ehe ich Ihnen über die Lage bei Singapur berichte, geben Sie, Herr Astenryk, mir noch einmal ein genaues Bild von dem Stand Ihrer Arbeiten. Sie glauben nicht, wie ich aufgeatmet habe, als ich von Clennan hörte, daß der Verstärker wiederhergestellt werden könne. Von dem Augenblick an habe ich die Hiobsnachrichten aus Singapur leichter genommen.«

Ehe Georg begann, nickte er Marian zu. Beglückte es ihn doch noch viel mehr als die anderen, daß Dales freundlicher Zuspruch auf Marian so heilsam gewirkt hatte.

»Ein gütiges Geschick, stärker als der bannende Haß Turi Chans, lenkte Marians Arm. Gewiß, der Apparat wurde völlig zerstört.

Aber völlig ... das ist nicht ganz richtig. Seine Seele,

die Allgermissenschen Kristalle, blieben unversehrt. Die beiden kleinen Kristalle die ich zunächst vermißte und für verloren hielt, fanden sich Gott sei Dank später weitab zur Seite geschleudert unter Jans Wagen.

Als ich die Kristalle sämtlich beisammen hatte, war ich vollkommen beruhigt. Jetzt handelte es sich für mich nur darum, in planvoller, systematischer Arbeit in kürzester Zeit einen neuen Verstärker herzustellen, um dann die unersetzlichen Kristalle Allgermissens darin einzubauen. Einen Teil des nötigen Materials hatten wir ja schon von jener Zeit her, da ich die Absicht hatte, mit Clennan einen zweiten Verstärker zu bauen. Das mißlang, weil wir die richtigen Kristalle dafür nicht fanden. Was an Einzelteilen noch fehlte, brachte Clennan, der mit Ihrer Maschine nach Canberra flog, schon am nächsten Morgen herbei. Daß wir seit diesem Tage nicht müßig gewesen sind, können Sie sich denken.«

»Und wie lange noch ...?« fragte Dale.

»Genau läßt sich das nicht sagen, Herr Major. Ich hoffe aber, spätestens in einer Woche fertig zu sein.«

Dale nickte erfreut. »Oh, das ist ja schneller, als ich hoffte. Aber schonen Sie Ihre Kräfte. Die Arbeit, die danach Ihrer wartet, ist nicht minder schwer. Jetzt will ich Ihnen den versprochenen Bericht über die Lage in Singapur geben.

Die Nachricht vom Tode des Gouverneurs ist falsch. Er lebt. Wie es mit seiner Familie steht, weiß ich natürlich nicht. Ich nehme aber an, daß sie sich in Sicherheit befindet.

Wie lange sich Singapur halten wird, ist ungewiß. Irgendein glückliches Ereignis, wie es ja im Krieg oft vorzukommen pflegt, kann noch eine Wendung zum Besseren bringen. Ohne etwas Derartiges ...« Er zuckte die Achseln.

»Aber wie ist das möglich, Herr Major? Singapur, die gewaltige Feste ...«, warf Jan ein.

»Ja, da muß ich auf das in der Geschichte unglücklicher Kriege mit Vorliebe gebrauchte Wort ›Verrat‹ zurückgreifen. Die schnellen, überraschenden Erfolge der Chinesen am ersten Tag sind einfach undenkbar, wenn man nicht annimmt, daß Verrat ihr Bundesgenosse war.

Über Einzelheiten will ich mich nicht auslassen. Der Feind muß im Besitz zuverlässigster Pläne aller Anlagen gewesen sein, muß über ein fast mathematisch genaues Bild aller unterirdischen Verbindungswege, Kabelleitungen und Kraftzentralen verfügt haben.

Anders ist es nicht zu erklären, daß schon die ersten Geschosse und Bomben Volltreffer auf verteidigungswichtige Punkte waren.

Um Ihnen einen Begriff zu geben, wie ernst die Lage zur Zeit in Singapur ist, möchte ich vorweg bemerken, daß gestern die Befestigungen auf der Insel Blakan Mali, und nach den heutigen Nachrichten wahrscheinlich auch die Werke auf der Insel Brani, aufgegeben werden mußten. Der Kampf wird in der Hauptsache von den Küstenforts geführt. Singapur ist von der Seeseite aus von schweren chinesischen Seestreitkräften vollständig belagert.

Bei der Überlegenheit des Feindes brach der englische Admiral das Gefecht ab und zog sich zurück, wobei jedoch leider zwei unserer Schiffe auf chinesische Streuminen liefen.«

»So können wir also bei dem gegenwärtigen Stand der Lage schon bald feindliche Truppenlandungen hier bei uns in Australien erwarten?« fragte Jan.

»Damit ist mit unbedingter Sicherheit zu rechnen, Herr Valverde, es sei denn, daß sich die Lage in Singapur mehr zu unseren Gunsten wendet. Aber ...«

»Haben Sie nicht irgendwelche Anhaltspunkte, wo man solche Landungsversuche erwarten könnte?« fragte Georg.

»Nein. Es ist uns trotz aller Bemühungen nicht gelungen, hinter die Pläne der Gelben zu kommen. Wir haben ja darüber schon des öfteren gesprochen. Der westliche Teil unseres Landes scheidet aller Wahrscheinlichkeit nach aus. Im Osten ... Doch lassen wir dieses unfruchtbare Herumraten. Mögen sie landen, wo sie wollen. Wir werden an keinem Punkte Widerstand bis zum Äußersten leisten.

General Scott hat es, im Vertrauen auf Ihre Hilfe gegen stärkste Opposition der anderen Kommandanten, durchgesetzt, daß den chinesischen Landungsmanövern nur so lange Widerstand geleistet wird, wie es sich mit der Schonung der Zivilbevölkerung und des privaten Eigentums verträgt. Wir denken nicht daran, unsere großen Küstenstädte nutzlos in Trümmer schießen zu lassen. Je weiter die gelandeten Truppen in das Innere vordringen, desto besser für Sie, Herr Astenryk.«

Das Riesenflugzeug des chinesischen Oberbefehlshabers zog in mächtigen Schleifen ruhig seine Bahn über Singapur.

»Ich glaube, es wird nicht mehr lange dauern, dann geht da unten die weiße Flagge hoch«, sagte Turi Chan mit einem etwas höhnischen Unterton zu Admiral Chamura, dem Höchstkommandierenden.

Der gab keine Antwort, schaute in ernstem Nachdenken auf die Festung. Wäre es nicht Jemitsu gewesen, der Turi Chan zu ihm beordert, würde er ihn nicht in sein Flugzeug aufgenommen haben. Chamura wußte sehr genau, welche Rolle Turi Chan spielte und was der alles getan hatte. Da war sehr vieles, was den geraden, tapferen Charakter Chamuras abstieß. Vor allem war es die Versenkung der ›Brisbane‹, die ihm als schmachvolle Tat für immer in der Seele brannte. Die näheren Umstände dieses Anschlags waren ihm wohlbekannt. Er wußte, daß es Turi Chans Werk war.

Auch das mißfiel Chamura in höchstem Grade an Turi Chan, daß der so unverhüllt einen starken persönlichen Haß gegen den Gouverneur von Singapur zur Schau trug. Er erweckte manchmal den Eindruck, als liege ihm weniger an der Eroberung der Festung als an der Demütigung Sir Reginald Weggs.

»Ich glaube, es würde nichts schaden, wenn jetzt auch die Stadt mit einigen Bomben belegt würde. Das könnte General Wegg nachgiebiger machen.«

»Das wäre gegen meine Instruktion, Turi Chan. Ich habe den ausdrücklichen Befehl, die Zivilbevölkerung nach Möglichkeit zu schonen. Außerdem glaube ich nicht, daß Wegg sich dadurch in seinen Entschlüssen beeinflussen ließe. Er wird so oder so kämpfen, solange Widerstand noch möglich.«

Turi Chan warf Chamura von der Seite her einen schiefen Blick zu. Er fühlte nur zu wohl, wie wenig dieser ihm geneigt war.

»Nun, da können wir vielleicht noch lange warten, ehe Singapur kapituliert.«

»Das ist durchaus denkbar«, sagte Chamura kühl, »aber ich glaube es nicht. Ich halte die aufgefangene Nachricht von einer leichten Verwundung des Gouverneurs für irreführend. Wegg ist nicht der Mann, von einer leichten Verletzung viel Wesens zu machen. Ein anderer wird die Meldung gegeben haben, und das bedeutet für mich, daß der Fall ernster liegen muß. Ohne Wegg ist Singapur ...«

»Ah! Wegg schwer verwundet ... Das wäre unangenehm.«

»Warum, Turi Chan?«

»Wollte es der Teufel, daß er nicht transportfähig wäre, entginge uns der Triumph, ihn gefangen nach China zu bringen.«

Ein verächtliches Lächeln zuckte über Chamuras Gesicht. So, dachte er, das wäre für dich das Höchste, den unterlegenen Feind noch zu demütigen. —

Turi Chan kam aus dem Stabsgebäude des Oberbefehlshabers. Ganz entfernt im Süden vernahm er dumpfes Grollen: Die Schlacht um Singapur! Noch immer hielt sich die gewaltige Feste. Wie lange noch?

In grausamer Befriedigung funkelten seine Augen. Er dachte an den bevorstehenden sicheren Sieg!

Die Sonne sank. Dabei steigerte sich das Gefühl, daß nur seine Kraft geschärft durch Allgermissens Kunst, dies alles vollbrachte. War es sein übersteigertes Selbstgefühl, waren es seine überreizten Nerven ... Er begann laut zu sprechen. Erst langsam, dann immer schneller entströmten seinem Munde wirre Sätze ... Worte. Dabei wurde seine Stimme immer lauter, bis sie weithin in die stille Nacht erklang.

Ein Offizier, der mit einer Patrouille vorüberkam und Turi Chan nicht kannte, nahm ihn mit und schaffte ihn trotz seines Widerstandes in das Stabslazarett.

Ein Adjutant Chamuras, der gerade dort weilte, benachrichtigte sofort den Admiral. —

Nachdenklich saß Jemitsu vor der Depesche, die ihm die Erkrankung Turi Chans meldete. Ein bitterer Tropfen in den Becher der Freude! dachte er. Es wäre nicht gut, wenn uns Turi Chans Hilfe in der kommenden Zeit fehlte. Seine Krankheit ... Möge es das Schicksal verhüten, daß ihn die Götter strafen, wie sie Allgermissen gestraft haben.

In atemloser Spannung erwartete alle Welt die chinesische Invasion in Australien. —

Georg und Clennan waren auf dem Weg zum Kriegsministerium.

»Das wird ein harter Kampf werden, Herr Clennan.«

»Fürchte ich auch! Der Plan Trenchhams hat auf den ersten Blick viel für sich. Die Idee, daß Sie mit Ihren Wellen einfach die ganze chinesische Invasionsflotte auf die Riffe des Korallenmeeres jagen, ist sehr bestechend.«

»Gut, daß uns Dale schon vorher etwas davon erzählte«, meinte Georg. »So konnten wir uns für unsere Ablehnung gut vorbereiten. Ich bin froh, daß ich Sie bei mir habe. Es ist doch eine alte Geschichte: Zweien glaubt man mehr als einem. Nun, wir werden ja sehen.«

Georg überdachte noch einmal alles, was er mit Clennan besprochen hatte. Was ihn von vornherein hauptsächlich gegen den Plan Trenchhams einnahm, war die Tatsache, daß dabei unendlich viele Menschen zu Tode kommen mußten. Ein Militär mochte darüber anders denken. Er, Georg, konnte sich nicht mit dem Gedanken abfinden, von sicherer, unangreifbarer Position aus unzählige Wehrlose zu vernichten, indem er die Schiffsführer einfach beeinflußte, in voller Fahrt auf die Riffe zu jagen. Eine Tat, die für alle Zeiten mit seinem Namen verbunden sein würde.

Da er aber voraussah, daß er mit solchen Erwägungen bei Scott und Trenchham nicht durchkommen würde, hatte er sich mit Clennan einen Plan gemacht, wie sie die Militärs aus mehr oder weniger begründeten physikalischen Erwägungen heraus von ihrer Idee abbringen könnten. Er wollte sich auf Argumente stützen, die, wenn auch vielleicht etwas übertrieben, doch keineswegs eines realen Kerns entbehrten.

Es war ja durchaus denkbar, daß seine Strahlungen bei den chinesischen Kampffliegern nur wenig wirkten. Die metallische Umhüllung dieser Flugzeuge konnte vielleicht so abschirmen, daß der Pilot unbeeinflußt blieb. Ein feindlicher Treffer konnte sein eigenes Flugzeug zum Absturz bringen, und dann wäre alles verloren gewesen. Auch bei den Wasserfahrzeugen war es hinsichtlich der Kriegsschiffe wahrscheinlich, hinsichtlich der Transportschiffe möglich, daß die ganze oder teilweise metallische Ummantelung der Kommandostände die Wirkung der Gedankenstrahlung zunichte machte.

Major Dale saß schon in Erwartung Georgs mit General Scott in Trenchhams Arbeitszimmer.

»Sie meinen also, Herr Major, daß unsere Pläne bei Herrn Astenryk keinen Anklang finden werden?«

»So ist es, Herr Oberst. Er sowohl wie Clennan haben aus physikalischen Gründen Bedenken.«

Da meldete eine Ordonnanz die Herren Astenryk und Clennan.

Die Unterhaltung der fünf Männer dauerte bis tief in die Nacht hinein. Georg beglückwünschte sich, Clennan bei sich zu haben, der all die vielen Einwände, die er zu machen hatte, aufs nachdrücklichste unterstützte.

Als sie sich trennten, hielt Trenchham Georg bei der Hand fest. »Seien Sie froh, daß es Ihnen gelungen ist, General Scott auf Ihre Seite zu bringen. Daß der Teufel Sie reiten mußte, zuallerletzt noch dem gutherzigen General mit Ihren Humanitätsduseleien zu kommen! Aber denken Sie nicht, mein Lieber ...«, er lachte Georg versöhnlich zu, »daß Sie gleich wieder nach Ihrem geliebten Paulinenaue zurückfahren können. Dafür, daß Sie Ihren Willen durchgesetzt haben, sollen Sie jetzt auch etwas tun.

Wir können natürlich nicht genau voraussehen, wo die Chinesen landen werden. Aber wir dürfen immerhin aus guten Gründen einige Orte als wahrscheinlich ins Auge fassen.

Kommen Sie bitte morgen früh wieder hierher. Wir werden dann anhand von Spezialkarten geeignete Stellen suchen, von wo aus Sie mit Ihrem Apparat wirksam und dabei ungefährdet operieren können.«

Es war schon spät in der Nacht, als Jemitsu den Weg zu Turi Chans Wohnung einschlug. Die Freunde begrüßten sich in langer Umarmung. Immer wieder betrachtete Jemitsu mit banger Sorge das verfallene Gesicht Turi Chans. Das starke, schmale Kinn schob sich leise zitternd auf und nieder, als könnten die Muskeln den Kiefer nicht mehr halten.

»Ja, ja, Jemitsu ... ein anderer Turi Chan, den du vor Monden in Gartok trafst, ein anderer, den du heute siehst.«

Jemitsu ergriff dessen Hand und drückte sie. »Ich kann es begreifen, Turi Chan. Der Anfall vor Singapur, deine Krankheit sind es, die deine Seele bedrücken. Du bist niedergeschlagen, daß du, der immer Starke, schwach wurdest, zweifelst gar daran, deine Kraft wiederzugewinnen, der Alte zu werden. Doch da täuschest du dich. Warte, bis der Sieg fest in unserer Hand ist. Dann wirst du anders denken, wirst gesunden. Zuviel war es, was du in dieser langen Zeit tatest, für unsere Sache. Körper und Geist opfertest du Tag und Nacht unserem Werk. Wo wären wir ohne dich!«

Bei Jemitsus Worten hatte es in Turi Chans Augen ein paarmal kurz in Freude und Stolz aufgeblitzt. Dann lagen sie wieder unter dem trüben, dunklen Schleier.

»Ich danke dir, Jemitsu. Ob deine Worte sich erfüllen werden, steht bei den Himmlischen. Ob sie mir verzeihen, daß ich mich an ihrer Macht vergriff? Ich fürchte, ich gehe Allgermissens Weg.«

»Turi Chan!« Jemitsus Hand umschloß die Rechte des Freundes in angstvollem Griff. »Du fürchtest die Strafe der Götter?«

Turi Chan richtete sich auf und warf den Kopf zurück.

»Mögen sie mich strafen, die Götter!« rief er mit starker Stimme. »Ich will ihre Strafe annehmen, will alles dulden, was sie über mich verhängen, wenn sie's mir nur vergönnen, unseren Triumph zu erleben.«

»Du wirst es, Turi Chan. Und an unserm Sieg wirst du genesen. Nimm meinen Rat an. Unsere Flotte steht auf der Höhe von Brisbane. Morgen schon wird die Nachricht kommen, daß der Hafen von Brisbane blokkiert ist. Drei Tage später werden auch Sydney und Melbourne unser sein. Laß dir raten und nimm ein gutes, schnelles Flugzeug. Fliege selbst dorthin. Sei Zeuge unseres Triumphs, dann wirst du neue Kraft schöpfen, wirst du genesen.«

Turi Chan schaute sinnend in die Weite.

»So mag es sein!« Er richtete sich auf.

»Ich fliege, Jemitsu. Mögen mir die Götter gnädig sein!« —

Mit unbeschreiblichen Gefühlen hatte Turi Chan die Landung der Zwanzigtausend hart südlich von Melbourne erlebt. Nach kurzem, schwächlichem Widerstand waren die australischen Truppen zurückgewichen. Melbourne war jetzt fest in chinesischer Hand. Man wartete nur noch auf den bevorstehenden Fall von Sydney, um auf Canberra vorzustoßen.

In Sydney leisteten die Forts noch heftigen Widerstand. Um ihn zu brechen, waren nördlich der Stadt Truppen gelandet, die sie nach Süden umgehen sollten. Die in dieser Seefestung stationierten englisch-australischen Seestreitkräfte hatten vor der Ankunft der chinesischen Schlachtschiffe den Hafen verlassen und waren nach Süden entwichen. Man war darüber erstaunt, denn der Widerstand der Landbefestigungen wäre bei Gegenwart dieser Schiffe viel wirkungsvoller gewesen.

Im chinesischen Hauptquartier erklärte man sich das Verhalten der australischen Heeresleitung dahin, daß überhaupt keine längere Verteidigung beabsichtigt war. In dieser Annahme wurde man bestärkt, als die Befestigungswerke, noch ehe die Umgehung der Stadt vollendet war, ihr Feuer einstellten und deren Besatzungen zurückgenommen wurden. —

Es war am Abend nach der Besetzung Sydneys. In Gegenwart des Oberstkommandierenden, des Marschalls Takamori, fand an Bord des Flaggschiffes ›Jimmu‹ eine militärische Besprechung statt, an die sich eine kleine Siegesfeier anschloß.

Takamori, der Jemitsu sehr nahestand, begegnete dessen Freund Turi Chan mit besonderer Auszeichnung. Dieser war nicht wiederzuerkennen. Jemitsus Rat war gut gewesen. Der Anblick der siegreich vordringenden eigenen Truppen, der fast widerstandslos sich ergebenden reichen Riesenstädte, schien seinen Augen den alten Glanz, seinem Körper die alte Kraft wiedergege-

515

ben zu haben. Dazu die Ehrung durch den Marschall. Er schwelgte im Höchstgefühl des Triumphes.

Inzwischen nahmen die Ereignisse in Australien ihren Lauf. Die australisch-englische Flotte wich einer Blockade aus und zog sich kämpfend nach Westen zurück. Die in Sydney und Melbourne gelandeten Truppen traten den Vormarsch an. Vom Widerstand der australischen Truppen war wenig zu spüren. Er beschränkte sich auf kleine Plänkeleien, die den Vormarsch kaum ernstlich zu verzögern vermochten. Die chinesischen Flieger wußten nur von stärkeren australischen Truppenkonzentrationen westlich von Canberra zu melden.

Da wurde die Welt durch einen überraschenden Erfolg der australischen Truppen in Staunen gesetzt. Eine chinesische Brigade, die von Melbourne aus das Gebirge überschritten hatte, wurde beim Austritt aus den Bergen von verhältnismäßig schwachen australischen Kräften überrumpelt und gefangen.

Im chinesischen Hauptquartier in Sydney herrschte starke Verwirrung. Man stand vor einem Rätsel. Das Auffälligste war, daß dabei überhaupt keine Fliegermeldungen nach rückwärts gekommen waren. Die dieser Brigade zugeteilten Flieger mußten von starken feindlichen Geschwadern überraschend angegriffen und restlos vernichtet worden sein. Auch aus den australischen Berichten war nichts Genaueres über die Einzelheiten dieser Aktion zu entnehmen. Sie sprachen nur kurz von dem Sieg, der mit ganz geringen Verlusten errungen sei.

Die unmittelbare Folge dieser Schlappe war, daß die übrigen chinesischen Abteilungen nur langsam und unter Beobachtung größter Vorsichtsmaßregeln vorrückten.

Da traf den chinesischen Kommandierenden in Melbourne ein neuer schwerer Schlag. Auf die Nachricht von der Gefangennahme der Brigade und der Vernichtung von deren Fliegerverbänden hatte der General

516

zwei Aufklärungsverbände ausgeschickt, die sofort Einzelheiten über die Gefangennahme der Brigade erkunden sollten.

Von den zwanzig Flugzeugen dieses Verbandes kehrten nur vier zurück. Es war jedoch nicht möglich, aus den Aussagen der Flieger ein Bild zu gewinnen, was eigentlich den übrigen Flugzeugen zugestoßen wäre. Nach ihren übereinstimmenden Meldungen hatten fünfzehn Flugzeuge der Staffel plötzlich ein Ackerfeld angesteuert und mußten notlanden.

Nach der Landung waren sie von australischen Soldaten gefangen genommen worden. Der Führer des Verbandes, der auf dem rechten Flügel flog, war herbeigeeilt, um die Ursachen dieser verhängisvollen Landung festzustellen. Dabei hatte er plötzlich sein Flugzeug abgedreht, war ebenfalls niedergegangen und gefangen worden.

Einem scharfen Verhör unterworfen, konnten die vier Zurückgekommenen nichts anderes sagen, als daß sie durch das rätselhafte Schicksal ihrer Kameraden derartig verwirrt worden wären, daß sie nichts anderes tun konnten, als nach Melbourne zurückzufliegen.

Die Nachricht von diesem unerklärlichen Ereignis kam zu Marschall Takamori, als er mit Turi Chan und mehreren hohen Offizieren auf dem Deck des Flaggschiffs ›Jimmu‹ eine Besprechung abhielt.

Der Marschall las die Meldung und erbleichte. Auch die Offiziere um ihn standen gelähmt wie von einer Furcht vor etwas Unheimlichem. Sie fuhren zusammen, als Turi Chan mit kreischender Stimme schrie: »Der Verstärker!« und dann in schwerem Fall zu Boden stürzte.

Jan Valverde saß im Schatten einer Platane beim Nachmittagskaffee. Ein Kraftwagen fuhr am Hause vor, Rochus Arngrim und Lydia Allgermissen stiegen aus. Jan eilte ihnen entgegen.

»Ah, famos! Seien Sie herzlich willkommen. Verlobungsvisite? Ist ja ausgezeichnet! Kommen Sie, wir wollen zusammen Kaffeestunde halten.« Er drückte den beiden die Hand und zog sie, ohne sie viel zu Worte kommen zu lassen, in den Garten.

»Verlobungsvisite ... teils, teils, Jan. Ich möchte ehrlicherweise von vornherein bemerken, Verlobungsvisite ist schon richtig, aber was anderes spricht auch mit.« Arngrim sah dabei Lydia an, die ihm verlegen die Hand vor den Mund halten wollte.

»Weiter, Rochus!« rief Jan. »Immer ehrlich! Sag's doch!«

»Also offen gesagt, Jan, es ist auch ein großer Teil Neugierde von Lydia ... von uns«, verbesserte er sich lachend, als ihm Lydia in gespieltem Zorn drohte. »Aber du wirst das verstehen, Lydia weiß doch, wie eng Georgs Erfindung mit dem Werk ihres Vaters zusammenhängt, und ist nicht wenig stolz darauf. Sie behauptet, ein Anrecht zu haben, etwas Näheres über Georgs Taten, die doch ans Wunderbare grenzen, zu hören.«

Lydia wollte gegen Arngrims Worte aufbegehren, da fiel ihr Jan mit seinem gewohnten herzerfrischenden Lachen ins Wort. »Sie haben ganz recht, Fräulein Lydia. Wenn einmal die Öffentlichkeit über diese Geschichte aufgeklärt wird, darf der Name Allgermissen nicht vergessen werden. Da kenne ich Georg, er wäre der letzte, der sich mit fremden Federn schmücken würde.«

»Wie lauten denn die neuesten Nachrichten, Herr Valverde?«

»Ja, mein Fräulein, da weiß ich wahrscheinlich nicht mehr als Sie. Von Georg persönlich habe ich über eine Woche nichts gehört und gesehen, weiß auch nur das, was Rundfunk und Zeitungen gemeldet haben. Na, ich denke, der Anfang wäre recht vielversprechend. Wird da so aus dem Handgelenk eine feindliche Brigade in die Tasche gesteckt, ohne daß auf beiden Seiten ein Tropfen Blut fließt.

Obwohl ich die Künste dieses Zauberapparates schon

oft genug miterlebt habe ... Als ich von der Gefangennahme der Flieger und der Brigade hörte, war ich einfach platt. Wenn das in dem Tempo weitergeht, werden wir die Gegner bald alle gefangen haben.«

»Da kann man sich ungefähr vorstellen, Jan, wie die anderen, die von Georgs Apparat keine Ahnung haben, aus dem Häuschen sind.«

Ein Hausmädchen rief vom Garteneingang her: »Herr Valverde! Herr Astenryk ist am Telefon. Wollen Sie ...«

»Ah, ist ja wunderbar! Gleich bin ich da.« Jan war bei den letzten Worten aufgesprungen und eilte ins Haus. Lydia benutzte seine Abwesenheit, um sich nach Verliebtenart mit ihrem Verlobten zu streiten.

»Mich so zu verleumden, Rochus! Du warst doch ebenso neugierig wie ich. Am Ohr müßte ich dich ziehen.«

Sie stand auf, wollte zu Arngrim treten ... wandte sich erschreckt um. Ein dunkler Schatten war über den Boden geglitten, ein unbekannter Mensch stand neben ihnen, die Augen in glühendem Haß auf Arngrim gerichtet.

Ein Schauer des Entsetzens überlief Lydia, ihre Blicke suchten angstvoll das Gesicht ihres Verlobten, der tief erblaßt, wie fasziniert auf den Fremden starrte. »Turi Chan«, flüsterten noch eben die bebenden Lippen, dann schloß er die Augen, ein Zittern ging durch seine Gestalt. Er wollte sich erheben, als müsse er dem anderen folgen.

Lydia stieß einen lauten Schrei aus. Ihre Arme umklammerten schützend Arngrims Haupt, ihr Kopf legte sich an seine Schläfe. »Du darfst ihm nicht folgen, mußt bei mir bleiben. Er will dich wieder von mir reißen«, schrie sie in tiefstem Entsetzen. »Tue es nicht! Bleibe bei mir!«

Sie sah nicht das haßverzerrte Gesicht Turi Chans. Sah nicht, wie dieser in rasender Wut alle Energie seines Willens aufbot, den unerwarteten Widerstand zu bre-

519

chen. Aber ein anderer hatte es gesehen, Marian. Er
kam von der Jagd zurück, hörte die Stimme im Garten,
ging darauf zu und sah das Bild vor sich.

Sekundenlang stand er zu Stein erstarrt, unfähig, ein
Glied zu rühren. Dann griff er mit zitternden Händen
zum Gewehr, machte es fertig ... Da, mit einem wilden
Schrei der Verzweiflung, stürzte Turi Chan zusammen.
Sein Geist war im Kampf mit der größeren Kraft der
Liebe Lydias, die den Geliebten schirmend umgab, ge-
brochen. — Einen Wahnsinnigen, der in schwersten Fie-
berfantasien tobte, trug man ins Haus.

Dr. Musterton, der sofort geholt wurde, stellte eine
schwere Affektion des Zentralnervensystems fest und
erklärte den Zustand des Kranken für sehr bedenklich.

Nach einer langen Unterredung mit Arngrim stand
Mustertons Meinung fest. Die Mittel, mit denen Turi
Chan seinen Geist zu solchen übernatürlichen Leistungen reizte, mußten naturgemäß Gifte sein. Der häufige
Gebrauch derartiger Toxine hatte allmählich krankhafte
Veränderungen des Gehirns hervorgerufen. Sicherlich
hatte Turi Chan besonders große Dosen dieser Gifte genommen, ehe er nach Paulinenaue gekommen war, um,
wie er in seinen Fieberphantasien verriet, seinen
schlimmsten Feind Georg Astenryk zu vernichten. In
seinem überreizten Zustand mochte er Arngrim für Georg gehalten haben. Der unerwartete Widerstand —
Arngrim von Lydias Körper geschirmt, von ihrem Geist
beherrscht — hatte ihn zu letzter, verzweifelter Anstrengung getrieben, an der er zerbrach.

»Der Tod würde für ihn eine Erlösung sein«, schloß
Musterton, »denn sein Geist ist für immer zerstört.«

Zwei Tage noch wehrte sich der Starke, dann starb er.

Der Kraftwagenzug, der General Scott und seinen Stab,
darunter auch Georg Astenryk, nach Norden trug, hielt
auf einer Anhöhe nordöstlich von Brantville. Auf einer
der großen Weideflächen unter ihnen erstreckte sich das

Lager für die gefangene chinesische Brigade. Scott hatte das Lager einer genauen Besichtigung unterzogen und dabei die Beschwerden des Kommandanten O'Rourke mit anhören müssen, der sich über Mangel an Wachmannschaften und zunehmende Unbotmäßigkeit der Gefangenen beklagte.

Oberst Trenchham stieg mit mehreren Offizieren aus, untersuchte die Beschaffenheit der Höhe, die von dem Gefangenenlager ungefähr dreihundert Meter entfernt war, und sagte dann: »Hauptmann O'Rourke hat recht. Dieser Punkt beherrscht das Lager vollkommen. Hier ein paar Wachtürme mit Maschinengewehren werden die Gesellschaft in Schach halten.«

Scott sprach mit Georg, der an seinen Wagen getreten war.

»Die Schwierigkeiten, die O'Rourke mit den Gefangenen hat, sind begreiflich. Wären die Gegner in offenem Kampf gefangengenommen, wäre ihre Stimmung natürlich ganz anders.«

»Das ist ohne weiteres verständlich«, sagte Dale. »Selbst der dümmste Teufel da unten wird sich doch allerhand Gedanken machen, wie er dazu gekommen ist, die Waffen hinzuwerfen und sich gefangennehmen zu lassen. Hätten wir die Offiziere nicht sofort von den Leuten getrennt und nach Georgetown weitertransportiert, wäre sicherlich schon ein gewaltsamer Ausbruch versucht worden.«

»Am rabiatesten sind aber doch die gefangenen Flieger!« warf Georg ein, »sie können sich anscheinend am wenigsten mit dem abfinden, was ihnen passierte.«

»Sie meinten doch damals, Herr Astenryk, es wäre nicht sicher, ob Sie mit Ihren Verstärkerwellen die Piloten überhaupt so beeinflussen könnten, daß sie landen müßten«, sagte Scott lachend und drohte dabei mit dem Finger.

Georg machte ein etwas verlegenes Gesicht. »Wenn ich gewußt hätte, daß die Zellonscheiben der chinesischen Flugzeuge nicht die metallischen Einlagen haben, wie sie doch bei den australischen Maschinen zur Versteifung des Zellons gebräuchlich sind, wäre ich meiner Sache sicherer gewesen. Da aber schon ein teilweiser Mißerfolg verhängnisvoll werden konnte, sprach ich mich damals gegen den Plan von Oberst Trenchham aus.«

»Stimmt's, Clennan?«

»Gewiß, Herr Oberst! Herrn Astenryks Bedenken waren durchaus gerechtfertigt.«

»Es muß doch für die Gefangenen ein sonderbares Gefühl gewesen sein«, sagte Dale, »so plötzlich, ohne einen Feind zu sehen, den Willen in sich zu fühlen: Du mußt die Waffen fortwerfen und dich gefangennehmen lassen. Daß ein intelligenter Soldat später alles daransetzen wird, sein unbegreifliches Versagen irgendwie wiedergutzumachen, ist selbstverständlich.«

»Verständlich ist auch«, meinte Scott, »daß manche der gefangenen Offiziere Selbstmord begangen haben.«

Am nächsten Abend kamen sie in ein Städtchen am Ufer des Murrombidgee. Der General hatte die westlich von Canberra zusammengezogenen australischen Truppen besucht.

Nach kurzer Rast fuhren die Wagen Trenchhams und Georgs weiter. Auf der Kingsomhöhe bogen sie von der Straße ab und drangen, soweit es das dichte Unterholz erlaubte, mit ihren Fahrzeugen noch ein Stück nach Süden vor.

Jenseits der Senke östlich der Kingsomhöhe zog sich am Berghang die neue Landstraße hin, die erst vor kurzem unter großen Schwierigkeiten zur Verbindung Sydneys mit Canberra gebaut worden waren. Die Straße war im allgemeinen durch ihre vielen starken Kurven sehr unübersichtlich. Das Stück gegenüber der Kingsomhöhe verlief jedoch über die Länge einer halben Meile ziemlich gerade. An dieser Stelle zweigte ein Seitenweg ab, der über die Kingsomhöhe führte und nach Sackville am Darling River weiterging.

Durch die Meldungen aus der Zivilbevölkerung wurde die australische Führung ständig genau informiert, wie der Marsch der chinesischen Kolonnen vor sich ging. Die chinesischen Truppen, welche von Sydney auf Canberra vorstießen, waren etwa dreißigtausend Mann stark. Sie marschierten in zwei Kolonnen, von denen die eine auf der neuen Straße vorging, die andere weiter östlich der Bahnlinie nach Canberra folgte. —

Im Morgengrauen machte Georg, der mit Trenchham die Nacht im Wagen verbracht hatte, sein Gerät betriebsfertig. Während sie einen kurzen Imbiß nahmen, kam ein Adjutant Scotts und brachte die Meldung, daß das britische Einsatzregiment seine Stellungen bezogen hätte.

»Achten Sie vor allem auf die Flieger, die nach Westen aufklären wollen«, sagte Trenchham zu Georg. »Alles, was Sie da in Ihren Bereich bekommen, muß runter. Was dann mit ihnen geschieht, kann uns zunächst einmal gleichgültig sein. Die Hauptsache ist, daß sie nichts von unseren Truppen sehen und melden. Flieger, die in südlicher Richtung nach Canberra steuern, lassen wir ungeschoren. Es wäre denkbar ungünstig, wenn wir gezwungen wären, viel von dem Fliegervolk herunterzuholen. Das würde die chinesische Führung vorzeitig mißtrauisch machen. Auch die fahrenden Truppen interessieren uns erst in zweiter Linie. Das Vorteilhafteste wäre, wenn die beiden letzten chinesischen Regimenter sich dicht aufeinander folgten.«

Georg und Clennan sahen sich lachend an.

»Viele Wünsche auf einmal, Herr Oberst! Ich wäre durchaus damit einverstanden, wenn alles so käme, wie Sie's haben möchten. Im allerschlimmsten Falle müßten wir hier so schnell wie möglich verschwinden und uns zu General Scott mit dem Einsatzregiment zurückziehen.«

»Das wäre ein sehr fatales Manöver. Auf drei Kilometer durch offenes Gelände fahren und gleichzeitig von allen möglichen Waffengattungen beschossen werden ...«

Dale hielt lauschend die Hand ans Ohr. »Ich höre Flieger. Bei der schlechten Sicht in dieser frühen Stunde werden sie uns wohl nicht gefährlich werden.« Er deutete bei diesen Worten nach Norden, wo in geringer Höhe drei Flugzeuge sichtbar wurden.

Mit gespannten Blicken beobachteten sie die Flieger und atmeten auf, als diese, dem Band der großen Straße folgend, nach Süden zogen.

Neues Motorengeräusch lenkte ihre Aufmerksamkeit nach Norden zurück. Eine lange Reihe von Kraftfahrzeugen kam auf der Straße daher. Wie sie mit den Ferngläsern feststellen konnten, war es die motorisierte Vorhut der chinesischen Infanterie. Und dann tauchten nach einer Weile die marschierenden Truppen auf. In gemischten Verbänden zog der Heerwurm nach Süden. Weit im Osten waren mit den Gläsern Luftverbände zu erkennen, welche die Verbindung nach rückwärts und der beiden Kolonnen untereinander aufrechterhielten. —

Die Stunden verstrichen. Immer noch dauerte der endlose Vorbeizug. Die Sonne stand schon hoch am Himmel, da hielt Trenchham den Augenblick für gekommen.

»Die zweite Brigade bildet die Nachhut. Ich erkenne mit dem Glas genau die Abzeichen. Fangen Sie an! Lassen Sie die Spitze auf unsere Straße abbiegen. Die Waffen sollen sie wegwerfen, wenn sie die Senke passieren.« —

Und nun vollzog sich ein einzigartiges Schauspiel, unbegreiflich und grotesk. Fünftausend wohldisziplinierte Soldaten folgten widerstandslos einem Befehl aus dem Dunkel aus feindlichem Munde, legten die Waffen ab und begaben sich geradeswegs in die Gefangenschaft. Auch Georg und die drei anderen erschauerten bis in ihr tiefstes Inneres, als sie das sahen.

Obwohl sie alle die Wirkung des Apparates kannten, sie hundertfach erprobt hatten, machte doch das übergrandiose Schauspiel dieser über jedes menschliche Verstehen gehenden geistigen Knechtung so vieler Tausende den tiefsten Eindruck auf sie. —

Als der Abend kam, befand sich der größte Teil der Gefangenen schon weit landeinwärts in wohl vorbereiteten Lagern. Australische Flieger berichteten, daß die andere, mehr östlich marschierende Kolonne in eiligem Rückzug auf Sydney begriffen sei.

»Mögen sie laufen, wohin sie wollen«, sagte General Scott. »Es wäre kleinlicher Ehrgeiz, auch die andere Kolonne gefangenzunehmen. Wenn einmal Friede ist, müssen wir sie doch alle wieder nach Hause schikken.

Daß wir zu guter Letzt noch den Marschall Takamori fingen, ist sehr wichtig. Sie, Herr Astenryk, werden ihm morgen Proben von Ihrer Kunst geben. Dann werden wir ihn nach Sydney zurückschicken. Die Verhandlungen mit der chinesischen Regierung werden dann schneller und leichter vor sich gehen.«

Die Welt stand noch unter dem ersten Eindruck dieser so unglaublichen Ereignisse, da kam eine Erklärung durch die australische Regierung.

In kurzen Worten wurde dargelegt, daß der Zusammenbruch der chinesischen Invasion einzig und allein einer wunderbaren Erfindung zuzuschreiben sei. Ein Ingenieur, namens Georg Astenryk, habe in langer Arbeit die verschollene Erfindung eines verstorbenen Gelehrten, Allgermissen, die Gedankenwellen des menschlichen Gehirns elektrisch zu verstärken, zu höchster Vollkommenheit entwickelt. Er habe einen Sendeapparat geschaffen, mit dem er auf weite Entfernungen hin Gedanken des menschlichen Gehirns unendlich verstärkt ausstrahlen könne. Schon bei den ersten Anzeichen der drohenden Gefahr habe er den australischen militärischen Stellen von seiner Erfindung Kenntnis gegeben. In gemeinsamer Arbeit mit diesen Stellen sei der Apparat zu einem militärischen Verteidigungsmittel entwickelt worden. Das Manifest schloß:

»Es ist uns damit gelungen, große Teile der Invasionsarmee gefangenzunehmen. Nur aus Gründen der Menschlichkeit haben wir von einer Vernichtung der Eindringlinge abgesehen.

Australien hofft, daß die chinesische Regierung genügend Einsicht besitzt, um ihr Unternehmen zu liquidieren. Australien erwartet, daß China seine sämtlichen Truppen aus den besetzten englisch-australischen Gebieten sofort zurückzieht. Alles Weitere muß den Friedensverhandlungen vorbehalten bleiben.«

Diese Erklärung der australischen Regierung, durch Rundfunk verbreitet, wurde zunächst einmal ohne Kommentar sofort von der Presse der ganzen Welt übernommen. Dann kamen die Fachleute zu Wort. Viele gaben unumwunden zu, daß nach der physikalischen Theorie eine solche Erfindung möglich sei. Andere, die Zweifel in eine solche Möglichkeit setzten, taten dies angesichts der Tatsache der unbegreiflichen militärischen Erfolge Australiens sehr verklausuliert. —

Und dann kamen die Auslassungen von Menschen jedes Standes, jedes Ranges, wie sich diese Erfindung im Guten und im Bösen auswirken könne. Man überbot sich in den phantastischsten Folgerungen. Durfte ein Mensch im Besitz einer solchen Waffe frei herumlaufen? Mußte seine Erfindung nicht unter die Aufsicht eines Weltgremiums aller vereinigten Völker gestellt werden? —

Tage-, wochenlang tobte überall in der Welt ein heftiger Meinungsstreit über die Maßnahmen, die ergriffen werden müßten, um die Menschheit aus einer Situation zu befreien, in der das Schlimmste für Leben und Gut, für die Existenz von Staaten und Rassen befürchtet werden mußte. —

Wer war überhaupt dieser Ingenieur Astenryk, den die australische Regierung als den Erfinder bezeichnete? Wie kam er nach Australien? Hatte er sich der Regierung als Helfer angeboten, oder ...?

Die australische Regierung hüllte sich in Schweigen und suchte die Friedensverhandlungen mit China so stark wie möglich zu beschleunigen. Die allererste Forderung, daß China seine sämtlichen Truppen sofort aus den widerrechtlich besetzten Gebieten zurückziehen müsse, war schon als eine Bedingung des Waffenstillstandes erfüllt. Bei dem gemäßigten Auftreten der englisch-australischen Unterhändler ... bei der allgemeinen Weltstimmung ... und nicht zum wenigsten unter dem starken Druck, den die australische Regierung jederzeit auszuüben imstande war, wurde der Friedensvertrag ohne Weiterungen rasch zum Abschluß gebracht und unmittelbar darauf von beiden Parteien ratifiziert.

Es war am Tage nach dem Friedensschluß, da erschien in der ›Australian World‹ ein Artikel Major Dales. Der Aufsatz verursachte allerorts das stärkste Aufsehen. Was er letzten Endes bewirken sollte, die erregte Weltstimmung zu beruhigen, gelang ihm durchaus. Schon die fetten Schlagzeilen — Der Apparat nur einmal in der Welt ... Kann nicht nachgebaut werden ... Gewisse Einzelheiten nicht zum zweitenmal vorhanden ... Der Apparat in diesen unersetzlichen Teilen beschädigt ... Weitere Verwendung nur im äußersten Notfall möglich — verscheuchten alle Befürchtungen und Sorgen.

Eine wissenschaftliche Erklärung der Erfindung sollte in dieser ersten Veröffentlichung keineswegs gegeben werden. Die sollte einem demnächst erscheinenden Aufsatz des Erfinders Astenryk vorbehalten bleiben. Mit Spannung wartete die Welt auf die Erklärungen des Erfinders selbst. —

Georg saß mit Clennan in dessen Arbeitszimmer. Dale kam dazu.

»Ah, so fleißig, meine Herren? Freut mich! Schriftliche und telegrafische Anfragen häufen sich bei uns zu großen Stößen. Die angekündigte Veröffentlichung des Erfinders Astenryk wird von Fachleuten und Laien in aller Welt mit Spannung erwartet. Also, meine Herren, wann kann ich das Manuskript bekommen? Die Sache ist wohl nicht leicht?«

Clennan und Georg sahen sich an und lachten.

»Das schwerste dabei, mein lieber Dale«, sagte Clennan, »ist nicht, der neugierigen Welt eine gut verständliche wissenschaftliche Erklärung zu geben, sondern möglichst viel zu sagen, aber doch dabei Wichtiges für sich zu behalten. Und so zu schreiben, ist gar nicht so einfach. Das können Sie mir glauben.«

»Oh, das glaube ich sehr gern. Besonders die Sache mit den beschädigten Kristallen muß sehr vorsichtig gesagt werden. Einesteils muß die Erklärung beruhigend auf die Welt wirken, andererseits darf sie unseren ehemaligen Gegnern nicht Mut machen, noch einmal loszuschlagen.«

»Wenn es nur damit getan wäre, Herr Dale, das wäre nicht schlimm. Aber es gibt da noch eine ganze Menge anderer Dinge, die ... patentfähig sind. Wenn Sie jemals in ihrem Leben eine Patentschrift verfaßt hätten, würden Sie wissen, was das auf sich hat.«

»Jetzt aber mal ganz offen unter uns, meine Herren! Ist das wirklich so bedenklich mit den Kristallen, oder ...?«

»Das ist leider nur allzu wahr«, sagte Georg. »Sie können sich übrigens mit eigenen Augen davon überzeugen, daß wohl die Hälfte der Kristalle stark mitgenommen ist. Ich will mich da nicht in langen wissenschaftlichen Ausführungen auslassen, sondern versuchen, es Ihnen durch ein ungefähres Beispiel verständlich zu machen.

Sie haben ein Teeglas. Nehmen Sie an, durch allzu heißen Tee hat das Glas einen kleinen Sprung bekommen. Passiert das zum zweiten-, drittenmal, wird der Sprung größer, und schließlich fällt das Glas in Scherben auseinander.«

Georg öffnete ein Etui und holte zwei kleine Kristalle heraus. »Wenn Sie diese hier durch die Lupe betrachten, werden Sie sehen, daß der eine ganz klar und durchsichtig ist, der andere starke Trübungen zeigt. Das ist einer der kranken Kristalle.

Bei der Gefangennahme der chinesischen Kolonne galt es, das Höchste aus dem Apparat herauszuholen. Das war eine Überanstrengung, welche die Kristalle nicht aushielten. Ich konnte das nicht voraussehen, heute weiß ich, daß ich für eine solche Sendeleistung eines Apparates von doppelter Kristallzahl bedurft hätte.

Diese Trübungen im Kristall entsprechen dem Sprung im Teeglas. Wie alle Vergleiche, hinkt auch dieser, und, rein wissenschaftlich betrachtet, sogar sehr stark. Aber Sie werden sich danach ein Bild machen können, wie es in unserem Verstärker aussieht. Es heißt also sowohl beim Teeglas wie bei dem Apparat: größte Vorsicht bei weiterem Gebrauch.«

»Sollten diese kranken Kristalle nicht zu erneuern sein?« fragte Dale.

»Wenn Sie wüßten, Herr Dale«, erwiderte Clennan, »wie viele Versuche ich schon im Laufe der Zeit gemacht habe, um solche Kristalle herzustellen. Und ich sage nicht zuviel, wenn ich behaupte, daß ich von der Sache etwas verstehe.«

»Glauben Sie aber nicht, Herr Dale, daß Clennan jede Hoffnung aufgegeben hat. Er wird, wie ich ihn kenne, die Versuche weiter betreiben, und wenn er darüber hundert Jahre alt werden sollte.«

»Und Sie, Herr Astenryk ...?«

Georg winkte mit ausgestreckten Händen ab.

»Ich denke nicht an so etwas! Für mich ist dieser Fall ein für allemal erledigt. Ich denke jetzt nur noch an meine Kohlenbatterien und ...«

»Fräulein Anne Escheloh«, fiel ihm Dale fröhlich lachend ins Wort.

»Gut, daß *Sie* es sagen, Herr Dale. Ich möchte eine Wette machen, daß Freund Astenryk eben was anderes sagen wollte«, rief Clennan.

Georg machte einen Augenblick ein verlegenes Gesicht und sagte dann stockend: »Ehrlich gesagt, Clennan hat recht. Ich dachte wirklich an etwas anderes ...« Er war ernst geworden, als er fortfuhr: »Ich wollte etwas sagen, was dieses Land sicher nicht zum wenigsten angehen wird.«

Er ging zu einem Schrank und holte eine Karte von Australien heraus, die mit vielen Fähnchen besteckt war. Dale und Clennan schauten ihn erwartungsvoll an. Was hatte dieser Mann da wieder für eine Überraschung?

»Diese Fähnchen, meine Herren, wurden auf Grund der geologischen Bodenuntersuchungen des Landeskulturamtes gesteckt. Die verschiedenen Farben bedeuten die Tiefe, in der mehr oder weniger starke Wasservorräte zu finden sind. Diese Wassermengen, mit der billigen Energie meiner Kohlenbatterien nach oben gebracht, auf die dürren Steppen verteilt, dürften im Laufe der Jahre das australische Land aufnahmefähig machen für viele Millionen Siedler. Sollten dann später wieder einmal unberufene Eindringlinge gegen Australiens Küste branden, würde die australische Regierung das Land durch Millionen kräftiger Bauernfäuste sicherer verteidigen können als durch solchen empfindlichen Apparat!«

Unter der Wucht seiner Worte waren auch die anderen sehr ernst geworden. Als Georg geendet hatte, drückten sie ihm stumm die Hand. —

Der Tag, an dem Rundfunk und Presse in aller Welt

die Kunde von der Erfindung der restlosen Kohlenausnutzung verbreiteten, wurde ein historisches Datum in der Geschichte der Energiewirtschaft.

Eine Zeitlang hatte Georg in Canberra den Ansturm der Besucher, die ihn befragen oder auch nur kennenlernen wollten, über sich ergehen lassen. Dann war er in das stille, abgelegene Paulinenaue entwichen. Mit Clennans Hilfe suchte er die aus allen Teilen der Welt massenhaft einlaufenden Fragen und Wünsche mit einer gewissen Hinhaltung zu erledigen. Es war keineswegs seine Absicht, die Einführung der neuen Energiequelle zu überstürzen. Auch so war die Erschütterung und Beunruhigung der Energiewirtschaft schon schwer genug. Um all die notwendigen Umwälzungen erträglicher zu gestalten, hatte er eine längere Übergangszeit für die unvermeidlichen Umstellungen ins Auge gefaßt.

In dieser Zeit wollte er mit Clennan, der sich auch hier als gewandter, gewissenhafter Freund und Helfer erwies, die notwendigen großen Organisationen aufziehen. Wenn er später mit Clennan nach Europa zurückging, würde Dale mit seinem großen Organisationstalent all die Arbeiten leisten, die unverzüglich in Angriff genommen werden sollten, um in Australien das Neuland für Millionen Siedler zu bereiten. —

In die Heimat zurück! Nur zu gern hatte er das Anne versprochen, als sie ihn wenige Tage nach ihrer Ankunft darum bat.

Das war ein frohes, glückliches Wiedersehen, als ein Regierungsflugzeug Anne Escheloh auf der allmählich zum Flugplatz avancierten Koppel von Paulinenaue absetzte. Nach all den großen, furchtbaren Ereignissen der letzten Zeit vermochte der Tod Helenes sie nicht so tief und nachhaltig zu erschüttern, wenn auch Anne in stiller Wehmut ihrer Schwester gedachte. —

Es war eine kleine Festtafel, an der die Gäste saßen und Georgs und Annes Hochzeit feierten. Nur die alten Freunde waren es, wenn man General Scott, der dazugekommen war, mitrechnen wollte. Große Reden wurden nicht gehalten, doch jeder der Gäste wußte in kleiner, launiger Ansprache, der auch manch ernstes Wort nicht fehlte, viel Nettes und Liebenswürdiges zu sagen.

Himmelskraft

HIMMELSKRAFT

Erstmals erschienen im Scherl Verlag, Berlin 1939

Taschenbuchausgabe 1972 im Wilhelm Heyne Verlag, München
(Band 06/3279)

In flottem Tempo rollte ein Kraftwagen über die Landstraße. Ein jüngerer Mann saß am Steuer. Jetzt ließ er den Wagen langsamer laufen, steuerte nur noch mit einer Hand, während die Finger der andern auf einer Landkarte hin und her gingen.

Nun schien er gefunden zu haben, was er suchte, und brachte sein Gefährt an einer Stelle zum Stehen, an der ein breiter Feldweg von der Landstraße nach links in die Heide abzweigte. Ein ganz gewöhnlicher, ziemlich stark zerfahrener Feldweg war es, einzig auffällig nur durch ein Verkehrszeichen, das ihn für Fahrzeuge aller Art sperrte. Ein anderer hätte sich vielleicht über das Schild gewundert. Der Insasse dieses Wagens aber, Mister Henry Turner aus Pretoria in der Südafrikanischen Union, schien jedoch etwas Derartiges erwartet und gesucht zu haben. Er hielt und unterzog die Gegend zur Linken der Landstraße einer eingehenden Musterung, wobei er des öfteren den Nacken weit nach hinten bog, als ob er auch am Himmel etwas erspähen wollte.

Vereinzelte Wolkenfetzen, die der Frühlingswind über das Firmament jagte, schienen seine Beobachtung für eine kurze Weile zu stören, doch sobald sie sich verzogen hatten, setzte er seine Untersuchung fort, nahm jetzt ein gutes Fernrohr und dann sogar einen Theodoliten zu Hilfe und visierte viele Minuten hindurch, während er gleichzeitig Zahlen auf einen Notizblock niederschrieb. Nur mit außergewöhnlich scharfen Augen hätte man ohne Glas die Objekte entdecken können, denen das Interesse und die Messungen des einsamen Kraftfahrers galten. Winzige silbrig schimmernde Pünktchen waren es, die sich nach Süden hin am Firmament abzeichneten.

Ein fernes Motorengeräusch durchbrach die Stille der

Heide. Für Mister Turner war es die Veranlassung, seinen Wagen wieder in Gang zu setzen und langsam weiterzufahren. Aus ganz bestimmten Gründen legte er keinen Wert auf Zuschauer bei seinen Beobachtungen und Untersuchungen.

Aber immer wieder fühlte er sich veranlaßt, den Kopf nach links zu wenden und in die Höhe zu blicken, und dann war, ehe er sich's versah, das Malheur geschehen. Der Wagen eckte mit dem rechten Vorderrad an einen Prellstein an und landete in einem tiefen Chausseegraben.

Abgesehen von einem kräftigen Stoß, den Mr. Turner dabei von dem Steuerrad in die Magengrube bekam, war nichts Ernstliches passiert. Fahrer und Wagen waren unversehrt; nur mit dem Weiterkommen sah es schlecht aus, denn die steilen Grabenböschungen ließen ein Herausarbeiten mit eigener Maschinenkraft ziemlich aussichtslos erscheinen. Vergeblich versuchte der Südafrikaner es ein paarmal; auf dem glatten, schlammigen Grabenboden drehten sich die Räder nur auf der Stelle und wühlten sich immer tiefer ein, ohne das Fahrzeug vom Fleck zu bringen. Mißmutig setzte er den Motor wieder still und schickte sich eben an, aus dem Wagen herauszuklettern, als er einen Mann auf der Chaussee daherkommen sah.

Der muß mir Hilfe auftreiben, irgendeinen Bauern mit einem Gespann, der mir die Karre aus dem Graben zieht. Kleidung und Aussehen des Fremden schienen der Vermutung Turners, daß es sich um einen Einwohner handelt, recht zu geben. Vielleicht ist's ein Schäfer, der hier irgendwo seine Schnucken hütet, ging es Turner durch den Kopf, als der alte Mann bei ihm haltmachte und sich kopfschüttelnd die Sachlage besah. Turner öffnete den Mund, um etwas zu sagen, als der andere ihn schon ansprach.

»Wie haben Sie das fertiggebracht, Herr? Der Weg hier ist doch wirklich breit genug. Ich werde einen Bulldog vom Feld holen. Zehn Minuten wird's dauern, so lange müssen Sie Geduld haben.«

Turner ließ sich am Grabenrand nieder und blickte dem Alten nach, der nach rechts hin über die Heide wanderte. Unwillkürlich beschäftigte er sich in Gedanken mit dem Mann und versuchte sich über den Eindruck, den er in knappen Sekunden von ihm gewonnen hatte, klarzuwerden. Ein alter Schäfer oder Bauer? Vielleicht, nach der Kleidung sogar wahrscheinlich ... aber diese eigenartig blitzenden Augen, der ganze Schnitt des Gesichts, das wollte zu dieser Mutmaßung nicht recht passen, und Mister Turner hatte Erfahrung in solchen Dingen.

Motortacken riß Turner aus seinem Grübeln. Er trat aus dem Graben auf die Landstraße und sah einen Traktor herangerasselt kommen. Die Zugmaschine hielt dicht neben Turners Wagen an.

»Joa, doa wär'n wi nu, Herr Zacharias«, sagte der junge Mann, der am Steuer der Zugmaschine saß, während der Alte von dem Hintersitz abstieg.

»Geben Sie uns Ihr Seil, Herr«, wandte er sich an Turner. Der ging an den Werkzeugkasten seines Wagens, kramte eine Weile darin und richtete sich dann achselzuckend auf.

»Dumme Sache, Sir, ich habe kein Seil bei mir.«

»Wat schall nu war'n, Herr Zacharias?« fragte der Traktorführer. Was der Alte ihm darauf in einem vollkommenen Heideplatt antwortete, blieb für Mr. Turner unverständlich, aber es bekräftigte ihn wieder in seiner Meinung, daß er doch einen echten ›Eingeborenen der Heide‹ vor sich habe. Der Alte suchte geruhsam in seinen Manteltaschen und brachte schließlich ein kleines Knäuel zum Vorschein, das er sorgfältig abzuwickeln begann. Für einen einfachen Bindfaden hielt Turner es beim ersten Anblick. Erst bei schärferem Hinsehen erkannte er, daß es eine aus vielen feinen Drähten gesponnene Litze war. Aber was sollte das hier nützen?

537

»Nonsense, Sir!« brummte Turner vor sich hin, während der Alte das dünne Geflecht mit einer sicheren Schlinge in den klobigen Zughaken des Traktors legte. »Mann, was wollen Sie da machen? Das ist ja zwecklos!« fuhr er laut fort, als der Alte nun in den Graben kletterte und dort das andere Litzenende am Vorderteil des Kraftwagens festmachte.

»Abwarten, lieber Herr!« meinte der Helfer, während er sich an das Steuer des Wagens setzte. »He, Hermann, treck an!« rief er dem Fahrer der anderen Maschine zu. Schon brummte der Motor auf, der Traktor ruckte an, und die dünne Schnur spannte sich. Turner sah sprachlos zu, was weiter geschah.

Sein Wagen kam, von dieser lachhaft dünnen Schnur gezogen, in Bewegung und rollte ein Stückchen auf dem Grabenboden weiter. Dann sprang auch der Wagenmotor an. Geschickt schaltete der alte Mann am Steuer auf den dritten Gang um, und dann stand der Wagen des Ausländers wieder heil auf der Landstraße. Schon hatte der Alte seinen Platz am Steuer verlassen, hatte diese merkwürdige Schnur von beiden Fahrzeugen gelöst und war dabei, sie wieder zusammenzuwickeln.

»Dank di oak schön! Fohr wedder los, Hermann!« rief er dem Traktorführer zu, während Turner immer noch nicht wußte, wie er sich dem Alten gegenüber verhalten sollte. Konnte er ihm ein Trinkgeld für seine Hilfe anbieten? Ein alter Schäfer hätte das sicherlich gern genommen; blieb nur noch die Frage, ob der Mann nicht doch etwas anderes war. Die Art und Weise, wie er den Motor und die Schaltung des Wagens bedient hatte, verriet zweifellos, daß er mit der Lenkung eines Kraftfahrzeuges gut Bescheid wußte.

Und dann die merkwürdige Schnur. Die interessierte Mister Turner ganz besonders, über die mußte er unter allen Umständen noch Genaueres in Erfahrung bringen. Aber wenn er das wollte, durfte er den Mann jetzt nicht mit einem einfachen ›Danke schön!‹ weggehen lassen.

»Ich bin Ihnen äußerst verpflichtet, Herr … Herr …«, begann er.

»Ich heiße Zacharias«, warf der andere dazwischen.

»Mein Name ist Turner«, stellte der Südafrikaner sich vor. »Sehr erfreut, Ihre Bekanntschaft zu machen; ohne Ihren Beistand hätte ich hier noch lange im Graben stekken können. Darf ich Sie vielleicht ein Stückchen in meinem Wagen mitnehmen?«

Nach einem kurzen Blick auf den Fremden und seinen Wagen nahm der alte Zacharias die Einladung an.

»Sie können mich bis zum nächsten Dorf mitnehmen«, meinte er, während er neben ihm Platz nahm, »aber fahren Sie möglichst nicht wieder in den Graben. Sie haben vorhin wohl ein bißchen zu sehr nach links geschaut.«

Turner biß sich auf die Lippen und spürte zu seinem Ärger, daß er einen roten Kopf bekam. Hatte der Alte ihn vielleicht schon längere Zeit beobachtet und etwas von seinen nicht ganz unverdächtigen Manipulationen gesehen?

»Ihre Vermutung ist nicht ganz unbegründet, Herr Zacharias«, sagte er möglichst unbefangen. »Zur Linken der Landstraße soll hier ein atmosphärisches Elektrizitätswerk stehen. Das interessiert mich natürlich. Wir haben bei uns in Südafrika auch eine Versuchsstation in Betrieb. Sie liegt im Südteil der großen Kalahariwüste.«

»Kann Ihr Interesse begreifen, Herr Turner«, lachte der Alte, »aber Sie haben wohl nicht viel davon zu sehen bekommen? Man hat es absichtlich mitten in die einsame Heide hineingesetzt. Es gibt zu viel Neugierige.«

Turner entschloß sich geradewegs auf ein Ziel loszugehen. »Etwas davon habe ich doch gesehen«, meinte er, »wenigstens die Ballone, die das Fangnetz tragen. Schätze, daß das Netz 8000 Meter über dem Erdboden liegt. Großartige Leistung. Bei uns sind wir noch nicht soweit.«

Die ersten Häuser des Dorfes waren inzwischen aufgetaucht, und jetzt rollte der Wagen über ein holpriges Straßenpflaster.

»Ich bin hier zu Hause. An der nächsten Ecke möchte ich raus«, sagte der Alte.

»Gewiß — wie Sie wünschen«, erwiderte Turner, aber seine Worte entsprachen nicht seiner wirklichen Meinung. Brennend gern wollte er länger mit dieser neuen Bekanntschaft zusammenbleiben, um noch mehr über die Dinge zu erfahren, die ihn so sehr interessierten.

»Es ist gerade Mittag Herr Zacharias«, warf er mit einem Blick auf die Wagenuhr hin. »Vielleicht können wir hier einen Lunch bekommen. Darf ich Sie einladen?«

»Ist mir zum Essen noch ein bißchen zu früh, Herr Turner«, erwiderte Zacharias. »Auf einen Schoppen Apfelwein will ich Ihnen gern noch Gesellschaft leisten. Wir haben hier eine recht brauchbare Wirtschaft im Dorf. Sehen Sie das Haus da vorn mit dem hohen Fachwerkgiebel? Da ist sie.«

Während der Wagen die kurze Strecke bis zum Krug zurücklegte, drehten sich alle Gedanken Turners um das kleine Knäuel, das sein Nachbar wieder lässig in die Manteltasche gesteckt hatte. Um jeden Preis wollte er das in seinen Besitz bringen ...

»Da sind wir!« sagte der Alte. »Heute ist es im Garten schöner als in der Gaststube. Kommen Sie nur mit, Herr Turner, ich weiß hier Bescheid.«

Unter einer alten Linde nahmen sie an einem runden Tisch Platz.

»Gibt es keine Möglichkeit, Ihr Atmosphärisches Elektrizitäts-Werk hier zu besichtigen?« fragte der Afrikaner.

Sein Gegenüber schüttelte den Kopf. »Ich glaube nicht, Herr Turner. Die Werkleitung läßt sich nicht gern in die Karten gucken. Der Sicherheitsdienst soll sehr scharf sein.«

Turner zog ein mißmutiges Gesicht. »Schade, Herr Zacharias, ich hätte es gern besucht.«

Während Turner die Worte sprach, beobachtete er aufmerksam das Gesicht seines Gegenübers. Ein rätselhafter Zug schien um dessen Augen zu liegen.

»Sie müßten sich eine Erlaubnis bei der Leitung der Zentraleuropäischen Kraftwerke besorgen, Herr Turner«, meinte er, während er nach seinem Glase griff.

»Das wird wahrscheinlich nicht ganz einfach sein«, wandte Turner ein.

»Sicherlich nicht, Herr Turner. Die Herren sehen sich ihre Leute sehr genau an. Man hat wohl schlechte Erfahrungen gemacht.«

Turner brummte etwas Unverständliches vor sich hin. Ein Verdacht stieg in ihm auf, daß der alte Mann in dem verschlissenen Lodenmantel da vor ihm mehr um dieses mitteleuropäische Werk wissen mochte, als er sich anmerken ließ. Sollte er ihm etwas davon erzählen, wo den Leuten in der Kalahari der Schuh drückte, oder war es besser, damit vorläufig noch hinter dem Berge zu halten? Er beschloß, dem Gespräch zunächst eine andere Wendung zu geben.

»Was war das eigentlich für eine Art von Seil, Herr Zacharias«, fragte er, »mit dem Sie meinen Wagen aus dem Graben gezogen haben?«

Der Alte griff in seine Tasche und brachte das Knäuel wieder zum Vorschein. »Sie meinen das hier, Herr Turner? Eine Drahtlitze — ist wohl Aluminium oder etwas Ähnliches ...« Er reichte ihm das Knäuel über den Tisch hin, und während Turners Finger fast gierig danach griffen, glaubte er wieder das eigenartige Mienenspiel, das er schon einmal beobachtet hatte, bei Zacharias zu bemerken. Langsam begann er das Knäuel abzuwickeln und ließ die Litze durch die Finger gleiten.

»Merkwürdig, Herr Zacharias!« begann er kopfschüttelnd. »Darf man wissen, wo Sie das herhaben?«

»Ich habe es gefunden, als ich vor ein paar Tagen über die Heide ging ...«

»Ah — gefunden?«

541

»Ja, Herr Turner. In der Nähe von Ihrer heutigen Unfallstelle. Auf dem Feldweg, der da von der Landstraße abgeht.« Turner murmelte etwas Unverständliches vor sich hin, während er die Litze mit beiden Fäusten packte und eine Bewegung machte, als ob er sie mit Gewalt zerreißen wollte.

Der Alte lachte. »Geben Sie sich keine Mühe, Herr Turner! Was der Traktor nicht fertiggebracht hat, wird Ihnen erst recht nicht gelingen. Die Litze — ich habe mal so was sagen hören — soll eine Zerreißlänge von 100 Kilometer haben.«

Turner ließ beide Hände auf die Tischplatte fallen. Diese Worte verschlugen ihm die Sprache. Was war das für ein Mensch, der wie ein alter Schäfer aussah und hier wie ein Ingenieur von Zerreißlängen sprach? Und vor allem, was war das für ein Metall, das Leichtigkeit und höchste Festigkeit in so wundersamer Weise vereinigte? Auf jeden Fall mußte er dieses Knäuel an sich bringen.

»Wenn es Sie interessiert, Herr Turner, können Sie das Ding gern behalten. Ich lege keinen Wert darauf. Nehmen Sie es als Andenken nach Afrika mit.«

Ein wenig sträubte sich Turner noch, dann ließ er das Knäuel unter Dankesworten in seiner Brusttasche verschwinden. Darauf entdeckte er nach einem Blick auf seine Uhr sehr bald, daß es für ihn hohe Zeit sei, weiterzufahren. Er verabschiedete sich.

Während der Wagen um eine Biegung der Dorfstraße verschwand, stand Johannes Zacharias vor dem Krug und blickte ihm sinnend nach. »Ich denke, er wird es an James Headstone weitergeben«, murmelte er vor sich hin.

»All right, Sir!« Oberingenieur Jan Fosdijk von der südafrikanischen Versuchsstation sprach die Worte in das Telephon und legte den Hörer wieder auf die Gabel.

Eine Weile blieb er noch an seinem Schreibtisch sitzen, den Kopf in die Hände gestützt. Dann sprang er plötzlich auf und eilte hinaus. Sein Weg führte ihn über einen kurzen Flur. Dann betrat er den Hauptraum der Station und warf die Tür kräftig hinter sich zu.

George Cowper, der Zweite Ingenieur, stand vor einer mit allerlei elektrischen Meßgeräten besetzten Schalttafel und drehte sich bei dem plötzlichen Geräusch verwundert um. »Hallo, Fosdijk, was ist los? Sie machen ein Gesicht wie sieben Tage Regenwetter.«

»Habe Grund dazu, Cowper«, knurrte Fosdijk unwillig. »James Headstone und Direktor Brooker werden uns besuchen!«

Cowper pfiff durch die Zähne. »Nette Überraschung! Wann wollen die Herren uns denn die Freude machen?«

»Bald, Cowper! Sind schon im Auto unterwegs. Headstone hat eben von einer Tankstelle aus angeklingelt, wird schon in einer Viertelstunde hier sein. Was sagen Sie dazu?«

Cowper zuckte die Achseln. »Da ist nicht viel zu sagen. Für uns ist die Hauptsache, daß wir unsere Station in Ordnung haben.« Während der Ingenieur weitersprach, wandte er sich wieder der Schalttafel zu und deutete auf die Meßinstrumente. »Da sehen Sie die Stationsleistung, Fosdijk: 600 000 Volt und zehn Ampere, und wenn sich Mister Headstone zehnmal auf den Kopf stellt, mehr läßt sich eben mit dem Fangnetz und unseren Strahlkollektoren nicht herausholen.«

Oberingenieur Fosdijk machte eine unsichere Bewegung.

»Ich fürchte, Cowper«, begann er zögernd, »Headstone wird wieder allerlei auszusetzen haben. Bei dem Gespräch mit ihm hatte ich den Eindruck, als ob er wieder neue Nachrichten über die mitteleuropäische Station bekommen hätte.«

Cowper nickte. »Kann sehr leicht möglich sein. Diese Anlage hält er uns ja bei jeder Gelegenheit vor. Warum, zum Teufel, verschafft er sich denn durch seine Agenten nicht die Pläne von den dortigen Strahlkollektoren? Wir wissen doch, daß die besser sein müssen als unsere.«

Eine Autohupe klang in seine letzten Worte. Der unerwünschte Besuch war schon vor der Tür. Fosdijk eilte hinaus, um ihn am Portal zu empfangen.

Zwei Herren saßen in dem großen Kraftwagen, der vor der Treppe hielt. Der eine von ihnen, Direktor Brooker, winkte Oberingenieur Fosdijk näher heran.

»Hallo, Mister Fosdijk, steigen Sie ein! Wir wollen erst über das Feld fahren.«

Der andere, James Headstone, begrüßte Fosdijk nur mit einem kurzen Kopfnicken. Er war es, der die Idee eines atmosphärischen Kraftwerkes der United Electric Company zuerst mundgerecht gemacht und die Errichtung einer Versuchsstation durchgesetzt hatte.

Fosdijk hatte kaum in dem Wagen Platz genommen, als Headstone ohne weitere Vorrede die Besprechung eröffnete.

»Wie groß ist die Leistung der Station?«

Fosdijk nannte ohne Zögern die Werte. »600 000 Volt, 10 Ampere, Mister Headstone.«

»Haben Sie's gehört, Brooker«, wandte sich Headstone an den Direktor, »nur 600 000 Volt! Wenn wir das Fangnetz in acht Kilometer Höhe hätten, könnten wir 1,6 Millionen aus der Atmosphäre herausholen.«

»Das ist vollkommen ausgeschlossen, Mister Headstone. Drei Kilometer sind das höchste, was wir unseren Halteseilen für die Ballone zumuten dürfen«, erklärte Fosdijk.

Der Wagen war inzwischen ein gutes Stück weiter über das Feld gefahren und hielt nunmehr neben einer Verankerungsstelle. Von einem mächtigen in den Boden versenkten Betonblock stieg ein starkes Stahldrahtseil fast senkrecht empor. Die Insassen des Wagens mußten die Köpfe weit zurückbiegen, um hoch im blauen Äther einen winzigen silbrigen Ball von der scheinbaren Größe eines Apfels zu entdecken. Daß es tatsächlich ein

mächtiger Ballon war, der von der Drahttrosse festgehalten wurde und zusammen mit sechs anderen gleich-
großen Fesselballonen in 3000 Meter Höhe das große
metallene Fangnetz für die Luftelektrizität tragen half,
war von hier unten nicht zu erkennen.

»Nicht drei, sondern acht Kilometer, Mister Fosdijk,
die müssen geschafft werden!« Headstone stieß die
Worte so kurz und hart heraus, daß sie wie ein Befehl
klangen.

»Unsere Seile haben nur acht Kilometer Zerreißlänge.
Bei acht Kilometer Höhe würden sie schon unter ihrem
eigenen Gewicht zu Bruch gehen.«

Während Fosdijk sprach, hatte Headstone die Rechte
in seine Manteltasche gesteckt; jetzt zog er sie wieder
heraus und hielt ein kleines Knäuel zwischen den Fingern.

»Wie erklären Sie es sich, Fosdijk«, fragte er, als der
Oberingenieur mit seinem Einwand fertig war, »daß die
in Europa ihr Netz in acht Kilometer Höhe verankert
haben?«

»Dann müssen die Ingenieure dort ganz andere Seile
von einer viel größeren Zerreißlänge verwenden, Mister
Headstone.«

»Da, hier!« Headstone warf ihm das Knäuel zu, das
vierzehn Tage früher in einem deutschen Heidekrug in
die Hände des Agenten Turner gekommen war.
»100 000 Meter Zerreißlänge! Damit arbeiten sie bei den
Zentraleuropäischen Kraftwerken! Was sagen Sie dazu,
Fosdijk?«

Der Oberingenieur hatte das Knäuel aufgefangen und
wog es in den Händen. Er wickelte ein wenig von der
Litze ab und zerrte und riß an den einzelnen Drähten.
Sie hielten seinen Anstrengungen stand.

»Geben Sie uns solche Seile, Mister Headstone, und
wir werden Ihre Wünsche erfüllen«, sagte er.

»Ich werde Ihnen diese Seile so schnell wie möglich
verschaffen, Fosdijk«, fuhr Headstone in umgängliche-

rem Tone fort. »Die Aluminium Corporation hat vor acht Tagen ein Stück von diesem hier als Probe bekommen. Ich hoffe, daß unsere Techniker das Geheimnis schnell ergründen werden.«

Während Headstone sprach, hatte Direktor Brooker sich einige Notizen gemacht. »Sie meinen, Headstone, unsere Station würde 16 000 Kilowatt liefern, wenn wir das Netz in 8000 Meter Höhe verankern können?« fragte er jetzt.

»Das ist mit Sicherheit anzunehmen, Brooker. Jeder Meter höher gibt 200 Volt mehr«, beantwortete Headstone die Frage.

»Hm, hm!« Brooker rechnete in seinem Notizbuch weiter, wobei er den Kopf immer häufiger und immer lebhafter schüttelte.

»Sind Sie mit dem Ergebnis nicht zufrieden, Brooker?« fragte ihn Headstone ungeduldig.

Der Direktor ließ das Notizbuch sinken. »Die Kosten unserer Anlage sind im Verhältnis zur Leistung zu hoch. Wir müßten die dreifache Stromstärke aus unserem Fangnetz gewinnen, wenn wir billiger als ein Kohlenkraftwerk arbeiten wollen. Haben Sie nichts Genaueres über die Leistung der europäischen AE-Station in Erfahrung bringen können, Headstone?«

Headstone zog ein schiefes Gesicht. »Leider nein, Mister Brooker. Meine Leute haben es vergeblich versucht. Die anderen schließen sich hermetisch ab. Um ein Haar wäre mein bester Mann ihrem Sicherheitsdienst in die Hände gefallen ... Wollten Sie etwas fragen, Fosdijk?« wandte er sich zu dem Oberingenieur.

»Die europäischen Strahlkollektoren!« platzte der Gefragte heraus. »Ich fand darüber eine kurze Notiz im ›Electric Engineer‹. Wenn die Zahl, die dort steht, richtig ist, müßten sie ungefähr dreimal so ergiebig sein wie unsere ...«

»Im ›Electric Engineer‹? Haben Sie das Heft hier, Fosdijk?«

»In meinem Büro, Mister Headstone.«

Headstone gab dem Chauffeur Auftrag, zur Station zurückzukehren.

Als der Wagen wieder vor der Treppe des Stationsgebäudes hielt, war Headstone sich über die nächsten Schritte klar. Das weitaus bessere Tragseil hatte er von Turner, seinem besten Mann, glücklich beschafft, und noch nachträglich sollte dieser ein hohes Sonderhonorar dafür erhalten. Aber auch hinter das Geheimnis des besseren Strahlkollektors mußte er kommen. Was dem Redakteur des ›Electric Engineer‹ geglückt war, das mußte einem Mann wie Turner noch viel besser gelingen.

Wenn die Zahlenangaben zutrafen, mußte diese Anlage in der Tat beträchtlich leistungsfähiger sein als die südafrikanische. Aber trafen sie auch wirklich zu? Bei diesem Punkt kam Headstone wieder ins Grübeln. Wo hatte der Mitarbeiter des ›Electric Engineer‹ diese Mitteilung her? Daß er in das europäische AE-Werk gekommen und sich dort die Informationen geholt hätte, schien Headstone nach seinen eigenen Erfahrungen mehr als unwahrscheinlich.

Wie kam der Berichterstatter dann aber dazu, hier genaue Angaben über die Wirkung der europäischen Strahlkollektoren zu machen? Das mußte geklärt werden. Headstone schnitt den Beitrag aus dem Heft heraus. Mit J. Z. war die Notiz unterzeichnet. Bei der Redaktion des ›Electric Engineer‹ würde er wohl erfahren können, wer sich hinter diesen beiden Buchstaben verbarg.

Eben stand er im Begriff sich von seinem Platz zu erheben, als ein dröhnendes Geräusch, das von außen her kam, ihn aufmerken ließ.

»Was ist das, Mister Fosdijk?« fragte er den Oberingenieur.

»Die Schutzfunkenstrecke draußen arbeitet, Mister Headstone. Es ist Überspannung in der Atmosphäre.

Die überschüssige elektrische Energie schlägt draußen direkt in die Erde.«

Headstone warf einen Blick durch das Fenster. Der Himmel zeigte eine eigenartig gelbliche Färbung; einzelne Wolkenfetzen jagten mit großer Geschwindigkeit dahin und ballten sich hier und dort zu größeren Gebilden zusammen. Durch das Fenster konnte Headstone eines der nächsten Ankerseile sehen. Es schwankte stark hin und her, ein Zeichen dafür, daß der Wind in den höheren Schichten der Atmosphäre beträchtlich an Stärke zugenommen hatte. Im stillen nahm er bei diesem Anblick viel von dem zurück, was er in früheren Wochen den Ingenieuren wegen ihrer übergroßen Ängstlichkeit gesagt hatte. Jetzt war es ihm doch lieb, daß sie bei allen ihren Maßnahmen stets einen hohen Sicherheitsgrad vorgesehen hatten.

Gefolgt von Fosdijk verließ Headstone das Arbeitszimmer und ging hinüber in den Stationsraum. Dort traf er Direktor Brooker und Cowper, die vor der Schalttafel standen und mit bedenklichen Mienen den Stand der Spannungsmesser betrachteten. Weit über die normalen 600 000 Volt waren die Zeiger hinaufgeklettert und zitterten jetzt schon um die Million herum.

Nur kurze Zeit blieb Headstone neben den beiden anderen stehen, dann trat er an eines der hohen Fenster und schaute hinaus.

Mit Unbehagen mußte er feststellen, daß die Gewalt des Sturmes inzwischen weiter gewachsen war. Wild schwankten die Ankerseile hin und her. Und dann sah Headstone etwas, das ihm das Blut in den Adern erstarren ließ. Das nächste Halteseil, das eben noch fast senkrecht gestanden hatte, verlor plötzlich seine Straffung; von der Gewalt des Tornados in großer Höhe abgerissen, kam es in jähem Sturz nach unten. Schwer schlug es auf das Dach der Station auf.

Im gleichen Augenblick verstummte auch das Knattern und Dröhnen der Funkenstrecke. Nur noch das

Brausen und Pfeifen des tosenden Sturmes war zu vernehmen.

Sieben Ballone trugen das Fangnetz der südafrikanischen Station. Sechs davon bildeten die Ecken eines regelmäßigen Sechsecks. Der siebente stand in der Mitte zwischen ihnen. Strahlenförmig ging das Fangnetz von ihm zu den übrigen sechs aus, und das stählerne Halteseil dieses mittleren größten Ballons diente gleichzeitig dazu, die von dem Netz aus der Atmosphäre eingefangene elektrische Energie nach unten zur Station hinzuleiten. Jetzt war dieses Seil gerissen, und die Station lag stromlos.

In der Höhe ging das Unheil weiter. Ein Halteseil nach dem anderen wurde von dem Sturmtrichter gepackt und zerrissen. Jetzt das sechste schon — jetzt auch das siebente, das letzte.

Bleich, die Kiefer fest zusammengepreßt, stand James Headstone am Fenster und verfolgte die Vorgänge. Für einen kurzen Augenblick sah er durch eine Wolkenlücke hindurch in schwindelnder Höhe etwas Glitzerndes, Glänzendes mit Sturmeseile nach Westen ziehen. Es war das Fangnetz.

Von der Last der Halteseile befreit, von den Ballonen getragen und auf noch größere Höhe gehoben, trieb es nach Westen ab auf das felsige Karas-Gebirge in Groß Namaland zu.

Die wilden Sturmstöße wurden schwächer. Fast ebenso schnell, wie die Elemente in Aufruhr geraten waren, kamen sie auch wieder zur Ruhe. Schon brach die Sonne wieder durch und ließ ihre Strahlen über das weite Feld spielen. Ein Bild der Verwüstung beleuchteten sie: geknickte Bäume, zerbrochene Leitungsmasten und die Überreste der zerrissenen Halteseile, die in wildem Wirrwarr den Boden bedeckten.

James Headstone löste sich langsam aus seiner Erstarrung und erblickte Brooker, der schon lange neben ihm stand.

»Was soll jetzt geschehen, Brooker?« Rauh kamen die Worte heraus.

»Wir müssen mit der Station aus dem Tornadogebiet heraus, Headstone. Darüber werden wir noch sprechen, wenn wir die neuen Seile haben.«

»Es wird Millionen kosten, Brooker!«

»Die Millionen werden da sein, Headstone! Sorgen Sie nur für die Seile und bessere Kollektoren!«

»Ich werde deswegen nach Deutschland fahren, wenn es nicht anders geht, Brooker.«

Direktor Brooker nickte. »Tun Sie es, Headstone! Jetzt wollen wir zurückfahren. Hier ist nichts mehr zu tun.«

»Sehen Sie, Professor, das ist unser alter Zacharias, wie er leibt und lebt.«

»In der Tat, Herr Generaldirektor, und wie er mit seinen Blumen hantiert! Fast könnte man ihn darum beneiden!«

Die Worte wurden zwischen zwei Leuten gewechselt, die hinter einem dichten Holunderbusch am Zaun eines ländlichen Gartens standen.

Geraume Zeit beobachteten die beiden, wie der Alte mit liebevoller Sorgfalt ein Edelauge nach dem anderen unter die Rinde der Wildlinge schob und mit Faden und Baumwachs hantierte.

»Unerklärlich bleibt's mir doch«, brach endlich der Professor das Schweigen, »Zacharias ist kaum älter als Sie, Herr Dr. Bergmann. Er könnte noch heute der Generaldirektor unseres Konzerns sein. Das alles so plötzlich hinzuwerfen und sich hier in die ländliche Einsamkeit zurückzuziehen — eine rechte Erklärung dafür kann ich nicht finden.«

»Aber ich bitte Sie, Herr Professor Livonius«, widersprach ihm der andere, »die Erklärung hat Zacharias vor seinem Austritt klipp und klar gegeben. Er sagte uns doch damals, daß er seinen Lebensabend nach seinem Geschmack verbringen wolle.«

»Mag's meinetwegen so sein«, meinte Professor Livonius kopfschüttelnd. »Mein Geschmack wäre es nicht, auf meine alten Tage hier zwischen Heidebauern zu sitzen.«

Dr. Bergmann lachte. »Mein lieber Professor, Sie dürfen ja nicht glauben, daß unser alter Zacharias hier Gefahr läuft, zu verbauern. Sein Interesse an den wissenschaftlichen Fragen unseres Konzerns ist so lebhaft wie je. Nur mit dem kaufmännischen Kram will er nichts mehr zu tun haben.«

»Ach so — wissenschaftliches Interesse! Das hängt wohl mit diesem ein wenig mysteriösen Doktor zusammen?«

Generaldirektor Bergmann nickte. »Ganz recht, Herr Professor. Doktor Frank ist eine persönliche Entdeckung von ihm. Er ist stolz darauf, und ich glaube, er hat auch einigen Grund dazu. Denken Sie nur an die Halteseile, die wir dem Doktor und indirekt unserem Freunde Zacharias verdanken.«

Der Alte im Garten, dem dieses Gespräch galt, war inzwischen mit seiner Arbeit zu Ende gekommen und schickte sich an, in das Haus zu gehen. Bergmann trat an eine offene Stelle und rief über den Zaun: »Hallo, Johannes, da sind wir!«

»Tag, Franz! Guten Tag, Professor!« erwiderte der Angerufene. »Bitte nach rechts, Herrschaften! Da hat der Zimmermann eine Tür in den Zaun gemacht.«

Lachend kamen Dr. Franz Bergmann und Professor Livonius in den Garten. Noch einmal eine herzliche Begrüßung mit kräftigem Händedruck, dann gingen sie mit dem alten Zacharias in eine Buchenlaube und machten es sich auf einer Rundbank bequem.

»Ich bekam gestern nachmittag deinen Brief und bin darauf heute morgen gleich mit Livonius losgefahren«, eröffnete Bergmann das Gespräch.

»Und ich bekam früh dein Telegramm. Der Doktor ist benachrichtigt. Wir brauchen uns hier nicht lange aufzuhalten; wenn's dir recht ist, können wir gleich zu ihm rübergehen.«

»Hat er's geschafft?« wollte Bergmann wissen.

Zacharias nickte. »Die kalte Kathode ist da!«

»Werden wir sehen dürfen, wie er's gemacht hat, Herr Zacharias?« fragte Professor Livonius.

»Wir haben keine Geheimnisse vor ihnen«, erklärte der Alte. »Nur will ich Sie an Ihre Verpflichtung zu unbedingter Verschwiegenheit erinnern.«

Professor Livonius streckte ihm die Rechte hin.

»Meine Hand darauf: Über meine Lippen soll kein Wort kommen!«

Zacharias schlug ein, Bergmann legte als dritter seine Hand darauf. »Du hast recht, Johannes. Absolute Verschwiegenheit ist hier Pflicht. Außer uns beiden wird niemand aus dem Konzern etwas davon erfahren. Livonius wird die Patentschriften selber nach den Angaben deines Doktors fertigmachen.«

»Das ist gut, mein lieber Franz«, stimmte ihm Zacharias bei. »Dann wollen wir jetzt hinübergehen.«

Ein kurzes Stück Wegs, und sie traten in ein Gebäude, das, nur von einem Drahtzaun umgeben, mitten in der freien Heide stand. Als die Besucher in eine geräumige blitzblanke Diele kamen, erwartete sie bereits Dr. Frank.

Der Generaldirektor begrüßte den Doktor als einen Bekannten. Professor Livonius, der ihn zum ersten Male sah, war von seinem Anblick gefesselt.

Ein paar Augen, die man nie vergißt, dachte er bei sich, als er den Händedruck des Doktors erwiderte. Dann staunte er, als sie in den Arbeitsraum kamen. Das war kein Laboratorium, sondern ein gewaltiger Saal, dessen elektrische Einrichtung allein ein nicht ganz kleines Vermögen gekostet haben mochte.

In der Mitte des Raumes hatte Dr. Frank eine Versuchsanordnung aufgebaut. Vom Hintergrund her führte, von mächtigen, halbmannshohen Stützisolatoren ge-

552

tragen, ein blanker Draht bis dorthin. An seinem andern freien Ende trug er ein metallisches Gebilde, das etwa an eine kleine Lampe erinnerte. Das war einer der Strahlkollektoren, mit denen das AE-Werk zur Zeit noch arbeitete.

Dr. Frank machte sich an dem Kollektor zu schaffen, brachte ein brennendes Streichholz daran, und im gleichen Augenblick stand eine brausende lichtblaue Flamme von der Form eines Kammes darüber.

»Ich möchte Ihnen zum besseren Vergleich erst noch einmal diesen Flammenkollektor vorführen«, erklärte der Doktor. »Beobachten Sie bitte den Stromzeiger dort, während ich jetzt fünfhunderttausend Volt auf den Draht gebe.«

Während er die letzten Worte sprach, ging er an die hintere Saalwand und bewegte einen Schalter. Das dumpfe Brummen eines Transformators und ein leichtes Knistern an dem blanken Draht wurden hörbar. Gleichzeitig begann der Zeiger des Meßinstrumentes langsam über die Skala zu kriechen.

Auf der Fünfzehn blieb der Zeiger stehen. Dr. Frank sprach weiter:

»Die Fähigkeit der blauen Flamme, Elektronen auszustoßen, ist begrenzt. Mit hundert Verbesserungen und Schikanen haben wir es glücklich erreicht, daß ein Brenner fünfzehn Milliampere hergibt. Weiter haben wir es trotz aller Bemühungen nicht bringen können. Sechsundsechzig Kollektoren mußten wir in das Fangnetz setzen, um die Stromstärke von einem einzigen Ampere zu erzielen ...«

Dr. Frank ging wieder nach hinten und schaltete die Hochspannung aus. Als er zurückkam, hatte er eine Metallkugel von etwa Apfelgröße in der Hand. Mit ein paar kurzen Griffen schraubte er den Blaubrenner los und befestigte dann an seiner Stelle die Kugel an dem Draht.

»Jetzt werde ich Ihnen die Leistung meiner kalten Kathode zeigen«, erklärte er dabei weiter. »Sie sehen, daß es eine einfache kalte Metallkugel ist. Ich gebe wieder Spannung auf den Draht. Achten Sie bitte auf das Meßinstrument!«

Von neuem klang das Transformatorbrummen auf, aber Bergmann und Livonius hörten es kaum. Wie gebannt hingen ihre Augen an dem Zeiger des Instruments, der sich schnell über die Skala bewegte und erst dicht vor der Zweihundert zur Ruhe kam.

»200 Milliampere, meine Herren«, sagte Dr. Frank. »Fünf dieser Kugeln schaffen ein Ampere, etwa 200 werden wir, denke ich, in das jetzige Netz setzen können. Diese kleine kalte Kugel strahlt einen dreizehnmal stärkeren Elektronenstrom aus als die heiße Flamme des Blaubrenners. Aber auf die Elektronen, die nun aus der Kugel in die Umgebung ausgestrahlt werden, habe ich bedauerlicherweise keinen Einfluß mehr. Die müssen eben Raum und Gelegenheit finden, sich in der Atmosphäre auszubreiten, und deshalb dürfen wir die Kugeln nicht zu dicht, also nicht in zu großer Zahl auf das Netz setzen.«

»Sie nannten die Zahl von 200 Stück, Herr Doktor?« fragte Bergmann.

»Ganz recht, Herr Generaldirektor.«

Bergmann wandte sich an Livonius und sagte: »Ich glaube, damit dürfen wir zufrieden sein.«

»Ich möchte mit Doktor Frank gleich das Nötige wegen der Patente besprechen«, meinte Livonius jetzt zu Bergmann. »Wie lange Zeit werden wir dazu ungefähr brauchen?«

»Ich habe alles gut vorbereitet«, erwiderte Frank.

Bergmann blickte auf seine Uhr. »Es ist recht, Professor, bringen Sie das in Ordnung und holen Sie mich nachher bei Zacharias ab. Komm«, fuhr er fort, während er den Arm unter den seines alten Freundes schob, »laß die Herren hier ihre Sachen besorgen. Wir wollen uns in deinen Garten setzen.«

Gemächlich wanderten die beiden über den Feldweg zurück und sprachen dabei miteinander.

»Köstlich, Johannes«, rief Dr. Bergmann plötzlich. »Mit dem Frankschen Seil hast du den Schnüffler aus dem Graben gezogen?«

»Natürlich, Franz. Eine bessere Gelegenheit konnte ich gar nicht finden, um dem Abgesandten Headstones den Mund wäßrig zu machen. Richtige Stielaugen bekam er, als ich das Seil aus der Tasche holte. Und dann sein wahrhaft dummes Gesicht, als ich's ihm hinwarf ...«

»Das Gesicht Turners kann ich mir ungefähr vorstellen«, meinte Bergmann, ebenfalls lächelnd.

»Hast du neue Nachrichten aus Südafrika?« fragte Zacharias.

»Nichts Bestimmtes, Johannes. Ich weiß nur sicher, daß Headstone die Probe bekommen hat und damit bei der Aluminium Corporation gewesen ist. Einige Zeit wird es natürlich dauern, bis die Herrschaften begreifen, daß sie es allein nicht schaffen können, und zu uns kommen. Aber kommen müssen und werden sie; darauf kannst du dich verlassen.«

»Was gedenkst du zu tun, Franz, wenn sie kommen?«

»Darüber bin ich mir noch nicht schlüssig. Man könnte ihnen die Seile einfach liefern, man könnte auch einen Lizenzvertrag mit ihnen schließen. Dann müßte man ihnen allerdings das Herstellungsverfahren bekanntgeben — aber das sind ja kaufmännische Dinge, für die interessierst du dich doch nicht mehr.«

»In diesem Falle doch, Franz! Höre auf meinen Rat: Liefere ihnen die Seile, aber gib das Verfahren nicht preis! Ich habe meine bestimmten Gründe dafür.«

»Wie du wünschst, Johannes«, erwiderte Bergmann. »Zur gegebenen Zeit werde ich deinen Rat befolgen.«

555

Im Forschungsinstitut der Aluminium Corporation in Windhuk fand eine Besprechung zwischen James Headstone, Professor Curtis und Dr. Jefferson statt.

Auf der Tischplatte lag das Knäuel, das nun schon Wochen hindurch Unruhe und viel Arbeit in der Südafrikanischen Union verursachte, seitdem es einmal in Turners Hände geraten war. Eine beträchtliche Anzahl anderer Litzen lag daneben. Neu und blank sahen sie aus. Unschwer ließ sich erkennen, daß sie erst vor kurzem frisch aus der Fabrikation gekommen waren, aber die Herren von der Corporation hätten gern auf allen Glanz verzichtet, wenn ihre Erzeugnisse sonst nur dem europäischen Muster gleichgekommen wären.

Seit geraumer Zeit ließ James Headstone die Ausführungen und Erläuterungen der beiden anderen mit steigender Ungeduld über sich ergehen. Jetzt warf er sich mit einer brüsken Bewegung in seinen Sessel zurück und machte seiner Erregung Luft.

»Sie gehen um den Kernpunkt der Sache herum wie die Katze um den heißen Brei. Sagen Sie mir endlich klipp und klar, was Sie erreicht haben!«

Nach kurzem Räuspern antwortete Professor Curtis: »Die Legierung Ihres Musters haben wir auf hundertstel Prozent genau analysiert und nachgemacht. Aber ...«

Headstone wischte mit der Hand über den Tisch. »Klipp und klar, meine Herren: Ihr Draht ist noch nicht so fest wie der deutsche?«

Professor Curtis nickte, ohne etwas zu sagen.

»Haben Sie Aussicht, Ihr Erzeugnis zu verbessern, wenigstens einigermaßen an das Vorbild heranzukommen?« fragte Headstone.

Die beiden Herren von der Corporation sahen sich fragend an.

»Wir werden weiterarbeiten, Mister Headstone«, erklärte Curtis. »Wir werden nicht ruhen und rasten, bis wir es erreicht haben. Dafür verbürge ich mich Ihnen im Namen der Corporation.«

»Wann wird das sein, Professor?«

»Es würde die Angelegenheit beschleunigen, Mister Headstone«, mischte sich Dr. Jefferson ein, »wenn Sie uns das Werk nennen könnten, aus dem Ihre Litze stammt. Wir könnten dann vielleicht durch unsere ›Vertreter‹ in Mitteleuropa etwas über das neue Verfahren ermitteln.«

Headstone richtete sich in seinem Sessel auf.

»Verehrter Herr Doktor: So klug bin ich selber. Wenn ich das Herstellungswerk wüßte, hätte ich schon meine eigenen ›Vertreter‹ damit beauftragt, Genaueres über die Sache in Erfahrung zu bringen. Aber das ist nicht so einfach. Wenn Ihre Vertreter etwas unternehmen wollen, so mögen sie's versuchen. Meine Leute sind mit ihrer Kunst zu Ende; ich will es hier ganz offen aussprechen.« Damit verabschiedete sich Headstone.

Er verließ das Haus der Aluminium Corporation, um zum Flugplatz zu fahren. Unterwegs ließ er vor dem Hauptpostamt halten und gab ein langes Telegramm auf. Adressiert war es an Mister Henry Turner, zur Zeit Braunschweig, Germany.

Kurze Zeit später hielt Mister Turner die Depesche Headstones in seinen Händen und las sie mit reichlich gemischten Gefühlen. Den Herstellungsort der bewußten Litze ausfindig machen! Leicht gesagt, aber schwer getan, brummte der tüchtige Agent vor sich hin.

Lange überlegte er hin und her. Gegen Mitternacht kam ihm eine neue Idee. Mit dem wunderlichen Alten, der ihm das verwünschte Ding damals gab, mußte er wieder in Verbindung kommen. An dieser Stelle mußte er den Faden wiederaufnehmen.

Am nächsten Morgen war der Agent schon früh unterwegs. In flotter Fahrt trug ihn sein Wagen durch die norddeutsche Heide. Um die zehnte Vormittagsstunde machte er vor demselben Heidekrug halt, in dem er schon vor rund einem Monat mit dem Alten eingekehrt war. Ein paar mächtige Lastkraftwagen, die vor der

Wirtschaft hielten, fielen ihm auf, als er aus seinem Auto stieg.

Er trat in die Gaststube. An einem Fenstertisch saßen vier Männer in Lederjoppen, die offensichtlich zu den Lastwagen draußen gehörten. Turner ließ sich Kaffee geben und begann sich über sein weiteres Vorgehen Gedanken zu machen.

Während er noch nachdachte, flogen ihm Gesprächsfetzen von dem andern Tisch her zu.

»Weißt' noch, Hinrich, als wir die dicken Fuhren für das AE-Werk hatten?« sagte einer von den Fahrern.

Bei dem Wort AE-Werk spitzte Turner die Ohren.

»Woll, woll, Klasen!« antwortete mit vollen Backen kauend ein anderer. »Ich bin damals fünfmal von Düren hierher gezottelt. Hatte jedesmal zehn Kabeltrommeln geladen; war eine gute Zeit.«

Henry Turner ließ seinen Kaffee kalt werden. Unter dem Tisch hielt er einen Notizblock auf dem Knie und notierte eifrig, was die Chauffeure am Nebentisch sich erzählten ... Zehn Tonnen Kabel von Düren an das AE-Werk geliefert — da hatte er eine bessere Spur, als er heute früh zu hoffen wagte.

Die Fahrer nebenan waren inzwischen mit ihrem Mahl zu Ende gekommen.

»Ward Tid, Hinrich!« sagte einer von ihnen, während er sein Brotpapier zusammenfaltete. »Wir möt wedder los.« Er stand auf und rief nach dem Wirt, am seine Zeche zu begleichen. Auch die andern zahlten. Zu viert verließen sie die Gaststube.

Turner blieb allein in der Stube zurück. Was er hier durch einen glücklichen Zufall erfahren hatte, war nach seiner Meinung entschieden eine Tasse Kaffee wert. Lohnte es sich für ihn überhaupt, noch länger sitzen zu bleiben? Wäre es nicht zweckmäßiger, sofort nach Düren aufzubrechen? Dann mußte er nach Westen weiterfahren. Auch die Lastkraftwagen waren nach Westen abgegangen. Vielleicht konnte er unterwegs noch einmal in irgendeiner anderen Wirtschaft mit den Fahrern zusammenkommen und bei der Gelegenheit noch mehr aus ihnen herausholen? Was würde er von dem Alten schließlich erfahren können? Das Knäuel hatte der irgendwo in der Heide gefunden, und mehr würde er ihm auch heute kaum darüber sagen können.

Mister Turner schickte sich an, nach dem Wirt zu rufen, um seinen Kaffee zu bezahlen. —

Zu der gleichen Zeit, da Mister Turner vor dem Heidekrug aus seinem Wagen stieg, weilte Zacharias bei Dr. Frank. Sie befanden sich in einem andern Raum als dem, in dem sie vor einigen Tagen Dr. Bergmann und Professor Livonius die kalte Kathode vorführten. Es war ein etwa zehnmal zehn Meter im Geviert messender und fast doppelt so hoher Raum.

Eine Wand trug eine Schalttafel mit einer Reihe von Meßinstrumenten und Fernschaltern. Im übrigen war nichts weiter darin als ein gläsernes röhren- und kolbenförmiges Gebilde. Der ganze Glaskörper schimmerte in einem eigenartigen undefinierbaren Licht. Zacharias schaute auf ein Meßinstrument, dessen Zeiger langsam stieg.

»12 Millionen Volt, Herr Doktor.« Die Worte kamen langsam von seinen Lippen, während sein Blick zu der Röhre zurückkehrte.

»Es ist genau die Spannung, welche die Umwandlung der Materie bewirkt«, erwiderte ihm Dr. Frank. »Sie sehen die Legierung auf dem Boden der Röhre. Unter dem Anprall der Elektronen — sie schlagen mit 94 Prozent der Lichtgeschwindigkeit auf die Materie auf — schmilzt und verdampft sie nicht nur, sondern es findet auch die beabsichtigte Umwandlung statt. Es entsteht der neue Stoff, den wir für die kalte Kathode brauchen.«

»Haben Sie sich schon eine Theorie über diese Vorgänge gemacht, Herr Doktor?« fragte der Alte nach langem Schweigen.

Dr. Frank nickte. »Ich habe mir eine Arbeitshypothese zurechtgemacht, aber Sie wissen ja, wie es mit solchen Theorien steht: Sie müssen erst durch die Praxis erhärtet werden. Ich hoffe, daß ich schon in den nächsten Wochen dazu kommen werde, die notwendigen Versuche zu machen.«

In die letzten Worte von Dr. Frank mischte sich die Klingel des Telefons.

»Sie werden verlangt, Herr Zacharias«, sagte er, nachdem er den Hörer abgenommen hatte. Er deckte die Hand über das Mikrophon und sprach leiser zu dem Alten: »Der Stimme nach ist es der Krüger Horn.«

Zacharias griff nach dem Apparat und hörte, was vom andern Ende in den Draht gesprochen wurde.

»Ist recht, Meister Horn. In fünf Minuten bin ich da. Sehen Sie, daß der Mann so lange bleibt!« antwortete er und legte den Hörer wieder auf. »Dieser südafrikanische Agent ist wieder im Heidekrug«, wandte er sich danach an Dr. Frank.

»Ich nehme Ihr Rad, Herr Doktor. Werde es vorher beim Schmied Haspe abstellen«, sagte Zacharias und verließ eilends den Raum und das Haus.

»Machen Sie's klug, Herr Zacharias! Der Mann ist gerissen«, rief ihm der Doktor noch nach. —

Im Heidekrug wollte Mister Turner seine Zeche bezahlen und sah sich nach dem Wirt um. Der war nirgends zu erblicken. Hinter der Theke stand ein halbwüchsiger Bursche, der ihm auf seine Frage in einem nicht leicht verständlichen Heideplatt antwortete.

»Herr Horn ist im Keller. Steckt ein neues Faß an; wird bald kommen.«

Henry Turner setzte sich wieder auf seinen Stuhl. Auf ein paar Minuten kam's ihm schließlich nicht an.

Mehr Eile schien ein Gast draußen im Garten zu haben, der mit seinem Knotenstock kräftig auf den Tisch trommelte und nach dem Wirt rief. Mister Turner hörte es, und im selben Augenblick durchzuckte ihn eine Erinnerung. Die Stimme glaubte er doch zu kennen. Er ging vorsichtig zu einer Glastür, durch die er einen Blick in den Garten hatte, und spähte hinaus.

Richtig: Da saß der alte Mann wieder. Die Bank unter der Linde schien sein Stammplatz zu sein. Soweit Turner es von seinem Standort aus beobachten konnte, hatte er einen etwa faustgroßen Gegenstand in der Hand, an dem er mit seinem Taschentuch kräftig rieb und putzte. Mister Turner kniff die Augen zusammen, um schärfer zu sehen; er konnte nicht daraus klug werden, was das für ein Stück war, mit dem der Alte sich beschäftigte. Da tauchte der Wirt wieder aus der Tiefe seines Kellers auf.

»Sie haben gerufen, Herr?« fragte er den Fremden.

Turner schob das Geld, das er bereits in der Hand hielt, wieder in die Tasche. Er hatte es sich inzwischen anders überlegt.

»Jawohl, Herr Wirt«, sagte er, »ich möchte gern noch etwas zum Trinken haben. Kann ich eine Flasche Mineralwasser bekommen?«

»Gern, einen Augenblick ...« Er drehte den Kopf nach dem Garten hin, wo der einsame Gast sich von neuem bemerkbar machte. »Muß bloß mal schnell sehen, was der olle Krachkopp da draußen will.«

Während der Wirt zu der Glastür ging und sie öffnete, stand auch Turner auf, folgte ihm ein Stück und beobachtete, was der alte Mann machte. Bis jetzt hatte der immer noch an dem runden und wie Turner jetzt sicher zu sehen glaubte, metallenen Gegenstand herumgerieben. Als er den Wirt und hinter ihm einen Fremden bemerkte, ließ er das Stück in seiner Manteltasche verschwinden.

»Ich will mich auch in den Garten setzen«, sagte Turner, als der Wirt zurückkehrte, und schritt auf die Linde zu.

»Oh, Herr Zacharias, wenn ich nicht irre«, meinte er näher tretend. »Ich hatte schon mal das Vergnügen. Einen Monat mag's wohl her sein. Ich weiß nicht, ob Sie sich noch erinnern ...«

Siebenundzwanzig Tage ist's her, du Gauner, dachte Johannes Zacharias bei sich, während er Mister Turner musterte und sich die Stirn rieb, als ob er sich besinnen mußte.

»O ja ... Ich erinnere mich«, begann er nach längerem Überlegen. »Sie haben mich damals ein Stück in Ihrem Wagen mitgenommen. Inzwischen haben Sie wohl viel in Europa gesehen? Wie gefällt's Ihnen denn hier bei uns im Lande?«

»Oh, sehr gut«, beeilte sich Mister Turner zu erwidern. »Wenn es Ihnen recht ist, möchte ich mich ein bißchen zu Ihnen setzen.«

Durch einen Zufall traf es sich so, daß Turner direkt neben die Manteltasche zu sitzen kam, in die der Alte den metallenen Gegenstand und das blaugewürfelte Tuch, mit dem er daran herumgeputzt hatte, versenkt hatte. Als Zacharias einen tiefen Schluck aus seinem Glas getan hatte, zog er das Tuch aus der Tasche, wischte sich den Bart damit und steckte es danach in eine andere Tasche. Er richtete es dabei wie zufällig ein, daß die Manteltasche weit offen blieb, so daß Mister Turner bequem hineinsehen konnte. Er erblickte ein teils rundliches, teils zylindrisches Gebilde.

Von Minute zu Minute wuchs Turners Interesse für diesen merkwürdigen Gegenstand. Wie leicht ließ sich mit einer auch nur einigermaßen geschickten Hand in die Tasche hineingreifen ...

»Schön ist's bei Ihnen, Mister Zacharias«, eröffnete Turner die Unterhaltung. »Wer weiß, ob's mir danach in Südafrika wieder gefallen wird.«

Der Alte griff wieder nach seinem Glas. Kannst ruhig noch ein bißchen bei uns bleiben, dachte er bei sich, während er es zum Munde führte. Wir haben noch allerlei mit dir vor, mein Junge! Vielleicht schenkt uns sogar noch Mister Headstone die Ehre seines Besuches, wenn er den verbeulten Strahlkollektor erst mal richtig studiert hat.

»Ja, ja, Herr!« fuhr er laut fort. »Es läßt sich schon leben bei uns. Muß ja bei Ihnen da unten manchmal scheußlich sein, nach dem, was man so in den Zeitungen liest.«

Mister Turner rutschte auf seinem Platz hin und her. Er überlegte, wie er dem Gespräch eine andere Wendung geben und unauffällig auf die vermaledeite Litze kommen könnte.

»Wissen Sie noch, wie Sie mir damals aus dem Graben geholfen haben?« fing er unvermittelt an.

»Nu, das war kein Kunststück«, meinte Zacharias. »Unser Hinrich mit seinem Bulldog war ja dicht dabei.«

»Aber daß Sie auch gerade ein passendes Seil bei sich hatten, Herr Zacharias — das war doch ein Glück.«

Der Alte lachte vor sich hin und rückte noch ein Stückchen näher an Mister Turner heran. So nahe, daß die offene Manteltasche mit dem metallenen Stück darin ganz dicht neben Turners rechter Hand auf der Bank lag.

»Ach, du mein lieber Gott«, sprach er dabei weiter, »so 'n oller Heideläufer wie unsereins hat die Taschen immer mit allerlei Kram voll. Da findet man auf der Weide mal das und mal jenes — na, und die Leute sagen hierzulande, ein Zigeuner und ein Schäper läßt nix liegen.« Während er sprach, kramte er umständlich das Metallgebilde wieder aus der Tasche.

»Sehen Sie sich das Ding mal an, Herr Turner«, sagte er, als er es auf den Tisch legte. »Das habe ich heute auf der Wiese gefunden. Dicht neben dem AE-Werk, wissen Sie. Sicher haben's die Bauleute da verloren. Nu schlepp ich's rum, und weiß nichts damit anzufangen.«

Turners Augen blitzten, mit größtem Interesse drehte er das Stück in seinen Fingern hin und her.

»Was wollen Sie damit anfangen, Herr Zacharias?« fragte er lauernd.

»Wahrscheinlich werfe ich's nachher in den nächsten Chausseegraben«, meinte der Alte leichthin.

»Schade drum!« entfuhr es Turner.

»Hat noch nicht zwei Pfennig Wert, das Ding. Wenn's Ihnen Spaß macht, können Sie's behalten.« Er schob Turner das Stück hin.

Endlich! Fast hätte er sich vor Freude bedankt und dem Alten ein Trinkgeld angeboten.

Zacharias hatte es plötzlich recht eilig fortzukommen. Man verabschiedete sich kurz, zahlte, und jeder ging seiner Wege.

Der Strahlkollektor brannte Turner förmlich in der Tasche, denn erst wollte er ihn einmal gründlich untersuchen und dann nichts als nach Kapstadt damit per Eilluftpost. Zuvor galt es jedoch noch einen Bericht über die Inbesitznahme dieses Stückes anzufertigen. Daß er hier schon wieder einen recht wertvollen Gegenstand so einfach geschenkt bekommen hatte, brauchte Headstone keinesfalls zu erfahren.

Er fuhr in westlicher Richtung davon.

Etwas Schimmerndes sah Headstone noch in großer Höhe nach Westen treiben, als die südafrikanische Versuchsstation unter dem plötzlichen Ausbruch des Tornados zu Bruch ging. Die Herren Fosdijk und Cowper hatten jetzt Gelegenheit, sich aus der Nähe damit zu befassen. Um die Mittagsstunden eines langweiligen Junitages saßen sie vor einer aus Wellblech und aus ungehobelten Brettern roh zusammengeschlagenen Schenke.

»Verdammte Geschichte!« fluchte Cowper vor sich hin. »Hätte mir vor acht Tagen nicht träumen lassen, daß wir jetzt hier in Groß Namaland sitzen würden. Aber jedenfalls haben wir das verdammte Netz glücklich entdeckt. Bin neugierig, was der Alte auf unser Telegramm antworten wird.«

»Das kann ich Ihnen heute schon sagen«, erwiderte Fosdijk. »Natürlich müssen wir's von der Stelle, wo sich's in den Felsen verfangen hat, wieder runterholen und in eine zivilisierte Gegend schaffen. Eine liebliche Arbeit, das kann ich Ihnen heute schon versichern. Aber wir können an der Sache nichts mehr ändern. Als Ingenieure müssen wir uns genau überlegen, wie wir den Job anfassen. Wir haben bei unseren letzten Expeditionen in die Berge festgestellt, daß mehrere Ballone noch unbeschädigt geblieben sind und viel von ihrer Tragkraft behalten haben; damit müssen wir rechnen, dann wird die ganze Sache sich vielleicht einfacher erledigen lassen, als wir heute denken.«

Headstone hatte das Telegramm von Fosdijk und außerdem eine Sendung von Turner erhalten. Jetzt saß er in seinem Büro in Kapstadt und hatte eine längere Unterredung mit Direktor Brooker.

»Machen Sie sich keine Gedanken um die zweihunderttausend Pfund, Headstone«, meinte Brooker wegwerfend. »Den Betrag werden wir auf die Gründungskosten übernehmen. Das Geld bekommen wir bei der ersten Ausgabe von Aktien zehnmal wieder rein. Die Hauptsache ist, daß wir mit der Sache weiterkommen. Es darf nicht wieder, wie früher so oft, geschehen, daß die Europäer plötzlich mit einer fertigen Sache an die Öffentlichkeit treten, und wir haben hier in Afrika so gut wie nichts. Es muß intensiv weitergearbeitet werden, und zwar nach den Richtlinien, die ich mit Ihnen besprach.«

»Sehr schön gesagt, mein lieber Brooker, aber in der Praxis nicht so ganz einfach durchzuführen«, warf Headstone ein. Brooker blickte auf ein Schriftstück, das er vor sich auf dem Tisch liegen hatte, und sprach weiter:

»Beachten Sie bitte die folgenden Punkte, Mister Headstone. Erstens dürfen wir die neue Station nicht wieder in einen Wetterwinkel setzen, in dem es Tornados gibt. Zweitens müssen wir unbedingt diese Seile haben, von denen Ihr Agent uns eine Probe verschafft hat. Am besten wär's natürlich, wenn unsere Leute von der Aluminium Corporation sie liefern könnten. Wenn die's nicht schaffen, müßten wir sie uns aus Europa besorgen. Das wäre eine Sache, bei der Ihr Mister Turner sich auch recht nützlich machen könnte ...«

»Er kabelte mir, daß er schon eine bestimmte Spur habe«, warf Headstone dazwischen.

»Um so besser, Headstone. Drittens aber müssen wir uns die neuen Strahlkollektoren verschaffen. Setzen Sie alles an diese Aufgabe ...«

Und nun endlich kam Headstone dazu, seinen Trumpf auszuspielen. Er griff in die Tasche und stellte vor Brooker ein metallenes Etwas auf den Tisch.

»Da haben Sie den neuen europäischen Kollektor«, sagte er. Einen Augenblick verschlug Brooker der unvermutete Anblick die Sprache. Dann nahm er den Apparat in die Hände, versuchte daran zu drehen und merkte, daß das Oberteil sich abschrauben ließ.

»Seien Sie vorsichtig, Brooker! Es ist sicher ein recht empfindliches Ding«, warnte Headstone ihn. Aber da hielt Brooker bereits das Oberteil in der einen, das untere in der andern Hand, und heraus fiel ein eng beschriebener Zettel. Brooker warf einen Blick darauf und reichte ihn dann Headstone weiter.

»Scheint deutsch zu sein, Mister Headstone. Die Sprache verstehen Sie besser als ich. Lesen Sie mal, was da draufsteht.«

Headstone brachte das Papier dicht vor seine Augen und nahm schließlich sogar eine Lupe zu Hilfe, um die Aufzeichnungen zu entziffern, und je weiter er las, desto vergnügter wurde seine Miene.

»Ein unverschämtes Glück, Brooker!« rief er, als er mit der Lektüre zu Ende war. »Das ist die vollständige Gebrauchsanweisung für den Strahlkollektor. Da hat uns Turner mal wieder ein Meisterstück geliefert!«

»Wie mag er das Ding nur erwischt haben?« fragte Brooker.

»Er behält seine Tricks gern für sich, aber diesmal hat er in seinem Begleitschreiben doch etwas verlauten lassen. Wissen Sie, wie er's gemacht hat?« Headstone lehnte sich über den Tisch und flüsterte, als ob ihn jemand belauschen könnte: »Stellen Sie sich vor, Brooker, in einer Schankwirtschaft hat er es einem Oberingenieur des europäischen AE-Werkes abgehandelt.«

Headstone setzte ein pfiffiges Lächeln auf.

Brooker nickte verständnisvoll. »Begreife, Headstone, guter Trick von Ihrem Mann. Jetzt noch die Seile, und wir können mit guter Aussicht von neuem anfangen.«

Der alte Zacharias war nach seinem Schöppchen Bier gemächlich die Dorfstraße entlang gebummelt. Erst als er Turner mit seinem Auto abbrausen und verschwinden sah, machte er halt und kehrte langsam in den Krug zurück. Dort hatte er den Wirt allerlei zu fragen, was ihn interessierte. Wer zum Beispiel außer dem Fremden noch in der Wirtschaft gewesen wäre? Das war schnell gesagt. Nur zwei Lastwagenchauffeure mit ihren Beifahrern: Krischan Jürgen aus Hildesheim und Hannes Schulte aus Nienburg. Schon seit Jahren rollten sie mit ihren Lastzügen zwischen Berlin und dem Rheinland hin und her und pflegten, wenn es irgendwie paßte, in dem Heidekrug Station zu machen.

Wohin sie jetzt führen, wollte Zacharias weiter wissen. Genau konnte der Wirt es ihm nicht sagen. Etwa nach Düren oder Aachen, glaubte er gehört zu haben. Und dann — der Wirt schien großen Wert darauf zu legen, dem Alten gefällig zu sein — ließ er einen Ratschlag einfließen:

»Gewöhnlich machen die beiden auf ihrer Tour in Strömen Mittag. In zwei bis drei Stunden könnte man sie da vielleicht telephonisch erreichen.« —

Turner fuhr auf der breiten spiegelglatten Autobahn nach Westen.

»Pfut, pfut!« sagten die Straßenbäume jedesmal,

wenn sein Wagen an ihnen vorüberschoß. »Pfit, pfit!«
sagten die schmaleren Masten der Telephonleitung,
welche die Landstraße begleiteten.

Hätte Mister Turner ahnen können, was sich in den
blanken Drähten, auf den weißen Isolatoren da oben ab-
spielte, so wäre er seines Sieges vielleicht etwas weniger sicher gewesen. Bei aller sonstigen Gerissenheit
fehlte Turner doch noch einiges technische Material für
seinen Beruf. Hätte er zum Beispiel ein Paar Steigeisen
besessen und einen kleinen Telephonapparat, den man
in jeder Brusttasche bequem unterbringen konnte, so
hätten diese Dinge ihm im Augenblick recht nützlich
sein können. Er hätte sich dann mit Leichtigkeit in die
Straßenleitung einschalten und hören können, was Meister Horn, der Wirt des Heidekrugs, gerade mit dem
Rautenwirt in Strömen zu verhandeln hatte, und er wäre zweifellos in einiges Staunen darüber geraten.

»Hör mal tau, Krischan!« sagte Klas Horn in diesem
Augenblick in seiner Krugstube. »So gegen drei Uhr
herum werden wohl die beiden Lastwagenchauffeure
bei dir Mittag machen. Rop mi an, wenn se da sind!«

»Wird gemacht, Klas«, sagte der Rautenwirt und
hängte den Hörer wieder an den Haken.

Mister Turner konnte aus dem bereits erwähnten
Grunde von dieser Unterhaltung nichts hören. Er fuhr
weiter nach Westen, bis nach geraumer Zeit der Kirch-
turm von Strömen sichtbar wurde. Vor der einzigen Kir-
che des Fleckens war ein größerer Platz, und auf ihm
parkten mehrere Lastzüge. Gegenüber dem Platz stand
ein alter Gasthof. ›Zum Rautenkranz‹ war auf dem
Schild zu lesen.

Also wollen wir's hier mal versuchen, dachte Turner,
während er sein Auto neben den Lastwagen abstellte,
und ging in die Wirtsstube.

Seine Ahnung hatte ihn nicht getrogen. Da saßen seine vier Freunde, auf die er aus war, mit noch einigen andern von der gleichen Branche an einem langen Tisch

zusammen. Mister Turner nahm dicht nebenan Platz, versuchte hier und dort eine Bemerkung aufzuschnappen und wartete auf eine Gelegenheit, sich selber ins Gespräch zu mischen.

Allzulange dauerte das nicht. Am andern Tisch kamen sie auf den Heidekrug zu sprechen. Für Mister Turner war das ein gegebener Anlaß, in die Unterhaltung einzuhaken. Wie von selbst kam das Gespräch auf andere Stammlokale der Chauffeure, und ganz unmerklich wußte Mister Turner das Gespräch so zu drehen, daß man dabei immer weiter nach Westen geriet ins Rheinland hinein. Über Essen und Köln kam man allmählich nach Düren, denn da wollte Mister Turner, wie er zur Erklärung angab, jetzt gerade hinfahren, um einen alten Freund aufzusuchen.

Die Chauffeure überstürzten sich mit Ratschlägen, soweit es sich um Wirtshäuser und Hotels handelte.

Aber dem Agenten lag viel weniger an Wirtshäusern als an Industriewerken, und auch darüber hörte er bald manches, was ihm höchst nützlich und wichtig erschien. Über das große Leichtmetallwerk besonders, von dem aus der eine Chauffeur die Kabeltrommeln nach dem AE-Werk gebracht hatte, wußte er, als er den Namen hörte, Bescheid.

Nur auf eine Sache konnte er sich keinen rechten Vers machen. Die Leute waren nicht nur mit voller Ladung von Düren in die Heide gefahren. Sie hatten auch volle Trommeln dorthin gebracht und später wieder nach Düren zurücktransportiert. Turner versuchte gerade noch etwas Näheres über diesen Vorgang herauszubekommen, als der Rautenwirt auftauchte und einen der Chauffeure anrief: »Hinrich, du sollst mal ans Telephon kommen!«

Der Angerufene verschwand in einem Hinterraum, fest davon überzeugt, daß seine Firma ihm irgendwelche Aufträge wegen Übernahme neuer Ladung geben wollte.

Aber nicht die Firma war am Apparat. Dafür hörte er die ihm wohlbekannte Stimme des alten Zacharias, und was der ihm erzählte, stimmte ihn ziemlich nachdenklich.

»Na, was ist los?« fragte sein Mitfahrer, als er an den Tisch zurückkam.

»Dumme Sache! Peter, ich muß dir das genau verklaren.« Damit zog er ihn zum Fenster und tuschelte ein paar Minuten mit ihm. Als sie wieder an den Tisch zurückkamen, warf der Mitfahrer seinem Nachbar ein paar Sätze in breitestem Platt zu, von denen Mister Turner auch nicht ein einziges Wort zu verstehen vermochte. Der so Angeredete sprach wieder mit dem nächsten, und von diesem Augenblick an wurde die Unterhaltung für Mister Turner höchst unergiebig.

Über Industriewerke vermochte er nichts mehr in Erfahrung zu bringen.

Mister Turner war zu lange im Fach, um sich nicht seinen Vers auf die veränderte Situation zu machen. Wahrscheinlich hing die Sache mit dem Telephongespräch zusammen, aber darin ließ sich jetzt nichts mehr ändern. Jedenfalls war ihm auch das, was er vor diesem Fernruf gehört hatte, den Aufenthalt hier reichlich wert. Ein Weilchen beteiligte er sich noch an der allgemeinen Unterhaltung, dann empfahl er sich und stieg in seinen Wagen. Düren war jetzt das Ziel, das er sich gesetzt hatte. Bis zum Abend konnte er es erreichen.

Ein Brief mit dem Poststempel Rietfontein war auf den Tisch von Mister Headstone in Kapstadt geflattert. Ein Schreiben, das die Zustimmung Headstones zu den Vorschlägen Fosdijks und außerdem einen angemessenen Scheck enthielt, ging an den Absender zurück, und daraufhin traf Mister Fosdijk seine Maßnahmen.

Die Aufgabe, um die es sich drehte, hatte es, wie man so zu sagen pflegt, in sich. Das gefundene Netz aus den Karas-Mountains zu bergen, klang zunächst sehr einfach. Wer es aber einmal miterlebt hat, was ein Stahldrahtseil, von Zug und Zwang befreit und sich selber überlassen, alles anzurichten vermag, der hätte die Aufgabe wohl mit andern Augen angesehen.

Nach einigen Bemühungen hatte Fosdijk einen Weißen aufgegabelt, der sich anheuern ließ. Der Mann nannte sich Smith und war seines Zeichens ein Schmied, paßte also einigermaßen für das Geschäft, das hier zu erledigen war. Außerdem bestand die Mannschaft Fosdijks aus zwei Schwarzen, die wenigstens an das Klima gewöhnt waren, und schließlich gehörten zu der Expedition noch sechs kräftige Mulos, die wohl als die zuverlässigsten Mitglieder des Trupps gelten durften.

»In einem Stück bekommen Sie das Ding bestimmt nicht zu Tal«, behauptete Smith mit Entschiedenheit, als man ihn in die Einzelheiten der Aufgabe einweihte. »Sie werden das Drahtgeflecht in passende Stücke zerschneiden und in einzelnen Maultierlasten abtransportieren müssen.«

Auf seinen Rat hatte man sich dann auch reichlich mit Blechscheren und anderem Handwerkszeug versehen. So ausgerüstet, war man aufgebrochen und hatte die Vorberge verhältnismäßig bequem überwunden.

Übel wurde es erst, als man am vierten Tage in das eigentliche Hochgebirge kam.

Es folgte eine Übernachtung im Freien in reichlich zweitausend Meter Höhe, bei der Fosdijk sowohl wie Cowper trotz ihrer Wolldecken und trotz eines kräftigen Feuers, das sie die ganze Nacht hindurch brennen ließen, jämmerlich froren.

Als man dann am nächsten Tage einige Stunden weiter gestiegen war, sah man das Netz in ziemlicher Nähe blinken; aber der Anblick, der sich ihnen dabei bot, war alles andere als herzerfrischend.

Gewiß, Fosdijk und Cowper hatten es schon vor einer Woche entdeckt und daraufhin ihr Telegramm an Mister

Headstone geschickt. Aber damals hatten sie es nur aus einer Entfernung von vielen Kilometern durch ein gutes Fernglas erblickt und waren nicht näher herangegangen. Jetzt hatten sie es dicht vor sich und konnten sofort feststellen, daß es in einer recht unerfreulichen Art und Weise mit dem Untergrund verwickelt war.

Smith griff in die Seitentasche und fühlte nach seiner Blechschere. »Es ist genau so, wie ich's mir dachte, Leute, wir kriegen das Zeug nur zu Tal, wenn wir's kurz und klein schneiden«, bemerkte er mit einem Blick auf das Bild vor sich. »Ob Ihr Auftraggeber viel Freude an dem Kram haben wird, den wir ihm bestenfalls abliefern, ist mir ziemlich zweifelhaft. Es hilft nichts, dann wollen wir uns mal an die Arbeit machen.« Damit warf er sich auf den Boden und begann einen langen Schnitt durch das Drahtnetz zu führen.

»Ich denke mir so ungefähr hundert mal hundert Meter, meine Herren«, bemerkte er dazu, »das wird nach meiner Taxe gerade eine richtige Maultierlast abgeben.«

Zweifellos war der Plan von Smith ganz zweckmäßig, nur nahm er keine Rücksicht auf die Tragballone. Drei von ihnen waren bei dem Anprall an die scharfen Felsen zerfetzt und hoffnungslose Wracks. Die vier andern aber standen noch prall gefüllt in der Luft, und die Idee, mit ihrer Hilfe einen größeren Teil des Netzes direkt zu Tal zu schleppen, über die Fosdijk und Cowper jetzt eifrig debattierten, war an und für sich gar nicht so unvernünftig. Blieb nur die Aufgabe, den dazu bestimmten Teil des Netzes so abzupassen, daß sein Gewicht mit der Tragkraft der Ballone richtig in Einklang stand. Dann konnte es wohl in der Tat so gehen, daß sie mit ihren Maultieren munter zu Tale trabten und den größeren Teil der hier gestrandeten Anlage in der Luft hinter sich her schleiften.

Fosdijk war mehr für den Plan von Smith. Er spielte mit dem Gedanken, auch die unversehrt gebliebenen Ballone zu entleeren und das ganze Netz mit allem

Drum und Dran auf den Rücken der Tragtiere nach unten zu bringen. Cowper hielt an seiner Idee fest, und da er ein ziemlich gewandter Alpinist war, kletterte er erst mal zu dem zackigen Grat hinauf, an dem die Ballone mit den Resten der Tragseile sich verfangen hatten.

Vergeblich schrie Smith ihm Warnungen nach; sie verhallten in der dünnen Gebirgsluft.

Schon hatte Cowper den Felsgrat erreicht und versuchte, die um die Zacken geschlungenen Ballonseile zu entwirren. Sehr bald mußte er einsehen, daß das nicht so einfach ging, wie er sich's gedacht hatte. Er mußte zur Blechschere greifen und Draht um Draht der schweren Trossen einzeln abkneifen.

Der erste Ballon kam frei und riß einen Teil des Netzes aus dem Gestrüpp mit sich empor.

Mit der Wut eines Besessenen arbeitete Cowper unentwegt weiter. Schon waren etwa tausend Quadratmeter des Netzes bis zu der Stelle hin, wo Smith mit seinen Leuten arbeitete, frei geworden und über das Gestrüpp herausgehoben — da vollzog es sich ganz plötzlich und war bereits geschehen, bevor Fosdijk und Smith noch recht begriffen, was passiert war.

Die letzten Schnitte welche die Neger eben in dem Drahtgewirr vollführten, mochten wohl den Anstoß gegeben haben. Die vier Ballone erhoben sich schnurgerade in die Höhe und nahmen ein gutes Stück Netz mit, in dessen weiten Maschen wie eine Spinne Mister Cowper hockte. Fünfhundert Meter schätzungsweise stiegen sie empor, dann trieben sie unter der Wirkung einer frischen Brise schnell nach Westen ab.

Fosdijk stand mit aufgerissenem Mund da und schaute der Erscheinung sprachlos nach. Jeden Augenblick fürchtete er, Cowper aus dem Netz abstürzen und auf den Felsen zerschellen zu sehen.

Smith hatte sein Werkzeug fortgeworfen und war aufgesprungen; er fluchte aus vollem Halse.

Immer winziger wurde das Netz, zu immer kleineren

Pünktchen im Äther schrumpften die tragenden Ballone zusammen. Längst war von Cowper nichts mehr zu sehen.

Jetzt erst stoppte Smith seine Schimpfkanonade ab, und jetzt endlich fand auch Fosdijk wieder Worte. »Da haben wir den Salat! Was nun, Mister Smith?« sagte er.

Smith war jetzt verhältnismäßig ruhig geworden.

»Wenn Mister Cowper sich in dem Netz hält, wird er bei der Sache glimpflich davonkommen. Hauptsache, daß er gesund über den Kamm des Gebirgszuges kommt. Aber wenn ihm das glückt, steht ihm noch eine andere Gefahr bevor — er kann auf den Atlantik abgetrieben werden. Aber im Augenblick können wir ihm nicht helfen. Ich möchte vorschlagen, daß wir wieder an unsere Arbeit gehen und vor Einbruch der Dunkelheit möglichst viele Maultierlasten fertigmachen.«

»Sie haben recht, Smith,« entgegnete Fosdijk. Und in der nächsten Minute waren wieder vier Blechscheren an der Arbeit.

Mister Turner setzte sein Programm in die Tat um. Noch am gleichen Tag, an dem er im Gasthof ›Zum Rautenkranz‹ einige für ihn wissenswerte Dinge erfahren hatte, erreichte er Düren, und am nächsten Vormittag ließ er sich dort bei Direktor Kämpf von den Metallwerken melden. Dabei war er in der angenehmen Lage, gewichtige Empfehlungsbriefe auf den Tisch legen zu können: ein Einführungsschreiben von Mr. Headstone und ein anderes von Direktor Brooker. Das waren Namen von gutem Klang in der internationalen Industriewelt und wohlgeeignet, jedem, der sich auf sie berufen konnte, Tor und Tür zu öffnen.

Daß Direktor Kämpf außerdem noch vor vierundzwanzig Stunden ein Schreiben von Generaldirektor Bergmann bekommen hatte, das sich gleichfalls mit der Person von Mister Turner befaßte, war eine durchaus private Angelegenheit, von der Mister Turner nichts wußte und die zu erwähnen der Direktor aus triftigen Gründen sich hütete.

Der Empfang war so freundlich, wie es sich bei einem wohlakkreditierten Mann von selbst verstand, und Kämpf wurde noch um einige Nuancen liebenswürdiger, als Turner damit herausrückte, daß er bei den Metallwerken einen größeren Einkauf tätigen wolle.

»Gewiß, Mister Turner, aber mit dem größten Vergnügen«, beeilte sich der Direktor auf Turners Mitteilung zu erwidern, und in Kürze war der Tisch, an dem sie saßen, mit Mustern der verschiedenartigsten Seile und Litzen bedeckt, aber Turner war damit nicht zufrieden. »Alles recht gut und schön, Mister Kämpf«, meinte er schließlich, »aber das, was ich suche, ist es nicht.«

»Ja, um Himmels willen, was wollen Sie denn eigentlich haben, Mister Turner«, fragte Direktor Kämpf. Turner entschloß sich, mit offenen Karten zu spielen.

»Ich suche Leichtmetallseile mit einer Zerreißlänge von 100 Kilometer.«

»100 Kilometer? Sie haben sich wohl versprochen, Mister Turner?« Der Direktor ließ sich in seinen Sessel zurückfallen und markierte ein naturechtes Staunen.

»Ich habe mich keineswegs versprochen«, fuhr Turner fort. »Es ist mir bekannt, daß Sie solche Seile bereits hergestellt und geliefert haben. Gerade die Sorte will ich von Ihnen haben.«

Direktor Kämpf dachte eine ganze Weile intensiv nach. Erst nach einigen Minuten schien ihm die Erleuchtung zu kommen. »Mister Turner, wo Sie's jetzt so bestimmt behaupten, fällt's mir auch wieder ein. Sie haben recht: Wir haben solche Seile vor einiger Zeit einmal geliefert, aber ...«

»Bitte kein Aber!« fiel ihm Turner ins Wort.

Direktor Kämpf drehte und wendete sich wie ein Aal. »Ja, mein verehrter Mister Turner, ich muß es leider sagen: Das war ein Zufallstreffer. Es ist uns seitdem nicht wieder gelungen, Seile von ähnlicher Qualität herzustellen. Unsere Leute in den Laboratorien arbeiten natürlich fieberhaft daran, aber bis jetzt haben wir den großen Erfolg nicht wieder gehabt.«

Turner hatte Mühe seinen Verdruß zu verbergen. Da saß er nun glücklich an der Quelle, und jetzt sah es so aus, als ob sie versiegt wäre.

»Haben Sie denn gar nichts mehr auf Lager?« fragte er.

Direktor Kämpf drückte auf einen Klingelknopf und ließ sich Lagerbücher bringen.

Endlich schien er gefunden zu haben, was er suchte. Sein Finger blieb an einer Aufzeichnung haften, während er sich wieder an seinen Besucher wandte:

»Tatsächlich, Mister Turner! Wir haben von dieser Fabrikation hier noch einen Posten auf Lager. Ich weiß aber nicht, ob es sich mit den Grundsätzen unseres Werkes vereinbaren läßt, Ihnen diesen Restbestand abzulassen . . .«

Jeder, der den Brief von Bergmann an Direktor Kämpf kannte, hätte dem letzteren in diesem Augenblick zweifellos das Zeugnis eines vorzüglichen Schauspielers ausstellen müssen, so schön malten sich Zögern, Abwehr und doch wieder Begehrlichkeit, ein Geschäft abzuschließen, in seinen Zügen.

»Wenn Sie nicht allzuviel davon brauchen, Mister Turner . . .«, hub er nach einigem Zögern vorsichtig an.

»Wieviel von dem Zeug haben Sie noch vorrätig, Mister Kämpf?« antwortete Turner mit einer Gegenfrage. Wieder schaute der Direktor in das Buch, als ob er sich genau vergewissern müsse. Dann kam seine Antwort:

»Es sind noch 2945 Meter, Mister Turner.«

»Von diesem Seil mit 100 Kilometer Zerreißlänge, Herr Direktor — ist das wenigstens sicher?«

»Die Daten stehen hier im Lagerbuch verzeichnet. Wollen Sie sich selber überzeugen?«

Turner zog das Buch mit einem Ruck zu sich herüber

und starrte auf die Zahlen, auf die gleichen Zahlen, um die es in seiner Korrespondenz mit Headstone nun schon seit Wochen ging. Diese Zahlen, die er nachgerade im Schlaf auswendig hersagen konnte, standen hier mit guter schwarzer Aktentinte aufgeschrieben.

»Ich nehme den ganzen Posten! Mister Kämpf, was soll er kosten?« rief Turner.

Wiederum blickte Direktor Kämpf in das Buch und nannte schließlich eine Summe, die Turner ohne Gegenrede anerkannte.

»Das Geschäft ist gemacht, Herr Direktor Kämpf!« rief er und streckte dem andern die Rechte hin. »Bitte veranlassen Sie sofort den Transport an die United Electric in Pretoria. Am besten als Luftfracht. Und dann noch etwas: Ich brauche sehr viel mehr von diesem Seil. Alles in allem werde ich ungefähr 60 Kilometer davon nötig haben.«

Direktor Kämpf gab sich Mühe, überrascht auszusehen. Generaldirektor Bergmann hatte ihm diese Zahl bereits in seinem Schreiben genannt und auch den Preis festgesetzt, zu dem man den Südafrikanern die gewünschte Menge im Laufe der nächsten vier Monate liefern könne.

»Wir werden unser möglichstes tun, Mister Turner«, erwiderte Direktor Kämpf dienstbeflissen, »immer vorausgesetzt, daß es uns gelingt, im Laboratorium die Bedingungen wiederaufzufinden, unter denen uns die Fabrikation einmal geglückt ist.«

»Ich hoffe doch, daß das möglich sein wird«, sagte Turner.

»Ich hoffe es auch, Mister Turner«, beeilte sich Kämpf zu erwidern.

Mehr konnte der sonst so tüchtige Turner aus dem Direktor nicht herausbekommen. Die Bilanz, die er aufmachte, als er die Treppe des Verwaltungsgebäudes hinabschritt, ging nur teilweise auf. Zwar war es gelungen, ein gehöriges Stück dieses Wunderkabels zu einem an-

577

nehmbaren Preis zu erwerben, aber die restliche Lieferung schwebte doch noch sehr in der Luft.

Als er über den Werkhof zu seinem Wagen ging, erblickte er einen schweren Lastzug, der mit Kabeltrommeln beladen war. Den Chauffeur, der neben dem Zug stand, kannte er noch nicht, und auch der wußte noch nichts von Mr. Turner und daß diesem gegenüber Vorsicht in jeder Beziehung geboten war.

»Na, wo soll die Fahrt denn hingehen?« fragte Mister Turner.

»Nach Osten raus. Mal wieder ins Lüneburgische!« antwortete der Chauffeur.

»Viel Vergnügen!« meinte Turner, während er seinen Motor anspringen ließ und losfuhr.

Erst unterwegs kam ihm zum vollen Bewußtsein, was er in den letzten Sekunden alles gesehen und gehört hatte. Die Kabeltrommeln auf dem Lastzug waren nur mit einem Draht feinsten Kalibers bewickelt. Um ein verkaufsfertiges Fabrikat aus diesem Draht herzustellen, mußte er nach Mr. Turners Ansicht erst auf großen Kabelmaschinen, wie sie hier in dem Metallwerk zur Genüge vorhanden waren, zu stärkeren Trossen versponnen werden. Warum fuhr man diese dünnen Drähte jetzt Hunderte von Kilometern ostwärts, bis nach Lüneburg?

Während Mr. Turner noch über die Frage nachgrübelte, erinnerte er sich an eine andere Bemerkung, die er an dem Chauffeurtisch im ›Rautenkranz‹ aufgeschnappt hatte, bevor dort die telephonische Warnung eintraf. Hatte dort nicht einer der Fahrer davon gesprochen, daß er häufiger Trommeln mit dünnen Drähten von Osten nach Düren gefahren hatte?

Wie reimten sich diese beiden Sachen zusammen?

Je länger Mr. Turner seine Beobachtungen hin und her überlegte, um so klarer wurde er sich darüber, daß da ein Geheimnis dahinterstecken mußte und daß die Lösung dieses Geheimnisses in der Heide zu suchen war. Als er zu diesem Schluß gekommen war, gab er Vollgas und ließ seinen Wagen mit höchster Geschwindigkeit nach Osten sausen.

In Kapstadt zeigten die Uhren die neunte Morgenstunde an, das geschäftliche Leben und Treiben der Stadt fing eben erst an, richtig in Schwung zu kommen. So konnte es geschehen, daß Mr. Headstone, als er mit dem Glockenschlag neun die Redaktionsräume des ›Electric Engineer‹ betrat, den Chefredakteur noch nicht antraf; ein Umstand, der seine an sich schon nicht rosige Laune noch um ein paar Punkte tiefer sinken ließ. Um so eifriger bemühte sich der Zweite Redakteur Mr. Walker, die Wünsche des Gefürchteten zu erfüllen und alle Steine des Anstoßes aus dem Wege zu räumen; denn Mr. Walker wußte ganz genau, was die Persönlichkeit Headstones für die Zeitschrift zu bedeuten hatte: wirtschaftliche Informationen aus den Forschungsstätten der allmächtigen United Electric, die für den redaktionellen Teil von unschätzbarem Wert waren, und außerdem — auch das wußte Mr. Walker sehr genau, obwohl jedermann im Hause sich hütete, es offen auszusprechen — Inseratenseiten, die das wirtschaftliche Rückgrat des Blattes recht wesentlich stärkten. Was hatte Mr. Headstone zu dieser frühen Morgenstunde in der Redaktion des ›Electric Engineer‹ zu suchen? Die Ursache dazu bildete eine kurze, aus einem früheren Heft des ›Electric Engineer‹ herausgeschnittene Notiz, schon reichlich zerknittert und unansehnlich geworden, die Headstone gleich zu Beginn seines Besuches seiner Brieftasche entnommen und dem ratlosen Zweiten Redakteur vor die Nase gehalten hatte.

Wer der Kerl wäre, der diese Notiz der Zeitung geschickt hätte, wollte Mr. Headstone in einem ziemlich unfreundlichen Ton wissen. Mr. Walker bemühte sich, allerlei Bücher und Listen herbeizuschleppen, in denen die Chiffren und Pseudonyme der verschiedenen Mitarbeiter des Blattes verzeichnet standen. Aber vergeblich blätterte er sie von A bis Z durch — die Chiffre J. Z., die unter jenem kleinen Aufsatz stand, befand sich nicht darunter.

Headstones Gesicht wurde von Minute zu Minute roter, als glücklicherweise Mijnheer van de Kraaker, der Chefredakteur des Blattes, auftauchte und die weitere Leitung der Verhandlungen übernahm. Er erinnerte sich sehr schnell der Einzelheiten, die dem Vorfall zugrunde lagen. Die betreffende Notiz stammte von einem ständigen Mitarbeiter des Blattes, dessen Name in wissenschaftlichen Kreisen einen guten Ruf hatte. Im allgemeinen pflegte er seine kürzeren Beiträge mit der Chiffre Z. V. zu zeichnen.

Die Notiz war seinerzeit dem Mitarbeiter wissenschaftlich so bedeutend erschienen, daß er sie nicht einfach unter den Tisch fallen lassen wollte, andererseits aber doch wieder so unglaubhaft, daß er es ablehnte, sie mit seiner in Fachkreisen wohlbekannten Chiffre zu decken. Schließlich hatte er sich mit van de Kraaker darauf geeinigt, sie mit den Anfangsbuchstaben seines Gewährsmannes zu zeichnen. So war es gekommen, daß die Buchstaben J. Z. unter der Notiz standen.

Die Adresse dieses Gewährsmannes wollte Headstone haben. Mijnheer van de Kraaker wußte sie nicht. Dann wenigstens die Adresse jenes anderen Mitarbeiters mit der Chiffre Z. V.! Die konnte ihm Kraaker schnell geben. Hinter den beiden Buchstaben steckte Professor Voucher vom Atom-Institut in Lüderitzbucht. Das waren etwa tausend Kilometer von Kapstadt gerechnet. Durch ein Telegramm überzeugte sich Headstone, daß der Professor zur Zeit in seinem Institut war und bestieg das nächste Flugzeug, das er auftreiben konnte.

Als die Sonne im Westen versank, saß er Voucher in dessen Arbeitszimmer gegenüber. Und nun begann eine Unterhaltung, die für Professor Voucher weit eher

580

ein scharfes Verhör als eine einfache Unterredung war. Jene ominöse Notiz, die der gefürchtete Leiter der United Electric vor langen Wochen einmal aus einem Heft des ›Electric Engineer‹ herausschnitt, hatte er vor sich auf dem Tisch liegen und außerdem ein kleines Notizheft, in dem er alles Wichtige aufschrieb, was er Wort für Wort aus dem Professor herauspreßte.

Ob Voucher das Wunderseil gesehen hätte, wollte Headstone wissen.

Der Professor mußte es verneinen.

»Wenn ich es gesehen hätte, Mister Headstone, hätte ich gar keine Bedenken gehabt, die Notiz mit meiner Chiffre zu zeichnen«, versuchte er sich zu entschuldigen.

»Hm, so«, knurrte Headstone gereizt. »Da weiß ich ja mehr als Sie. Ich habe das Seil sogar in der Hand gehabt. Hier ist es! Sie können es selber besehen.«

Bei diesen Worten griff er in die Tasche und warf jenes kleine Knäuel, das ihm nun schon seit so vielen Wochen Verdruß und Arbeit machte, auf den Tisch.

Das interessierte Professor Voucher nun wieder höchstlich. Er begann es abzuwickeln, zerrte daran, holte eine starke Lupe herbei und stand im Begriff, wieder ganz in ein wissenschaftliches Fahrwasser zu geraten.

Aber Headstone ließ es dazu nicht kommen, denn seine Wünsche lagen in einer andern Richtung. Von wem der Professor die Mitteilungen über das Seil bekommen hätte, wünschte er jetzt zu erfahren und wies jeden Versuch Vouchers, abzuschweifen, energisch zurück.

Wahrheitsgemäß begann der Professor nun zu erzählen, wie er bei seinem letzten Aufenthalt in Europa in der norddeutschen Heide einen Mann getroffen hätte ... Schon bei den ersten Worten spitzte Headstone die Ohren. Da war schon wieder von dieser deutschen Heide die Rede, in der sein Agent Turner das Wunderseil erwischt hatte.

581

Professor Voucher fuhr in seiner Erzählung fort, und je weiter er kam, desto verdrehter erschien Headstone die ganze Geschichte. Was mußte das für ein wunderlicher, um nicht zu sagen verschrobener Kerl sein, mit dem der Professor dort zusammengetroffen war und von dem er seine Weisheit bezogen hatte!

Der alte Mann hatte über die modernsten Leichtmetall-Legierungen und ihre weiteren Entwicklungsmöglichkeiten geredet, daß dem Professor einfach die Sprache wegblieb. Unwillkürlich waren sie dabei auch auf Zukunftsmöglichkeiten gekommen, und der Alte hatte von einem Seil mit der Zerreißlänge von 100 Kilometer gesprochen. Er hatte nicht nur die Möglichkeit, solch ein Seil zu schaffen, angedeutet, sondern sogar auch behauptet, daß es bereits vorhanden wäre.

Als sie sich nach einer guten halben Stunde trennten, war Professor Voucher von der Unterhaltung noch völlig benommen. Erst später war er dazu gekommen, sich aus dem Gedächtnis Aufzeichnungen zu machen; und so war eben jene Notiz im ›Electric Engineer‹ entstanden, die Mister Headstone zu dem eiligen Fluge veranlaßte.

Die letzten Minuten hatte Headstone den Professor reden lassen, ohne ihn zu unterbrechen. Nun griff er wieder in die Unterhaltung ein. Den Namen dieses Wundermannes wünschte er zu erfahren. Das war nun nicht ganz einfach, denn Professor Voucher hatte ihn als nebensächlich erachtet und dementsprechend vergessen. Erst als ihm Headstone die Chiffrebuchstaben der bewußten Notiz unter die Nase hielt, kam ihm die Erinnerung langsam wieder.

J. Z. — ja, John oder Jonny mußte der Mann wohl mit seinem Vornamen geheißen haben. Z — hm, das mußte irgend etwas Alttestamentarisches gewesen sein, Zabakuk — oder Zacharias. Eine ganze Weile sinnierte Professor Voucher hin und her, ja, gewiß, jetzt wäre es ihm so gut wie sicher — Zacharias hätte der Mensch geheißen.

Mit dieser Auskunft nahm Headstone Abschied, um noch in der Nacht nach Kapstadt zurückzukehren.

Während Turner seinen Wagen über die endlose Landstraße ostwärts laufen ließ, versuchte er seine Gedanken zu sammeln. Instinktiv witterte er eine Spur, die, richtig aufgenommen und weiterverfolgt, vielleicht zur Aufdeckung recht wichtiger Dinge führen konnte.

Im nächsten größeren Ort machte Turner vor dem Postamt halt und ließ ein Telegramm an Headstone abgehen. Als nächsten Ort, in dem ihn eine Rückantwort erreichen konnte, gab er Kassel an, wo er zu übernachten gedachte. Bei einbrechender Dunkelheit erreichte er die alte Hessenstadt und gab sofort Auftrag, ihn auch in der Nacht zu wecken, falls etwa ein Telegramm aus Südafrika kommen sollte. Unbedingt würde Mr. Headstone ihn für seine Leistungen loben müssen, und mit Ungeduld sah er dessen Antwort entgegen.

Sie kam schneller, als er es erwartete. Schon bei Tisch wurde sie ihm gebracht, und ihr Inhalt war geeignet, die gute Laune Turners zu zerstören. Da war wenig von Lob drin zu lesen. Um so mehr klang gereizte Ungeduld aus den Worten der Depesche, und schließlich kam der bündige Auftrag, allerschnellstens Material über die Persönlichkeit eines gewissen John Zacharias zu sammeln, der irgendwo in der Heide hausen müsse.

Ärgerlich zerknitterte Turner das Papier und schob es in die Tasche, oder genauer gesagt: er wollte es in die Tasche schieben. Der Umstand, daß es danebenrutschte und zu Boden glitt, entging ihm. Mit einem Ruck stürzte er das letzte Glas Wein hinunter und begann zu überlegen.

Auf Anerkennung für seine Leistungen war vorerst nicht zu rechnen. Nun gut, man mußte sich eben damit abfinden. Dann sollten sie aber für das, was sie zu wissen wünschten, wenigstens tüchtig zahlen. Über diesen alten Schäfer — diesen Zacharias — wollte Mister

Headstone jetzt möglichst Ausführliches erfahren. Bei dem Gedanken, was er über den Mann bereits alles wußte, wurde Turner beinahe wieder vergnügt. Was er etwa noch brauchte, konnte doch schließlich nur eine Kleinigkeit sein.

Am nächsten Morgen stieg Turner beizeiten in seinen Wagen und fuhr auf der großen Autobahn nach Osten weiter. Er beabsichtigte es so einzurichten, daß er schon am frühen Nachmittag den Heidekrug erreichte und dort noch am gleichen Tage mit seinen Nachforschungen beginnen konnte.

Zu der gleichen Zeit ungefähr befand sich Zacharias zusammen mit Dr. Frank in dessen Arbeitsraum. Laboratorium konnte man es schon nicht mehr nennen, denn fast fabrikationsmäßig vollzog sich hier ein Vorgang, bei dem eine weit über die üblichen Maße hinausgehende Blitzröhre die Hauptrolle spielte, eine Röhre, die, gut zehn Meter lang und mehr als einen Meter stark, von einem schimmernden, glitzernden Licht erfüllt, den Hauptteil des saalartigen Gebäudes ausfüllte.

Zur einen Seite ihres Fußes stand eine jener Kabeltrommeln, über die sich Mr. Turner schon seit achtundvierzig Stunden den Kopf zerbrach. Unablässig lief, von einem Motor getrieben, der feine Draht von ihr ab, passierte das in blendendem Licht leuchtende Feld unter der Röhre und wurde auf der andern Seite wieder auf eine Holztrommel gleicher Art aufgewickelt.

Die Behandlung war einfach und ging verhältnismäßig schnell vonstatten. Es handelte sich nur darum, den mit großer Geschwindigkeit unter der Röhre vorbeilaufenden Draht dem Bombardement der mit annähernder Lichtgeschwindigkeit aus der Blitzröhre tretenden Elektronen auszusetzen. In Bruchteilen von Sekunden erlangte er dadurch jene extreme Festigkeit, um die sich die Herren von der Aluminium Corporation bisher immer noch vergeblich bemühten. Unablässig stand Dr. Frank vor der Schalttafel und betätigte die Regler, sobald die Spannung auch nur um winzige Bruchteile von dem vorgeschriebenen Wert abwich. Neben ihm stand Zacharias und schaute ihm ohne ein Wort zu sprechen zu.

»Eine schöne Aufgabe habt ihr mir da aufgehalst, Sie, Zacharias und Dr. Bergmann«, brach Dr. Frank das Schweigen. »Sind Sie sich klar darüber, was das bedeutet, die Litzendrähte für 70 Kilometer Kabel elektrisch vorzubehandeln? Wenigstens vierzehn Tage lang werde ich damit zu tun haben, bloß damit die da unten in Südafrika ihre Seile bekommen — und dabei ist anderes, viel Wichtigeres zu tun. Längst sollten die kalten Kathoden für unsere Station fertig sein, aber vorläufig ist gar nicht daran zu denken.«

»Die vierzehn Tage werden vorübergehen, Doktor«, meinte Zacharias trocken.

Sein Widerspruch reizte Dr. Frank noch mehr: »Und das andere, Zacharias! Das Letzte, das Größte. Sie wissen es, zu Ihnen habe ich davon gesprochen, nur zu Ihnen, Zacharias. Offen gesagt, alter Freund, ich verstehe den Chef nicht, daß er uns mit solchem Quark belastet, wo wir wirklich Besseres zu tun haben.«

Bis jetzt hatte der Alte Dr. Frank ruhig reden lassen. Jetzt hielt er es an der Zeit, einzugreifen.

»Es ist unmöglich, der United Electric Lizenzen zu geben, Doktor. Wir dürfen sie nicht in das Verfahren einweihen und es ihr überlassen, sich die Seile selber herzustellen. Ich habe mit Bergmann lang und breit darüber gesprochen, und wir waren uns vollkommen einig, daß wir die Südafrikaner dadurch auf eine Spur setzen würden. Mister Headstone soll die Seile, die er braucht, zu einem erträglichen Preise von uns kaufen, aber in die Karten wollen wir uns von ihm nicht sehen lassen. Seine Agenten treiben sich hier in der nächsten Umgebung herum.«

Seine letzten Worte brachten Dr. Frank in Erregung.

»Agenten, hier bei uns? Wie ist das möglich, Herr Zacharias? Warum verhaftet man diese Menschen nicht?«

Der Alte schüttelte den Kopf. »Glauben Sie, daß es danach besser würde, Doktor Frank? Die neuen Leute, die man dann schicken würde, müßten wir erst allmählich kennenlernen. Die alten sind uns bekannt. Was zum Beispiel Mister Turner hier im Lande tut und treibt, kann ich Ihnen so ziemlich auf die Stunde genau sagen — und wenn man das weiß, Doktor, dann ist es leicht, sich dagegen zu schützen.« Er griff in seine Tasche. »Da habe ich zum Beispiel ein ganz lesenswertes Telegramm, das Mister Turner gestern nachmittag in Kassel bekam. Sehen Sie mal rein, es wird auch Sie interessieren. Turner ist daraufhin schon wieder unterwegs zum Heidekrug.«

Erschrecken malte sich in den Zügen des Doktors, während er dem Alten das Papier abnahm. »Wie sind Sie in den Besitz dieses Telegramms gekommen?«

Zacharias lachte. »Sehr einfach. Der Inhalt ist für Turner nicht sehr erfreulich. In seinem Ärger hat er es neben die Tasche gesteckt, und da ist es unter den Tisch gefallen, ohne daß er's merkte. Einer meiner Leute, der schon von Düren aus hinter Turner her war, sah es, nahm es auf, sobald der Mann den Raum verlassen hatte, und hat es mir noch in dieser Nacht gebracht. Sie sehen, die Geschichte erklärt sich sehr natürlich. Man muß nur die Augen offenhalten. Aber jetzt möchte ich etwas anderes mit Ihnen besprechen.«

Der Alte machte es sich in einem Stuhl bequem. »Wissen Sie, Doktor«, begann er nach kurzem Überlegen, »ich möchte mich bei Ihnen vierzehn Tage einquartieren.«

»In Ordnung, Herr Zacharias, betrachten Sie sich für die nächsten Wochen als mein Gast.«

Was war mit Mr. Cowper geschehen? Er stand auf einer schmalen Felszacke und hatte mit Hilfe einer schweren Zange eben das letzte Tragseil abgekniffen, als er plötzlich einen Stoß bekam, der ihn von der Felszacke hinunterwarf. Instinktiv griff er im Fallen mit beiden Händen um sich und bekam ein paar Maschen des noch an den Ballonen hängenden Netzteiles zu fassen. Im Selbsterhaltungstrieb klammerte er sich daran fest, suchte auch mit den Beinen einen Halt zu finden und geriet dabei in zwei andere Netzmaschen. Schon im nächsten Augenblick konnte er feststellen, daß er auf diese Weise einen guten Halt hatte und verhältnismäßig sicher saß.

Mit wachsender Angst sah er jedoch das riesige Felsmassiv immer näher kommen und glaubte schon den Augenblick berechnen zu können, in dem er an ihm zerschellen würde. Aber unaufhörlich waren inzwischen auch die Ballone mit dem Netz gestiegen.

Beängstigend schnell ging es jetzt in die Höhe. Cowper spürte es an einem Knacken in den Ohren. Er mußte den Mund öffnen und mehrfach kräftig Luft schlucken, um die störenden Erscheinungen zu beseitigen. Auch empfindlich kalt wurde es.

Fünfhundert Meter noch — jetzt nur noch zweihundert Meter — taxierte er den Abstand von dem obersten Felsgrat, als sein Blick darüber hinweg ins Weite glitt. Die Ballone hatten die Kammhöhe erreicht, und immer noch stiegen sie mit unverminderter Geschwindigkeit weiter. Jetzt standen sie über dem Kamm, jetzt überschritten sie ihn. Mit einem Seufzer der Erleichterung blickte Cowper in die Tiefe. Schneefelder sah er unter sich, sah, wie die letzten Enden des Netzes Spuren durch den Schnee zogen und ihn in leichten Wölkchen aufwirbeln ließen. Aber plötzlich erschrak er tief. Der Wind frischte immer mehr auf und trieb ihn in immer schnellerem Tempo über den inzwischen schon wieder abfallenden Gebirgskamm nach Nordwesten. Wenn es ihm nicht gelang, innerhalb der nächsten Stunden wieder den Boden zu erreichen, würde er aufs offene Meer hinausgetrieben.

In einiger Entfernung voraus erblickte er noch ein paar niedrigere Bergkämme. Dahinter fiel das Gelände stark ab, und von der Karte her wußte er, daß es vor der Küste in eine etwa hundert Kilometer waldfreie Ebene überging, die Sandwüste. Noch glücklich bis dahin kommen und dann landen! Das war jetzt der hauptsächliche Wunsch, der ihn beseelte. Aber das Schicksal hatte noch einiges andere mit Mr. Cowper vor.

Hätte Cowper, der jetzt verloren und verfroren in dem Drahtnetz klebte, so etwas wie einen Höhenmesser bei sich gehabt, so hätte er feststellen können, daß er bereits in einer Höhe von mehr als fünftausend Meter durch die immer dünner und kälter werdende Luft dahintrieb. Aber etwas Derartiges führte Mr. Cowper nicht bei sich und so konnte er nur mit seinen Augen sehen, daß Berge und Schneefelder in einer kaum noch zu schätzenden Tiefe unter ihm lagen, während sein Flug mit gleichbleibender Geschwindigkeit nach Nordwesten hin weiterging.

Das Atmen wurde von Minute zu Minute beschwerlicher. Immer schwächer und elender wurde ihm zumute. Kaum hatte er noch genügend Kraft, sich mit den Armen, die er bis zu den Schultern durch das Netz gesteckt hatte, festzuhalten. Eine ungeheure Schläfrigkeit überkam ihn. Loslassen, sich in die Tiefe fallen lassen, das waren die letzten Gedanken, die er noch einigermaßen klar fassen konnte.

Ohne daß er es wußte, hatte Mr. Cowper noch Leidensgefährten auf seinem abenteuerlichen Flug. Das waren die vier Ballone, die das Netz trugen. Sie waren nicht als Freiballone mit einem offenen Füllansatz gebaut, der einen ständigen Druckausgleich zwischen dem Balloninnern und der Außenluft gestattet hätte — vielmehr dazu bestimmt, von Trossen in einer bestimmten Höhe gehalten zu werden, um dort das Netz zu tragen, waren sie wie Fesselballone gebaut, das heißt hermetisch geschlossen. Durch die große Höhe, in der sie jetzt dahinschwebten, wurde der Druck des in ihnen enthaltenen Traggases immer stärker und beanspruchte den

Stoff ihrer Hüllen immer mehr — auch diese Ballone litten auf ihre Weise an der Höhenkrankheit, und nach den unverrückbaren Naturgesetzen kam es, wie es kommen mußte.

Ein Knirschen, ein Reißen plötzlich, der Schall einer in der stark verdünnten Höhenluft kaum hörbaren Explosion — der schwächste der vier Ballone war geplatzt. Schlaff flatterte seine leere Hülle in der Luft. Im nächsten Augenblick wiederholte sich das Schauspiel ein zweitesmal. Mr. Cowper hörte und sah von alledem nichts. Bewußtlos hing er in dem Netz.

Aber nun begann sich das, was eben geschehen war, auszuwirken. Die Tragkraft der beiden noch unversehrt gebliebenen Ballone reichte nicht mehr aus, um das Netz zu tragen. In stetem Fall begann es in die Tiefe zu sinken, wobei die Hüllen der beiden geplatzten Ballone wie riesige Fallschirme wirkten und die Heftigkeit des Absturzes milderten.

In tausend Meter Höhe erwachte Cowper aus seiner Erstarrung. Mit dem Hochgefühl wiedergewonnenen Lebens erblickte er in der Ferne einen blauen Strich — die Küste. Würde er es noch schaffen? Und dann kam endlich der Augenblick, da das Netz mit seinen untersten Zipfeln den Boden berührte und sich zum Teil auf ihn hinabsenkte.

Doch jetzt begannen neue Schwierigkeiten. Unter dem Einfluß eines kräftigen Bodenwindes begann eine wilde Schleiffahrt. Gelegentlich durch kleinere Hindernisse aufgehalten, wurde das Netz gerüttelt und geschüttelt, daß Cowper seine letzten Kräfte aufbieten mußte, um nicht hinausgeschleudert zu werden. Auf wenigstens dreißig Stundenkilometer schätzte er die Geschwindigkeit, mit der das ganze System dicht über dem Boden dahintrieb.

Eine ganze halbe Stunde mußte er noch aushalten, bevor das, was er so sehnlich herbeiwünschte, endlich kam. Genau in der Fahrbahn des heranschleifenden

Netzes stand ein mächtiger Baum, und als Netz und Geäst zusammentrafen, geschah das Erwartete: Unlöslich verfing sich das Netz mit seinen weiten Maschen in dem Geäst und war fest verankert.

Vergeblich zerrte der Wind an den beiden noch intakt gebliebenen Ballonen. In wilden Sprüngen tanzte der Teil des direkt an ihnen hängenden Netzes auf und nieder, und Cowper bekam den Vorgeschmack einer aufkommenden Seekrankheit.

Mit viel Mühe gelang es ihm, seine fast gefühllosen Beine aus den beiden Netzmaschen freizubekommen. Wie eine Fliege kletterte er von Masche zu Masche weiter, bis er an den Seitenrand des Netzes gelangte, und dann, als die Ballone unter dem Einfluß einer Wirbelböe wieder einmal auf den Erdboden aufschlugen, ließ er sich seitlich aus dem Drahtgewirr fallen.

Wohl spürte er nach dem Aufschlag alle seine Knochen, aber endlich fühlte er sich geborgen.

Nach einigem Bemühen gelang es ihm, auf die Beine zu kommen.

Zunächst einmal griff Mr. Cowper in seine Tasche und fand zu seiner Freude eine genügende Menge Hartgeld darin. Danach schaute er sich nach allen Seiten um und erblickte in einer nicht allzu großen Entfernung eine Häusergruppe. Und dann setzte er sich in Bewegung und marschierte automatisch auf das soeben erspähte Ziel los.

Vielleicht, dachte Cowper, gibt es dort ein Telephon, so daß ich Fosdijk melden kann, wo ich stecke und daß ich glücklich davongekommen bin.

Er erreichte sein Ziel und entdeckte eine ganz annehmbare Farm, deren Inhaber sogar Telephonverbindung hatte. So konnte er sofort ein Telegramm an Fosdijk aufgeben und seine Rettung melden. Der alte Farmer sah ihn reichlich verwundert an, nachdem er einen Blick auf das Telegramm geworfen hatte, und war zunächst geneigt, Mr. Cowper für nicht ganz zurech-

590

nungsfähig zu halten. Aber als Cowper ihn vor die Tür zog und in die Ferne wies, wo deutlich die beiden Ballone zu erblicken waren, wurde er schnell anderer Meinung. Der Mann, der mit aufgerissenen Händen zu ihm gekommen war, hatte zweifellos ein böses Abenteuer hinter sich und sollte beste Aufnahme und Verpflegung bei ihm finden.

Klas Horn war nicht sonderlich verwundert, als Mr. Turner ihm seine Absicht mitteilte, für ein paar Tage Aufenthalt im Krug zu nehmen. Er fand es vielmehr ganz selbstverständlich und unterstützte seine Meinung durch die Behauptung, daß schon viele Herrschaften mit eigenem Wagen für längere Zeit bei ihm Quartier genommen hätten, um von hier Ausflüge zu machen. Mr. Turner erhielt ein schönes, geräumiges Zimmer und für seinen Wagen einen ausreichenden Teil des Pferdestalles angewiesen.

Ganz unerwartet kam er freilich nicht, denn schon am Abend vorher hatte der alte Zacharias Meister Horn beiseitegenommen und eine lange Unterredung mit ihm geführt — ein Gespräch, das die verschiedensten Dinge betraf und außerdem die Mitteilung enthielt, daß Zacharias selber noch am gleichen Abend für ein paar Wochen in einer Erbschaftssache verreisen müsse und schließlich in die Mahnung auslief, daß Meister Horn sich auch absolut über gar nichts wundern dürfe, mochte passieren was da wolle.

Gleich der erste Abend, an dem Turner in der Gaststube verweilte, brachte ihm eine angenehme Überraschung in Form eines längeren Telegramms von Mr. Headstone.

Naturgemäß war die Depesche in einem der üblichen Handelskodes verschlüsselt, aber Turner hatte das Kodebuch in seinem Koffer und machte sich in seinem Zimmer daran, sie zu entziffern.

Was der Agent las, als er den Klartext vor sich hatte,

591

war geeignet, ihn manchen Ärger der letzten Tage vergessen zu lassen. Da war erstens einmal die Bergung des ganzen Netzes der alten Station mit verhältnismäßig geringen Unkosten gelungen. Weiter aber hatte der übersandte Strahlkollektor sich als hervorragend erwiesen. Die Fachleute der United Electric hatten sich sofort eingehend mit dem Apparat beschäftigt, hatten die Einstellung des Flammenkammes genau nach der in dem Apparat enthaltenen Vorschrift vorgenommen und dabei festgestellt, daß er die Leistungen der besten südafrikanischen Kollektoren um reichlich das Doppelte übertraf. Das war ein schöner Erfolg, der den sonst immer unzufriedenen Headstone friedlich stimmte, und ein Teil dieses Wohlwollens strahlte aus der Depesche auch auf Turner über.

In wesentlich gehobener Stimmung begab er sich wieder in die Gaststube zurück, entschlossen, die beabsichtigten Anknüpfungen zu versuchen. Gleich zu Anfang ließ sich das ganz günstig an. Der Heidewirt nahm seiner Einladung folgend gern an seinem Tisch Platz, und bald waren die beiden in ein lebhaftes Gespräch über die Verhältnisse des Dorfes und seiner näheren Umgebung verwickelt.

Vieles wußte der Krugwirt; sogar über manche Einzelheiten des AE-Werkes, die Turner bisher noch nicht bekannt waren, vermochte er ihm Auskunft zu geben.

Erst jetzt begriff der Agent vollkommen, warum Headstone im letzten Teil der Depesche noch einmal so scharf auf schleunigste Anlieferung der bewußten Seile gedrungen hatte. Die Kollektoren konnte man jetzt ja Gott sei Dank nach dem von ihm besorgten Muster in Afrika in beliebiger Zahl nachbauen, aber ohne die Seile konnte man das Fangnetz immer noch nicht in der günstigsten Höhe verankern.

Auch der andere Auftrag Headstones, soviel wie möglich über die etwas geheimnisvolle Person des alten Heideläufers zu erfahren, kam Turner dabei wieder in

Erinnerung. Vorsichtig brachte er das Gespräch darauf und mußte die erste Enttäuschung des Abends in Kauf nehmen.

»De olle Kirl is verreist. Soll irgendwo was geerbt haben«, antwortete der Wirt ziemlich unbestimmt auf seine Frage. Turner krampfte die Finger unter dem Tisch zusammen. Das konnte ja seinen ganzen Plan über den Haufen werfen! Wenn der Alte vielleicht wochenlang fortblieb, würde es nicht möglich sein, nähere Bekanntschaft mit ihm zu machen.

Vorsichtig forschte er weiter, wohin er denn verreist wäre; aber da war der Krugwirt unsicher. Auch über die voraussichtliche Dauer der Abwesenheit des Alten konnte der Wirt nichts Bestimmtes sagen.

Ob der Alte denn so ohne weiteres von Hause weg könnte, wünschte Turner weiter zu wissen. Da konnte der Wirt ihm nun wieder gut Bescheid sagen.

»Aber gewiß, Herr Turner«, meinte er. »Viel hat der alte Einsiedler ja nicht zu versorgen. Nur seinen Garten und seine Bienen. Dafür hat er sich hier einen Mann im Dorf angenommen. Die Leute sagen, er sei nicht ganz richtig im Kopf, aber ich glaube das nicht. Ich glaube viel eher, daß der Jochen Dannewald schlauer ist, als er aussieht. Der muß jetzt in dem Häuschen des Alten schlafen und ihm den ganzen Kram besorgen.«

Mr. Turner hatte das Gefühl, daß er im Augenblick nicht gut weiterfragen könnte, ohne die Sache auffällig zu machen. So beschloß er, für heute Feierabend zu machen. Noch ein kräftiges »Gute Nacht!«, und er stieg die knarrende Treppe zu seinem Zimmer empor.

Mr. Turner war mit der Welt unzufrieden, als er sich langsam zu entkleiden begann. —

In ganz anderer Laune waren zwei Leute, die wenige Kilometer von Mr. Turners derzeitigem Aufenthalt entfernt in einem Laboratoriumssaal zusammensaßen.

»Hat der Kerl wirklich die Frechheit aufgebracht, hierherzukommen?« fragte Dr. Frank.

Johannes Zacharias nickte. »Vorschriftsmäßig ist er eingetroffen, genau so, wie wir's erwarteten, und hat drüben bei Horn für einige Tage Quartier genommen. Auch ein Telegramm aus Südafrika hat er bereits erhalten. Ich will morgen versuchen herauszubekommen, was drinsteht.«

Dr. Frank schüttelte abweisend den Kopf. »Ich kann Sie nicht begreifen, mein lieber Zacharias, daß Sie diesen Menschen hier in nächster Nähe sein Unwesen treiben lassen. Ich bin überzeugt, daß der Bursche reichlich ausgekocht ist.«

Zacharias wand sich in seinem Sessel vor Vergnügen. »Selbstverständlich, Doktor Frank. Wir sind weit davon entfernt, Mister Headstone und seine Leute zu unterschätzen. Aber das Schöne an der ganzen Geschichte ist ja, daß wir Mr. Turner genau kennen und daß er selber keine Ahnung davon hat, wie genau wir ihn kennen und überwachen. Sie dürfen sicher sein, daß er keinen Schritt tun kann, ohne daß es uns gemeldet wird.«

»Sind Sie dessen so sicher, Herr Zacharias?« fragte immer noch mißtrauisch der Doktor. »Wenn der Mensch sich beispielsweise des Nachts heimlich aus dem Krug schleicht und sich hier in der Umgebung herumtreibt, was könnte er da nicht alles entdecken?«

Der Alte brach in lautes Gelächter aus. »Sie können ganz beruhigt sein. Keinen Schritt könnte Mister Turner des Nachts in dem alten Fachwerkbau tun, ohne daß Meister Horn davon wach würde und ihm auf die Sprünge käme.«

»Aber bei Tage, Herr Zacharias? Da stellt er seinen Wagen irgendwo in der Heide ab und schnüffelt nach Herzenslust herum. In Ihrem Hause wird er schließlich nicht allzuviel entdecken können. Aber stellen Sie sich einmal vor, daß er bei solcher Gelegenheit auch unser Haus hier entdeckte! Groß und massig genug steht der Bau ja schließlich in der Heide.«

»Verehrtester Doktor Frank, es ist ganz selbstverständlich, daß Mister Turner diesen Bau einmal sehen wird; er soll ihn sogar sehen. Daß Sehen noch längst nicht drin sein heißt, wissen Sie besser als ich. Wir haben doch zur Genüge vorgesorgt, daß ein Unbefugter sich bei dem Versuch, einzudringen, wie in einer Falle fangen muß und uns dann wehrlos ausgeliefert ist.«

Dr. Frank nickte. »Sie haben recht, Zacharias«, sagte er. »Aber der Mensch wird nicht mehr Ruhe geben, sobald er einmal unser Haus entdeckt hat. Was soll danach werden?«

Der alte Zacharias machte es sich in seinem Stuhl bequem. »Herrgott, Doktor«, meinte er schließlich leicht, »manchmal sind Sie etwas schwer von Begriff! Sie wissen doch, was Bergmann mit Headstone und der United Electric vorhat. Headstone will spionieren, das wissen wir zur Genüge. Wir aber wollen ihm unsere Erfindungen zu einem angemessenen Preis verkaufen. Es dreht sich um Objekte, die in die Millionen gehen, und deshalb finden wir Mister Headstones Vorgehen an sich ganz begreiflich. Aber wir sind nicht gewillt, uns über's Ohr hauen zu lassen. Zur gegebenen Zeit wird die United Electric ganz gehörig in den Beutel greifen müssen, sobald die Herren nämlich eingesehen haben, daß sie ohne unsere Hilfe nicht weiterkommen. Die Sache geht doch bisher ganz nach unserm Wunsch. Sehen Sie, die Seile zum Beispiel kauft uns Headstone jetzt schon zu dem von uns geforderten Preis ab. Die kalte Kathode wird er ebenfalls von uns erwerben müssen, sobald er erst einmal dahintergekommen ist, daß wir ihn mit dem Flammenstrahler geleimt haben. Eine bessere Mittelsperson als Mister Turner ließe sich kaum denken, um ihm das beizubringen. Ob wir ihm auch das letzte noch verkaufen, wird sich später finden.«

Während diese Unterhaltung in dem Laboratoriumsbau stattfand, war Mr. Turner noch mit seiner Toilette für die Nacht beschäftigt. Als er in seinem Koffer nach einem Pyjama suchte, fiel ihm eine Strickleiter in die

Hände, aus bester Naturseide geflochten und bei aller Feinheit doch stark genug, die Last einer Person vom Gewicht Mr. Turners sicher zu tragen.

Spielend ließ er sie durch die Finger gleiten, trat dann an eins der Fenster und öffnete es. Ein Blick in die Tiefe überzeugte ihn davon, daß die Länge der Leiter völlig ausreichte, um den Boden zu erreichen. Seine Gedanken gingen hin und her. Sollte er die Nacht noch zu einem Spaziergang benutzen! Er verwarf den Gedanken wieder und steckte die Leiter in seinen Koffer. Er schloß das Fenster, zur selben Zeit etwa, da Klas Horn, von einer Rasselglocke neben seinem Bett geweckt, ärgerlich vor sich hin fluchte: »To'm Düwel ok, wat het de verrückte Kirl bi Nacht de Fenster optorieten!«

James Headstone und Direktor Brooker machten mit ihrem Wagen vor einem kleinen Gasthof in Tamasetse am Rande der Bamangwatowüste in Süd-Rhodesia halt.

Als sie sich etwas gestärkt hatten, breitete Headstone eine große Spezialkarte vor sich aus und deutete mit dem Finger auf einige rot markierte Stellen.

»Schön ist die Gegend nicht, Brooker. Ist mir zweifelhaft, ob wir unsere Leute da dauernd halten können. Warum haben Sie sich gerade auf das minderwertigste Gebiet kapriziert? Glühend heiß und versumpft.«

Brooker lachte. »Weil es für ein Butterbrot zu haben sein wird, Headstone. Sobald wir die neuen Seile haben, schaffen wir alles, was von der alten Station noch brauchbar und transportabel ist, dorthin und bauen von neuem.«

»Ich erhielt gestern Turners letzten Bericht«, bemerkte Headstone. »Wir bekommen die Seile — 70 Kilometer im ganzen — in der gewünschten Qualität in kürzester Frist von dem Dürener Metallwerk geliefert.«

»Sehr schön gesagt, Headstone: ›Wir bekommen geliefert.‹ Hätten wir uns das Zeug selber machen können, hätten wir rund 25 Prozent gespart. Ich muß es Ihnen mal ganz offen sagen, Mister Headstone. Ihr Mister Turner ist in meinen Augen ein großes Kamel.«

Mit einem Ruck setzte sich Headstone aufrecht.

»Wie können Sie das behaupten, Mister Brooker?« sprudelte er aufgeregt heraus. »Turner ist der beste von meinen Leuten in Europa. Hat er bisher nicht alle Aufgaben gelöst, die wir ihm stellten? Er hat die Firma herausbekommen, welche die Seile fabriziert ...«

Brooker winkte mit der Hand ab. »Das hätten wir hier in Südafrika mit Hilfe unserer Kartei wahrscheinlich ebensogut ausfindig gemacht. Die Metallwerke in Düren sind eine Tochtergesellschaft des ZEK-Konzerns. Jetzt streicht der Generaldirektor — ein gewisser Dr. Bergmann — den Gewinn ein, der in unsere Kasse geflossen wäre, wenn dieser Mister Turner uns eben das Verfahren besorgt hätte.«

»Es ist ja nur eine einmalige Ausgabe«, versuchte Headstone zu beschwichtigen.

»Stellen Sie sich nicht so naiv, Headstone!« sagte Brooker anfgebracht. »Sie wissen ganz genau, daß wir später weiterbauen, daß wir andere, größere Stationen errichten wollen. Sollen wir da etwa wieder von den ZEK-Werken kaufen? Wenn Mr. Turner eben alles riskiert hätte, hätten wir Tausende Pfunde gespart. Agenten, die nicht aufs Ganze gehen, sind in meinen Augen nicht viel wert.«

Headstone beschloß, das Thema zu wechseln; unter keinen Umständen durfte er sich mit Brooker, dem Geldmagnaten, von dessen guter Laune die weitere Entwicklung der AE-Stationen abhing, überwerfen.

»Sie scheinen von Turners Fähigkeiten nicht besonders überzeugt zu sein«, fuhr er vorsichtig fort. »Aber sagen Sie doch, bitte, was Sie von seiner letzten Leistung halten. Einem Oberingenieur des europäischen AE-Werkes einfach den neuesten Strahlkollektor auszuspannen! Ich meine, das ist ein Meisterstück, das ihm so leicht kein anderer nachmacht! Mit einem Schlage ha-

597

ben wir die Leistungsfähigkeit unserer Station dadurch um beträchtlich mehr als die Hälfte verbessert.«

»Nun ja, Headstone«, meinte Brooker endlich, »das war ein gutes Stück von dem Mann. Aber denken Sie daran, daß die anderen unaufhörlich weiter an der Verbesserung ihres AE-Werkes arbeiten. Was heute das Neueste und Beste ist, kann morgen vielleicht schon überholt sein. Daran müssen wir stets denken. Unterlassen Sie es nicht, ihn in Ihrer nächsten Instruktion darauf aufmerksam zu machen. Auch was wir hier bei der Verbesserung der Seile in Erfahrung gebracht haben, können Sie ihm mitteilen. Vielleicht pulvert ihn das ein bißchen auf und er entdeckt endlich die Stelle, an der die Europäer nach dem Elektronenverfahren arbeiten. Daß es irgendwo in der Heide sein muß, geht ja aus seinen Berichten deutlich hervor.«

Headstone stieß im stillen einen Seufzer der Erleichterung aus. Gott sei Dank, die Sache zwischen Brooker und Turner schien wieder ins Lot zu kommen, doch für alle Fälle nahm er sich vor, sehr ernstlich an Turner zu schreiben und keinen der Punkte auszulassen, die ihm Brooker eben im einzelnen aufgezählt hatte.

»Wie wäre es, Brooker, wenn wir jetzt aufbrächen und das Gelände gründlich in Augenschein nähmen?« fragte Headstone.

»Mir recht«, antwortete Brooker und erhob sich. Headstone folgte seinem Beispiel. Zusammen bestiegen sie den Wagen. In der nächsten Minute brauste er in einem Höllentempo in östlicher Richtung aus der Stadt.

Mr. Turner hatte jenen Brief, zu dem die Aussprache zwischen Headstone und Direktor Brooker die Anregung gab, noch nicht erhalten, aber das vorhergehende Telegramm Headstones lag ihm schwer im Magen. Obgleich ihm Meister Horn bei dem wundervollen Wetter dringend zu einem Autoausflug in die Heide riet, benutzte er einen der nächsten Vormittage dazu, sein Zimmer gründlich zu untersuchen.

Systematisch suchte er die Wände des Zimmers ab. Nicht lange war er bei seiner Tätigkeit, als er auch schon auf etwas stieß, das ihn stark interessierte. Ein fast haarfeiner, mit grüner Seide besponnener Kupferdraht lief geschickt verborgen in einer Rille der ähnlich gefärbten Tapete entlang.

Das Weitere vollzog sich planmäßig. Sehr schnell konnte Mr. Turner feststellen, daß der Draht durch die Tür von jener so niederträchtig knarrenden Treppe her in das Zimmer führte. Bald entdeckte er in der Nähe des ersten noch einen zweiten Draht, und dann machte es keine besonderen Schwierigkeiten mehr, den beiden Drähten, obwohl sie ungemein geschickt verborgen waren, bis zu den beiden Fenstern des Zimmers zu folgen.

Mit Leichtigkeit gelang es ihm, festzustellen, daß die geheime Leitung Ruhestrom führte, daß es also an irgendeiner andern Stelle des Heidekruges klingeln oder rasseln mußte, sobald man eines der beiden Fenster öffnete und dadurch den Strom unterbrach.

Im stillen beglückwünschte sich Turner nach dieser Entdeckung dazu, daß er bisher auf nächtliche Spaziergänge verzichtet hatte. Das Weitere war für einen Mann wie Henry Turner einfach. Erst einmal die beiden Drähte unter sich kurzschließen und mit einem feinen Meßinstrument feststellen, daß der Stromzufluß in ihnen dadurch unverändert blieb. Danach öffnete er die Fenster und entdeckte dort, was er bereits als sicher vorausgesetzt hatte: In die Fensterangeln waren ebenfalls sehr feine und auf den ersten Blick kaum zu erkennende Kontakte eingebaut, die den Strom schlossen, solange die Fenster geschlossen blieben, ihn aber sofort unterbrachen, sobald sie geöffnet wurden.

Zufrieden mit dem Erfolg, schloß Turner seinen Koffer wieder zu und kam nun doch zu dem Entschluß, dem guten Rat des Krugwirtes zu folgen. Er holte sein Auto aus dem Stall, tankte und fuhr gemütlich davon.

»Johannes Zacharias« — der Name hatte an letzter

Stelle in Headstones Depesche gestanden und drückte ihn täglich mehr. Erst mal rausbekommen, was das eigentlich für ein Bursche war, wo er hauste und was er trieb. Zunächst einmal fuhr er mit seinem Wagen ein Stückchen in die Heide hinein, bis er ein kleineres Kieferngehölz entdeckte. Dort stellte er sein Fahrzeug gut verborgen ab und schlenderte zu Fuß in das Dorf zurück. Mit Gewalt versuchte er sich dabei seine erste Unterredung mit dem Alten wieder in das Gedächtnis zurückzurufen. Damals hatte dieser doch auf irgendeine Stelle gezeigt, wo seine Wohnung sei.

Aber die Bemühungen Turners waren vergeblich. Wohl oder übel mußte er sich an Straßenpassanten wenden, die ihm unterwegs begegneten, und dabei ergaben sich neue Schwierigkeiten. Er erhielt zwar Antwort, aber in einem Heideplatt, von dem er günstigenfalls ein paar Worte zu erraten vermochte. Schon war er nahe daran, die Sache als aussichtslos aufzugeben, als ein kleines Mädchen, das mit einem Milchtopf die Straße entlangkam, auf seine Frage hin stehenblieb und lebhaft auf ein Haus deutete. Die Gebärde war unmißverständlich. Wenn nicht alles trog, mußte das Haus, auf das die Kleine wies, das Heim des Gesuchten sein.

Mr. Turner blieb stehen und rieb sich die Augen. Gewiß, dort stand ein Haus, in der ortsüblichen Weise als Fachwerkbau errichtet, für einen wohlhabenden eingesessenen Bauern nicht einmal übertrieben groß, aber zu dem Bilde, das sich der Agent bisher von dem alten Heideläufer gemacht hatte, stimmte es in keiner Weise. Eine Kate mit Stube und Küche hatte er dem Alten allenfalls zugebilligt, aber niemals ein derart geräumiges Landhaus.

Immer mehr kam Turner zu der Ansicht, daß das Kind, das ihm die Auskunft gab, sich geirrt haben müsse.

Von Zweifeln bewegt, überquerte Turner die Straße und ging zu dem Zaun des Anwesens hinüber. Er blickte in einen Garten, der durch hervorragend schöne Staudenbeete ausgezeichnet war.

Während Turner noch überlegte, ob er seinen Beobachtungsplatz aufgeben und am Zaun weitergehen solle, sah er einen jüngeren Menschen aus dem großen Haus herauskommen, der ein Fahrrad an der Hand führte. Zweifellos war das der bewußte Jochen Dannewald, jener junge Mann, der während der Abwesenheit des Alten die Wirtschaft versorgte. Turner konnte beobachten, wie er zunächst zu den Bienenstöcken hinging, sich dort allerlei zu schaffen machte und schließlich noch einen merkwürdigen hölzernen Kasten in nächster Nähe der Stöcke auf einen Stuhl stellte. Dann schwang der junge Mann sich auf sein Rad und fuhr nach hinten weiter. Offenbar hatte der Garten nach der nächsten Straße hin noch einen zweiten Ausgang.

»Gut, sehr gut!« murmelte Turner vor sich hin. »Den einzigen Menschen, der im Hause ist, sind wir los. Jetzt wollen wir mal ein wenig an Ort und Stelle nachsehen.« Er verließ seinen Beobachtungsposten und ging weiter an dem Zaun entlang, bis er zur Gartentür kam.

Die Tür war, wie Turner sich mit einem schnellen Griff überzeugte, verschlossen. Ein Klingelknopf war daneben angebracht, und der Agent drückte der Sicherheit halber erst ein paarmal kräftig darauf. Als sich während der nächsten Minuten niemand meldete, wurde Mr. Turner seiner Sache sicher. Eine verschlossene Tür war für ihn niemals ein Hindernis gewesen, am allerwenigsten eine einfache Gartentür.

In wenigen Sekunden hatte er sie geöffnet, betrat das Grundstück und pirschte sich vorsichtig an das Haus heran. Auch hier wieder verschlossene Türen; aber Mr. Turner verfügte über ein wohlassortiertes Aggregat von Sperrhaken. Im Augenblick war die Tür geöffnet. Der Agent blickte sich um, und unwillkürlich entfuhr ihm ein Ausruf des Staunens. Elegante Korbmöbel und mit echtem Holz getäfelte Wände. Dazwischen ein Taburett aus getriebenem Kupfer mit gediegenem Rauchzeug besetzt. Ein wohlhabender Mann mußte es sein, der sich dieses Heim für seine alten Tage errichtet hatte. Alles, was Turner sich bisher über den Alten zurechtgelegt hatte, zerflatterte, als er diese Einrichtung betrachtete.

Abgesehen davon war hier nichts Besonderes zu entdecken. Turner wagte sich weiter und betrat ein Nebengemach. Ein Speisezimmer, ebenfalls sehr luxuriös und gediegen eingerichtet, aber Mr. Turner interessierte es nicht länger als zwei Minuten. Wenn es in diesem Hause überhaupt etwas für ihn zu holen gab, so konnte es nur in dem Arbeitszimmer des Alten sein.

Das hieß es jetzt aufzufinden, und zu dem Zweck mußte er sich entschließen, die Treppe emporzusteigen. Lautlos gelangte er nach oben und hatte bei seinem nächsten Versuch offenkundig Glück. Das Zimmer, das er jetzt betrat, war zweifellos das Arbeitszimmer des Alten.

Das erste, was ihm auffiel und ihn gar nicht erfreute, war ein moderner Stahlschrank. Selbst eine mit modernstem Schweißgerät ausgerüstete Verbrecherbande hätte viele Stunden benötigt, um diesem hochmodernen Safe mit Erfolg zu Leibe zu gehen. Für Turner war die Sache von Anfang an aussichtslos.

Der Tresor schied also aus. Blieb noch die große Bibliothek, die in offenen Regalen in die ebenfalls mit edlem Holz getäfelten Wände eingebaut war. Begierig stürzte sich Turner darauf, um hier wenigstens Anhaltspunkte zu finden, und wieder einmal erlebte er eine Enttäuschung. In der Hauptsache enthielt diese Bibliothek nur Werke aus dem Gebiet der Hortikultur.

Wieder und immer wieder griff Turner in die Regale, aber nur Fachwerke der genannten Art fielen ihm in die Hände. Ärgerlich schob er schließlich den letzten Band wieder zurück.

Ein anderer Gedanke kam ihm, als er einen Blick auf die Standuhr in dem Raum warf. Schon mehr als eine

Viertelstunde weilte er jetzt in dem verlassenen Haus. Der junge Mensch war mit einem Rad fortgefahren, vielleicht nur, um eine kleine Besorgung in der Nähe zu machen. Unter Umständen konnte er in jedem Augenblick zurückkehren, und dann sah die Lage für Mr. Turner wenig freundlich aus. Vorsichtig schloß er alle Türen hinter sich, war bald auch mit der Eingangstür fertig und stand bereits im Garten.

Auf kürzestem Wege gedachte er wieder über den Rasen zu der Gartentür zu gehen, als sich etwas ereignete, das weder der junge Mann, der während der Abwesenheit des alten Zacharias das Haus verwaltete, noch Mr. Turner selbst voraussehen konnten.

Eins der Bienenvölker war schwarmlustig. Das hatte der brave Jochen vor seinem Weggang noch entdeckt, aber beim besten Willen war es ihm nicht möglich, im Garten zu bleiben und das Ereignis abzuwarten, denn er hatte für den Haushalt eine dringende Besorgung im Dorf zu verrichten.

Immerhin hatte er vor seinem Fortgang noch jenen eigenartigen Holzkasten, den Turner von seinem Beobachtungsplatz bemerkte, in nächster Nähe des Stockes auf einen Stuhl gestellt. Ging die Sache gut, dann würde der ausfliegende Schwarm wahrscheinlich nach Jochens Rückkehr in den Beutekasten einziehen, der zur besseren Sicherheit noch mit einigen Wabenwänden ausgerüstet war. Ging die Sache anders, würde der Schwarm sich in nächster Nähe der Stöcke an irgendeinem Baum oder Busch anhängen, und Jochen Dannewald würde bei seiner Rückkehr vor der Aufgabe stehen, ihn mit einem Schwarmkasten einzufangen und in einen leeren Stock einzusetzen.

Ein kleiner Umstand sollte diesen Gang der Dinge durchkreuzen.

Dieser Umstand war ein in lichtestem Gelb schimmernder Panamahut, den Mr. Turner zu tragen pflegte.

Daß der fällige Bienenschwarm inzwischen ausgeflogen war und in beträchtlicher Höhe über Mr. Turner seinen Hochzeitsflug vollführte, während er über den Rasen stelzte, davon hatte der Agent in diesem Augenblick keine Ahnung. Sein einziges Bestreben war darauf gerichtet, die Gartentür zu erreichen und wieder ins Freie zu gelangen.

Aber auf den Weisel, die Bienenkönigin, schien dieser so schön in der Junisonne schimmernde Panamahut eine besondere Anziehungskraft auszuüben. In jähem Sturzflug stieß sie aus der Höhe hinab und ließ sich darauf nieder, und nun ist es ja eine allgemein bekannte Tatsache, daß dorthin, wo die Königin sich zur Ruhe setzt, ihr der ganze Schwarm folgt.

Ehe Mr. Turner noch eine Ahnung davon hatte, daß die Königin des jungen Schwarmes sich ausgerechnet seinen schönen Panamahut zum Ruheplatz gewählt hatte, spürte er bereits ein von Sekunde zu Sekunde wachsendes Gewicht, und bald hingen ihm von der Hutkrempe hinab dichte Mengen von summenden Bienen um die Ohren. Und dann fühlte er ein unerträgliches Stechen im Gesicht, das ihn jede Vorsicht und Überlegung vergessen ließ.

Mit einem jähen Ruck riß er sich den Hut vom Kopf und schleuderte ihn weit von sich, was ihm wiederum ein halbes Dutzend Stiche in die Hände eintrug.

Zerstochen, von starken Schmerzen gepeinigt, war Turner im Augenblick nicht in der Lage, klar zu denken.

Sein eines Auge war durch einen Stich in das Oberlid vollkommen zugeschwollen, und auch das andere konnte er nur mit Not und Mühe noch einigermaßen aufbekommen.

Flucht war jetzt sein einziger Gedanke.

Eine qualvolle Viertelstunde kostete es ihn, bevor er endlich den Dorfausgang erreichte und auf die Heide kam. Mit Mühe entdeckte er das Kieferngehölz, in dem er seinen Wagen abgestellt hatte.

Erschöpft ließ er sich auf das Polster des Hintersitzes

fallen, um erst einmal wieder zu Kräften zu kommen. Aber entsetzt fuhr er wieder auf, als er sein verschwollenes Gesicht in einem an der Wagenwand gegenüber befestigten Spiegel erblickte.

Schicksalsergeben streckte er sich schließlich auf dem bequemen Wagenpolster aus, und ganz allmählich kamen seine Gedanken wieder einigermaßen in Reih und Glied. Ganz dunkel erinnerte er sich, daß in einer Seitentasche des Wagens eine Art von Reiseapotheke stecken müsse. Bisher hatte er sich noch niemals darum gekümmert. Jetzt begann er danach zu suchen und entdeckte das Kästchen nach kurzer Zeit. Er entnahm ihm ein Fläschchen mit Salmiakgeist, tränkte damit einen Wattebausch und begann sein zerstochenes Gesicht abzutupfen. Schon nach wenigen Minuten konnte er die Wirkung spüren. Das Brennen ließ fast völlig nach, und auch die Geschwulst ging zurück.

Einmal so weit, begann sein Geist sich bereits mit den nächsten jetzt akut werdenden Fragen zu befassen. Wohin zunächst? In den Heidekrug zurückkehren, war bei seinem derzeitigen Aussehen ausgeschlossen. Sein Entschluß war schnell gefaßt: Erst einmal wenigstens einige sechzig Kilometer nordwärts in die Heide fahren. Wenn es nicht anders ging, im Wagen selbst übernachten, lieber noch in irgendeiner Wirtschaft einkehren und dort die Nacht verbringen, bis er sich wieder einigermaßen unter Menschen sehen lassen konnte. Morgen, spätestens übermorgen würde hoffentlich wieder alles in Ordnung sein. —

Etwa zehn Minuten, nachdem Turner den Garten des alten Zacharias verlassen hatte, kehrte Jochen Dannewald von seiner Besorgung zurück. Sein Blick blieb plötzlich wie gebannt an einer Stelle auf dem Rasen haften.

Da war der Schwarm! Aber nicht in Gestalt einer Traube hing er an einem Baumast sondern in Form einer großen Halbkugel hatte er sich unmittelbar auf dem Rasen niedergelassen. So etwas hatte Jochen Dannewald in seiner langen Praxis noch nicht erlebt.

Während er ging, um die Spritze und einen Wassereimer zu holen, kamen ihm Sorgen. Fürs Einfangen hatte der Schwarm eine sehr ungünstige Form. Stoßend und schiebend mußte Jochen von der Seite her mit dem Kasten herangehen und schließlich versuchen, das ganze Bienenvolk mit einem Gänseflügel in den Kasten zu fegen.

Die Spritze leistete, was Jochen von ihr erwartete. Unter dem Einfluß des feinen kalten Wassernebels schrumpfte der Schwarm schnell auf die Hälfte seiner bisherigen Größe zusammen. Mit einer flinken Bewegung gelang es Jochen weiter, die offene Wand des Fangkastens von der Seite her bis reichlich unter den halben Schwarm zu schieben. Während er dicke Strahlen aus seiner Imkerpfeife ausstieß, fegte er dann mit eiligen Strichen den Rest der wild aufbrausenden Immen in den Fangkasten hinein und ließ die Rollklappe herunterfallen.

Daß noch ein paar hundert Bienen in der Luft umherschwirrten, störte Jochen nicht weiter. Die würden erfahrungsgemäß sehr bald durch das Flugloch auf der anderen Seite in den Kasten einziehen und sich mit dem übrigen Schwarm vereinigen. Vorläufig konnte Jochen den Fangkasten ruhig ein bis zwei Stunden an Ort und Stelle stehenlassen. Das andere, die Überführung des eingefangenen Schwarms aus dem Fangkasten in einen regelrechten Bienenstock, würde dann später kommen.

Während Jochen sich die Vorgänge noch einmal vergegenwärtigte, kam ihm ein eigenartiger Umstand in Erinnerung. Als er vorhin den Fangkorb unter den Schwarm schob, hatte er für eine kurze Zeit einen starken Widerstand überwinden müssen, als ob etwas besonders Schweres mitten in dem Schwarm steckte. Vergeblich zerbrach er sich den Kopf, was das wohl sein mochte. Auch der Umstand, daß mehrere hundert Bienen von dem Gewicht des Fangkastens totgedrückt an dieser Stelle auf dem Rasen lagen, gab ihm ein Rätsel auf.

Nur das eine wurde ihm immer sicherer: Irgend etwas Größeres, Schweres mußte an dieser Stelle auf dem Rasen gelegen und den Schwarm veranlaßt haben, sich gerade dort niederzulassen. Zweifellos befand es sich auch jetzt mit dem Schwarm im Fangkasten, und vielleicht gab es beim Überschieben in die eigentliche, endgültige Beute noch unerwartete Schwierigkeiten. Fürs erste hatte Jochen Dannewald noch reichlich Zeit. Er benutzte sie, um zunächst sein Rad und seine Einkäufe in das Haus zu bringen und sich davon zu überzeugen, daß dort alles in bester Ordnung war. Mr. Turner war nach altem Grundsatz sehr vorsichtig gewesen, und nichts verriet etwas von seinem heimlichen Besuch.

Während Jochen in der Küche saß und seine Einkäufe auspackte, geriet er noch einmal ins Nachdenken mit dem Effekt, daß er seinen früheren Entschluß nun doch änderte. Kurz darauf saß er auf seinem Rade und fuhr fort. Diesmal wählte er den Weg, der von der Behausung des alten Zacharias zu Dr. Frank führte.

Jochen besaß einen Schlüssel zu dem Gebäude. Er trat in den Vorraum und ging weiter. Die nächsten Schritte brachten ihn in den ersten Laboratoriumsraum, in dem Johannes Zacharias seit Tagen die Litzen für die südafrikanischen Tragseile behandelte. Aber Zacharias war nicht darin, die Blitzröhre war ausgeschaltet, die ganze Apparatur stand still. Jochen Dannewald wußte sich keinen Vers darauf zu machen, doch unverrichteterdinge wollte er auch nicht umkehren. So ging er weiter durch Räume, die er bisher noch niemals betreten hatte, und gelangte schließlich in den letzten Saal, in dem die größte und neueste Blitzröhre aufgestellt war.

Was er hier sah, ließ ihn im Augenblick alle seine Sorgen um Bienen und Bienenschwärme vergessen. Das Unterteil der Röhre, in dem sich eine geringe metallisch

schimmernde Masse befand, war zerborsten. Es machte
den Eindruck, als ob hier eine Explosion von einer ziem-
lichen Gewalt stattgefunden hätte. Dicht vor der Röhre
hingestreckt lag Dr. Frank auf dem Boden, bleich und
bewegungslos. Nach weiterem Suchen entdeckte Jochen
auch den alten Zacharias. Halb lag, halb hing er dort in
den Falten des Fenstervorhangs, ebenso blaß und regungslos wie Dr. Frank. Durch einen Blick auf die
Schaltwand überzeugte Jochen Dannewald sich davon,
daß kein Strom mehr in der Anlage war.

Der erste Griff Jochens galt Dr. Frank. Er hob ihn auf,
trug ihn in den Nachbarraum und legte ihn dort auf ein
Ruhebett. Dann öffnete er seine Kleidung und begann
die Herzgegend zu massieren. Bald stellte sich der Erfolg ein.

Der Puls schlug stärker, und jetzt öffnete Dr. Frank
bereits die Lippen und brachte einige Worte hervor.
Eben schickte sich Jochen Dannewald an, zu antworten,
als aus dem anderen Raum her eine Stimme an sein Ohr
drang:

»He, Jochen, verdammtiger Kerl, wat kümmerst du di
nich um mi? Wat hest du oller Döskopp hier zu söken?«
Mit ein paar Sprüngen war er wieder im Nebenraum,
um auch dort zu helfen. Aber Johannes Zacharias hatte
sich selbst aus dem breiten Vorhang herausgewickelt,
stand vorläufig noch etwas wacklig auf seinen Beinen
und schickte sich eben an, ein paar Flüche vom Stapel
zu lassen, als er den herbeieilenden Jochen Dannewald
erblickte.

Das Donnerwetter war derart, daß Jochen sich sofort
über eines sicher war: Irgendwelche Hilfe brauchte sein
Herr nicht mehr; denn wer so kräftig schimpfen und
poltern konnte, der mußte schon wieder gut bei Kräften
sein. Immer wieder tauchte dabei in der Suada des Alten die Frage auf, was Jochen in diesem Raum zu suchen habe. Man habe es ihm doch ein dutzendmal gesagt, daß er nur die vorderen Räume betreten dürfe.

»Er hat es doch gut gemeint«, versuchte Dr. Frank Jochen zu entschuldigen. »Und im übrigen ...«, er zog Zacharias beiseite und sprach im Flüsterton mit ihm, und je weiter er kam, um so mehr verschwand auch die schlechte Laune des Alten.

»Sind Sie sicher, daß es tatsächlich gelungen ist?« fragte er flüsternd zurück.

»Außer allem Zweifel!« gab der Doktor ebenso leise zurück. »Wir hatten das Gewicht des neuen Stoffes nicht berücksichtigt, obwohl es uns theoretisch bekannt war. Seine Schwere hat die Röhre zermalmt. Beim nächstenmal werden wir uns besser vorsehen.«

Zacharias strich sich über den Bart. »Das wird wieder viel Zeit kosten, Doktor. Viele Wochen, vielleicht Monate werden vergehen, bevor wir eine neue Röhre hierhaben.«

»Keine Sorge, Zacharias! Ich habe einen bestimmten Plan. Bereits in wenigen Wochen hoffe ich eine neue Röhre in Betrieb setzen zu können, aber schon heute bin ich überzeugt, daß wir unser Ziel erreicht haben.«

»Na, da wäre hier vorläufig nichts mehr zu tun«, meinte der Alte, und während er es sagte, fiel sein Blick auf Jochen, der wartend auf der Schwelle stand.

»Ja, Mensch, wat steihst du denn ümmer noch hier?« fuhr er ihn an. »Ick denke, du büst schon längst wedder im Goaren?«

»Ach, Herr Zacharias, dat is wegen der Immen«, begann Jochen vorsichtig, »ein Stock het schwärmt ...« Und nun erzählte er dem Alten, was für Erfahrungen er mit dem verdammten Schwarm bereits gemacht hatte und wie er nun hergekommen wäre, um sich Hilfe zu holen ...

»Wär gelacht, Jochen, wenn wir den Schwarm nicht in den Stock bekämen«, sagte der Alte. »Ick hew jetzt gerade Tid; wollen gleich mal rübergehen.«

Während Jochen sein Rad an der Hand führte, gingen sie zusammen den Feldweg zurück und standen bald an der Gartentür. Der Alte ließ Jochen aufschließen und vorangehen. Er selbst blieb am Gartenzaun stehen und betrachtete sorgfältig einige Flöckchen eines lodenartigen Kleiderstoffes, die an den Zacken des Stacheldrahtes hingen. Ja, er nahm sich sogar die Mühe, eines von dem Draht zu zupfen und sorgfältig durch eine Lupe zu betrachten. Danach wickelte er es in ein Stückchen Papier und steckte es in seine Brieftasche.

»Wenn man wüßte, zu wem der Anzug gehört, wäre man ein Stück weiter«, murmelte er dabei vor sich hin. Dann ging er über den Rasen zu der Stelle, wo der Kasten mit dem gefangenen Schwarm stand.

»Ick möcht blot weten, Herr Zacharias, warum dat Ludertüg sick hier gerad up den glatten Rasen sett' hat?« empfing ihn Jochen Dannewald.

»Ick ok, min Söhn«, beantwortete Zacharias kurz die Frage.

»Ick will gahn un all's herhalen«, sagte sein Gehilfe. Zacharias winkte ab. Eine geraume Weile stand er vor dem Schwarmkasten, und es bedurfte keiner besonderen Beobachtungskunst, um ihm anzusehen, daß er über irgendwas scharf nachdachte.

»Nee, lat man, min Söhn, ick will dat sülwst halen, du kannst hierbleiben und töwen«, meinte er, nachdem er mit seinen Überlegungen zu Ende war, und marschierte auf die Vorratskammer neben dem Bienenstand zu. Kopfschüttelnd schaute ihm Jochen nach.

Er mußte geraume Zeit warten, bis er ihn zurückkehren sah und dann trug Zacharias auch ganz andere Geräte, als Jochen erwartete. Da war zum Beispiel ein metallenes Gerät, das etwa an eine Lampe erinnerte. Wenn man wollte, konnte man sogar eine entfernte Ähnlichkeit mit den Strahlkollektoren herausfinden. Ferner noch ein metallenes Aufsatzrohr, ein Stück Gummischlauch und einiges andere mehr.

»Dat helpt nu nix, Jochen«, sagte Zacharias, als er die Verwunderung des anderen bemerkte. »Wir müssen den Schwarm drangeben.« Dann zündete er die Lampe an. Sie brannte mit einer blaßblauen Flamme und verbreitete einen scharfen Qualm. Zacharias schob den Metallaufsatz über die Flamme, schob weiter noch das Gummirohr über den Metallaufsatz und führte es bis zum Flugloch des Fangkastens. Es paßte genau in das Flugloch, so daß dieses dicht verschlossen war.

»Soo, min lewer Jochen, nu möt wi en beeten töwen. 'ne halw Stund ward det duern.«

Er horchte wieder nach dem Fangkasten hin, aus dessen Fugen ein grauer Dampf drang. Er stand auf, ging zu der Lampe, löschte sie aus und entfernte den Aufsatz und das Gummirohr.

»So, nun kannst du mir mal helfen, den Fangkasten zum Stand zu bringen«, forderte er Jochen auf. Zusammen setzten sie den Kasten vorsichtig auf einen Arbeitstisch. Jochen, neugierig bis zum Platzen, blieb stehen und erwartete weitere Befehle, aber der Alte schickte ihn ziemlich knurrig weg. »Hier is nix mehr för di to dauhn, go int Hus und kümmer di üm de Wirtschaft!«

Kaum war Zacharias allein, als er die hintere Rollwand des Kastens öffnete. Nichts Lebendes war mehr darin vorhanden. Eine wenig schöne Masse von toten Bienen, Honig und geschmolzenem Wachs floß ihm entgegen. Mit einem Spachtel begann er den Kasten weiter auszuräumen, und schon nach kurzer Zeit erblickte er den Gegenstand, über den er sich vorher auf dem Rasen den Kopf zerbrochen hatte, bevor er sich zu dem radikalen Entschluß aufraffte, den ganzen Schwarm durch Schwefelgas zu töten. Mitten in dem Gewimmel von toten Bienen und Honig lag etwas gelbes Strohartiges, schon stark mit Wachswaben bebaut.

Ein Hut vermutlich, den der Unbekannte getragen haben mochte. Durch einen Zufall hatte der Schwarm sich darauf niedergelassen. In seiner Verzweiflung hatte der Eindringling sich das Ding vom Kopf gerissen und war dann über den Stacheldrahtzaun entflohen. So malten sich die Dinge in der Vorstellung des Alten. Wie dieser Mensch jetzt ungefähr aussehen mußte, das konnte Zacharias sich nach seiner langen Imkerpraxis ebenfalls deutlich vorstellen. Zerstochen und verschwollen bis zur Unkenntlichkeit. Wenn man ihn jetzt nur hätte, würde es eine Kleinigkeit sein, seine Täterschaft mit Sicherheit festzustellen.

Wer konnte es sein? Unwillkürlich hakten die Gedanken des Alten bei Mr. Turner fest. Es konnte nicht schwerfallen, herauszubekommen, wo er sich jetzt aufhalten mochte. Er eilte ins Haus ans Telephon und rief den Heidewirt an.

»Mister Turner? Ja, gewiß, Herr Zacharias! Er hat heute früh bei mir für eine Zweitagetour getankt und ist losgefahren. Wo er steckt, kann ich nicht sagen. Unbestimmt habe ich gehört, daß er nach Norden zu in die Heide wollte.«

»Danke schön, Herr Horn!« Ärgerlich legte Zacharias den Hörer wieder auf. Selbst wenn dieser Sendbote Mr. Headstones mit dem Bienenabenteuer etwas zu tun hatte, würde man es ihm nach zwei Tagen nur noch schwer nachweisen können. Das einzige Beweismittel blieb der Hut. In reichlich schlechter Laune kehrte Zacharias dorthin zurück.

Mit Hilfe des Spachtels und einer jener hölzernen Zangen, wie sie zum Herausnehmen und Einsetzen der Wabenrahmen in der Imkerei vielfach gebraucht werden, holte er sich das Corpus delicti aus dem Fangkasten heraus und brachte es zunächst für längere Zeit unter einen mäßig laufenden Wasserleitungshahn. Alles was noch an Honig und toten Bienen vorhanden war, wurde dadurch restlos herausgewaschen. Aber was zurückblieb, war immer noch wenig geeignet, dem Alten Freude zu machen.

Auch jetzt nach der gründlichen Ausspülung wog der feine leichte Panama immer noch ein reichliches Pfund. Und dies Übergewicht war reines Wachs, ein Stoff, der sich nur in sehr wenigen Chemikalien und auch dann langsam und meistens nur in der Wärme löst.

Nach langem Hin und Her erschien es Zacharias immer noch am praktischsten, das vermaledeite Ding einfach in Wasser auszukochen. Nach diesem Plan beschloß er zu handeln.

So ging das eine Weile ganz gut. Das Schweißleder jedoch vertrug die Behandlung weniger gut als das Strohgeflecht. Vor den Augen von Zacharias löste es sich in wenigen Sekunden auf.

Nur noch Schaum bildete sich jetzt auf dem heißen Wasser. Schließlich hörte auch das auf. Der Alte hatte sein Ziel erreicht: Auch von den letzten Wachsspuren war der Hut befreit; aber wie sah er nun aus, als er ihn aus dem Gefäß herausnahm! Die Form, die er früher einmal gezeigt haben mochte, hatte bei der Behandlung schweren Schaden gelitten, aber der Alte war schon wieder dabei, neue Pläne zu schmieden. Wenn er das Gebilde erst einmal halb trocken ließ und dann vorsichtig mit einem elektrischen Bügeleisen behandelte, dann mußte ihm das doch schließlich die alte Form wiedergeben. Irgendein passendes Schweißleder würde sich schließlich auch noch auftreiben lassen, und dann würde man weitersehen können.

Den Hut stellte er an einem geeigneten Platz zum Trocknen auf, dann machte er es sich auf einem Sofa bequem und wartete darauf, daß ihm die Augen zufallen sollten.

Aber vorläufig kam es dazu noch nicht. Immer wieder mußte er auf die Bücherreihen seiner Bibliothek blicken. Da stimmte doch irgend etwas nicht! Da standen doch das große englische und das entsprechende französische Werk anders als sonst! Immer wieder suchte er eine Erklärung dafür, ohne sie mit Sicherheit finden zu können. Während er noch darüber hin und her sinnierte, kam der Schlaf über ihn.

Mr. Turner war inzwischen mehrere Stunden nordwärts gefahren, bis er eine mittelgroße Stadt erreichte. Immer stärker war sein Wunsch nach Ruhe und Ausspannung geworden.

Ein mittleres Hotel am Marktplatz veranlaßte ihn, haltzumachen. Mit Mühe und Not brachte er seinen Wagen in die Garage und stolperte in die Gaststube.

»Herr! Wie sehen Sie aus?« empfing ihn der Wirt. »Sind wohl unterwegs in einen Bienenschwarm geraten?«

Mr. Turner bestätigte die Meinung des Wirtes und fragte nach einem Zimmer.

Schnell wurde er mit dem Wirt handelseinig. »Sie müssen sich ausruhen, lieber Herr, gleich zu Bett legen, vor morgen mittag nicht aufstehen und fleißig kühlen. Ich lasse Ihnen etwas aus der Apotheke besorgen.«

Wenige Minuten später streckte sich Turner behaglich in seinem Bett, und bald kam auch der Wirt zurück und brachte ihm alles Nötige.

Wohlig fühlte Mr. Turner die kühlen Kompressen auf seinem Gesicht, und bald ging es ihm ebenso wie siebzig Kilometer südwärts dem alten Zacharias: Er lag in einem angenehmen Schlaf.

Ganz anders fühlte sich Dr. Frank. Das Ereignis am Vormittag hatte ihn nicht niedergeworfen, sondern im Gegenteil mit neuer Energie und Schaffensfreude geladen. Erst einmal gab er ein längeres Telegramm an Generaldirektor Dr. Bergmann auf. Dann kehrte er in den großen Saal zurück und betrachtete noch einmal in aller Ruhe das Schlachtfeld.

Einerseits fühlte er sich stolz, daß ihm eine Entdeckung gelungen war, die geeignet schien, der ganzen Elektrotechnik ein neues Gepräge zu geben. Andererseits wurde ihm schwül bei dem Gedanken, daß der Versuch, der heute früh gelungen war, aber mit einer Katastrophe geendet hatte, noch Dutzende von Malen wiederholt werden mußte, bevor man die neue Technik vollkommen beherrschen würde.

Ein Geräusch riß ihn aus seinem Sinnen. Frank ging durch den Vorraum und das Portal ins Freie. Ein Chauffeur war dort vorgefahren und fragte nach einem Herrn Zacharias. Mit der Antwort, daß er jetzt nicht hier wäre, gab der Mann sich nicht zufrieden. Er käme aus Düren, erklärte er, sei die ganze Nacht durchgefahren und wolle jetzt neue Ladung für die Metallwerke holen. Litzendraht auf Kabelrollen.

Dr. Frank blickte sich in dem Arbeitsraum von Zacharias um und staunte. Wie ein Berserker mußte der Alte in den letzten Tagen gearbeitet haben, um das zu schaffen. Eine ganze Reihe von Trommeln stand dort zum Abtransport bereit.

Ungelegen kam es ihm, daß er den Chauffeur und seinen Mitfahrer in den Raum hineinlassen mußte, um die Trommeln herauszubringen. Bisher war Jochen Dannewald für solche Sachen zu Hilfe genommen worden. Aber wo den in aller Eile herbekommen? Wer mochte wissen, an welcher Stelle im Dorf er augenblicklich steckte? Aber schließlich war ja nicht viel zu sehen.

So entschloß sich der Doktor, die Fahrer hereinzurufen, und gab ihnen Auftrag, das fertige Gut zu verladen. In einer knappen Viertelstunde war alles erledigt, und die Lastwagen rollten davon. Eine gute Weile noch stand Dr. Frank vor dem Gebäude und blickte in den blauen Himmel.

Plötzlich bemerkte er ein weißes Pünktchen, das schnell näher kam und sich bald als ein kleines Düsenflugzeug entpuppte. Gespannt beobachtete er, wie es auf dem glatten Rasen neben dem Gebäude niederging und ausrollte, und dann konnte er Bergmann kräftig die Hände schütteln. Sein Telegramm hatte dem Generaldirektor keine Ruhe gelassen. Auf schnellstem Wege war er hierhergeeilt, um mit eigenen Augen zu sehen, was Dr. Frank erreicht hatte.

Schweigend standen dann die beiden Männer vor dem Bild der Verwüstung.

»Nun, und der Effekt?« fragte Bergmann schließlich.

Dr. Frank wies auf ein Stückchen Metall von etwa der Größe einer Streichholzschachtel, das zwischen den Quarzsplittern der Röhre auf dem Zementboden der Halle lag.

Unwillkürlich bückte sich Bergmann und wollte das Stück aufnehmen, aber jeder Versuch war vollkommen vergeblich. Er hatte den Eindruck, als ob es irgendwie mit dem Boden verschraubt wäre. Dr. Frank konnte seine Belustigung über die erfolglosen Bemühungen Bergmanns nicht länger verbergen.

»Sie vergessen das spezifische Gewicht, verehrtester Dr. Bergmann«, unterbrach er dessen zwecklose Versuche. »Das Stückchen da wiegt immerhin mehr als 2000 Kilo. Wir wollen es mit einem Kran aufheben.« Er ging zu einem Deckenkran, der für die Montage der Riesenröhre eingebaut war, und manövrierte ihn bis über das Metallstückchen hin, so daß er schließlich eine kräftige Froschklemme an das Stückchen heranbringen konnte. Dann bückte er sich, schob die Backen der Klemme über zwei Seiten des kleinen Metallklotzes und setzte die Kette des Kranzuges in Bewegung. Bergmann konnte beobachten, wie die gezahnten Klemmenbacken auf dem neuen Metall knirschten und wie die Kette sich unter der Hantierung des Doktors stark straffte. Wie hypnotisiert starrte er auf das winzige Stückchen Metall, das sich Millimeter um Millimeter vom Boden hob und allmählich in die Höhe stieg.

Bergmann war ein guter Fachmann und verstand zu beurteilen, was ein Differentialflaschenzug von der hier benutzten Art zu leisten vermochte. Erregt sprang er näher hinzu und griff selbst in die Kette, um sich zu überzeugen, welche Kraft notwendig war, um sie zu bewegen und mit einer Übersetzung von etwa 1 : 1000 dieses in seiner Winzigkeit geradezu lächerlich wirkende Metallstückchen millimeterweise in die Höhe zu wuchten.

»Vorsicht, Herr Doktor!« Während Frank die Worte rief, packte er Bergmann bei der Schulter und riß ihn ein Stück zur Seite. Keinen Augenblick zu früh. Die Zahnung der Klemmbacken war von dem Metallstück abgeglitten; aus einer Höhe von rund einem Meter stürzte es zu Boden.

Dr. Frank war blaß geworden. »Das ist noch einmal gutgegangen«, brachte er atemlos hervor. »Wir haben es mit einem ganz außergewöhnlichen Stoff zu tun. Es dürfte Ihnen jetzt wohl klar sein, wie allein das Gewicht dieser Masse die Röhre zerbrechen mußte, sobald das Gewicht bei der Umwandlung sich auf einige wenige Stellen konzentrierte.«

Auch Bergmann fand nur langsam die Sprache wieder. »Es ist wunderbar, Doktor Frank, über alle Vorstellungen hinaus wunderbar, was Sie geleistet haben!« sagte er, während er dessen Hände ergriff. »Wir werden schwere Lastwagen nötig haben, um das Metall in unser Werk zu bringen. Aber was soll danach weiter damit geschehen?«

»Es gibt nur eine Möglichkeit«, erwiderte Dr. Frank. »Sie müssen versuchen, es in möglichst feine Lamellen auszuwalzen. Eine Bearbeitung mit andern Werkzeugen halte ich für ausgeschlossen. Aber wenn es gelingt, es so fein wie möglich auszuwalzen, haben wir gewonnenes Spiel. Es übertrifft alle bekannten Isolierstoffe um ein Vielzehntausendfaches. Wir werden dann in der Lage sein, Kondensatoren zu bauen, von denen die Welt sich heute noch nichts träumen läßt. Schicken Sie sobald wie möglich geeignete Transportmittel her und beginnen Sie recht bald mit Bearbeitungsversuchen.«

»Gut, Herr Doktor, ich werde alles schnellstens veranlassen.« Bergmann sah sich fragend um. »Sagen Sie, Doktor, wo steckt denn unser alter Zacharias?«

Dr. Frank konnte ein Lächeln nicht unterdrücken. »Ich bin überzeugt, daß Sie ihn drüben auf seinem Hof finden werden.«

Bergmann sah auf die Uhr. »Zeit hätte ich schließlich genug«, meinte er. »Ich will doch einmal nachsehen, was mein alter Johannes da drüben treibt. Auf Wiedersehen, Herr Doktor!«

Wenige Minuten später stand er an der ihm wohlbekannten Gartentür und drückte auf den Klingelknopf. Jochen Dannewald erschien und gab seiner Freude über den Besuch in einer Weise kund, die zweifellos echt war.

Wo Herr Zacharias stecke, wollte Dr. Bergmann wissen.

»Der Herr Zacharias schläft«, meinte Jochen flüsternd.

»Kannst ruhig hierbleiben, ich werde selber nach deinem Herrn sehen«, sagte der Doktor und ging in die Bibliothek. Dort fand er seinen Freund Zacharias in einem gesunden Schlaf. Er trat an den Alten heran und rüttelte ihn wach.

»Was ist denn ...? Du hier, Franz? Was ist denn los?« brachte Zacharias schließlich heraus.

»Ja, das wollte ich dich gerade fragen«, antwortete Dr. Bergmann. »Ihr verschlaft hier den schönen Sommertag, und die in Südafrika warten auf die Kabel.«

Zacharias war inzwischen völlig munter geworden. »Die Kabel sind fertig, Franz. Die letzte Ladung kann nach Düren abgehen ...« Der Alte hatte sich, während er sprach, aufgesetzt und fand nun endlich Gelegenheit, Franz Bergmann die Hand zu schütteln. »Ich nehme an, du bist schon drüben gewesen. Da wirst du unser Ergebnis wohl schon gesehen haben?«

Dr. Bergmann nickte. »Ich habe es gesehen, Johannes, und wenn mich nicht alles täuscht, stehen wir vor einer vollkommen neuen Epoche unserer Technik.«

»Um ein Haar wäre mir auch noch ein Schwarm bei der Gelegenheit durch die Lappen gegangen«, fuhr Zacharias fort.

»Ich bitte dich, lieber Johannes, was kommt es bei

den soviel wichtigeren Dingen, die uns jetzt beschäftigen, auf einen Bienenschwarm mehr oder weniger an!« rief Bergmann.

»Falsch geraten, Franz. Der Schwarm interessiert mich ganz ungeheuer, und ich bin überzeugt, bald wirst du dich genauso dafür interessieren. Sieh mal drüben hin! Wofür hältst du das?«

Bergmann wandte den Kopf. Auf der Heizung hing etwas Gelbes, Spitzes, über das er sich nicht sofort klarwerden konnte. Er trat heran, nahm es in die Hand, drehte es hin und her und machte eine hilflose Gebärde.

»Das muß doch jeder vernünftige Mensch sofort sehen, daß das ein Panamahut ist«, sagte Zacharias. »Die Frage bleibt nur offen, ob er unserem Freund Turner gehört. Ich habe den begründeten Verdacht, daß der Mensch hier bei mir uneingeladen zu Besuch war, während Jochen im Dorf zu tun hatte. Ich vermute weiter, daß ein Schwarm, der gerade auskam, sich diesen Hut zum Ruhepunkt wählte. Ich hege weiter die Hoffnung, daß der Kerl bei der Gelegenheit nach allen Regeln der Kunst zerstochen worden ist, sich in seiner Verzweiflung den Hut vom Kopfe riß und von dem Grundstück flüchtete.«

Dr. Bergmann hatte die Behauptungen seines alten Freundes aufmerksam angehört.

»Viel Vermutungen, Johannes, viele Behauptungen — aber wo bleiben die Beweise?« fragte er zweifelnd.

Johannes Zacharias griff nach seiner Brieftasche und zog ein Fleckchen Stoff hervor.

»Daß der Mensch Hals über Kopf geflüchtet ist, kannst du hieran sehen«, erklärte er Bergmann. »Der Bursche ist über den Zaun gesetzt und im Stacheldraht hängengeblieben.«

»Ja, hast du dich denn nicht erkundigt, wo Mister Turner zur Zeit steckt?«

»Habe ich natürlich getan, Franz. Habe beim Heidekrug angerufen, bekam zur Antwort, daß der Herr kurz vorher von außerhalb angeklingelt und mitgeteilt habe, daß er eine mehrtägige Tour mit seinem Wagen vorhabe.«

Zacharias lachte. »Kann mir lebhaft vorstellen, daß der keine Lust hat, sich die nächsten Tage hier sehen zu lassen, wenn ihn meine Bienen so zugerichtet haben, wie ich hoffe.«

Bergmann nickte vor sich hin. »Ich muß sagen, Johannes, je länger du mir die Geschichte vorträgst, um so wahrscheinlicher wird sie mir. Was gedenkst du in der Angelegenheit weiter zu tun?«

»Ich wollte mich weiter mit der Sache beschäftigen und versuchen, dem Hut seine alte Form zurückzugeben. Das wird sich mit einem elektrischen Bügeleisen wohl erreichen lassen.«

Bergmann sah ihn verwundert an, während die Worte langsam von seinen Lippen kamen. »Mein lieber alter Junge, du scheinst mir hier doch langsam zu verbauern! Ich muß den Hut natürlich zu dem besten Spezialgeschäft, das wir in Berlin haben, mitnehmen. Mit allen Schikanen muß er behandelt werden. Du hättest hier mit deiner primitiven Methode den größten Unfug angerichtet. Ich will jetzt wieder nach Berlin zurückfliegen. Kannst du mir das Monstrum ein bißchen einwickeln? Ich werde die Sache sehr eilig machen und hoffe, dir das Ding in vier bis fünf Tagen zurückschicken zu können.«

Zacharias mußte Bergmann recht geben. Ein kurzer herzlicher Abschied noch und Dr. Bergmann ging den Weg zu seinem Flugzeug zurück.

Am Abend des zweiten Tages hielt es Mr. Turner nicht mehr länger auf seinem Krankenlager aus. Die Schwellungen waren dank der unausgesetzten Kühlung so stark zurückgegangen, daß er schon wieder einigermaßen menschlich wirkte. So entschloß er sich, noch in der

620

Nacht loszufahren. Seine Absicht war, wieder einmal nach Düren vorzustoßen und sich dort an Ort und Stelle vom Stand der Dinge zu unterrichten.

Zu früher Morgenstunde rollte er bei Köln über die große Brücke und beschloß, sich zunächst einmal zu stärken. Interessiert durchflog er beim Frühstück die Morgenzeitungen und stutzte, als er auf ein Inserat stieß, das Herrenhüte in allen Formen und Qualitäten anpries. Bis jetzt war ihm noch gar nicht zum Bewußtsein gekommen, daß er seinen alten Hut verloren hatte. Dafür kam's ihm aber jetzt wieder doppelt stark in Erinnerung.

Er schrieb sich die in dem Inserat angegebene Adresse heraus, erkundigte sich beim Bezahlen nach dem Wege dorthin und erfuhr, daß es ganz in der Nähe sei. Daraufhin ließ er seinen Wagen vorläufig stehen und machte sich zu Fuß nach der Innenstadt auf.

Gleich bei der ersten Seitengasse mußte er zur Seite springen, um sich vor einem schweren Lastzug in Sicherheit zu bringen. Wie fasziniert haftete sein Blick an der Ladung. Sie bestand aus Kabeltrommeln, mit der gleichen silbrig schimmernden Litze bewickelt, aus der, wie er nun schon seit längerem mit Bestimmtheit wußte, in Düren die Halteseile für die United Electric gesponnen wurden. Auch das Kennzeichen des vorbeibrausenden Zuges konnte er sich noch merken. Es war das der Rheinprovinz. Aus der Fahrtrichtung ließ sich schließen, daß der Lastzug aus dem Osten kam.

Einen Augenblick zögerte Turner, ob er seinen alten Plan aufgeben und dem Lastzug sofort folgen müsse. Nach einigem Überlegen kam er wieder davon ab. Bis Düren waren es rund vierzig Kilometer. Wenn die Fahrer unterwegs einkehrten, würde er sie immer noch mit seinem schnellen Personenwagen einholen können. Wenn sie nicht einkehrten — ja, dann war eben nichts zu machen. Turner verließ sich auf sein gutes Glück und verfolgte seinen Weg in die Innenstadt weiter.

Bald hatte er auch das Geschäft entdeckt und brachte seine Wünsche vor. Schnell türmten sich ganze Berge von Hüten vor ihm auf.

Er begann sie zu probieren und fand bald einen, der ihm vorzüglich paßte. Und was ihn besonders erfreute, war der Stempel im Schweißleder, der Stempel der gleichen amerikanischen Firma, von der sein alter Hut stammte. Das war ein günstiger Zufall. Gleichmütig zog er ein Bündel Banknoten aus der Brieftasche, zahlte den geforderten Preis und verließ mit kurzem Gruß den Laden.

Wenige Minuten später saß er in seinem Wagen und rollte auf der Landstraße nach Düren dahin.

Etwa fünfundzwanzig Kilometer weiter glaubte er gefunden zu haben, was er suchte. Vor einem Dorfkrug hatte ein Lastzug haltgemacht. Schon von weitem erkannte Turner, daß die Fahrzeuge Kabeltrommeln geladen hatten, aber bei näherer Betrachtung erlebte er eine Enttäuschung. Nicht mit jenem Litzendraht, dem er auf der Spur war, sondern mit voll ausgesponnenen starken Trossen waren die Trommeln bewickelt. Es hätte kaum Zweck für ihn gehabt, hier haltzumachen und einzukehren.

Nun, hoffentlich später, versuchte er sich zu trösten, während er weiterfuhr, auf dem Wege bis nach Düren stehen ja noch mehrere Schenken an der Landstraße. Diese Betrachtung Mr. Turners war zweifellos richtig, nur etwas hatte er dabei übersehen: Es gab nämlich in den Metallwerken eine gut eingerichtete Kantine, die auch die Lieferanten der Werke benutzen durften, und gerade darauf spekulierten die Fahrer, hinter denen Turner her war. Deswegen waren sie die ganze Nacht hindurch gefahren, um zur Mittagsstunde in Düren einzutreffen und zu einer guten und billigen Verpflegung zu gelangen.

So war das Unternehmen Turners ein Fehlschlag, und zwar ein doppelter. Nicht nur die Fahrer waren ihm entgangen, er kam auch selbst gerade um die Mittagsstunde an und mußte lange warten, bevor es ihm gelang, die Herren zu treffen, die er sprechen wollte.

Nun saß er endlich Direktor Kämpf gegenüber, und was er von dem zu hören bekam, war wenig erfreulich für ihn.

»Ich will ganz offen mit Ihnen reden«, eröffnete der Direktor die Unterhaltung. »Wir wissen nicht mehr, was wir von Ihnen halten sollen.«

Turner bekam einen roten Kopf. »Ich verstehe Sie nicht, Herr Direktor«, antwortete er unsicher.

»Dann will ich's Ihnen deutlicher sagen, Mister Turner. Sind Sie der Generalbevollmächtigte Mister Headstones oder sind Sie ein ...« Er verschluckte das Wort ›Schwindler‹, das ihm auf den Lippen lag.

»Natürlich bin ich der Generalbevollmächtigte, bitte, Herr Direktor Kämpf.«

Turner suchte eine Weile in seiner Brieftasche, bis er ein gestempeltes Papier fand, das er nun ausbreitete und vor Direktor Kämpf hinlegte. Es war eine vor einem Notar aufgenommene Verhandlung, die ihm in der Tat weitgehende Vollmachten erteilte, unter anderem auch die, Käufe und Verkäufe für die United Electric in Europa abzuschließen.

Der Generaldirektor las das Schriftstück und reichte es seinem Gegenüber zurück.

»Sie sind in der Tat bevollmächtigt, Mister Turner. Ich nehme alles zurück, was ich etwa gegen Sie gesagt haben sollte; um so unverständlicher ist mir das Vorgehen Ihres Vollmachtgebers.« Er griff nach einem Schrank und brachte ein Aktenstück zum Vorschein.

Auf den ersten Blick erkannte Turner die charakteristischen Schriftzüge Headstones.

Zwischen Briefen lagen auch Telegramme, deren Anblick allein genügte, um ihm die gute Laune zu verderben.

Was in diesen Briefen und Depeschen stand, ließ sich

wohl am besten durch die bekannte französische Redensart ausdrücken: Ordre, contreordre, désordre.

Kämpf klappte das Aktenstück wieder zu. »Was halten Sie davon, Mister Turner?« fragte er.

Der schüttelte den Kopf. »Keine Ahnung, Herr Direktor Kämpf. Aber zu meiner Freude sehe ich daraus, daß Mister Headstone ja schließlich doch alle meine Abmachungen mit Ihnen gutheißt.«

»In dem letzten Telegramm, das vor drei Tagen einlief, tut er das allerdings«, erwiderte Direktor Kämpf. »Aber wer garantiert uns dafür, daß er morgen oder vielleicht schon heute seine Meinung nicht wieder geändert hat?«

Turner schüttelte verzweifelt den Kopf. »Solche Art, Geschäfte zu führen, ist ja einfach unmöglich!« brach es impulsiv aus ihm heraus.

»Darf ich Sie fragen, was Sie daraufhin unternommen haben?«

Der Direktor lachte. »Das ist schnell gesagt. Wir haben uns um den ganzen Kram nicht geschert, sondern die von Ihnen neubestellten 70 Kilometer einfach fabriziert. Der letzte Rest von wenigen Kilometern ist eben in den Kabelspinnmaschinen und dürfte bis morgen fertig sein. Wenn Mister Headstone bis morgen bei seiner jetzigen Meinung bleibt, wird er Nachricht von uns erhalten, daß der Auftrag ausgeführt ist und das gesamte Kabel an die Adresse der United Electric verfrachtet wird. Wenn er seine Meinung wieder einmal ändert, gelten alle bisher geleisteten Anzahlungen als verfallen, und für uns ist die Angelegenheit damit erledigt. Wir haben mehr Abnehmer für unsere Ware, als Sie denken. Wenn Ihr etwas wunderlicher Mister Headstone nicht umgehend zugreift, geht sie schon wenige Tage später in andere Hände über. Ich will Ihnen einen Vorschlag machen«, fuhr er nach kurzem Überlegen fort. »Ich halte es für das Richtigste, Sie überzeugen sich hier im Werk, daß das Kabel bis auf einen geringfügigen Teil tatsächlich fertig ist. Dann depeschieren Sie selber sofort von hier aus an Mister Headstone, daß er sich nun umgehend entschließen müsse, das Kabel abzunehmen, widrigenfalls wir anders darüber verfügen würden.«

Turner nahm den Vorschlag mit Vergnügen an. Es folgte ein kurzer Rundgang durch das Werk. Dann ging ein langes und inhaltreiches Telegramm an Mr. Headstone ab, bei dessen Abfassung Turner nicht mit Worten sparte wo es galt, seine eigenen Verdienste ins rechte Licht zu setzen. Wenn Headstone bald zurückkabelte, konnte seine Antwort in spätestens zwei Stunden hier sein.

Turner faßte den Entschluß die Nacht in Düren zu bleiben, und er verließ die Metallwerke, um sich eine passende Unterkunft zu suchen. —

Er saß eben beim Essen, als unvermutet Direktor Kämpf auftauchte und ein Fernschreibeblatt auf den Tisch legte.

»Sehen Sie, Mister Turner«, rief der Direktor gutgelaunt, »nun ist's auf einmal gegangen. Hier ist die Auftragsbestätigung, gleich mit zwei Unterschriften und Bankanweisung. Alles läuft in bester Ordnung. Morgen früh bringen wir die Sendung auf den Weg. Diesmal hat sich Ihr Besuch bei uns doch gelohnt.«

Der Agent las das Blatt ein paarmal durch, bevor er es zurückgab.

»Ich bin etwas überrascht«, begann er nachdenklich, »daß ich selbst noch keine Nachricht habe, hoffentlich geht nun auch wirklich alles in Ordnung.«

Direktor Kämpf lachte. »Sie vergessen, mein lieber Turner, daß unser Werk direkte Fernschreibeverbindung mit dem Hauptpostamt hat. Dadurch kommen die Telegramme bei uns etwa eine Viertelstunde früher an. Deswegen bin ich ja herübergekommen, um Ihnen die frohe Botschaft sofort zu bringen. Wenn Mister Headstone gleichzeitig an Sie gekabelt hat, dürfte die Nachricht Sie hier im Laufe der nächsten Minuten erreichen.«

Er hatte seinen Satz kaum beendet, als auch schon ein Depeschenbote in den Raum kam und nach Mr. Turner rief.

»Da haben Sie es schon!« meinte Direktor Kämpf, während Turner das Telegramm aufriß. Seine Befürchtung, daß noch irgendein für ihn unerfreulicher Passus darin enthalten sein könnte, bestätigte sich erfreulicherweise nicht. Es war in der Tat nur eine wörtliche Wiederholung der bereits von Direktor Kämpf mitgebrachten Depesche. Headstone schien mit den Maßnahmen seines Agenten wirklich restlos zufrieden zu sein.

Die Herren Fosdijk und Cowper hatten viel Arbeit.

Es gab viel zu tun auf jenem alten Urwaldgelände da oben in Süd-Rhodesia, das Headstone und Brooker vor einigen Monaten für die Anlage der neuen südafrikanischen AE-Station erworben hatten.

Wie hatte sich hier in kurzer Zeit alles von Grund auf gewandelt! Ein System von Kanälen schaffte dem Grundwasser, das bisher an vielen Stellen offen zutage trat, einen bequemen Abzug nach den Makarikari-Seen hin.

Es war eine harte Arbeit, ausgeführt von aus allen Staaten der Union angeworbenen Kolonnen unter dem Kommando von erfahrenen Schachtmeistern, bis endlich das Grabensystem zu funktionieren begann und das Wasser nach den Seen hin verschwand.

Nun wurde das Arbeiten auf dem entwässerten Gelände etwas bequemer, und jetzt traten die Betonmischmaschinen in Tätigkeit. Es hieß die Riesenblöcke für die neuen Halteseile in ausgehobenen Gruben fertigzustellen, und als auch das geschehen war, ging es an die Errichtung des neuen Stationsgebäudes.

6400 Kilowatt würde die neue Station jetzt geben, wenn man das Netz mit Hilfe der in Europa gekauften Seile in acht Kilometer Höhe verankerte und es außerdem mit den neuen Strahlkollektoren besetzte.

Eine Woche und noch eine halbe gingen ins Land, während in Tag- und Nachtschichten gearbeitet wurde. Dann standen die Maschinen in dem neuen Hause, die Schalttafeln waren montiert, alles war zusammengeschaltet. Wieder war damit ein Teil des Arbeitsplanes erledigt.

Als Mr. Turner nach mehrtägiger Abwesenheit nun doch wieder im Heidekrug auftauchte, fand er neben anderer Post auch verschiedene Telegramme Headstones vor. Gewiß, die Angelegenheit der Halteseile war glücklich erledigt und hatte sogar mit einem Lob für ihn geendigt. Um so ungestümer waren die übrigen Wünsche, die James Headstone in seiner üblichen Weise zum Ausdruck brachte. Über den alten Heideläufer wünschte er endlich gründlich Auskunft zu bekommen. Was es Neues auf der europäischen Station gäbe, wollte er wissen, und zum Schluß war in diesen Telegrammen noch eine Mitteilung enthalten, die Turner als eine persönliche Zurücksetzung empfand. Headstone schien Turner allein die Lösung dieser Aufgaben nicht mehr zuzutrauen und kündigte ihm die Ankunft eines Professors Voucher an, der sich in den nächsten Tagen bei ihm im Heidekrug melden werde.

Wütend lief Turner im Zimmer hin und her und überdachte die neue Lage ... Professor Voucher ... Turner hatte keine Ahnung, was für ein Mensch das sein mochte, den ihm Headstone da auf den Hals schickte, aber immer fester verrannte er sich in die Meinung, daß seine Stellung dadurch erheblich verschlechtert werden würde.

Eben warf er sich ärgerlich in den alten Lehnstuhl in seinem Zimmer, als es klopfte.

»Come in!« rief Turner verdrießlich. Die Tür ging auf, und der junge Bursche, der in der Gaststube an der Theke als Aushilfe tätig war, trat ein.

»Es ist etwas für Sie abgegeben worden, Mister Turner«, sagte er und legte eine bauschige weiße Tüte auf den Tisch.

»Abgegeben ...? Für mich? Von wem?«

Er erhielt auf seine Fragen keine Antwort. Der junge Mann hatte die Tür schon hinter sich ins Schloß geworfen. Neugierig erhob sich Turner und ging zum Tisch. Da lag die Tüte, ohne irgendeinen Firmenaufdruck. Er griff danach, hob sie empor, und eine dunkle Ahnung überkam ihn. Seine Hände zitterten merklich, als er die Tüte öffnete. Das feine Geflecht eines Panamahutes leuchtete ihm daraus entgegen. Mit raschem Griff zog er ihn heraus. Während er das leichte Geflecht mit den Fingern wog, stand sein Entschluß schon fest.

Unter keinen Umständen durfte dies sein alter Panamahut sein, und wenn er es auch zehntausendmal wäre.

Turner drückte auf die Klingel. Schon kurze Zeit danach kam der Krugwirt selber in das Zimmer.

»Sie wünschen, Mister Turner?«

»Ich wünsche zu wissen, Herr Horn, was das hier bedeuten soll. Man hat hier einen fremden Hut bei mir abgegeben.«

Klas Horn stutzte einen Augenblick, bevor er eine Antwort fand.

»Fremden Hut, Mister Turner? Na dat is doch ganz bestimmt Ihr oller Panama. Ich habe ihn doch oft genug gesehen.«

Mr. Turner ging zum Kleiderschrank, holte seinen neuen Hut hervor und hielt ihn dem verblüfften Krugwirt unter die Nase.

»Das hier ist mein Hut, Herr Horn«, erklärte er energisch. »Hier sehen Sie das Leder. Hier ist der Stempel der amerikanischen Firma, bei der ich ihn gekauft habe ...«

Mit einem eleganten Schwung setzte er sich den Hut auf und fuhr fort:

»Das andere Ding geht mich nichts an. Weiß der Teufel, wem es gehören mag! Nehmen Sie es bitte wieder mit.«

Wohl oder übel mußte der Krugwirt mit dem zweiten Exemplar abziehen. Lachend schaute Turner nach, bis die Tür ins Schloß fiel. Dann wurde seine Miene mit einem Schlage ernst.

Verteufelt, das war hart auf hart gegangen! Welches Glück für ihn, daß er sich rechtzeitig ein Duplikat besorgt hatte! Aber trotz alledem blieb die Lage noch reichlich kritisch. Derjenige, der ihm den alten Panama zurückschickte, mußte einen bestimmten Verdacht auf ihn haben. Wer mochte es sein? Immer wieder kam er in seinen Überlegungen auf den alten Zacharias zurück. Aber der sollte ja verreist sein ... oder war er inzwischen wieder zurück?

Der Hieb ist die beste Parade! Und Turner beschloß danach zu handeln. Sein Plan war sehr einfach: Den neuen Hut aufgesetzt, dann frisch und frech dem Alten in den Weg gelaufen und dann ... Über das Weitere machte er sich im Augenblick keine Gedanken. Das würde sich finden, wenn er ihm erst gegenüberstand. Mit diesem Entschluß verließ er sein Zimmer und nahm den Weg durchs Dorf. Seine Hoffnung, daß der Alte ihm auch diesmal wieder irgendwo über den Weg laufen würde, erfüllte sich jedoch nicht. —

Zacharias befand sich zu dieser Zeit bei Dr. Frank und ließ sich den Bericht Bergmanns über die ersten Erfahrungen mit dem neuen Schwerstoff vorlesen, der mit der Frühpost gekommen war.

Bei jedem Satz, den der Doktor las, wurde der Alte vergnügter. Über Hoffen und Erwarten hinaus war alles, was Dr. Frank als wahrscheinlich und möglich hingestellt hatte, in Erfüllung gegangen.

Bis zu Filmen von Seidenpapierstärke hatte man das neue Material in den Laboratorien des ZEK-Konzerns ausgewalzt, und auch diese hauchfeinen Schichten zeigten eine weit über alles Bekannte hinausgehende Isolierfestigkeit. Es war weiter auch gelungen, diese kaum einhundertstel Millimeter starken Bleche zu stanzen und durch Falzung zu verbinden.

Zacharias konnte nicht länger an sich halten. »Großartig, Doktor«, schrie er. »Das ist es, was wir brauchen. Das wird die Kondensatoren geben, die unser AE-Werk vor jedem Blitz schützen. Mit denen werden wir unser Wunder erleben. Wenn wir sie nur erst hätten!«

»Halt, halt, mein lieber Zacharias, nicht so eilig! Bergmann schreibt hier weiter, daß er gleichzeitig den ersten Probekondensator mit der Post abgesandt habe. Ich wundere mich, daß er noch nicht hier ist.«

»Wird ein bißchen zu schwer für einen Landbriefträger gewesen sein«, lachte Zacharias vor sich hin. »Vermutlich haben sie das Stück auf der Post irgendeinem Fuhrwerk mitgegeben, das hier vorbeikommt.«

Zusammen mit dem Alten trat der Doktor ans Fenster und blickte den Feldweg entlang.

»Da hinten kommt ein Wagen!« rief Zacharias. —

»Ein Paket für Herrn Doktor«, sagte der Kutscher, als das Fuhrwerk vor der Rampe hielt, »ist aber verflucht schwer, das Ding.« Dabei deutete er auf eine kräftige Holzkiste von mäßiger Größe. »Die Herren müssen schon mithelfen, allein schaff ich's nicht.«

Zu dritt schafften sie die Kiste bis zum Tisch. Johannes Zacharias griff in die Tasche, und der Kutscher bedankte sich viele Male.

Kaum war das Fuhrwerk verschwunden, als die beiden sich über die Kiste hermachten. Schnell war der Deckel abgenommen und dann sahen sie Holzwolle. Wieder und immer wieder Holzwolle. Endlich war die größte Menge dieses Füllstoffes beseitigt. Ein winziger Pappkarton kam zum Vorschein. Sie griffen danach, aber vergeblich war ihr Bemühen, das Päckchen aus der Kiste herauszubekommen, bis Dr. Frank endlich Werkzeug holte, mit dem sie es gemeinsam herausheben konnten. Schließlich lag es vor ihnen: dunkel, metallisch schimmernd, ein winziger Block in der Größe eines normalen Taschenfeuerzeuges etwa.

Mit weißem Lack war etwas auf der einen Flachseite aufgepinselt. Zacharias mußte eine Lupe zu Hilfe nehmen, um es zu lesen. Wenige Worte nur: »Ein Mikrofarad, 30 Millionen Volt Spannung.«

Dr. Frank blickte eine geraume Weile auf den winzigen Apparat. »Wissen Sie, was das bedeutet, Zacharias?« brach er endlich das Schweigen.

»Was das bedeutet, Doktor?« antwortete Zacharias in einem fast triumphierenden Ton. »Es bedeutet, daß wir jeden Blitz, der unserer Station schaden will, wie in einer Mausefalle einfangen können. Jetzt haben wir das letzte überwunden, Doktor Frank, was uns bei dem AE-Werk noch Sorge machte. Wir beherrschen den Blitz jetzt, wie ihn einst der Götterkönig Jupiter beherrschte.«

Er griff nach dem winzigen Kondensator. »Wir halten ihn in unserer Faust und schleudern ihn nach unserm Willen.«

»Ihre Prophezeiungen mögen stimmen, aber Ihre Faust ist nicht so kräftig wie die des Zeus«, sagte Dr. Frank lächelnd.

»Aber recht habe ich doch, Doktor!« verteidigte sich Zacharias.

»Ich will's nicht bestreiten«, fiel der Doktor ihm ins Wort, »aber mit meiner Frage vorhin meinte ich etwas anderes. Ich wollte Sie fragen, was es bedeutet, daß in diesem neuen Kondensator eine Elektrizitätsmenge von 30 Coulomb auf den geringen Raum von wenigen Kubikzentimetern konzentriert wird. Ich will's Ihnen sagen«, fuhr er fort, als der Alte den Kopf schüttelte. »Es bedeutet etwas Ungeheures, etwas nie Dagewesenes. Es wird elektrische Erscheinungen geben, die wir bisher noch niemals beobachten konnten, Erscheinungen, an denen unsere Gelehrten noch jahrzehntelang studieren werden. Ich bin neugierig auf die ersten Versuche mit diesem Apparat. Hält er, was er verspricht, stehen wir an einer Wende unserer Technik.«

»Ich glaube es Ihnen, Doktor«, sagte der alte Zacharias, »und ich möchte gern wissen, was unser Freund Headstone zu dieser Sache sagen würde.«

»Der Tag wird kommen, mein lieber Zacharias, an dem er davon wissen soll, sogar wissen muß, um die Lizenzen für die United Electric zu erwerben. Doch bis dahin hat es noch gute Wege. Wenn es aber soweit ist, sollen Sie wieder derjenige sein, der ihm davon Kenntnis gibt, ihm oder seinem Agenten Turner.«

Der Alte streckte ihm die Hand entgegen. »Abgemacht, Doktor — den Stoß möchte ich auf keinen Fall missen!«

Er erhob sich und ging, von Dr. Frank geleitet, zum Ausgang; er wollte sich eben verabschieden, als der Bursche vom Heidekrug angetrabt kam. Vor der Rampe machte er halt und reichte Zacharias eine weiße Tüte hin.

»Wat schall dat, Hinrich?« fragte Zacharias.

»Ja, Herr, de utländ'sche Gast, de bi uns wahnt, seggt, dat wär gar nich sin Hot, he hätt Herrn Horn ok sinen richtigen mit'm amerikanischen Stempel zeigt, und dat hier ginge em nix an. Da hebb'n Se em wedder.« Ehe er sich's versah, hielt Zacharias die Tüte in seiner Hand, und der Bursche trabte schon wieder zum Heidekrug los.

»Reingefallen, lieber Zacharias!« lachte Dr. Frank. »Ihr dürft den guten Turner nicht für ganz dumm verkaufen. Diesmal hat er sich aus der Affäre gezogen, aber der Verdacht bleibt natürlich bestehen. Und nun ...«, der Doktor sprach fast vergnügt weiter, »gratuliere ich Ihnen zu Ihrem schönen Panamahut, mein lieber Zacharias!«

Ein wenig bedrückt nahm der Alte Abschied.

Verdrießlich kehrte Turner in den Heidekrug zurück, nachdem er das Dorf und die ganze Umgebung vergeblich durchstreift hatte.

»Herr Turner, es ist ein Landsmann von Ihnen angekommen«, kam ihm der Wirt entgegen.

Der verdammte Professor, den mir Headstone auf den Hals schickt! schoß es Turner durch den Kopf.

»Ich vermute, es wird mein Freund Professor Voucher sein«, antwortete er dem Heidekrugwirt, ohne sich seine Erregung anmerken zu lassen. »Wo ist der Herr?«

»Auf Ihrem Zimmer, Mister Turner«, erwiderte Klas Horn.

Als Turner die Tür öffnete, sah er sich einer ihm unbekannten Person gegenüber.

»Ich vermute, Herr Professor Voucher?« eröffnete er die Unterhaltung. Der andere erhob sich aus einem Sessel und schüttelte ihm kräftig die Hand.

»Ganz recht, Mister Turner. Ich bin Professor Voucher und komme im Auftrage von Mister Headstone. Ich bringe einen Brief an Sie mit, gewissermaßen mein Einführungsschreiben ...« Er lachte leicht, während er Turner ein verschlossenes Kuvert übergab.

»Bitte behalten Sie Platz, Herr Professor!« sagte der Agent, während er sich selbst niederließ und das Schreiben Headstones öffnete. Zusehends verdüsterte sich seine Miene beim Lesen des umfangreichen Schriftstückes. Wieder die alte Litanei: Aufträge, die Headstone schon wiederholt gegeben hatte, und die immer noch nicht erfüllt waren. Zum Schluß die für Turner besonders unangenehme Mitteilung, daß er von jetzt an mit dem Professor zusammen und nach dessen Direktiven zu arbeiten habe.

Er ließ das Schriftstück fallen und wandte sich an Voucher. »Kennen Sie den Inhalt dieses Schreibens?«

Der Professor nickte. »Jawohl, Mister Turner. Mister Headstone hat mich über alles informiert.«

»Und wie denken Sie über die Angelegenheit?«

»Oh, ich halte sie für ziemlich einfach«, meinte der Professor. »Erst werde ich mir das hiesige AE-Werk ansehen und dann ...«

Turner lachte laut auf.

»Das AE-Werk ansehen, Professor? Wie denken Sie sich das? Beim ersten Versuch, es zu betreten, wird man Sie festhalten.«

Professor Voucher lächelte. »Ich werde mit offenen Karten spielen und mich als Mitarbeiter des ›Electric Engineer‹ anmelden und legitimieren.«

O du ahnungsloser Engel! dachte Turner bei sich. Laut fuhr er fort: »Ich fürchte, Herr Professor, daß Sie auf diesem Wege nicht zum Ziele kommen. Mister Headstone verlangt Unmögliches. Ich habe die Schwierigkeiten in den letzten Monaten zur Genüge kennengelernt.«

»Zweitens«, fuhr Voucher unbewegt fort, »muß die etwas rätselhafte Persönlichkeit dieses alten Heideläufers erforscht werden. Mister Headstone war sehr unwillig, daß Sie immer noch nichts in Erfahrung gebracht haben.«

»Sie meinen Mister Zacharias, Professor? Er ist leider seit mehreren Tagen verreist. Sonst hätte ich Mister Headstone wahrscheinlich schon über ihn berichten können.«

»Wissen Sie ungefähr, wann er zurückkehren wird?«

Turner zuckte die Achseln. »Völlig unbestimmt. Ich kann auch nicht direkt fragen — es könnte Verdacht erregen.«

Der Professor nickte. »Sie haben recht, Verdacht dürfen wir unter keinen Umständen erregen. Wir werden eben abwarten müssen, bis der Mann wiederkommt. Drittens«, fuhr Voucher fort, »muß es hier in der Nähe einen Bau geben. Ein ganz neues Haus, wissen Sie. Mister Headstone hat Gründe zu der Vermutung, daß dort die Neuheiten für ein weiteres AE-Werk ganz im geheimen entwickelt werden.«

Turner fuhr sich nachdenklich über die Stirn. »Ein neues Haus, Professor? Nicht daß ich wüßte. Es gibt hier nur das AE-Werk und außerdem die große Umformerstation für die Elektrizitätsversorgung. Sie steht außerhalb des Dorfes auf freiem Felde. Dort etwas anderes als die übliche Großtransformatorenstation zu vermuten — etwa eine Erfinderbude, wie Mister Headstone vielleicht annimmt — halte ich für ganz ausgeschlossen.«

»Das ist Ihre Meinung, Mister Turner«, erwiderte Professor Voucher. »Ich will aber auf alle Fälle sichergehen. Ich werde mir das Gebäude aus der Nähe ansehen und womöglich auch von innen. Die Nachrichten, die Mister Headstone von einer dritten Stelle bekommen hat, sind so bestimmt, daß ich das für nötig halte.«

Turner schüttelte den Kopf. »Tun Sie meinetwegen, was Sie nicht lassen können, Professor. Aber sehen Sie sich vor; ich habe unter der Hand gehört, daß die Hochspannungsleitung mit 300 000 Volt in die Umformerstation hineinkommt. Solche Spannungen sollen recht ungesund sein.«

»Weiß ich, Mister Turner, ist mir durchaus nicht unbekannt. Trotzdem muß die Sache klargestellt werden. Ich werde die nächste Nacht dazu benutzen.«

Turner hielt es für angebracht, dem Professor die Kontaktvorrichtung an seinem Fenster zu zeigen. »Ich weiß nicht, welches Zimmer man Ihnen geben wird«, sagte er, »aber ich würde mich nicht wundern, wenn dort die gleiche sinnvolle Einrichtung vorhanden wäre.«

»Nun, Mister Turner, ich werde mir ein Zimmer neben Ihrem geben lassen und dann bei Nacht für einige Zeit verschwinden.«

Zu Abend speisten Turner und Professor Voucher gemeinsam im Gastraum. Gegen zehn Uhr abends gingen sie nach oben. Dort kam Voucher sofort mit in Turners Zimmer. Die Kontaktanlage wurde mit den bewährten Mitteln Turners wirkungslos gemacht, die Strickleiter aus dem Koffer des Agenten am Fensterkreuz befestigt.

»Wenn Sie zurückkommen, pfeifen Sie dreimal«, sagte Turner, nachdem er dem Professor noch einmal genau den Weg nach der Umformerstation beschrieben hatte. Dann kletterte Voucher die Leiter hinab. Als er wieder auf festem Boden stand, zog Turner die Leiter zurück und schloß das Fenster.

Der Professor marschierte seinem Ziel entgegen, und bald konnte er in dem schwachen Mondlicht in der Ferne die Umformerstation erkennen. Vorsichtig pirschte er sich näher heran und war geneigt, Turner recht zu geben. Die Hochspannungsleitungen ließen das Ganze in der Tat als eine Transformatorenstation erscheinen.

Schon ein paarmal hatte er das Haus umkreist, ohne einen rechten Entschluß fassen zu können, als er wieder an das Eingangsportal gelangte. Lange stand er davor und überlegte. Dieses Portal war das einzige, was ihm nicht recht zu stimmen schien. Professor Voucher hatte in seinem Leben genügend viele Umformerstationen gesehen, um zu wissen, daß sie ausnahmslos durch schwere eiserne Schiebetüren verschlossen waren, die das internationale Zeichen eines roten gezackten Blitzes und die Worte ›Achtung! Hochspannung! Lebensgefahr!‹ trugen. Das fehlte hier. Dafür war eine kräftige Holztür vorhanden, die nur eine einfache Klinke trug.

Nach einigem Zögern trat er an die Tür und drückte die Klinke.

Außerordentlich schwer beweglich war sie. Der Professor mußte beide Hände zu Hilfe nehmen, um sie vollständig herunterdrücken zu können, und dieser Widerstand hatte seine guten Gründe. Während Professor Voucher die Klinke bewegte, führte er eine Schaltung aus. Im selben Moment stand der Himmel in hellem Feuer. Ein Riesenblitz zuckte über dem Gebäude auf, und im gleichen Augenblick folgte auch schon ein ohrenbetäubender Donnerschlag. Professor Voucher wurde einige Meter beiseite geschleudert und blieb bewußtlos auf dem Rasen liegen. —

Turner wurde durch einen schweren Donner geweckt. Erschrocken fuhr er empor, eilte zum Fenster und blickte hinaus. Kein Wölkchen war am Firmament, in leichtem Mondschein lag die Landschaft friedlich vor seinen Augen. Kopfschüttelnd wankte er zu seinem Stuhl. Eine dunkle Ahnung, daß diese Erscheinung mit dem waghalsigen Unternehmen Vouchers zusammenhing, wurde immer stärker. —

Der Professor wußte nicht, wieviel Zeit vergangen war, als er wieder zu Bewußtsein kam. Immer noch halb betäubt, zog er mit zittrigen Händen seine Uhr hervor und sah, daß sie stand.

Mühsam raffte er sich auf und wankte in das Dorf und zum Heidekrug zurück. Der Pfiff, den er verabredetermaßen über die Lippen brachte, war recht kläglich und schwach, aber Turner war wach. Sofort öffnete er das Fenster und ließ die Strickleiter hinab. Doch Voucher war nicht imstande, sie allein zu erklimmen. Turner mußte hinabsteigen und den halb Ohnmächtigen emportragen.

»Wasser! Geben Sie mir Wasser, Turner!« stöhnte Professor Voucher. Gierig trank er das Glas aus, das Turner ihm reichte und erholte sich danach ein wenig.

»Nun, wie war es, Professor?« fragte Turner.

»Entsetzlich!« erwiderte der andere. Schweißperlen standen auf seiner Stirn, während er weitersprach. »Grauenhaft! Das ist keine Umformerstation — ein Haus des Satans ist es!« stieß er erregt hervor. »Umformerstation — ein Teufelshaus, ein Spukhaus, das Blitze in den Himmel schleudert, wenn man die Türklinke berührt! Tausendmal recht hat Headstone!« schrie er. »Das ist der Platz, an dem die Europäer ihre Erfindungen machen!«

»Was gedenken Sie zu tun, Professor?« fragte Turner.

»Ich werde Headstone schreiben, daß es unmöglich

ist, seinen Auftrag zu erfüllen. Ich werde ihm schreiben, daß seine Vermutung richtig war, daß in diesem Betonhaus die Stelle ist, an der die Erfinder am Werke sind und ich werde ihm auch mitteilen, daß sie sich mit übermenschlichen Mitteln geschützt haben und daß jeder Versuch, dort eindringen und spionieren zu wollen barer Wahnsinn ist.«

Turner erhob sich, ging an seinen Koffer und holte aus der Reiseapotheke ein beruhigendes Medikament, das er Voucher einflößte. Dann brachte er den Professor in sein Zimmer und wartete, bis er eingeschlummert war. Leise kehrte er danach in seinen eigenen Raum zurück.

Dr. Frank und der alte Zacharias hatten beide einen gesunden Schlaf, aber der Donner, der jenem künstlichen Blitz folgte, wäre imstande gewesen, Tote aufzuwecken. Gleichzeitig fuhren beide von ihrem Lager empor und kleideten sich in Eile an.

»Es ist jemand an der Türklinke gewesen«, sagte der Doktor, als Zacharias über die Schwelle seines Zimmers trat. »Wir wollen uns davon überzeugen, was geschehen ist.«

Zacharias brauchte nicht lange zu suchen, um in einiger Entfernung einen auf dem Rasen liegenden menschlichen Körper zu erblicken. Staunen malte sich in seinen Zügen, als er den Körper schärfer ins Auge nahm. Sein Freund Turner war es zwar nicht, wohl aber jemand, der ihm auch nicht unbekannt war. Vorsichtig beugte er sich nieder, brachte sein Ohr an den Mund des Liegenden und stellte fest, daß dessen Atem noch ging. Dann kehrte er in das Haus zurück.

»Nun, wie steht's, wer ist's?« empfing ihn Dr. Frank.

»Harmlose Sache, Doktor. Nur eine Ohnmacht. Turner ist's nicht; aber der südafrikanische Professor vom ›Electric Engineer‹ ist's ... Ich werde Dr. Bergmann schleunigst davon in Kenntnis setzen.«

Mr. Fosdijk und Mr. Cowper waren so ziemlich am Ende ihrer Kräfte, als sie nach weiteren zwei Wochen schwerster Arbeit an James Headstone drahten konnten: »Fangnetz zum Auflassen bereit.«

Umgehend kam die Antwort: »Mit Auflassen warten. Komme übermorgen selbst.«

Das Auto, das von der Straße her anrollte, brachte James Headstone und Direktor Brooker. Zum Empfang standen Fosdijk und Cowper bereit.

»Alles in Ordnung?« fragte Headstone.

»Alles in Ordnung, Mister Headstone!« kam die Antwort von Fosdijks Lippen.

»Fangen Sie an!« befahl Headstone. Fosdijk gab ein Kommando in das vor ihm stehende Mikrophon. Von allen Seiten her liefen Werkleute mit brennenden Fakkeln über das Netz, bei jedem Strahlkollektor machten sie einen Moment halt, und eine blaue Flamme brannte auf, wenn eine Fackel einen Kollektor berührte.

Ein neues Kommando in das Mikrophon, und die Werkleute verließen das Netz.

»Winden laßt an!« sprach Fosdijk in das Mikrophon, und gleichmäßig begannen die mächtigen Elektromotoren zu arbeiten. Langsam liefen die Seile von den Windentrommeln ab, ließen die Ballone steigen und nahmen das Netz mit sich. In seiner ganzen Ausdehnung schwebte schließlich das Netz frei in der Luft. Wieder ein Kommando in das Mikrophon, und schneller liefen die Motoren, schneller stieg das Ganze, von den sieben Ballonen getragen, in die Höhe. Jetzt schon 100 — 200 — jetzt 500 Meter hoch. Von dem eigenartigen Schauspiel gebannt, starrten Headstone und Brooker schweigend nach oben.

»Wir können jetzt in die Station gehen«, wandte sich Fosdijk an Headstone.

»Was gibt es denn da zu sehen?« fragte Direktor Brooker.

»Wir könnten die Apparatur einschalten und das

Steigen der Spannung mit wachsender Höhe verfolgen«, gab Fosdijk zur Antwort.

»Ja, das wollen wir auch!« rief Headstone. Gefolgt von Fosdijk und Cowper traten die beiden Besucher in das Stationshaus. Headstone sah neugierig zu, wie Fosdijk und Cowper an den Schalttafeln arbeiteten.

Ein Voltmeter wurde eingeschaltet und sprang auf 200 000 Volt.

»Das Netz ist im Augenblick 1000 Meter hoch«, erklärte Cowper, während er weiter schaltete.

Die Viertelstunden verstrichen und summierten sich zu halben und ganzen Stunden, während die Spannungs- und Stromzeiger unaufhörlich stiegen. Längst hatten die Voltmesser die Million überschritten, jetzt kamen sie bei 1,6 Millionen Volt zur Ruhe. Die beabsichtigte Höhe war erreicht. In 8000 Meter Höhe schwebte das Netz über der Station. Die vorausberechnete Leistung von 9600 Kilowatt ging von der Niederspannungsseite des Transformators in die Drähte, die vom Stationshaus zur Überlandleitung führten.

»Sind Sie zufrieden, Mister Headstone?« fragte Fosdijk seinen Chef.

Headstone nickte.

Von Brooker begleitet, verließ er das Stationshaus und trat ins Freie.

»Sie sagen gar nichts, Brooker?« meinte er und stieß seinen Gefährten an, der mit zusammengekniffenen Lippen dastand.

»Ich sage zweierlei, mein lieber Headstone«, antwortete der Direktor. »Technisch mag diese Anlage vorzüglich sein, aber wirtschaftlich langt sie nicht hin und nicht her. Um 9600 Kilowatt zu erzeugen, bedarf es einer so teuren und ausgedehnten Anlage nicht. Das läßt sich mit einfacheren Mitteln billiger erreichen. Ich gebe zu, daß die Idee recht verführerisch klingt, Sonnenenergie aus der Atmosphäre unmittelbar als Elektrizität zu gewinnen, aber der Erfolg steht in keinem Verhältnis zum Aufwand. Kaufmännisch betrachtet scheint mir die Sache nicht sehr aussichtsreich.«

James Headstone erschrak bei den letzten Worten Brookers bis ins Innerste. Nicht aussichtsreich? Was hieß das anderes, als daß Brooker keine Mittel für die Weiterentwicklung des Problems zur Verfügung stellen würde!

Was George Brooker einmal verworfen hatte, war für die Regierung der Südafrikanischen Union ein für allemal erledigt. James Headstone war entschlossen, es nicht dahin kommen zu lassen.

»Denken Sie an das europäische AE-Werk, Mister Brooker!« nahm er die Unterredung wieder auf. »Da oben hält man das Problem nicht für aussichtslos. Ich habe neue Nachrichten, daß Tag und Nacht in der zentraleuropäischen Station gearbeitet und verbessert wird. Sollen wir uns wieder einmal vom alten Europa übertrumpfen lassen?«

Brooker zuckte die Achseln. Headstone wollte weitersprechen, als er einen Depeschenboten auf einem Motorrad herankommen sah. Kurz vor den beiden stoppte der Bote ab und fragte:

»Ist Mister Headstone hier?«

»Ich bin es selbst!« antwortete Headstone, bekam ein Telegramm und quittierte den Empfang.

»Sehen Sie, Brooker«, rief er und hielt es dem Doktor hin, »da haben wir die Bestätigung! Die Erfindung wird in Mitteleuropa in nächster Nähe des AE-Werkes weiterentwickelt. Laboratorium mitten in der Heide. Unheimliche Sicherungen ... künstliche Blitze von ungeheurer Stärke. Jedes Eindringen vollkommen unmöglich ... Da haben wir die Geschichte! Wir dürfen die AE-Station nicht aufgeben, Brooker, es wäre Verrat an unserem Lande!«

Headstone war blaß vor Ärger und Wut. »Mögen die sich verbarrikadieren, wie sie wollen«, schrie er, »einmal müssen sie uns doch kommen ...!«

Brooker sah ihn verständnislos an. »Wie meinen Sie das, Headstone?«

»Schließlich müssen sie doch einmal Patente auf ihre Erfindungen anmelden! Zuerst natürlich in Europa; mit den Auslandspatenten pflegen sie sich fast immer Zeit zu lassen. Ich werde meine Agenten beauftragen, die europäische Patentliteratur noch sorgfältiger als bisher zu verfolgen ...«

»Was wollen Sie damit erreichen?« fragte Brooker abweisend.

»Was in Europa angemeldet wird, melden wir in Kapstadt und Kairo — unter Decknamen natürlich — ebenfalls sofort an. Dadurch sichern wir uns die Priorität. Wenn die Europäer dann mit ihren Anmeldungen auf afrikanische Patente kommen, können wir Einspruch erheben. Es gibt Prozesse, Brooker, und der Teufel soll mich holen, wenn unsere Anwälte sie nicht für uns gewinnen! Ich bin überzeugt, daß wir denen in Europa auf die Manier die Suppe versalzen können. Verstehen Sie, wie ich es meine?«

Brooker schüttelte den Kopf. »Vergessen Sie eins nicht, Headstone: Diese Leute verstehen es meisterhaft, Patente anzumelden, die ihnen vollen Schutz für ihre Erfindungen gewähren, ohne doch das wirkliche Geheimnis zu verraten.«

Headstone blieb hartnäckig. »Mag sein, wie es will, Brooker. Vielleicht können wir auf diese Weise das Spiel doch noch gewinnen!«

Professor Voucher schlief nach seinem nächtlichen Abenteuer bis tief in den Tag hinein. Turner war schon früh wieder auf den Beinen; hatte er am vorhergehenden Abend die Bilanz über seine bisherigen Leistungen gezogen, so überdachte er jetzt beim Frühstück auf seinem Zimmer seine gegenwärtige Lage. Daß an irgendeiner Stelle ein Verdacht gegen ihn bestand, ließ sich nicht leugnen. Die Tatsache, daß man ihm seinen alten Hut zugeschickt hatte, sprach zu deutlich dafür. Aber was konnte man ihm beweisen? Er faßte den schlimmsten Fall ins Auge: daß er verhaftet und langwierigen Verhören unterworfen werden könnte. Man würde dann auch seine Korrespondenz beschlagnahmen. Außer ein paar harmlosen Familienbriefen würde man nichts bei ihm finden. Jedes Telegramm und jedes Schreiben von Headstone hatte er nach dem Empfang unverzüglich verbrannt.

Dunkel kam ihm, während er sich die Vorgänge der letzten Monate in die Erinnerung zurückrief, der Gedanke an ein Telegramm Headstones, das er in Kassel erhalten hatte. Er konnte sich nicht entsinnen, wann und wo er es vernichtet haben mochte.

Der Sicherheit halber kramte er noch einmal die gesamte Korrespondenz in seinem Koffer durch: Das Telegramm befand sich nicht darunter. Also hatte er es natürlich ebenfalls vernichtet.

Der übrige Kofferinhalt? — Die Strickleiter würde bei einer Durchsuchung gerade nicht eine Empfehlung für ihn sein. Er beschloß, sich ihrer auf einer seiner nächsten Fahrten zu entledigen.

Er wickelte sie sich um den Leib, knöpfte die Weste darüber zu und ging hinunter zu seinem Wagen.

Nur etwa fünfzehn Kilometer Fahrt, und er hatte gefunden, was er suchte: einen ziemlich breiten Fluß. Ein paar Steine waren bald gefunden; klatschend flog die Strickleiter in das Wasser und verschwand in der Tiefe.

Mr. Turner kehrte zu seinem Wagen zurück und wollte eben den Motor anlassen, als ein dröhnender Lärm von der Landstraße ihn aufhorchen ließ. Mit einem Sprung war er wieder draußen und pirschte sich zwischen den Bäumen hindurch bis an den Rand der Schonung, von wo er die Landstraße beobachten konnte.

Ein mächtiges Motorgefährt keuchte dort in Richtung Westen dahin. Turner nahm sein Glas zu Hilfe, um alle Einzelheiten genau betrachten zu können. Es war einer

643

jener riesigen Spezialwagen, wie man sie für den Transport besonders großer und schwerer Maschinenteile benutzt.

Während der Agent sein Glas schärfer einstellte, kam er aus dem Staunen nicht heraus: 16 Achsen zählte er am Vorderteil des Gefährts, nochmals 16 am hinteren Ende. Was für ein mächtiges Stück mußte das sein, was dort auf der Straße transportiert wurde!

An einen Riesentransformator erinnerte das gewaltige Werkstück. Turner versuchte die weißen Schriftzeichen zu entziffern, die auf dem schwärzlichen Untergrund aufgezeichnet waren. ›ZEK-Werke‹ glaubte er einmal zu erkennen.

Schon wollte Turner zu seinem Wagen zurückgehen, als neues Geräusch aus der Ferne ihn auf seinem Platz verharren ließ. Ein zweites Fahrzeug der gleichen Art kam herangerasselt, und als das vorüber war, noch ein drittes. Jetzt hatte er Gelegenheit, die Buchstaben auf den Werkstücken mit Sicherheit zu entziffern. Die Sendung kam in der Tat von den ZEK-Werken. Geduldig wartete er in seinem Versteck, bis die Luft wieder rein war. Dann fuhr er zur Landstraße. Langsam ließ er seinen Wagen nach Westen zurückrollen und versuchte, sich eine Erklärung über das eben Geschehene zu machen. Was waren das für Riesenmaschinen? Für welchen Zweck waren sie bestimmt?

Unwillkürlich hatte er seinen Wagen etwas schneller laufen lassen und war bis auf wenige hundert Meter an die Spezialwagen herangekommen. Jetzt drosselte er den Motor wieder und blieb etwas zurück. Sein Plan war gefaßt. Er wollte nach seinem alten, so oft bewährten Rezept vorgehen: den Fahrzeugen folgen, haltmachen und einkehren, wo die Fahrer einkehrten, und nicht ruhen, bis er den Bestimmungsort in Erfahrung gebracht hatte.

Jetzt näherte sich der Zug jenem Seitenweg mit dem merkwürdigen Verkehrszeichen, der ihm schon früher

644

einmal Rätsel aufgegeben hatte — und hier geschah es. Die Fahrer der drei großen Spezialwagen kümmerten sich nicht um diese Sperre. Einer der Wagen nach dem anderen bog von der Landstraße ab, fuhr auf dem Feldweg quer in die Heide hinein, und bald waren sie zwischen Bäumen und Büschen verschwunden.

Das Herz schlug Turner bis an den Hals, als er ihnen nachblickte. Das war ja der Weg zu dem AE-Werk! Für dieses Werk war die gewaltige Maschinerie bestimmt! Er konnte es nicht fassen. Noch halb benommen, wendete er seinen Wagen und nahm Kurs auf den Heidekrug. In der Gaststube fragte er nach Professor Voucher.

»Hei sitt buten im Goarten«, antwortete ihm der Bursche an der Theke. Turner verstand und ging hinaus. Sah, stand und stockte. Auf der Bank unter der Linde saß der Professor und neben ihm der alte Heideläufer! Sie waren in einem eifrigen Gespräch begriffen, und das gab Turner den Rest. Er wußte, daß der Professor nur ein paar dürftige Brocken Deutsch sprach. Wie war es möglich, daß die beiden so lebhaft miteinander plauderten? Vorsichtig ging Turner von der Seite näher heran und stand vor einer neuen Überraschung. Der alte Heideläufer sprach ein gutes Englisch. Unwillkürlich griff Turner sich an die Stirn, trat ein paar Schritte weiter vor und verursachte dabei ein Geräusch. Voucher hörte es, blickte auf und sah ihn.

»Hallo, Mister Turner! Habe hier einen alten Bekannten getroffen! Vermute, Sie kennen ihn auch schon!« rief er ihm auf englisch zu.

»Gewiß, ich hatte bereits das Vergnügen«, bestätigte Johannes Zacharias die Vermutung des Professors in der gleichen Sprache und schaute Turner vergnügt an.

»Sie sprechen Englisch, Mister Zacharias?« war alles, was dieser überrascht und verlegen herausbringen konnte.

»Aber natürlich, Mister Turner!« gab Zacharias trocken zur Antwort. »Ich war lange genug im Ausland.«

Während Turner sich setzte, sprach der Alte weiter.

Von seinem Aufenthalt in afrikanischen und amerikanischen Staaten berichtete er. Wie er erst als einfacher Landarbeiter begonnen und allmählich so viel gespart habe, daß er eine eigene Farm erwerben konnte. Von wachsenden Erfolgen erzählte er weiter, von der Gründung einer Familie in Südwest — der alte Zacharias war niemals verheiratet gewesen —, wie seine teure Kitty dann gestorben sei und die Sehnsucht nach der alten Heimat ihn wieder in die Heide zurückgebracht hätte. Sauber und klar fügte sich jeder Satz seiner Erzählung an den anderen. Begierig sog Turner jedes Wort in sich hinein. Jetzt endlich hatte er die Unterlagen, die Headstone so dringend forderte. Jetzt konnte er einen Bericht machen, der ihm einen guten Punkt bei Headstone einbringen würde.

Daß die Sache in Wirklichkeit ganz anders lag, daß Zacharias in seinen jungen Jahren längere Zeit in der amerikanischen und afrikanischen Elektroindustrie tätig war, bevor er nach Europa zurückkehrte, in den ZEK-Konzern eintrat und es hier bis zum Generaldirektor brachte, davon hatte der Alte wohlweislich kein Wort verlauten lassen, und füglich konnte Turner auch nichts davon wissen. Doch was er hier gehört hatte, genügte ihm vollkommen. Er hatte das Bestreben, recht bald wegzukommen und an seinen Bericht zu gehen. Auch Professor Voucher schien von ähnlichen Wünschen beseelt zu sein. Dem Alten, der die beiden Südafrikaner unter halb gesenkten Lidern beobachtete, entging es nicht, und er kam ihnen auf seine Art entgegen.

»Essenszeit für mich, meine Herren, muß nach Hause!« sagte er unvermittelt und stand auf. Ein kräftiger Händedruck, und er verließ den Garten.

»Gott sei Dank, jetzt weiß ich über den Kerl endlich Bescheid!« sagte Turner, als Zacharias verschwunden war.

Voucher zuckte die Achseln. »Vielleicht, vielleicht

auch nicht, mein lieber Turner. Kommen Sie mit mir auf mein Zimmer«, meinte er, »ich habe Ihnen etwas Wichtiges zu zeigen.«

Oben angekommen, kramte der Professor eine Zeitlang zwischen einem Stapel von Papieren. »Sie wissen, Turner«, sagte er dabei erklärend, »daß Mister Headstone seit kurzem die europäischen Patentanmeldungen durch seine Agenten besonders sorgfältig verfolgen läßt? Sein Auftrag geht dahin, alles, was möglicherweise mit dem neuen AE-Werk zusammenhängen könnte, zu beschaffen ...« Mit einem leichten Seufzer hob er das Bündel Papiere empor. »Sehen Sie, Turner, das ist das Resultat davon! In ihrem Übereifer haben die Leute auf Tod und Teufel alle möglichen und unmöglichen Anmeldungen herausgeschrieben, und ich habe das Vergnügen, mich durch den Wust durcharbeiten zu müssen. 99 Prozent davon sind natürlich Unfug, aber eine Anmeldung habe ich hier doch gefunden, die Anmeldung eines Doktor Frank auf eine kalte Kathode.«

»Darf ich die Anmeldung einmal sehen?« fragte Turner.

Der Professor reichte ihm das Blatt. »Ich fürchte, Sie werden noch weniger klug daraus werden als ich.« Turner begann zu lesen. Er war noch nicht mit der Hälfte des Schriftstücks fertig, als er es mutlos sinken ließ.

»Vollkommen unverständlich für mich, Professor.« Damit legte er das Blatt auf den Tisch zurück. »Amüsieren Sie sich damit, das ist nicht meine Sache. Kabeln Sie das Zeug nach Südafrika runter. Headstone wird schon wissen, was er damit vorhat.«

Voucher nickte.

»Hören Sie, Professor, ich habe noch eine Neuigkeit«, erklärte Turner. »Heute morgen habe ich wieder mal Glück gehabt. Ich konnte beobachten, daß ein neuer Transformator von 1000 Tonnen Gewicht in das neue AE-Werk gebracht wurde.«

»1000 Tonnen, Turner? Irren Sie sich nicht? Das ist doch unmöglich ...«

»Ich irre mich nicht, Professor. Das muß natürlich auch gleich gekabelt werden. Ich mache den Bericht für Sie fertig. Fügen Sie ihn Ihrer Depesche an ...«

Bis spät in den Abend hinein waren die beiden Beauftragten von James Headstone in ihren Zimmern mit Berichten und Verschlüsselungen beschäftigt. Die Nacht kam bereits herauf, als Turner sich in seinen Wagen setzte, um zum Telegraphenamt der nächsten größeren Stadt zu fahren.

James Headstone saß in seinem Büro im Verwaltungsgebäude der United Electric in Kapstadt, als ihm zwei Telegramme im Original auf den Tisch gelegt wurden.

Wort für Wort entschlüsselte er selbst den Bericht Turners über den alten Heideläufer. Seine Stirn krauste sich leicht, als er damit zu Ende war. Es kann wohl so sein, aber wer weiß, ob es wirklich so ist?, ging es ihm durch den Sinn, während er die Depesche beiseitelegte.

Nachdenklich schloß er die Augen. Der Name Zacharias wollte ihm nicht aus dem Kopf. Irgendwo glaubte er ihn schon früher einmal gehört zu haben, versuchte jedoch vergebens, darauf zu kommen, bei welcher Gelegenheit das gewesen sein könnte. Des Grübelns müde, griff er nach dem zweiten Telegramm, und zusehends wuchs sein Interesse.

Das war endlich einmal etwas, diese Anmeldung auf eine kalte Kathode, die Professor Voucher ihm als voraussichtlich wichtig kabelte. Verdruß zeigte sich in Headstones Zügen, als er Vouchers Erläuterungen dazu entzifferte, die den Wert der neuen europäischen Anmeldung wieder zu mindern schienen. Gab sie doch vollen Schutz für die Erfindung, ohne die letzten Geheimnisse zu verraten. Mißmutig setzte Headstone seine Arbeit fort und stockte von neuem. Da kam ja etwas

648

ganz anderes. Ein Bericht Turners über einen Riesentransformator für das neue europäische AE-Werk. Als er mit der Entschlüsselung fertig war, griff er zum Telephon und rief Direktor Brooker an.

»Ist es so dringend, Headstone?« fragte Brooker, als er wenige Minuten später in dessen Zimmer trat. »Ich habe Besuch da, möchte den Mann nicht lange warten lassen.«

»Sehr wichtig, Brooker. Wer ist denn bei Ihnen?«

»Mister Pellham, der Chef unserer Patentabteilung.«

Zum zweitenmal griff Headstone zum Telephon und bat Pellham, in etwa fünf Minuten zu ihm herüberzukommen, wo er auch Brooker treffen würde. Dann reichte er Brooker den Klartext von Vouchers Telegramm. Der Direktor las und nickte dabei.

»Sehr richtig, Headstone, daß Sie Pellham gleich gebeten haben. Patentsachen, da ist er unser bester Mann. Unsere Anmeldung muß noch heute abgehen. Die Uhrzeit des Eingangsstempels ist entscheidend für die Priorität.«

Noch während er sprach, hatte er weitergelesen. Jetzt ließ er das Telegramm sinken und starrte Headstone wortlos an.

»Unglaublich, Headstone! — Das Zwanzigfache unserer Leistung! Unmöglich! — Undenkbar! Haben Sie eine Erklärung?« brachte er stöhnend hervor.

Headstone deutete auf den ersten Teil der Depesche. »Da haben Sie die Erklärung, Brooker. Die Anmeldung über die kalte Kathode. Die da oben haben die Strahlkollektoren aufgegeben. Die neue Erfindung verzwanzigfacht die Leistung ihres AE-Werkes.«

In seine letzten Worte klang ein Klopfen. Mr. Pellham kam herein.

Während Brooker ihn bat, Platz zu nehmen, griff Headstone nach einer Schere und schnitt den Passus, der von den neuen Riesenmaschinen handelte, von seinem Manuskript ab. Den Rest schob er Pellham hin.

649

»Lesen Sie das, Mister Pellham. In zwei Stunden spätestens muß unsere Anmeldung ins Patentamt gehen.«

Pellham hatte inzwischen den Text der Anmeldung gelesen und war zu den Erläuterungen Vouchers gekommen. Abwechselnd nickte er zustimmend und schüttelte den Kopf.

»Was halten Sie davon?« fragte ihn Headstone ungeduldig.

Pellham lehnte sich in seinen Sessel zurück.

»Es hat keinen Zweck, sich jetzt auf die Erläuterungen Vouchers einzulassen. Wir würden Tage brauchen, um sie richtig durchzuarbeiten. Kostbare Zeit könnte verlorengehen. Priorität ist die Hauptsache. Ich werde die europäische Anmeldung nur leicht umarbeiten lassen. In einer Stunde kann sie rübergehen. Zeigt der Zeitstempel, den man im Patentamt draufdrückt, nur fünf Minuten weniger als der einer europäischen Anmeldung, haben wir gewonnenes Spiel. Nachmeldungen können wir später in aller Ruhe machen.«

Schon während der letzten Worte war Pellham aufgestanden. »Es eilt, meine Herren.« —

Dreißig Stunden später kam Professor Voucher in einem Clipper in Kapstadt an. Ein dringendes Telegramm Headstones hatte ihn zurückgerufen. Und dann gab es Konferenzen über Konferenzen.

Nach den schlechten Erfahrungen mit der Aluminium Corporation hatte Headstone sich entschlossen, die Weiterentwicklung der Erfindung durch die United Electric selbst zu betreiben. Hart prallten die Meinungen der Konferenzteilnehmer in den nächsten Tagen aufeinander.

Daß die Europäer mit schnell fliegenden Elektronen arbeiteten, stand bei allem fest. Daß Blitzröhren von bisher noch nicht bekannter Größe und Spannung dazu nötig waren, konnte ebenfalls als sicher gelten — aber wie groß mußten sie werden? Mit welcher Spannung würden sie arbeiten müssen? Mit welcher Geschwindigkeit mußten die Elektronen die umzuwandelnden Metall-Legierungen treffen? Das waren Fragen, über die sich eine Einigung schwer erzielen ließ.

»Wie stehen Sie dazu, Professor?« fragte Headstone schließlich mit einem Blick auf Voucher. Der Professor rieb sich nachdenklich das Kinn.

»Ich möchte Ihre Frage mit einer Gegenfrage beantworten, Mister Headstone. Kann mir einer der Herren sagen, welche Spannung notwendig ist, um einen Blitz von drei bis vier Kilometer Länge durch die Atmosphäre zu schleudern?«

Von allen Seiten des Tisches her flogen dem Professor Antworten zu, doch keine glich der anderen.

»10 Millionen Volt!« rief der eine.

»30 Millionen Volt!« überschrie ihn ein anderer.

»Ich sehe den Grund für Ihre Frage nicht«, wandte sich Headstone an den Professor. »Was hat das mit den anderen Dingen zu tun, über die wir uns hier den Kopf zerbrechen?«

»Sehr viel, Mister Headstone. Aus einem gewissen Gebäude sah ich einen Blitz herausfahren und drei bis vier Kilometer entfernt in die Erde einschlagen.«

Die um den Tisch Versammelten sahen den Professor verständnislos an. Nur James Headstone begriff.

»Meine Herren«, wandte er sich an die andern, »die Frage Mister Vouchers ist berechtigt. Wissen wir, welche Spannung für einen derartigen Blitz nötig ist, dann wissen wir auch, mit welcher Spannung die europäischen Blitzröhren arbeiten.«

Headstone schwieg, und von neuem brannte der Meinungsstreit auf. Man konnte zu keiner Einigung kommen, bis Headstone schließlich mit der Faust auf den Tisch schlug.

»Genug! Die United Electric wird eine Blitzröhre für 30 Millionen Volt bauen. Die Transformatorenabteilung wird die dazugehörigen Umformer und sonstigen Teile so schnell wie möglich entwickeln. Wir müssen den Vorsprung Europas einholen.«

Mit den Worten: »Ich erwarte laufenden Bericht über Ihre Fortschritte«, schloß Headstone die Sitzung.

Ein paar Tage nur hatte Turner ursprünglich im Heidekrug bleiben wollen; drei Wochen wohnte er jetzt schon dort und konnte sich auch nach der Abreise Professor Vouchers nicht von seinem Quartier trennen, obwohl ein inneres Gefühl ihm sagte, daß der Boden nachgerade reichlich heiß geworden war.

Was ihn festhielt, war die Gaststube des Kruges, in der die Monteure, welche die neuen Maschinen des AE-Werks aufstellten, ihre Mittagsmahlzeiten einzunehmen pflegten. An sich mochten die von den Werkleuten gesprächsweise hingeworfenen Worte belanglos und unwichtig erscheinen, aber Turners regsamer Geist fügte sie zu einem Mosaik zusammen, das schließlich doch ein ziemlich richtiges Bild von dem ergab, was in dem AE-Werk vor sich ging.

Was er auf diese Weise unauffällig in Erfahrung brachte und von der nächsten Stadt aus verschlüsselt an Headstone kabelte, kam ungefähr auf das Folgende heraus: »Die Montage der neuen Maschinenanlage geht ihrer Vollendung entgegen. Die Anlage wird eine Leistung von 200 000 Kilowatt haben.«

Und schließlich klang aus den Tischgesprächen der deutschen Werkleute an den letzten Tagen öfter als einmal das Wort ›Mausefalle‹ auf.

Vergeblich spitzte Mr. Turner die Ohren, um etwas mehr zu erlauschen; es gelang ihm nicht. Nur die Namen Bergmann und Frank schnappte er noch gelegentlich auf. Lange überlegte er sich, ob es überhaupt Zweck habe, etwas darüber an Headstone zu kabeln. Schließlich entschloß er sich doch dazu.

So ging auch diese Depesche ab und erregte bei Headstone einen gelinden Anfall von Raserei. Wütend schmetterte er die Nachricht vor Brooker auf den Tisch.

»Lesen Sie, Brooker!« schrie er erregt. »Das ist der dritte Trumpf, den die Europäer jetzt ausspielen, und wir haben nicht einmal eine Ahnung davon, worum es sich handelt.«

Brooker blieb ruhiger. »Daß Generaldirektor Bergmann und Doktor Frank existieren, wissen wir doch schließlich, Headstone«, sagte er, nachdem er die Depesche gelesen hatte. »Das Wort ›Mausefalle‹ ist vielleicht ein Spitzname für irgendeinen Teil der Apparatur. Ich würde mir an Ihrer Stelle um die ›Mausefalle‹ keine Gedanken machen.«

»Aber ich mache sie mir, Brooker«, fiel ihm sein Partner ins Wort. »Ich will nicht James Headstone heißen, wenn dahinter nicht wieder eine neue Erfindung steckt.«

Brooker zuckte die Achseln. »Was wollen Sie in der Sache machen?« fragte er.

»Zuerst die Idioten zum Teufel jagen, die für mich in den Lesesälen der europäischen Patentämter sitzen!« brauste Headstone auf. »Andere, bessere Leute werde ich hinschicken!«

Mr. Headstone hatte recht und Direktor Brooker unrecht. Vor einer Reihe von Tagen schon war ein Telegramm von Dr. Frank an Generaldirektor Bergmann abgegangen. Eine kurze, schlichte Depesche. »Mausefallen sind fertig«, drahtete Dr. Frank an Dr. Bergmann. »Ich komme übermorgen«, drahtete dieser zurück.

Was sich hinter den harmlosen Worten verbarg, waren eigenartige Blitzfallen, unter Benutzung des neuen Schwerstoffes konstruierte Kondensatoren, die, an richtiger Stelle angebracht, jeden Blitz, jede übermäßige elektrische Entladung, die das AE-Werk etwa bedrohen konnte, kurzweg aufnahmen, verschluckten und unschädlich machten. Aus einer Laune heraus hatte

Dr. Frank den seltsamen Namen dafür gewählt. Die Werkleute hatten ihn aufgeschnappt. Turners scharfen Ohren war er nicht entgangen, und jetzt konnte sich Mr. Headstone in Kapstadt den Kopf darüber zerbrechen.

Am angegebenen Tage traf Generaldirektor Bergmann bei Dr. Frank ein, und Johannes Zacharias fehlte bei dieser Zusammenkunft nicht.

»Der Kerl, der Turner, ist zäh wie Ochsenleder«, meinte Zacharias mit einem leichten Lachen zu Bergmann. »Er sitzt immer noch im Heidekrug und lauscht auf die Weisheiten, die deine Monteure am Biertisch zum Besten geben.«

»Man sollte den Menschen endlich als lästigen Ausländer über die Grenze bringen«, warf Dr. Frank scharf ein. »Der andere ist schon freiwillig abgezogen.«

»Sie meinen Professor Voucher«, sagte der Alte. »Ja, der ist wieder nach Südafrika zurückgegangen. Aber den andern dürfen wir nicht vergrämen. Sie ahnen nicht, Doktor Frank, wie nützlich der Mann uns ist. Dieser betriebsame Agent macht, ohne es selbst zu wissen, James Headstone für uns mürbe. Durch seine Berichte, die Falsches und Richtiges gemischt enthalten, röstet er ihn auf einem langsamen Feuer, bis er verhandlungsreif sein wird. Übrigens«, Zacharias wechselte das Thema und wandte sich an Bergmann, »hast du neue Nachrichten aus dem Süden?«

»Es liegen neue Berichte unserer Agenten vor«, erwiderte dieser. »Unser Freund Headstone hat sein Hauptquartier von Kapstadt nach dem Hochspannungswerk der United Electric in Pretoria verlegt. Ein ganzer Flügel des Werkes ist für neue Entwicklungsarbeiten freigemacht worden. Tag und Nacht wird dort mit verstärkter Belegschaft in drei Schichten geschafft. Unsere Leute konnten leider nicht in Erfahrung bringen, um was für Arbeiten es sich handelt. Als sicher meldeten sie, daß Mister Headstone sich vom frühen Morgen bis in die

654

sinkende Nacht in der neuen Abteilung aufhält. Er soll alle seine übrigen Obliegenheiten Direktor Brooker übertragen haben und sich völlig einem neuen Problem widmen.«

»Sie wollen 30 Millionen Volt bändigen, ohne die Mittel dafür zu besitzen. Sie haben den Schwerstoff nicht!« meinte Dr. Frank.

»Es wäre vielleicht doch möglich«, entgegnete Dr. Bergmann. »Sie könnten es mit den alten Isolierstoffen versuchen, aber die Anlage müßte dann wahrscheinlich größer als die ganze Hochspannungsabteilung werden. Ob James Headstone und seine Ingenieure das einsehen — und danach handeln?«

»Wahnsinn!« stieß Dr. Frank hervor.

»Wahnsinn, der vielleicht zu einer Katastrophe führt!« warf Zacharias dazwischen.

»Die United wird nicht Monate, sondern Jahre brauchen, um uns einzuholen«, sagte Generaldirektor Bergmann. »Hoffentlich sieht James Headstone schon früher ein, daß er vorteilhafter wegkommt, wenn er mit uns zusammengeht.«

Mr. Turner spürte ein wachsendes Unbehagen. Seit Tagen war er ohne Nachricht von Headstone. Von den neuen Aufgaben, die Headstone zur Zeit so ganz in Anspruch nahmen, wußte er ja nichts. Um so mehr bewegte ihn die Frage, wie er die Verbindung mit ihm wiederherstellen könne, und bald fand er den einzig möglichen Weg dafür. Er selbst mußte wieder einen Bericht loslassen. Die zweite Frage blieb offen: wo er den Stoff dafür hernehmen sollte.

Die Nachrichtenquelle, die während der letzten Wochen so reichlich floß, war inzwischen versiegt, denn die neuen Maschinen im AE-Werk standen betriebsfertig da, und die meisten fremden Monteure hatten das Dorf verlassen.

Tagelang trieb er sich mit seinem Wagen in der Heide herum und sondierte das Terrain daraufhin, wie er sich ungesehen und ungefährdet dem AE-Werk nähern könnte.

Er entdeckte ein hübsches lauschiges Plätzchen auf seinen Fahrten, von wo aus er durch Baumlücken hindurch einen freien Überblick über einen großen Teil des eingezäunten Werkgeländes hatte und sogar das Stationshaus sehen konnte. Der Ort war wie geschaffen für seine Zwecke.

Schon am nächsten Tage suchte Turner ihn wieder auf. Auf einer kleinen Erderhöhung neben einer alten Kiefer ließ der Agent sich nieder, baute vor sich ein Stativ auf und schraubte ein Scherenfernrohr daran fest.

Das Stationshaus, das von der Beobachtungsstelle des Agenten etwa 900 Meter entfernt war, wurde von dem starken Glas auf 30 Meter herangebracht. Mr. Turner drehte sein Fernrohr nach allen Seiten, sah und staunte. Die Tragballone standen dicht über dem Boden. Wohl ein Dutzend Werkleute liefen auf dem Netz umher und — Turner glaubte seinen Augen nicht trauen zu dürfen — waren eifrig an der Arbeit, die Strahlkollektoren abzuschrauben und fortzubringen. Also doch wieder etwas Neues. Sie haben schon wieder bessere Kollektoren, ging es ihm bei dem Anblick durch den Kopf. Er überlegte noch, wie er es fertigbringen könnte, sich auch davon ein Muster zu verschaffen, als etwas anderes seine Aufmerksamkeit erregte: Die Werkleute da drüben waren mit scharfen Zangen dabei, die feinen Brennstoffzuleitungen für die Strahlkollektoren von dem Netz zu entfernen.

Die Stunden verrannen. Unentwegt verfolgte Turner die Arbeiten innerhalb der Umzäunung, und jede neue Beobachtung gab ihm neue Rätsel auf.

Die Sonne war bereits merklich nach Westen gerückt. Turner fühlte, daß der Magen knurrte und biß gierig in ein trockenes Brötchen, während er unablässig durch das Glas starrte — und dann fuhr er jäh vom Okular zurück. Ein anderer Mann war aus dem Stationsgebäude gekommen und neben den Ingenieur getreten. Ein alter Mann mit einem Bart. Ein Zweifel war ausgeschlossen: Es war der alte Heideläufer, der dort auf dem gegen jeden Fremden so sorgfältig abgeschlossenen Werkgelände stand und mit dem Ingenieur ein Gespräch begann.

Der Agent griff sich an den Kopf. Während seine Gedanken sich in wilder Jagd überschlugen, fiel es ihm wie Schuppen von den Augen. Lug und Trug war alles, was der Alte ihm von Anfang an erzählt hatte. Ein Geheimnis umwitterte die Gestalt des Alten, das der Agent ergründen mußte, wenn er seine Stellung behalten wollte.

Während sein Hirn Gedanken und Pläne formte, ging er zu seinem Wagen, holte einen kleinen Photoapparat von besonderer Art und schraubte ihn an das eine Okularglas des Scherenfernrohrs. Mit nur einem Auge verfolgte er durch das andere Glas die Vorgänge auf dem Werkgelände. Von Zeit zu Zeit drückte er mit der Rechten auf einen Knopf der Photokamera, und jedesmal kam dabei eine scharfe Fernaufnahme zustande. Der Alte und der ›Ingenieur‹, der niemand anders als Dr. Frank war, wurden mehrfach auf den Film gebannt. Bald darauf auch noch ein Dritter, der inzwischen aus dem Stationsgebäude dazugekommen war.

Dann stellte der Agent das Rohr auf die Werkleute ein und hielt das Bild fest, wie sie dunkle Kugeln an dem Netz befestigten. Dann stand er auf, schraubte seine Apparate auseinander und brachte sie zum Wagen zurück.

Anschließend jagte er auf der Landstraße nach Westen hin der nächsten Stadt entgegen, die an das Luftverkehrsnetz angeschlossen war. Erst als er dort ein an James Headstone adressiertes Päckchen aufgegeben hatte, hielt er sein Tagewerk für beendet.

Hätten Generaldirektor Bergmann und Johannes Zacharias einen Blick in die große Versuchshalle der United in Pretoria tun können, so wären sie doch vielleicht in ihrem Urteil über Headstone schwankend geworden. An das Wunderbare grenzte es, was hier in wenigen Wochen entstanden war.

10 der in hinreichender Menge im Hochspannungswerk vorhandenen Transformatoren für je 3 Millionen Volt waren in der mächtigen Halle aufgebaut. Man hatte dabei die besten Isolierstoffe in einer geradezu verschwenderischen Menge verwandt, um die Aggregate gegeneinander und gegen die Erde zu isolieren. Eine Blitzröhre erhob sich in der Mitte der Halle; sie stand in ihren Ausmaßen jener anderen nicht nach, an der Dr. Frank seine Erfindungen gemacht hatte.

Ein neuer Tag brach nach einer arbeitsreichen Nacht an, als die Ingenieure die letzten Verbindungen zwischen der Blitzröhre und den Transformatoren fertigmachten.

Die Werkuhren verkündeten die sechste Morgenstunde, als James Headstone im Werk erschien.

»Anlage betriebsfertig!« meldete Oberingenieur Janson ihm in der Halle. Durch eine kurze Geste bedeutete ihm Headstone, noch ein wenig zu warten, und trat dicht an die gewaltige Blitzröhre heran.

Würde es gelingen, mit diesen so unendlich schnellen Elektrizitätsatomen dasselbe zu bewirken, was ein Mann 10 000 Kilometer weiter nördlich bereits erreicht hatte? Würde es glücken, bekannte Legierungen dadurch so umzuwandeln, daß neue Stoffe mit ganz neuen Eigenschaften darauf entstünden? Headstones Gesicht war blaß, als er nach Minuten von der Blitzröhre zurücktrat. Seine Stimme war klanglos, als er den Befehl gab, einzuschalten.

Hebel wurden bewegt, Räder gedreht, die Fernschaltung kam in Bewegung, ein dumpfes Brummen der unter voller Spannung stehenden Transformatoren erfüllte die Halle. Und dann begann es in der Blitzröhre zu zukken.

Der Ingenieur deutete auf den Spannungszeiger, der

auf die 30 Millionen wies. Er deutete auf den großen Steinsalzblock, der unter der Röhre lag und, von den rasenden Elektronen getroffen, in magischem Licht aufglänzte.

James Headstones Gedanken begannen zu wandern. Er sah seine Umgebung kaum noch. Von einem kommenden technischen Zeitalter begann er zu träumen mit neuen Werkstoffen von unbekannter, unerhörter Eigenschaft ... von neuen großen Leistungen. Während seine Lider geschlossen waren, rollten vor seinem geistigen Auge kommende Jahre und Jahrzehnte wie in einem Film ab.

Ein fremder Ton riß ihn aus seinen Gedanken. Wie ein kurzes Zischen und Krachen klang es, das ihn zwang, die Augen zu öffnen. Matter erschien ihm das Licht der Blitzröhre geworden zu sein, schwächer das funkelnde Glühen des Salzblocks. Anders klang jetzt auch das Summen der Transformatoren, mächtiger, als ob sie unter Überlast liefen, und hier und da zuckte aus den Bergen von Isolierstoffen, die sie umgaben, ein kurzer Blitz auf.

Wie zu einer Bildsäule erstarrt stand Headstone und blickte auf das veränderte Schauspiel. Immer stärker wurden die Blitze, welche die Isolation durchbrachen. Schon erfüllte ein schwefliger Geruch die Luft.

»Ausschalten!« brüllte Janson seinen Leuten zu, während er den reglosen Headstone mit Gewalt zurück zur andern Hallenwand riß. Ein Monteur stürzte zu einem Hebel — kam zu spät. Bevor er ihn erreichen konnte, brach die Isolation unter der Riesenspannung nieder. Mit unendlichem Getöse schlug ein einziger mächtiger Blitzstrahl durch die Länge der Halle. Mit unendlicher Gewalt brach die so lange gefesselte Energie sich freie Bahn. In ein einziges Meer wabernder Lohe schien die ganze Halle verwandelt zu sein, als Headstone, von Janson halb gezogen, die Ausgangstür erreichte. Wie eine Stichflamme schoß es hinter ihnen her, packte sie, hob sie empor, trug sie meterweit durch die Luft und schleuderte sie zu Boden.

Halb betäubt lagen sie auf dem Rasen, als neues endloses Krachen sie aufzublicken zwang. Wie ein Kartenhaus stürzte die ganze große Halle in sich zusammen.

Nach langer Benommenheit schlug James Headstone die Augen auf, tastete um sich, versuchte zu erkennen, wo er war. Er lag auf einem bequemen Ruhebett; das Zimmer war halb verdunkelt. Soweit er die Umgebung zu unterscheiden vermochte, befand er sich in einem Kasinoraum des Werkes.

Er versuchte seine Gedanken zu sammeln. Dunkel und verworren kam ihm die Erinnerung, daß vor langer, langer Zeit etwas Entsetzliches geschehen war. Er machte eine Anstrengung, sich aufzurichten, als ein Mann an sein Lager trat... weißer Kittel... rotes Kreuz... Sanitätspersonal des Werkes! ging es Headstone traumhaft durch den Sinn, während der Mann ihn stützte und ein Glas an seine Lippen brachte.

Noch einmal ließ er sich zurücksinken, streckte sich wohlig und fühlte neue Kraft durch seine Adern rinnen. Wieder vergingen Minuten, ohne daß er sie zählte. Dann plötzlich eine Frage von seinen Lippen: »Wie spät ist es?«

»Gleich sechs Uhr, Mister Headstone!« kam die Antwort seines Pflegers. Mit einem Ruck richtete James Headstone sich auf. Sechs Uhr abends... Vor zwölf Stunden war er ins Werk gekommen... Kostbare, unersetzliche Stunden hatte er ohnmächtig gelegen! Klarer kam ihm jetzt die Erinnerung an alles Geschehene.

»Ziehen Sie die Vorhänge auf!« rief er dem Pfleger zu. Der tat es; helles Licht flutete herein. Headstone erhob sich, ging etwas schwankend durch den Raum, ließ sich auf einen Sessel nieder. Stück um Stück fiel die Schwäche von ihm ab, sein Blick schweifte durch das Zimmer und blieb an einem Telephon haften.

»Lassen Sie Fernsprechverbindung mit Direktor

Brooker, Kapstadt, herstellen!« Kurz und knapp kamen die Worte von seinen Lippen. Es war wieder der alte Headstone, der energische Industrieführer, der diesen Befehl gab.

Es mochte um die zehnte Vormittagsstunde sein, als Henry Turner langsam die Hauptstraße des Dorfes entlang fuhr. Er hatte die Absicht, sich möglichst ungesehen in die Heide zu schlängeln, um von seinem bewährten Beobachtungsplatz aus zu erspähen, ob es etwa Neues im AE-Werk gab. Eben wollte er in einen Seitenweg, der zur Landstraße führte, einbiegen, als er sich beim Namen gerufen hörte.

»Hallo, Mister Turner! Wohin des Wegs?«

Turner stoppte und wandte sich nach dem Rufenden um. Es war der alte Zacharias, der ihm vergnügt zuwinkte und nun dicht an den Wagen herankam.

»Nach Neustadt!« erwiderte Turner und hoffte, Zacharias damit schnell loszuwerden.

»Wollen Sie mich mitnehmen? Ich habe auch in Neustadt zu tun«, sagte der Alte, und Turner blieb nichts anderes übrig, als zuzustimmen.

Gut, daß ich den Kunden mal wieder erwischt habe! dachte Zacharias. Vielleicht komme ich heute dazu, ihm zu sagen, was ich ihm schon lange sagen wollte!

»Sie interessieren sich wohl auch für Technik?« eröffnete Turner die Unterhaltung, während der Wagen langsam auf der Landstraße dahinrollte.

»Gewiß, Mister Turner! Wir alten Farmer sind alle halbe Elektrotechniker.«

»Dann muß Sie gewiß auch das neue AE-Werk hier in der Nähe interessieren? Schade, daß man es nicht besichtigen kann!« sprach Turner weiter. »Sie hätten's sicherlich mal gern angesehen?«

»Ich habe es gesehen, Mister Turner. Ich war erst neulich in der Station.« Der Alte sprach die Worte harmlos vor sich hin.

»Wie ist das möglich?« fragte ihn Turner erstaunt.

Zacharias zuckte die Achseln. »Ein glücklicher Zufall, Mister Turner! Einer der Ingenieure, die kürzlich hier waren, ist ein Verwandter von mir. Der hat's auf seine Kappe genommen, und ich bin mit hineingeschlüpft. Soll natürlich nicht sein, aber man kennt mich hier seit Jahren, weiß, daß ich ein ehrlicher alter Kerl bin ...«

Von Sekunde zu Sekunde wurde Turner unsicherer in seinem Urteil. So wie es Zacharias jetzt darstellte, konnte sein Besuch im Werk, den er, Turner, damals durch das Scherenfernrohr beobachtet hatte, in der Tat eine ganz unverdächtige Angelegenheit sein. Der Alte hatte einen der Ingenieure zum Verwandten? — Bei der Erinnerung daran kam Turner eine neue Idee.

»Könnte dieser Ingenieur mich nicht auch einmal unter seine Fittiche nehmen?« fragte er halb scherzend.

Zacharias schüttelte den Kopf. »Das wird nicht gehen. Sie sind Ausländer.«

»Was hat das mit der Sache zu tun?« fragte er mit gespieltem Erstaunen.

»Sie vergessen Mister Headstone, mein Lieber.«

Turner hatte das Gefühl, als ob er einen kräftigen Schlag vor den Magen bekommen hätte.

»Wer ist Mister Headstone?« versuchte er möglichst unverfänglich zu fragen.

»Oh, Sie kennen ihn nicht? Mister Headstone, den Schöpfer der südafrikanischen AE-Stationen? Das wundert mich. Man hat hier Nachrichten, daß er scharf hinter den Geheimnissen des neuen Werkes her sein soll. Man spricht sogar von Agenten, die in seinem Auftrag hier in dieser Gegend tätig sind. Im Vertrauen gesagt, Mister Turner: Ihr Freund Voucher stand stark im Verdacht, ein solcher Agent zu sein. Es ist gut für ihn, daß er unser Land schon wieder verlassen hat ...«

Von Sekunde zu Sekunde wurde es Turner bei den Worten des Alten unbehaglicher. Er beschloß, dem Angriff durch einen Gegenangriff zuvorzukommen. »Jetzt fehlt nur noch, Mister Zacharias, daß Sie in mir auch einen Agenten vermuten!« fiel er Zacharias ins Wort.

Der machte eine abwehrende Handbewegung. »Durchaus nicht, Mister Turner, kein Mensch denkt daran! Aber Sie werden begreifen, daß man ausländische Touristen nicht in das Werk läßt. Einem allerdings würde man das Werk sogar sehr gern zeigen.«

»Einem? Wer ist der Glückliche?«

»Das ist Mister Headstone!«

»Headstone?« Turner sah den Alten verwirrt an. »Ich verstehe Sie nicht! Der Mann soll Ihr größter Konkurrent sein — und gerade dem würde man das Werk zeigen?«

»Sofort, Mister Turner. Wenn er sich entschließen wollte, hierherzukommen.«

»Aber warum?«

»Headstone ist ein Mann von Verstand und Einsicht. Er würde sehr schnell sehen, was alle seine Agenten nicht gesehen haben.«

»Darf man wissen, was das wäre?«

»Die klare Tatsache, Mister Turner, daß man in Europa der United meilenweit voraus ist. Daß es vollkommen zwecklos ist, den Vorsprung mit mehr oder weniger dunklen Mitteln wieder einholen zu wollen. Daß ein anständiger Vergleich für alle Teile das Vorteilhafteste wäre.« Der Alte wurde lebhafter, während er weitersprach: »Wer das Headstone einmal klar und deutlich sagte, würde sich ein großes Verdienst um die United erwerben. Es müßte allerdings ein Mann sein, dem die Sache über die Person geht, ein Mann, der Headstone nicht aus Angst nach dem Mund redet — ein wirklicher Mann, Mister Turner! Doch den gibt es unter seinen Agenten wohl kaum.«

Turner ließ sich mit der Antwort Zeit.

»Ich kenne Mister Headstone nicht«, begann er endlich — Zacharias hörte die Lüge an, ohne mit der Wimper zu zucken —, »aber nach allem, was ich von unseren

663

Industriekapitänen gehört habe, würde ein Mitarbeiter, der so zu ihm spräche, wahrscheinlich sofort auf die Straße gesetzt werden.«

»Das müssen Sie besser wissen als ich, Mister Turner!« In seiner trockenen Weise brachte Zacharias den Satz heraus, während ihn Turner verstohlen von der Seite beobachtete. Die Worte konnten ganz harmlos gemeint sein, aber es konnte auch ein gefährlicher Doppelsinn in ihnen liegen. Hatte Zacharias Verdacht auf ihn? Wußte er, daß er ein Agent Headstones war?

Weiter liefen seine Gedanken. Sollte er dem Rat folgen? Er entschloß sich, das Gespräch, das er heute mit Zacharias hatte, an Headstone zu berichten.

Auch Zacharias war mit seinen eigenen Gedanken beschäftigt. Und so blieben beide für den Rest der Fahrt schweigsam, bis der Wagen Neustadt erreichte.

»Wollen Sie später wieder mit mir zurückfahren?« fragte Turner beim Abschied. Mit dem Bemerken, daß er hier längere Zeit zu tun hätte, lehnte der Alte die Einladung ab.

Verdrossen und unruhig fuhr der Agent allein weiter. »Was soll ich hier in dem elenden Nest? Was mag der Alte hier überhaupt für Geschäfte haben?« brummte er vor sich hin und lenkte seinen Wagen in eine Seitengasse. Auf Umwegen erreichte er die Landstraße und machte sich auf den Heimweg. Er war noch nicht weit gekommen, als ein anderer Kraftwagen ihn überholte.

Zwei Personen saßen darin. Viel konnte Turner bei der Kürze der Zeit nicht erkennen. Einen grauen Bart sah er bei dem einen, ganz ähnlich, wie Zacharias ihn trug. Der andere — Turner kramte in seiner Erinnerung — glich er nicht dem Mann, den er zusammen mit Zacharias und dem Ingenieur im AE-Werk beobachtet hatte?

»Hast du eben unseren Patienten gesehen, Franz?« fragte zur gleichen Zeit Zacharias Dr. Bergmann, als beide an Turner vorbeibrausten. »Mir scheint, er hat

664

schwer an den Pillen zu schlucken, die ich ihm eingab. Vielleicht helfen sie ihm auf den rechten Weg.«

Eine halbe Stunde später saßen Dr. Bergmann und Zacharias mit Dr. Frank zusammen und beratschlagten über dasselbe Thema, das sie schon auf der Fahrt von Neustadt beschäftigt hatte.

»Professor Livonius landet heute in Kapstadt«, meinte Bergmann. »Ich hoffe, er wird gute Arbeit tun.«

Zacharias zuckte die Achseln. »Ich weiß nicht, Franz, ob er es schaffen wird. Er ist zwar ein großartiger Patentexperte ...«

»Das ist er!« warf Doktor Frank zustimmend ein.

»Ich vermute«, fuhr Bergmann fort, »er wird Headstone bis zur Weißglut ärgern. Aber ihn mürbe machen? Dazu wird's noch stärkerer Mittel bedürfen.«

Zacharias begann zu sprechen, weniger zu den anderen als zu sich selbst: »Der erste Trumpf im Spiel, unser Freund Turner; der zweite Trumpf, Professor Livonius — schon stärker, aber nicht stark genug. Der dritte und höchste Trumpf, Doktor Frank, der werden Sie selber sein!«

»Ich?« Dr. Frank wehrte ab. »Ich will mit denen nichts zu tun haben.«

»Es wird nötig werden, Doktor Frank. Wenn die Zeit dafür reif ist.«

Auch in Kapstadt gab es eine lange Unterredung zwischen James Headstone und Direktor Brooker, und verschiedene für Headstone wenig angenehme Dinge hatte Brooker dabei vorzubringen.

»Daß die Hochspannungshalle in Pretoria durch Ihr Experiment zum Teufel gegangen ist, muß auf Unkostenkonto AE-Station abgebucht werden«, erklärte Brooker.

Headstone nickte, ohne sich zu äußern.

»Daß Sie die gefährlichen Versuche jetzt in unserm Hochspannungswerk bei den Victoria-Fällen oben am

Sambesi fortsetzen wollen, halte ich für bedenklich«, sprach Brooker weiter.

»Nur mit 10 Millionen Volt, Brooker!« fiel ihm Headstone ins Wort. »Ein zweitesmal wird es keinen Unfall geben. Diese Höchstspannungen werden uns bei der weiteren Entwicklung der AE-Stationen sehr von Nutzen sein.«

»AE-Stationen ...«, setzte Brooker seine Beanstandungen fort. »Wir haben schlechte Nachrichten von unserer neuen Station in Bamangwato. Die atmosphärische Spannung ist so großen Schwankungen unterworfen, daß der reguläre Betrieb noch nicht aufgenommen werden konnte. Da drüben«, er deutete auf ein Aktenstück, »liegen die Berichte von Fosdijk und Cowper. Bis jetzt ist es noch nicht möglich gewesen, die Station an das Überlandnetz der Victoria-Kraftwerke zu schalten.«

»Unbegreiflich, Brooker! Unsere alte Station hat doch über das Netz gearbeitet ...«

»Die neue aber nicht, Headstone! Die Spannungsschwankungen sind zu groß. Wir würden das ganze Überlandnetz in Unordnung bringen, wenn wir's versuchten. Hier muß Abhilfe geschaffen werden, und zwar bald.«

Brooker schwieg und begann einen Schreibblock mit Zahlen zu bedecken.

»5 Millionen Pfund, Headstone«, sagte er schließlich und warf den Bleistift auf den Block. »Kaum jemals wurde bisher ein solches Kapital für die Entwicklung eines einzelnen Problems verbraucht, und immer noch sind wir weit vom Ziel entfernt. Ich weiß nicht, Headstone, ob wir den richtigen Weg gewählt haben.«

Mit wachsender Bestürzung hörte Headstone die Resignation, die aus den letzten Worten klang. Verlor Brooker die Lust, weiter mitzumachen, dann war das Ende da.

»Wir sind auf dem richtigen Wege, Brooker! Schon in

den nächsten Tagen werden wir die 10 Millionen Volt am Sambesi haben. Wir werden die Spannungsschwankungen bezwingen ...«

Immer erregter, immer eindringlicher sprach Headstone und merkte, daß seine Rede nicht wirkungslos blieb. Brooker raffte sich zu einem Entschluß auf.

»Mein letztes Wort, Headstone: Bis zu 6 Millionen Pfund will ich gehen! Arbeitet unsere Station dann über das Überlandnetz, soll es gut sein, sonst ...«

»Sonst?« fragte Headstone.

»Sonst müssen wir mit den Europäern paktieren.«

Auf Headstones Schreibtisch hatte sich während seiner letzten Reise zum Sambesi die Post gehäuft. Als erstes fielen ihm die Fernaufnahmen in die Hände, die Turner von dem europäischen Werk gemacht hatte. Er nahm eine starke Lupe zu Hilfe und studierte sie sorgfältig. »Die Brüder haben neue Kollektoren ohne Brennstoffzuleitung«, das war die erste Erkenntnis, die er daraus gewann. »Sie arbeiten schon mit der kalten Kathode!« Kaum hörbar kamen die Worte von seinen Lippen, während er sich in seinen Sessel zurücklehnte.

Nur oberflächlich betrachtete er die nächsten Bilder. Drei Männer waren darauf. Einen davon kannte er, Generaldirektor Bergmann; er war öfter beruflich mit ihm zusammengetroffen. Er schob die Bilder beiseite und machte sich daran, die Berichte und Telegramme Turners zu lesen. Neue Mitteilungen über den alten Heideläufer.

»Man sucht Anschluß. Man will Geschäfte mit uns machen. Soweit sind wir noch nicht, Herr Generaldirektor Bergmann! Wir brauchen euch nicht, wir schaffen's aus eigner Kraft! Ihr werdet noch zu uns kommen und Lizenzen auf unsere Erfindungen nehmen!«

Er wollte sich der übrigen Post zuwenden, als das Telephon läutete. Ein Besuch wurde gemeldet: Professor Livonius vom ZEK-Konzern.

»Soll zu mir kommen«, sagte Headstone und legte den Hörer auf.

Kurz danach wurde Livonius in sein Zimmer geführt. Headstone begrüßte ihn mit gespielter Gleichgültigkeit.

»Freue mich, Sie zu sehen, Herr Professor! Höre, Sie kommen vom ZEK-Konzern. Sind Sie schon längere Zeit in der Union?«

Livonius hielt es für zweckmäßig, die gleiche Uninteressiertheit zur Schau zu tragen.

»Erst seit einigen Tagen, Mister Headstone«, erwiderte er gelassen. »Ich hatte hier in Kapstadt zu tun.«

»Ah, Sie wollten selbst anmelden, Herr Professor?« fragte Headstone.

Der Professor machte eine verneinende Bewegung. »Dafür haben wir unsere Patentanwälte. Ich wollte nur etwas nachgreifen. Es ist nachgerade Zeit, daß unsere Anmeldungen ausgelegt werden.«

Headstone lächelte. »Mit unserem Patentamt müssen Sie Geduld haben, Herr Professor. Bei wichtigen Patenten kann es Monate dauern, bis es sich zur Auslage entschließt.«

»Das Amt hat gestern die Auslegung beschlossen«, erklärte Livonius. »Unter der Hand erfuhr ich bei der Gelegenheit, daß von Ihrem Konzern ganz ähnliche Anmeldungen vorliegen. Unsere Arbeitsgebiete scheinen sich zu überschneiden.«

»In solchen Fällen entscheidet die Priorität, Herr Professor. Eine Minute früher oder später kann den Ausschlag geben. Ich hoffe, daß die United diese Minute zu ihren Gunsten verbuchen kann.«

»Unsere Anmeldungen werden heute ausgelegt«, sagte Livonius trocken.

Headstone schwieg und biß sich auf die Lippen. Die europäischen Patente werden ausgelegt. Nichts anderes konnte es bedeuten, als das die United mit ihren Anmeldungen zu spät gekommen war. Trotzdem gab er das Spiel noch nicht verloren.

»Haben Sie gute Anwälte, Herr Professor?« fragte er.

»Unser Konzern hat die tüchtigsten Patentanwälte der Union für seinen Dienst gewonnen, Mister Headstone.«

»Wir werden sehen, Herr Professor«, entgegnete Headstone. »Auf Einsprüche von unserer Seite müssen Sie gefaßt sein.«

»Das sind wir, Mister Headstone. Es werden auch noch andere kommen und unsere Rechte beschneiden wollen.«

»Also bereiten wir uns auf einen Patentkrieg vor, Herr Professor.«

»Sie hatten kürzlich einen Betriebsunfall in Pretoria, Mister Headstone. Ich hörte von 30 Millionen Volt.« Der Professor wechselte das Thema.

Headstone machte eine unwillige Bewegung. »Übertriebene Gerüchte, Herr Professor. Ein Hochspannungstransformator schlug durch. Das kommt in jedem Hochspannungswerk mal vor.«

Ungeduld sprach aus Headstones Worten. Er hatte den dringenden Wunsch, seinen Besucher loszuwerden, um mit Pellham die Patentangelegenheiten zu besprechen, aber Professor Livonius ließ nicht locker.

»Unter unseren Anmeldungen«, fuhr er mit unerschütterlicher Ruhe fort, »befindet sich auch ein Patent auf einen neuen Isolierstoff, der 30 Millionen Volt sicher abfängt.«

Headstone machte große Augen. »So? Davon weiß ich noch gar nichts!«

»Es ist das dritte der großen grundlegenden Patente«, fuhr der Professor fort, »das mit den beiden anderen zusammen erst die Entwicklung der AE-Werke möglich macht. Drei Dinge sind es, Mister Headstone: die Halteseile, die kalte Kathode und die Schutzkondensatoren gegen Überspannungen.«

»Sie meinen die Mausefalle, Professor?« In einer Art

669

von Galgenhumor brachte Headstone die Worte heraus.

Livonius blickte ihn verwundert an. »Merkwürdig, daß Sie das Wort kennen! In der Tat ist es die Blitzfalle, in der wir alle schädlichen Überspannungen wegfangen wie die Mäuse.«

»Hübsche Erfindung, Herr Professor. Ich denke, wir werden sie nicht brauchen. Mit Überschlagstrecken erreichen wir denselben Schutz.«

Headstone sagte es, um etwas zu sagen. Immer stärker überkam ihn das Gefühl, daß er auf einem verlorenen Posten kämpfte.

»Überschlagstrecken? Auch wir haben uns damit beholfen, solange wir nichts Besseres hatten«, fuhr Livonius unentwegt fort. »Der Schutz ist nicht sicher, und viel Energie geht dabei nutzlos in die Erde. Die Mausefalle ist besser, glauben Sie's mir, Mister Headstone! Ich kam in der Hoffnung hierher, daß eine Einigung zwischen unseren Konzernen möglich wäre.« Damit erhob er sich. »Sie wollen erst Ihren Patentkrieg führen; tun Sie, was Sie nicht lassen können!«

Livonius zog aus seiner Aktentasche ein Kärtchen heraus und legte es auf den Tisch.

»Ich lasse Ihnen eine Probe unseres neuen Isolierstoffes da«, sagte er und reichte James Headstone die Hand zum Abschied. »Lassen Sie es in Ihrem Hochspannungswerk untersuchen. Der Stoff ist nicht uninteressant.«

Livonius war gegangen. Headstone saß allein am Tisch. Unstet gingen seine Blicke hin und her, bis sie an dem Kärtchen haften blieben, das der Professor zurückgelassen hatte. Ein eigentümlicher, wechselnder Schimmer ging davon aus. Kaum größer als ein Blatt Zigarettenpapier war die Probe, auch kaum dicker schien sie zu sein. Headstone griff mit der Hand danach, wollte das Blättchen aufnehmen. Vergeblich. Wie festgenagelt lag es auf der spiegelnden Mahagoniplatte des Tisches. Ungeduldig griff er nach einem Federmesser. Nicht ohne Schwierigkeiten gelang es ihm, die Klinge unterzuschieben.

Und dann hielt er das hauchfeine Blättchen in seiner Hand und mußte bald die zweite Hand zu Hilfe nehmen. Wohl an die zwanzig Pfund mochte diese Probe des neuen Stoffes wiegen — eine neue Überraschung, ein neues Rätsel.

Die Lust, mit Pellham zu konferieren, hatte Headstone verloren. Wichtiger war es ihm, den rätselhaften Stoff zu untersuchen. 30 Millionen Volt, hatte der Professor gesagt, am Sambesi 10 Millionen Volt — in den nächsten Tagen würde er sie haben. Er war überzeugt, daß sie den Wunderstoff in Atome zerreißen würden. Er wollte es denen da oben in Europa schnell beweisen, daß ihre Erfindung nur ein Bluff war. Kurz entschlossen griff er zum Telephon.

»Mein Pilot soll sich bereit halten. In einer halben Stunde fliege ich zum Victoria-Kraftwerk.«

»Zwei Whiskys, Joe!«

Ingenieur Cowper machte die Bestellung an einem sonnigen Herbsttag in einer kleinen Bar in Tamasetse in der Nähe der neuen südafrikanischen AE-Station. Die tropische Flora draußen prangte in allen Tönen. Ein lichtblauer Himmel strahlte über der Farbenpracht, aber die Stimmung Cowpers war ebenso düster wie diejenige Fosdijks, für den der zweite Whisky bestimmt war.

Mit einem Ruck kippte Cowper sein Glas herunter. »Ich suche mir eine andere Arbeit, Fosdijk«, sagte er, als er das Glas wieder auf den Tisch setzte.

»Joe, noch eine Lage!« befahl Fosdijk, und sah sich in der Bar um. Außer den beiden Ingenieuren war nur noch ein Gast in dem Raum. Der saß ziemlich weit von ihnen entfernt in einer Fensterecke und war in eine Zeitung vertieft.

»Leicht gesagt, aber schwer getan!« meinte Fosdijk

nachdenklich. »Eine gute Stellung ist heute schwer zu finden. Sie werden sich's noch überlegen!«

»Dabei ist nicht viel zu überlegen«, sagte Cowper. »Was haben wir die letzten Wochen anderes gehabt als schlaflose Nächte und jammervolle Tage. Der Teufel ist in die neue Station gefahren! Keinen Moment können wir die richtige Spannung einhalten.« Er schlug mit der Faust auf den Tisch. »Ich spiele nicht mehr mit! Unser lieber Herr Headstone soll sich anderswo einen Dummen suchen ...!«

Cowper hatte viel auf dem Herzen und machte seinem Ärger gründlich Luft. Auch Fosdijk wurde unter dem Einfluß des Alkohols gesprächig und hielt mit seiner Meinung nicht hinter dem Berg.

Der dritte im Raum ließ seine Zeitung sinken und folgte interessiert der Unterhaltung. Bald nickte er zu einer Bemerkung, die an dem Tisch der beiden Ingenieure fiel, bald schüttelte er den Kopf zu einer anderen. Fosdijk bemerkte es und machte seinen Kollegen darauf aufmerksam. Cowper drehte sich um und prostete dem Fremden zu. Ein Wort gab das andere, und nach kurzem folgte der dritte Gast der Einladung, an den Tisch der beiden Ingenieure zu kommen.

Zu dritt ging die Unterhaltung weiter. Obwohl der Fremde ein recht gutes Englisch sprach, erkannten Fosdijk und Cowper schnell an seinem Akzent, daß er Ausländer war. Daß er gut über AE-Stationen Bescheid wußte, fiel ihnen in ihrer gehobenen Stimmung nicht mehr auf. Auch entging es ihnen, daß er bei jeder neuen Lage den größten Teil seines Glases geschickt wegkippte. Sie fanden nur, daß der Fremde ein famoser Kerl sei, mit dem man über alle Dinge, die ihnen am Herzen lagen, frei sprechen konnte.

Schräg fielen die Sonnenstrahlen in den Raum, schnell brach die herbstliche Dämmerung herein. Der Wirt drehte das elektrische Licht an und warf einen skeptischen Blick auf Fosdijk und Cowper.

Es war ein langer und stellenweise schwieriger Weg von Tamasetse bis zur AE-Station. Der Wirt hatte Bedenken, ob die beiden mit ihrem Wagen heil nach Hause kommen würden.

Vorsichtig brachte inzwischen auch der Fremde, der sich im Laufe der Unterhaltung als Dr. Frank bekannt gemacht hatte, das Gespräch auf die Heimfahrt. Zunächst wollten Fosdijk und Cowper noch nicht viel davon hören. Sie kamen wieder auf die Station und ihre eigenen Sorgen und Schmerzen zu sprechen.

»Doch nichts einfacher als das, meine Herren«, warf der Doktor unvermittelt hin. »Man schaltet einen Kondensator parallel zur Funkenstrecke.«

»So klug sind wir selber, Dok!« erwiderte Fosdijk. »Wir hätten's längst getan, wenn's einen Kondensator gäbe, der das aushielte!«

»Es gibt ihn, Mister Fosdijk!« entgegnete der Doktor kurz. Fosdijk bestritt es. Der Doktor verteidigte seine Meinung. Cowper mischte sich ein und schlug eine Wette vor.

»Wetten wir um — 100 Pfund!« nahm Fosdijk die Anregung auf.

»Sagen wir 100 von mir gegen 10 von Ihnen!« schlug Dr. Frank vor.

Der Wirt kam wieder an den Tisch. Er hatte den stillen Wunsch, seine Gäste auf gute Weise loszuwerden und wußte nicht recht, wie er's anfangen sollte.

»Ich werde meine Freunde nach Hause fahren«, sagte Dr. Frank zu ihm. »Ihr Wagen kann bis morgen hier stehenbleiben.«

»Gewiß, Sir!« pflichtete der Wirt bei. »Ich lasse den Wagen morgen früh zur Station bringen.«

Sicher steuerte der Doktor sein Gefährt, während Fosdijk und Cowper es sich auf den Polstern der Hintersitze bequem machten. Die frische Nachtluft tat ihnen wohl.

»Famoser Kerl«, meinte Fosdijk.

673

»Kondensator!« sagte Cowper und streckte sich bequem in seiner Ecke, um ein Schläfchen zu machen.

Der Wagen hielt vor der AE-Station. Ein Wächter kam heran und fragte den ihm unbekannten Fahrer, was er hier wolle.

»Bringe meine Freunde, Fosdijk und Cowper«, sagte Dr. Frank und wies hinter sich. »Helfen Sie ihnen mal ein bißchen beim Aussteigen!«

Der Wächter öffnete die Wagentür. »Hallo, Jacky!« begrüßte ihn Fosdijk und stieg aus. Schwerer ging es mit Cowper. Der Wächter hatte zu tun, ihn munter zu bekommen. Doch dann stand auch der auf seinen Beinen. Dr. Frank traf Anstalten, sich zu empfehlen; doch Fosdijk ließ es nicht zu.

»Unsere Wette, Doc. Kommen Sie mit rein, wir müssen noch besprechen, wie wir sie austragen wollen.«

Dr. Frank folgte der Einladung. Durch einen Gang führte ihn Fosdijk in einen mit behaglichen Klubmöbeln ausgestatteten Wohnraum. Cowper folgte und ließ sich in einen Sessel fallen.

»Endlich mal Ruhe in der verdammten Bude!« sagte er aufseufzend. Fosdijk ging in einen Nebenraum und kehrte nach kurzem mit einem Tablett zurück, auf dem alles stand, was zu einem kalten Büfett gehört. »Bedienen Sie sich, Sir!« sagte er und schob dem Doktor Teller und Besteck zu.

»Cowper hat recht!« fuhr er während des Essens fort. »Endlich mal wieder Ruhe.«

»Sie haben das Netz geerdet? Das Vernünftigste, was Sie tun konnten!« meinte Dr. Frank.

»Bis Montag haben wir Ruhe. Danach geht die Plage wieder los«, mischte sich Cowper ein.

»Dauerblitze von 10 000 Kilowatt und mehr. Man muß dabei verrückt werden«, vervollständigte Fosdijk die Bemerkung seines Kollegen.

»Wenn man keinen Kondensator dazwischenschaltet«, sagte Dr. Frank trocken.

»Erst haben und dann schalten!« schrie Cowper verzweifelt.

»Ja, unsere Wette!« nahm Fosdijk den Faden auf. »Wie steht es damit? Wann werden Sie ihn uns bringen, Doktor?«

»Wann Sie wollen. Ich habe den Kondensator in meinem Wagen.«

Gabeln und Messer fielen klirrend auf die Teller, zwei Augenpaare starrten ihn erstaunt an.

»Da können wir die Wette ja sofort austragen!« rief Cowper.

Dr. Frank nickte.

Einen Augenblick zögerte Fosdijk. Einen Fremden in die Station lassen? Es ging wider alle Instruktionen. Er stand auf und ging in sein Arbeitszimmer nebenan, um mit sich zu Rate zu gehen.

Unschlüssig blickte er umher, sah auf seinem Schreibtisch ein Telegramm liegen, griff danach und riß es auf. Eine neue dringende Mahnung von Headstone, die Station in Ordnung zu bringen.

Cowper lehnte es ab, mit in den Maschinenraum zu kommen.

»Der Junge ist mit seinen Nerven fertig«, flüsterte Fosdijk dem Doktor zu.

Zu zweit gingen sie in den Maschinenraum, und mit schnellem Blick musterte Dr. Frank die Anlage.

Fosdijk ließ den Unterbrecher angehen. Mit einem zweiten Griff beseitigte er den Kurzschluß der Funkenstrecke. Im Augenblick begann der Spannungszeiger zu klettern, erreichte eine Million, stieg weiter auf 1,6 Millionen Volt. Dumpf brummte der Transformator auf, als er die Spannung bekam. Schweigend standen Fosdijk und Dr. Frank. Beider Blicke hingen an dem Spannungszeiger. Dieser pendelte langsam hin und her, fiel bald nach unten, stieg bald wieder nach oben. In langsamem Rhythmus schwankte die Spannung des atmosphärischen Stromes um mehrere hunderttausend Volt.

»Sehr ungünstige Verhältnisse haben Sie hier, Mister Fosdijk«, sagte Dr. Frank, als der Zeiger die zweite Million Volt erreichte. »In Mitteleuropa sind die Schwankungen ...«

Der Rest seiner Worte ging in einem krachenden Donner verloren. Die Überspannung war durch die Funkenstrecke außerhalb des Gebäudes als mächtiger Blitz in die Erde gefahren.

Fast unnatürlich erschien die Stille danach. Noch betäubt von dem Donnergrollen, vernahmen die Ohren kaum das tiefe Brummen des Transformators. Nur langsam gewöhnten sie sich an die Ruhe, als der Zeiger schon wieder zu klettern begann, langsam aber sicher der zweiten Million zustrebte — und dann ein zweiter, nicht minder kräftiger Donnerschlag ...

Die Tür wurde aufgerissen. Cowper stand auf der Schwelle und gestikulierte wie ein Wahnsinniger.

»Ausschalten, Fosdijk — Ausschalten! Heute ist Feiertag!« brüllte er.

Auf einen Wink des Doktors schloß Fosdijk die Funkenstrecke wieder kurz.

»Die Verhältnisse sind ungünstiger als in Europa«, vollendete Frank seinen Satz. »Trotzdem — es könnte gehen.«

Er zog sein Notizbuch, ließ sich von Fosdijk verschiedene elektrische und magnetische Werte des Transformators geben und machte eine kurze Rechnung auf.

»Wir können den Kondensator anschalten.« Er sah sich in dem Raum um. »Ich müßte mit meinem Wagen hier hereinfahren. Ist das möglich?«

Fosdijk drückte auf einen Hebel. Ein Elektromotor lief an. Eine breite eiserne Schiebetür öffnete sich und gab eine Einfahrt frei.

Zwei Minuten später fuhr Dr. Frank mit seinem Auto in den Maschinenraum. Eine Blechhaube am hinteren Teil des Wagens wurde geöffnet. Ein Kasten aus einem dunkel glänzenden Metall stand darin, kaum größer als ein mittlerer Handkoffer.

»Bringen Sie den Kran heran, Mister Fosdijk!« sagte Dr. Frank. Fosdijk tat es kopfschüttelnd. Es ging ihm nicht in den Sinn, warum man für solch einen kleinen Kasten einen Zehntonnenkran in Bewegung setzen sollte. Langsam kam der Kranhaken herunter; Dr. Frank steckte ihn in eine kräftige Tragöse des Kastens.

»Anheben!« kommandierte der Doktor. Ächzend lief die Krankette über ihre Rollen. Ohne etwas zu sagen, führte Fosdijk die weiteren Befehle des Doktors aus, bis der merkwürdige Kasten an der gewünschten Stelle stand.

Fosdijk brachte den Kran an seinen alten Platz zurück, und Dr. Frank fuhr seinen Wagen wieder heraus.

Geduldig wartete Fosdijk, bis Dr. Frank zurückkam. Rollend fuhren die eisernen Schiebetüren wieder zusammen.

Zwei lange Drähte gingen von dem geheimnisvollen Kasten aus. Mit wenigen Griffen befestigte Dr. Frank den einen Draht an der blanken Erdleitung, befahl dann eine Leiter, um den andern Draht oberhalb des mammutförmigen Isolators anzubringen, in dem der Transformator nach oben endete.

»Helfen Sie mir, Mister Fosdijk!« bat er, als er, den Draht hinter sich herziehend, die ersten Leitersprossen erklommen hatte. Fosdijk griff zu und wunderte sich. Der dünne Draht hatte das Gewicht eines schweren Bleikabels. Er mußte wuchten und ziehen, um ihn in die Höhe zu bringen.

Dann war auch das geschafft. Fosdijk brachte die Leiter beiseite und wischte sich den Schweiß von der Stirn.

»Machen Sie den Kurzschluß auf!« befahl Dr. Frank. Fosdijk sah ihn scheu an und zögerte.

Und dann war es geschehen. Dr. Frank hatte selbst den Hebel bewegt, den Kurzschluß aufgehoben. Schon gingen die Spannungszeiger in die Höhe. Bei 1,6 Millionen blieben sie stehen. Langsam pendelten sie um diese Zahl herum, aber geringfügig waren jetzt die Schwankungen. Als mächtiger Ausgleicher wirkte der Zauberkasten, den der Doktor dort hingestellt hatte. Kein Blitzen und Donnern mehr. Der Kondensator fraß die überschüssigen Elektronen in sich hinein und gab sie wieder zurück, sobald die atmosphärische Spannung abfiel. Dr. Frank zog sich einen Schemel heran, setzte sich und sah auf seine Uhr.

»Eine Viertelstunde wollen wir warten. Dann telephonieren Sie in die Zentrale der Victoriafälle, daß wir die Station auf die Überlandleitung schalten«, sagte er.

Fosdijk wollte etwas erwidern. Er fühlte, daß ihm die Zunge am Gaumen klebte. »Noch eine Viertelstunde ...«, brachte er heiser hervor und ging in den Wohnraum zurück. Langsam folgte ihm Dr. Frank. Cowper sah sie kommen.

»Endlich wieder Ruhe!« sagte er mit einem wilden Blick auf den Doktor. »Ruhe bis Montag — Montag werde ich nicht mehr hier sein.«

»Warum nicht, Mister Cowper?« fragte Dr. Frank.

»Weil kein Mensch das aushalten kann!« schrie Cowper auf. »Ich bin fertig! Lieber stellungslos als hier Ingenieur ...«

Dr. Frank griff nach einem Glas und zwang Cowper, ein paar Schluck Eiswasser zu trinken.

»Noch zehn Minuten, Doktor«, meldete Fosdijk.

»Noch zehn Minuten, Mister Fosdijk. Dann ...«

»Was dann ...?« schrie Cowper dazwischen.

»Dann schalten wir unsere Station auf das Überlandnetz, mein lieber Cowper.«

»Nein!« fuhr Cowper auf. »Ich laufe sofort weg, wenn Sie die Funkenstrecke wieder aufmachen.«

»Keine Sorge, Mister Cowper. Die Station arbeitet bereits, die Funkenstrecke ist offen. Wir haben eine Mausefalle hingestellt, die alle Blitze wegfängt. Sie können ruhig schlafen.«

Cowper sank in sich zusammen.

»Es wird Zeit, Mister Fosdijk«, sagte Dr. Frank mit einem Blick auf die Uhr, »telephonieren Sie mit der Zentrale der Victoriafälle!«

Fosdijk ließ sich die Verbindung geben. Ein kurzes Hin und Her am Telephon. Er legte den Hörer auf und stand wieder mit dem Doktor im Maschinenraum. Ein kurzes Schaltmanöver. Als die Phasenlampen dunkel wurden, schlug Dr. Frank den Hebel ein. Gebändigt strömte die atmosphärische Elektrizität in die Überlandleitung, um irgendwo, Hunderte von Kilometern entfernt, nützliche Arbeit zu leisten.

Mitternacht schlug die Werkuhr, als Dr. Frank aufstand. »Ich muß weiter, meine Herren. Sie können die Nacht ruhig schlafen, die Station braucht keine Aufsicht.«

»Unmöglich, Herr Doktor! Sie können nicht einfach fortgehen. Wir müssen nach Kapstadt berichten. Müssen verrechnen ...«

»Ach so, ganz richtig, Mister Fosdijk«, lachte der Doktor. »Die Wette habe ich gewonnen, um 10 Pfund möchte ich gebeten haben.«

»Selbstverständlich, Herr Doktor!« Fosdijk kramte in seiner Brieftasche, brachte 10 Pfund zusammen und gab sie dem Doktor.

»Aber der Kondensator? Was kostet der?«

»Nichts, Mister Fosdijk.«

»Nichts? Wie soll ich das verstehen?«

»Eine kleine Aufmerksamkeit für Mister Headstone. Bestellen Sie ihm einen Gruß von mir, wenn Sie ihn sehen.«

»Sie kennen Headstone?«

»Noch nicht persönlich; doch ich denke bald mit ihm zusammenzutreffen.«

»Ihre Adresse, Herr Doktor!« forderte Fosdijk.

»In Gottes Namen! Hier haben Sie sie.« Dr. Frank drückte ihm eine Karte in die Hand und ging zu seinem Wagen.

Seit Tagen befand sich James Headstone im Sambesi-Werk der United. Unter seiner Aufsicht wurde in der Hochspannungsabteilung der United die neue Versuchsanlage für 10 Millionen Volt zusammengestellt. Schritt für Schritt überwachte er den Aufbau und kümmerte sich um jede Einzelheit.

Noch eine letzte arbeitsvolle Nacht, und die Anlage war fertig. Zu kurzer Rast verließen die Werkleute die Abteilung; James Headstone blieb allein zurück. Ein ähnliches Bild bot sich seinen Blicken wie Wochen vorher in Pretoria. Auch hier Transformatoren und die große Blitzröhre. Schalter und Meßinstrumente an der Wand. Ein Hebeldruck würde genügen, um den Weg freizugeben, 10 Millionen Volt auf die Blitzröhre loszulassen. Würde die Anlage diesmal standhalten?

»Mister Headstone!« Der Ruf riß ihn aus seinem Sinnen. Ein Bote stand vor ihm und hielt ihm eine Depesche hin. Headstone riß sie auf und las: »AE-Station arbeitet seit vierundzwanzig Stunden gut auf Überlandnetz. Fosdijk.«

James Headstone fühlte eine Erleichterung. Die Station arbeitet!

Ein Glückstag war heute, an dem auch noch mehr gelingen mußte. Mit schnellem Schritt ging Headstone zur Wand und legte einen Schalter um. In magischem Licht schimmerte die große Röhre, in allen Farben leuchtete der Stein unter ihr. Dumpf und gleichmäßig erfüllte das tiefe Brummen der Transformatoren den Raum.

In sich versunken stand Headstone vor der funkelnden Röhre, als die ersten Ingenieure und Werkleute zurückkamen. Headstone erteilte seine Befehle mehr mit Gesten als mit Worten. Metallitzen, die schon bereitlagen, wurden herbeigeschafft und auf den leuchtenden

680

Stein gelegt, wo die aus der Röhre rasenden Elektroden sie mit voller Wucht streifen mußten. Headstones Blick wanderte hin und her zwischen den feinen Metalldrähten und dem Zeiger der Uhr.

»In die Zerreißmaschine!« befahl er knapp und scharf. Schon schnitten seine Ingenieure das bestrahlte Stück aus der Litze heraus und spannten es in die Maschine. Mit hydraulischer Macht fuhren die Backen der Zerreißmaschine auseinander und strafften die Litze. Mit angehaltenem Atem verfolgte Headstone den Zeiger des Kraftmessers, sah ihn steigen und immer weiter steigen ... 50 Prozent ... 70 Prozent ... 80 Prozent von der Festigkeit der europäischen Halteseile waren erreicht — da riß die Litze.

80 Prozent! Viel mehr, als die Leute von der Aluminium Corporation jemals erreicht hatten. In tausend Variationen würden die Ingenieure diesen Versuch wiederholen, bis der bestehende Rekord vielleicht überboten wurde.

Etwas anderes kam ihm in die Erinnerung: jenes eigenartige Blättchen mit dem rätselhaften Gewicht, das der Professor Livonius ihm gegeben hatte. Er erteilte Auftrag, es zu holen, ließ es wie ein Fensterchen in eine mächtige Platte aus Isolierstoff einfügen, die 10 Millionen Volt sicher aushielt, gab danach Befehl, 10 Millionen Volt auf das hauchdünne Blättchen loszulassen. Wie blaues Elmsfeuer lief die Millionenspannung über das Blättchen hin — aber zu durchschlagen vermochte sie es nicht. Über die große Isolierplatte züngelte sie weiter dahin, bis sie den Rand erreichte und unter Blitz und Donner ihren Ausgang durch die Luft fand.

»Ein neues Wunder!« stammelte Headstone, als die Anlage stillgesetzt war. Er ließ das Blättchen wieder herausnehmen. Mit Staunen betrachteten es seine Ingenieure.

Dieser Hexenstoff mußte chemisch untersucht werden. Das war das Nächstliegende. Headstone ließ das

Blättchen auf einen Amboß legen. Mit Meißel und Hammer sollte ein dünner Streifen für das chemische Laboratorium abgetrennt werden. Aber dem Blättchen war nicht beizukommen.

»Man müßte versuchen, es zu schmelzen«, sagte jemand. Eine Platinschale wurde gebracht; Knallgasbrenner wurden entzündet. Nur auf das Blättchen waren jetzt die heißen Flammen gerichtet. Würde es auch einer Glut von 4000 Grad widerstehen?

Leicht begann es sich zu krümmen und zu kräuseln. Zu gewaltig wurde die Wärmebewegung der Moleküle. Einen Augenblick wogte und kochte es in der Schale. Verschwunden war das Blättchen. Ein wenig Dampf und Rauch war alles, was übrigblieb. Es gab keine Möglichkeit mehr, den zauberischen Schwerstoff zu untersuchen ..., wenn es nicht gelang, neue Proben zu beschaffen. Klar stand dieser Gedanke in Headstones Kopf, als er sich anschickte, den Raum zu verlassen.

Neue Befehle und Instruktionen, von Headstone selbst verschlüsselt, gingen am gleichen Tage an Turner ab.

Johannes Zacharias arbeitete in seinem Garten, als der Briefträger kam.

»Ein Brief aus Afrika für Sie, Herr Zacharias.«

Eilig griff der Alte nach dem Brief und warf dabei einen Blick in die Tasche des Postboten.

»Da haben Sie ja noch einen andern Brief aus Afrika.«

»Ist für den Ausländer im Heidekrug«, erwiderte der Beamte.

»Soso! Der ist immer noch hier ...«, meinte Zacharias nebenhin.

»Scheint hier ansässig werden zu wollen«, sagte der Postmann lachend und empfahl sich. Zacharias setzte sich auf eine Gartenbank und las seinen Brief.

»Headstone ist störrisch wie ein Maulesel«, schrieb Dr. Frank. »Es ist bei ihm zu einer fixen Idee geworden, unsere Erfindungen noch einmal von sich aus zu machen. Brooker ist umgänglicher. Er ist Kaufmann und hat Verständnis dafür, daß es vorteilhafter sein kann, eine Erfindung fertig zu kaufen, als sie selbst zu machen. Vorläufig ist er jedoch noch stark im Schlepptau von Headstone. Wir müssen den Ausgang der Patentangelegenheit abwarten, bevor wir weitere Schritte tun können.«

Ungeduldig las Zacharias weiter. Er brannte darauf, etwas über das Schicksal des Schwerstoff-Kondensators zu erfahren, den der Doktor in die Union mitgenommen hatte, und schließlich kam Dr. Frank in seinem Brief auch zu diesem Thema. Zacharias schmunzelte vergnügt, als er die Schilderung las.

»Großartig gemacht!« murmelte er vor sich hin.

Zur gleichen Zeit studierte Turner in der Gaststube des Heidekruges seinen Brief, und er war weniger vergnügt dabei als Zacharias. Von einem fabelhaften Schwerstoff schrieb Headstone ... unbedingt notwendig, eine Probe davon zu beschaffen, mit allen Mitteln versuchen.

Seufzend faltete Turner das Blatt wieder zusammen.

Eine Probe des neuen Stoffs beschaffen? Natürlich wurde das Teufelszeug in dem unheimlichen Bau hergestellt, mit dem Voucher so üble Erfahrungen machen mußte.

Es würde nicht leicht sein, die Sache zu bewerkstelligen. Den Kopf in die Hände gestützt, starrte er verdrießlich vor sich hin, als die Tür geöffnet wurde.

Turner blickte erst auf, als er eine Hand auf seiner Schulter spürte. Der alte Zacharias stand neben ihm.

»Morgen, Mister Turner! Erlauben Sie?« Er ließ sich an den Tisch von Turner nieder. »Schlechte Laune heute? Haben Sie unangenehme Nachrichten aus Afrika?«

Turner dachte an den Brief in seiner Tasche. Unwillkürlich nickte er: »Geht manches nicht so, wie man möchte, Sir.«

»Wird sich bald ändern, mein lieber Turner. Ich bekam heute auch einen Brief aus der Union.«

»Auch?« fragte Turner verwundert.

»Ja, Mister Turner. Ich sah bei der Gelegenheit, daß der Postbote auch einen für Sie in der Mappe hatte.«

»Sie haben richtig gesehen, Mister Zacharias. Es war ein Brief von meinen Verwandten in Johannesburg.«

Ungeschickter Schwindel! dachte der Alte.

»Erinnern Sie sich noch an unsere letzte Fahrt nach Neustadt, Mister Turner?« fragte er.

Der Agent machte eine zustimmende Bewegung. »Sie sprachen damals von einem Mister Headstone«, sagte Turner zögernd.

»Ganz recht, von James Headstone. Es ist höchste Zeit, ihm die Augen zu öffnen. In wenigen Tagen kann es dafür zu spät sein.«

Turner sah den Alten unsicher an. »Ich verstehe absolut nicht, was Sie meinen, Mister Zacharias.«

Der Alte fuhr unbeirrt fort: »Headstone interessiert sich jetzt für einen neuen Schwerstoff, der hier hergestellt wurde. Er verlangt von seinen Agenten, daß sie ihm Proben davon verschaffen.«

Turner wurde abwechselnd rot und wieder blaß.

»Headstone würde seine Agenten nicht mit solchen Aufträgen bemühen«, sprach Zacharias gelassen weiter, »wenn er wüßte, daß er den neuen Stoff schon tonnenweise in seiner AE-Station hat. Aber er weiß es nicht. Ein Mann müßte kommen ... ein Mann ohne Furcht, Mister Turner, der es ihm sagte. Der Mann könnte vielleicht sein Glück machen ...«

Turner saß mit offenem Munde da und starrte den Alten wie ein Gespenst an.

»Hier wird der Stoff nicht mehr zu beschaffen sein«, sagte Zacharias. »Was davon vorhanden ist, liegt in den ZEK-Werken unter doppeltem und dreifachem Verschluß. Auch der tüchtigste Agent könnte nicht herankommen.«

»Warum erzählen Sie mir das alles?« Gequält kamen die Worte aus Turners Mund.

»Ich dachte, es könnte Sie interessieren, Mister Turner. Ich sagte Ihnen schon, daß ich heute auch einen Brief von drüben erhielt. Die Verhandlungen zwischen dem Zentraleuropäischen Konzern und der United haben begonnen. Der Erfinder des Schwerstoffs ist seit einiger Zeit unten in der Union. Mit Direktor Brooker hat er bereits gesprochen. Mit Headstone wird er auch bald zusammenkommen. Dann, Mister Turner, wird es für den Mann hier mit Sicherheit zu spät sein, das befreiende Wort zu sprechen ...«

Turner empfand jedes der Worte wie einen gegen ihn gerichteten Schlag. Gewaltsam raffte er sich zusammen.

»Wer sind Sie, Mister Zacharias?«

Der Alte blieb gelassen. »Sie kennen meine Geschichte, Mister Turner. Ich bin ein alter Farmer, der hier in der Heide seinen Lebensabend verbringt.«

»Nein! Sie sind nicht, was Sie scheinen wollen. Sonst könnten Sie nicht um alle diese Dinge wissen!« Erregung zitterte in den Worten des Agenten. Der alte Zacharias ließ sich nicht aus seiner Ruhe bringen.

»Gestatten Sie mir eine andere Frage, Mister Turner: Wer sind Sie?«

Der Alte lachte. »Lassen wir's dabei, Mister Turner. Ich bin Farmer, Sie sind Tourist! Auf Wiedersehen ein andermal!«

Turner saß allein am Tisch und hatte das Gefühl, als ob der Boden unter ihm wankte. Niemals war der Alte das, was er zu sein vorgab. Viel zuviel wußte er um die Geschehnisse zwischen der United und dem Zentraleuropäischen Konzern. Das war für den Agenten jetzt sicher. Aber auch ihn hatte der alte Mann durchschaut. Zu deutlich war der Doppelsinn seiner letzten Worte. Wie eine Warnung hatte es aus ihnen geklungen, das unfruchtbare Spiel hier aufzugeben und einen andern Weg zu gehen, bevor es zu spät war.

Mit dem Entschluß, seine Rolle hier aufzugeben, stand Turner auf.

In verdrossener Laune kam James Headstone in Kapstadt an. Die Versuche im Hochspannungswerk hatten zu keinen weiteren Fortschritten geführt.

Während ihn das Auto vom Flugplatz zum Hause der United brachte, gingen ihm andere Fragen durch den Kopf. Die Auslegung der europäischen Patente in Kapstadt bedeutete einen schweren Schlag. Zwar hatte die United sofort Einspruch gegen die Anmeldungen erhoben, aber Headstone machte sich keine Illusionen mehr, nachdem er die Eingangsdaten der europäischen Anmeldungen gesehen hatte ... und die letzte große Erfindung, der fabelhafte Schwerstoff — davon hatte man bei der United bis zu jenem Besuch von Livonius überhaupt nichts gewußt. Nur wenn es gelang, ihn da oben am Sambesi wirklich herzustellen, bestand eine winzige Aussicht, auch patentrechtlich etwas zu erreichen.

Mit dem Gedanken an diesen Schwerstoff betrat Headstone sein Arbeitszimmer. Ein Telegramm lag auf seinem Tisch. Er riß es auf und ging daran, es zu entschlüsseln.

War Turner wahnsinnig geworden? Was kabelte der Mensch?

»Mehrere Tonnen des neuen Schwerstoffes befinden sich in der neuen südafrikanischen AE-Station.« Headstone griff nach seinem Hut und eilte aus dem Raum. Ein Auto brachte ihn zum Flugplatz zurück.

Die Ingenieure Fosdijk und Cowper hatten ein Schachbrett zwischen sich stehen und spielten geruhsam eine Partie.

»Wir bekommen Besuch«, meinte Cowper und wandte sich nach dem Fenster hin. »Ein Auto.«

Auch Fosdijk war aufgestanden und zuckte plötzlich zusammen.

»Heiliger Geist, steh uns bei! Da klettert Headstone aus dem Wagen!«

Mit einem Satz sprang Cowper zurück und ließ Schachbrett und Figuren in einem Schrank verschwinden, griff nach dem Tropenhelm und stülpte ihn eilig auf den Kopf.

Headstone war noch ein Stückchen von dem Stationsgebäude entfernt, als Fosdijk und Cowper heraustraten und den Chef mit einer höflichen Verbeugung empfingen. Zusammen gingen sie in das Haus und in den Maschinensaal. Headstones Blicke blieben an einem metallisch dunkel schimmernden Kasten haften, der neben dem Transformator stand.

»Was ist das, Fosdijk?«

»Ein Kondensator, Mister Headstone, mit dem wir die Spannungsschwankungen abfangen.«

»Wo haben Sie den her? Hat die United ihn geliefert?«

Fosdijk biß sich auf die Lippen. »Nein, Mister Headstone. Wir haben ihn von einer andern Stelle bekommen«, sagte Cowper.

»Hm! Arbeitet gut?« Headstone hörte kaum auf die Antwort Cowpers und ging weiter. Es war unverkennbar, daß er etwas suchte. Jeden Schrank und jede Schublade im Maschinenraum riß er auf, kramte minutenlang in den Metallabfällen von einer Feilbank.

Verdrossenheit malte sich in seinen Zügen, als er sich wieder aufrichtete. Hier war das verwünschte Schwermetall nicht. Er schob den Hut ins Genick und schickte sich an, zur Tür zu gehen, als sein Fuß gegen einen dünnen Draht auf dem Fußboden stieß.

Headstone bückte sich und griff nach dem Draht. Nicht stärker als eine mäßige Schnur war er, doch Headstone staunte über das Gewicht, als er ihn anhob.

»Was ist das?« fragte er.

»Eine Verbindungsleitung vom Kondensator zum Transformator, Mister Headstone.«

Mit beiden Händen packte Headstone den Draht, riß

ihn mit Gewalt empor, folgte ihm, wie ein Jäger einer Spur folgt, bis er vor dem schwarzen Kasten stand. Der eigenartige dunkle metallische Schimmer ... Hatte nicht das Blättchen, das Professor Livonius ihm gab, ganz ähnlich ausgesehen?

Seine Hände fuhren über die glatte Fläche des Kondensators. James Headstone wußte, daß er gefunden hatte, was er suchte.

»Wo haben Sie den Kondensator her?« Er sah, wie Fosdijk blaß wurde und Cowper betreten zu Boden blickte.

»Kommen Sie mit!« Headstone ging voraus in den Wohnraum; schweigend folgten ihm die beiden Ingenieure.

»Nehmen Sie Platz!« Headstone sagte es, während er sich selbst in einen Sessel niederließ.

»Ich verlange jetzt absolute Offenheit von Ihnen«, begann er. »Wo haben Sie den Kondensator her?«

Fosdijk war unfähig ein Wort herauszubringen.

»Von Doktor Frank, Mister Headstone«, beantwortete Cowper die Frage.

Headstone pfiff durch die Zähne. Ein Doktor Frank von dem Zentraleuropäischen Konzern war bei Brooker gewesen. Dr. Frank? Waren nicht die europäischen Patente in Kapstadt auf den gleichen Namen angemeldet? Verschwommen glaubte Headstone einen Zusammenhang zu erblicken, und die plötzliche Erkenntnis ließ seinen Herzschlag einen Augenblick stocken. Dr. Frank, der Erfinder? Der Inhaber der Patente? Dr. Frank hier in seiner Station, ohne daß er, Headstone, etwas wußte, auch jetzt noch ohne Ahnung wäre ohne das Telegramm Turners?

Er setzte das Verhör fort: »Wie sind Sie an Doktor Frank gekommen?«

Nur zögernd und bruchstückweise kamen die Antworten.

»Doktor Frank ist der Erste Fachmann des Zentraleuropäischen AE-Werkes!« platzte Headstone heraus. »Den Menschen lassen Sie hier in unsere Station! Unglaublich, Fosdijk — was haben Sie sich dabei gedacht? Waren Sie betrunken?«

Fosdijk wußte nichts zu erwidern. Cowper beschloß, alles auf eine Karte zu setzen.

»Warum soll ich's leugnen, Mister Headstone? Ein paar Whiskys hatten wir zum Wochenende genommen. War ganz gut, daß Doktor Frank uns nach Hause fuhr. Noch besser, daß er uns den Kondensator hierließ. War ein Glück, sonst säßen wir immer noch auf dem alten Fleck.«

Sie gingen in den Maschinenraum zurück. Headstone besah sich noch einmal den Draht. Er war reichlich lang. Man könnte ein Stück davon abschneiden und mit dem Rest immer noch die Verbindung zum Transformator wiederherstellen.

Auf seine Anordnung setzten die beiden Ingenieure die Station still und machten sich daran, ein Stück von dem Draht abzutrennen. Der Versuch war vergeblich.

Headstone knirschte vor Wut mit den Zähnen. »Bringen Sie Schweißbrenner her! Wir werden das Stück abschmelzen.«

Fosdijk und Cowper führten den Befehl Headstones aus. Die heißen Flammen der Knallgasbrenner zischten auf. Längst wäre jedes andere Metall in solcher Höllenglut zerschmolzen. Der wunderbare Schwerstoff Dr. Franks hielt stand, bis plötzlich die Wärmebewegung der Moleküle zu gewaltig wurde. Der Draht blähte sich an der erhitzten Stelle auf, gewann in Bruchteilen einer Sekunde an Stärke, brannte im nächsten Augenblick mit heller Flamme.

»Weg mit den Brennern!« schrie Headstone.

Fosdijk und Cowper sprangen zurück, schlossen die Brennerhähne, starrten auf das Schauspiel, das sich ihren entsetzten Blicken bot.

Die Glut fraß weiter an dem Draht. Wie der Brand einer entzündeten Lunte lief das Feuer weiter. Eben noch ein feiner schwarz schimmernder Draht, im nächsten Augenblick eine weißglühende Riesenschlange ... und dann schmelzendes, brennendes Metall und wabernde Lohe, so kroch es auf den Kondensator zu.

Bis an die Wand des Saales mußten die beiden Ingenieure und Headstone zurückweichen, um sich vor der strahlenden Hitze zu schützen. Wurden auch hier bedroht, rannten zur Tür, rissen sie auf, sahen, wie das fressende Feuer den Kondensator Dr. Franks erreichte. Würde es hier zum Stillstand kommen? Für einen Augenblick schien es fast so. Sie konnten nicht sehen, daß es sich in das Innere des Kondensators weiterfraß. Sie sahen nur, wie ein leichtes Zittern durch den schwarzen Kasten ging. Ein leichtes Beben schien es zuerst, ein Zittern dann — und dann ...

Der Kasten begann zu wachsen. In die Höhe und Breite quoll er auseinander, glühte plötzlich hell auf, floß schmelzend auseinander, endlose Flammenbäche in den Raum versendend.

Headstone fühlte es kaum, wie seine Ingenieure ihn in das Freie hinausrissen. Fühlte nicht, daß seine Kleidung von der strahlenden Glut versengt war, hier und da zu glimmen begann.

Mit geschlossenen Augen stand er da. Wild jagten seine Gedanken und kreisten um eine andere Szene. Ein winziges Blättchen nur war es damals, das in der Hitze der Blaubrenner in feurigem Brand zerging. Tausendmal größer war hier die Masse des rätselhaften Schwerstoffes, den er durch seinen unbesonnenen Versuch der Fesseln entledigt hatte. Tausendmal größer auch waren Glut und Verheerung, die erfolgten.

Er hätte es wissen müssen, er selbst hatte das Unheil verschuldet.

Benommen schlug er die Augen wieder auf — sah die Fensterscheiben des Stationshauses klirrend zerspringen, sah grellen Feuerschein dahinter.

Verkohlte Brandreste, zerschmolzene Meßinstrumente, ein zerstörter Transformator — das war alles, was in dem Gebäude übrigblieb. Auch die zweite afrikanische AE-Station war ein Opfer entfesselter Naturgewalten geworden, weil ein Vorwitziger sich an einen Stoff gewagt hatte, den er nicht zu meistern vermochte.

James Headstone hatte sich auf einem Baumstumpf niedergelassen. In sich zusammengesunken saß er da. Eine Stimme riß ihn in die Gegenwart zurück.

»Was sollen wir jetzt tun, Mister Headstone?« fragte Cowper.

»Sie haben Urlaub, Cowper. Sie und Fosdijk auch. Gehen Sie vorläufig nach Tamasetse«, sagte Headstone. »Warten Sie dort, bis die neuen Maschinen kommen.«

Mit eigenartig steifen Bewegungen ging Headstone zum Kraftwagen.

»Flugplatz Tamasetse«, rief er dem Fahrer zu.

»Wohin, Sir?« fragte der Pilot in Tamasetse.

»Zum Sambesi-Werk«, kam Headstones Antwort. Er klammerte sich an die Hoffnung, daß seinen Ingenieuren dort vielleicht etwas gelungen sein könnte.

Kurs Nord nahm Headstones Maschine ihren Weg über die einsamen Weiten der Bamangwatowüste, während zur gleichen Zeit ein anderes die nördlichen Ausläufer dieser unendlichen Wüste überquerte und den südafrikanischen Dschungel am Sambesi erreichte.

Es war eine der Lastmaschinen, deren sich die United Electric für den Schnelltransport schwerer Stücke zu ihren Werken zu bedienen pflegte. Äußerlich glich sie dem Typus der schwersten Bomber, obwohl sie für durchaus friedliche Zwecke erbaut war. Zwischen den Schwingen enthielt ihr gewaltiger Rumpf den Frachtraum, im hinteren Ende war ein kleines Abteil für Begleitmannschaften vorgesehen. Nur zwei Fluggäste befanden sich darin: Direktor Brooker und Dr. Frank.

»Ich hätte gewünscht, daß Mister Headstone bei unseren weiteren Besprechungen zugegen wäre«, sagte

691

Brooker. »Leider ist die telephonische Verbindung mit unserer Station bei Tamasetse gestört. Ich habe vergeblich versucht, ihn zu erreichen.«

»Wir werden gegen elf Uhr im Sambesi-Werk sein, Herr Direktor. Unsere Vorbereitungen dürften etwa eine Stunde in Anspruch nehmen. Vielleicht versuchen Sie es dort noch einmal.«

»Diese Störung beunruhigt mich.« Brooker sagte die Worte mehr zu sich als zu seinem Begleiter.

Dr. Frank lachte. »Ich gratuliere Ihnen, Herr Direktor, wenn Sie keine andern Sorgen haben. Eine Leitungsstörung im Fernsprechverkehr — das passiert jeden Tag hundertmal.«

»Schon recht, Herr Doktor. Aber so war es auch damals in Pretoria. Wir konnten keine Verbindung mit Mister Headstone bekommen, weil der Apparat unter den Trümmern der Hochspannungsabteilung lag.«

»Und jetzt fürchten Sie etwas Ähnliches, Mister Brooker? Ich glaube, Sie sind nervös.«

»Man kann es mit Headstone werden«, seufzte Brooker. »Ich habe jedesmal Angst, wenn er auf technische Expeditionen auszieht.«

Die Mienen des Direktors wurden ernst, während er antwortete. »Ihre Befürchtungen sind in der Tat berechtigt. Ich habe Ihnen die Gründe dafür in Kapstadt auseinandergesetzt, Mister Brooker. Es liegt in Ihrem eigenen Interesse ...«

»Ich weiß, was Sie sagen wollen, Herr Doktor«, fiel ihm Brooker ins Wort. »Die United soll das, was Ihr Konzern bereits entwickelt hat, zu einem christlichen Preis erwerben und alle waghalsigen Experimente unterlassen.«

Dr. Frank schüttelte den Kopf. »Sie haben mich zur Hälfte richtig verstanden, Herr Direktor. Sie sollen übernehmen, was schon vorhanden ist; aber selbstverständlich muß weiter gearbeitet und weiter gewagt werden. Ich tadle Mister Headstone nicht, weil er etwas ris-

692

kiert, sondern weil er es unnötig riskiert. Unnötig und zwecklos, Mister Brooker.«

»Es wird schwerhalten, Mister Headstone das beizubringen«, erwiderte Brooker. »Wir werden noch mehr Fehlschläge und Katastrophen erleben, bevor er sich bequemt, Ihre Vorschläge anzunehmen.« —

Der Pilot Headstones hatte den Werkflugplatz am Sambesi vor sich, doch zur Verwunderung Headstones ging er nicht nach unten, sondern umkreiste den Platz in weitem Bogen.

»Warum landen Sie nicht?« fragte Headstone. Der Pilot deutete nach Steuerbord.

»Wir müssen erst den andern landen lassen!« schrie der Pilot, um sich durch den Motorenlärm hindurch verständlich zu machen. Headstone hörte es kaum. Seine Blicke hingen an dem andern Flugzeug.

Eine Frachtmaschine von uns? Was hat sie hier zu suchen? ging es ihm durch den Kopf.

Jetzt ging auch seine Maschine zum Gleitflug über und setzte kaum fünfzig Meter von der andern entfernt auf den Rasen.

»Um sechs Uhr abends wieder hier!« rief er dem Piloten zu, stieg aus und ging auf die andere Maschine zu. Er war schon dicht herangekommen, als auch dort die Tür geöffnet wurde. Jäh verhielt er den Schritt. Brooker erschien im Türrahmen, Direktor Brooker, den er unten in Kapstadt vermutete, dessen Gegenwart ihm hier mehr als unwillkommen war.

Anders stand es mit Brooker. Er hatte Headstone kaum erblickt, als er ihm lebhaft zuwinkte.

»Großartig, Headstone, daß Sie hier sind! Ich habe vergeblich versucht, Sie in der Station anzurufen. Ihre Leitung war gestört?«

»Ja, Brooker. Unsere Leitung war in Unordnung«, sagte Headstone.

»Darf ich bekannt machen?« fuhr Brooker fort. »Herr Doktor Frank vom ZEK-Konzern — Mister Headstone ... Dem Namen nach kennen die Herren sich wohl.«

Headstone schüttelte dem Doktor die Hand, während ihm tausend Gedanken durch den Kopf wirbelten.

»Wir wollen hier ein wichtiges Experiment machen, Headstone. Gut, daß Sie dabeisein können«, erklärte Brooker.

»Experiment? Was haben Sie vor?« fragte Headstone mißtrauisch.

»30 Millionen Volt wollen wir machen, Headstone! Doktor Frank hat die Apparate dazu mitgebracht.« Brooker deutete auf das Lastflugzeug. »Diesmal wird es ohne Malheur gehen, mein lieber Headstone.«

Eine Stunde würde es dauern, bis alles nach den Plänen des Doktors, die Brooker einem Oberingenieur im Werk übergab, aufgebaut war. Die drei Herren benutzten die Zeit, um einen Lunch zu nehmen. Das Mahl verlief schweigsam. Erst als der Nachtisch abgetragen war, kam ein Gespräch in Gang.

»Wir wollen also 30 Millionen Volt machen, mein lieber Headstone«, sagte Brooker.

»Wir haben nur 10 Millionen im Werk. Höher dürfen wir nicht gehen«, widersprach Headstone.

»Mit meiner Kondensatorenbatterie doch, Mister Headstone«, mischte sich Dr. Frank ein. »Wir nehmen Ihre zehn Millionen Volt in Parallelschaltung ab, gehen auf Serie und haben, was wir wollen.«

Headstone sah ihn abweisend an: »Es muß einen Blitz von Kilometerlänge geben. Wie wollen Sie die Riesenspannung meistern?«

»Meine Kondensatoren meistern sie, Mister Headstone.« Kurz und knapp kam die Antwort von den Lippen des Doktors.

James Headstone machte weitere Einwände.

»Ich lehne jede Verantwortung ab!« sagte er schließlich. »Es geht auf Ihre Kappe, Brooker, wenn wir einen Niederbruch erleben!«

Etwas von der unerschütterlichen Ruhe des Doktors schien auf Brooker übergegangen zu sein.

»Es hat keinen Zweck, hier länger zu debattieren«, sagte er. »Ich übernehme die Verantwortung, Headstone. Lassen Sie uns in das Werk gehen.« —

»Ich habe Ihnen einen Blitz aus Europa mitgebracht, Mister Headstone«, begann Dr. Frank.

»Wie? Was?«

»Jawohl, einen Blitz von 90 Millionen Volt, damit Sie sehen, was meine Kondensatoren in Wirklichkeit aushalten können!«

»Ist das wahr, Herr Doktor? Haben Sie Ihren Apparat geladen mit herübergebracht?« mischte sich Brooker ein. Headstone versuchte einen neuen Widerspruch.

»Das ist ja undenkbar, Herr Doktor. Sie haben Europa vor zwei Wochen verlassen. Die Ladung müßte sich längst zerstreut haben.«

Dr. Frank schüttelte den Kopf.

»Sie irren sich, Mister Headstone! Meine Kondensatoren halten die Elektrizität, die sie einmal geschluckt haben, eisern fest. Mein Schwerstoff läßt nicht ein einziges Elektron entweichen ...«

Headstone warf einen mißtrauischen Blick auf den so eigenartig schimmernden und blinkenden Kasten, als hätte er eine Kiste voll Dynamit vor sich. Unwillkürlich trat er ein paar Schritte zurück.

»Keine Angst, Mister Headstone!« sagte Dr. Frank ermutigend. »Die 30 Millionen Volt sind sicher in der Kiste verpackt.«

»Sie sprachen von 90 Millionen?« warf Brooker ein.

»Wenn wir auf Serie schalten, Mister Brooker. Vorläufig ist jeder der drei in der Apparatur vorhandenen Kondensatoren auf 30 geladen. Wir wollen erst einmal die Anschlüsse machen.«

Etwa einen halben Kilometer voneinander entfernt standen vor dem Hochspannungswerk zwei hölzerne Gittermaste, die früher einmal zu Funkzwecken gedient hatten. Mehr als 100 Meter ragten sie in die Höhe. Jetzt trug jeder von ihnen auf der Spitze eine blanke Metallkugel. Von jeder Kugel ging ein feiner Draht nach unten und lief auf dem Boden weiter. Neben dem Kondensator lagen die beiden Drahtenden.

Dr. Frank griff eins davon, beugte sich damit über seinen Zauberkasten, suchte und fand eine bestimmte Stelle, drückte das Drahtende dagegen. Im nächsten Augenblick hatte er auch das andere Ende angeschlossen.

»30 Millionen Volt Spannung sind jetzt zwischen den beiden Kugeln«, sagte Dr. Frank mit einer Handbewegung zu den Masten hin. »Jetzt — 90!«

Er drückte auf einen Schaltpunkt: Jäh zuckte es durch die Luft. Noch bevor sie die Augen vor dem blendenden Licht zu schließen vermochten, krachte ein Donner, der Brooker und Headstone durcheinandertaumeln ließ und für Minuten taub machte.

James Headstone saß auf einem Stapel Schrott, auf den er hingesunken war, und wischte sich die Stirn mit einem Taschentuch. Dr. Frank stand neben ihm und lachte.

»Was, Mister Headstone? Der Schlag gab Öl!«

»90 Millionen Volt?« stammelte Brooker. »Können Sie das noch einmal machen?« fragte er verwirrt.

»Leider nicht möglich, Herr Direktor. Sie haben nur 10 Millionen Volt in Ihrem Werk. Drei mal 10 gibt, nach Adam Riese, 30. Mit 30 Millionen kann ich's Ihnen wiederholen, wenn wir den Kondensator von Ihrer Anlage aus neu laden.«

»Schließen wir an!« sagte Brooker.

»90 Millionen Volt springen zwischen den beiden Kugeln nicht über«, wandte Dr. Frank ein. »Sie haben es ja vorher gesehen. Wir müssen die Funkenstrecke verkürzen, den einen Draht abschneiden und näher heranziehen.«

Den Draht abschneiden ... Das Wort klang Headstone in den Ohren. Das ganze Elend mit der AE-Station kam ihm wieder in Erinnerung. Wie wollte der Doktor diesen verteufelten Draht abschneiden, der jedem Stahl trotzte und in der Hitze des Knallgasbrenners zu einem unlöschbaren Brandherd wurde? Er sprang auf und folgte Dr. Frank. Etwa 100 Meter ging der an dem Draht entlang, blieb stehen und griff in die Tasche. Eine kleine Zange lag in seiner Hand, als er sie wieder herauszog. Eine gewöhnliche Stahlzange schien es zu sein. Er beugte sich nieder, hob den Draht etwas empor, setzte die Zange an. Ein Druck von seiner Hand — glatt schnitt die Zange durch.

»Was ist das? Wie haben Sie das gemacht, Herr Doktor? Womit haben Sie geschnitten?« Die Fragen überstürzten sich aus Headstones Mund.

»Diamanten muß man mit Diamanten schneiden, Mister Headstone.«

Dr. Frank nahm das Drahtende auf und zog es hinter sich her. »Helfen Sie mir, Mister Headstone!« bat er. »Der Draht ist schwer.«

Gemeinsam schleiften sie ihn hinter sich her, bis zum Kondensator und noch weitere 100 Meter näher an den andern Mast heran.

»Jetzt können wir anschließen.« Dr. Frank sagte es und ging, von Brooker und Headstone gefolgt, in die Werkhalle. Andere Drähte, mit dem Schwerstoff isoliert, lagen dort bereit. Die Anschlüsse wurden gemacht, die 10-Millionen-Anlage der United wurde auf Spannung gebracht.

Headstone warf einen verwunderten Blick auf den Stromzeiger. Dr. Frank nickte ihm zu.

»Mein Kondensator schluckt ganz brav. 50 Coulomb nimmt er bei der Spannung auf … So, jetzt ist er voll geladen. Wir können die Verbindungen lösen.«

Wie ein Träumender folgte Headstone Brooker und dem Doktor wieder ins Freie.

»Achtung!« rief Dr. Frank und machte eine Bewegung

nach dem Kasten. Ein Blitz zuckte von dem einen Mast und schlug an der Stelle in die Erde, wo das freie Drahtende lag. Die Erde schien unter dem Schlag zu erbeben, grollend rollte der Donner nach.

»Ein guter Schlag aber dreimal schwächer als der erste«, sagte Dr. Frank. »Wollen wir das Experiment wiederholen?«

Brooker winkte ab. »Genug, Herr Doktor. Wir haben gesehen, was Sie können. Jetzt wollen wir uns an den Verhandlungstisch setzen.«

Fosdijk und Cowper saßen im Frühstücksraum eines kleinen Hotels in Tamasetse. Es war jenes Hotel, zu dem auch die Bar gehörte, in der sie gelegentlich ihre Sorgen ertränkt hatten.

»Ein schöner Morgen heute; man könnte eine kleine Autofahrt machen«, meinte Cowper.

»Einverstanden«, sagte Fosdijk.

»Wohin?« fragte Cowper.

»Zur Station!«

Cowper hob abwehrend die Hände. »Ich bin heilfroh, daß wir endlich mal Urlaub haben.«

»Wir sind gestern zu übereilt weggefahren, Cowper. Buchstäblich ohne Nachthemd und Zahnbürste. Das geht nicht. Wir müssen noch einmal hin, sehen, ob nicht doch etwas von unsern Sachen zu retten ist.«

»Hemden und Zahnbürsten kann man auch hier kaufen«, versuchte Cowper abzulenken, doch Fosdijk bestand auf seinem Vorschlag.

»Dann meinetwegen, Fosdijk, aber höchstens auf eine Viertelstunde. Länger halte ich's da nicht aus.«

In flotter Fahrt näherten sie sich der AE-Station. Aus der Ferne schien es, als ob sich dort nichts verändert hatte.

Erst als sie näher kamen, wurden die Spuren des Brandes erkennbar. Rußgeschwärzte Stellen an dem Betonbau, öde Fensterhöhlen. Das Mittelseil, das den atmosphärischen Strom dem Werk zuführte, war in seinem untersten Teil vom Feuer zerstört. Einige zwanzig Meter über dem Stationsgebäude pendelte sein freies Ende hin und her.

Fosdijk steuerte den Wagen von der Landstraße auf den zur Station führenden Seitenweg, als aus dem Seilende krachend ein Blitz zuckte. Cowper fuhr auf und hielt sich die Ohren zu.

»Stoppen Sie, Fosdijk! Ich fahre nicht weiter! Die verfluchte Station ist trotz Feuer und Brand noch immer in Betrieb!«

»Unsinn, Cowper! Die Brennstoffleitung ist zerstört, die Strahlkollektoren brennen nicht mehr! Sie können ohne Sorge sein.«

Fosdijk fuhr bis zur Station. Die Nachsuche, die sie dort anstellten, war ergiebiger, als sie gehofft hatten. Die Garderobe der beiden Ingenieure war vom Feuer verschont geblieben. Das Auto war mit Koffern und Kleidungsstücken bis zum Rand voll beladen, als sich die beiden eine Stunde später zur Rückfahrt anschickten.

Fosdijk wollte gerade auf den Starterknopf drücken, als ein Motorrad auf dem Zufahrtswege daherkam.

»Was will der hier?« fragte Cowper. Fosdijk legte die Hand über die Augen, um besser zu sehen.

»Scheint ein Postmensch zu sein«, meinte er.

Der Motorradfahrer hielt neben dem Kraftwagen. »Eine Depesche an Mister Fosdijk!«

»Bin ich selber.« Fosdijk griff nach dem Telegramm und riß es auf. »Halt! Moment, Sir! Warten Sie mal!« rief er dem Boten zu, der schon wieder wegfahren wollte. »Sie können die Antwort gleich mitnehmen ... Verstehen Sie das, Cowper?« wandte er sich an seinen Kollegen und reichte ihm das Telegramm hin. Der las es:

»Was ist bei Ihnen los? Ihr Fernsprecher dauernd gestört. Drahten Sie! Brooker.«

Kopfschüttelnd gab Cowper die Depesche zurück.

699

»Hm, Fosdijk. Sieht beinahe so aus, als ob Direktor Brooker noch gar nichts von der ganzen Sache wüßte. Na, wir werden ihm drahten, was los ist.«

Nachdenklich drehte er die Depesche um, schrieb seine Antwort auf die Rückseite, gab sie dem Boten und drückte ihm einige Schillinge in die Hand.

»Rest für Sie, Mister, lassen Sie das Ding schleunigst abgehen!« —

Die Verhandlungen mit den Vertretern des Zentraleuropäischen Konzerns gingen nicht so schnell voran, wie Brooker es gewünscht hätte. Livonius fand in Mr. Pellham einen Gegner, der die Patentansprüche der United zähe verteidigte und nur schrittweise zurückwich, wenn eine Sache gar nicht mehr zu halten war. Er wurde dabei von Headstone unterstützt, der allen Argumenten Dr. Franks einen ähnlichen Widerstand entgegensetzte und die Leistungen der United nicht unter den Scheffel stellte. Vergeblich versuchte Brooker, der das Zwecklose dieser Art von Verhandlung einsah, zu vermitteln — die beiden Streithähne Headstone und Pellham beharrten hartnäckig auf ihrem Standpunkt.

»Sie haben drei Monate zu spät angemeldet!« sagte Livonius zum zehnten Male.

»Wir beanspruchen ein Vorbenutzungsrecht. Wir haben die Stoffe ebenso früh wie Sie erstellt«, erklärte Pellham.

»Gar nichts haben Sie erstellt!« warf Dr. Frank dazwischen.

Headstone sah ihn wütend an. »Wir haben eine AE-Station erbaut, die tadellos arbeitet. Ist das gar nichts?«

»Mit Halteseilen, die Sie in Europa gekauft haben!« bemerkte Professor Livonius.

»Mit Strahlkollektoren, die wir vor Monaten weggeworfen haben!« sekundierte ihm der Doktor.

»Wir haben unsere Kollektoren selber gebaut!« schrie Headstone dazwischen. »Unsere Station arbeitet einwandfrei.«

»Ihre Station arbeitet erst, seitdem ein vernünftiger Kondensator drinsteht«, sagte Dr. Frank und sah dabei Headstone scharf in die Augen.

»Ganz recht, Herr Doktor. Auf den Kondensator beanspruchen wir auch ein Vorbenutzungsrecht.«

Der Doktor stutzte. War es Verzweiflung oder maßlose Frechheit, die Headstone diese Antwort eingab? Er wußte im Moment nichts darauf zu erwidern. Im stillen machte er sich jetzt Vorwürfe über seine Handlungsweise. Wenn die United die Sache so drehte, konnte sie möglicherweise wirklich noch ein Vorbenutzungsrecht auf den Schwerstoff herausholen. Wer wollte es dem Patentamt in Kapstadt denn beweisen, daß er, Dr. Frank, den Kondensator aus Europa mitgebracht und selber in der Station aufgestellt hatte?

»He! Darauf können Sie nichts erwidern, Herr Doktor?« fragte Headstone höhnisch. »Wir wollen sehen, was das Patentamt in Kapstadt sagt, wenn wir ihm unsern Kondensator auf den Tisch stellen.«

»Sie werden es beeiden müssen, Mister Headstone, daß es wirklich Ihr Kondensator ist.«

Headstone öffnete den Mund zu einer Entgegnung, als es klopfte.

Der Diener kam herein.

»Ein Telegramm für Mister Brooker.«

Brooker überflog es und wurde abwechselnd blaß und rot.

»Entschuldigen die Herren, für wenige Minuten!«

Er griff Headstone beim Ärmel und zog ihn in einen Nebenraum.

»Was bedeutet das, Headstone?« Er hielt die Depesche hin. »Fernsprecher bei gestriger Zerstörung von AE-Station mitverbrannt. Jetzige Adresse: European-Hotel, Tamasetse, Fosdijk.«

James Headstone schöpfte tief Atem. »Es ist so, Brooker. Der verfluchte Schwerstoff hält die Hitze des Schweißbrenners nicht aus. Beim Versuch, einen Draht von dem Kondensator abzuschmelzen, hat es Feuer gegeben. Die Station ist abgebrannt.«

»Reden Sie irre, Headstone? Was soll das heißen: Kondensator … Schwerstoff … ein Schwerstoffkondensator in unserer Station …?«

»Hat dagestanden, Brooker.«

»Zum Teufel, Headstone! Vom Himmel ist er nicht gefallen! Wie ist er dahingekommen?«

»Ein toller Streich dieses Doktor Frank. In einer Bar in Tamasetse hat er sich mit Fosdijk und Cowper angebiedert. Ich nehme an, die beiden wußten selber nicht mehr recht, was sie taten, als sie den fremden Menschen einfach mit in die Station nahmen …«

»Unerhört!« brauste Brooker auf. »Die Konkurrenz in unserer Station … baut da munter ihre Apparate ein … und ich höre erst jetzt davon, Headstone! Wie ist das möglich?«

»Ich habe es selber erst gestern früh erfahren, als ich in die Station kam … und den Zauberkasten dort stehen sah …«

»Und haben gleich wieder Brand und Verwüstung angerichtet! Sie sind ein Unglücksrabe, Headstone!«

Brooker schwieg. Seine Gedanken liefen den gleichen Weg wie kurz vorher diejenigen Dr. Franks. Noch war von der Zerstörung der Station in der Öffentlichkeit nichts bekannt. Für die Verhandlungen mit dem ZEK-Konzern ließ sich der Schwerstoffkondensator als Druckmittel benutzen.

»Hören Sie zu, Headstone!« sagte er am Schluß seiner Überlegungen. »Kein Wort zu den Europäern über diese neue Katastrophe! Wir werden jetzt zu den andern zurückgehen, als ob nichts geschehen wäre. Die Weiterführung der Verhandlungen überlassen Sie gefälligst mir!«

»Schon erledigt, meine Herren«, sagte Brooker und nahm seinen Platz neben Pellham wieder ein, während er die Depesche lässig in seine Brusttasche steckte.

»Was Wichtiges?« flüsterte Pellham ihm zu.

»Nicht erfreulich, Mister Pellham. Nachricht von der Station. Die ersten Versuche mit unserem Kathodenstoff sind vielversprechend«, antwortete Brooker leise, aber doch laut genug, daß Dr. Frank und Professor Livonius es hören konnten.

»Auch ein Vorbenutzungsrecht auf die kalte Kathode muß die United beanspruchen, denn wir haben ...«, nahm Pellham wieder die Debatte auf.

»Stop, Pellham!« fuhr ihm Brooker in seine Rede. »So kommen wir nicht weiter. — Mir schwebt ein Vertrag vor, meine Herren«, wandte er sich direkt an die beiden, »durch den unsere Konzerne alles, was sie haben, in einen Topf werfen und danach mit gemeinsamen Kräften weiterarbeiten.«

»Wir haben mehr in diesen Topf hineinzutun als die United«, warf Dr. Frank ein.

»Sie haben mehr, Herr Doktor Frank. Auf dieses Mehr wollen wir Lizenzen von Ihnen nehmen, wenn Ihre Bedingungen erträglich sind.«

»Endlich ein Vorschlag, mit dem man weiterkommen kann«, meinte Professor Livonius.

»Ich glaube, unsere Bedingungen sind billig«, sagte der Doktor. »Ich habe einen Vertragsentwurf vorbereitet.« Er zog ein Manuskript aus der Tasche und reichte es Brooker.

Der begann es zu lesen, und Befriedigung sprach aus seinen Mienen, während er von Absatz zu Absatz weiterkam.

»... laufender Austausch von Erfahrungen und Patentrechten ... ständige Verbindung zwischen den Laboratorien der beiden Konzerne ... als Verbindungsmann in Europa Mister Henry Turner ...« Er stutzte und ließ das Schriftstück sinken. »Wie kommen Sie darauf, Herr Doktor? Henry Turner ... Kennen Sie den Mann?«

»Ich kenne ihn«, beantwortete der Doktor Brookers Frage. »Er versteht etwas von der Technik der AE-Werke, begreift schnell, worauf es ankommt, ist wendig und rührig, auch verschwiegen, wenn es sein muß. Ich glaube, wir tun einen guten Griff, wenn wir den Mann für den Posten wählen.«

»Ist der denn überhaupt Ingenieur?« fragte Brooker.

»Meines Wissens ja«, antwortete Dr. Frank. »Ich habe den Eindruck, als ob seine jetzige Tätigkeit Mister Turner nicht recht befriedigt. Er würde vermutlich mit beiden Händen zugreifen, wenn ihm etwas anderes geboten würde.«

»Wollen Sie ihn engagieren, Herr Doktor?« platzte Headstone heraus.

»Ich halte es für richtig, wir übernehmen ihn halbpart«, antwortete Dr. Frank. »Er soll ja zu gleichen Teilen für beide Konzerne tätig sein.«

»Wird von uns genehmigt, Herr Doktor«, führte Brooker die Verhandlung weiter und setzte seine Lektüre fort.

»Ich glaube, es ist alles klar«, sagte er, nachdem er die letzte Seite gelesen hatte. »Wenn es Ihnen recht ist, werde ich nach Ihrem Entwurf von unserm Juristen den Vertrag fertigmachen lassen. Wir werden ihn dann zur Unterschrift schicken . . .«

»Nicht nötig, Herr Direktor!« Dr. Frank brachte ein anderes Schriftstück zum Vorschein und legte es vor Brooker hin. »Hier ist meine Vollmacht. Ich bin berechtigt, für unsern Konzern zu unterzeichnen. Sorgen Sie dafür, daß Ihre Juristen sich an meinen Entwurf halten, dann werde ich unterschreiben.«

Henry Turner saß um die Mittagszeit auf seinem Stammplatz im Heidekrug.

»Na, Herr Turner, wann soll die Reise losgehen?« fragte der Wirt seinen Gast.

Turner machte eine unbestimmte Bewegung. »Vielleicht morgen, Herr Horn, vielleicht erst in acht Tagen.«

Er stocherte in den Speisen herum und ging dabei

704

seinen Gedanken nach. Wie würde Headstones Antwort lauten? Er hatte ihm geschrieben, daß er seinen Auftrag hier für erledigt hielte, und um neue Instruktionen gebeten.

Seit Tagen mußte James Headstone den Brief in Händen haben. Noch immer stand seine Antwort aus, und von Tag zu Tag war Turners Unruhe gestiegen.

Geräusche von außen rissen ihn aus seinem Grübeln. Die Tür wurde geöffnet; zwei Männer traten ein. Erwartungsvoll sah Turner dem Telegraphenboten entgegen. Begierig riß er das ihm überbrachte Telegramm auf, überflog es, ließ es enttäuscht sinken.

»Dableiben! Neue Instruktionen erwarten. J. H.«

Die alte Leier — warten und immer wieder warten.

Turner griff nach seinem Glas und tat einen langen Zug.

Wieder ging die Tür auf; Jochen Dannewald kam herein, sah sich um und marschierte auf Turners Tisch los.

»'nen Brief für Sie, Mister!« sagte er und legte einen Brief auf den Tisch. »Von Herrn Zacharias. Soll auf Antwort warten.«

Kopfschüttelnd las Turner das Schreiben. Eine höfliche Einladung dieses wunderlichen Alten, ihn heute nachmittag um halb vier Uhr zu einer Tasse Kaffee zu besuchen.

»Wat sall ick bestellen?« fragte Jochen.

»Sagen Sie Herrn Zacharias, daß ich gern komme.«

Um halb vier Uhr stand Turner vor der Gartentür, die er schon einmal mit einem Sperrhaken geöffnet hatte. Diesmal zog er es vor, auf den Klingelknopf zu drücken und zu warten.

Jochen Dannewald erschien und winkte Turner, ihm zu folgen.

Schließlich stand er vor einer Laube, in der ein einladender Kaffeetisch gedeckt war. Ein jüngerer Herr saß allein darin. Der erhob sich und trat ihm entgegen.

Auf den ersten Blick erkannte Turner ihn wieder. Es

war der Mann, den er damals durch das Fernrohr zusammen mit Zacharias in dem AE-Werk gesehen hatte. Ein Ingenieur also, ein Verwandter von dem Alten, der diesen damals mit in das Werk genommen hat! schoß es Turner durch den Kopf.

»Habe ich die Ehre mit Mister Turner?« fragte der Ingenieur.

»Turner ist mein Name.«

»Doktor Frank«, machte der andere sich bekannt. »Nehmen Sie bitte Platz, Mister Turner. Herr Zacharias ist in das Haus gegangen. Er muß jeden Augenblick zurückkommen.«

Turner wandte den Kopf. In der Tat, da kam jemand — aber war denn das der Alte? Turner wischte sich über die Augen. Zacharias mußte es wohl sein, der lange graue Bart sprach dafür. Aber wie anders war der Mann heute gekleidet! Nichts mehr von dem verschlissenen graugrünen Zeug, mit dem Turner ihm so oft in der Heide begegnet war. Ein moderner Straßenanzug und ein blendend weißer Kragen, die ihn so ganz anders erscheinen ließen.

Heute sieht er wie ein Generaldirektor aus! ging's Turner durch den Kopf, als Zacharias ihn begrüßte.

»Guten Tag, mein lieber Mister Turner! Sehr liebenswürdig, daß Sie meine Einladung angenommen haben! Behalten Sie bitte Platz. Herrn Doktor Frank kennen Sie schon?«

»Der Herr Doktor ist Ingenieur, nicht wahr, Herr Zacharias?«

»Ingenieur, Mister Turner«, sagte Zacharias, schenkte den Kaffee ein und bot seinen Gästen Gebäck an. Während Turner zugriff, überlegte er, wie er mit dem Ingenieur ins Gespräch kommen könnte.

Der Doktor kam ihm zuvor.

»Ich bin für das AE-Werk tätig, Mister Turner. Ich hörte, daß Sie sich ebenfalls für diese neue Technik interessieren. Bei Ihnen da unten beschäftigt man sich

706

auch schon damit. Ihre neue Station in der Bamangwatowüste hat nicht schlecht gearbeitet ...«

»Ich hoffe, sie wird auch weiter gute Arbeit tun, Herr Doktor«, entgegnete Turner.

»Die nächste vielleicht, Mister Turner«, meinte Johannes Zacharias. »Die Station bei Tamasetse ist leider ein Raub der Flammen geworden.«

Turner erschrak. Davon wußte er nichts.

»Wie ist das möglich gewesen? War es vielleicht ein Sabotageakt?«

»Man weiß es nicht«, meinte Dr. Frank.

»Ich denke, wir werden heute noch Genaueres erfahren«, sagte Zacharias. »Ich erwarte noch einen alten Bekannten aus der Union. Er wird uns wahrscheinlich etwas Bestimmtes über den Unfall sagen können.«

»Erst die Station in der Kalahari zerstört — jetzt die zweite in der Bamangwato vernichtet. Wie wird sich die United dazu stellen?« Turner sagte es mehr zu sich selbst als zu den anderen.

Zacharias griff die Frage des Agenten auf. »Die United wird eine dritte Station bauen, und beim drittenmal wird sie Erfolg haben.«

Turner vermochte die Zuversicht des Alten nicht zu teilen. »Ich glaube es erst, wenn ich's sehe«, sprach er weiter. »Warum geht bei Ihnen alles glatt? Warum müssen wir so viel Lehrgeld zahlen?«

»Headstone hätte es sparen können!« warf Dr. Frank dazwischen. »Sein Dickschädel ist daran schuld!«

Turner wollte etwas erwidern, als Jochen Dannewald auftauchte und Zacharias etwas zuflüsterte.

»Entschuldigen Sie mich!« sagte der Alte und stand auf.

»Ich hätte Herrn Zacharias heute kaum wiedererkannt«, wandte sich Turner an den Doktor. »Er sieht heute ganz anders aus.«

Dr. Frank lachte. »Er hat sich für den Besuch aus Südafrika fein gemacht.«

Das Gespräch drohte zu stocken, als Turner zu etwas anderem überging.

»Sie kennen das AE-Werk hier genau, Herr Doktor?«

Der Doktor nickte. »Selbstverständlich, ich habe es ja mit gebaut.«

»Schade, daß man nicht hineinkommen kann!« seufzte Turner.

»Wenn Ihnen so viel daran liegt, könnten Sie uns vielleicht begleiten«, sagte Dr. Frank. »Ich vermute, daß unser Freund aus der südafrikanischen Union das Werk auch zu sehen wünscht. Ich denke, wir werden später noch hinfahren.«

Turner öffnete den Mund und schloß ihn wieder, ohne etwas zu sagen. Wild wirbelten die Gedanken in seinem Hirn durcheinander. Dieser Ingenieur, dieser Doktor erfüllte seine Bitte, er würde ihn in das Werk mitnehmen. Großartig! Er würde einen Bericht darüber schreiben. Wie würde Headstone den aufnehmen?

Aber auch einem anderen noch, einem Freund aus der Union, würde der Doktor das Werk zeigen ... Wie reimte sich das mit dem früheren Verhalten der Europäer zusammen?

»Tag, mein lieber Johannes!« sagte Dr. Bergmann, als Zacharias in die Diele kam, und schüttelte ihm die Hand. »Hier Mister Headstone! Ich glaube, du kennst ihn schon?«

»Natürlich, Franz!« Zacharias trat auf Headstone zu und bot ihm die Rechte. »Willkommen, Mister Headstone! Aufrichtig erfreut, Sie nach langer Zeit wiederzusehen!«

Headstone machte ein verdutztes Gesicht, während er den Händedruck erwiderte. Irgendwie kam ihm der Alte bekannt vor, aber er wußte nicht, wo er ihn unterbringen sollte.

Zacharias merkte es und kam ihm zu Hilfe. »Denken Sie dreißig Jahre zurück, Mister Headstone! Erinnern

Sie sich an Barkley Brothers in Detroit? Da war einmal ein Ingenieur — Joe Zack nannten ihn die Leute im Werk —, dem brachte Mister Miller, der Präsident des Konzerns, eines Tages seinen Neffen — fast noch ein Knabe war es —, Joe Zack sollte ihn anlernen ...«

Erinnerungsbilder an seine Studienzeit in den USA wurden in Headstone lebendig, während der Alte von längst vergangenen Zeiten sprach. Wie Schuppen fiel es jetzt von seinen Augen.

»Joe ... Joe Zack ... Sie sind es, mein alter Lehrmeister von Detroit?«

Der Alte lachte. »Wir sind beide unseren Weg gegangen, Mister Headstone, der eine so, der andere so.«

Mehr und immer mehr wollte James Headstone von den weiteren Schicksalen des Alten wissen, der ihn vor drei Jahrzehnten in die Anfangsgründe der Technik eingeweiht hatte.

Dr. Bergmann saß schweigend dabei. Lange ließ er die beiden ungestört reden und alte Erinnerungen austauschen.

»So bin ich denn Direktor bei der United geworden«, hatte Headstone eben gesagt.

»Old Zack wurde fünfzehn Jahre früher Generaldirektor des ZEK-Konzerns.« Bergmann hatte es nur leise vor sich hin gesagt.

Headstone hatte es gehört. »Ich denke, das sind Sie?« fragte er.

»Sein Nachfolger, Mister Headstone! Vor mir ist er's gewesen.«

»Warum sind Sie's nicht mehr?« wollte Headstone wissen.

»Weil ich genug gearbeitet und genug verdient habe, Mister Headstone.«

Jochen kam in die Laube und begann das Geschirr abzuräumen.

»Ich denke, Sie erwarten noch Gäste?« fragte Turner.

»Die Kaffeezeit ist vorbei«, erwiderte Dr. Frank mit einem Blick auf die Uhr. »Wer zu spät kommt, muß mit etwas anderem vorliebnehmen. Wovon sprachen wir vorhin? Ach ja, ich sagte Ihnen, daß das AE-Werk eine Schöpfung des Friedens ist. Das erscheint mir wesentlich, Mister Turner. Es ist wohl das erstemal in der so viele tausend Jahre alten Geschichte der Technik, daß wir es mit einer Erfindung zu tun haben, die für Kriegszwecke einfach unbrauchbar ist. Unserer Energiewirtschaft, dem Wohlstand der Völker, dem allgemeinen Frieden werden die neuen Werke dienen. Ich sehe Gott sei Dank keine Möglichkeit, sie zu anderen Zwecken zu mißbrauchen, wie es bisher noch mit jeder Erfindung geschehen ist.«

Dr. Frank brach ab, weil Jochen wiederkam. Er stellte Gläser auf den Tisch und eine eisgekühlte Bowle.

»Kommen die anderen Herrschaften bald?« fragte der Doktor.

»Ja, sie sind schon unterwegs«, sagte Jochen.

Henry Turner sah plötzlich drei andere Gestalten herankommen. Seine Blicke wurden starr.

»Was — was ist das, Herr Doktor? Wer kommt da?«

»Herr Dr. Bergmann, der Generaldirektor der Zentraleuropäischen Kraftwerke ...«

»Nein, Herr Doktor! Der andere ... der da in der Mitte geht, das ist doch ...«

»James Headstone, Mister Turner! Headstone von der United. Er will unser AE-Werk sehen, und wir wollen es ihm zeigen.«

»Ihr Werk der Konkurrenz zeigen ...?«

»Es wurde eine Vereinbarung geschlossen zwischen der United und uns«, konnte Dr. Frank eben noch sagen; dann stand Headstone vor dem Tisch.

»Guten Tag, Herr Doktor!« begrüßte er Dr. Frank, blickte dann fragend auf Turner, als ob er ihn noch niemals in seinem Leben gesehen hätte.

»Darf ich bekannt machen?« übernahm Zacharias die

710

Vorstellung. »Mister Turner — Mister Headstone. Die Herren sind Landsleute.«

»Ah, der Herr, den Sie uns empfohlen haben, Herr Doktor, sozusagen als Verbindungsoffizier zwischen unseren Konzernen?«

»Ganz recht, Mister Headstone!« bestätigte Dr. Bergmann die Frage Headstones. »Nach dem, was Herr Doktor Frank mir sagte, ist Mister Turner für eine derartige Stellung hervorragend geeignet. Es fragt sich nur, ob er gewillt ist, sie anzunehmen. Wir haben noch nicht Gelegenheit gehabt, mit Mister Turner darüber zu sprechen.«

Dr. Frank griff nach dem gläsernen Schöpflöffel und schenkte die Gläser voll. »Wir können es ja jetzt tun«, meinte er. »Auf Ihr Wohl, Mister Turner!«

Henry Turner hob sein Glas, um dem Doktor Bescheid zu tun, blickte dabei auf die anderen und wußte nicht, wie ihm der Kopf stand.

»Your health, old Zack!« sagte Headstone zu dem Alten.

»Your health, James!« erwiderte der.

»Einen Schluck auf Barkley Brothers in Detroit!« sagte Headstone.

»Den Rest auf Barkley Brothers!« tat ihm der Alte Bescheid und trank sein Glas mit einem Zuge leer.

Turner überkam das Gefühl, als ob er in einem verzauberten Kreise säße.

Er griff nach seinem Glas, das Dr. Frank frisch gefüllt hatte. »Ihr Wohl, Sir!« sagte er und trank Headstone zu.

»Ihr Wohl, Sir!« sagte Headstone und tat ihm Bescheid. »Die ZEK legen Wert darauf, Sie für unsere beiden Konzerne zu gewinnen«, fuhr er fort. »Die United ist mit dem Vorschlag einverstanden. Sie würden in dieser Stellung der Vertrauensmann beider Gruppen sein. Wie denken Sie darüber?«

»Ich bin bereit, die Stellung anzunehmen, Mister Headstone!«

Generaldirektor Bergmann hob sein Glas und trank Turner zu. »Auf eine glückliche Arbeit in Ihrem neuen Wirkungskreis, Mister Turner! Sie werden der United alles zu berichten haben, was wir Ihnen hier zeigen ... und unserm Konzern alles, was Sie bei Ihren Besuchen in der Union erfahren. Wir versprechen uns sehr viel von Ihrer Tätigkeit, Mister Turner!«

Dr. Frank sah nachdenklich in sein Glas, und hätte Turner seine Gedanken gekannt, wäre er vielleicht auch nachdenklich geworden.

Der Mann ist im Grunde ein anständiger Kerl, dachte Dr. Frank bei sich. Aber er steht noch zu sehr unter dem Einfluß Headstones. Wir werden ihn hier erst einmal richtig in die Mache nehmen müssen, dann wird er wohl werden, was er uns sein soll. —

Die Abenddämmerung brach herein. Dr. Frank wollte nach dem Lichtschalter greifen.

»Lassen Sie es, Doktor«, wehrte ihm Zacharias. »Wir brechen doch gleich auf. Nicht wahr, Franz?«

Bergmann nickte. »Gewiß, Johannes! Mister Headstone soll ja noch unser Werk sehen.«

Bisher war die Unterhaltung mit Rücksicht auf Headstone in englischer Sprache geführt worden. Diese letzten Sätze zwischen Zacharias und Bergmann waren auf deutsch gewechselt worden.

Was ist das nun wieder? fragte sich Turner. Der Alte und der Generaldirektor duzen sich? Eine wunderliche Welt! Er richtete deswegen eine Frage an Dr. Frank und bekam eine Antwort, die ihn in neues Staunen versetzte. Der Alte vor Dr. Bergmann war lange Jahre Generaldirektor des Zentraleuropäischen Konzerns? Henry Turner war nahe daran, irre an der Welt zu werden.

»Wollen wir aufbrechen, meine Herren?« fragte Dr. Bergmann.

»Die Bowle ist leer«, sagte Dr. Frank lakonisch.

»Also gehen wir!« entschied Zacharias.

Der große Sechssitzer, in dem Bergmann und Head-

712

stone angekommen waren, rollte durch die Dorfstraße und bog in die Chaussee ein.

Das letzte Abendrot begann zu verblassen.

Dann waren plötzlich viele Sterne da. In rotem Licht schimmerten sie. Nicht gleichmäßig leuchteten sie wie die anderen Sterne, sondern in wechselndem Rhythmus flammte es auf, erlosch und erstrahlte von neuem. Ein des Morsealphabets Kundiger hätte Buchstaben und Sätze aus diesen Lichtsignalen herauslesen können.

»Dort liegt unser Werk, Mister Headstone«, sagte Dr. Bergmann, während er mit der Hand in die Richtung der roten Sterne wies. »Es sind noch 15 Kilometer bis dahin. Man sieht unsere Neonlichter viele Meilen weit. Es ist wegen der Flieger, damit sie unserem Netz aus dem Wege gehen.«

In scharfem Tempo jagte der schwere Wagen auf der Landstraße hin.

Dann ein kurzes Knirschen der Bremsen — und das Fahrzeug hielt vor einem Portal.

Headstone und Dr. Bergmann stiegen zuerst aus; während die anderen folgten, blickte der Generaldirektor prüfend nach Nordwesten, wo ein schweres Wetterleuchten am Horizont aufzuckte.

»Gewitter in der Nähe, Mister Headstone. Vielleicht haben Sie heute noch Gelegenheit, zu sehen, wie unsere Blitzfallen arbeiten.«

»Sie meinen die Mausefallen?« versuchte Headstone zu scherzen.

Schweigend stand er vor dem Riesentransformator.

Erst nach Minuten fand er die Sprache wieder: »200 000 Kilowatt? Eine Viertelmillion Pferdestärken! Ist es wirklich so, Herr Generaldirektor?«

Dr. Bergmann schob seinen Arm unter den Headstones und führte ihn zu einer anderen Wand, an der Meßinstrumente hingen. Während er auf eine Skalenscheibe deutete, sprach er weiter:

»Hier können Sie die Leistung des Werkes ablesen.

Im Augenblick gibt es 198 000 Kilowatt in die Überland-
leitungen ab.«

Headstones Blicke wanderten durch den Raum: zu einem Spannungsmesser, der auf 2 Millionen Volt stand,
zu einem Strommesser, dessen Zeiger um die Zahl 100
pendelte. Sie blieben schließlich an einer Reihe dunkel-
metallischer Kästen hängen. Die Erinnerung an eine andere Station kam ihm, die in Brand und Flammen aufge-
gangen war.

»Wir werden das auch haben, Herr Generaldirektor?«
fragte er und deutete auf die Schutzkondensatoren
Dr. Franks.

»Sie werden alles haben, was wir haben, Mister
Headstone«, sagte Bergmann. »Nachdem unser Vertrag
geschlossen wurde, gibt es keine Geheimnisse mehr
zwischen der United und uns. Sie werden jetzt in Ihrem
Lande Stationen bauen ...«

»Für 200 000 Kilowatt, Herr ...?«

»Für Millionen Kilowatt!« klang die Stimme des alten
Zacharias dazwischen.

»Millionen Kilowatt ...?« James Headstone wandte
sich zu dem Alten um und blickte ihm halb ungläubig,
halb freudig ins Gesicht.

»Viele Millionen Kilowatt, mein lieber James. Afrika
ist ein großes, emporstrebendes Land, das eine Zukunft
vor sich hat. Ihr werdet noch viel, sehr viel Kraft gebrauchen, und — ihr werdet sie in Zukunft aus dem
Himmel holen!«

Was wäre gewesen, wenn...

Parallelwelten, die wir Ihnen zugänglich machen

06/4740

Was wäre gewesen, wenn...

... deutsche Panzerspitzen im Zweiten Weltkrieg bis nach Indien vorgestoßen wären und die Wehrmacht sich mit dem passiven Widerstand Gandhis konfrontiert gesehen hätte?

... der amerikanische Bomberpilot über Hiroshima Skrupel gehabt und die Atombombe über dem Meer abgeworfen hätte?

Diese und weitere Möglichkeiten, wie die Geschichte der Welt hätte anders verlaufen können, erfahren Sie aus diesem Buch.

Wilhelm Heyne Verlag
München

Die großen Werke des Science Fiction-Bestsellerautors

Arthur C. Clarke

»Aufregend und lebendig, beobachtet mit dem scharfen Auge eines Experten, geschrieben mit der Hand eines Meisters.« (Kingsley Amis)

01/6680

01/6813

01/7709

01/7887

01/8187

06/3259

Wilhelm Heyne Verlag München

TERRY PRATCHETT
im Heyne-Taschenbuch

Ein Senkrechtstarter in der Fantasy-Literatur

»Der unmöglichste Fantasy-Zyklus aller möglichen Galaxien.«
PUBLISHERS WEEKLY

»Ein boshafter Spaß und ein Quell bizarren Vergnügens –
wie alle Romane von der Scheibenwelt.«
THE GUARDIAN

06/4583

06/4584

06/4706

06/4715

06/4764

06/4805

WILHELM HEYNE VERLAG MÜNCHEN

Top Secret

Die geheimen historischen Aktivitäten des Heiligen Stuhls mittels der von Leonardo da Vinci erfundenen Zeitmaschine

06/4327

Witzig, pfiffig, geistreich und frech:

Carl Amerys Longseller in neuem Gewand als Sonderausgabe

Wilhelm Heyne Verlag
München

Top Hits der Science Fiction

Man kann nicht alles lesen – deshalb ein paar heiße Tips

Ursula K. Le Guin
Die Geißel des Himmels
06/3373

Poul Anderson
Korridore der Zeit
06/3115

Wolfgang Jeschke
Der letzte Tag der Schöpfung
06/4200

John Brunner
Die Opfer der Nova
06/4341

Harry Harrison
New York 1999
06/4351

Wilhelm Heyne Verlag
München

Stephen King

»Stephen King kultiviert den Schrecken... ein pures, blankes, ein atemloses Entsetzen.« SÜDDEUTSCHE ZEITUNG

Richard Bachmann
(Pseudonym von Stephen King)
Sprengstoff
01/6762

Todesmarsch
01/6848

Amok
01/7695

Brennen muß Salem
01/6478

Im Morgengrauen
01/6553

Der Gesang der Toten
01/6705

Die Augen des Drachens
01/6824

Der Fornit
01/6888

Dead Zone – das Attentat
01/6953

Friedhof der Kuscheltiere
01/7627

Das Monstrum. Tommyknockers
01/7995

Stark – »The Dark Half«
01/8269

Christine
01/8325

Frühling, Sommer, Herbst und Tod
Vier Kurzromane
01/8403

In einer kleinen Stadt »Needful Things«
01/8653

Wilhelm Heyne Verlag
München